STAR WARS™ A SOMBRA DOS SITH

ADAM CHRISTOPHER

São Paulo
2025

Disney • Lucasfilm Ltd

Grupo Editorial
UNIVERSO DOS LIVROS

Diretor editorial
Luis Matos

Gerente editorial
Marcia Batista

Produção editorial
Letícia Nakamura
Raquel F. Abranches

Tradução
Felipe CF Vieira

Preparação
Tássia Carvalho

Revisão
Guilherme Summa
Giovana Sanches

Arte
Renato Klisman

Diagramação
Francine C. Silva

Ilustração de capa
Juan Esteban Rodríguez

Design original de capa
Ella Laytham

Dados Internacionais de Catalogação na Publicação (CIP)
Angélica Ilacqua CRB-8/7057

C48s

Christopher, Adam
Star Wars : a sombra dos Sith / Adam Christopher ; tradução de Felipe CF Vieira. -- São Paulo : Universo dos Livros, 2025.
464 p.

ISBN 978-65-5609-685-8
Título original: *Star Wars: Shadow of the Sith*

1. Ficção norte-americana 2. Ficção científica I. Título II. Vieira, Felipe CF III. Série

25-0862 CDD 813.6

Universo dos Livros Editora Ltda.
Avenida Ordem e Progresso, 157 — 8º andar — Conj. 803
CEP 01141-030 — Barra Funda — São Paulo/SP
Telefone/Fax: (11) 3392-3336
www.universodoslivros.com.br
e-mail: editor@universodoslivros.com.br
Siga-nos no Twitter: @univdoslivros

Para Sandra, sempre.
Para minha mãe e meu pai. Amo muito vocês.

E no fim, você não pode tocar a sombra.
No fim, você nem mesmo quer fazer isso.
No fim, a sombra é tudo que lhe resta.
Porque a sombra entende você.
A sombra perdoa.
A sombra o acolhe.
E dentro da fogueira do seu coração, você queima sua própria chama.
— *Um alerta de tempos mais sombrios*

Há muito tempo, em uma galáxia muito, muito distante…

É tempo de paz. Com as cinzas do Império Galáctico esfriando, a Nova República trabalha para estabelecer uma era de liberdade e cooperação, enquanto o Mestre Jedi LUKE SKYWALKER treina a próxima geração de jovens em seu templo.

Mas uma sombra nefasta cresce na Força. Enquanto o ex-general da Aliança Rebelde LANDO CALRISSIAN continua procurando sua filha sequestrada, cultistas do mundo oculto EXEGOL trabalham para colocar em prática um plano que vem sendo engendrado há gerações.

Enquanto isso, nas profundezas do Espaço Selvagem, uma jovem família aterrorizada embarca em uma jornada desesperada, fugindo de agentes de uma presença malévola que a galáxia pensava estar morta há muito tempo...

CAPÍTULO I

ESPAÇO SELVAGEM, COORDENADAS DESCONHECIDAS

PRESENTE

A princípio, não havia nada além de espaço vazio. E então, a nave apareceu, massa e forma e estrutura. De um lugar a outro, atravessando grandes vazios do espaço, tão fácil quanto apertar um botão. Era quase mágico em sua simplicidade.

No entanto, o navicomputador superaquecendo desmentia isso.

Por um momento, o velho cargueiro maltratado apenas flutuou ali, pairando no espaço, como um urso-garu saindo de uma longa hibernação e analisando os arredores.

E então, a nave estremeceu e começou a pender a bombordo, traçando uma longa curva descendente em espiral que repentinamente acelerou quando um estabilizador de impulso traseiro pifou, lançando uma chuva de fagulhas brancas. O nariz da nave baixou ainda mais, o motor a estibordo começou a engasgar, e um painel solto expôs o perigoso brilho vermelho logo abaixo.

Para a pilota e seus dois passageiros, a situação foi de mal a pior.

Dois dias. Foi só isso que conseguiram. Dois dias fora de Jakku, seguindo com dificuldade em uma nave que não deveria mais estar voando, mas era a única sucata que foram capazes de roubar do ferro-velho de Unkar Plutt no Posto Avançado de Niima. E não parecia que conseguiriam ir muito mais longe do que isso.

Apenas alguns minutos antes, eles ousaram pensar que talvez... escapariam? Deixaram a fazenda, com o droide caseiro, construído à mão com sucatas, sacrificando-se para despistar os caçadores. Então, encontraram a nave (e, verdade seja dita, eles há muito tempo já haviam escolhido aquela nave para um dia como aquele — um dia que torciam para que nunca chegasse). Decolaram, apenas eles, uma sacola com brinquedos, livros e um cobertor, um punhado de créditos, as roupas do corpo. Apontaram o navicomputador na direção de um vetor que os levaria para *muito* longe do alcance (ou assim esperavam). E apertaram os cintos.

Mas agora? A nave mal havia sobrevivido à viagem inicial. Escapar para o Espaço Selvagem foi um ato de desespero, mas estava longe de ser o fim. Supostamente, seria onde eles poderiam se esconder, só por um tempo, até *formarem um plano* e *traçarem um curso.*

Agora, porém, flutuando à deriva, aquelas opções pareciam mais limitadas. Eles haviam escapado de Jakku apenas para... o quê? Morrer nos frios confins do espaço, o velho cargueiro agora nada além de uma tumba para os três, perdidos para sempre no limiar da galáxia, suas mortes sem luto algum, seus nomes esquecidos.

Dathan, Miramir.

Rey.

O interior do cargueiro era tão velho e maltratado quanto o exterior — a cabine de pilotagem era apertada e funcional, o design ultrapassado exigia não apenas piloto e copiloto, mas também navegador, posicionado no terceiro assento aos fundos da cabine, de costas para as janelas frontais. Para aquela viagem, eles tiveram que se virar com uma tripulação de apenas duas pessoas.

No assento do piloto, uma jovem mulher de longos cabelos loiros, presos sem muita arrumação com uma faixa azul que combinava com a cor de sua capa, lutava para manter o controle da nave. As mangas da túnica cor de creme estavam enroladas enquanto ela se debruçava sobre os controles à frente, uma das mãos agarrando um manche que não cooperava, a outra voando sobre botões e interruptores enquanto tentava controlar a nave que sacudia. Pela janela inclinada e muito arranhada de transparaço, o campo de estrelas adiante deslizava diagonalmente à medida que o giro do cargueiro acelerava.

Atrás dela, um jovem rapaz, de curtos cabelos escuros com o início de uma barba no rosto, ajoelhava-se no chão atrás do assento do navegador. Seus braços envolviam o assento e sua pequena ocupante, uma criança protegida por um casulo macio de cobertores multicoloridos, um forte contraste contra o cinza metálico da cabine.

Ao girar o pescoço e ver a esposa lutando contra os controles, o homem se levantou e beijou a cabeça da garota de seis anos acomodada em segurança no assento, com um par de fones de ouvido do navegador para abafar os sons da cabine. Na frente dela, o velho painel de navegação — um quadro feito de centenas de pequenas luzes individuais — piscava em padrões multicoloridos de formas que se movimentavam, um simples jogo que a mãe da garota havia carregado no computador auxiliar para manter a filha ocupada durante a longa jornada.

O homem olhou para a tela do jogo, mas a garota havia parado de jogar. Ele se moveu para a frente do assento e viu que a filha havia fechado os olhos com força. Então, aproximou-se e a envolveu em um abraço.

— Eu estou aqui — Dathan sussurrou para Rey. — Está tudo bem. Estou aqui.

Um estrondo ecoou pela nave; Dathan o sentiu tanto quanto ouviu, quando outra parte dos motores sobrecarregados falhou, e a pequena explosão reverberou através da nave. Uma lágrima escorreu dos olhos fechados de Rey. Dathan a limpou, e fechou os próprios olhos, desejando que, ao menos uma vez, eles tivessem um pouco de sorte.

— Certo, aqui vamos nós! — anunciou Miramir, soltando um grito de triunfo logo depois. A nave sacudiu uma vez, então o tremor parou. Pelas janelas da frente, as estrelas estavam completamente paradas.

Apesar do medo e da situação, Dathan não conseguiu evitar um sorriso. Sua esposa era brilhante e ele a amava. Não sabia de *onde* ela herdara isso, mas era naturalmente talentosa, como se fosse algo genético. Miramir pilotava qualquer coisa, tinha sido — ainda era — uma engenheira e inventora autodidata. Mexia com as coisas, como ela mesma dizia, como se não fosse nada, como se não percebesse o quanto seus talentos eram especiais. Desde que a conhecera, Dathan frequentemente se perguntava de onde vinha aquele dom, mas Miramir apenas dava de ombros e dizia que sua avó era uma mulher maravilhosa. Dathan sabia que era verdade — ele já a encontrara, muitas vezes, antes de Miramir desistir de sua vida nas florestas de Hyperkarn para viajar com ele. Mas então... onde sua *avó* tinha aprendido aquilo tudo?

Dathan queria saber, mas acabou aprendendo que era melhor não perguntar muito. Miramir sentia falta da avó. Sentia falta de casa.

Esse era outro ponto que Dathan tinha tentado entender. Sentir *saudades de sua terra natal*, saudades de um lugar para onde você nunca poderia retornar — ele desconhecia esse sentimento. Ah, claro, ele *entendia*. E, sim, ele sentia algo por seus dias em Hyperkarn, até mesmo os anos em Jakku, mas não sabia se era a mesma coisa. Nenhum desses lugares era de fato sua *terra natal*.

Ele tinha, sim, um local de origem — um lugar que podia, com legitimidade, dizer que era a terra de onde viera. Era um lugar que ele revisitava muito, em sonhos.

Sonhos… e pesadelos.

— Isso vai aguentar por um tempo — Miramir disse, soltando o manche e acionando uma série de pesados interruptores no painel inclinado acima do assento do piloto. — Eu redirecionei a energia reserva para o estabilizador de impulso de estibordo, depois joguei o ângulo do campo muito acima de ponto sete, mas isso não é problema porque…

Ela parou de falar assim que Dathan se sentou no assento do copiloto, encarando-a com uma sobrancelha erguida.

— Eu não sei o que nada disso significa — ele disse —, exceto a parte de estarmos seguros, certo?

Miramir se recostou, sua forma esguia quase sumindo no grande assento do piloto. Então, sorriu e confirmou.

Dathan sentiu o próprio sorriso crescendo. A felicidade de Miramir — seu alívio — era contagiante. Talvez eles *realmente* fossem conseguir escapar de tudo.

— Os estabilizadores vão aguentar até o hiperpropulsor reiniciar — disse Miramir. — O motivador superaquece sempre que realizamos um salto, mas ainda está funcionando. Acho que podemos saltar mais algumas vezes. — Ela fez uma pausa, então franziu o nariz. — Mas precisamos mesmo encontrar outra nave. O que significa… — Com um gesto resignado, apontou para as janelas, para o infinito vazio do Espaço Selvagem.

Dathan assentiu.

— O que significa voltar para a Orla Exterior.

Miramir então destravou o cinto de segurança e caminhou até Rey. Ajoelhando-se ao lado do assento do navegador, ela tirou os fones de ouvido da filha, com gentileza, e soltou o cinto de segurança. Assim que ficou livre, Rey saltou sobre a mãe, braços e pernas ao redor de Miramir, a cabeça enterrada em seu peito. Rey talvez fosse pequena para uma criança de seis anos, mas Miramir não se importava com o desejo de proximidade da filha, pois logo a garota cresceria e deixaria isso para trás. Miramir se virou, sentou-se no assento do navegador, ainda abraçada a Rey, e girou o assento para ficar de frente para Dathan.

— Eu sei que é perigoso — ela disse —, mas esta nave estava na pilha de sucata de Plutt por uma razão. Conseguimos um salto longo, e veja o que aconteceu. Será pior da próxima vez.

Dathan suspirou e concordou com a esposa.

— Não temos escolha — declarou ele. — Eu sei.

Miramir inclinou-se e encostou o rosto nos cabelos de Rey, enterrando o nariz nas mechas castanhas enquanto seus olhos focavam em algum ponto no chão.

Dathan conhecia aquele olhar. Já o notara várias vezes nos últimos dois dias. Ver Miramir daquele jeito o angustiava. Sua esposa, seu amor, a melhor pessoa, a mais inteligente e mais linda que já conheceu. Certamente a mais capaz, muito melhor na maioria das coisas do que ele próprio, por mais que tentasse.

E ele também sabia outra coisa.

Aquilo era *tudo* culpa dele.

Mas haveria tempo para isso mais tarde. No momento, eles não tinham opções e apenas um caminho permanecia aberto.

— Ei — Dathan disse. Ele forçou o sorriso de volta ao rosto.

Miramir ergueu os olhos, mas não disse nada.

— Ei, não fique assim — falou ele.

Miramir olhou para o marido, seus grandes olhos começando a marejar.

— Mãe, estou com fome.

Miramir olhou para Rey e...

Ela riu. Dathan sorriu, então não conseguiu se segurar e também começou a rir.

Rey soltou-se dos braços da mãe e se virou para o pai.

— Vocês são tão bobos — ela disse. Então, apontou para a janela da frente. — Quem é aquele?

Assim que a criança terminou de falar, um alarme disparou. Dathan apertou um botão para desligá-lo, então se virou na direção do que Rey havia apontado. O alarme disparou de novo.

— O que é aquilo? — Miramir perguntou.

— Temos companhia — Dathan disse, observando enquanto três estrelas distantes se moviam, crescendo de tamanho.

Três naves, voando em formação.

Voando diretamente para eles.

CAPÍTULO 2

ESPAÇO SELVAGEM, COORDENADAS DESCONHECIDAS

PRESENTE

— Eles nos encontraram — Dathan sussurrou. — Como conseguiram nos encontrar? — Ele olhou para os controles, quase todos um completo mistério. — Miramir, precisamos sair daqui.

— Leve Rey — disse sua esposa. — Deixe que eu cuido disso.

No instante que trocaram de lugar, um lampejo seguido de um estrondo preencheu a cabine. Por instinto, os dois se abaixaram quando as três naves se separaram bem à frente do nariz do cargueiro, duas desaparecendo a bordo e estibordo, enquanto a terceira voava diretamente por cima. Luzes piscaram nos consoles ao redor quando os velhos sistemas de computação do cargueiro ganharam vida, rastreando as outras naves.

— Estão virando — informou Dathan, olhando para um gráfico no console de navegação. A tela era ruim, o cargueiro deveria estar em um museu, não perdido no Espaço Selvagem, mas contra a gráfico laranja, três marcas desfocadas indicando as outras naves se moviam na tela conforme davam a volta na direção deles.

— Tem certeza de que são eles? — perguntou Miramir, seu foco sobre os sistemas de voo. — Como conseguiram nos rastrear?

Dathan deu de ombros.

— Como nos rastrearam da primeira vez? Eles não vão desistir, Miramir. Eles *nunca* vão desistir. Quanto tempo até podermos saltar de novo?

Miramir acionou outro gráfico e exalou.

— Alguns minutos. O motivador do hiperpropulsor ainda está quente demais, e se eu mexer nos estabilizadores de impulso será difícil demais conseguirmos um vetor de escape.

De repente, um som estridente ecoou pela cabine. Dathan olhou para o teto da nave, onde indicadores piscavam. Então, a nave sacudiu violentamente, jogando-os de um lado ao outro. Adiante, a escuridão do espaço brilhava com lampejos verdes à medida que as naves agressoras, agora de volta à formação, sobrevoavam a proa do cargueiro, disparando tiros de alerta. Dathan observou enquanto as naves sumiam de vista apenas para se separarem novamente e iniciarem outro ataque. Elas aceleraram na direção deles, com outra saraivada de tiros deliberadamente longos que iluminaram a cabine de pilotagem.

Com o coração acelerado, Dathan voltou sua atenção para Rey. Ela havia retornado ao assento do navegador, os olhos estavam fechados, as pequenas mãos agarravam o cobertor, a única peça que eles conseguiram trazer do único lar que a garota conhecia. Dathan sentiu um aperto no peito, um amor tão profundo e tão real pela garota, que o fazia esquecer de tudo mais. Ele apanhou os fones do navegador e os colocou sobre os ouvidos de Rey, posicionando-a no assento.

A nave sacudiu de novo quando outro tiro passou quase perto demais do casco. Dathan retornou ao assento do copiloto e apertou o cinto.

Miramir franziu o cenho ao ver algo em um painel acima.

— Talvez eu consiga acionar o hiperpropulsor manualmente, contornando o motivador... — as palavras morreram, então ela olhou para Dathan. — Vai sacudir um pouco.

Ele assentiu.

— De quanto tempo você precisa?

— Três minutos.

Dathan assentiu outra vez.

— Então, três minutos você terá. Segure firme.

Ele agarrou o manche do copiloto, idêntico ao da estação de Miramir, e desativou o piloto automático, o único controle que ele reconhecia. Imediatamente, o cargueiro inclinou-se, depois mergulhou em um movimento íngreme quando o estabilizador de impulso de estibordo estourou, incapaz de compensar agora seu gêmeo inativo no lado oposto da nave. Na frente deles, os caças agressores desapareceram de vista quando o curso do cargueiro mudou de repente. O espaço brilhou em verde, mas em silêncio, os tiros de alerta agora distantes.

Dathan cerrou os dentes. Sob suas mãos, o manche tremeu e sacudiu, a nave inteira lutando contra ele à medida que tentava manobrá-la para longe dos agressores. Ele não sabia o que estava fazendo — não sabia pilotar *nada* e nunca havia tentado —, mas até mesmo a manobra mais básica e instintiva lhes daria tempo para Miramir colocar em prática seu novo plano.

Os agressores eram pequenos, ágeis e, como Dathan suspeitava, vinham logo atrás. Quando reapareceram, ele puxou o manche para trás e para a esquerda, erguendo o nariz do cargueiro em seu eixo, o que enviou a nave em parafuso bem para o meio do centro da formação dos agressores, forçando-os a tomarem ação evasiva.

— Um minuto — disse Miramir.

Dathan assentiu, os olhos fixos nas janelas frontais, tentando manter o cargueiro nivelado. Os agressores haviam se reagrupado e aceleravam em outra aproximação frontal, ainda tomando cuidado com os disparos — eles queriam danificar o cargueiro, não destruí-lo. Os tiros de alerta começaram a se aproximar lentamente, talvez na esperança de que as ondas de choque pudessem desativar a nave já avariada. Dathan usou a cautela deles a seu favor, acelerando outra vez na direção do grupo. Quando os caças se separaram mais uma vez, ele puxou o manche para bombordo, jogando o cargueiro diretamente no caminho de uma das outras naves.

O cargueiro sacudiu quando mais tiros de blaster passaram de raspão. Dathan sabia que não conseguiria continuar com aquilo para sempre. Ele só torcia para a nave aguentar mais um pouco.

— Certo, quase pronto, quase pronto — Miramir avisou, agora na posição do piloto, sua capa azul caindo pelas costas enquanto focava a atenção nos múltiplos painéis de controle acima. — Só precisamos programar o navicomputador para coordenadas nulas e poderemos saltar. Não um salto longo, mas deve ser suficiente para escaparmos deles.

Nesse momento, houve outro lampejo ofuscante nas janelas frontais, seguido de um baque surdo de uma explosão em algum lugar na traseira da nave, sacudindo-a forte o bastante para jogar Miramir no chão. Atrás deles, Rey gritou de surpresa e medo.

Miramir retornou para o assento do piloto.

— Está tudo bem, Rey, estamos bem aqui — ela disse, talvez mais para si mesma do que para a filha, já que Rey não a escutava devido aos fones de ouvido. — Estamos quase lá. Apenas segure firme. — Mas, ao apertar o cinto, ela olhou para trás com um terrível semblante de angústia que Dathan odiava ver. Ele virou o pescoço e seguiu seu olhar, para onde sua filha estava, a cabeça enterrada no cobertor.

— Certo, aqui vamos nós — Miramir falou. Com firmeza, ela agarrou o manche principal do piloto e Dathan sentiu o seu próprio saindo de suas mãos. Então, o soltou.

Muito adiante, as três naves de ataque voltaram a se reagrupar, seus propulsores de íons deixando rastros brilhantes entre as estrelas quando voaram em um arco fechado em direção a eles.

Agora era para valer. Não estavam mais brincando. Eles aceleravam para um último ataque, prontos para desativarem a nave de uma vez por todas e fazerem sua coleta.

As naves se aproximavam rapidamente.

— Não vamos conseguir — Dathan disse.

— Vamos, sim.

— Não há tempo ou espaço suficiente, Miramir. Eles vão nos encurralar. Não podemos saltar com eles bem à nossa frente.

— Eu consigo.

— Quer saber?

Miramir não parou, não tirou os olhos dos controles, fixada apenas nos gráficos do hiperpropulsor. Daquela posição, Dathan podia ver os dados sendo exibidos, quase rápidos demais para se ler.

— O quê?

— Eu te amo — Dathan declarou.

Miramir olhou de relance para seu marido, e para Dathan o tempo parou outra vez. Ela parecia prestes a dizer algo, mas acabou apenas... exibindo aquele sorriso, um sorriso que ele conhecia tão bem, um sorriso que ele amava, um sorriso pelo qual ele cruzaria a galáxia, um sorriso que podia iluminar até o mais distante vazio do espaço, o sorriso de sua esposa, a mãe de sua filha, o sorriso de Miramir...

Outro lampejo; dessa vez, azul. A nave sacudiu de novo, mas o movimento foi suave, o cargueiro surrado não enfrentou a violência de uma onda de choque, mas surfou na crista de um pulso de energia. Dathan e Miramir se viraram a tempo de ver o caça central do trio voando em sua direção evaporar em uma explosão de partículas ionizadas, enviando seus dois companheiros em uma rota de fuga desesperada.

Eles eram rápidos, mas não o bastante. O segundo caça explodiu em uma nuvem de gás cintilante, atravessada pelas linhas arrojadas de uma nova nave, que girava em parafuso através dos destroços.

A recém-chegada era longa e elegante, com um nariz meticulosamente esculpido que se conectava a uma fuselagem estreita, como a ponta de uma flecha. Na traseira, os propulsores rugiam, enquanto, na lateral, quatro asas se estendiam com longos ganchos projetados como lanças. As superfícies de voo estavam travadas em um distinto formato conhecido por toda a galáxia.

— Um X-wing — disse Miramir, piscando de perplexidade, como se mal pudesse acreditar naquela sorte. — Estamos muito longe do espaço da Nova República. O que eles estão fazendo aqui? — Ela se virou para Dathan, os olhos arregalados agora alertas para a possibilidade de que talvez, quem sabe, eles estivessem em algum lugar seguro.

Dathan, porém, sacudiu a cabeça.

— Não sei e não quero saber. — Ele olhou para o console do copiloto, desejando saber mais sobre os sistemas da nave. — Estamos prontos para saltar ou não?

Os olhos de Miramir estavam arregalados.

— Do que você está falando? — Ela gesticulou na direção das janelas frontais. — Não precisamos saltar de novo. A Nova República vai nos ajudar.

No mesmo instante, outro lampejo azul iluminou o espaço. O último agressor se afastava, tentando encontrar espaço para saltar para o hiperespaço. Mas o X-wing era mais rápido e mais bem armado. O piloto lançou a nave em uma espiral quando os quatro canhões abriram fogo, disparando uma saraivada de tiros blaster sobre sua presa.

Não, não um X-wing. Dois — *três*. Os outros dois caças surgiram por baixo do cargueiro, afastando-se deles para se juntar ao primeiro. Enquanto Dathan e Miramir observavam, suas asas-S se abriram na posição de ataque e seus propulsores quádruplos brilharam à medida que aceleravam.

O agressor não tinha chance alguma. A nave girou em seu eixo, depois mergulhou e fez uma curva fechada, o piloto tentando em vão escapar da mira automática antes que pudesse acionar o hiperpropulsor.

Dathan observou quando os três X-wings entraram em formação e diminuíram a distância atrás de seu alvo, mas não se sentiu satisfeito ao ver o último agressor destruído. Eles foram salvos desta vez, por pura sorte — *o que*, afinal, a Nova República estava fazendo ali? Ainda assim, ele sabia muito bem que mais caçadores viriam; o prêmio era valioso demais para desistirem.

— Inicie o salto — ele disse em voz baixa. Miramir olhou de novo para ele e os dois se encararam. Dathan esperava que ela entendesse, eles já haviam falado bastante sobre isso — maldição, ela sabia *exatamente* o que ele estava pensando.

E então, para seu alívio, ela concordou.

Eles não podiam confiar em ninguém. Nem mesmo na Nova República.

Estavam sozinhos. Sempre foi assim, e sempre seria.

Quando Miramir voltou a focar nos controles, Dathan olhou novamente para o assento do navegador, mas Rey não passava de uma massa encolhida sob o cobertor, apenas os dedos de uma das mãos visíveis enquanto ela se agarrava no assento.

Foi então que o comunicador da nave ganhou vida.

— *Atenção, nave desconhecida. Reinicie seu navicomputador e prepare-se para inspeção.*

Dathan olhou para o teto mais uma vez. Inspeção, por... três X-wings? Isso não fazia sentido.

Então, uma quarta nave apareceu, aproximando-se acima do cargueiro, um enorme pedaço de metal cinzento, a superfície repleta de antenas, escotilhas, bloqueadores de sensores e canhões.

Uma nave de combate da Nova República. Dathan não sabia exatamente de qual tipo, mas isso não importava. Ele observou o casco da nave de combate bloquear todo o campo de estrelas, sentindo um leve tremor quando raios tratores foram acionados, puxando-os lentamente para o brilho azul da abertura do hangar que agora dominava sua visão.

Dathan recostou-se e levou as mãos ao rosto. Sacudiu a cabeça, mas logo sentiu as mãos de Miramir. Abriu os olhos enquanto ela guiava suas mãos, baixando-as até seu colo.

Ele olhou para as janelas, observando o hangar crescer cada vez mais. Ao lado, dois dos X-wings seguiram na frente e aterrissaram. Então, o brilho azul desapareceu quando o cargueiro passou pelo escudo magnético.

— É isso — Dathan declarou, com um suspiro. — O fim da linha.

— Ainda não temos certeza — observou Miramir.

Talvez ela estivesse certa. Talvez ele fosse cauteloso demais — *cínico* demais.

O comunicador voltou a soar.

— *Atenção, nave desconhecida. Prossigam para sua rampa de saída. Por favor, sigam nossas instruções.*

Miramir soltou o cinto e se levantou.

— Bom — ela disse, levemente dando de ombros —, ao menos eles disseram "por favor".

Dathan estava de pé, quase congelado, o coração martelando. Sentiu Rey tentando soltar sua mão e olhou para ela.

— Você está apertando demais, papai.

Dathan quase riu, mas relaxou a mão. Então, voltou a observar Miramir conversando com um dos pilotos dos X-wings, o oficial ainda em seu traje de voo azul, o capacete debaixo do braço. Ao seu lado, a outra pilota segurava o capacete com uma das mãos.

Eles estavam no hangar, ao lado da rampa de saída do cargueiro. Por enquanto, tudo o que os oficiais da Nova República haviam feito era pedir que permanecessem onde estavam. Quando começaram a fazer perguntas, foi Miramir quem se voluntariou para respondê-las.

Ela era boa com pessoas, Dathan sabia disso, mas isso não o tranquilizava. Não tinham nenhuma identificação, licença ou permissão — nenhum documento oficial de qualquer tipo. Sua nave não possuía registro, transponder ou... nada. Dathan só podia torcer para que Miramir conseguisse usar seu charme com os oficiais, porque ambos sabiam que, embora a Nova República afirmasse controlar uma grande parte da galáxia, ainda havia regiões que preferiam viver fora de seus limites. Regiões pacíficas, mas que não estavam dispostas — ou não viam motivo suficiente — para se juntar à gloriosa causa. Já haviam se passado dezessete anos desde a destruição da segunda Estrela da Morte em Endor. Dezessete longos anos desde a morte do pai de Dathan — ainda agora, pensar em Palpatine lhe provocava um arrepio, uma sensação de vazio, quase uma tontura — e desde a queda do Império que ele governava. Era um tempo considerável, sem dúvida, mas a galáxia era imensa, e a incipiente autoridade da Nova República ainda tinha um longo caminho, literal e figurativamente, a percorrer. Para Dathan, ao assistir — e *desejar* — que a velha ordem fosse substituída pela nova, às vezes parecia que a Nova República não havia feito absolutamente nada.

Mas, naquele momento, tudo isso era irrelevante, ao menos em teoria. Eles estavam no Espaço Selvagem, uma verdadeira terra de ninguém. Nem mesmo a Nova República podia reivindicar autoridade ali.

Certo?

Miramir lançou um olhar para Dathan, sua boca torcida em uma expressão que dizia claramente *não faço ideia do que está acontecendo*. Ela voltou para junto dele e de Rey, seguida por dois pilotos. Um deles tinha uma postura rígida — o oficial sênior, Dathan presumiu. O piloto lançou um olhar para Dathan e depois para Rey, com uma expressão que não era de desgosto, mas estava bem próxima disso. A outra pilota parecia mais amigável e, crucialmente, mais flexível.

O oficial sênior fungou, olhou para Miramir e, em seguida, voltou o olhar para Dathan.

— Então, vocês não têm nenhuma identificação?

Dathan tentou um sorriso, mas o homem não correspondeu.

— Sim, é isso mesmo.

Os lábios do oficial tremeram. A outra pilota deu um passo à frente, e o sorriso que ela exibia parecia genuíno demais.

— Pedimos desculpas por termos que fazer isso — ela disse —, mas precisamos perguntar o que vocês estão fazendo aqui.

— Eu poderia perguntar o mesmo — retrucou Dathan. Ao seu lado, Miramir franziu o cenho e sacudiu a cabeça levemente. O oficial não reagiu, exceto para lançar um olhar gélido sobre Dathan.

— Eu sou o Tenente Zaycker Asheron. Essa é minha sargento de voo, Dina Dipurl. Vocês estão a bordo da *Starheart*, a nave de comando do Esquadrão Halo. — Ele ergueu o queixo o máximo que conseguiu. — Você está em uma parte muito perigosa da galáxia, meu jovem rapaz.

Dathan assentiu.

— Percebemos. E, além disso — ele acrescentou —, uma parte da galáxia muito longe do Núcleo Galáctico. — Ele abriu as mãos. — Obrigado por nos resgatar, mas somos apenas viajantes. Não fazemos parte da sua república, nem desejamos fazer.

Asheron desdenhou, mas não disse nada.

— Então, considere isto uma checagem de rotina — disse a Sargento de Voo Dipurl. — Ser atacado por piratas não é qualquer coisa. — Ela sorriu e se abaixou para ficar na mesma altura de Rey. Então, sorriu para a criança, e olhou para seus pais. — Estão todos bem? A sua nave não parece estar na sua melhor forma.

— Nosso hiperpropulsor é temperamental — Miramir disse. — Estávamos esperando o motivador esfriar antes de tentar outro salto. E então, fomos atacados.

— Vocês têm alguma razão para serem atacados? — perguntou Asheron, secamente. Ao ouvir aquilo, Dipurl se levantou, sacudiu a cabeça e disse:

— Senhor, com todo respeito, por acaso piratas precisam de alguma razão para atacar? É por isso que estamos aqui, afinal de contas.

Asheron ergueu uma sobrancelha.

— Nossos objetivos são secretos, sargento. — Então, satisfeito com o baixar de olhos de sua subordinada, ele se voltou aos outros.

— Então, para onde vocês estão indo?

— Estamos apenas de passagem — murmurou Dathan.

A expressão de Asheron azedou. Ele claramente era um homem que precisava que tudo fosse feito de acordo com as regras.

— Mas para *onde*, exatamente?

Dathan e Miramir trocaram olhares, então Miramir disse:

— Não sabemos.

— Vocês são algum tipo de andarilhos do espaço? — Asheron fungou de novo. — De onde vieram?

Dathan estava prestes a responder, mas Miramir foi mais rápida.

— Jakku — ela disse.

— Nunca ouvi falar.

Ele estava mentindo. Dathan sabia — a maneira como Asheron respondeu tão rápido, novamente mostrando a superioridade de sua posição, o poder que tinha sobre eles naquele momento. A Batalha de Jakku acontecera havia dezesseis anos, mas todos de uma certa idade lembrariam o nome, e Asheron certamente se encaixava no grupo.

— Estamos correndo perigo — declarou Miramir. — Precisamos de ajuda.

— É mesmo? — O tom de Asheron indicava que ele tinha pouco interesse na situação deles e queria apenas respostas para suas perguntas inúteis. Ele se virou para sua companheira. — Sargento, vou deixar você para terminar aqui. Esse desvio já nos custou muito tempo.

Miramir e Dathan olharam um para o outro. Asheron ajustou seu capacete debaixo do braço e se virou para ir embora, mas Miramir deu um passo adiante e o puxou pelo braço. Ele parou e olhou para a mão dela.

— Você não entendeu? — ela perguntou. — Precisamos de ajuda. Não é isso que a Nova República deveria fazer? Ajudar as pessoas? — Exasperada, Miramir tirou do bolso da túnica uma fina corrente de prata. Ela mostrou o amuleto pendurado na corrente; era estilizado, como uma adaga, o símbolo parecendo... sinistro. — Estamos sendo caçados pelos Sith.

Dathan sentiu um frio no estômago. O amuleto — o talismã hex — era dele. Ele o carregara por toda sua vida, e mesmo quando fugiu de casa... o guardara consigo, um símbolo de tudo que odiava e de tudo que jamais seria. Dathan o manteve, mas não tinha coragem de usá-lo. Anos antes, Miramir havia tirado o talismã dele e prometido mantê-lo próximo do próprio coração, um símbolo agora de como seu amor venceria qualquer mal.

Asheron a encarou e esboçou um sorriso — uma linha fina e tensa, desprovida de qualquer calor ou traço de interesse.

— É mesmo?

Dathan piscou, incrédulo. Será que Asheron era mesmo *tão* ignorante? Ele não esperava conseguir qualquer ajuda da Nova República, mas seria possível que aquele oficial sênior realmente nem soubesse o que eram os Sith?

Por outro lado... talvez não soubesse mesmo. Talvez acreditasse que os Sith estavam mortos há muito tempo, como acreditava a maioria das pessoas na galáxia.

Uma pena que isso não fosse verdade. Dathan olhou para Miramir, mas agora ela apenas sacudia a cabeça, o olhar fixo no amuleto em suas mãos. Ele sentia um desejo quase incontrolável de socar o oficial da Nova República, mas sabia muito bem aonde isso os levaria. Ele abriu o punho ao lado do corpo.

— A Nova República ajuda os seus *cidadãos*, é verdade — Asheron continuou, lançando um olhar rápido para Dathan antes de voltar a encarar Miramir. — Mas, como vocês disseram, vivem fora de nossas fronteiras. — Sua expressão suavizou, e ele suspirou. — Deixem-me sugerir — prosseguiu em tom mais baixo — que fiquem longe desta região e sigam para algum lugar mais próximo do Núcleo. Suas viagens serão muito mais seguras. — Então, virou-se nos calcanhares. — Sargento de Voo Dipurl, faremos o relatório em dez minutos. — Ele se afastou em marcha, dirigindo-se às portas principais do outro lado do hangar.

Miramir e Dathan trocaram um olhar. Dathan sentiu Rey apertar sua mão e abaixou-se para abraçá-la. Ele ergueu os olhos para a fuselagem do cargueiro. Era exatamente o que parecia: uma pilha de sucata.

— Você precisa nos ajudar — insistiu ele, virando-se para a oficial. Miramir aproximou-se, segurando a outra mão de Rey. — Você mesma disse — continuou Dathan. — Essa nave não vai nos levar muito longe.

Dipurl suspirou, olhando para eles.

— Certo, vou dar uma olhada — disse ela, deixando o capacete no chão ao lado da rampa do cargueiro e fazendo um gesto para que embarcassem. — Mas tem que ser rápido. Vou ver o que posso consertar. — Ela hesitou por um momento antes de acrescentar: — Acho que conheço um lugar que vocês podem alcançar daqui. Tenho um contato que me deve um favor, alguém que trabalhou com meu pai na época da Aliança Rebelde. Talvez eles possam receber vocês, ao menos até repararem a nave completamente. — Fez um gesto para que a família subisse primeiro. — E sinto muito, muito mesmo — falou, seguindo-os para dentro da nave. — Tudo que posso fazer é enviar um relatório. Contem-me sobre esse Sith e o amuleto, e eu anoto tudo. Talvez isso faça diferença para alguém.

CAPÍTULO 3

O SEPULCRO, COORDENADAS DESCONHECIDAS

PRESENTE

Algo se move na escuridão — uma sombra de longo alcance, rastejando pela noite abissal. A sombra é uma entidade em si: nem viva, nem morta.

É uma relíquia. Um… eco. Uma presença de tempos antigos. Uma presença maligna que sobreviveu, que encontrou um jeito.

Encontrou um *caminho*.

Agora, ela pode ver. Negra, mais negra que a própria escuridão, movendo-se incessantemente. Uma inteligência, sim. Uma mente sem forma, sem substância.

Mas aqui — *presente* — mesmo assim.

Ela fecha os olhos. Não faz diferença. Não há nada para ver, apenas o vazio. Um nada onde a sombra habita.

Onde a sombra prospera.

Na escuridão, na noite eterna dentro de sua mente.

E o vazio não é silencioso. Muito pelo contrário. É uma cacofonia ensurdecedora, um som que queima cada fibra nervosa de seu ser, mesmo sabendo que fisicamente não há nada para ouvir.

É o som da dor. É o som da morte. O som de milhares, talvez milhões, de almas gritando em agonia e sofrimento antes de serem silenciadas em um instante. Irmãos e irmãs. Filhos e filhas. Mães e pais. Podlings, branchlings, kithkin. Esporos e matriarcas; pais espaciais e seus irmãos, seus grupos genéticos e sua prole. Filhotes e crias. Crianças.

Gerações inteiras de vida, consumidas. Seus gritos agonizantes absorvidos e deixados em eterna reflexão, aprisionados dentro de um recipiente sombrio, criado há séculos por um poder inumano, incompreensível.

Por uma escuridão.

Por uma sombra de longo alcance.

E então, há outro som. Uma voz, vinda de um passado distante. Longínquo. Um chamado ecoando por um vale imenso de espaço e tempo.

A voz é terrível.

A voz é tão familiar quanto a sua própria.

Logo.

Ela abre os olhos dourados. A sala está iluminada e, felizmente, silenciosa. Seus ouvidos ainda zumbem como um sino — a súbita ausência de gritos é quase tão dolorosa quanto sua presença. O eco da voz persiste, reverberando em sua mente.

Lentamente, muito lentamente, ela se lembra de onde está. Deitada no chão, com o mundo ao seu redor aos poucos se tornando real outra vez. Ergue uma das mãos e toca o próprio rosto. Está quente. Está molhado. O sangue em seus dedos tem o tom azul-claro do céu Pantorano.

O lugar é iluminado por chamas esguias. Elas projetam luz sobre o pedestal feito de ferro meteórico. Ao lado do pedestal, caída, está a máscara. Feita do mesmo material estelar, a máscara repousa com a face voltada para o chão. A máscara balança suavemente de um lado para o outro, como se tivesse sido lançada.

Ela olha para a parte de trás da máscara — a curva do vazio, da escuridão, da sombra profunda.

E, então, a voz retorna.

Logo.

Logo.

Ela fecha os olhos novamente. E dorme, trocando um pesadelo por outro, na calada da noite, no vazio infinito do espaço.

Ela acorda ao som de algo diferente — um som tecnológico, moderno. Levanta-se de seu ninho, ignorando o latejar em sua cabeça e a dor que pulsa em seus membros.

Não pode deixá-los esperando. Eles têm paciência, sim, tanta que chega a ser exasperante.

Mas irritam-se com a mesma rapidez, e se há algo que ela não ousaria fazer, é provocá-los.

Ela concordou em ajudá-los. Eles, em troca, concordaram em mostrar o caminho.

Esse era o acordo.

E ela não faria nada que colocasse isso em risco.

De pé, ela ativa o comunicador. O ninho é inundado pelo brilho súbito de um azul-elétrico, um holograma que treme e pulsa, marcado pela mesma estática e interferência que protege o ponto de origem do chamado.

Ela se ajoelha diante da figura oculta pelas sombras, o capuz mal escondendo um rosto envolto em bandagens negras e pesadas — como todos os cultistas da Eternidade Sith escondiam suas feições.

Ela não sabe o motivo. E não importa.

Mas ela obedece.

— O que deseja, meu Mestre? — entoa, repetindo a litania que ecoava através do tempo, tão inescapável quanto os gritos que ouviu dentro da máscara. A máscara que sabia que, em breve, teria de vestir novamente.

A figura ameaçadora fala, e ela escuta. Enquanto as palavras tomam forma, ela se pergunta: seria essa a última vez? Eles realmente cumpririam sua promessa?

Talvez, um dia, o pedido deles seja demais.

CAPÍTULO 4

O TEMPLO JEDI DO MESTRE LUKE SKYWALKER, OSSUS

PRESENTE

Luke? Tio?

Luke Skywalker abriu os olhos onde estava sentado, de pernas cruzadas, no chão de pedra. O adolescente que o chamara estava meio dentro, meio fora da cabana, com uma expressão que misturava expectativa e embaraço por ter interrompido acidentalmente a meditação do Mestre Jedi.

Luke suspirou, mas permaneceu na mesma posição. A verdade era que ele ficou contente com a interrupção. Sua meditação estava… difícil.

De novo.

— Ben, eu já expliquei.

Ben Solo passou a mão pelos cabelos pretos.

— Eu… ah, sim, desculpe… *Mestre* Skywalker.

— Os Jedi têm muitos ensinamentos — disse Luke — e entre eles estão a disciplina e o controle.

— É claro, Mestre.

— E isso inclui bater antes de entrar — completou Luke, com um sorriso leve e amigável.

Ben sorriu de volta, mas o gesto foi breve. Ele mexeu-se inquieto e olhou ao redor da cabana de pedra. Embora pequena e simples, como todas as construções do templo, Luke reconhecia a expressão no rosto de Ben.

Luke lembrou-se de manter a calma, não porque Ben fosse seu sobrinho — laços de sangue significavam pouco nos ensinamentos da Ordem Jedi que Luke trabalhara tanto para restaurar. O desapego era essencial para o foco puro que os Jedi buscavam.

Mas Ben estava tentando, e Luke sabia que estar ali, nas florestas de Ossus, não era fácil para ele. A paisagem era bonita, o templo calmo e ordenado, mas a vida de um Padawan era cheia de treinos e com pouco espaço para lazer. Mesmo quando o tempo permitia, faltava estrutura para isso.

Para um adolescente de dezesseis anos como Ben Solo, Ossus era *previsivelmente* tedioso. A ideia de uma vida dedicada ao estudo podia soar nobre na teoria, mas na prática era exaustiva.

Ainda assim, Ben estava se esforçando. Mais do que isso, ele era talentoso. Mesmo agora, parado na porta, apoiando-se casualmente no batente enquanto passava a mão pelos cabelos novamente, Luke podia sentir o poder que emanava de seu Padawan — uma força vibrante, crescendo, esperando para florescer em algo extraordinário. Às vezes, Luke se perguntava se Ben não se tornaria tão poderoso quanto ele.

O legado dos Skywalker era forte demais.

Luke ergueu uma sobrancelha antes de rir suavemente, o silêncio crescente dentro da cabana parecendo deixar Ben ainda mais desconfortável. Não era algo que Luke esperava dele — Ben era um bom garoto, mas havia uma inquietação constante, uma ansiedade que fervilhava logo abaixo da superfície. Luke imaginava que isso vinha do desejo de agradá-lo, como Mestre Jedi do templo. Mas sabia que também refletia um conflito mais profundo: Jedi contra família, sobrinho contra tio, Padawan contra Mestre.

E, às vezes, Ben escondia isso bem demais.

— Então, o que foi, Ben? Você quer algo de mim?

Ben endireitou-se ao ouvir aquilo e fez uma pequena reverência.

— Desculpe, Mestre. Você tem uma visita.

— Uma visita? Não estava esperando ninguém.

— Não achei que precisasse pedir permissão para visitar um velho amigo.

Ben virou-se para a nova voz enquanto um homem entrava na cabana.

Luke levantou-se para receber o visitante.

— É claro que não — disse Luke. O Jedi e o recém-chegado apertaram os braços. — É bom ver você, Lor.

Lor San Tekka soltou o braço de Luke e deu um passo atrás, fazendo uma reverência formal antes de pousar uma das mãos sobre o ombro do Jedi.

— Sempre levo a sério uma audiência com um Mestre Jedi — disse Lor. Ele virou-se para Ben. — Jovem Ben Solo, você parece bem. Como está indo o treinamento?

Ben fez uma reverência rápida.

— Saudações, senhor. E... hum...

Luke riu.

— Ele está indo bem. Na verdade, não podia esperar um aluno melhor.

— Fico feliz em ouvir isso — falou Lor, voltando-se para Luke. — Tenho informações que podem interessar a você, Luke, se...

Luke colocou uma das mãos no ombro de Lor.

— Estou sempre interessado — respondeu, antes de olhar para Ben. — E você deveria estar estudando, Ben. Lor e eu temos muito para conversar.

Ben lançou um olhar para ambos antes de se curvar novamente, mas Luke notou a expressão de desagrado em seu rosto.

— Sim, Mestre. — Então, virou-se e saiu da cabana, mas não sem lançar um último olhar para Lor.

Luke caminhou até a porta, observando o sobrinho afastar-se pelo declive gramado. No outro lado, onde ficavam as construções do templo, Enyo, uma Twi'lek de pele laranja, conduzia um grupo de jovens aprendizes em exercícios com sabres de treinamento.

Ele se virou e voltou para dentro, guiando Lor pelo braço.

— Na verdade, estou contente por você estar aqui — disse, parando no centro da cabana.

— Ainda estão acontecendo, não é? — perguntou Lor, encarando Luke pelas costas.

Luke confirmou com a cabeça antes de se virar.

— E estão ficando cada vez piores.

— Piores? Ou mais fortes? — Lor inclinou a cabeça levemente. — Existe uma diferença, Luke. Você só precisa ouvir a Força. Ela irá guiá-lo.

Os lábios de Luke tremeram achando aquilo engraçado — mas a expressão foi espelhada por Lor San Tekka. Ele ergueu a mão.

— Eu sei, eu sei, um seguidor da Igreja da Força ousa instruir um Mestre Jedi? — Lor riu suavemente. — Talvez um dia eu aprenda, mas sou um homem velho com velhos hábitos. — Ele cruzou os braços. — Você sabe para onde suas visões o levam?

Luke fixou o olhar no amigo.

— É por isso que preciso da sua ajuda.

Lor franziu as sobrancelhas.

— Sempre fico feliz por guiar, Mestre Skywalker, mas apenas para quem estiver disposto a seguir. — Ele abriu as mãos. — A Força, em si, permanece um mistério para mim. Não sei o que você acha que eu possa fazer.

Luke passou a mão sobre a barba.

— Eu quero tentar algo. — Então, sentou-se com as pernas cruzadas outra vez no meio da sala.

Lor permaneceu onde estava.

— Luke, tem certeza de que isso é uma boa ideia?

Luke ergueu os olhos.

— Preciso descobrir o que essas visões significam. Se eu meditar, tente descrever o que estou vendo enquanto vejo…

— Luke, estou falando sério. — Lor ajoelhou-se na frente do amigo. — Eu não sou um Jedi. Você sabe disso. Deve haver mais alguém no templo que pode ajudar. Ben, talvez?

Luke negou com a cabeça.

— Você é a única pessoa que sabe sobre as visões, e quero que isso continue assim.

Lor ergueu as mãos, abrindo a boca enquanto procurava palavras para protestar, mas no fim acabou apenas suspirando.

— Muito bem — ele disse. — Ficarei de vigília. Diga-me o que você vê e talvez a Força me guiará assim como guia você.

Luke assentiu.

— Obrigado. — Ele ergueu o queixo, fechou os olhos e…

Em outro mundo, ele abriu os olhos, olhou ao redor e viu…

Nada. Escuridão. Um vácuo, um vazio absoluto, um espaço sem limites ou dimensões, um lugar que não existia fora dos confins de sua própria mente.

Ainda assim, era um *lugar*.

Luke deu um passo adiante, sem sentir nada sob os pés — porque não havia nada ali. Seus passos não produziam som, nem o levavam a lugar algum. Ele olhou em volta, forçando a vista, mesmo sabendo que não havia nada para ver. Nenhuma luz. Nenhuma energia. Absolutamente nada.

A rapidez da visão o surpreendeu. Ele vinha visitando aquele lugar em suas meditações havia semanas, mas o estranho mundo sombrio costumava demorar para se manifestar. Normalmente, sua consciência deixava a realidade aos poucos, enquanto ele focava mente e corpo na meditação. Então, como se caísse de uma grande altura, era puxado por uma gravidade escura impossível de escapar — e ali estava ele.

Com o passar dos anos, suas meditações haviam se tornado mais profundas. Ele mergulhava nos recessos de sua mente não apenas para destravar o potencial que sabia existir, quase fora de alcance, mas também para tentar comungar com a galáxia ao seu redor. A Força, ele sabia, era algo vivo. Em termos básicos, era um campo de energia que unia todo o universo. Não era um poder a ser usado, manipulado ou controlado. Era uma presença que permitia conexão — vasta, viva, mas não senciente.

Nesse sentido, Lor San Tekka estava certo. Os seguidores da Igreja da Força não eram sensíveis à Força, mas isso não significava que não a entendiam, ou que não compreendiam aqueles que podiam tocá-la e se conectar a esse campo que permeava o tecido da existência.

Mas, desta vez, algo estava diferente. Ele fechara os olhos e, repentinamente, estava *ali*. Luke sabia que, sem o controle firme de suas emoções, sentiria medo. E talvez devesse mesmo. Mas ele transformou essa sensação crescente em algo diferente, canalizando-a para amplificar seus sentidos e aumentar sua percepção dos arredores.

O vazio, ele percebeu, de alguma forma estava... *ciente* dele. Do visitante. Do intruso vindo de fora.

Luke se concentrou.

Sim, agora ele sentia. Era algo que já surgira e desaparecera em visões anteriores, mas estava mais forte agora. Se a presença de Lor San Tekka tinha alguma influência, isso não importava.

Uma presença.

A escuridão não estava vazia.

Ele se concentrou novamente.

Era escuro, mas diferente do terror sombrio que ele experimentara na presença do Imperador, ou mesmo de seu próprio pai, tantos anos antes. Aquele tipo de escuridão ele conseguia entender. Sabia de onde vinha. Sabia como a luz podia ser corrompida, deturpada, transformada em escuridão — uma força moldada e abusada para servir ao poder, algo que não pertencia à luz da Força.

Mas o vazio não era aquilo. Ainda assim, estava vivo. E Luke não estava sozinho.

Então, o vazio mudou, tornando-se algo mais real, deixando de ser abstrato.

Luke agora estava em algum lugar. Um lugar muito antigo. Um lugar distante.

Um lugar… escondido.

O chão negro. O céu negro. Ambos planos, frios, como metal. Lampejos de relâmpagos cortavam o céu, descargas elétricas que desciam em grandes pilares de energia até o chão, iluminando nuvens baixas de poeira cinza que sufocavam o ar. Era como se o céu pressionasse o chão, e o mundo entre eles estivesse prestes a se partir.

Desolação. Essa era a palavra. O lugar era castigado pelo tempo, o ar seco e carregado com uma eletricidade perigosa que dançava sobre o chão de basalto negro, imensuravelmente antigo.

E então, ele…

— E então?

Luke abriu os olhos. Estava sentado no chão de pedra. Lor San Tekka ajoelhava-se diante dele, as mãos pressionadas sobre os joelhos. Parecia desconfortável.

Luke pressionou os lábios, surpreso com a rapidez com que a visão desaparecera, tão abrupta quanto havia chegado.

— Diga-me o que você viu, Luke — pediu Lor. — Descreva para mim.

Luke olhou para o nada enquanto buscava as lembranças no fundo de sua mente. Descreveu o vazio, a paisagem escurecida e a presença sombria que sentira.

Lor ouviu com atenção, depois se levantou, e começou a andar lentamente pela cabana para esticar as pernas, os joelhos estalando a cada passo, acompanhados por um leve estremecimento.

Luke o observou.

— Alguma coisa disso faz sentido para você?

Lor parou e apertou os lábios.

— Já estivemos em muitos lugares, Luke. Já vimos muitas coisas.

Luke assentiu. Era verdade. Desde a morte do Imperador e a queda do Império, os dois haviam passado muito tempo juntos. Luke, movido pelo desejo de restabelecer a Ordem Jedi a partir do nada, buscara a ajuda do velho explorador para caçar relíquias e artefatos conectados à Força. Juntos, seguiram a bússola das estrelas que Luke descobrira em Pillio, mapeando a rede de templos Jedi espalhados pela galáxia — muitos deles perdidos na memória desde o expurgo do Império, quatro décadas antes.

Essas viagens foram frutíferas. Luke reunira uma coleção considerável de antiguidades para o templo nascente: livros, tomos, documentos e cartões de dados; itens ritualísticos, insígnias e símbolos de poder; tecnologias raras, incluindo sabres de luz e a própria bússola das estrelas. Tudo era estudado por Luke, com Lor fornecendo um conhecimento profundo para o Jedi, que estava ansioso não só para aprender, mas também para *entender* em sua busca por reconstruir os Jedi.

— Sinto que há um *mas* chegando — disse Luke.

Lor começou a andar novamente.

— Pode ser um lugar real, ou pode ser apenas isso: uma visão. Uma representação da escuridão que sempre existe onde há luz.

— Mas por que agora? Nunca tive visões como essa.

— A influência de alguns artefatos, talvez? Nós estudamos muitos objetos ligados às artes sombrias, Luke.

Era uma possibilidade plausível, mas Luke não achava que fosse o caso. Ele não manuseava nenhuma relíquia Sith havia semanas e estava bem ciente dos perigos que tais artefatos representavam. A verdade era que algo mudara dentro dele nas últimas semanas. Sua rotina inabalável de rituais diários e treinamentos com os jovens havia sido interrompida. Ele delegara tarefas básicas a pupilos mais velhos — incluindo Ben — enquanto se isolava em seus aposentos, tentando compreender as visões.

— Desculpe — Luke disse, levantando-se. Ele limpou as túnicas cor de creme e então passou a mão cibernética pelos cabelos castanho-acinzentados. — Não sei por que achei que isso ajudaria. — Ele fez uma pausa, balançando a cabeça. — Mas esse... lugar, seja o que for, estou vendo isso por alguma razão, Lor. Posso sentir.

— Oh — Lor falou, pousando uma das mãos no ombro do amigo. — Disso, Luke, não tenho nenhuma dúvida. Só gostaria de poder ajudar de forma mais útil. Pesquisa, trabalho de campo, exploração... é assim que sei ser útil. Mas vigiar um Jedi vasculhando sua própria mente? — Ele sacudiu a cabeça. — Isso foge completamente do meu domínio.

Luke riu com suavidade, relaxando na presença do velho amigo.

— Talvez você esteja certo — declarou ele. — Mas por que você veio para Ossus, afinal? Disse que encontrou alguma informação?

— Bom — Lor começou —, vai parecer um pouco… anticlimático depois de tudo isso.

— Continue — pediu Luke. — Estou interessado.

Lor assentiu.

— Já ouviu falar de um planeta chamado Yoturba?

Luke estranhou.

— Acho que não.

— Orla Média. Nada de excepcional — explicou Lor —, mas o Instituto Histórico de Lerct está conduzindo uma escavação arqueológica lá.

O interesse de Luke aumentou, as sobrancelhas se erguendo.

— Eles encontraram algo?

— Ainda não — respondeu Lor. — Mas desenterraram um grande assentamento. Não encontrei registros de um templo Jedi em Yoturba, mas o período é correto. Achei que podíamos dar uma olhada. Isso, é claro, se você puder se afastar do seu templo por um período.

Luke passou a mão pela barba, pensativo, antes de assentir.

— Claro — ele disse. — É melhor irmos até lá. Preciso de tempo para refletir, de qualquer forma.

Então, passou por Lor e saiu da cabana. Da pequena colina onde ficava, viu Ben conduzindo a sessão de treinamento no lugar de Enyo.

Luke ergueu a mão, chamando a atenção de Ben. O jovem reconheceu o gesto e começou a encerrar a sessão.

— Ele será um grande Jedi algum dia, Luke — Lor comentou, juntando-se ao amigo na porta. — E assumir responsabilidades no templo enquanto você estiver fora será bom para ele.

Luke concordou, depois retornou à cabana para se preparar para a expedição que os aguardava.

CAPÍTULO 5

O FERRO-VELHO, EM ALGUM LUGAR NA ORLA INTERIOR

PRESENTE

Se a lua tinha um nome, ele não sabia qual era. E nem se importava muito — com a lua ou com qualquer outra coisa.

Não mais.

Até onde sabia, estava sozinho, embora não tivesse se dado ao trabalho de explorar muito além dos limites do ferro-velho que havia tomado como lar. A lua, como tantas outras naquele setor, era do tamanho de um pequeno planeta — massa padrão, gravidade padrão, atmosfera padrão. Embora fria, era habitável, e isso era tudo que importava.

E ele a chamava de… na verdade, não chamava de nada. Não precisava. Sabia as coordenadas, claro — *ocasionalmente* se aventurava além do poço gravitacional da lua, mas nunca muito longe. Estava satisfeito onde estava. Não havia mais nada para ele fora dali.

Então, para ele, era simplesmente a lua. E o ferro-velho era apenas isso: um ferro-velho. Nada poético, mas ele nunca teve gosto por literatura.

De quem era o ferro-velho? Ele não sabia e não se importava. Nunca fizera nenhuma tentativa de descobrir. Era evidente que o lugar era antigo. Os destroços acumulavam-se em camadas, como uma paisagem geológica — camada sobre camada de metal e cerâmica, restos de naves estelares de civilizações, impérios e repúblicas há muito esquecidos. Na superfície, o material havia sido desgastado pelo vento incessante — um vento que uivava e gemia, e à noite parecia cantar entre as ruínas, quase como se fosse uma entidade viva. Espalhados sobre essa camada superior, grandes fragmentos se projetavam. Alguns ainda eram reconhecíveis, apesar do design ultrapassado: cápsulas propulsoras, com suas entranhas corroídas há tempos, formavam grandes tubos que serpenteavam pelas dunas como os corpos de vermes metálicos. Outras peças eram apenas carcaças — superestruturas, cabines, carapaças de propulsores —, enquanto, sob a superfície, havia quilômetros de cabos de plastoide, que ainda exibiam cores vivas: vermelhos, amarelos e azuis, a forte substância infinitamente menos suscetível a séculos de deterioração do que o restante da nave que tinha aqueles cabos e condutores como sistema nervoso e circulatório.

Ele não sabia de onde vinha tudo aquilo, e não se importava. Não estava ali pela sucata. Não havia nada útil naquele lixão, abandonado há eras — e isso era exatamente o que tornava o lugar perfeito. Significava que ninguém mais tinha motivos para aparecer ali. Talvez, um dia, caçadores de elementos descobrissem o lugar, equipados com ferramentas para extrair minerais ou metais. Ou talvez isso já tivesse acontecido, e o que restava era apenas o rescaldo.

Não importava. A única coisa que realmente importava era que ele estava sozinho. Ninguém visitava a lua e — talvez mais importante — ninguém nem sabia que ele estava ali.

A única coisa que importava era que o nome Ochi de Bestoon seria lentamente esquecido.

Ótimo. Porque sua atual missão não precisava de ninguém. Se fosse encontrar o que estava procurando, ele precisava estar sozinho e sem perturbações.

— Mestre!

Bom... embora sua existência fosse solitária, ele não estava, estritamente falando, *sozinho.*

— Mestre! — veio a voz aguda e trêmula de seu droide novamente. — M-m-mestre.

Ochi parou e suspirou, o som amplificado e ecoando através de seu respirador. Sim, a atmosfera era respirável, mas ele suspeitava que inalar a areia prateada não seria a melhor ideia a longo prazo. E ele certamente não tinha ido até ali para morrer. Muito pelo contrário.

Puxando o capuz de sua túnica, ajoelhou-se diante do droide — uma pequena unidade composta de uma única roda com esteira emborrachada e uma cabeça em forma de cone com nariz chato, conectadas por um braço articulado. Três longos sulcos formavam o conjunto óptico do droide. Quando Ochi se abaixou ao lado dele, o droide rolou levemente pela areia prateada, suas pequenas antenas tremendo, como se estivesse relutante em ficar tão perto de seu dono.

— O que foi, D-O?

— E-e-eu...

— Fale logo — Ochi disse, a voz carregada de impaciência —, ou vou deixar você lá fora de novo. Quer testar o frio no seu lubrificante mais uma vez?

Ao ouvir isso, D-O rolou até o topo da duna prateada que os dois estavam subindo e parou. Sua cabeça sacudiu, indicando que Ochi deveria olhar além da crista, em direção ao acampamento.

Ochi seguiu o droide. A máquina não era nada além de uma unidade de armazenamento e recuperação de dados com baixa inteligência, mas, em mais de uma ocasião, Ochi havia se impressionado com a sensibilidade de seus sensores. Quando D-O chamava sua atenção, geralmente era por um bom motivo.

Geralmente. Mas, ao escanear o acampamento, mantendo-se abaixado para observar, Ochi não viu nada fora do lugar.

Ele suspirou novamente e se levantou, virando-se para o droide. Do cinto, tirou um pequeno pedaço preto de tubulação — uma das poucas peças úteis que encontrara desde que chegara ali. Ele não sabia do que era feito — preto, polido, quase como pedra — nem para que havia sido usado originalmente.

Mas, fosse o que fosse, servia perfeitamente para o que ele precisava agora.

Sem hesitar, Ochi bateu na parte de trás da cabeça de D-O com o tubo, jogando o droide para frente, de nariz na areia. Quando a máquina soltou um ruído de medo, ele pressionou a bota contra a cabeça de D-O, prendendo-o ali. A roda do droide girou inutilmente, lançando uma nuvem prateada no ar enquanto tentava se libertar.

— Talvez um dia você aprenda a não desperdiçar o meu tempo, *droide* — rosnou Ochi, sussurrando a última palavra como se fosse um insulto. Então, ergueu o pé e chutou a roda de D-O. O droide rolou pelo declive e, depois de alguns metros, conseguiu levantar a cabeça da areia, sacudindo-a para desalojar os grãos presos em suas engrenagens.

— D-d-d-desculpe, mestre. Desculpe.

— Cale a boca — retrucou Ochi. — O que você queria que não podia simplesmente me dizer?

O droide tremeu e virou sua cabeça cônica para olhar o mestre.

— Movimento. Mestre. Movimento. Movimento.

Ochi franziu o cenho, depois se virou para subir novamente a duna. Ele observou seu acampamento em busca de algo fora do comum, qualquer coisa fora do lugar.

Durante seu tempo na lua, ele se acomodara bem. No centro da área plana estava sua nave, a *Legado de Bestoon*. A rampa principal estava aberta, mas ele havia improvisado uma extensão temporária com canos de manutenção e uma lona pesada de plastoide, expandindo o espaço enquanto mantinha a areia fora da nave. Atrás das telas de lona, arrumara caixotes de equipamentos e outras peças do interior da nave para criar um espaço de trabalho funcional.

Mas ele não conseguia ver ou ouvir nada fora do normal. O vento balançava uma das lonas, o som se misturando à melodia inquietante da lua enquanto a tarde avançava. Ele pensou que precisaria consertar depois aquele canto, antes de dar um passo para descer o declive. Suas botas afundaram levemente na areia prateada. Atrás dele, D-O tremeu e soltou um pio baixo, como se seu vocabulador estivesse falhando. Ochi parou e olhou para o droide.

Por mais que odiasse admitir — desprezando a máquina como sua única companhia naquela lua maldita —, ele *confiava* em D-O.

Se D-O tinha detectado movimento, então havia movimento.

Ochi se abaixou, apoiando-se sobre um joelho. Levando a mão para dentro da túnica, tirou um par surrado de quadrinóculos. Tirando a capa dos ombros, ele baixou o capuz e ajustou os quadrinóculos sobre o visor de seu respirador. Quando ligou o dispositivo, sua visão se encheu com uma imagem granulada, mas aprimorada, da área abaixo — a nave, o acampamento e os destroços ao redor. Linhas tracejadas e dados piscavam enquanto os quadrinóculos realizavam suas análises, gerando informações que Ochi achava úteis, se ao menos soubesse interpretá-las por completo.

Ele fez a varredura com cuidado, movendo os quadrinóculos lentamente da esquerda para a direita. O vento continuava a acelerar, levantando a areia prateada em redemoinhos, o ar zumbindo através da poeira fina. Os quadrinóculos travavam nas partículas suspensas, fornecendo a Ochi leituras de distância, graus de movimento, pontos de referência — todos absolutamente imprestáveis.

Esse era o problema. A areia metálica interferia nos sensores, tornando-os quase inúteis. Era mais uma das razões pelas quais ninguém se interessava por aquela lua, garantindo que nenhuma nave sobrevoando o local conseguisse detectar sua presença, oculta no centro de uma clareira no ferro-velho. D-O havia aprendido a filtrar parte dessa interferência ao longo do tempo, mas agora, enquanto Ochi sentia os quadrinóculos aquecendo sob suas luvas, o dispositivo claramente lutando para processar as leituras, ele começou a se perguntar se até mesmo o pequeno droide estava chegando ao fim de sua utilidade.

Ele baixou os quadrinóculos, ajustando-os no cinto, e voltou o olhar para a área abaixo. Um redemoinho havia se formado perto de sua nave — um tornado em miniatura, que se ergueu do solo, sugando a areia prateada antes de se dissipar tão rapidamente quanto aparecera. Então, o vento mudou de direção. Ele soprou a capa de Ochi sobre sua máscara, obrigando-o a puxá-la de volta para longe do rosto. E, por um breve momento, tudo ficou parado.

Não havia nada lá embaixo.

— Está na hora de você ajustar os seus sensores — murmurou para o droide enquanto se levantava e começava a descer a duna. — Ou eu mesmo ajusto para você.

Atrás dele, D-O tremeu novamente, soltando murmúrios consigo mesmo antes de seguir seu mestre a uma distância segura.

O interior do espaço de trabalho improvisado de Ochi era bagunçado, mas, apesar da lona solta, não havia um grão de areia. Assim que entrou, com D-O rolando logo atrás, ele fechou a entrada e foi até o canto para prender a lona que se soltava. Satisfeito com o reparo, levantou-se, desprendeu a capa na altura da garganta e a jogou sobre um caixote de equipamentos. Em seguida, sacudiu o restante da areia de suas roupas e subiu a rampa que levava ao interior da *Legado de Bestoon*.

O interior da nave era espaçoso, mas abarrotado de mais caixotes de plastoide. Pilhas encostavam nas paredes, outras espalhavam-se pelo chão, muitas com as tampas abertas, revelando seu conteúdo. Alguns caixotes estavam posicionados como mesas, outros como cadeiras. Sobre a mesa improvisada, o conteúdo de vários caixotes vazios estava espalhado.

Havia livros, mapas e até papéis antigos, marrons pelo tempo, escritos em polpa de árvore processada ou em couro tratado — raridades de valor considerável, mesmo sem levar em conta as informações registradas neles. Alguns documentos mais recentes estavam misturados, suas folhas sintéticas brancas e brilhantes contrastando com as contrapartes envelhecidas. Equilibrado sobre uma pilha de dois caixotes, um grande tomo descansava com a lombada há muito partida, suas páginas manchadas, tortas e quase soltas. Sobre a página aberta havia um datapad com uma caneta capacitativa.

Ochi caminhou até a mesa, enquanto D-O rolou até um canto onde havia feito um ninho com papéis descartados — um lugar confortável e quase escondido, próximo a um ponto de recarga.

Por alguns minutos, Ochi apenas olhou para o que estava diante dele: sua *pesquisa.* Um minuto, dois minutos, três. Então, bufou, irritado. Ele tinha uma única rotina: uma caminhada diária de cinco quilômetros ao redor do ferro-velho. Supostamente, isso deveria clarear sua mente, permitindo que seu subconsciente trabalhasse nos enigmas enquanto ele focava em colocar um pé na frente do outro.

Mas hoje, seu subconsciente não fizera nada de útil. Ele estava cansado — tanto consciente quanto subconsciente. Ochi vinha estudando os mesmos livros durante muito tempo.

Provavelmente, tempo demais.

Ele se sentou pesadamente sobre um caixote, tirou as luvas e, em seguida, o respirador, largando ambos sobre outro caixote repleto de documentos antigos ao lado. Esfregou a cabeça careca, a pele amarelada marcada por cicatrizes de queimaduras. As luzes no implante cibernético que envolvia a parte de trás de seu crânio e cobria suas orelhas piscavam suavemente. Inclinando-se sobre a mesa, os dois olhos negros, cibernéticos e circulares de seu rosto liso focaram o texto que ele ainda não conseguira traduzir. Ele pegou o datapad, passou uma língua pálida por sua boca sem lábios e voltou ao trabalho.

Ele decifraria o texto e encontraria o lugar. Aquele planeta tanto amaldiçoado quanto abençoado.

Exegol.

Ele estava perto. Ele sabia. Ele podia *sentir.*

Ou, pelo menos, dizia isso a si mesmo, como se pudesse simplesmente desejar que fosse verdade. Pois Ochi de Bestoon vinha buscando Exegol havia muito, muito tempo, e, embora parte de si já tivesse desistido de ter esperança, ele se recusava a abandonar a busca.

Ele já estivera lá uma vez. E voltaria.

Mas Exegol não era apenas uma região desconhecida do espaço. O antigo planeta fora deliberadamente *ocultado*, apagado do restante da galáxia. Se por forças naturais ou por um ritual ancestral, Ochi não sabia. Mas ele havia alcançado Exegol antes, e faria isso de novo. Ele havia atravessado a Zona da Colmeia Vermelha — aquele mar assassino de caos avermelhado que protegia o planeta dos Sith. Ele *esteve lá*. Ele sabia os segredos sombrios que aquele planeta escondia. Segredos que seriam dele. As coisas que viu, as coisas que aprendeu naquela curta visita tantos anos antes — segredos que o Imperador sussurrara em seu ouvido, que Darth Vader insinuara em suas palavras.

E Ochi sabia que aquilo era apenas o começo. Uma mera fração do poder adormecido sob a superfície negra e rachada daquele planeta morto.

Poder? Ochi riu. Ah, sim, ele já desejou poder. No passado, quis riquezas e glória. Mas nunca para governar. Governar a galáxia? Por quê? Para ter criados? Lacaios? Uma corte de subalternos cuidando de tudo enquanto ele descansava em um trono de ebonite?

Não. Isso nunca foi para ele. Talvez tenha sido um sonho antigo, mas não era o que ele desejava agora. O poder que ele buscava agora era diferente. Muito diferente.

O que Ochi de Bestoon queria era o poder de viver. De se curar. De voltar a ser ele mesmo.

Ele perdera a noção do tempo, mas já fazia anos desde que atravessara o pesadelo dos abismos da Zona da Colmeia Vermelha. Anos desde que, relutante, acompanhara Darth Vader naquela jornada, investigando os segredos sombrios do Imperador. Em Exegol, eles haviam encontrado a vasta frota que os cultistas e trabalhadores escravizados vinham construindo: Destroieres Estelares, centenas deles, cada um mil vezes mais poderoso do que as naves da antiga Frota Imperial. Essas naves possuíam armamentos colossais, capazes de destruir planetas, alimentados por fragmentos de cristais kyber arrancados de uma montanha enorme no coração do templo-fortaleza dos cultistas.

Foi essa montanha de kyber que deixara as cicatrizes em Ochi. Ele se lembrava do momento em que viu os cristais sendo extraídos. Eles gritaram — literalmente gritaram —, liberando uma explosão de energia que queimou sua pele, cauterizou seu crânio e destruiu seus olhos. Mesmo assim, os cultistas da Eternidade Sith torturaram os cristais, imbuindo-os de ainda mais poder para alimentar as armas da frota.

Ochi lembrava-se da dor. Da escuridão. Da voz do Imperador Palpatine — profunda, melódica, quase tranquilizadora — enquanto a Eternidade Sith o reparava. Substituíram seus olhos, instalaram uma unidade cibernética em sua cabeça para compensar as partes danificadas de seu cérebro.

Mas ser reparado não era o mesmo que ser curado. Depois daquele acidente, Ochi nunca mais foi o mesmo. Não apenas por causa das cicatrizes físicas, mas por algo mais profundo. Algo dentro dele havia mudado.

Ele havia enxergado a luz de Exegol — uma luz terrível e linda. Poderosa. Uma luz que podia destruir, mas também curar, renovar, reconstituir.

Ele havia sobrevivido. Deixara Exegol, retornara ao serviço de mestres diferentes — Vader novamente, Lady Qi'ra e a Aurora Escarlate, outros. E durante todo esse tempo, a voz do Imperador ecoava nos cantos sombrios de sua mente, enquanto a lembrança do planeta oculto dos Sith brilhava cada vez mais intensamente.

Agora, mais do que nunca, aquela luz queimava dentro dele, uma chama vermelha como o coração de um cristal kyber em agonia. Embora mais velho, Ochi sentia que, finalmente, estava no início de algo grande. Ele estava juntando as peças, embarcando em seu verdadeiro propósito. A razão de existir.

O que ele *precisava* era de tempo. De vida. De voltar a ser inteiro.

Curado. Não apenas reparado.

E Exegol era a resposta. A Eternidade Sith podia lhe conceder isso. E, se não quisessem, ele tomaria o poder deles e faria por conta própria.

O único problema era que ele não conseguia chegar até lá.

Ninguém conseguia. A Zona da Colmeia Vermelha era vasta e impossível de navegar — um inferno nebuloso que protegia Exegol como se o planeta nem existisse.

O que Ochi precisava era de um localizador Sith.

Ele não sabia como funcionavam, e isso não importava. Já tinha visto o localizador de Vader em ação. Era simples: bastava conectá-lo ao navicomputador. O dispositivo fazia o restante.

Ochi folheou algumas páginas digitais em seu datapad, lançando seu olhar cibernético sobre os diagramas que conseguira reunir. Um localizador era uma coisa estranha — mais uma obra de arte do que um dispositivo tecnológico avançado. Uma escultura de ferro e vidro, prendendo um fogo mágico em seu interior. Ele não sabia exatamente quem ou o que os Sith realmente eram. O Imperador era assustador, mas pagava bem. E Vader…?

Bom, Vader era um esquisitão. Mas Ochi já havia testemunhado do que ele era capaz. Já tivera um vislumbre do poder que ele parecia comandar, um reflexo sombrio da Força usada pelos Jedi que Ochi caçara em seus dias de glória nas Guerras Clônicas.

Naquela época, Ochi não entendia e, francamente, não se importava. E ainda não se importava agora. Mas um localizador? Isso era algo real. Uma ferramenta prática, algo que ele podia usar.

É claro, havia complicações. Sempre havia. Havia apenas dois deles, porque… é claro que só podia haver dois. Algo que os Sith tinham inventado — um rito ou crença ancestral, ou seja lá o que eles pensavam. Porque os Sith eram os Sith. Então, dois localizadores. Vader tinha um. O Imperador, Ochi imaginava, tinha o outro.

O problema era que Vader estava morto. E Palpatine também. Será que isso significava que os localizadores estavam destruídos?

Ou apenas perdidos?

Ochi preferia acreditar na última possibilidade.

Ou, pelo menos, era isso que dizia a si mesmo. Tudo o que precisava fazer agora era encontrar um deles — uma pequena relíquia piramidal, algo que cabia na mão, perdido em algum lugar de uma galáxia imensa.

Mas Ochi era determinado. Ele já havia investido tempo demais nessa busca para desistir agora. Anos de pesquisa, e ainda não havia terminado.

Porque ele tinha descoberto pistas. Os localizadores Sith apareciam em antigos textos que ele reunira como parte de sua coleção de relíquias. Lordes Sith, mestres e aprendizes surgiam e caíam com o tempo, em um ciclo quase matemático, e aqueles que os serviam também desapareciam. Os localizadores Sith, as chaves para Exegol? Não, não seriam perdidos ou destruídos tão facilmente. Havia um caminho para encontrá-los, e Ochi estava perto.

O livro que ele lia era antigo, suas páginas puídas e queimadas nas bordas, como se o tomo tivesse sido resgatado de uma nave em chamas. Algumas páginas estavam mais danificadas do que outras, tornando a tradução ainda mais difícil. Para isso, ele tinha D-O. O droide de armazenamento e recuperação de dados pertencera a um estudioso que Ochi havia matado em Primus Cabru, durante a invasão de uma biblioteca local. O pequeno droide chegou a implorar por sua vida eletrônica depois de ver seu mestre morrer. Ochi reconhecera sua utilidade — D-O fora programado com centenas de idiomas e algoritmos avançados que permitiam rápidas análises e comparações textuais com outros materiais armazenados em seu surpreendentemente vasto banco de dados. Era exatamente o que Ochi precisava.

Ele deixou o datapad sobre a mesa e olhou ao redor, procurando o pequeno droide. Sua irritação cresceu enquanto se levantava e levava a mão ao cano de metal.

— D-O? D-O! Droide! Venha aqui, preciso de você. — A voz áspera de Ochi ecoou pelo interior da *Legado de Bestoon*. Ele ficou de pé diante da cadeira improvisada, confuso com a falta de resposta.

A verdade era que ele odiava aquele droide. Pequeno e estúpido, com uma personalidade que lembrava a de um roedor, mal chegando a ser senciente. Tímido, fraco e constantemente amedrontado. Às vezes, enquanto se deitava à noite, ouvindo o canto das areias, desejando um drinque ou dois ou três ou quatro, Ochi imaginava apagar o processador central de D-O e começar do zero.

Mas ele sabia que era uma ameaça vazia. Por mais irritante que fosse, o droide continha a soma de todas as suas pesquisas. Graças aos algoritmos de análise, D-O até gerara um mapa navegacional parcial para Exegol. Ochi ainda precisaria de um localizador, mas, em sua mente, sempre existia a ideia de simplesmente arriscar e atravessar a Zona da Colmeia Vermelha. Provavelmente seria suicídio. Mas, por outro lado, morrer fazendo o que você gosta tem seu mérito, não é?

Era por *isso* que ele odiava D-O. Os dados do droide eram essenciais, mas inúteis ao mesmo tempo. Uma lembrança constante de seus próprios fracassos.

— Droide!

Um som repentino interrompeu seus pensamentos — como se uma pilha de papéis tivesse caído de um dos caixotes. Do lado de fora, o vento cantava através das areias prateadas, um lamento constante.

Os olhos cibernéticos de Ochi ativaram a visão infravermelha enquanto ele tentava localizar a assinatura térmica do droide. Sacudindo a cabeça, virou-se…

… e caiu para trás no chão, surpreso, quando se viu cara a cara com um intruso.

— Mas o quê…?

A figura diante dele era alta e magra, vestida inteiramente com uma longa túnica negra e um capuz estreito. Do chão, Ochi conseguia ver, sob a borda do capuz, o rosto do intruso. Era um rosto que ele já tinha visto antes.

Ou melhor, a *ausência* de um rosto. A cabeça estava completamente envolta em bandagens negras, espessas e sobrepostas, sem buracos visíveis para olhos, nariz ou boca.

— Você! — Ochi arrastou-se para trás, parando quando sua mão tocou algo atrás dele. Seus dedos tatearam, deslizando sobre a areia que cobria a bota de outra pessoa.

Virando-se, ele olhou para cima e viu outra figura idêntica à primeira. Atrás dela, surgiram mais duas.

— Como vocês entraram aqui? — ele perguntou. O círculo de cultistas da Eternidade Sith de algum jeito conseguira se materializar em sua nave. O coração de Ochi disparou enquanto ele sentia…

O que, exatamente? Medo? Certamente não. Ele dizia a si mesmo que não tinha medo de ninguém. Mas agora, sim, era medo. Medo de ser flagrado, de que o culto estivesse vigiando suas pesquisas, soubesse o que ele estava tentando fazer — e tivesse vindo para impedi-lo.

Então, sim, ele estava com medo.

— Levante-se.

Ochi virou a cabeça ao ouvir a voz, mas não foi o primeiro cultista que falou. Um novo recém-chegado havia se juntado ao grupo. Era uma mulher. Ela também vestia preto, mas não usava a túnica de um cultista. Sua roupa era longa e justa, uma combinação de túnica e capa, que terminava em uma borda esfarrapada e cortada, alcançando suas botas. O conjunto todo parecia antigo e surrado. Suas mãos estavam parcialmente expostas, os polegares surgindo no fim das mangas, revelando a pele azul da mulher. Em uma das mãos, ela segurava um cilindro de metal negro, com cerca de trinta centímetros. Mas o que realmente chamou a atenção de Ochi foi a máscara que ela usava. Era feita de bronze polido, emoldurada por uma cascata de cabelos longos, sujos e azul-escuros.

Ele não conseguia tirar os olhos dela. Mais do que a súbita presença dos cultistas, era a máscara que o amedrontava. Era algo que ele não conseguia compreender, algo que desencadeava um reflexo profundo e primitivo dentro de sua mente, como se meramente *olhar* para a máscara disparasse algo fundo dentro de sua mente, algum anseio atávico de gritar e fugir e nunca parar de correr.

A máscara parecia antiga. Sua superfície opaca e riscada estava salpicada de buracos. Os olhos eram dois ângulos felinos de vidro negro que refletiam a luz da nave, enquanto o restante da máscara parecia absorvê-la. Não havia nariz, e a boca era apenas uma linha de rebites pretos, formando uma carranca. Era uma peça estranha — ao mesmo tempo industrial e protetora, mas também uma obra de arte, cuidadosamente esculpida por uma cultura extinta há muito tempo. Ela era linda. E terrível.

— Levante-se — falou a mulher novamente. A voz dela fez Ochi estremecer involuntariamente. Era definitivamente feminina, mas, processada pela máscara, soava metálica. Havia algo mais ali também: uma segunda voz, masculina e distante, ecoando junto à dela. Não era apenas um som ouvido por seus implantes cibernéticos, mas algo que ressoava em sua mente.

Ochi começou a se levantar, os olhos vasculhando o ambiente em busca de D-O. Ele desejava, irracionalmente, que o droide estúpido estivesse ao seu lado. Quando finalmente ficou de pé, percebeu que não estava à altura dos olhos da máscara negra. Ele respirou fundo e suspirou. Se aquilo era o fim, então... era o fim. Ele estava em menor número. Só desejava que fosse rápido.

— Certo, acabe logo com isso — disse ele. — Não vou implorar, suplicar ou me rastejar. Estou cansado, sou velho, mas não peço desculpas. Nem agora, nem nunca. Não pode me culpar por tentar.

Os cultistas permaneceram imóveis, em silêncio, no círculo ao seu redor. Ochi girou nos calcanhares, lançando seu olhar sobre eles. Eram todos iguais — as mesmas túnicas pretas, feições escondidas sob bandagens.

Com exceção dela.

Ele voltou a encarar a líder, examinando-a de cima a baixo. Agora que o choque inicial havia passado — e que ele aceitara seu destino —, o medo evaporara. Ele já não tinha mais nada a perder.

Ochi assentiu para a mulher.

— Eu nunca vi você antes. O que é você, alguma espécie de sacerdotisa? — Ele gesticulou, desdenhoso. — Não, eu não quero saber. — Virando-se para o livro sobre o caixote, ele continuou: — Imagino que queira isso de volta. Que seja, leve. Não vou mais precisar, não é mesmo?

A mulher permaneceu em silêncio, e os cultistas não se moveram. Ochi folheou o livro distraidamente, depois voltou a olhar para ela.

— E então?

— Exegol.

Os olhos cibernéticos de Ochi se ajustaram.

— O que tem?

— Você busca Exegol.

Ochi olhou ao redor novamente.

— Sim, você sabe disso. É por isso que está aqui, não é?

— Podemos mostrar o caminho — declarou a mulher. — Podemos dar o caminho para atravessar o Espaço Vermelho. Podemos entregar aquilo que você busca.

Ochi lambeu a boca sem lábios novamente.

— O quê? — perguntou, depois de uma pausa. — Você vai simplesmente me levar lá? Por que faria isso? O caminho para Exegol é um segredo. O seu segredo.

— Um segredo, de fato — respondeu ela. — Um segredo que podemos compartilhar com você. — Ela inclinou levemente a cabeça, como se ele fosse um espécime interessante. — Assim que fizer por merecer.

Ochi a encarou, e então, sem conseguir evitar, começou a rir. Dobrou-se, arfando enquanto tentava se controlar. Ele podia sentir a pele ao redor de seus olhos cibernéticos se esticando, seu rosto inteiro doía.

— Exegol! — disse entre risadas, os braços cruzados no torso. — Vocês vão simplesmente me *levar* para Exegol? Uma escolta pessoal até o planeta escondido? — Ele fez uma pausa, ainda rindo. — Ah, não, espere! Você disse que me daria o segredo. Certo, o segredo. Não me diga... um localizador! Vocês vão me dar um localizador Sith! Depois de todos esses anos, todo o meu trabalho, vocês finalmente decidiram que eu sou digno? — Ele se endireitou, quase pronto para cuspir em direção à mulher, quando ela ergueu o braço, apontando o cilindro de metal diretamente para o rosto de Ochi. Ele ofegou e recuou, cambaleando.

Aquele cilindro. Ele sabia o que era. Não era idêntico ao de Vader, mas sabia exatamente o que estava prestes a acontecer.

Era o fim.

Mais uma vez tomado pelo medo, Ochi fez a única coisa que podia. Ele se virou para correr e...

Escuridão. *Pleno vazio.* Ele se viu encarando um nada tão puro, tão absoluto, que parecia olhar para o coração de um buraco negro.

Virou-se de novo. A escuridão o cercava completamente. A cabine da *Legado de Bestoon* havia desaparecido. Os cultistas e sua líder também. Tudo fora substituído por aquele vazio esmagador.

Seu implante cibernético levou um momento para processar a situação antes de exibir um simples relatório:

Sistemas oculares desativados.

Gritando de raiva, Ochi girou novamente, os braços estendidos, tateando no escuro. Não havia nada ao seu redor — nenhum dos caixotes, nenhum chão, nenhum intruso. Ele parou, sentindo o rosto. As pontas dos dedos deslizaram sobre os círculos metálicos de seus olhos eletrônicos.

— O que você fez?! — ele gritou. — Não consigo enxergar! O que você fez?!

Então, ele sentiu uma presença. Algo espreitava sobre seu ombro. Tão perto que quase podia sentir a respiração fria em sua pele. Ochi abaixou-se rapidamente, como se evitasse alguém se aproximando. Mas quando se moveu, a presença estava ali de novo. Mais próxima. Era invisível, intangível, mas estava ali. E parecia enorme e fria e...

E errada.

Ochi de Bestoon.

Aquela voz. Por todos os deuses, aquela *voz*. Um profundo retumbar grave, a pronúncia tão marcada, tão perfeita, tão deliberada. Lenta e grave, uma voz que Ochi conhecia bem, mas nunca imaginara ouvir de novo.

— Não — ele sussurrou. — Não, isso é impossível.

A voz riu suavemente, o som gelando as entranhas de Ochi.

Todas as coisas são possíveis, Ochi de Bestoon.

Era a voz do Imperador Palpatine. O Imperador Palpatine *morto*.

Você foi escolhido.

A voz agora ecoava por todos os lados na escuridão. Ochi olhou para cima, sacudindo a cabeça, e então caiu de joelhos, a cabeça abaixada.

Que pesadelo era aquele?

Eu tenho uma tarefa para você cumprir.

A voz do Imperador agora se movia, da esquerda para a direita, da direita para a esquerda, acima, abaixo, ao redor.

Você já foi um caçador. Então, vai caçar outra vez.

Ochi gaguejou, incapaz de encontrar a própria voz.

Você encontrará a garota. Você a trará para mim.

Cada palavra que o Imperador morto dizia era uma ameaça, cada sílaba afiada como um punhal e pingando com veneno.

Ochi desejou que os cultistas estivessem ali para matá-lo. Sacudiu a cabeça.

— Eu não entendo — ele disse. — Eu não entendo.

Meus discípulos o ensinarão. Complete essa tarefa e você receberá sua recompensa. Você terá o caminho para Exegol.

E então, a voz mudou, assumindo um tom carregado de tristeza e arrependimento. Era a voz de um velho fragilizado, uma alma perdida há muito tempo. Isso apenas aumentou o medo de Ochi.

Você fracassou comigo antes. Não fracasse novamente, Ochi de Bestoon.

Antes que Ochi pudesse responder, um rugido escaldante irrompeu na escuridão infinita, como uma grande tempestade elétrica liberando sua fúria. A escuridão ao seu redor se acendeu com uma luz vermelha brilhante. Ochi imediatamente sentiu o cheiro de ozônio e o gosto metálico em sua língua. Quando sua visão eletrônica finalmente se ajustou ao brilho, ele se viu encarando diretamente a ponta de uma longa lâmina de energia vermelha. A lâmina zumbia como um inseto aprisionado e raivoso, seu núcleo quase branco, cercado por uma moldura perfeita de vermelho profundo.

Ochi caiu para trás, colidindo com sua estação de trabalho e derrubando os caixotes e o antigo texto Sith. Ele bateu no chão e, ao levantar os olhos, viu que seus sistemas oculares haviam sido restaurados — apenas para encontrar a máscara negra da mulher a poucos centímetros de seu rosto, com o sabre de luz ainda ativado.

— Você já tem a sua tarefa — disse a mulher. De repente, a lâmina desapareceu com um estalo suave. O sabre de luz havia sido desativado.

Ochi soltou um suspiro, seus olhos se movendo rapidamente ao redor. Os cultistas permaneciam imóveis, como estátuas. A mulher guardava o sabre de volta na cintura.

— Eu... aceito — falou Ochi. Ele tentou se erguer, apoiando-se em um caixote caído, mas perdeu o equilíbrio e caiu de joelhos, sua rótula colidindo com o chão de metal. Uma onda de dor percorreu sua perna, e ele estremeceu antes de se levantar lentamente, mais cauteloso dessa vez.

— Mas não entendo — insistiu ele, entre dentes cerrados. — Ele me disse para encontrar a garota. Que garota? Eu não sei do que ele está falando.

— Ele fez uma pausa, ofegante. — E como ele ainda está vivo? O Imperador morreu. Todo mundo sabe disso.

— Você é um caçador, Ochi de Bestoon — disse a mulher, ignorando suas perguntas. — Já foi o maior da galáxia. — Ela inclinou a cabeça novamente, um gesto exagerado pela máscara. — Ou pelo menos dizia ser. Espero que nosso Senhor não tenha se enganado ao escolhê-lo para a reativação.

— Reativação? É assim que você quer chamar isso?

A mulher não respondeu.

Ochi sacudiu a cabeça.

— Ainda não entendo. O Imperador disse que você... me ensinaria algo?

A mulher mascarada assentiu levemente. Um dos cultistas deu um passo à frente e, de dentro de sua longa túnica, tirou uma adaga. Ele a segurou pelo cabo, com a lâmina apontada para Ochi.

Ochi estreitou os olhos para a arma. Como os localizadores Sith, como a máscara esquisita da líder dos cultistas, a adaga parecia algo de outra época. Seu tom prateado fosco brilhava levemente sob a luz. Embora a lâmina fosse reta, ela era dividida em dois gomos por uma porção quadrangular cerrada. As bordas cintilavam como se tivessem sido recém-esculpidas, e o cabo era uma curva curta e espessa de metal.

— O que é isso? — perguntou Ochi, olhando para o rosto coberto por bandagens do cultista.

O cultista não respondeu, apenas estendeu a adaga mais à frente.

Ochi olhou para a mulher mascarada.

— Isso é para mim?

A máscara negra inclinou-se em confirmação.

— Apanhe a adaga — instruiu a mulher.

Ochi hesitou, mas deu de ombros e estendeu a mão para pegar a arma, esperando que o cultista a entregasse pelo cabo. Em vez disso, o cultista moveu a arma novamente, mantendo a lâmina apontada para Ochi.

— Apanhe a adaga — repetiu a mulher.

— Sim, mas... não entendo...

— Você vai entender. Apanhe a adaga.

Intimidado, Ochi estendeu ambas as mãos, cautelosamente segurando a lâmina pelas laterais, tomando cuidado para evitar as bordas afiadas.

Foi quando o cultista puxou a adaga de volta e para cima, cortando as palmas de Ochi. Ochi gritou, primeiro de surpresa e depois de dor.

Ele caiu de joelhos, pressionando as mãos feridas contra o peito para estancar o sangue que escorria entre seus dedos.

— Por que você fez isso?! — ele gritou para a mulher mascarada. — Quase me aleijou!

— Seus ferimentos vão cicatrizar — respondeu a mulher — e esta lâmina saberá.

Ela fez um gesto para o cultista. Ochi, ainda segurando as mãos ensanguentadas, olhou para a adaga.

O cultista segurava a lâmina diante de si, inclinando-a para que ficasse sob a luz.

Enquanto Ochi observava, a lâmina começou a brilhar. Primeiro suavemente, depois com uma luz intensa e vermelha — o mesmo tom do sabre de luz da mulher. A luz girou, como partículas de poeira em espiral ao redor da adaga, até que foi sugada para dentro do metal. Um pulso percorreu a lâmina, drenando o sangue de Ochi, absorvendo-o. Linhas intrincadas de símbolos começaram a aparecer sobre a lâmina e o cabo, gravadas pela luz em padrões densos e delicados. Quando a luz atingiu a ponta da adaga, piscou e desapareceu, deixando a arma fumegando no ar.

Ochi abaixou a cabeça, sua respiração pesada enquanto tentava suportar a dor em suas mãos. Ele fechou os olhos cibernéticos, deixando a escuridão envolvê-lo por um momento.

— O que devo fazer? — ele perguntou, por fim.

— Encontre a garota — disse a mulher. — Traga-a para Exegol. Lá, a Eternidade Sith irá guiar a galáxia ao seu destino, e você encontrará o que procura.

Ochi balançou a cabeça.

— Mesmo se eu encontrar essa garota, como vou chegar a Exegol? Preciso saber. Você precisa me contar. Me dê as coordenadas. O farol. O localizador. Alguma coisa!

— Quando o momento certo chegar — declarou a mulher —, a lâmina dirá. Sempre a mantenha com você. A lâmina é sua chave.

Quando Ochi abriu os olhos, estava sozinho.

Ele se levantou, deixando as mãos caírem ao lado do corpo, o sangue ainda pingando no chão. Olhando ao redor, ouviu um som sibilante e viu o vapor subindo.

Olhou para baixo. Seu sangue pingava sobre a adaga caída no chão. A cada pingo, a lâmina fervia, como se estivesse quente.

Não. Não estava evaporando. A lâmina estava absorvendo o sangue.

Ele se abaixou, fazendo uma careta de dor ao abrir a mão para pegar a adaga. Dessa vez, segurou-a pelo cabo, que estava agradavelmente frio contra suas mãos chamuscadas. A lâmina estava limpa, os símbolos gravados nela parecendo tão antigos quanto a própria arma, como se fossem parte intrínseca de seu design original. Ele reconhecia a escrita. Já havia visto fragmentos dela em seus textos, embora nunca tivesse conseguido traduzi--los. Mas sabia exatamente qual era aquele idioma.

Ur-Kittât. A antiga língua dos Sith, proibida desde os dias da Velha República. Era escrita com um alfabeto rúnico singular, que Ochi também já havia encontrado gravado nas paredes da Cidadela Sith em Exegol.

Ao segurar a adaga, Ochi sentiu… algo. Não exatamente uma presença, mas uma sensação — menor em escala, mas igualmente malévolo. Ele percebeu que vinha da própria adaga, como se a relíquia estivesse, de algum modo... viva.

Viva e faminta. De sangue. De morte.

De matança.

Encontre a garota. Leve-a para Exegol.

A lâmina dirá.

Ochi riu. *Agora* ele entendia.

Porque o Imperador havia conseguido. Ele usara os segredos de Exegol para superar a própria morte. Isso era tudo o que Ochi precisava — prova suficiente de que Exegol era a resposta para todas as suas preces.

Palpatine estava de volta. E Ochi de Bestoon tinha um trabalho a fazer.

CAPÍTULO 6

ESTAÇÃO PONTO BOXER, SISTEMA JANX

PRESENTE

A galáxia era um lugar vasto, repleto de magia e maravilhas, com brilhantes centros de vida e amor. Civilizações se espalhavam do Núcleo Profundo até a Orla Exterior, promovendo cooperação, compaixão e compreensão. Trazendo esperança.

Mas onde havia luz, também havia escuridão. Havia cantos na galáxia onde as sombras cresciam, onde a esperança desaparecia e a escuridão prevalecia, sufocando sonhos de paz e boa vontade.

Dentro dessa escuridão, havia perigo. Lugares na galáxia que apenas os tolos ousavam explorar — talvez determinados a causar uma mudança, enfrentar o mal, deixar sua marca ou, quem sabe, fazer fortuna.

Ou… apenas se divertir.

O Corda Bamba da Sennifer era um desses lugares.

E Lando Balthazar Calrissian sentia-se em casa.

Sentado em uma mesa nos fundos, Lando olhava ao redor da mesa circular, observando os outros participantes naquele jogo épico de sabacc. Ele baixou os olhos para as cartas em sua mão, espalhando-as levemente com os dedos para conferir mais uma vez. Não fazia ideia de quanto tempo estava ali jogando. O bar de Lady Sennifer tinha esse efeito — um lugar onde o tempo simplesmente desaparecia. E era por isso que ele estava ali.

O bar ficava no coração da Estação Ponto Boxer, uma enorme instalação multiúso orbitando o gigante gasoso Janx II. Localizado na Orla Interior, mas convenientemente afastado das principais rotas do hiperespaço, o Ponto Boxer era difícil de acessar e, por isso, geralmente livre do tráfego espacial mais regulamentado. Essa característica garantiu sua reputação como um porto livre, onde negócios — oficiais ou não — podiam ocorrer sem interrupções.

A estação consistia em dois grandes toroides, conectados por uma viga central. O anel inferior servia para o transporte de cargas industriais, em geral materiais perigosos ou mercadorias que comerciantes preferiam manter longe de inspeções oficiais. Já o anel superior era mais comercial — o Ponto Boxer *era* um estabelecimento legítimo, afinal de contas —, oferecendo espaçoporto e instalações padrão para qualquer um que precisasse, e sem perguntas.

O Corda Bamba da Sennifer ficava exatamente na viga central, conectando os dois anéis. Isso fazia do bar um ponto ideal para viajantes de ambas as seções se misturarem e socializarem. Dois tipos muito diferentes de clientes dividindo o mesmo espaço, em busca de descanso, negociações ou apenas diversão. Era um lugar onde informações eram trocadas, fofocas circulavam, e fortunas eram feitas — ou perdidas — nas mesas de sabacc, crystallo e subrakhan pontonese. O ambiente era uma sinfonia de formas de vida de uma centena de planetas, os olhos — humanos, compostos ou eletrônicos — brilhando ao lado de drinques exóticos, enquanto negócios e prazer se desenrolavam sob a eterna noite espacial.

Para Lando, a concentração exigida pelo jogo era exatamente o que ele precisava. Era quase uma forma de meditação, uma chance de limpar a mente de preocupações e distrações — o que não era pouca coisa. Seus problemas eram muitos.

Até demais.

Ele estava indo bem. Mais que bem, na verdade. Até agora, tinha triplicado suas apostas. Nada extraordinário, mas longe de ser desastroso. Seus oponentes continuavam firmes, e seus créditos pareciam inesgotáveis. Lando estava pensando no longo prazo. Se mantivesse a sorte a seu favor, poderia sair dali com algo útil. E créditos, afinal, eram sempre úteis.

Entretanto, o jogo havia diminuído de ritmo, quase parando, para a irritação de Lando. Tentando injetar um pouco de vida na mesa — e talvez dar algo em que seus três oponentes pudessem pensar —, ele aumentou sua aposta. Eles igualaram a quantia, mas Lando estava confiante. Ele jogava sabacc há quanto tempo? Quarenta anos? Talvez mais. Experiência e habilidade não lhe faltavam. Conhecia todos os truques do jogo. E aqueles caras? Eles estavam prestes a perder tudo.

Lando checou suas cartas novamente. Seu rosto permaneceu controlado, cada músculo obedecendo sua vontade. A mão era...

Bem, não havia outra maneira de descrever. A mão era ruim. Muito ruim. Ele vinha contando as cartas, mas devia ter perdido a conta em algum ponto. Até então, o jogo parecia limpo. Passaram por mãos suficientes para Lando saber que o baralho era padrão, sem modificações.

O que significava que ele cometera algum erro.

Ele deslizou as cartas juntas, colocou-as com a face para baixo sobre a mesa e manteve a mão sobre o topo. Então, olhou ao redor, um sorriso iluminado quebrando o clima soturno do bar.

— Senhores — ele disse, fazendo uma pausa enquanto olhava para a sua esquerda. Sentada ali estava uma figura bípede grande que parecia humana, mas usava um capacete espacial oval com um visor opaco. Luzes piscavam fracamente na unidade peitoral do ser, lançando um brilho que mudava de tom sobre o padrão xadrez da superfície da mesa. A criatura não havia dito uma única palavra durante todo o jogo. Do outro lado da mesa, um Dresselliano com expressão enfezada o observava, enquanto um terceiro jogador, humanoide, usava um capacete feito a partir do que parecia ser a cabeça de um velho droide comando série BX.

— Senhoras? — corrigiu-se Lando, franzindo as sobrancelhas antes de abrir um largo sorriso e estender os braços, incluindo todos na mesa em um gesto de camaradagem. — *Seres!* Foi um prazer, foi mesmo. Uma noite memorável. Um jogo que, sem dúvida, entrará para a história como um dos melhores de todos os tempos. — Ele baixou os braços e suspirou, balançando a cabeça levemente enquanto olhava para a mesa. — Mas vocês sabem como é. Tudo que é bom chega ao fim, e este jogador está oficialmente se retirando de campo.

Lando inclinou-se para frente, juntando a pilha substancial de créditos que ainda era dele. Não era seu melhor desempenho, mas também estava longe de ser um desastre. Afinal, o Corda Bamba não era um cassino luxuoso como o Ferona Vivaros ou o *Errant Ventur*e (ah, esse sim era um bom lugar para se jogar). Ainda assim, ele tinha o suficiente para abastecer a *Lady Luck* e, quem sabe, instalar aquele catalisador novo de que tanto precisava.

Mais importante, havia o bastante para um longo e muito merecido drinque.

Ao redor da mesa, os jogadores trocaram olhares silenciosos. Lando os observou, o sorriso ainda congelado no rosto, e percebeu que havia quebrado sua própria regra: nunca jogue contra formas de vida que se recusam a tirar os capacetes. Não era só que ele não conseguia ver seus rostos — se é que tinham rostos — ou interpretar suas expressões — se é que tinham expressões. Mas quem garantia que eles não estavam trocando mensagens por redes criptografadas pessoais?

— Sem ressentimentos, certo? — Lando disse, suavizando o tom. — Deixe-me pegar outra rodada. Ei, algum de vocês já experimentou uma Anã Vermelha?

Ele se moveu para se levantar, mas uma mão peluda o puxou de volta para a mesa. Era o oponente mascarado com a cabeça de droide.

— Vou tomar o que você está tomando — rosnou o ser, sua voz em Básico soando como duas pedras se chocando debaixo d'água. — E você vai deixar metade da sua parte aqui. Só para sabermos que você vai voltar.

Lando riu, nervoso.

— Certo, você deve estar mesmo com sede. — Com um movimento suave, ele ergueu a mão presa e o ser o soltou. — Já volto.

Pegando um punhado de créditos aleatórios, Lando saiu apressado, aliviado por se afastar da mesa. Enquanto caminhava até o bar, contou o dinheiro em sua mão. Por sorte, havia apanhado alguns valores elevados, o suficiente para o abastecimento. O catalisador teria que esperar — *Lady Luck* aguentaria mais alguns anos-luz antes de aquele componente em particular estragar de vez. Ele podia ir embora do Corda Bamba agora e ainda assim ficaria no lucro, apesar do dinheiro que deixara sobre a mesa.

Ao chegar ao bar, Lando olhou para trás. O Dresselliano e o cara com a máscara de droide o estavam observando, fixos. Ele os cumprimentou com um pequeno gesto de saudação. Só precisava fazer parecer que estava pedindo as bebidas, depois talvez seguiria para o banheiro e...

Mas antes que pudesse colocar o plano em ação, uma luva blindada pressionou sua mão contra o balcão. Era o oponente de capacete espacial. Lando ergueu os olhos, vendo seu reflexo na curva espelhada do capacete.

Ele sorriu, tentando parecer tranquilo, e fez um gesto casual para o barman, como se realmente estivesse prestes a pedir as bebidas. Foi então que ele ouviu um bipe eletrônico, seguido por um clique mecânico. O domo do capacete se abriu ao meio, revelando o ocupante do traje.

Lando franziu o cenho — não pela aparência do ser, mas pelo *cheiro* que escapou do traje. Um gás laranja e pungente se dissipou lentamente, revelando um rosto verde-escuro, molhado e liso, coberto por um padrão de pequenos traços cruzados. O ser não tinha boca nem nariz, mas possuía quatro olhos brancos pendurados em curtos tentáculos que se mexiam levemente.

Lando deu de ombros, mantendo o charme.

— Então, o que posso pedir para você...

Ele parou, franzindo as sobrancelhas. Cheirou de novo.

— Algum problema, homenzinho? — o ser perguntou, a voz espessa e molhada e surpreendentemente aguda.

— Não, não — Lando disse. Ele conhecia aquele cheiro de algum lugar. — Isso é gás tibanna?

O ser confirmou — ou ao menos sua cabeça mole esticou e encolheu de um jeito que Lando interpretou como uma confirmação.

— Sou de Muqular — falou o ser. — Aquilo que você chama de tibanna é essencial para o nosso processo de vida.

Lando sorriu e balançou a cabeça.

— Muqular? Uau. Isso fica nas Extensões Ocidentais, certo? Faz muito tempo que não passo por lá. — Ele soltou uma risada suave e sacudiu a cabeça novamente. — Vocês respiram tibanna? Nossa, eu queria ter conhecido você vinte anos atrás. Poderíamos ter fechado um acordo verdadeiramente simbiótico.

— Quem você está chamando de *simbiótico*, homenzinho?

— Ah, ei, foi só uma expressão!

O Muqularano soltou o braço de Lando do bar.

— O dobro ou nada.

Lando sorriu.

— Agora, *isso*, meu bom amigo, é o que eu chamo de um grande acordo.

O Muqularano assentiu e, com um silvo e um clique, as duas metades de seu capacete se fecharam, liberando uma nuvem de gás tibanna que se misturou à névoa permanente que pairava sob o teto do bar. Antes de voltar para a mesa, o ser deu um forte tapa no ombro de Lando.

Sem o Muqularano por perto, Lando esfregou o ombro, resmungando. Ele havia sido lento demais para se retirar da mesa e agora estava preso a pelo menos mais uma rodada — provavelmente muitas mais — de sabacc. Enquanto pedia uma rodada de Anãs Vermelhas para a Mon Calamari atrás do balcão — a pele azul e branca da mulher coberta por uma intricada rede de correntes prateadas presas a diversos piercings —, Lando se apoiou no bar. Ele olhou para o contorno borrado de seu reflexo na superfície ainda molhada e recém-limpa do balcão.

Quem, exatamente, ele estava encarando? Ah, claro, ele se reconhecia. Passara tempo suficiente admirando as próprias feições ao longo dos anos. E, para ser honesto, o charme ainda estava lá. Seus cabelos espessos ainda eram negros como sempre, penteados para trás e bem aparados, assim como o bigode. Certo, a papada começava a aparecer, e o rosto estava mais quadrado do que antes, mas ele ainda era Lando Calrissian.

Mesmo assim, no reflexo distorcido, ele conseguia ver não apenas os anos acumulados, mas também o peso das preocupações que carregava. Linhas finas apertavam os cantos dos olhos — antes ele as chamaria de linhas de risada, mas não mais. Seus olhos ainda brilhavam com uma fagulha interior, a mesma que ele usava para acionar seu charme e manipular situações a seu favor.

Mas havia algo mais profundo, algo que nem mesmo seu carisma era capaz de apagar, um problema que o controle de sua linguagem corporal, suas artimanhas, sua inteligência não conseguiam resolver.

Ele ainda não havia encontrado sua filha.

Kadara.

Não, não apenas Kadara. *Kadara Calrissian.* Ele fazia questão de dizer o nome completo, como se isso pudesse reafirmar quem ela era e de onde vinha. Simbolizando a família à qual ela ainda pertencia — à qual ela um dia voltaria.

Já fazia seis anos. E, mesmo agora, Lando se surpreendia ao perceber que aquela dor sufocante de perda — o aperto em seu peito, o mundo ficando borrado enquanto ele tentava recuperar o equilíbrio — havia diminuído com o tempo.

Mas ele não queria que tivesse diminuído. Ele queria sentir aquela dor, viva, elétrica, terrível. Queria trazê-la à superfície ou mergulhar fundo para encontrá-la, reviver cada momento da perda até querer rasgar a galáxia com as próprias mãos para tê-la de volta.

Kadara Calrissian.

Mas… ele não conseguia. Quantas noites passou deitado na cama da *Lady Luck*, olhando para o teto, tentando reacender aquela chama? Fez isso mais vezes do que conseguia se lembrar. E ainda assim, era como se a dor da perda da filha estivesse adormecida dentro dele, incapaz de ser despertada, enterrada fundo demais para retornar ao que um dia fora.

Talvez fosse melhor assim. Mas logo que esse pensamento passou, veio a raiva. E com a raiva, a decepção. E com a decepção, a culpa.

Ele havia procurado. Ele havia fracassado. A busca o levou a cruzar toda a galáxia — cada contato, cada informante, cada planeta, lua, estação e base que ele podia imaginar. E não encontrou nada. Quando seis meses se tornaram um ano, e depois dois, Lando percebeu que estava repetindo ações, visitando os mesmos lugares, sem nem mesmo se dar conta disso, enquanto procurava seguir uma pista, um sussurro, uma indicação de para onde sua filha foi levada.

Ele riu. Seis anos. Ainda podia chamá-la de sua filha? Biologicamente, sim, mas e o restante? Kadara tinha apenas dois anos quando foi levada. Será que ela ainda se lembrava dele? Ainda sabia seu próprio nome? E Lando temia uma última possibilidade. Será que *ele* a reconheceria quando a encontrasse?

E isso, Lando sabia, era a pior parte de tudo. Anos de busca sem resultado, gastando toda sua energia, seu suprimento de créditos que rapidamente diminuía e, no fundo de sua mente, o duro fato de que, quando finalmente a encontrasse, ela poderia nem sequer saber quem ele era.

Ele foi arrancado desse devaneio pelo som dos copos sendo colocados no balcão diante de si, seguido pelo aroma ácido das bebidas que havia pedido. Ergueu os olhos e deu de cara com a lendária dona do bar, a própria Lady Sennifer. Tudo que ele podia ver dela era o cabelo negro cortado em um estilo curto, emoldurando um pesado respirador industrial. Seus olhos azuis piscaram por trás das lentes protetoras.

— Lembre-se de beber devagar — disse ela, a voz abafada ecoando suavemente pelo metal da máscara. — Você vai viver mais.

Lando deixou o canto da boca se curvar em um leve sorriso, apesar de seu mau humor.

— Faz anos que não tomo um desses.

— Bom, você está prestes a se lembrar bem rápido. São quatrocentos créditos.

O sorriso de Lando congelou. Ele piscou de perplexidade.

— Como é?

— Taxa de risco — respondeu Sennifer.

Suspirando e balançando a cabeça, Lando contou uma pilha de seus ganhos na palma da mão antes de entregá-los. Sennifer aceitou o pagamento sem dizer mais nada e desapareceu para atender a outro grupo de clientes.

Lando segurou os copos entre as mãos, mas parou.

Ah, sim, lá estava de novo. Aquela sensação familiar: a culpa retornando para assombrá-lo, como uma velha conhecida que não pretendia ir embora tão cedo. Ele olhou para as bebidas fortes, tentando tomar algum tipo de decisão.

Ele havia vindo ao Ponto Boxer com a noção de que era o tipo exato de lugar onde poderia encontrar uma pista sobre sua filha. Parecia uma boa ideia, mas, mesmo enquanto digitava as coordenadas, sabia no fundo que estava apenas tentando se convencer de que fazia algo produtivo para sua busca. Sim, fazia anos que não visitava o Ponto Boxer. Sim, a mistura de viajantes do espaço, especialmente no bar de Sennifer, *era* um lugar onde se podia ouvir todo tipo de informação.

Mas o Corda Bamba também era famoso, em noites boas, por ter algumas das melhores mesas de apostas não regulamentadas que a galáxia podia oferecer. E Lando sabia disso muito bem. O que deveria ser uma busca legítima poderia se transformar — ou melhor, *certamente* se transformaria — em uma distração.

Ele estava usando sua filha como desculpa, e sabia disso. Aqui e agora, essa constatação o devastava.

Kadara Calrissian.

Ele baixou os copos no balcão e respirou fundo, surpreso com sua própria reação — e, de certa forma, satisfeito. Porque era isso que queria. Ele merecia se sentir culpado.

— Sequestro? Algum verme hiperfásico infectou você?

Lando ergueu os olhos, sacudindo a cabeça para clarear os pensamentos, como se tivesse acabado de levar um soco.

Seguindo a curva do bar, ele notou três seres conversando próximos uns dos outros. O que havia mencionado sequestro estava de costas para Lando, sua figura volumosa envolta em armadura plastoide cinza que combinava com o tom de sua pele. Ele usava um gorro que cobria sua enorme cabeça angular. O segundo, idêntico ao primeiro, estava de frente para Lando, revelando um longo focinho caído e olhos reptilianos bem separados.

Ambos pareciam fixar a atenção no terceiro integrante, que parecia liderar a conversa. Esse estava encostado no balcão, uma garrafa de gin de ervas

Serenniano debaixo do braço. Vestia um traje preto que parecia ser uma mistura de couro e material sintético, e seu rosto achatado era pálido, marcado por cicatrizes, como se tivesse sido gravemente queimado. Os olhos perfeitamente redondos e negros — seriam *eletrônicos*? — piscavam ocasionalmente, enquanto um aparato cibernético envolvendo o crânio exibia luzes vermelhas e azuis nos pontos onde, Lando imaginava, deveriam estar suas orelhas.

— Ouçam, ouçam — disse o homem, sua cabeça redonda subindo e descendo, a voz clara, mas arrastada pelo gin caro. — Isso não é apenas um trabalho, entenderam? Não é só um trabalho.

O primeiro ser deu uma risada gutural e se virou para o bar. Lando agora podia ver seu rosto e confirmar que, embora não reconhecesse a espécie, os dois pareciam gêmeos. O ser ergueu um copo de algo que brilhava em laranja — um Splice Rodiano — e tomou tudo de uma vez.

— Sequestro? Você deve estar louco — repetiu ele, balançando a cabeça.

Quem quer que fossem, claramente pensavam ser durões. Lando observou à distância, já em alerta. Conhecendo a clientela do Corda Bamba, ele sabia que precisava ser cauteloso. O tipo de viajante espacial que frequentava aquele lugar raramente apreciava bisbilhoteiros.

Mas... sequestro? Era isso? Ele tinha vindo até ali com a desculpa de encontrar uma pista e agora... será que havia encontrado uma?

Lando apanhou os copos mais uma vez. Os outros estavam esperando pelas bebidas, mas ele não se importava. Deslizou os copos cuidadosamente sobre o balcão do bar, aproximando-se mais do trio.

Porque o ser no bar estava certo. Os negócios fechados e os trabalhos discutidos no Corda Bamba da Sennifer frequentemente cruzavam a linha entre o que era legal e ético, mas sequestro era algo particularmente vil. Sequestro quase sempre significava escravidão, e escravidão era um dos grandes males da galáxia, muito antes do surgimento do Império. E, claro, o Império já não existia, mas não havia evaporado como mágica no instante em que a segunda Estrela da Morte explodiu sobre Endor. Havia bolsões na galáxia onde parecia que nada havia mudado; onde, segundo ouvira, exércitos estavam sendo formados não com clones ou voluntários, mas com *escravos* — crianças sequestradas, submetidas a lavagem cerebral e moldadas em soldados submissos, carne de canhão para alguma guerra que ele desejava, desesperadamente, que nunca acontecesse.

Lando não sabia se esse era o destino de sua filha. Também não tinha certeza do que aquele trio estava planejando.

Mas aquilo… reacendeu algo dentro dele. Um fogo há muito adormecido começou a brilhar novamente.

Ele se aproximou um pouco mais.

— Você vai acabar irritando muita gente com isso — disse o segundo ser. Era o único do grupo que não parecia estar bebendo. Suas mãos repousavam nos quadris enquanto se equilibrava no banco, ou, mais precisamente, uma das mãos no quadril e a outra no cabo de um blaster pendurado em um coldre. — Duvido que você encontre alguém no Ponto Boxer que queira se envolver.

Ao ouvir isso, o homem das cicatrizes se levantou abruptamente, esbarrando no primeiro companheiro, cuja bebida respingou no chão.

— Ei, cuidado — o primeiro ser resmungou. Mas o bêbado não deu atenção, voltando seu foco para o terceiro membro do grupo.

— E por acaso Ochi de Bestoon disse que precisa de ajuda, Bosvarga? Hein? Ele disse que precisa de ajuda? — Então, voltou seus olhos eletrônicos negros para o outro ser, seu parceiro de bebida. — Ochi de Bestoon criou você, Cerensco. Eu criei você. Criei vocês dois. Lembrem-se disso. Vocês me devem. — Ele apontou um dedo trêmulo para Bosvarga. — Vocês dois me devem. Isso significa que estão dentro, e eu nem preciso pedir, entenderam?

Bosvarga abriu um sorriso malicioso — ou ao menos revelou sua pequena boca, com dentes afiados e claramente artificiais, feitos de metal reluzente. Ele se levantou do banco, maior e mais intimidador do que seu companheiro bêbado.

— Ochi — disse Bosvarga, tentando acalmar seu amigo —, sempre estivemos dentro. Foi por isso que você nos chamou, certo? Como nos velhos tempos, não é? — Ele lançou um olhar a Cerensco e deu-lhe um leve tapa com a parte de trás da mão.

Cerensco soltou uma risada curta, um som oco que ecoou através de seu longo focinho.

— Claro, por que não? Mas talvez seja melhor não chamarmos isso de sequestro. Que tal… aquisição clandestina? — Ele parecia satisfeito com sua ideia e riu mais alto dessa vez, um gorgolejo profundo e úmido. — Só, por favor, Bosvarga, não o deixe mais falar na terceira pessoa, combinado?

Cerensco riu mais, enquanto Ochi, impassível, batia a garrafa de gin no balcão. A garrafa tombou, derramando seu conteúdo precioso.

Ochi parecia alheio ao incidente; foi Cerensco quem rapidamente endireitou a garrafa e aproveitou a oportunidade para encher o próprio copo.

— Agora, ouçam bem o que tenho a dizer — começou Ochi de Bestoon, sua raiva momentânea desaparecendo em meio à embriaguez. — Isso não é um trabalho. Isso é *destino*. Eu fui escolhido, entenderam? — Ele estufou o peito, a voz ganhando uma confiança. Ele tentou pegar a garrafa novamente, mas sua mão encontrou apenas o vazio, a garrafa ainda segura com Cerensco. — Eles me escolheram. — Ochi estufou o peito. — Eu fui... *reativado*.

— Que bom — murmurou Bosvarga, revirando os olhos dramaticamente antes de olhar para Cerensco. — Ei, irmão, você ainda conhece o Pysarian? Ele estava aqui, não estava?

Cerensco assentiu enquanto tomava mais um gole.

— E Anduluuvil. Precisamos espalhar o chamado.

— Acho que também vi Krastan por aí. E aquele amigo dele, como é o nome mesmo?

— O Balosar? Pode ser. — Cerensco ergueu o copo para Ochi. — Quanto mais, melhor. Parece bom? Juntar um bando? Como nos velhos tempos.

— Sabiam que — começou Ochi, ignorando a conversa — eles enviaram caçadores de recompensas atrás deles? Sabem o que aconteceu? — Ele fez um gesto de desprezo. — Fracasso. Perseguiram eles até o Espaço Selvagem e acabaram vaporizados pela Nova República. — Ele bateu no próprio peito. — É claro que vieram rastejando de volta para mim. Eu costumava caçar Jedi nas Guerras Clônicas, sabiam? Ochi de Bestoon era o melhor caçador da galáxia. Querem a garota? Fácil. Ochi resolve rapidinho.

Lando viu Bosvarga trocar um olhar rápido com Cerensco antes de voltar sua atenção para Ochi.

— Espera aí, a Nova República está envolvida?

— O quê? — A cabeça de Ochi balançou com o efeito da bebida. — Não. — Ele acenou com a mão, despreocupado. — Foi uma patrulha. Alguma coisa Halo. Até onde eu sei, só destruíram os caçadores e depois deixaram a família seguir seu caminho. Para onde, não faço ideia.

Cerensco franziu a testa e balançou a cabeça.

— Quanto menos eu tiver que lidar com a Nova República, melhor. Ainda sou procurado em mais de dez sistemas.

Bosvarga zombou e levantou a mão.

— Onze.

Cerensco ergueu seu copo.

— Um brinde a isso!

Ochi afundou em sua cadeira.

— Eu tenho poder agora — murmurou, sua voz quase perdida no barulho ambiente.

Lando chegou só um *pouco* mais perto e se concentrou em ouvir. Aquilo parecia... sorte, pura e simples. Lando não fingia entender como o universo funcionava, mas também não perdia tempo questionando. Os Jedi tinham a Força, certo? Ele não a compreendia, mas aceitava sua existência. Então, talvez, existissem outros poderes em ação — forças que não precisavam ser compreendidas, apenas acolhidas quando apareciam. Talvez a *sorte* fosse a versão dele da Força. Parecia ridículo até pensar nisso, mas Lando se treinara para ignorar dúvidas. Ele confiava na sorte, às vezes até demais, tanto nos negócios quanto no amor. As apostas que adorava eram a mistura perfeita de habilidade e sorte, e, frequentemente, no calor do jogo, sentia que dominava ambas. Ainda assim, algo cutucava o fundo de sua mente quando refletia sobre isso. Anos demais investidos em pistas, confiando em conversas casuais, transmissões interceptadas, rumores sussurrados em espaçoportos, cantinas e lugares como o Corda Bamba da Sennifer. De um jeito ou de outro, tudo sempre parecia conveniente, coincidente ou pura sorte. Embora nenhuma dessas buscas tivesse levado até sua filha, havia momentos em que sentia que estava progredindo, avançando na direção certa. Verdade seja dita, ultimamente essa sensação andava escassa. Mas talvez, *quem sabe*, a roda do universo estivesse girando mais uma vez, trazendo uma nova oportunidade.

Lando sentiu um frio na barriga. Não era exatamente esperança, mas uma certeza instintiva de que havia esbarrado em algo importante.

— Eu também tenho segredos — disse Ochi.

— Que bom — respondeu Bosvarga, desdenhoso.

— Tenho, sim — insistiu Ochi. — Eles me contaram. Mostraram o caminho. — Ele olhou ao redor, como se temesse que alguém estivesse ouvindo, ignorando por completo o fato de que Lando fazia exatamente isso. — Mostraram o *caminho*.

Cerensco inclinou a cabeça, curioso.

— Caminho para onde?

Os olhos negros de Ochi se voltaram para ele.

— Para Exegol.

Lando franziu o cenho. Não reconhecia aquele nome — planeta, sistema, seja lá o que fosse.

Então, Ochi sorriu. Era um sorriso estranho. A pele de seu rosto, marcada por cicatrizes, tensionou-se ainda mais contra o crânio. Sua boca, sem lábios, parecia um rasgo grotesco. A ponta de sua língua branca deslizou para fora, umedecendo os cantos.

— Os Sith me chamaram — disse ele baixinho. — Eu já servi a eles antes. E agora, eles me chamaram de novo.

Enquanto Lando tentava captar o que podia em meio ao barulho do bar, uma única palavra — "Sith" — soou alta e clara, como se o ambiente tivesse silenciado momentaneamente por coincidência.

Sith.

Lando não ouvia aquele termo havia anos, mas a súbita menção foi como um soco no estômago.

Sith? Eles ainda existiam? Não estavam mortos? Certamente não estariam envolvidos em sequestros...

Ou estavam?

Que diabos ele havia acabado de encontrar?

Bosvarga lançou um olhar de soslaio a Cerensco.

— Já contei que uma vez encontrei um Lorde Sith? Um sujeito alto, vestindo preto, sempre olhando para os próprios pés por causa do capuz abaixado.

— Espera aí — disse Cerensco —, isso foi em Ord Mantell?

— Não, foi perto de Orgri. Lembra quando estávamos trabalhando com Anduluuvil e Cyanox?

— Lembro muito bem. — Cerensco ergueu a garrafa de gin num brinde. — Ah, Cyanox. Aquilo *sim* era um belo espécime de cromossomos opostos. — Ele soltou uma risada gutural, que Bosvarga acompanhou.

— Você está comprimindo a matéria degenerada sozinho?

Lando se virou, assustado pela voz sintetizada sobre seu ombro. Seu oponente de sabacc Muqularano estava de volta ao bar, visivelmente irritado pelo atraso das bebidas.

— Você não está pensando em fugir, está? — a criatura perguntou. — Meus amigos e eu investimos muito em você e esperamos retorno.

Lando sorriu, sem que o gesto refletisse sua verdadeira expressão interna.

— Fugir de vocês? — Ele fingiu choque, colocando a mão sobre o peito como se ofendido. — Meu amigo, nem nos meus piores pesadelos!

Tome. — Ele se virou para o balcão e deslizou os copos na direção do ser. — Leve as bebidas para a mesa. Só estou esperando um aperitivo de especiarias em floração. Sennifer disse que precisa tirá-las do polarizador.

O Muqularano não pareceu convencido, mas também não expressou desconfiança. Ele apanhou os copos, suas mãos largas e viscosas envolvendo os recipientes, cobrindo-os com uma substância gosmenta. Lando manteve o sorriso congelado no rosto.

— Comece a embaralhar, estarei lá em…

Lando não terminou a frase. O ar fugiu de seus pulmões quando algo grande e pesado colidiu com ele por trás, empurrando-o com força contra a borda do balcão. Ele se virou a tempo de se abaixar, evitando por pouco a garrafa quase vazia de gin de ervas Serenniano que voou e se espatifou contra o capacete de um piloto inclinado na curva do balcão.

Estremecendo, Lando tentou se recuperar, mas foi empurrado novamente. Dessa vez, Cerensco foi jogado contra ele, os braços erguidos enquanto Ochi de Bestoon o atacava com socos impetuosos. Bosvarga agarrou Ochi pela nuca e girou, mas foi interrompido por um soco direto no rosto — desferido pelo piloto que acabara de ser envolvido na confusão. Bosvarga grunhiu surpreso e revidou, empurrando o piloto, mas outro cliente — um Ithoriano, claramente amigo do piloto — o envolveu com seus longos e poderosos braços.

Lando recuou, os olhos atentos, percebendo que o caos estava prestes a explodir. Todo o bar parecia se transformar em um campo de batalha à medida que mais clientes se envolviam, alguns por acidente, outros claramente aproveitando a oportunidade para extravasar. Quando conseguiu alcançar a mesa de sabacc, viu que seus parceiros de jogo permaneciam onde os havia deixado, observando o tumulto com a expressão calma de quem assiste a um entretenimento gratuito.

Todos, exceto o Muqularano. Lando estava prestes a perguntar onde ele estava quando sentiu uma mão gosmenta agarrar sua nuca. Ele se soltou rapidamente e se virou para encarar o jogador. A frente do traje do Muqularano soltava fumaça, onde as Anãs Vermelhas haviam sido derramadas.

— Você me deve dinheiro, amigo. E um novo traje ambiental.

Lando ergueu as mãos.

— Não foi minha culpa!

Mas o Muqularano não estava interessado em desculpas. Ele agarrou o braço de Lando com uma das mãos e levantou a outra, os três grandes dedos balançando ameaçadoramente como folhas de uma planta tropical. Quando parecia que iria sufocar Lando por inteiro, o contrabandista conseguiu escapar, aproveitando a camada de gosma viscosa que escorregava de sua pele.

Lando precisava sair dali, mas também precisava descobrir mais sobre o trio do bar. Ele correu de volta na direção do tumulto, mas parou bruscamente ao tentar entender o que estava acontecendo. A briga havia crescido. Pelo menos uma dúzia de seres de diversas espécies agora se enfrentavam, mas seus olhos foram atraídos para o bar, onde viu Lady Sennifer, o respirador pendurado no pescoço, conversando com dois seguranças musculosos — Lasats de pelagem roxa. Os dois assentiram, receberam instruções e saltaram sobre o balcão, avançando com determinação em meio à multidão em direção ao trio responsável por iniciar toda a confusão. Mas, ao que parecia, Ochi e seus cúmplices já haviam fugido.

Lando sentiu um puxão forte no ombro — o Muqularano, de novo. Sem perder tempo, ele se desvencilhou, apenas para dar de cara com um dos seguranças Lasat. Apontando por cima do ombro, Lando disse rapidamente:

— Aquele é o cara que você quer.

O Lasat avançou para encurralar o Muqularano, enquanto Lando aproveitava a distração para escapar, esgueirando-se pela massa de combatentes e saindo do Corda Bamba. Ele emergiu em uma das principais vias públicas da Estação Ponto Boxer.

Era tarde demais. Ochi de Bestoon e seus comparsas haviam desaparecido. A via pública, com cinquenta metros de largura, estava lotada de pessoas, viajantes e droides, além de uma infinidade de trenós de transporte e carrinhos de carga — alguns sobre rodas, outros flutuando em repulsores. Lando ficou na ponta dos pés, tentando enxergar por cima da multidão, mas não havia sinal deles.

Suspirando, ele se moveu para um canto mais tranquilo na lateral da via. Rolou o ombro dolorido e fez uma careta ao sentir a gosma do Muqularano grudada na camisa. Passando a mão pelo cabelo, percebeu que a substância pegajosa também estava ali.

Ele havia perdido seus créditos e possivelmente ganhado alguns novos inimigos, mas, curiosamente, sentia-se animado. Agora tinha algo a investigar. Um mistério para resolver.

Primeiro, precisava se limpar. Depois, descobrir quem era Ochi de Bestoon — e, mais importante, quem ele planejava sequestrar.

CAPÍTULO 7

EXEGOL

PASSADO

O garoto observa os dois em meio às sombras, nos cantos escuros do lugar onde aprendeu a viver, onde fez sua morada ao longo dos últimos incontáveis anos. Eles não sabem que ele está ali. Ninguém sabe.

Ele é bom em se esconder. É bom em não ser visto.

O templo é vasto, uma cidadela de rocha e ferro negros. Os dois visitantes estão eclipsados pelo estatuário que os cerca, formas ciclópicas e impossíveis, esculpidas não com as mãos, mas com magia sombria e rituais ancestrais. Eles não são invasores, ele hesita em chamá-los assim — afinal, sua presença, embora talvez não *bem-vinda*, não sofre resistência dos cultistas de túnicas e rostos enrolados por bandagens, que continuam suas tarefas ininterruptos. Os visitantes caminham sob os enormes monólitos, avançando para o centro, em direção à fonte de todo aquele poder.

Ele não sabe quem eles são. Quer acreditar que pode sentir a presença do mais alto, de armadura negra, longa capa batendo nos calcanhares, a respiração artificial ecoando debaixo do capacete que lembra um crânio. Algo que parece pertencer àquele lugar, como se fosse parte do estatuário, mais um rosto do mal observando os cultistas através das eras.

Mas ele está mentindo para si mesmo. Não importa o quanto tente, não sente nada. Apesar de a figura de armadura negra parecer uma extensão daquele ambiente, sua existência não causa ondulação alguma na Força. O mesmo vale para o outro, o homem menor de máscara vermelha e branca — a única explosão de cor em um lugar tão sombrio. Enquanto observa, o garoto percebe que o homem menor parece tentar provocar seu companheiro, que ignora as provocações. Eles formam uma dupla estranha. O garoto não sabe quem são. Talvez sejam mais cultistas. Talvez usem a Força como os Sith.

Para o garoto, a Força é um mistério. Ele sabe que existe apenas porque contaram a ele — e apenas contaram porque ele é um fracasso, um strandcast genético que falhou em herdar qualquer coisa de seu pai.

Ele é uma abominação.

É assim que o chamam, em vez de lhe dar um nome. Um nome significaria *reconhecer* sua existência, dar-lhe vida e identidade além do fracasso que ele representa. Chamá-lo de Abominação mantém a ilusão de que ele não existe. Os cultistas o isolam completamente, fingem que ele não está ali, mas não têm permissão para encerrar sua vida ou *reciclá-lo* como fazem com outros experimentos fracassados. Ele é protegido por ordens diretas de seu pai.

Por que sua vida é protegida, ele não sabe. E também não tem certeza se quer essa proteção.

A vida em Exegol não é, de fato, uma vida.

Mas ele sobrevive, e com essa sobrevivência veio algo inesperado.

Esperança.

Ele não entende exatamente o que isso significa, mas sente algo agora — não com a Força, é claro, mas com sua própria mente —, sente que pode haver uma saída, uma vida além da Cidadela, longe das sombras.

Um dia.

Ele deixa os visitantes para seu tour e retorna ao abrigo das sombras. Os cultistas da Eternidade Sith o ignoram, e ele aproveita uma liberdade que, pensa, ninguém mais possui naquele lugar. Pode ir a qualquer canto das câmaras aparentemente intermináveis. No início, temia ser flagrado, punido ou — pior — ter sua liberdade restringida e ser enviado para trabalhar como os escravos silenciosos que servem aos mestres sombrios.

Mas nunca foi pego. Talvez sua sorte acabe algum dia.

Ou talvez, algum dia, ele consiga escapar desse pesadelo.

Ele *desce*. Já esteve nos níveis inferiores antes, mas nunca chegou ao fundo. Nem sabe se existe um fundo. A Cidadela parece se estender para sempre.

Ele se pergunta se os cultistas também acreditam nisso, pois ele não é o único interessado nas fundações ocultas do lugar. Existem cultistas ali, investigando, iluminando o caminho com lanternas vermelhas que emitem um zumbido perturbador. Ele os observa de longe.

Agora, ele os segue, descendo cada vez mais. Há mais estátuas, mais evidências de que a Cidadela é antiga — tão antiga que talvez não tenha sido construída pelos cultistas ou seus ancestrais, mas por outro povo, há muito esquecido.

Ele continua a seguir, atento às vozes dos cultistas que sussurram entre si enquanto caminham em fila única. Suas vozes são ásperas, mas ecoam pela câmara funerária. Os líderes do grupo murmuram algo que soa como um canto... mas não exatamente.

Plagueis.

(Plagueis, Plagueis, Plagueis)

Revan.

(Revan, Revan, Revan)

Talvez sejam feitiços. Talvez sejam entoações para o lado sombrio da Força. Ele imagina novamente o que os cultistas procuram, e imagina se tentam encontrar a origem, a fonte de poder sombrio no porão do mundo, de onde os Sith tiram sua mágica.

Noctyss.

(Noctyss, Noctyss, Noctyss)

Sanguis.

(Sanguis, Sanguis, Sanguis)

Kakon.

(Kakon, Kakon, Kakon)

Voord.

(Voord, Voord, Voord)

Shaa.

(Shaa, Shaa, Shaa)

Parece que estão dizendo nomes. Às vezes, nas respostas que ecoam pela fila de cultistas, parece que outros respondem seus sussurros emergindo das profundezas das catacumbas da Cidadela.

Mas é apenas sua imaginação. Ele sabe disso.

Ele também sabe outra coisa — algo que o assombra há muito, muito tempo. Conforme envelhece, essa ideia se cristaliza em sua mente com uma clareza terrível.

Ele tem medo. Não do escuro, não das sombras, nem dos cultistas com seus estranhos rostos enrolados em bandagens, nem do incessante trabalho em laboratórios sombrios, repletos de horrores biológicos.

Ele tem medo de si mesmo. Medo do que pode se tornar. Medo de sua própria curiosidade.

Ele é protegido por seu pai, e essa proteção lhe deu liberdade. Mas e se...

E se essa liberdade for, na verdade, o propósito? E se ele foi mantido vivo, não porque é o único strandcast a ter sobrevivido, desenvolvendo-se e crescendo normalmente, mas porque existe algum outro propósito para ele?

E se ele descobrir esse propósito? E se seu destino for seguir os cultistas? E se ele for a peça que finalmente desvendará o que eles procuram?

Ele não quer fazer parte disso.

Finalmente, decide que é hora de ir embora. Enquanto retorna à superfície, uma oportunidade surge diante dele.

Os visitantes.

A nave deles.

Será que ele consegue?

Não há muito tempo. Se realmente vai fazer isso, precisa agir rápido. E precisará de ajuda.

Por sorte, ele tem um amigo. Ou algo próximo disso. Há apenas um ser em todo o planeta que parece saber de sua existência. Um ser que lhe deu comida, mostrou onde morar e *como* sobreviver em um lugar onde a vida é praticamente inexistente. Um amigo, ou algo assim, que talvez não tenha cuidado dele ativamente, mas que ao menos o observou quando era mais jovem. Talvez tenha sido esse amigo quem o criou desde bebê. Ele não sabe ao certo. O que se lembra são das máquinas de ensino — de como seu amigo o levou escondido até elas, fornecendo o conhecimento e a experiência que eram impossíveis de obter em Exegol por outros meios.

Mas eles não se falam há muito tempo. E mais uma vez, ele se pergunta: será que isso faz parte de sua criação sombria? Será que tudo foi planejado, arranjado por seu pai?

Ele não sabe. Mas, no momento, não tem escolha.

Ele encontra seu amigo entre os outros prisioneiros. É um Symeong, mais velho que os demais, um administrador com alguma autonomia e propósito, apesar de continuar sendo um escravo.

É fácil demais. Ou pelo menos parece ser. O amigo o leva clandestinamente até a nave dos visitantes, escondendo-o em um compartimento que não foi feito para transportar uma pessoa. Antes que o painel se feche, o Symeong retira uma corrente com um amuleto de seu próprio pescoço e o coloca ao redor do pescoço do garoto.

Que o feitiço traga sorte e segurança, assim como trouxe para mim.

E, ele acrescenta, com uma leve risada, isso o tornará invisível. Se vai mesmo fazer isso, precisará ser invisível. A galáxia é um lugar vasto, como o garoto aprendeu com as máquinas de ensino e está prestes a descobrir por si próprio. Mas seu pai é o Imperador Palpatine, que comanda não apenas um Império, mas também um poder sombrio e aterrador.

Na escuridão do compartimento secreto, o garoto segura o amuleto com força. Ele o segura durante toda a desconfortável jornada. E ainda o segura quando o compartimento finalmente se abre e ele é retirado dali.

O espaçoporto é chamado Koke Frost. Grande, sujo e repleto de vida, abriga uma centena de espécies trabalhando freneticamente em uma frota de naves. A princípio, ele se mantém escondido, nas sombras e cantos escuros — como sempre fez. Observa, aprende, ganha tempo. O porto é um caos organizado, movimentado, servindo à indústria pesada.

É isso. O momento decisivo. A encruzilhada. O primeiro passo para uma vida completamente nova.

Escondido, ele escuta conversas, descobre quais naves precisam de tripulação e quais capitães fazem perguntas — e quais não fazem. Ele escolhe sua oportunidade: um escavador solar precisa de uma equipe para os motores. O dono está desesperado, apressado em garantir sua comissão.

Contratou o garoto sem pensar duas vezes. E, quando ele recebe o registro da tripulação, algo se concretiza. Seu sonho está se tornando realidade. Ele vai fugir. Ele realmente vai fugir. Também percebe que aquele é o momento em que sua nova vida começa.

Ele olha para o registro. O capitão diz para se apressar ou terá que encontrar outra nave. Apenas assine o seu nome na linha e comece a trabalhar.

Um nome.

O garoto congela. Pânico. Um nome é a única coisa que ele não tem. E agora, com o capitão batendo a bota no chão e lançando um olhar desconfiado, ele percebe que precisa decidir — e rápido.

Um nome. Ele pega a caneta e assina o registro, pegando emprestado o nome de seu único amigo, o Symeong que reconheceu sua existência, o ajudou a sobreviver e transformou seu sonho em possibilidade.

Dathan assina o registro, e sua nova vida começa.

CAPÍTULO 8

LADY LUCK, ESTAÇÃO PONTO BOXER, SISTEMA JANX
PRESENTE

Uma hora depois, Lando entrou na cabine de comando de seu iate espacial de luxo, a *Lady Luck*, a longa nave em formato de lâmina atracada a um quarto da curva do anel superior da Estação Ponto Boxer. Com suas linhas brancas e elegantes, esculpida com precisão desde as cápsulas gêmeas dos hiperpropulsores até as janelas da ponta e, na traseira, o deque de observação elevado, a nave era o orgulho e a alegria de Lando há mais tempo do que qualquer outra. Subir pela rampa de entrada era sempre como voltar para casa.

Agora, depois de um banho escaldante, ele começava a se sentir como ele mesmo novamente. Para seu desgosto, a gosma do Muqularano havia secado e endurecido como cimento, o que tornara a tarefa de removê-la uma eternidade exaustiva. Enrolado em uma toalha com padrões multicoloridos na cintura, enquanto usava outra, verde com bordas douradas, para secar o cabelo, Lando caminhou até o console principal.

Ele checou os registros de segurança da nave. Ninguém havia tentado entrar enquanto ele estava no banho. Embora não esperasse que seus oponentes de sabacc o encontrassem — afinal, ele não usara sua verdadeira identidade no jogo, e eles não sabiam qual era sua nave nem onde ela estava atracada —, Lando sabia que cautela nunca era demais.

Com o cabelo finalmente apresentável, ele dobrou a toalha verde e a colocou no assento do copiloto antes de se sentar ao lado. Enquanto ajustava a posição na cadeira do piloto, ele repassava mentalmente a conversa que havia escutado no Corda Bamba da Sennifer. Um caçador de Jedi a serviço dos Sith, contratado para sequestrar uma garota... e aquela história estranha que Ochi havia contado sobre a família da garota ser resgatada pela Nova República durante uma tentativa anterior de sequestro no Espaço Selvagem. Havia algo de peculiar nisso tudo. Ochi mencionara a palavra "Halo". Seria um esquadrão? Talvez. Não era um termo que Lando reconhecesse, mas também fazia tempo que ele não acompanhava os assuntos militares da Nova República.

Ele precisava saber mais — e já tinha em mente exatamente a pessoa certa para ajudar.

Acomodando-se no assento do piloto, Lando digitou no painel de comunicação. Alguns minutos depois, o alto-falante foi ativado, e uma voz masculina grave ressoou pela cabine.

— Lando Calrissian, o primeiro e único — disse a voz.

Lando relaxou no assento. Era bom ouvir uma voz familiar.

— Shriv Suurgav! Meu amigo, quanto tempo!

— Nem me fale. Você ainda me deve cinco créditos.

Lando recostou-se no assento e piscou com um sorriso.

— Ei, já te contei que fui general, sabia? E já ouviu falar da Estrela da Morte? Eu que explodi. Com minhas próprias mãos, Shriv.

Um suspiro audível veio do outro lado da linha. Lando sorriu ainda mais enquanto esticava as mãos atrás da cabeça.

— Mas, ouça, Shriv, não estou ligando só para jogar conversa fora.

— Foi o que imaginei.

— Preciso que você verifique uma coisa para mim.

— Oficialmente?

Lando franziu a testa.

— Oficialmente não oficialmente — respondeu. — Mas, se a busca emperrar, posso te passar meu código de comando. Até onde sei, ainda tenho minha patente, mas prefiro que isso seja feito fora dos registros.

— Certo, manda aí — Shriv respondeu. — O que você precisa?

Lando inclinou-se para frente, tomou um momento para organizar seus pensamentos e então falou no microfone do console.

A busca de Shriv demorou mais do que Lando esperava, mas ele confiava na discrição do velho amigo. Às vezes, ser discreto levava tempo. Ainda assim, ele ficou satisfeito por ter mantido contato com o Duros. Mesmo sem saber exatamente qual era sua posição na hierarquia da Nova República, Lando sabia que Shriv estava fundo o bastante na máquina para ser um recurso valioso.

Talvez devesse tê-lo procurado antes, Lando pensou. Shriv era um bom homem e um amigo confiável. Nos últimos anos, houve momentos em que Lando precisara desesperadamente de ambos, e não apenas através de um comunicador, mas fisicamente ao seu lado.

Enquanto aguardava, Lando aproveitou para se vestir. Escolheu uma túnica escarlate que envolvia o corpo com elegância, calças pretas adornadas por uma costura prateada na lateral, e finalizou o conjunto com botas de elásticos nas laterais — confortáveis e, na sua opinião, adoravelmente clássicas. Ele penteou cuidadosamente o cabelo e o bigode, ajeitando-se diante do espelho. Agora *sim*, pensou, satisfeito. Tudo estava no lugar.

O comunicador emitiu um bipe quando Lando retornou à cabine.

— Shriv, conseguiu alguma coisa?

— Bom, encontrei um relatório — começou Shriv. — Você sabe… — ele hesitou, deixando a frase incompleta.

Lando franziu o cenho.

— O que foi?

— Talvez isso seja um pouco mais delicado do que eu pensava — admitiu Shriv. — O relatório veio do Esquadrão Halo. Eles estão operando no Espaço Selvagem, e, bem… o pessoal no comando não gosta muito de intromissões. Minha pesquisa vai deixar rastros, e eles com certeza farão perguntas.

— Certo, sem problema — disse Lando, casual. — Use o meu código de comando. Eles podem me procurar se quiserem reclamar.

— Fechado. Vou transmitir o relatório agora. Foi bom conversar com você, Lando.

— Você também, Shriv.

Lando encerrou a chamada e se inclinou para frente no assento quando a tela indicou que a transmissão estava pronta. Ele apertou CONFIRMAR e apoiou os cotovelos no console enquanto começava a ler.

O relatório era... intenso. Uma família, mãe, pai e filha, claramente fugindo de algo, havia sido atacada por piratas — ao menos foi como a patrulha da Nova República classificara os agressores. A descrição da nave em que viajavam fez Lando franzir a testa: um velho casco retirado de um ferro-velho em Jakku, danificado a ponto de mal conseguir realizar mais um salto.

Lando sentiu a mandíbula se contrair enquanto absorvia os detalhes. A situação da família era desesperadora. Havia um anexo ao relatório. Ele apertou o botão, ativando o holoprojetor do console. No ar, uma imagem tridimensional em azul espectral ganhou forma.

Ele se recostou na cadeira, examinando a projeção. Era um amuleto, pendurado em uma corrente. O design era peculiar: em formato de diamante, quase como uma ponta de flecha estilizada, envolvido por um círculo. Claramente, tinha algum significado — mas nada que Lando reconhecesse de imediato.

Com a holoimagem ainda girando no ar diante de si, Lando voltou ao relatório. E então...

— Mas o quê...?

O amuleto, de acordo com o relatório, foi apresentado pela mãe como prova de que estavam sendo perseguidos pelos Sith.

Lando sentiu o sangue gelar. Tudo que Ochi havia dito no Corda Bamba, apesar da bebedeira, parecia verdade. Ele estava trabalhando para os Sith, e os Sith queriam a garota. A garota *deles*.

Lando encarou a holoimagem, horrorizado. Pensou na família, sozinha lá fora, desesperada, fugindo de um inimigo que ele suspeitava que não desistiria tão facilmente. Ele não sabia quem era Ochi de Bestoon, mas o sujeito havia dito que já tinha trabalhado com os Sith antes. Era estranho que nunca tivesse ouvido falar dele.

Kadara Calrissian.

O nome de sua filha surgiu, trazendo uma onda de inquietação. Será que era por isso que ele nunca conseguira encontrá-la, ou sequer ouviu rumores sobre ela? Será que foi levada pelos Sith? Se fosse verdade, significava que ela estava em um perigo ainda maior do que ele havia imaginado.

Lando suspirou e se recostou no assento, pressionando as mãos contra o rosto, tentando organizar os pensamentos.

O que ele faria? Agora isso parecia... grande. Parecia *enorme*.

Então, ele se endireitou.

Certo, certo. Pense, pense.

Exegol.

Lando ativou o navicomputador da *Lady Luck* e começou a buscar no banco de dados. Depois de alguns minutos, confirmou o que já suspeitava: aquele mundo, ou sistema, não aparecia em lugar algum. Tentou variações do nome, buscas por palavras associadas, qualquer coisa que pudesse encontrar.

Nada.

Lando refletiu. A família precisava de ajuda — e ele sabia, no fundo, que estava usando isso como uma distração, uma forma de agir por eles quando não conseguia fazer nada por *si mesmo*.

Ainda assim, ele precisava ajudá-los. Porque... e se essa fosse *exatamente* a pista que ele buscava na Estação Ponto Boxer? E se este fosse o momento de desvendar aquele mistério: uma operação de sequestros, orquestrada pelos Sith?

Se pudesse ajudar aquela família, salvar a filha deles... talvez, quem sabe, também encontrasse a sua própria.

Lando checou o relatório de novo. A Sargento de Voo Dina Dipurl havia registrado um adendo: a família tinha sido enviada para um porto seguro, onde possivelmente encontraria refúgio. Ela também mencionava uma transmissão enviada para um contato no porto, pedindo assistência em nome deles.

Lando estalou os dedos.

Bom trabalho, sargento de voo. Excelente trabalho.

O único problema era que as coordenadas do porto seguro estavam suprimidas. Como Shriv havia mencionado, o Esquadrão Halo era uma missão sensível. Os dados estavam *lá*, mas inacessíveis.

Era um começo. Ele não conseguia afastar a sensação de que havia esbarrado em algo muito maior, algo que talvez fosse crucial.

Lando sabia que precisava de ajuda. Pensou em Shriv — afinal, ele poderia ajudá-lo a desbloquear as coordenadas —, mas outro nome pairava em sua mente.

Sith.

Vader.

Havia apenas uma pessoa na galáxia em quem Lando confiava para procurar naquele momento.

Digitando rapidamente no console, ele desativou a trava do hangar e enviou o pagamento de saída para o capitão do porto da Estação Ponto Boxer — seus últimos créditos disponíveis. Enquanto o navicomputador iniciava a contagem regressiva para o salto para o hiperespaço, Lando Calrissian traçou o curso para o Núcleo Galáctico.

Era hora de conversar com um velho amigo.

CAPÍTULO 9

EXPEDIÇÃO ARQUEOLÓGICA DO INSTITUTO HISTÓRICO DE LERCT, YOTURBA

PRESENTE

Em se tratando de planetas, Yoturba não era o mais interessante, mas também não era o mais entediante. Seu clima era... normal. Confortável, habitável. Talvez com um pouco de oxigênio em excesso, o suficiente para dar uma certa leveza à cabeça se alguém trabalhasse demais. Não havia formas de vida hostis, o que definitivamente era um ponto a favor. No último planeta em que esteve para uma escavação com o Instituto Histórico de Lerct — Vavarna, cujo nome ainda fazia um arrepio percorrer sua espinha —, a vida vegetal tentava devorar qualquer coisa. Tentáculos vegetais rastejavam sem disfarce pela área de escavação, roubando ferramentas, amostras e, ocasionalmente, tentando arrancar trabalhadores de suas tarefas.

Então, sim, Yoturba não tinha nada disso. O problema era que também não tinha mais nada. Nada de interesse arqueológico.

O que era um grande problema para um arqueólogo.

Beaumont Kin abaixou seu datapad e olhou para o campo de seu ponto de vista, no topo de um morro de terra compactada, resultado das escavações iniciais de sua equipe. Protegendo os olhos do brilho do sol, ele observou seus colegas arqueólogos ocupados com as ruínas que cobriam o quilômetro quadrado de espaço aberto, situado no coração de uma densa floresta.

Era uma área considerável, com ruínas que sugeriam algo grande e substancial. Isso, por si só, era algo intrinsicamente *arqueológico*. Ainda assim,

Beaumont não conseguia se animar com a monografia que teria que escrever sobre o projeto.

Não. Não "o" projeto. *Seu* projeto. *Sua* expedição.

Seu xodó.

Ele sorriu com esse pensamento e baixou a mão. Sim, era todo dele. Embora ainda fosse apenas um assistente de pesquisa júnior, seu mentor, o Professor Re-Bec Arclarka, claramente enxergara potencial em seu trabalho. Foi aquele estudo das inscrições nas tábuas Maleinatori e sua relação com as constelações de Billaron e as cartas estelares modernas que o destacou. Beaumont assentiu, satisfeito com a lembrança. Nada mau para uma pesquisa acadêmica, ele diria. O professor Hoopaloo, conhecido por ser quase impossível de agradar, havia reconhecido o mérito de seu trabalho. Para Beaumont, ganhar o respeito daquele exigente acadêmico era um marco em sua carreira.

Se ao menos a atual escavação resultasse em algo tão interessante. Mas Beaumont duvidava. Quando retornasse a Hosnian Prime, teria que escrever cinco mil palavras dentro de um prazo apertado e, naquele momento, não fazia ideia do que diria.

A escavação em Yoturba era vasta, mas também extremamente antiga. As ruínas do assentamento, seja lá o que fossem, haviam erodido até restarem apenas fileiras de pedras enterradas. Entre essas pedras, trinta arqueólogos — uma mistura de estudantes, assistentes de pesquisa como Beaumont e alguns acadêmicos mais experientes — trabalhavam em trincheiras, auxiliados por droides de escavação.

Até agora, não haviam encontrado nada. Na verdade, haviam encontrado tanto *nada* que alguns dos acadêmicos sugeriram que era hora de arrumar as malas e voltar para Hosnian Prime antes das lendárias chuvas de Yoturba que estavam prestes a começar. Beaumont insistiu que ficassem, apesar dos protestos. Seu mentor, Arclarka, concordara com ele.

Mas Beaumont suspeitava que isso não tinha nada a ver com ciência. Arclarka parecia mais preocupado com a honra de receber um visitante especial.

Na verdade, dois visitantes, embora Beaumont mal tivesse visto um deles. Enquanto pensava sobre a dupla, ele se virou e avistou um deles se aproximando pela clareira, longe das escavações. Ali estava o acampamento da equipe, um conjunto de cabanas pré-montadas espalhadas diante das duas naves que os trouxeram até ali. A terceira nave, pertencente aos visitantes, estava estacionada um pouco mais adiante.

Beaumont ergueu seu datapad em saudação ao homem que se aproximava. O visitante era uns quarenta anos mais velho que ele, suas feições marcadas, mas ainda calorosas sob o cabelo curto e grisalho. Lor San Tekka não era arqueólogo, nem acadêmico, mas seu profundo conhecimento de mitos, histórias antigas, culturas e as relíquias que elas deixaram era respeitado nos mais altos círculos acadêmicos. Até o severo Arclarka parecia contente com sua presença.

— Como vai a escavação?

Beaumont endireitou os ombros e apertou o datapad contra o peito — um gesto defensivo, percebeu, antes de relaxar e deixar os braços caírem ao lado do corpo.

— Quase acabamos, eu acho. Podemos escavar mais um pouco, abrir mais trincheiras e ver se conseguimos expandir para o canto sudoeste — ele indicou com a mão —, mas não sei se vale a pena. Não encontramos nada além dessas fundações. Nenhum artefato, nem mesmo rejeitos. — Ele olhou para o homem mais velho. — Certamente nenhuma relíquia — disse com um sorriso, sacudindo a cabeça. — E muito menos algo com qualquer tipo de escrita.

Lor San Tekka assentiu enquanto observava a escavação. Beaumont seguiu o olhar do homem mais velho, vendo um trio de arqueólogos de camisas brancas dar instruções a um droide, que começou a varrer a área com um laser vermelho, traçando raios finos que registravam uma representação precisa do trabalho realizado.

Os dois permaneceram em silêncio por um momento antes de Beaumont limpar a garganta.

— Então...

Lor San Tekka sorriu.

— Você quer saber por que estamos aqui.

Beaumont desviou o olhar, sentindo as bochechas queimarem, mas percebeu que o homem mais velho ainda sorria, mesmo que de forma discreta.

— Na verdade, sim, queria.

— Fui informado sobre a sua expedição — explicou Lor San Tekka. — Ah, sim — continuou, vendo a confusão de Beaumont. — Sua reputação está crescendo, Dr. Kin. Eu trouxe o Mestre Skywalker aqui porque o relatório de campo preliminar enviado ao instituto sugeria que este assentamento pode ter abrigado um templo Jedi. Existem pouquíssimos registros de locais como este. — Ele sorriu. — Desculpe a intromissão, mas achei que valia a pena conferir.

Beaumont apertou os lábios e voltou a olhar para o campo à frente.

Saber disso era... bom. Muito bom, na verdade. Pessoas conheciam seu trabalho? Pessoas fora do instituto?

Quem diria.

Mas sua expressão se desfez ao lembrar do que escrevera naquele relatório inicial. Ele tinha sido preciso e científico, claro, mas talvez um pouco... entusiasmado demais em sua avaliação da grande, porém bastante desinteressante, escavação.

Após mais alguns momentos de silêncio, Beaumont respirou fundo, mexeu no datapad em suas mãos e se virou para Lor San Tekka.

— Fico muito agradecido pela visita, mas lamento que este lugar seja tão... você sabe. — Ele fez um gesto para o campo, suspirando. — Usei a bolsa de pesquisa de um semestre inteiro neste projeto. — Ele fez uma pausa enquanto um pensamento lhe ocorria. — Quer dizer, o Mestre Skywalker é um Cavaleiro Jedi. Será que ele poderia... bom...

Beaumont deixou as palavras no ar. Lor San Tekka o observou com atenção.

— Bom, o quê?

— Bom — Beaumont disse —, você sabe. — Ele fez um gesto com a mão para a escavação. — Você *sabe*.

Lor San Tekka esboçou um sorriso de canto.

— Talvez eu saiba, mas não é assim que funciona.

— Ah, sim, claro — Beaumont respondeu rapidamente, sentindo-se tolo. — Que bobagem a minha.

Lor San Tekka deu um tapinha no ombro do arqueólogo antes de se virar para analisar a vista. Observando o acampamento e a área de aterrissagem, ele parou, um sorriso se formando no rosto.

— Talvez — sugeriu ele — você possa pedir uma opinião diretamente a ele.

Beaumont girou sobre os calcanhares, as botas afundando na terra solta, enquanto uma figura vestida de preto subia o aclive em direção a eles, as mãos escondidas nas mangas volumosas, o capuz puxado para baixo. Ele observou o homem se aproximar, sentindo a garganta subitamente seca.

Abriu a boca para falar algo justo quando o visitante puxou o capuz e estendeu a mão enluvada.

— Dr. Kin — disse Luke Skywalker —, obrigado por nos receber.

Beaumont ficou olhando para a mão estendida por um momento antes de se recompor. Respirou fundo e apertou a mão.

— Claro, Mestre Skywalker, é uma honra. — Ele relaxou sob o caloroso sorriso do Jedi e até riu um pouco. — Gostaria de poder mostrar mais para você. Até agora, a escavação tem sido um pouco... — Percebendo-se momentaneamente sem palavras, começou a entrar em pânico e olhou para Lor San Tekka.

O homem mais velho sorriu antes de se voltar para Luke.

— *Decepcionante*, creio eu, é a palavra que o Dr. Kin está procurando. — O sorriso de Lor San Tekka sumiu, e ele apontou atrás de Luke. Beaumont seguiu o gesto, sentindo um frio no estômago.

— Ah — murmurou, observando seu supervisor e mentor, o Professor Arclarka, subir o aclive em direção ao grupo, seus braços em formato de asas balançando e seu bico se movendo enquanto chamava a atenção de Beaumont. — Ah, por favor, com licença.

Luke curvou-se levemente para Beaumont, enquanto Lor San Tekka assentiu e deu um passo para o lado. Beaumont desceu apressado, imaginando por que o professor parecia tão agitado.

Luke observou enquanto o arqueólogo descia apressado o aclive, quase escorregando, e riu suavemente.

— Nada de templo — comentou Lor.

Luke virou-se para olhar novamente a escavação. Haviam passado várias horas ali, deixando os arqueólogos continuarem seu trabalho. Luke havia revisado o catálogo de descobertas enquanto Lor adotava uma abordagem mais pessoal, conversando com os estudantes e discutindo as condições do local com o Professor Arclarka.

— Sem templo, sem artefatos — disse Luke.

Lor riu e apontou discretamente para onde Beaumont e o Professor Arclarka discutiam com intensidade.

— Pelo menos, estão felizes em nos receber.

Luke passou por Lor San Tekka e lançou um olhar mais atento à escavação principal. Não respondeu.

— O que foi? Sentiu algo?

Luke hesitou.

— Não tenho certeza. Sinto que você me trouxe aqui por uma razão.

— E trouxe mesmo! Achei que poderia ser interessante.

— Não, não é só isso — insistiu Luke. — Eu não queria dizer nada antes, não até ter certeza.

— Certeza do quê?

Luke inclinou a cabeça, depois a sacudiu.

— Tem algo...

— Mestre Skywalker! Senhores!

Tanto Luke quanto Lor se viraram para ver o jovem arqueólogo subindo afobado.

— O que foi? — perguntou Lor.

— Encontramos algo — respondeu Beaumont.

— Ali está ele.

Luke parou na base do morro enquanto Beaumont apontava para um arqueólogo do outro lado da escavação, que gesticulava com os braços levantados para chamar atenção.

— Talvez esta escavação não tenha sido tão inútil, afinal de contas, *kwark* — murmurou Arclarka. Luke observou o professor Hoopaloo, escondido sob camadas de vestimentas acadêmicas coloridas, claramente escolhidas para impressionar. Arclarka clicou seu grande bico amarelo algumas vezes, então abriu o braço coberto de penas como uma asa. — Por aqui, senhores — disse ele, conduzindo o grupo com passos firmes. Beaumont, Lor San Tekka e Luke seguiram atrás.

Aquilo, Luke sabia, era a razão de ele estar ali. A sensação era muito mais forte agora, como um ímã invisível o atraindo. Ele não sabia o que os arqueólogos haviam encontrado, mas tinha *certeza* de que não era nada bom. Caminhando sobre as tábuas cuidadosamente dispostas para atravessar a área de escavação, ele permitiu a si mesmo um breve sorriso. Como havia se tornado cínico.

Ao se aproximarem do local de interesse, uma jovem estudante, suja de terra, virou-se para o grupo. Ela limpou as mãos em sua túnica já encardida, abrindo um sorriso torto antes de fazer um respeitoso aceno para o Professor Arclarka.

— E então? O que você encontrou? — grasnou Arclarka.

A jovem arqueóloga franziu a testa.

— Ainda não sei ao certo — respondeu ela, apontando para o droide de escavação, que emitia bipes como um astromecânico, mas em tons muito mais graves, seu brilhante corpo octogonal rotacionando enquanto flutuava a um metro do chão, parando suavemente diante do grupo.

A estudante puxou gentilmente na lateral do droide, virando-o mais um pouco, até que um painel dobrado que formava um dos lados do droide foi apresentado a eles, uma mesa de trabalho ideal para um arqueólogo limpar e estudar suas descobertas.

O grupo olhou para o objeto em exibição, que a estudante havia retirado de uma grande massa de argila. O objeto era um poliedro com uma base quadrada, afunilando em direção a uma ponta que agora estava danificada. Parecia ter sido esmagado por um grande peso, suas laterais metálicas tortas e retorcidas. Restos de uma substância cristalina semitranslúcida estavam reduzidos a cacos, formando o corpo principal da estrutura.

Arclarka emitiu um som de curiosidade, seu bico vibrando, enquanto olhava para a descoberta.

— Interessante, *kwark*. Muito interessante. Teorias, senhorita...?

— Mairi, senhor — respondeu a estudante. — Tee Mairi. — Ela cruzou os braços, encarando o objeto. — Ainda nenhuma teoria, senhor. Parece algo decorativo, talvez uma obra de arte, não algo utilitário. — Ela hesitou. — Não encontramos nada ao redor que forneça contexto. Então... não sei.

Ela se inclinou para pegar o objeto, mas parou, assustada, quando Luke segurou sua mão antes que ela o tocasse. Mairi olhou para ele, os olhos arregalados, mas a atenção de Luke estava apenas sobre o objeto na mesa.

Luke olhou de lado para Lor San Tekka, que olhou de volta e fez um pequeno, quase imperceptível aceno com a cabeça. Luke virou-se para Mairi e soltou sua mão.

— Desculpe — disse ele, mantendo os olhos fixos no objeto —, mas isso é tão importante quanto perigoso.

Beaumont inclinou-se para examinar melhor.

— Parece familiar. Já vi algo assim em minhas pesquisas. — Ele olhou para Luke. — Você sabe o que é?

Luke assentiu lentamente.

— É um Holocron Sith — declarou ele, em tom baixo. — Ou o que restou de um.

Arclarka clicou o bico novamente.

— Um Holocron Sith? Tem certeza?

Luke confirmou, apontando para as inscrições na base metálica do objeto. Ele passou o dedão enluvado pela superfície, removendo a sujeira e revelando uma escrita angular e pontiaguda que corria ao longo das bordas.

Mairi franziu as sobrancelhas.

— Parece que eu deveria conseguir ler isso.

— Você consegue — afirmou Luke. Ele pegou o holocron com cuidado, girando o droide de escavação até que sua lateral cromada refletisse o objeto. Segurando o holocron perto do painel, ele apontou para o reflexo no corpo do droide.

Beaumont Kin andou ao redor para ter uma visão melhor, olhando para a lateral espelhada do droide tão de perto que seu nariz quase tocou o metal.

— Isso é…?

Ele parou, encarou Luke, depois voltou para o reflexo.

— Isso é Aurebesh de *trás para frente*?

Luke confirmou.

— Sim.

Beaumont se afastou.

— Consigo reconhecer os caracteres, mas não consigo ler. Parece um punhado de letras aleatórias — disse Beaumont, colocando as mãos nos quadris. — Por que eles se dariam ao trabalho de gravar algo de trás para frente, se o texto já parece embaralhado?

— Não está embaralhado.

Beaumont se virou. Era Lor San Tekka quem falava. Ele observava o holocron danificado, suas mãos juntas atrás do corpo, como se resistisse à tentação de tocar o objeto.

— Os Sith tinham sua própria língua e escrita — continuou Lor —, mas nem todos os que se diziam devotos eram fluentes. Alguns transcreviam o alfabeto rúnico deles em Aurebesh e adotavam o hábito de escrevê-lo com caracteres refletidos.

Beaumont assentiu devagar, antes de acelerar o movimento. Um sorriso começou a se formar, e ele bateu as mãos juntas com entusiasmo.

— Isso é incrível — disse ele. — Não encontramos nada interessante por semanas, e agora nós… não, *você*, Tee, descobriu uma genuína relíquia Sith. — Ele piscou, extasiado. — Nunca vi nada assim. — Então, virou-se para o Professor Arclarka. — Professor, precisamos levar isso de volta para o instituto. Posso começar a trabalhar imediatamente. Pense nas possibilidades que isso pode abrir. — Ele fez uma pausa, o olhar se fixando em algum ponto distante, e então estalou os dedos. — Eu poderia até mudar minha dissertação. — Ele piscou novamente. — Ninguém no instituto estuda os Sith. — Ele apontou para o holocron. — Isso poderia ser o início de uma nova coleção.

Arclarka ergueu a mão em forma de garra, clicando o bico com irritação.

— Beaumont Kin, embora eu aprecie seu entusiasmo, *kwark*, não deve deixar sua empolgação nublar o julgamento. Nunca houve um estudo dos Sith no Instituto Histórico de Lerct por uma razão muito boa, meu jovem.

Beaumont sacudiu a cabeça.

— Mas é isso que estou dizendo, professor. Podemos começar agora.

O peito cheio de penas de Arclarka estremeceu.

— Beaumont Kin! O ocultismo e o misticismo não têm lugar nos corredores do Instituto Histórico de Lerct. Ora, francamente!

Lor San Tekka e Luke Skywalker trocaram olhares. Sem dizer nada, Lor sugeriu com um leve gesto que se afastassem. Ele pousou a mão no ombro de Luke e os conduziu para mais longe, de costas para a escavação principal.

Lor inclinou-se levemente na direção de Luke.

— Foi isso que você sentiu?

Luke passou os dedos de sua mão humana por sua curta barba.

— Não tenho certeza. Um holocron só armazena dados, e mesmo se esse tivesse algo importante, está destruído.

Lor ergueu uma sobrancelha.

— Então, é outra coisa?

— Talvez — murmurou ele. — Há algo… aqui. Ou muito perto. — Luke cerrou os olhos, inclinando ligeiramente a cabeça enquanto estendia uma das mãos e se concentrava. Ele seguiu a sensação crescente por alguns segundos, perseguindo-a como um gato-tooka caçando uma presa.

Mas logo suspirou profundamente, soltando o ar com uma leve risada.

— Ou talvez não — disse ele.

Lor San Tekka sorriu e deu um tapa gentil no ombro de Luke, pronto para comentar. Mas foi nesse momento que os gritos começaram.

CAPÍTULO 10

EXPEDIÇÃO ARQUEOLÓGICA DO INSTITUTO HISTÓRICO DE LERCT, YOTURBA

PRESENTE

Mico Haswell praguejou alto, apreciando o eco de sua voz reverberando pela câmara de pedra. Ele jogou sua espátula no chão — uma velha ferramenta de durasteel, símbolo da arqueologia tradicional — e também gostou do som que ela fez ao bater contra as pedras antigas: agudo, desagradável e, ele sabia, irritante para os colegas trabalhando por perto.

Ah, sim. *Colegas*. Que piada, não é? Haswell era uns bons dez anos mais velho que eles — ao menos os humanos. Quanto aos outros, ele mal sabia de onde vinham ou se importava. Era melhor que continuassem longe, sem aborrecê-lo ou aos outros. Claro, ele ainda era um pesquisador júnior, mas, vamos lá, seu trabalho era importante e difícil, e todo mundo sabia que essas coisas levavam *tempo*. Isso explicava seu progresso acadêmico um tanto… lento, para dizer o mínimo.

Devagar e sempre, assim você vence a corrida. Esse era o lema de Mico Haswell, repetido religiosamente toda vez que via antigos estudantes se formando e novos chegando, cheios de energia, entusiasmo e total desconhecimento sobre o verdadeiro esforço que ele fazia.

Devagar e sempre. Ele venceria, sim. Um dia, ele mostraria a todos. Cada um deles.

Principalmente Beaumont Kin. Ah, *aquele sujeito*... baixo, esquisito e com aquele sotaque impossível de identificar. Definitivamente não era de um Mundo do Núcleo. Alguma colônia periférica, talvez? Tatooine? Dantooine? Ele provavelmente estava ali graças a alguma bolsa de estudos ou cota especial para atender às políticas do Instituto Histórico de Lerct, enquanto Mico sabia que o que realmente importava era a *competência*. E competência ele tinha — e muita.

Então, por que diabos o destacaram para aquela escavação sem sentido? O Professor Arclarka era um tolo. Como um Hoopaloo tinha sido contratado pelo instituto, e ainda como professor? Outra cota, sem dúvida. Mais um ponto marcado para impressionar algum conselho ou chanceler com champanhe caro no fim do dia.

Mas a verdade era clara — e Mico Haswell não precisava de vasta experiência e conhecimento dessas coisas para entender tudo: aquela escavação era um fracasso. Yoturba não tinha nada de interessante. As ruínas, apesar de grandes, não ofereciam nada substancial.

Ele se sentou pesadamente na borda do muro atrás de si, passando a mão pela testa suada. A câmara em que trabalhava era o casco parcialmente desmoronado de um edifício, um dos poucos locais grandes ainda relativamente intactos, com metade de um domo no teto. Era, de longe, o mais promissor da escavação, e ali, ao menos, ele podia trabalhar em paz, com cuidado e precisão.

Pois Mico Haswell não era nenhum amador. Ele sabia como fazer trabalho de campo — muito mais do que a maioria naquela maldita expedição. Enquanto os outros se ajoelhavam na terra peneirando areia e soltando exclamações tolas a cada pedrinha descoberta, ele sabia que seria o único a encontrar algo significativo. Algo importante. E todos teriam que reconhecer isso. Até mesmo Arclarka.

Até mesmo Beaumont Kin.

Com um leve rolar de pescoço, ele se preparou para voltar ao trabalho. Seus olhos procuraram pela espátula, que havia caído perto de um bloco curvado de pedra cinzenta.

Ele se aproximou, ajoelhando-se para alcançá-la, mas parou de repente. Virou a cabeça, olhando para a seção aberta do muro que sustentava os restos do teto, com a escavação se estendendo até o acampamento.

Alguém havia se aproximado por trás e tocado sua nuca. Ele tinha certeza disso.

— Muito engraçado — resmungou, franzindo a testa. Olhou ao redor e viu três, talvez quatro, estudantes trabalhando próximos dali, ao ar livre, do outro lado do muro. Dois droides flutuavam por perto, um deles já com a bandeja cheia de descobertas. Ninguém parecia prestar atenção nele, apesar da cena que havia feito ao jogar a ferramenta no chão.

Típico.

Mas… alguém tinha pregado uma peça, certo? Alguém chegou por trás, agindo como uma criança.

E então…

Mico.

Ele girou. A voz, o *sussurro*, surgiu bem na sua frente, o que era impossível, porque ele estava ajoelhado no chão diante de uma enorme curva de pedra cinza, e não havia como outra pessoa estar ali na câmara com ele.

Mico Mico Mico Mico Mico Mico Mico.

Ele encontrou sua voz.

— Olá? — A palavra escapou mais fraca do que ele pretendera. Assim que falou, o sussurro de seu nome cessou. A câmara permaneceu em um silêncio inquietante. Mico nem sequer ouvia os outros lá fora, prosseguindo com seus lentos trabalhos; o zumbido habitual dos droides flutuantes, os bipes eletrônicos em intervalos regulares, tudo desaparecera. O silêncio que preenchia o espaço era tão absoluto, tão *palpável*, que Mico teve a estranha sensação de estar sendo envolvido em um tecido fino e apertado, como se estivesse prestes a ser embalado e armazenado, apenas mais uma relíquia resgatada de uma ruína esquecida em um planeta insignificante nos confins da Orla Média.

E então, começou a escurecer. Mico ergueu os braços, os dedos sondando o ar enquanto a luz ao seu redor parecia desaparecer, como se um súbito anoitecer tivesse caído, ou…

Ou como uma sombra se projetando, apagando o brilho do sol e cobrindo tudo com um manto de escuridão.

Foi nesse instante que ele viu. Ali, no chão, perto de sua espátula prateada. A lâmina da ferramenta havia raspado o solo, expondo algo escondido sob a superfície. Algo que pulsava, algo que reluzia com uma intensidade rubra, como se gerasse sua própria luz na penumbra crescente que agora dominava o espaço.

Mico estendeu as mãos em direção ao objeto. Ele tinha conseguido. Ele havia encontrado… algo. Algo mais grandioso, mais significativo do que qualquer outra coisa que os outros jamais sonhariam em desenterrar. Algo importante. Algo *valioso*. Tesouro! Tesouro e

Mico Mico Mico Mico Mico Mico Mico

era todo dele. Sua descoberta. Seu trabalho. Sua

Mico Mico Mico Mico Mico Mico Mico

fama e sua fortuna, ele havia conseguido e

Mico Mico Mico Mico Mico Mico Mico

então apanhou o objeto. Era ao mesmo tempo quente e frio, seus dedos anestesiados e queimando quando ergueu a relíquia da terra e olhou para ela.

Era um cristal. Ou parte de um. Um grande fragmento multifacetado, sua cor de um vermelho profundo e hipnótico. Uma das extremidades era uma coroa hexagonal perfeita, enquanto a outra estava lascada e quebrada, como se tivesse sido violentamente partida. Mico apertou os olhos, tentando focar, enquanto a luz que emanava parecia surgir de um ponto indefinido, brilhante e deslumbrante. Entre os lampejos ofuscantes que deixavam faixas roxas em sua visão, ele percebeu outros pedaços menores do cristal espalhados pela terra ao redor. Parecia que, em algum momento, aquilo fora parte de uma peça maior, agora despedaçada pelo colapso do teto da câmara, ocorrido há séculos.

E

Mico Mico Mico Mico Mico Mico Mico

ele havia encontrado. Ele era o cara. Aquilo era dele. Ninguém mais teria aquilo. Ninguém nem *saberia* sobre aquilo. Ainda não. Não até ele

Mico Mico Mico Mico Mico Mico Mico

estar pronto.

Ele havia encontrado.

E *aquilo* havia encontrado *Mico*.

— Ei, o que é isso?

Ainda ajoelhado no chão, Mico se sobressaltou, como se a nova voz tivesse disparado um choque em sua mente. Ele virou a cabeça lentamente, forçando-se a desviar os olhos do fragmento de cristal para encarar quem ousava invadir sua área para interromper *seu* trabalho. Mas ele não queria. Ele queria continuar olhando para o cristal, estudá-lo, imaginando as possibilidades que ele representava. O intruso… como podia se atrever a estragar aquele momento?

Ele girou o pescoço, o sorriso já se formando no rosto enquanto olhava para o visitante. Era um rapaz jovem, o cabelo grande e desajeitado, completamente impróprio para trabalho de campo. Esses garotos nunca levavam nada a sério, pensou Mico, cheio de desprezo. Não sabiam o que era arqueologia de verdade, não como ele. Ele sabia mais do que todos ali.

— Vá embora — rosnou, irritado.

O rapaz parou por um momento, surpreso, mas logo franziu as sobrancelhas e balançou a cabeça, o cabelo desordenado acompanhando o movimento.

— Como quiser, Mico — disse o jovem, com desdém. — Achei que você tinha se machucado ou algo assim. — Ele ergueu a mão e fez um gesto de dispensa. — Da próxima vez, não vou me preocupar. Ninguém vai.

Ele virou-se para ir embora, sua figura esbelta formando uma silhueta contra o céu.

Mico Haswell piscou sob a luz do dia, mas era um brilho opaco, cinzento; uma luz morta, não como o vermelho do cristal, aquele que ele havia encontrado, seu tesouro, o cristal que

Mico Mico Mico Mico Mico Mico Mico

falava com ele, que o conhecia, que dizia a ele o que

Mico Mico Mico Mico Mico Mico Mico

fazer, que dava a ele o poder para fazer isso, e tudo que precisava fazer era...

O jovem parou de repente, congelado, o corpo tremendo levemente. Mico levantou-se desajeitadamente, uma das mãos segurando o fragmento de cristal com tanta força que os dedos ficaram brancos. A outra mão estendeu-se à frente, apontada para o estudante — Kirs, era esse o nome? Ele estava preso, paralisado, como se mantido por fios invisíveis. Cada músculo de seu corpo parecia sob o controle de Mico.

— Eu disse que você podia ir? — sussurrou Mico, a voz áspera e ecoante, quase como se não fosse dele, mas do cristal. Sua visão estreitou-se como se olhasse através de um túnel, mas sua percepção parecia mais clara do que nunca.

Ele deu um passo à frente. Com um leve movimento da mão, Kirs girou para encará-lo. O jovem estava na ponta dos pés, os ombros tensos, o corpo inclinado como se Mico o manipulasse como uma marionete. Por um momento, Mico imaginou se conseguiria levantá-lo completamente do chão e, ao pensar nisso, Kirs subiu alguns centímetros no ar. Os olhos de Mico se arregalaram, surpresos com o que acabara de fazer. A sensação não se assemelhava a nada que ele já havia experimentado.

Controle. Poder. Pela primeira vez, ele se sentiu realmente forte. Mesmo com uma parte de sua mente gritando que aquilo *não* era real, que não *poderia* estar acontecendo, *como* estava acontecendo, ele se entregou à experiência.

Era boa demais para ser ignorada.

Os olhos do jovem estudante estavam arregalados, Kirs tão surpreso quanto Mico. Sua boca estava aberta, o peito tremendo como se buscasse ar — e, de fato, ele buscava, porque Mico controlava cada músculo de seu corpo, até mesmo aqueles que lhe permitiam respirar.

Então, Mico sentiu algo diferente. Um calor. Algo reconfortante, como se alguém estivesse satisfeito com ele, como se estivesse sendo elogiado. Ele quis se virar, olhar para a presença que parecia estar logo atrás, guiando seus movimentos, erguendo sua mão, envolvendo seu punho. Era como se lábios invisíveis sussurrassem em seu ouvido, tão próximos e íntimos, aprovando cada uma de suas ações.

O mundo continuava a escurecer. Diante dele, Kirs ofegava, suspenso no ar pela força invisível que o prendia. Mico o observava, mas sua visão escurecia, tudo escurecia, até que...

Um lampejo de luz. E depois outro. E mais outro. Explosões de relâmpagos cortavam um céu escuro e cheio de nuvens agitadas, uma tempestade rugindo sobre uma terra tão antiga e seca que Mico sentiu a própria pele ressecar, a boca amargar com o gosto de cinzas, os olhos arderem com a poeira negra que rodopiava ao seu redor. Os relâmpagos caíam com fúria no chão duro, rachado, atingindo todos os lados à sua volta.

E agora, ele estava lá. Não na câmara, não em Yoturba, mas naquele lugar — um cenário infernal, uma vasta planície de basalto rachado que se estendia em todas as direções. Tão vasta que era sufocante, uma prisão paradoxal de espaço aberto e inescapável.

Os relâmpagos explodiram novamente. Lá, no horizonte, uma forma começou a surgir: uma estrutura imensa, oculta nas sombras, erguendo-se até as nuvens negras. Seu contorno brilhava com um azul-elétrico tão intenso que Mico não sabia dizer se era real ou apenas o reflexo dos relâmpagos incessantes em seus olhos. O edifício — se é que podia chamá-lo assim — era uma pirâmide? Um zigurate? Templo? Cidadela? Parecia todas essas coisas ao mesmo tempo, ancestral e aterrorizante, matematicamente perfeito, flutuando levemente acima da superfície amaldiçoada daquele mundo sombrio.

E então, ele a sentiu. A presença. Estava atrás dele, sussurrando em seu ouvido, pressionando-o adiante, empurrando-o em direção à construção. Mas... ele não queria ir. Ele não queria estar ali. Ele sequer sabia onde estava. Ele estava em Yoturba, naquela escavação frustrante, dentro das ruínas da câmara — o único lugar onde ainda havia esperança de encontrar algo interessante...

Ele ergueu a mão. Olhou para baixo. Abriu o punho, viu o fragmento de cristal, a coisa brilhando com uma luz própria, o escarlate cintilante sendo a única cor em todo o universo de Mico e

Mico Mico Mico Mico Mico Mico Mico

ele abriu a boca, aspirou o ar carregado de poeira e gritou.

Luke virou ao ouvir o som, os olhos procurando pela escavação, passando pelos trabalhadores e os droides flutuantes. Então, viu...

— Qual é o problema?

Lor estava ao seu lado, mais uma vez com uma mão tranquilizadora em seu ombro. Luke estreitou os olhos antes de olhar para o velho amigo.

— Você não ouviu isso?

Lor estranhou.

— Ouviu o quê? — perguntou. Seus olhares se encontraram, e Luke soube de imediato que não havia julgamento na voz de Lor San Tekka, apenas preocupação.

Se Luke Skywalker havia sentido algo — ou *ouvido* algo —, era motivo para preocupação.

Luke voltou-se novamente para a escavação.

— Não tenho certeza. Achei que tinha ouvido alguma coisa.

Lor tirou a mão do ombro de Luke e começou a andar em círculos. Beaumont, o Professor Arclarka e Tee Mairi ainda conversavam perto do droide. Em todo o local, os trabalhadores continuavam ocupados em suas tarefas.

Lor voltou-se para Luke.

— Você sentiu que havia algo aqui. Algo mais do que apenas aquele holocron.

Luke suspirou.

— Sim, tem algo errado aqui. Só não sei o que...

Nesse momento, um grito cortou o ar — dessa vez, claramente real. Luke ouviu, assim como Lor e todos os outros na escavação. Em perfeita sincronia, todos se viraram na direção da origem do som.

Na parte mais distante da escavação, onde as ruínas estavam mais preservadas, havia um edifício com um domo baixo, metade ainda intacta. Quando Luke olhou para lá, viu algo voar para fora da lateral do edifício — uma pessoa, lançada com uma força assustadora.

Luke correu pelas tábuas que atravessavam as trincheiras arqueológicas, indo na direção do edifício. Enquanto corria, virou-se rapidamente para Lor e acenou com firmeza.

— Fique com os outros. Tire todos daqui.

Um estrondo ecoou à frente. Luke voltou a olhar para frente e parou abruptamente.

Um homem saiu correndo do edifício, curvado, os movimentos desajeitados. Ele tropeçou nas mesas dispostas em frente às ruínas, espalhando ferramentas de uma e derrubando outra completamente. Apoiado em uma das mesas que ainda estava de pé, o homem respirava com dificuldade, os olhos fechados com força. De repente, ele jogou a cabeça para trás e gritou, antes de virar a mesa com ambas as mãos.

Imediatamente, um droide próximo entrou em ação, flutuando no ar enquanto seus manipuladores se estendiam para começar a organizar a bagunça. Emitia bipes furiosos, claramente irritado com o caos. O homem, ainda de olhos fechados, ergueu uma das mãos na direção do droide. Mesmo a dois metros de distância, o droide parou no ar, começando a girar em alta velocidade. Seus braços manipuladores se erguiam devido à força centrífuga.

Então, um estrondo abafado foi ouvido. Fumaça começou a sair de dentro da máquina, que inclinou para o lado, diminuindo o giro até parar completamente. Por fim, o droide pousou no chão, com suavidade.

Luke sentiu, naquele instante, que havia um *propósito* para ele estar ali. A sensação que o acompanhava desde que deixaram Ossus agora fazia sentido. Ele a havia mantido para si, talvez relutante em admitir que poderia ser apenas o resquício de uma visão da Força, e não uma premonição real. Talvez estivesse projetando aquela sensação no convite de Lor para visitar uma escavação arqueológica pouco significativa.

Qualquer que fosse o caso — visão da Força, premonição ou mera coincidência —, Luke agora sabia que estava certo em ter vindo até ali.

Naquele momento, o homem se endireitou e virou para encarar Luke, mantendo os olhos ainda firmemente fechados. Luke se preparou. Ele não sabia o que estava prestes a enfrentar — tinha suas teorias, até mesmo medos, mas nada disso importava agora. Também não sabia quão forte aquele homem poderia ser. Ele estava vestido como os outros, com roupas casuais típicas dos Mundos do Núcleo, sobrepostas por um traje de trabalho prático, cheio de bolsos e compartimentos, com um cinto de ferramentas pendurado na cintura, igual ao dos outros arqueólogos. Parecia mais velho do que a maioria dos humanos na escavação. Talvez fosse um pesquisador, e não um estudante.

Luke concentrou-se na Força. Não queria feri-lo, mas precisava impedir que machucasse alguém — ou a si mesmo. Com os olhos cerrados e a mão orgânica aberta ao lado do corpo, Luke tentou acalmá-lo, influenciando-o suavemente através da Força.

O homem ficou imóvel, tenso, preso no aperto invisível.

Houve um lampejo, depois outro, e o mundo de Yoturba ao redor de Luke e do homem perturbado desapareceu, substituído por um deserto plano de rocha negra rachada. Acima, o céu escuro estava carregado de nuvens que se moviam como fumaça, iluminadas por arcos furiosos de relâmpagos incessantes.

Era o mundo dos pesadelos de Luke. Ele estava de volta em uma visão — só que, desta vez, não estava sozinho. O arqueólogo ainda estava sob o domínio da Força.

— Quem é você? — Luke perguntou, mas sua voz parecia não se propagar. Não importava. O homem ouviu. Sua cabeça se virou, os olhos ainda fechados com força. Ele rosnou, um som reptiliano, revelando não dentes humanos, mas fileiras de presas afiadas. Então, ele saltou para Luke, libertando-se da Força e avançando de um jeito que Luke sabia que nenhum humano conseguiria, não sem algum tipo de assistência.

Luke reagiu de imediato. Ele ergueu a mão, a palma estendida, os dedos abertos, pronto para conter o ataque. Sentiu seu próprio domínio da Força se chocando contra uma resistência igual, suave, mas firme, como dois polos de um forte ímã se repelindo.

Os relâmpagos reluziam, tão brilhantes que até Luke recuou.

Quando abriu os olhos, estava de volta a Yoturba. Ao seu redor, os trabalhadores do Instituto Histórico de Lerct mantinham uma distância segura, mas observavam atentamente. Com o canto do olho, Luke viu três arqueólogos ajoelhados diante do trabalhador que havia sido lançado ao ar, enquanto uma médica de campo já abria um medpac.

Luke voltou a olhar para frente, seu braço ainda esticado.

O homem estava suspenso no ar, preso agora pelo domínio superior de Luke sobre a Força. Ele se debatia, babando e rosnando, mas a presença maligna que Luke havia sentido estava desaparecendo.

— Luke, você está bem?

Lor San Tekka chegou ao lado de Luke. Ele olhou para o arqueólogo suspenso no ar e, em seguida, para o braço estendido de Luke. Abriu a boca para falar novamente, mas foi interrompido por grasnados altos e agitados do Professor Arclarka.

— O que está acontecendo aqui, *kwark*? *Kwark*! — O professor Hoopaloo, irritado, em vez de confuso ou assustado, se aproximou. Ele tirou os óculos da corrente ao redor do pescoço e os segurou sobre o bico enquanto olhava para o homem. — Haswell, não é mesmo? E o que você acha que está fazendo, *kwark*? — Arclarka apontou para as mesas derrubadas. — Isso não é comportamento adequado em uma expedição minha. Haverá uma investigação quando voltarmos para Hosnian Prime. Ah, sim. Acredite em mim, haverá uma investigação.

Quando Haswell não respondeu, Arclarka olhou para Luke. Ele acenou com a asa para ele, completamente indiferente à demonstração de poder de Luke.

— Então? Você vai continuar com isso até amanhã?

Quando Arclarka falou, Haswell rosnou de novo, forçando Luke a ajustar seu controle sobre ele, apertando um pouco mais com a mente. Para algo que até parecia simples, era surpreendentemente difícil. O esforço necessário para manter aquele controle era grande, e qualquer distração poderia resultar em algo trágico.

Às vezes, ser poderoso significava carregar um peso *ainda maior.*

Luke virou a cabeça para o grupo que cuidava do estudante inconsciente.

— Médica! Preciso que esse homem seja sedado.

A médica ergueu a cabeça e olhou para Haswell. Mesmo à distância, Luke pôde ver o medo em seu rosto. Mas ela respirou fundo e assentiu, virando-se para os outros dois ajoelhados sobre o estudante caído, dando instruções antes de tirar um bastão prateado de um kit médico e correr até Haswell. Ela parou ao alcance dele, claramente hesitante.

— Está tudo bem — Luke disse com um sorriso tranquilizador. — Estou no controle. Dê a ele o quanto for necessário. Precisamos que ele fique inconsciente por bastante tempo.

A médica assentiu e chegou mais perto. Ela ergueu a mão — Haswell ainda estava flutuando a cerca de dez centímetros do chão — e puxou o colarinho do casaco para expor a veia jugular. Com cuidado, pressionou a ponta do cilindro prateado contra a pele e apertou um botão oculto na parte de trás.

O efeito foi imediato. Haswell desabou, sua cabeça caindo contra o peito. Luke também sentiu a diferença — a *outra* presença maligna desapareceu completamente. Haswell agora parecia muito mais leve, como se sua própria essência tivesse sido reduzida.

Luke relaxou o aperto, baixando Haswell até o chão. Assim que os dedos das botas tocaram a terra, a médica passou atrás dele e segurou Haswell debaixo dos braços, baixando-o cuidadosamente até que se deitasse.

Luke trocou um olhar com Lor, e os dois homens se aproximaram de Haswell. Arclarka bateu as asas e tentou segui-los, mas Beaumont Kin — sabiamente, pensou Luke — distraiu o professor, sugerindo que eles dessem espaço.

Luke ajoelhou-se diante de Haswell. A médica ao lado se afastou um pouco para dar espaço, mas balançou a cabeça em confusão.

— Não entendo — ela disse. — Administrei o suficiente para derrubar um fathier.

No chão, Haswell ainda se contorcia um pouco, segurado por dois arqueólogos corpulentos que haviam rapidamente se juntado ao grupo. Quando Luke se inclinou sobre ele, lançou um olhar tranquilizador para os homens que o seguravam.

— Está tudo bem — disse ele, calmamente. — Não se preocupem. Vou cuidar disso.

Os dois arqueólogos trocaram olhares, depois soltaram os ombros de Haswell. Permaneceram agachados por perto, prontos para intervir, caso necessário.

Mico Haswell rolou a cabeça e aspirou o ar de repente, abrindo os olhos. Sua respiração acelerou enquanto olhava ao redor, o rosto marcado por puro terror, os lábios salpicados de espuma branca.

Os dois arqueólogos se moveram instintivamente, mas Luke ergueu a mão, pedindo que recuassem. Ele colocou a mão esquerda gentilmente sobre o ombro de Haswell. O homem deu um sobressalto ao toque, mas depois relaxou quando seus olhos desfocados encontraram os de Luke.

— Eu... eu... eu...

Luke sorriu, sereno.

— Está tudo bem. Você vai ficar bem. Estou aqui com você.

Com aquelas palavras tranquilizadoras, Haswell soltou um longo suspiro e afundou no chão. Ele piscou, respirou fundo, e então murmurou:

— Desculpe... me desculpe.

— Não há o que desculpar — respondeu Luke. Ele ergueu a mão e, ajustando o peso do corpo, sentou-se de pernas cruzadas ao lado de Haswell, enquanto o homem tentava se apoiar sobre um cotovelo. Luke fez um gesto para as pessoas reunidas ao redor, que agora formavam um grupo considerável.

— Está vendo? Todos estamos aqui com você. Está tudo bem.

Luke olhou ao redor para as faces atentas e preocupadas do grupo. Podia sentir a empatia genuína deles por Haswell. Aquilo era reconfortante, um calor humano que fluía ao redor. Ele voltou sua atenção para o arqueólogo.

— Qual é o seu primeiro nome?

— Mico. É Mico.

— Mico, você pode me dizer o que aconteceu?

Haswell franziu a testa, piscou algumas vezes e limpou as lágrimas dos olhos, manchando o rosto de terra. Parecia não notar. Ele sacudiu a cabeça, os olhos fixos no chão, tentando se lembrar.

— Eu... não sei. Desculpe, eu não sei. Eu... — Ele ergueu os olhos para o grupo ao redor, depois voltou a encarar Luke. — Não me lembro. Eu estava na câmara, lá atrás, e deixei minha espátula cair. Então, acho que alguém apareceu? — Ele balançou a cabeça, frustrado. — Não me lembro.

Luke assentiu.

— Você vai se lembrar. Vai...

Mas Haswell interrompeu, agarrando a frente da túnica de Luke com um movimento repentino, puxando-o para mais perto.

— Acho que vi alguma coisa. Eu... eu *senti* algo.

Luke permaneceu calmo, sem resistir ao movimento.

— O que foi? O que você viu, Mico? Diga-me o que sentiu. — Ele segurou a mão de Haswell.

Haswell se concentrou, sua mão relaxando.

— Eu vi… um lugar. Escuridão, relâmpagos. Era tão *seco*, tão antigo. E… — Ele parou, como se as palavras lhe escapassem, então endireitou-se. — Havia *algo lá* — disse, em um sussurro rouco. — Uma… pessoa. Não. Uma forma. Como uma sombra. Estava… em mim. Eu podia sentir. Ouvi-la falando comigo.

Haswell estremeceu, os olhos voltados para Luke. Sua respiração rápida e quente alcançou o rosto de Luke, enquanto lágrimas escorriam. Era claro que ele revivia algo aterrorizante.

— Está tudo bem — Luke assegurou, apertando a mão de Haswell e colocando a outra suavemente atrás de sua cabeça. Quando Haswell começou a hiperventilar, Luke o guiou de volta ao chão, ainda segurando sua mão.

Luke fechou os olhos, deixando a Força fluir através dele. Envolveu Haswell em um manto de calma e conforto, canalizando as emoções positivas do grupo ao redor.

Ele também percebeu algo mais e permitiu a si mesmo um pequeno sorriso, apenas para si. Sentiu a raiva e o ressentimento de Haswell, a convicção de que estava sendo deixado de lado no instituto, seu trabalho ignorado pelo Professor Arclarka e pelos outros. E, sob tudo isso, a profunda decepção, a sensação de que sua vida estava passando sem que ele fizesse progresso.

Tudo aquilo talvez fosse verdade, mas também estavam lá o carinho e a amizade de seus colegas. Eles suportavam seus humores e seu pavio curto porque sabiam que, no fundo, ele não era cruel, apenas solitário. Todos o respeitavam, e Luke podia sentir isso claramente. Ele canalizou essa sensação, usando-a para tocar com delicadeza a consciência de Mico Haswell através da Força.

— Durma, meu amigo, durma — murmurou Luke, abrindo os olhos novamente. Haswell estava agora inconsciente, sua respiração calma e regular.

Lor San Tekka ajoelhou-se ao lado de Luke.

— Alguma coisa disso faz sentido para você?

Luke olhou para seu amigo e assentiu, devagar.

Fazia sentido. A visão que Haswell havia descrito — aquele lugar de escuridão e relâmpagos — era o mesmo das visões de Luke. Ele tinha certeza.

Luke virou-se para a médica.

— Ele vai dormir por um tempo. Quando acordar, estará bem, mas pode começar a ter pesadelos. Vocês devem levá-lo de volta a Hosnian Prime e monitorá-lo por alguns dias, só para garantir.

— Vamos cuidar disso — garantiu a médica. Enquanto começava a examinar Haswell, parou de repente, franzindo a testa. — O que ele está segurando?

Luke seguiu o olhar dela. Haswell segurava algo longo e fino em sua mão fechada. Sangue escorria entre seus dedos. Quando a médica tentou abrir a mão dele, Luke a impediu.

— Espere. Não toque nisso. Deixe-me ver.

A médica recuou, dando espaço para Luke. Ele cuidadosamente desdobrou os dedos da mão fechada de Haswell.

Dentro do punho do homem inconsciente havia um longo fragmento de cristal, vermelho-vivo, com formato que lembrava uma adaga. Uma das pontas estava claramente partida de uma peça maior. A borda quebrada era afiada e havia cortado a palma de Haswell, onde o cristal estava incrustado após ser segurado com força.

Luke estendeu a mão esquerda para tocar o cristal, mas parou. Seguindo sua intuição, usou a mão cibernética direita para retirar o fragmento com cuidado.

Levantando-se, ele segurou o cristal entre os dedos mecânicos. Sentiu Lor San Tekka se aproximar.

— Um cristal kyber? — Lor perguntou.

Luke assentiu e levantou o fragmento para examiná-lo melhor. Ele o girou sob a luz. De alguns ângulos, parecia um vermelho intenso; de outros, um preto profundo e morto.

— Foi sangrado — Luke disse. Ele girou o cristal mais uma vez e franziu as sobrancelhas. — Mas o tamanho e o formato estão errados para um sabre de luz. — Ele olhou para Lor. — Chame Beaumont Kin. Encerramos a escavação por enquanto. Leve todos para cima do morro. Precisamos suspender os trabalhos até que eu veja isso mais de perto. O Professor Arclarka não vai gostar, mas, com Beaumont ao seu lado, ele vai aceitar.

Lor assentiu.

— Certo. E você?

Luke enrolou o cristal em um pano retirado de seu cinto de utilidades e o guardou no bolso interno da túnica.

— Vou até a câmara. Esse cristal fazia parte de algo maior. Pode haver mais lá dentro.

Lor assentiu novamente e foi se juntar aos outros.

Luke respirou fundo, virou-se para a câmara e entrou.

As ruínas da câmara haviam sido bem preparadas por Haswell. Apesar de as porções intactas da parede parecerem sólidas, apoios telescópicos foram instalados ao longo dos limites da câmara, acompanhando a curva do teto parcial. No centro, dois outros apoios davam suporte adicional — apenas por precaução — aos restos do domo. Entre os apoios, as ruínas estavam espalhadas, algumas já limpas por Haswell, que também havia estabelecido uma grade. Linhas finas de laser verde cruzavam o chão, permitindo que o arqueólogo mapeasse o local sistematicamente e documentasse suas descobertas com facilidade.

Haswell estava escavando nas beiradas da câmara, e quando Luke chegou às ferramentas abandonadas, notou que a parede curvada continuava abaixo do solo. O chão não era o original, mas sim uma base compacta de areia acumulada ao longo dos séculos.

Algo na câmara deixava Luke inquieto. Embora as ruínas da cidade fossem claramente feitas de pedra — uma substância clara e leve, semelhante ao arenito —, o interior da câmara tinha um cinza-escuro, com textura que lembrava o metal usado no interior de naves militares.

Luke aproximou-se da parede curva e pousou a mão enluvada sobre a superfície, examinando-a mais de perto.

Ele estava certo: a câmara não era feita de pedra, mas de metal.

Ele deu um passo para trás, observando as dimensões da câmara. Então, olhou para cima. O buraco no teto, onde parte havia desabado, exibia bordas irregulares e *entortadas*. Luke desviou o olhar para a entrada da câmara, onde a parede parecia arrancada.

É claro. Aquilo não era um edifício. Era uma nave estelar, que havia caído ali incontáveis anos atrás.

Luke olhou ao redor novamente. O interior exposto estava quase vazio, exceto pelos destroços. Ele se perguntou se, sob o chão de areia compactada, ainda havia painéis de controle ou instrumentos, ou se o casco durável da nave era tudo o que restava.

Ele se ajoelhou e pegou a espátula de Haswell do chão.

Foi então que viu. Vermelhos e brilhantes, fragmentos espalhados sob a camada superior de areia.

Usando a ponta da espátula, Luke cuidadosamente traçou a área ao redor do ponto. Ele escavou cerca de um centímetro de areia e alavancou o primeiro pedaço.

Assim como o fragmento que já estava em seu bolso, aquele também era um pedaço de cristal vermelho, perfeito em geometria, exceto pelo fato de ter sido claramente arrancado de uma peça maior.

Luke continuou escavando. Após alguns momentos, encontrou mais fragmentos. O maior tinha apenas alguns centímetros, todos menores que o pedaço que Haswell segurava. Ele organizou os fragmentos no chão, tentando imaginar o tamanho e a forma do cristal original. Depois, sentou-se, analisando sua descoberta. Podia sentir a Força fluindo ao redor dos fragmentos, como se fossem pedras em um rio, desviando o curso da água.

Um calafrio percorreu Luke. Cristais kyber eram condutores naturais da Força, mas a maneira como aqueles haviam sido manipulados o perturbava profundamente. Quem quer que tivesse possuído o cristal original havia usado rituais sombrios para corrompê-lo, dobrando o poder da Força de maneiras que nunca deveriam ser exploradas.

Esse era um ritual antigo, com raízes em eras passadas, praticado pelos adeptos do lado sombrio, os Lordes Sith. Ele era transmitido através das gerações por aqueles que seguiam esse caminho. Sangrar um cristal kyber era um ato que demonstrava o domínio de um Lorde Sith sobre a própria natureza, transformando o cristal — e o sabre de luz que ele energizava — em um vermelho profundo, um símbolo de poder absoluto.

Mas esses cristais eram diferentes. Eles haviam sido sangrados, disso Luke tinha certeza, mas não faziam parte de um sabre de luz. Seu julgamento inicial estava correto — o cristal original era muito maior. Talvez ainda houvesse mais fragmentos enterrados na areia.

Luke retirou o cristal embrulhado de dentro da túnica. Ele abriu o pano, juntou os outros fragmentos que havia escavado e os envolveu juntos. Certificando-se de que o pacote estava seguro, ele o guardou novamente dentro da túnica. Em seguida, levantou-se e olhou ao redor, examinando o chão. Ele queria permanecer ali — a câmara precisava ser vasculhada por completo, cada fragmento do cristal cuidadosamente coletado. Se a areia havia protegido a parte inferior da nave, talvez ainda houvesse pistas sobre sua origem e quem a pilotara.

Mas aquilo levaria tempo, e Luke tinha uma ideia melhor. Ele confiaria essa tarefa a Lor San Tekka. Pediria a Lor que permanecesse para supervisionar a expedição arqueológica, que agora voltaria sua atenção para a câmara. Seria um trabalho lento e talvez perigoso, mas Luke confiava plenamente em Lor. Qualquer descoberta fora do comum e Luke retornaria no mesmo instante.

Por enquanto, havia muito o que fazer. O holocron destruído, a nave acidentada, os fragmentos de cristal — e o poder sombrio que possuíra Haswell, junto com as visões de Luke daquele mundo de pesadelos —, tudo aquilo estava interligado.

Algo maligno estava se aproximando. Luke podia sentir.

Ele precisava examinar os cristais e o holocron. Precisava descobrir de onde tinham vindo e a quem pertenceram — rápido.

Havia apenas um lugar na galáxia onde poderia encontrar essas respostas. Saindo da câmara apressado, Luke já traçava em sua mente as coordenadas para Tython.

CAPÍTULO 11

MALATHON IX, REGIÃO DE EXPANSÃO

PASSADO

Ochi de Bestoon vinha rastreando sua presa pela selva há cinco dias e sentia que estava apenas começando.

Ele nunca estivera em Malathon IX antes. Não importava. Ele tinha um alvo, uma missão. A localização era irrelevante — cidade, deserto, tundra ou selva, ele já havia trabalhado em todos esses ambientes, adaptando-se rapidamente, usando o terreno a seu favor.

Era isso que o tornava tão bom. Era por isso que seus serviços eram tão valorizados, mesmo antes da guerra. E era por isso que agora ele servia a um poder maior, incumbido de caçar a mais perigosa das presas.

Porque agora Ochi de Bestoon caçava Jedi.

E, até agora, ele não falhara em sua missão.

Malathon IX era um planeta peculiar, mas Ochi gostava. Metade de sua superfície consistia de desertos escaldantes, como se o mundo tivesse sofrido uma catástrofe cósmica e sido deixado para esfriar no espaço, tão sem vida quanto era sem características. A outra metade era coberta por vastas florestas tropicais, uma densa e exuberante selva que se estendia de polo a polo, envolvendo os hemisférios sem qualquer variação aparente de temperatura, estações ou diversidade de formas de vida.

Ochi não sabia por que o planeta não apresentava estações. Também não se importava. Tampouco fazia diferença para ele que a selva não fosse verde, mas sim vermelha e púrpura, com a vegetação utilizando algo além da clorofila para realizar fotossíntese. Que diferença fazia? A selva era densa, o que oferecia ótima cobertura. Era úmida e barulhenta, abafando seus movimentos e sons. Se fosse vermelha, verde ou multicolorida, isso pouco importava para ele.

Ele estava perto. Muito perto. Apenas cinco dias de trabalho, perseguindo a Jedi e seu pequeno grupo, e o fim estava próximo. Em questão de horas, ele estaria em órbita, traçando seu vetor para o hiperespaço e pronto para informar seu mestre sobre o sucesso da missão. Prova da caça? A cabeça de Depa Billaba.

Era uma pena que ela não usasse máscara ou capacete — poucos Jedi usavam. Ochi às vezes pensava que seria interessante guardar um souvenir de cada caçada, mas... paciência.

No alto de uma copa de árvore, sob a chuva constante, ele se ajeitou em seu ninho de observação. A água escorria pelo capacete vermelho e branco enquanto ele observava Depa Billaba através dos quadrinóculos.

Aqui. Vamos. Nós.

Só mais alguns metros, e ela estaria em sua mira.

É claro, ela já poderia estar ao alcance. Ochi sabia disso — afinal, ele *era* especialista com um fuzil de precisão. Mas, embora apreciasse a arte do tiro ao alvo, faltava-lhe o temperamento para um trabalho tão calculado e impessoal. Assassinato à distância parecia... frio demais. Sim, era limpo, mas ainda havia a questão de coletar a prova da caça. Além disso, Ochi realmente preferia usar as próprias mãos. Ele gostava de chegar perto, de ver o medo nos olhos de sua presa quando ela finalmente entendia que era o fim, ou quando percebia, tarde demais, que sua sensação de segurança era ilusória — que havia sido observada o tempo todo, completamente alheia à morte que a espreitava, com seus últimos momentos se esgotando diante de si.

Ele usou aqueles cinco dias para estudar Depa Billaba. Ela era uma humana atlética, de cabelos escuros presos em tranças, sempre tranquila, calma e segura de si. Ochi notou que essas características se assemelhavam às do outro Jedi, seu Mestre, que havia deixado o planeta após a missão, partindo da pequena vila que servia como espaçoporto naquele mundo primitivo. Ochi estava satisfeito que *ele* não estivesse ali — sim, havia uma recompensa por ele, os Separatistas haviam colocado um preço sobre a cabeça de toda a Ordem Jedi. Mas Ochi trabalhava exclusivamente em comissões pessoais. Ele era bom em matar Jedi e não tinha dúvidas sobre suas próprias habilidades, mas sabia que alguns alvos seriam suicidas de enfrentar. Muitos, ele tinha certeza, já haviam tentado, considerando o número em declínio de frequentadores conhecidos nos bares da Estação Ponto Boxer.

E ali estava ela, na clareira, perto do rio de águas tão vermelhas quanto a chuva que caía do céu, encharcando o uniforme de Ochi. Depa Billaba estava acompanhada por um grupo de quatro clones troopers que montavam um acampamento, mas logo se afastou deles, caminhando até a beira do rio. Agora, estava a apenas três metros de Ochi, que permanecia escondido nas árvores acima.

Era quase fácil demais.

Ochi puxou a adaga de suas costas, uma arma curta, extremamente afiada e feita de aço beskar, leve como uma extensão da própria mão.

Ah, esta seria muito boa.

Ele saltou da árvore, a adaga firme na mão, pronto para cortar e abater a Jedi.

Mas então algo se moveu — uma forma veloz, surgindo do nada e o atingindo em pleno ar enquanto ele voava em direção ao alvo. O impacto o jogou no rio, e ele se debateu nas águas surpreendentemente geladas. Suas botas encontraram o fundo, e ele se impulsionou para cima com força, a adaga ainda na mão, emergindo do rio em um salto explosivo.

— Hoje não, cria dos Sith!

Ao ouvir as palavras, sua adaga foi desviada por um sabre de luz, a lâmina brilhando em um púrpura inconfundível. Ochi sentiu o impacto brutal da força física por trás da arma, enquanto um homem alto, careca, de pele escura, o empurrava para trás com um movimento firme e preciso.

O Mestre Jedi não havia deixado o planeta. Claro que não. Ele havia seguido os passos de Ochi, rastreando-o enquanto este tentava capturar sua aprendiz, Depa Billaba.

Ochi tropeçou, perdendo o equilíbrio e caindo novamente na água, enquanto, acima dele, Mace Windu erguia seu sabre de luz, sua postura firme, preparando-se para o ataque…

— Hum, chefe?

As íris mecânicas dos olhos cibernéticos de Ochi se abriram. Pairando sobre ele, enquanto Ochi se inclinava desajeitadamente no assento do piloto, estava um dos irmãos — qual deles, ele não tinha certeza, pelo menos até o ser abrir a boca novamente, exibindo os dentes metálicos reluzentes.

— O que foi, Bosvarga? — Ochi rosnou, irritado por ter sido acordado, constrangido por ter sido encontrado dormindo por seu capanga.

— Está tudo pronto, chefe. — Era Cerensco, agora se juntando ao lado do irmão. — Eles estão todos prontos para ir.

Ochi se endireitou, lentamente. A *Legado de Bestoon* parecia girar um pouco. Por um momento, ele se lembrou de um mergulho em águas vermelhas, o brilho de luz púrpura, então o sonho terminou.

— Eles?

— Anduluuvil — esclareceu Bosvarga, começando a contar os nomes nos dedos grossos. — Pysarian, Krastan, a Sphox e sua equipe, e Repreever e Stiper.

Ochi parou em pensamentos, então sacudiu a cabeça.

— Ótimo — ele disse. — Mas não é suficiente.

— Não sei se temos mais algum favor para cobrar — disse Cerensco. Ele olhou para o irmão. — Plo Mandrill?

— Morto — respondeu Bosvarga.

— Ah, que pena. E que tal...

— Calem a boca, vocês dois! — Ochi levantou-se do assento e andou ao redor dos capangas. — Vamos ser espertos nessa.

— Entendi, chefe — Cerensco falou.

Ochi olhou para ele, depois para Bosvarga — o mais esperto dos dois, ele pensou.

— Vamos publicar uma recompensa, espalhar a notícia, ver se algo aparece.

— Pode deixar.

Ochi assentiu.

— Tenho uma ideia para uma ajuda extra. Ainda tenho alguns nomes no meu banco de dados. — Ele gesticulou para os dois irmãos saírem da cabine. — Agora voltem ao trabalho e desapareçam da minha frente.

Os dois irmãos olharam um para o outro, depois se retiraram. Ochi fechou a porta da cabine atrás deles.

— D-O?

Houve um bipe discreto vindo de um canto da cabine.

— Mestre? — murmurou o pequeno droide enquanto rolava para fora das sombras. — Pronto para servir, pronto para servir.

Ochi voltou para o assento do piloto e desabou sobre ele.

— Você ainda tem o código do canal criptografado para a Cidade Sete Z-9?

D-O inclinou ligeiramente sua cabeça esférica, rolando para frente e para trás em sua roda única.

— Afirmativo, mestre.

— Então, conecte-se — Ochi ordenou —, preciso fazer uma ligação.

Quando o droide rolou até o plugue de dados na base do console de voo, Ochi inclinou-se para frente e checou o deque de comunicação, liberando o canal.

Era hora, pensou Ochi, de um pouco de ação.

Hora de um pouco de... músculos.

CAPÍTULO 12

AS RUÍNAS DO TEMPLO, TYTHON

PRESENTE

O fato era que Luke gostava de visitar Tython. O planeta era calmo e intocado, um mundo coberto por florestas e gramados, habitado apenas por pássaros e pequenos mamíferos. Não havia distrações tecnológicas, nenhum campo eletromagnético, nenhuma... interferência.

No entanto, Tython não era único nesse sentido. Havia muitos planetas na galáxia que eram tranquilos paraísos inexplorados e intocados — Ossus era um exemplo perfeito, é claro. Foi por isso que Luke havia escolhido aquele planeta para seu próprio templo. Mas Tython tinha algo a mais, uma qualidade singular que talvez escapasse ao pleno entendimento. Era por isso que os Jedi de tempos ancestrais haviam construído o Martírio das Lágrimas Congeladas na calota de gelo meridional e, em uma região mais amena, um templo muito especial.

Carregando no ombro a pesada mochila retirada do compartimento de carga de seu X-wing, Luke parou sob a luz matinal de Tython em seu traje de voo laranja. Ele olhou para a colina à frente, incapaz de conter a admiração que sempre o tomava ao avistar a imponente estrutura de pedra no topo. Já havia estado ali muitas vezes, passando incontáveis horas estudando o local e os Jedi que o construíram. Ainda assim, toda vez que via o templo, era surpreendido pela majestade da construção e pela intensa sensação de paz que o envolvia — mesmo em meio a suas preocupações.

Ajustando a mochila no ombro, Luke começou a subir o caminho sinuoso que levava ao templo Jedi e à pedra da visão em seu centro. Conforme se aproximava, seus olhos percorreram os vastos monólitos de pedra, que, segundo suas pesquisas, haviam sido retirados de locais a centenas de quilômetros dali e transportados até aquele ponto pelo poder combinado dos construtores Jedi, sem qualquer auxílio tecnológico. A pedra da visão, no entanto, permanecia um mistério. Feita de um material diferente dos monólitos ao redor, ela havia resistido a todas as tentativas de análise até então.

Talvez, Luke pensou, fosse melhor assim. Algumas coisas não *precisavam* ser explicadas pela ciência.

Como Jedi, ele já tinha todo o conhecimento de que precisava.

No topo da colina, Luke cuidadosamente colocou sua mochila ao lado do hemisfério da pedra da visão. Ele tirou o traje de voo e o guardou sob a mochila. Por baixo, vestia uma versão mais curta de sua túnica Jedi preta, ideal para o espaço limitado de um X-wing. Ajoelhando-se diante da mochila, ele a abriu e começou a retirar os antigos tomos que havia trazido, junto com um pergaminho recém-encadernado, preenchido pela metade com suas próprias anotações. Ele organizou os livros em ordem no gramado ao pé da pedra da visão, colocando o pergaminho aberto equilibrado no topo do domo.

Com um suspiro profundo, Luke retirou de dentro da túnica o embrulho contendo os fragmentos dos cristais kyber. Ele o colocou sobre suas anotações e então tirou o último item da mochila: outro pacote, envolto em pano. Desdobrando-o sobre a grama, revelou a forma achatada e distorcida do Holocron Sith. Ele se levantou e abriu o embrulho dos cristais. Quando os fragmentos vermelho-sangue refletiram a luz do sol de Tython, Luke fez uma careta. A paz que ele sempre sentia no templo pareceu esvair-se. Até o ar ao seu redor pareceu mais frio, embora soubesse que isso, provavelmente, era apenas sua imaginação.

Mesmo assim, parecia errado trazer aqueles objetos até ali. Podiam ser antigos, podiam estar quebrados, mas sua verdadeira natureza — e a natureza dos seres que os haviam criado e usado — era inegável.

Eram malignos. Simples assim. O holocron e os cristais possuíam uma aura, uma manifestação do lado sombrio que ecoava através do tempo, lançando sua sombra sobre o presente. Luke já sentia uma pressão em sua mente, como a sensação de algo imenso e distante que lentamente se aproximava, sua massa invisível empurrando contra seus pensamentos.

Algo estava vindo.

Alongando os músculos tensos, Luke pegou o embrulho dos cristais e suas anotações. Com um único movimento ágil, ele saltou para o topo da pedra da visão, sentando-se de pernas cruzadas sobre o domo. As anotações repousaram em seu colo, os cristais cuidadosamente colocados sobre as páginas.

Ele começou os trabalhos.

O dia em Tython era longo, e Luke agradecia as horas extras de luz para se dedicar ao trabalho. O chão ao redor da pedra da visão já estava coberto de livros abertos, consultados enquanto ele seguia histórias e lendas, tentando compreender a natureza de suas visões, identificar o lugar que aparecia nelas e descobrir como tudo isso se conectava ao holocron e aos cristais.

Na verdade, o holocron havia proporcionado as descobertas mais interessantes até então. Luke conhecia bem os Holocrons Sith, assim como suas versões Jedi. Antes do purgo do Imperador Palpatine, existira um cofre repleto deles nos arquivos do Templo Jedi em Coruscant. Alguns daqueles holocrons haviam sobrevivido, outros Luke encontrara e estudara ao longo de suas viagens — tanto Sith quanto Jedi. Agora, muitos estavam armazenados com segurança em seu próprio templo Jedi. Os livros que Luke consultava com tanto afinco estavam repletos de lendas e mitos sobre o que eram, essencialmente, simples unidades de armazenamento de dados.

Luke folheou suas anotações até a página onde havia esboçado sua interpretação da forma original e intacta do Holocron Sith de Yoturba — um pequeno objeto triangular, sua estrutura metálica adornada com inscrições em Aurebesh de trás para frente, encapsulando o núcleo de dados: uma matriz cristalina sólida, carregada de mistério e misticismo.

Ou talvez não. Talvez fosse algo muito mais mundano e ordinário. Era impossível saber agora. Qualquer informação que aquele holocron tivesse armazenado estava perdida há muito tempo.

Ajeitando-se sobre a pedra da visão, Luke deixou suas anotações de lado, permitindo que flutuassem ao seu lado enquanto ele estendia a mão em direção a um dos livros mais antigos repousando na grama. O tomo se ergueu no ar e flutuou até ele. Assim que chegou ao alcance, Luke o apanhou cuidadosamente e o posicionou sobre o colo.

Aquele livro — uma obra artesanal lindamente confeccionada, com páginas de papel real, uma raridade por si só, independentemente do valor de seu conteúdo — era um catálogo da chamada Coleção Eeshaypher, uma galeria de relíquias, antiguidades e artefatos proibidos, todos conectados ao lado sombrio da Força. O catálogo estava incompleto, e muitas das páginas sobreviventes estavam queimadas ou praticamente ilegíveis. As que restavam eram preenchidas com diagramas intrincados dos objetos da coleção e descrições densas e metafóricas, exigindo de Luke um esforço redobrado para compreender seu significado.

O que ele conseguira decifrar, no entanto, era fascinante. Luke passou o dedo sobre uma figura ao lado de um bloco de texto meticulosamente escrito e, em seguida, comparou-a com o rascunho que havia desenhado do holocron intacto.

A imagem do catálogo também retratava um pequeno objeto piramidal, embora com algumas diferenças notáveis. Esse tinha quatro lados, formando uma pirâmide clássica, em vez do formato tetraédrico de três lados do holocron de Yoturba. Sua base era maior e sustentava um "pé" adicional, menor, na parte inferior. Apesar dessas variações, as semelhanças eram intrigantes, dando a Luke muito sobre o que refletir.

O objeto descrito no antigo livro era referido como um localizador, um antigo dispositivo Sith com um único propósito específico.

Navegação.

E… era isso.

Parecia estranho que um dispositivo relativamente volumoso fosse desenvolvido apenas para armazenar, possivelmente, coordenadas ou cartas estelares. Ainda assim, Luke notou muitas semelhanças entre o chamado localizador e os Holocrons Sith com os quais já estava familiarizado. Se o holocron fosse uma unidade de armazenagem de dados *multiúso*, parecia plausível que tivesse evoluído a partir do localizador — o produto de uma tecnologia Sith mais primitiva, embora não menos poderosa.

Seguindo essa lógica, se o holocron era capaz de armazenar diferentes tipos de informações, era razoável supor que o localizador também pudesse conter mais do que apenas coordenadas ou cartas estelares. Talvez incluísse rotas e redes completas, além dos meios para decodificá-las, permitindo ao usuário navegar por caminhos traçados, levando a regiões inexploradas ou partes ocultas do espaço.

Ou, talvez, a um lugar específico. O catálogo da coleção não era claro, mas o que Luke conseguiu decifrar parecia coincidir com outros textos.

De acordo com suas pesquisas, existiram apenas dois localizadores. Os caminhos que eles continham eram secretos demais, perigosos demais para estarem nas mãos de qualquer pessoa que não fossem o próprio Lorde Sith e seu aprendiz.

Os caminhos levavam a um mundo escondido dos Sith, um lugar de grande poder e, segundo um antigo escriba, Kli, o Ancião, um lugar de vida eterna.

Ixigul — ou Exegol, na tradução de Luke para o Básico moderno.

Luke nunca havia ouvido falar de Exegol antes. Ainda sentado sobre a pedra da visão, ele acionou o comunicador para R2-D2, que estava aguardando no X-wing, pedindo ao droide que cruzasse o nome com as cartas estelares contemporâneas. A busca, porém, não trouxe resultados.

Será que Exegol era mesmo um mundo oculto dos Sith? Ou seria apenas um mito? Com os Sith, isso era sempre difícil de determinar. Muito do que Luke havia reunido sobre sua história era envolto em mistério, intencionalmente obscurecido por gerações de adeptos do lado sombrio. Eles não trabalhavam apenas para esconder suas maquinações da galáxia mas também de rivais dentro de sua própria Ordem.

Mais uma vez, Luke sentia-se desconcertado com a inescrutável interpretação de histórias Jedi deturpadas que os Sith pareciam adorar.

Mas esse pensamento o levou a uma ideia.

Primeiro, ele presumiu que Exegol era real e que o localizador Sith apontava para esse planeta. Holocrons — os descendentes tecnológicos dos localizadores — eram capazes de armazenar diversos tipos de dados, incluindo informações de navegação. O holocron encontrado em Yoturba, afinal, estava próximo às ruínas de uma nave estelar acidentada.

Então... será que o piloto estava tentando encontrar Exegol? Se havia dois localizadores e ambos estavam escondidos, seria possível que ele estivesse tentando traçar seu próprio curso? Talvez o resultado de anos de pesquisa, algo que lembrava o próprio trabalho de Luke.

Mas as lendas dos Sith eram reais. Sem o localizador, o piloto se perderia e encontraria problemas. Caindo em Yoturba, levando seus segredos para o túmulo.

Luke tirou os olhos do livro e rolou o pescoço, sentindo os músculos tensos pelo tempo que vinha dedicando ao estudo. Ele já estava trabalhando há horas, mas isso não o incomodava. Era sua vida agora: treinar seus alunos durante o dia e usar cada momento disponível para avançar em suas pesquisas sobre os caminhos da Força. Era fascinante e...

Ele parou no meio de seus próprios pensamentos e apertou os lábios.

Exegol.

Luke refletiu sobre o nome. Seria possível que os Sith tivessem realmente escondido um planeta inteiro? Talvez nas Regiões Desconhecidas? Sim, aquela parte da galáxia era amplamente inexplorada, mas... como *esconder* um planeta? Um sistema inteiro? Talvez atrás de algum tipo de barreira — o núcleo de uma nebulosa, ou a lente gravitacional de uma estrela binária. Havia inúmeras possibilidades que poderiam confundir até os sensores mais avançados.

Então, sim, era possível. Exegol podia ser real. Podia estar lá, perdido em algum lugar.

Mas isso também significava que os Sith ainda poderiam estar por aí? Supostamente, eles estavam mortos, extintos — a antiga Ordem destruída junto com Palpatine na segunda Estrela da Morte, sobre Endor.

Ou isso era apenas uma verdade conveniente? Algo em que Luke queria acreditar?

Ele pegou o pacote com os fragmentos de cristal em uma das mãos, fechando suas anotações com a outra, enquanto o livro encadernado flutuava suavemente para o lado. Ajustando-se no centro da pedra da visão, ele endireitou as costas, pousou as mãos sobre os joelhos com as palmas voltadas para o céu e, erguendo o queixo, fechou os olhos.

Na frente de Luke, o embrulho com os cristais se ergueu no ar, pairando à altura de seu peito.

Ele se concentrou. Sentiu a brisa movendo seus cabelos, sua barba, sua túnica. Ouviu o chamado distante dos pássaros, o som suave das páginas farfalhando enquanto flutuavam ao seu redor. Atrás de seus olhos fechados, ele encarava o vazio, buscando no breu avermelhado por um horizonte inexistente.

Luke Skywalker respirou fundo, segurou o ar por um instante e, então, entrou em comunhão com a Força.

Por um momento, tudo permaneceu quieto. Depois, ele sentiu. A Força era como um rio, e seu corpo, uma pedra. Ele percebeu o fluxo ao seu redor, envolvendo-o, cercando-o. Uma sensação ao mesmo tempo familiar e palpável.

Era por *isso* que ele estava em Tython. O templo e a pedra da visão que guardava foram erguidos pelos Jedi em tempos remotos para facilitar essa comunhão sagrada. Ali, através das estrelas, podiam verdadeiramente se conectar com a Força, enxergar além, mergulhar em seus mistérios e aprender. Tython era tanto o cenário de um ritual ancestral quanto uma ferramenta poderosa de uma era esquecida.

Se Luke quisesse descobrir quem havia levado o Holocron Sith em uma jornada tão perigosa e, por fim, fracassada em Yoturba, a quem o cristal kyber havia pertencido — ou até quem o havia criado, deturpando os condutores naturais da Força para sangrar seu poder e torná-los vermelhos —, ele poderia alcançar essas respostas através do poder da pedra da visão.

Ele sentiu uma mudança no ar. A brisa esfriou, ganhando velocidade, transformando-se rapidamente dos ventos suaves que percorriam as colinas em um redemoinho, um cone centralizado na pedra e nele próprio. Sua túnica começou a esvoaçar intensamente. Atrás de suas pálpebras fechadas, o mundo se iluminou de repente, como se uma luz poderosa de hangar fosse direcionada para o seu rosto. Ele se sentiu sendo erguido. Não fisicamente — ele ainda estava bem conectado à pedra da visão sob si —, mas a sensação era semelhante à de estar em um hangar movimentado durante uma decolagem. O rugido das naves, o efeito de sucção das turbinas e dos motores atmosféricos funcionando em um espaço fechado... Tudo dava a impressão de uma súbita diferença de pressão ao seu redor.

E então...

Houve um estrondo, como um trovão distante, e tudo ficou negro. A brisa desapareceu, e o ar tornou-se parado e opressivamente quente. Luke respirou fundo, sentindo o gosto de poeira seca em sua língua, e percebeu que não estava mais sentado sobre a pedra da visão.

Ele olhou para baixo. Agora estava *de pé* sobre uma areia negra e compacta, marcada por rachaduras e coberta por uma fina camada de poeira que girava em pequenos redemoinhos ao redor de suas botas.

Ergueu os olhos. O mundo ao seu redor era negro e árido, o céu coberto de nuvens escuras e turbulentas, iluminadas por lampejos incessantes de relâmpagos que golpeavam diretamente o chão. Ele não sabia se era dia ou noite — o lugar parecia existir em um estado paradoxal de luz e escuridão, a vasta planície de pedra negra iluminada de forma uniforme por um sol invisível.

Luke respirou fundo outra vez, o gosto cada vez mais forte em sua boca. Seus olhos já estavam secando, a atmosfera, o chão, o lugar inteiro tão velho, tão dessecado.

Ele soube no mesmo instante onde estava. Estivera ali muitas vezes recentemente, aquela paisagem de pesadelo de suas visões.

Mas agora ele sabia seu nome.

Aquilo era Exegol, o mundo oculto dos Sith, mencionado apenas em sussurros nos textos ancestrais. Um lugar alcançável apenas com um localizador.

E agora... através da meditação? Luke deu um passo à frente, sentindo o chão firme e indiscutivelmente real sob seus pés. Ele começou a andar, traçando um lento círculo, os olhos fixos no horizonte. Os relâmpagos continuavam a riscar o céu, iluminando brevemente os pontos mais distantes da vastidão sombria, revelando o desolado e estéril vazio.

Era o mesmo lugar de suas visões. Sim, era. Mas agora parecia... diferente.

Parecia *real*.

Será que ele havia sido transportado? Luke franziu as sobrancelhas, sentindo a mente acelerar junto com os batimentos de seu coração. A verdade era que ele não sabia a real extensão dos poderes da pedra da visão. Anos de pesquisa haviam lhe dado conhecimento sobre o local, mas ele nunca havia utilizado a pedra completamente para seu propósito mais antigo: entrar em comunhão direta com a Força. Ele sabia o quanto tinha crescido em poder como Jedi, o potencial ainda inexplorado dentro de si, moldado por anos de treinamento autodirigido, sem um verdadeiro Mestre para guiá-lo.

Será que havia conseguido algo assim? Ele tinha o holocron — ou o que restava dele — e os cristais kyber. Poderia haver o suficiente do núcleo de dados do holocron para que a pedra da visão o lesse e, de algum modo, o transportasse para onde o dono original não conseguiu chegar, tantos séculos antes? E os cristais kyber? Sua estrutura vibrava naturalmente com a Força, ressoando profundamente com ela. Poderia ser o catalisador a chave para tornar a jornada possível? Luke refletiu: seria essa a intenção do piloto original? Combinar duas manifestações diferentes do poder Sith para compensar a ausência de um verdadeiro localizador?

Foi então que uma pergunta muito mais importante surgiu na mente de Luke.

Será que ele conseguiria voltar para Tython?

Então, se virou, abaixando-se instintivamente quando algo passou raspando pelo capuz de sua túnica, forte o bastante para mover o pesado tecido sobre seu ombro. Ele olhou rapidamente ao redor, mas não havia ninguém atrás dele. Girou em um círculo, examinando a vastidão à sua volta. A planície estava vazia, o ar perfeitamente parado, enquanto o gosto cáustico na boca de Luke ficava ainda mais intenso.

De novo. Algo passou de raspão, desta vez com o som distinto de ar seco deslocado e o ruído de algo deslizando pelo chão. Luke abaixou-se mais uma vez, movendo-se alguns metros de onde estava. Ele olhou para baixo, analisando o solo ao redor. Suas próprias pegadas estavam ali, impressas na poeira — leves, mas visíveis o suficiente para traçar seu rastro.

E o rastro de alguém, ou algo, mais. Dois grandes arcos no chão. Não eram passos, mas marcas de algo sendo arrastado pelo chão, uma de cada lado de onde ele havia estado de pé.

Luke ergueu os olhos, girando lentamente para observar tudo ao seu redor. Não havia nada que pudesse oferecer abrigo ou esconder alguém — nenhuma rocha, nenhuma construção, nada. De horizonte a horizonte, tudo era um vazio absoluto.

Um relâmpago cortou o céu, iluminando por um breve instante algo à distância. Uma figura, indistinta, talvez a cem metros de onde estava. Antes que Luke pudesse discernir mais detalhes, a figura desapareceu na escuridão.

— Olá? — ele chamou, sentindo-se um pouco tolo. — Quem está aí?

Então, o som voltou, mais próximo e mais alto desta vez, e algo empurrou suas costas com força. Ele tropeçou para frente, recuperando o equilíbrio com rapidez. Instintivamente, girou, a mão indo para o sabre de luz em sua cintura. Em um único movimento fluido, a arma estava em sua mão, e Luke assumiu uma postura defensiva, os pés separados, o corpo firme e preparado. Era automático. Tão natural quanto respirar.

Luke estava cercado. Eles eram altos e magros. Nove ao todo. Nada além de espectros, sombras sinuosas. Fantasmas esguios cujos corpos se curvavam e arqueavam sob o novo vento que agora varria a planície negra, mudando de direção constantemente, como se guiado por alguma força indecifrável.

Luke ajustou a empunhadura do sabre de luz, o polegar deslizando pelo ativador. Com um zumbido elétrico, a lâmina verde se materializou, iluminando um grande círculo ao seu redor. A luz revelou os espectros, fazendo a poeira cinzenta que rodopiava no ar brilhar como um halo ao seu redor.

Ele se preparou. Porque não eram apenas fantasmas ou sombras — não eram simples espectros. Eram reais. A cada lampejo de relâmpago no céu escuro, os vultos se tornavam sólidos, suas figuras tridimensionais reveladas. Vestiam túnicas pretas, os rostos ocultos sob bandagens que os tornavam ainda mais ameaçadores.

Era desorientador. Luke cerrou os olhos e se concentrou, enquanto os inimigos à sua volta alternavam, a cada lampejo, entre sombras agitadas e figuras humanas sólidas.

Eles começaram a andar em círculo ao redor dele. Mantinham a mesma distância de Luke e uns dos outros, movendo-se de forma sincronizada, todos com os rostos voltados para ele. Luke, equilibrado sobre os calcanhares, ajustou a empunhadura do sabre de luz, pronto para o ataque que sabia ser iminente, enquanto seus pensamentos aceleravam.

Como eu cheguei aqui... e como posso voltar?

Então, os espectros, movendo-se em perfeita sincronia como se uma ordem invisível tivesse passado entre eles, levaram as mãos para dentro das túnicas — que, a cada instante, oscilavam entre nuvens de cinzas e um tecido pesado e negro. De lá, cada um sacou o próprio sabre de luz.

Luke, com anos de experiência, anos dedicados a dominar suas emoções e controlar suas reações, não permitiu que a visão das nove lâminas o abalasse. Porque, claro, eles tinham sabres de luz. Ele estava em Exegol, o coração da escuridão, o mundo Sith. Ele ousou olhar para aquele lugar com a Força, e agora estava ali, na realidade física, enfrentando nove manifestações do lado sombrio que claramente desejavam manter seus segredos enterrados.

Os espectros ergueram seus sabres e ativaram as lâminas. Luke não ouviu exatamente o som da ativação, mas o sentiu, como um eco distante em sua mente, algo entre memória e sensação. As lâminas dos espectros subiram, prontas para confrontar a de Luke. Contra o chão negro e o céu opressivo, as lâminas eram apenas contornos indistintos — mas, no instante em que um relâmpago rasgou o céu, as nove lâminas brilharam com um contraste invertido, um lampejo negativo de branco que cegou Luke por um momento. Ele piscou rapidamente, tentando afastar os pontos de luz que dançavam diante de seus olhos, enquanto, sem querer, dava um passo para trás.

Era o que os espectros aguardavam. Eles avançaram silenciosamente, suas túnicas de cinzas desintegrando-se ao vento enquanto se moviam, seus corpos transformando-se em partículas dispersas pela brisa. Então, outro relâmpago iluminou o céu, e Luke se viu cercado por nove figuras muito reais, cobertas de preto, brandindo sabres de luz que emitiam um brilho ofuscante e impossível de ignorar.

Levado pelo instinto e pela profunda conexão com a Força, Luke defendeu os primeiros golpes. Seu sabre de luz encontrou os dos inimigos com o característico impacto de alta energia. Mas, com os relâmpagos iluminando as nove lâminas que oscilavam entre luz e escuridão, ele logo percebeu que estava, na prática, lutando às cegas. Sua visão era reduzida a pontos púrpura e manchas vermelhas.

Ainda assim, Luke Skywalker não entrou em pânico, não cedeu ao medo. Desviando mais um golpe, ele fechou os olhos e soltou o ar em um único e longo suspiro. Ele sabia que não precisava enxergar seus inimigos para enfrentá-los. Tudo que precisava era olhar para *dentro*, sentir a Força fluindo através de si, conectar-se com a galáxia e com todos os seres vivos que nela existiam.

Eu sou um com a Força, e a Força está comigo.

O ataque seguinte foi defendido com precisão impecável — a postura de Luke era um exemplo claro da forma Jedi em sua perfeição.

Mas então, sua lâmina cortou… o vazio.

Sem abrir os olhos, Luke inclinou levemente a cabeça, girando no lugar para rebater os golpes que vinham de outra direção. Ele se esforçava para se concentrar, tentando alcançar um estado quase meditativo que lhe permitisse tomar a iniciativa, atacando com propósito, em vez de confiar apenas na Força para guiá-lo em uma defesa automática e passiva.

E então, ele hesitou. Uma sombra de preocupação passou por seu rosto enquanto estendia sua percepção com a Força, buscando…

Não havia nada. Nenhuma conexão. Nenhuma sensação. Era como se ainda estivesse em Tython, sobre a pedra da visão, no centro de uma graça onde a Força coalescia à sua volta, mas não *dentro* dele.

Os seres ao redor, os nove espectros com lâminas de luz e escuridão, não existiam na Força — não tinham presença, não tinham forma.

Isso era impossível.

A Força conectava toda a vida na galáxia, mas também envolvia e permeava o inanimado. Objetos — rochas, planetas, naves estelares, droides, tudo — possuíam uma presença na Força, ou, em casos raros, uma ausência que podia ser detectada, criando uma lacuna tangível para um usuário da Força explorar e compreender.

Mas os espectros... eles eram nada. Luke não conseguia senti-los na Força.

Ele girou para a esquerda, o sabre de luz movendo-se rapidamente para bloquear golpes vindos de cima, de baixo, à frente. Mais três ataques desviados em sucessão. Contudo, cego e incapaz de detectar seus oponentes, atacar de volta parecia impossível. Ele estava, de fato, cortando o ar ao seu redor às cegas.

E estava mesmo. Com um aperto mais firme no sabre, Luke abriu os olhos, forçando-os a se ajustarem ao brilho ofuscante dos relâmpagos e ao frenesi das lâminas espectrais. No meio daquele caos, apenas o brilho verde de seu sabre de luz era familiar — a única cor em meio ao pesadelo opressivo que o cercava.

Mas o fiel sabre de luz não fazia nada contra os espectros. Ele bloqueou um golpe — seus olhos e mente começando a se ajustar, aos poucos, ao mundo desorientador ao seu redor — e então atacou, alto e depois baixo, evitando completamente a lâmina de seu oponente. Mas o sabre de luz atravessou o espectro, deixando apenas um rastro de cinzas iluminado pelo brilho verde da lâmina de Luke.

O espectro pareceu nem perceber. Ele ergueu sua própria lâmina, e Luke defendeu, defendeu novamente, abaixou-se de lado para aparar um golpe na lateral esquerda, lançou o sabre à direita para rebater outro ataque, e então tentou uma série de investidas anguladas que deveriam ter destruído os três oponentes à sua frente.

A lâmina de Luke não encontrou resistência — pelo contrário, o espectro bem à sua frente avançou diretamente para *dentro* do ataque, como se a posição da lâmina de Luke fosse irrelevante.

Luke não parou de se mover. Ele desviou da lâmina sombria do espectro enquanto *atravessava* o ser, a nuvem de cinzas e poeira espessa envolvendo seu rosto, cobrindo sua pele, sua língua, e enchendo sua boca com um gosto metálico. Já atrás do grupo, ele se virou e atacou novamente, brandindo o sabre de luz para a esquerda, direita e esquerda de novo, bloqueando o golpe de uma lâmina sombria quando um dos espectros se virou em um redemoinho de fumaça e investiu com sua arma. Mais uma vez, sabre encontrou sabre, a luz verde chocando-se contra a sombra, e Luke sentiu o impacto através do cabo de sua arma, vendo as fagulhas de energia enquanto sua lâmina deslizava ao longo da do oponente. Então, os dois se viraram para cortar em um ângulo alto. Lâmina encontrou lâmina novamente, com uma explosão de plasma, como se os espectros estivessem brincando com ele. Em um momento, suas armas eram tangíveis; no seguinte, meras sombras de realidade.

Sentindo essa mudança, Luke desferiu um golpe poderoso o suficiente para derrubar a lâmina adversária, seguindo rapidamente com outro golpe que atravessou o pescoço e o torso da aparição.

Mais uma vez, sua lâmina não encontrou resistência. A forma sombria se desfez em fumaça, apenas para parecer tão sólida quanto o corpo de Luke no lampejo de um relâmpago.

Luke atacou de novo, e de novo, e mais uma vez, desferindo golpes com sua lâmina sem forma ou direção específica, apenas para manter as nove aparições à distância. Seu foco agora não estava na luta, mas em encontrar uma forma de *escapar*.

Os espectros continuaram a atacar, a lâmina de Luke atravessando-os sem causar dano. Eles se aproximaram ainda mais, movendo-se como um só, suas lâminas sombrias erguidas em perfeita sincronia, prontas para o golpe final.

Nove lâminas contra uma. Luke sabia que as chances não estavam a seu favor, mas se preparou mesmo assim.

Os espectros avançaram, nove lâminas sombrias empunhadas por sombras de braços movendo-se velozmente…

E então, uma nova luz surgiu. Não era o branco dos relâmpagos, nem o brilho das lâminas espectrais refletindo a luz infernal. Tampouco era o verde do sabre de luz de Luke que iluminava as cinzas no chão como uma lanterna.

Não, aquela luz era de um azul pálido. Cintilava no ar, deixando um leve rastro quando desceu rapidamente, surpreendendo os agressores com um único movimento veloz.

Era um sabre de luz, a lâmina azul e forte, o cabo…

O cabo era transparente, emanando apenas um brilho azul, empunhado por uma mão igualmente azul e translúcida.

Luke caiu para trás, apoiando-se nos cotovelos, o impacto causando dor em suas juntas. Mas a dor foi rapidamente esquecida diante da surpresa absoluta com a visão à sua frente.

Entre ele e os espectros, estava outra figura — um homem envolto em túnicas claras que esvoaçavam suavemente, de costas para Luke, a cabeça oculta sob um capuz volumoso. Toda a figura irradiava uma suave eletricidade, uma luminosidade que contrastava com o eterno breu ao redor. Quando os relâmpagos iluminaram o céu mais uma vez, Luke percebeu que podia ver os nove espectros sólidos através da forma translúcida do homem, que se mantinha firme, como um escudo entre eles e sua presa.

A mente de Luke disparou, tentando desesperadamente identificar o espírito da Força que havia surgido para protegê-lo.

— Ben?

Não, não era Ben — *Obi-Wan* — Kenobi, seu antigo mentor. A túnica, a forma do homem, era diferente, era...

O ser fantasmagórico ergueu o sabre de luz, segurando-o acima da cabeça, a lâmina paralela ao chão.

Pela primeira vez, os espectros pareceram notar seu inimigo. Eles se afastaram, nove formas se agrupando e baixando as lâminas. Gritavam com seus rostos cobertos por bandagens, embora Luke não soubesse se era um som real ou apenas um eco em sua mente. Era difícil focar o que via, com a Força reverberando ao redor da figura azul, dobrando sua visão inteira.

Os espectros recuaram mais e, então, desapareceram, suas formas sombrias se dissolvendo em uma nuvem de poeira que girou no último sopro do vento enfraquecendo.

Por um momento, tudo ficou calmo.

A figura azul se virou, seu sabre de luz se apagando.

Luke apoiou-se nos cotovelos e piscou de perplexidade.

Não podia ser.

Não *podia* ser.

A figura azul ergueu o capuz, revelando o rosto anguloso e marcante de um jovem. Seu olhar era intenso, acentuado pelas sobrancelhas juntas, atravessadas por uma longa cicatriz vertical. Os cabelos espessos e levemente ondulados caíam até os ombros, emoldurando suas feições fortes.

Anakin Skywalker estendeu a mão.

Luke a tomou, e tudo embranqueceu.

CAPÍTULO 13

AS RUÍNAS DO TEMPLO, TYTHON

PRESENTE

Luke piscou, olhando ao redor. Ele estava deitado no chão, sob a sombra da pedra da visão.

De volta a Tython.

Se é que tinha mesmo saído dali.

Uma fumaça subia ao seu redor. Luke reagiu rapidamente ao perceber que alguns de seus textos antigos estavam pegando fogo. Ele arrancou sua túnica e a jogou sobre o topo do domo de pedra, apagando as chamas, e então a usou para extinguir os papéis que ainda fumegavam sobre a grama. O fogo se apagou rápido, e seus livros estavam salvos.

No topo da pedra da visão, restava apenas uma sujeira oleosa — os restos quase irreconhecíveis do Holocron Sith destruído. Sobre a mancha, porém, o pacote com os cristais kyber parecia completamente intocado.

— A pedra da visão pode ser uma ferramenta poderosa, mas difícil de dominar.

Luke ergueu o olhar.

A forma azul cintilante de Anakin Skywalker surgiu das sombras projetadas por um grande monólito que orbitava o templo no topo da colina. Seu capuz estava abaixado, revelando o rosto de um homem que parecia duas décadas mais jovem do que Luke. Luke molhou os lábios, sentindo um aperto no peito, a respiração presa enquanto encarava o eco de seu próprio pai.

Luke abriu a boca para falar, mas, antes que pudesse dizer algo, uma mudança tomou Anakin — o sorriso caloroso desapareceu, e sua forma azulada piscou e tremulou, como uma transmissão holográfica instável captada em um ponto de recepção ruim.

— Pai! O que foi? O que está acontecendo?

A expressão no rosto de Anakin fez o sangue de Luke gelar. Seu pai parecia sentir dor — não, pior, parecia em profunda agonia —, algo que Luke nem tinha certeza se era possível. Afinal, Anakin agora era um com a Força.

Mesmo assim... algo estava errado.

O espírito de Anakin tremia, vacilava, piscava como uma chama à mercê de ventos invisíveis. Sob o olhar atento de Luke, a figura de seu pai parecia mudar, outro rosto surgindo entre os tremores. Por um breve momento, Luke viu um homem mais velho, com traços calmos e benignos — o rosto que ele mesmo havia revelado por baixo da máscara de Vader, tantos anos antes, em uma estação de batalha que não existia mais.

E então, tudo desapareceu, se é que havia realmente estado ali e não fosse apenas mais uma visão confusa dentro da mente de Luke.

— Luke...

Anakin estendeu a mão. Luke deu um passo adiante, mas parou ao ver o tormento no rosto de seu pai. Quando Anakin olhou novamente para ele, sua expressão estava sombria.

Anakin Skywalker estava com medo.

Quando falou outra vez, sua voz ecoou pelo templo. Luke não sabia se ouvia com os ouvidos ou se as palavras chegavam diretamente à sua mente pela Força.

— Existe uma perturbação na Força.

Luke assentiu.

— Eu senti, pai.

— Existe...

Anakin desaparecia e reaparecia, seu rosto marcado por tormento. Luke levantou a mão, os dois homens — um vivo, o outro há muito tempo morto —, pai e filho, tentando se alcançar. Os dedos de carne e osso de Luke ficaram a poucos centímetros do brilho azul dos dedos de Anakin.

— É uma sombra — disse Anakin. Ele agora gritava através de um abismo infinito de tempo e espaço, sua voz mal chegando aos ouvidos de Luke. — Projetada de um tempo ancestral.

Luke assentiu.

— Eu sei — respondeu, e era verdade. Anakin dava voz ao que Luke vinha sentindo há semanas. — Eu senti crescendo na Força.

Anakin agora ofegava em silêncio, sua forma espiritual desvanecendo-se pelas bordas, seu corpo inteiro reduzido a um vulto indistinto, como se existisse apenas nos recessos mais profundos da mente de Luke.

— Vem se aproximando. Você deve tomar cuidado, meu filho.

— O que é? Para onde a pedra da visão me levou? Aquilo era Exegol?

— O inferno possui muitos nomes, Luke. A pedra da visão levou uma parte de você até lá. Mas precisei dar tudo de mim para trazê-lo de volta.

Anakin desapareceu de novo, e quando retornou, era apenas uma fraca forma, pouco mais do que um contorno azul brilhante contra o céu limpo.

— Mas o que devo fazer, pai? — Luke perguntou. — Se a sombra cresce... como posso impedir aquilo que não consigo ver?

— A Força é um rio, meu filho. Ela flui através da galáxia, uma torrente poderosa. Mas há coisas que podem desviar seu curso e pessoas que buscam mudá-lo.

Luke sacudiu a cabeça, frustrado com o conselho tão enigmático. Ele deu um passo adiante, desejando que seu pai permanecesse, que falasse mais. Havia tantas perguntas não respondidas, tanto que ele ainda queria *entender*.

Mas ele sabia que aquele momento não era para respostas. Anakin estava se esforçando ao máximo apenas para aparecer e entregar um alerta que Luke não podia ignorar.

Aquilo era sua responsabilidade, sua missão. A perturbação na Força era inegável, assim como o perigo que ela representava. A sombra, alcançando longe, era projetada por... algo. Estava conectada a Exegol — Anakin havia confirmado isso —, mas Luke sentia que havia algo além disso, algo ainda mais profundo.

A escavação em Yoturba havia acelerado tudo com a descoberta do holocron e dos cristais kyber, mas Luke já vinha sendo atormentado pelas visões há semanas. Elas o haviam atraído *para* a escavação — o convite de Lor era apenas parte daquele caminho traçado pela visão. Tudo acontecia como deveria.

A Força, de fato, movia-se de maneiras misteriosas.

— Lembre-se, meu filho — disse Anakin, sua voz tão distante que Luke mal podia ouvi-la sob o rugido da corrente sanguínea em seus ouvidos —, por mais escura que seja a noite, você nunca estará sozinho. — Anakin ofegou, sua forma se desvanecendo novamente. — Você saberá o que fazer, meu filho — continuou ele, a voz ainda mais frágil. — Deixe a Força guiá-lo. Deixe-a fluir através de você, como flui através de mim. Use esse poder e seus instintos, pois são uma só coisa.

E então, ele desapareceu por completo, o brilho azul misturando-se com a luz clara do céu. Luke piscou, ajustando os olhos ao brilho da luz do dia.

O rugido cresceu, e Luke percebeu algo no céu. O som que ouvia não era o sangue em seus ouvidos, mas os propulsores subluz de uma nave estelar se aproximando.

A nave era claramente um veículo de passeio, com um casco de médio porte, elegantemente projetado, que parecia capaz de navegar tanto em águas serenas de algum lago exótico quanto pelas vias espaciais. O sol refletiu no exterior branco de ceramo-metal enquanto a nave voava baixo sobre o topo da colina, inclinando-se suavemente antes de desaparecer de vista, na direção do local onde Luke havia aterrissado seu X-wing. Ele ficou ouvindo o som dos propulsores diminuírem gradualmente até se tornarem um zumbido agudo que logo se extinguiu.

Ele reconhecia a nave, mas não fazia ideia do que seu dono estava fazendo ali.

Luke caminhou apressadamente entre os monólitos do templo e começou a descer o caminho que levava à base da colina. Na clareira abaixo, a nave recém-chegada brilhava sob o céu claro de Tython, e seu dono já subia pelo caminho na direção de Luke. O homem vestia uma camisa de um vermelho vibrante que cintilava à luz do dia. Sobre o ombro, carregava uma capa preta forrada com dourado, que amarrava casualmente no colarinho enquanto avançava.

— Lando!

O homem parou e olhou para cima. Então, acenou.

Luke desceu correndo e parou diante dele.

O sorriso de Lando se alargava sob seu bigode bem cortado. Seu espesso cabelo preto brilhava com algum tônico recém-aplicado.

— Luke, velho amigo, eu sabia que encontraria você aqui!

Ele abriu os braços em saudação, a capa ainda pendurada em um dedo. Mas Luke não avançou para o abraço. Em vez disso, ele ergueu sua mão e apontou atrás de Lando, para sua nave, a *Lady Luck*.

— Você precisa sair daqui, Lando. Agora mesmo.

CAPÍTULO 14

O SEPULCRO, COORDENADAS DESCONHECIDAS

PRESENTE

Sob o teto abobadado, ela acordou de novo.

O espaço era vasto e silencioso, interrompido apenas pelo zumbido constante da forja droide, cuja luz oscilante lançava sombras em movimento nas paredes da catacumba. Junto com o brilho dos indicadores e telas que revestiam os controles espalhados ao redor, essa era a única iluminação do lugar.

Parecia o hangar de uma imensa nave estelar, talvez em um passado distante. E espaço era exatamente o que aquele lugar oferecia: espaço para suas relíquias, para seu trabalho, para seu exército, e para a câmara de meditação no centro da sala, aberta como uma concha colossal saída das profundezas do Mar de Marca Pala, em Mon Cala.

Na frente da câmara de meditação, seu exército repousava. Fileiras intermináveis de formas dobradas sobre si mesmas — droides de combate recuperados das ruínas de guerras antigas e recentes, reparados, reprogramados e organizados com precisão. Postados em posição de reverência, ajoelhados, com as cabeças abaixadas em súplica à sua nova mestra. Não importava que fazia anos que o exército de droide não movia uma única engrenagem. Eles eram dela para comandar quando o momento chegasse.

Ela estava ajoelhada no centro da câmara, de frente para sua legião adormecida, inconscientemente espelhando a postura deles. Não havia adormecido naquela posição, mas foi assim que acordou.

Isso não era incomum. Agora, voltando à consciência, ela abaixou a cabeça para encarar a máscara sobre o pedestal à sua frente — um objeto que ela tanto amava quanto odiava, incapaz de resistir ao poder que emanava, sem forças para se opor.

A máscara era antiga. Imensuravelmente antiga, uma relíquia de uma civilização perdida há tanto tempo que ninguém mais lembrava sequer seu nome. Se fosse uma obra de arte, havia nascido de uma mente completamente diferente da dela. Era rústica, mas bela, produto de uma tradição desconhecida. Forjada de bronze polido, seu material fora extraído de um meteorito e esculpido à mão até alcançar sua forma final. Ainda assim, a superfície, embora rica em detalhes, não era perfeita. Tinha marcas, amassados e impactos — evidências, talvez, de batalhas travadas e vencidas, e de outras, travadas e perdidas.

Dois olhos de vidro negro, angulares, insectoides.

Sem nariz. Uma boca, ou algo parecido — uma fileira de rebites, desenhando um sorriso corrompido.

A mulher ajoelhou-se diante da máscara, encarando os olhos de vidro negro com seus próprios olhos dourados, enquanto os fios de seu cabelo azul-escuro caíam de forma desleixada ao redor do rosto azul-claro.

Enquanto fixava a máscara, seus lábios se moveram, entoando em silêncio as palavras de uma canção que apenas ela podia ouvir, uma melodia que existia unicamente em sua mente, sussurrada pela voz aprisionada dentro da máscara. A voz — a *música* — era antiga e terrível, uma cacofonia ensurdecedora, mas ao mesmo tempo familiar. Inicialmente, ela só a ouvia quando vestia a máscara. Agora, entretanto, a canção ecoava continuamente, mais intensa sempre que estava próxima da relíquia.

Ela estava se perdendo ali, sua vontade enfraquecendo à medida que o poder da máscara se fortalecia. Sentia-se lentamente consumida.

E ela sabia disso. Sabia e, ainda assim, não conseguia fazer nada para impedir.

Às vezes, ela precisava se lembrar de quem era. Às vezes, não conseguia. Havia servido seu Mestre por anos — não sabia quantos. Perdera a conta, porque não importava. Tudo que importava era o *propósito*, a *busca*. Uma jornada ordenada por um poder sombrio e ancestral que despertara de seu sono milenar.

Mas, ocasionalmente, ela se lembrava. Lembrava-se de seu nome, de quem era, de quem tinha sido. E lembrava-se também do que era a máscara, de como a havia adquirido e *do que ela estava fazendo com sua vida.*

A máscara lhe concedia poder, habilidades, conhecimento. Mas não era uma troca justa. Porque a máscara havia tomado sua vida. Fez isso no instante em que a vestira pela primeira vez.

Ela havia morrido para que *ele* pudesse viver.

E agora, mais uma vez, chegava o momento de cumprir sua vontade. A tarefa menor da Eternidade Sith estava concluída: a mensagem e a lâmina entregues a Ochi de Bestoon. Ela não sabia quem ele era, nem o que a Eternidade Sith planejava para ele, mas obedecera. Sua aliança com os cultistas era apenas um meio para um fim. Claro, a promessa deles de compartilhar poder fora uma mentira, mas mesmo assim era útil atender ao chamado e realizar as tarefas que eles lhe designavam como sua agente.

Pois aqueles cultistas vinham de Exegol, e Exegol era exatamente aonde ela — aonde a *máscara* — queria ir. E eles tinham outras utilidades.

Era verdade que a usaram. Mas ela também os usou.

Ela olhou para baixo. Diante do pedestal estava uma bandeja de metal amassado, arrancada de algum templo saqueado. Sua superfície tinha um verniz opaco, e a borda era decorada com figuras de criaturas semelhantes a vermes com bocas afiadas e longas línguas.

Sobre a bandeja estava um grande pedaço de cristal. De um vermelho profundo, parecia brilhar com uma luz própria na penumbra da câmara de meditação. Uma ponta era perfeita, suas faces hexagonais tão precisas que só a natureza poderia criar. A outra ponta era quebrada e irregular, com a base torta e rachaduras subindo pelo corpo. O cristal, outrora perfeito, estava partido.

Ela sabia o que era um cristal kyber. Já havia coletado muitos, a maioria de sabres de luz danificados, reduzidos a carapaças inúteis. Os que ainda estavam intactos, ela guardava no cofre, reservas para sua coleção de armas. Mas o pedaço sobre a bandeja era diferente. Era enorme, e a perfeição de sua ponta intacta sugeria poder, mesmo que ela, sem conexão com a Força, não pudesse senti-lo.

Foram meses de trabalho para localizá-lo, reunindo fragmentos de conhecimento arrancados, muitas vezes à força, da relutante Eternidade Sith. Seu sabre de luz havia tirado vidas durante a busca, cada morte aumentando os gritos que ecoavam dentro da máscara, juntando-se à procissão dos condenados.

O cristal era essencial. A peça-chave para o estágio final do plano *dele*.

A chave para Exegol.

TEMOS MUITO TRABALHO A FAZER.

A voz era distante, mas alta. Se ecoava pela catacumba ou apenas em sua mente, ela não sabia.

Nas paredes da câmara de meditação, os instrumentos ganharam vida. Luzes piscaram enquanto os computadores reiniciavam, passando por suas rotinas de verificação.

Interruptores se moveram, uma alavanca acionou-se sozinha, como se uma força invisível a controlasse.

Ela olhou para a máscara. Sentia sua atração inescapável, a vontade desesperada — o *desejo* quase insuportável — de segurá-la, vesti-la, entregar-se ao poder sombrio que ela oferecia. A presença *dele* era palpável, irradiando da máscara como uma corrente elétrica, inteligente e maligna. Um toque leve em sua nuca, um sussurro sedutor em seu ouvido.

Por um momento, ela se lembrou de seu nome.

Por um momento, ela quis fugir.

Ergueu a mão. Não se lembrava de ter apanhado o sabre de luz, mas o segurava. Então, fechou os olhos e pressionou o ativador. A lâmina ganhou vida, o zumbido grave e raivoso e, sob as pálpebras fechadas, ela via o brilho vermelho de morte.

Abriu os olhos e ergueu a arma.

Um movimento. Uma ação. Um golpe do sabre de luz, e a máscara seria cortada em dois. Em questão de momentos, ela poderia reduzi-la a metal derretido, e sua dor chegaria ao fim, e ela se libertaria.

ALI.

Ela congelou.

ALI.

OUÇA.

Ela encarou a máscara. A mão segurava com firmeza o cabo do sabre de luz, mas agora todos os músculos de seu corpo tremiam em um tipo de paralisia, como se mãos invisíveis a prendessem.

Talvez fosse *ele*. Ou talvez fosse apenas sua imaginação.

OUÇA.

Ela estremeceu, como se algo frio a tivesse percorrido. O sabre de luz foi arrancado de sua mão, voando pelo ar até colidir com a lateral da câmara de meditação. O impacto foi acompanhado por um estalo, e o cabo se partiu, soltando uma chama vermelho-sangue antes de se apagar. A arma estava destruída.

Ela tentou se virar, instintivamente indo atrás do sabre destruído. Mas a mesma força que o havia tirado dela agora a mantinha imóvel, presa onde estava.

OUÇA.

OUÇA.

Então, relaxou. Era inútil lutar. Quando a pressão finalmente se dissipou, ela abaixou a cabeça e sucumbiu ao poder sombrio.

— Estou ouvindo, meu Mestre.

ALI.

VOCÊ OUVE?

Ela olhou para cima, fechou os olhos, inclinou a cabeça. Ouviu com atenção, e então...

Sorriu, levemente. Moveu a cabeça, ouvindo, como se o som estivesse... se movendo. Aumentando.

— Estou ouvindo... — ela sussurrou. — Estou ouvindo... música, meu Mestre.

É A NOSSA MÚSICA.

É A DISCÓRDIA DA FORÇA.

O sorriso dela se alargou enquanto sentia a própria essência se desvanecer, sua vontade finalmente drenada pela máscara, seu nome perdido mais uma vez no esquecimento.

OUÇA A DISCÓRDIA E CHORE, POIS NOSSO TEMPO CHEGOU.

Ela ouvia. Os gritos dos mortos ecoavam na máscara, e o furacão que os carregava, a tempestade que girava invisivelmente ao seu redor, agora carregava outro som. Era como um poderoso acorde, a música das esferas onde planetas e luas se moviam e sóis morriam. Profundo, ressoante.

Perigoso.

NOSSO TEMPO É AGORA.

— Sim, meu Mestre.

DEIXE A MÚSICA GUIÁ-LA.

— Sim, meu Mestre.

SIGA A DISCÓRDIA. ENCONTRE O CENTRO. ENCONTRE O PONTO DE CALMARIA.

— Sim, meu Mestre.

Ela se levantou, deu um passo à frente e se abaixou para pegar a máscara. O metal estava gelado, tão frio que queimava suas mãos. Quando a ergueu, sentiu uma dor intensa nos ossos enquanto a máscara drenava sua energia e vida para se alimentar.

Com o rosto inexpressivo, a respiração lenta e controlada, ela virou a máscara e, com os olhos firmemente fechados, a colocou.

Por um instante, tudo foi silêncio e escuridão. Ela respirou fundo e...

E, por um breve momento, despertou. Sua mente emergiu à superfície, consciente de quem era, onde estava e o que fazia. O medo surgiu como um relâmpago, como sempre acontecia.

Ela gritou, e seus gritos se juntaram a outros, uma cacofonia de medo, dor e morte que ecoava dentro da máscara.

Então, sua mente clareou, apenas o suficiente.

— Minha arma. Minha lâmina. Não posso ficar desarmada.

CHEGOU O MOMENTO. TOME A OUTRA. USE-A COMO EU USEI E DELEITE-SE EM SUA GLÓRIA.

Ela atravessou a câmara até uma urna de metal encostada à parede. Era antiga, sua superfície de bronze opaco marcada por séculos de cinzas e desgaste, as inscrições que percorriam o metal quase completamente obscurecidas.

Ela abriu a caixa. Em seu interior, repousava o cabo de um sabre de luz, mais longo do que a arma que havia perdido, aquela que a acompanhara por todos os anos desde aquele fatídico dia em Coronet City. Ela o apanhou, sentindo o peso, o equilíbrio. Era tão antigo quanto a urna, tão antigo quanto a máscara que agora usava.

Guardando o sabre de luz substituto em sua cintura, ela se ergueu e começou a se mover, o manto puído girando ao redor de suas pernas enquanto deixava a câmara. Do lado de fora, caminhou em direção à sua nave, estacionada em um espaço aberto preparado por seus droides em sua última tarefa antes de serem colocados em repouso. Lá fora, ela passou pelos destroços de mil naves acidentadas que cercavam seu domínio, o lugar inteiro iluminado pela luz vermelha dos redemoinhos revoltos da nebulosa, cintilando e se contorcendo no céu acima.

Sua nave era simples, mas eficiente, altamente manobrável e bem armada, com bom alcance no hiperespaço. O caça com lugar para um ocupante tinha um módulo esférico central cercado por três asas triangulares — um TIE Defender, relíquia de uma guerra antiga. O cinza metálico da nave estava pintado com faixas vermelhas e roxas formando zigue-zagues de caracteres Aurebesh escritos de trás para frente.

Ela subiu a escada e entrou na cabine. Quando ativou os propulsores de íons, o Defender ergueu-se suavemente da plataforma. Por um momento, ela parou e inclinou a cabeça, como se tentasse ouvir algo. Na cabine, não havia nada além do zumbido elétrico e o distinto som agudo dos propulsores do caça.

Mas, por trás da máscara, contra o fundo dos gritos incessantes, agora havia uma nota sombria e constante, pesada e terrível.

Ela sabia para onde ir. A discórdia da Força a levaria até lá.

Ela acionou os controles e o TIE Defender decolou.

CAPÍTULO 15

AS RUÍNAS DO TEMPLO, TYTHON

PRESENTE

Luke virou-se e começou a subir a colina em direção ao antigo templo. A verdade era que ele ficou contente em rever seu velho amigo Lando — já fazia muito tempo, e Luke sentia uma leve culpa por isso, apesar de seu esforço em seguir o Código Jedi e evitar conexões pessoais. Mas agora não era o momento nem o lugar para uma reunião. A paz e a tranquilidade do local já tinham sido destruídas pela experiência de Luke com Exegol e seu pai. Além disso, havia uma chance muito real de que suas ações estivessem trazendo o perigo para mais perto. Quanto menos pessoas ao seu redor agora, melhor.

— Bom, essa não é bem a recepção que eu estava esperando, Luke.

Luke parou e se virou. Lando estava parado, a capa sobre um ombro, a mão no quadril.

Luke suspirou.

— Lando, estou contente em ver você, de verdade, mas você precisa ficar longe de Tython. Aqui não é seguro.

Lando estranhou.

— Ei, eu não vim até aqui para socializar. Não foi fácil encontrar você, acredite em mim. Tive que perguntar em toda a parte antes de alguém apontar para um amigo seu, um sujeito chamado Lor San Tekka. Ele sabia exatamente onde você estava.

Luke ergueu uma sobrancelha.

— Lor San Tekka disse a você onde eu estava? — Esse fato por si só era interessante. Lor não teria revelado o paradeiro de Luke, mesmo para Lando, sem uma boa razão.

Mas mesmo assim…

— Sim, disse — Lando respondeu. — Então, pelo menos ouça o que tenho a dizer, ok?

— Se fosse em qualquer outro momento, sim, mas você não está entendendo — Luke disse. — Há um grande perigo se aproximando rapidamente. Eu posso enfrentá-lo, mas preciso que você saia daqui, para sua própria segurança. — Ele sorriu. — Não quero que nada aconteça com um velho amigo. — Luke virou-se e voltou a subir o caminho. — Vou enviar uma transmissão para você quando for seguro.

— É sobre os Sith — Lando falou.

Luke congelou. Ele ficou olhando para o caminho à sua frente, para a terra, a grama e as flores que balançavam suavemente com a brisa, toda a colina brilhando sob o sol quente.

Mas ele não via nada disso. Não sentia. Tudo que percebia era uma presença, um *peso* na Força, como se estivesse caminhando por uma seiva espessa, como se o próprio céu fosse um manto pesado, pressionando-o para baixo, tentando esmagá-lo contra o chão.

E lá, no horizonte de sua mente, algo se movia — distante, mas inegável. Algo que projetava uma sombra longa, escura, ancestral e profundamente maligna.

— Acho que eles voltaram, Luke — Lando declarou. — Os Sith voltaram.

Luke fechou os olhos. É claro, esse foi o motivo de Lor San Tekka ter contado a Lando onde encontrá-lo.

Muito sabiamente.

Quando Luke abriu os olhos, viu Lando, já sem o charmoso sorriso, os olhos cheios de preocupação.

Um momento se passou. Depois outro. Os velhos amigos olhavam um para o outro, então Luke ergueu o queixo.

— Vamos conversar — ele disse.

No saguão de proa da *Lady Luck*, Lando serviu a si mesmo mais uma dose de conhaque Declaviano, oferecendo a garrafa a Luke antes de perceber que o copo do Jedi ainda permanecia intocado sobre a mesa entre eles. Lando acomodou-se no sofá, fechou a garrafa e ergueu o copo contra a luz. Ele lançou um olhar para Luke e hesitou, quase sentindo... culpa? Mas então, o sorriso familiar — o mesmo que Lando lembrava tão bem da época em que Luke ainda tinha um jeito de fazendeiro — apareceu rapidamente no rosto do Jedi, e Lando também sorriu.

— Dia longo — ele comentou, erguendo o copo em um brinde solitário antes de tomar o conhaque de um gole só. Com um suspiro satisfeito, Lando inclinou-se para frente e apertou um botão ao lado da mesa.

Um projetor embutido ganhou vida, exibindo uma fantasmagórica imagem azul acima da mesa.

Luke aproximou-se para observar melhor. A imagem girava lentamente, revelando um amuleto preso a uma corrente fina. O design era geométrico, em formato de diamante, com um símbolo que parecia uma adaga estilizada dentro de um círculo.

Luke reconheceu de imediato.

— Um amuleto de feitiçaria — disse ele, a voz calma, mas com um toque de apreensão. Ele virou o olhar para Lando. — Estava com a família?

Lando assentiu, confirmando com um aceno firme. Ele já havia contado a Luke sobre a conversa que ouvira no Corda Bamba, na Estação Ponto Boxer, descrevendo o que o homem com o rosto marcado por cicatrizes, chamado Ochi de Bestoon, dissera aos seus companheiros. Também havia explicado os resultados da conversa que teve depois com seu contato na Nova República, Shriv.

— Eles disseram que estavam sendo caçados — Lando falou, estendendo a mão para a garrafa de novo, mas parando no meio do caminho, talvez pensando melhor. — Pelos Sith, e um deles mostrou para a patrulha da Nova República o amuleto como prova. Você chamou isso de amuleto de feitiçaria?

Luke assentiu.

— Um símbolo dos Sith.

— Bom, esse tal de Ochi de Bestoon — Lando continuou —, ele mencionou os Sith, disse que o sequestro que faria era algum tipo de tarefa sagrada. — Lando deu de ombros. — Ele estava bêbado, mas eu chequei a história. Aquilo que ele disse aos amigos certamente coincide com o relatório do Esquadrão Halo.

Luke se recostou, passando a mão pela barba. Lando o observou por um momento. Luke parecia mais velho do que Lando se lembrava; a barba curta e os cabelos começavam a exibir tons de cinza — claro, Lando pensou, os *dois* estavam envelhecendo, e não havia como escapar disso —, mas a bondade nos olhos de Luke, aquela que Lando conhecia tão bem, ainda estava lá, mesmo por trás da expressão preocupada.

Era *realmente* bom reencontrá-lo. Lando repreendeu-se por ter deixado passar tanto tempo antes de procurar um velho amigo. Não havia muitas pessoas na galáxia que compartilhavam uma história como a deles.

História. Não era algo em que Lando costumava ficar preso — não antes, e certamente não agora. Ele nunca entendera o apelo da nostalgia, o modo como algumas pessoas se agarravam tanto ao passado. Lando sempre preferira olhar para o futuro, para um destino que ele podia moldar, e não para um passado cheio de arrependimentos.

Um futuro que havia sido completamente destruído pelo sequestro de sua filha.

Lando sentiu a irritação crescer dentro de si. Ele apertou o copo com força, mas então o colocou cuidadosamente sobre a mesa antes que acabasse quebrando o vidro em sua mão.

— Eles estavam planejando um *sequestro*, Luke — contou Lando, afundando no sofá. Sua voz carregava um tom de sarcasmo amargo que ele detestava ouvir, mas que não conseguia evitar. — Aquele caçador ia sequestrar uma criança. Uma menina pequena. — Ele sacudiu a cabeça, a mandíbula contraída enquanto lutava para manter o controle sobre suas emoções.

Então, Lando endireitou-se e inclinou-se para frente, encarando Luke através do brilho azul do holograma.

— A galáxia deveria ser um lugar seguro. — Ele gesticulou, apontando para o amuleto projetado. — Certo, claro, sempre haverá cantos escuros, lugares ruins e pessoas más. Não estou fingindo que isso não existe. — Ele recostou-se de novo, batendo de leve no próprio peito. — Ei, às vezes eu mesmo fui uma dessas pessoas. Não vou tentar esconder isso. — Lando suspirou, balançando a cabeça. Lá estava de novo. História. O passado, um lugar que ele preferia evitar. — Mas o Império acabou. Palpatine e Vader morreram há vinte anos, e os Sith deveriam ter morrido com eles. — Ele fez outro gesto displicente com a mão. — Ah... nem sei mais o que pensar. Talvez Ochi de Bestoon, seja lá quem for, estivesse mentindo. Ele disse que trabalhou para os Sith antes e que agora eles o reativaram, seja lá o que isso signifique. A maneira como ele falava não parecia como se ele se considerasse um Sith, mas era claro que eles estavam por aí, comandando das sombras.

Luke fez um leve gesto com a cabeça, indicando o amuleto.

— Esse amuleto é um artefato Sith — ele disse. Então, tocou os controles do projetor e passou por várias aproximações do amuleto em diferentes ângulos, parando em uma em particular: uma imagem do verso do amuleto, grande o bastante para ver que havia inscrições ao redor da circunferência do círculo. — Isso é uma inscrição Sith.

Lando franziu as sobrancelhas e se aproximou para ver melhor.

— Parece familiar.

— É Aurebesh, espelhado.

— Espelhado?

Luke deu de ombros.

— Os Sith possuíam o próprio idioma, mas poucos o conheciam. Então, eles substituíam. Espelhar o Aurebesh era a maneira usada para corrompê-lo.

— Então, o que diz o amuleto?

— Nada de mais — Luke respondeu. — É um provérbio Sith. "As marés do poder vêm e vão assim como a roda do destino gira." Já encontrei isso várias vezes em minhas pesquisas. É uma frase antiga, mas não significa nada em particular.

— Certo — Lando disse —, é mais tipo, o que, uma mensagem de boa sorte?

— Algo assim. — Luke apertou os lábios. — Nós tivemos sorte. *Você* teve sorte, Lando, em juntar tudo isso.

— Ei — Lando falou, abrindo as mãos, seu velho sorriso surgindo novamente, a companhia de Luke e o conhaque provocando um agradável efeito calmante. — Sabe como é, o lugar certo na hora certa. — Seu sorriso sumiu. — Mas por que eles? Por que aquela família? Parece muito trabalho só para pegar uma menina. — Lando parou, a expressão austera, os olhos fixos em Luke.

Luke assentiu, esboçando um leve sorriso. Naquele momento, Lando quase teve a impressão de que Luke conseguia sentir seus pensamentos. Ele nunca entendeu exatamente como a Força funcionava, nunca a experimentara pessoalmente, mas... era como se Luke pudesse sentir sua dor. Ele podia percebê-la, ali mesmo, naquele instante, irradiando de Lando como o calor intenso de um núcleo estelar.

— Então, e quanto a essas visões? — Lando perguntou, rapidamente distraindo a si mesmo dos próprios pensamentos com um gesto da mão e outra dose da bebida. — Você, o quê? Sente algo na Força? Você apenas, tipo, fecha os olhos e vê coisas? Como isso funciona?

— Na verdade, eu não sei — Luke respondeu —, mas não preciso saber. Tenho tido as visões há uma semana.

— E todas são sobre esse planeta, Exegol?

Luke confirmou.

— O mundo oculto dos Sith.

Lando ergueu uma sobrancelha e soltou um baixo assobio enquanto contemplava seu copo.

— Uau, um planeta inteiro dos Sith. Tenho que dizer que isso não faz com que eu me sinta bem. — Ele tomou um gole, mais devagar desta vez.

Luke passou a mão sobre a barba outra vez, pensativo.

— O caminho para Exegol está codificado em um localizador Sith. — Vendo a expressão de curiosidade de Lando, Luke continuou. — É um dispositivo de navegação que permite ao usuário encontrar um planeta. Apenas dois foram feitos e seus paradeiros foram ocultos.

Lando tomou outro gole enquanto pensava.

— Ochi disse que saberia o caminho para Exegol. Certo, então... — Ele parou, seus olhos se arregalando. — Talvez a família tenha um desses localizadores?

— Ou sabe onde um deles está. Talvez seja por isso que estão sendo caçados. Talvez seja disso que Ochi estava falando: ele sequestra a garota para seu mestre, ele consegue o localizador.

Os dois ficaram sentados em silêncio por um momento. Então, Lando devolveu o copo sobre a mesa e, batendo em ambas as coxas, se levantou.

— Então, é isso — disse. — Estou pronto.

Luke piscou de surpresa.

— Pronto para o quê?

— Ei, ei, temos um trabalho a fazer. — Lando gesticulou com as mãos enquanto falava, um fogo crescendo dentro dele. — Precisamos encontrar a família. Precisamos impedir que esse caçador os encontre primeiro e consiga o localizador. Luke, ouça, você mesmo disse. Existe uma perturbação na Força, uma, como é que você chamou? Uma *sombra*, e está se aproximando rapidamente. — Ele fez uma pausa, depois cuidadosamente se sentou outra vez. — Precisamos descobrir para onde a Nova República enviou a família. É a única informação censurada no relatório.

Luke olhou para Lando.

— Você confia no seu contato?

Lando inclinou a cabeça.

— Shriv? Sólido. Além disso, ele usou meu código de comando para pesquisar o relatório. Se eu aparecer, não será surpresa para ninguém. Tecnicamente, ainda tenho minha patente, e ainda posso mexer os meus pauzinhos. Podemos falar com a sargento de voo, Dina Dipurl, e ela pode contar o que viu e o que achou da família.

Luke assentiu e se levantou.

— Ouça, Lando. Eu agradeço você vir até mim, mas posso lidar com isso sozinho.

Lando sacudiu a cabeça enquanto contornava a mesa. Ele estendeu os braços para Luke e os dois se cumprimentaram.

— Eu preciso fazer isso, Luke. Essa é a melhor pista que consegui em muito, muito tempo. Vamos fazer isso juntos. — Lando fez uma pausa, e naquele momento sentiu a sombra surgir novamente, formada pelo arrependimento e pelas lembranças. Ele percebeu o quanto aquela possibilidade significava para ele, e como talvez, quem sabe, essa fosse a chance que vinha esperando. Ele só esperava não parecer desesperado demais diante de seu velho amigo.

Luke conhecia a história da filha de Lando, é claro. Ele havia ajudado, como todos fizeram — Lando buscou os amigos em seu desespero, mas nem precisou pedir. Luke sabia, ou ao menos suspeitava, que o conceito de família era algo complicado para ele. Ainda assim, isso nunca o impediria de reconhecer a dor e a perda que Lando havia sofrido, a maneira como sua vida havia mudado em um *instante*.

Então, eles procuraram, mas, com o passar do tempo e as pistas cada vez mais raras, a missão também perdeu força, assim como as amizades. Luke tinha seu templo para cuidar. Han e Leia tinham suas próprias vidas. Lando não os culpava. No fim, a questão — a dor — era apenas sua para carregar. Então, Lando continuou sua busca. Sozinho.

— Não importa o quanto a escuridão cresça, você nunca está sozinho.

Lando olhou para Luke.

— O quê?

Luke sorriu.

— É só algo que alguém me disse um dia. — Ele apertou o braço de Lando e fez um curto e afirmativo aceno de cabeça. — Fico contente por ter você ao meu lado.

Lando sentiu um frio no estômago, seguido por um alívio quase arrebatador. Ele sentiu sua própria expressão mudar, um enorme e genuíno sorriso agora se abrindo em seu rosto.

— Além disso — Lando comentou —, a *Lady Luck* é muito mais confortável do que aquela peça de museu que você aterrissou ali.

Luke riu.

— O T-65 é um clássico, meu amigo — ele declarou, com um sorriso, defendendo sua escolha com leveza.

— Então, aponte aquele clássico na direção de Adelphi. Meu contato, Shriv, está trabalhando lá.

— Encontro você lá — disse Luke. Ao se afastar da mesa, caminhando em direção à rampa de saída da *Lady Luck*, lançou um olhar para o copo ainda cheio sobre a mesa. — Obrigado pelo drinque.

Lando riu, gesticulando com ambas as mãos.

— Sai daqui, fazendeiro. — E então, enquanto Luke se afastava, acrescentou: — Vou deixar você ir na frente e dar tempo para o R2 aquecer aquele seu "clássico".

Luke acenou com a mão por cima do ombro antes de desaparecer pela rampa.

Lando pegou o copo de Luke e a garrafa de conhaque. Ele olhou para o copo, hesitou por um momento, então deu de ombros.

— Sabe, Luke, você nunca soube aproveitar as coisas boas da vida nesta nossa grande galáxia malvada — murmurou para si mesmo antes de esvaziar o copo de uma só vez. Ele ofegou, sacudiu os ombros, depois o corpo inteiro, e finalmente se virou para seguir em direção à cabine.

CAPÍTULO 16

POSTO DE PREPARAÇÃO DA NOVA REPÚBLICA, SISTEMA ADELPHI

PRESENTE

Lando sacudiu a cabeça e soltou um longo suspiro. Ele ajustou o colarinho de sua capa dourada, passando um dedo elegante pelas bordas para garantir que o tecido caísse perfeitamente sobre os ombros. Inflou o peito, rolou o pescoço e, com um toque de orgulho, disse:

— Eu fui general da Aliança Rebelde, sabia? Eu destruí a segunda Estrela da Morte. Lembra disso? Fui eu que fiz. — Ele apontou com firmeza. — Você me *deve*.

Ele fixou os olhos em seu próprio reflexo na janela: a pele escura, o cabelo bem penteado para trás, o bigode impecavelmente aparado.

Depois de mais um suspiro, Lando se virou, deixando o reflexo para trás. Ele olhou ao redor do escritório vazio, o desânimo evidente em sua postura.

Já fazia horas desde que chegara ao posto de preparação na órbita de Adelphi. Apesar de sua antiga posição na Aliança ter facilitado o acesso à instalação, ele havia sido enviado de sala em sala, lidando com oficiais de diferentes patentes — altos, baixos —, nenhum deles realmente sabendo como ajudá-lo ou querendo lhe dar as respostas que buscava. Finalmente, após exigir ver o comandante do posto, ele fora levado a um escritório maior, onde agora esperava…

Por um bom tempo.

Lando voltou para a janela que ocupava todo o canto da sala, alcançando o teto alto, com cerca de quatro metros. O posto de preparação era uma instalação impressionante, funcionando como posto de vigilância e estação de retransmissão para aquele setor, além de grande o suficiente para reunir a frota da Nova República em ataques ou operações de larga escala. A grandiosidade do lugar também se refletia no escritório do comandante.

Lá fora, Lando não via nada além de estrelas, a luz intensa do escritório transformando a janela em um espelho quase perfeito. Se olhasse para baixo, *quase* conseguia distinguir o contorno azul-esverdeado do planeta Adelphi. Ele já havia estado lá antes. Um lugar agradável. Por um instante, sua mente vagou. Ele se lembrou de uma casa de jogos em uma cidade chamada Cirimalk. Ele e Kaasha tinham passado alguns dias muito agradáveis lá, repletos de...

Um suave bipe tocou e a porta do escritório deslizou para a entrada de um droide astromecânico azul e branco.

Lando sorriu para o droide, que assobiou e emitiu bipes para ele quando o reconheceu.

— R2! Finalmente, você chegou. Onde está Luke?

R2-D2 soltou uma série de bipes complicados, claramente uma explicação detalhada. Antes que pudesse continuar, a porta se abriu e Luke entrou, seguido por uma jovem oficial da Nova República.

— Obrigado — Luke disse para a oficial, que fez uma saudação antes de se retirar. A porta se fechou atrás dela.

Os dois amigos se aproximaram e se cumprimentaram.

— Por que demorou tanto? — perguntou Lando. — Eu sabia que aquele T-65 era lento, mas...

Luke riu e ergueu a mão.

— E eu achei que tinha dado a *você* uma vantagem. — Ele olhou ao redor do escritório e franziu as sobrancelhas. — Pelo jeito você não teve muita sorte.

Lando gargalhou.

— Exatamente. — Ele apontou com o queixo na direção da porta fechada. — Acho que eles não gostam muito de nós.

Foi então que a porta se abriu. Lando e Luke se viraram para encarar outra oficial da Nova República entrando no escritório, seguida de perto por seu adjunto. Os dois vestiam os familiares uniformes azul e bege; a oficial à frente carregava a insígnia de comandante. A comandante deu dois curtos acenos de cabeça para os visitantes, enquanto o adjunto, rígido e distante, nem sequer olhou para eles.

No fim, a avaliação de Lando sobre a situação estava correta.

— Desculpem, cavalheiros — disse a comandante enquanto seguia para se sentar atrás da grande mesa no canto, de costas para a vasta visão do espaço e do planeta Adelphi —, mas acho que vocês desperdiçaram sua viagem.

Luke caminhou até ficar diante da mesa. Ele apertou os lábios e olhou ao redor do escritório, antes de focar a mulher. Ela era uma mulher de meia-idade, com feições marcantes e um cabelo armado de fios brancos que reluziam com um leve tom de azul metálico.

Luke sorriu e abriu as mãos.

— Pedimos desculpas pela intromissão, comandante...

Ao ouvir aquilo, o adjunto rapidamente respondeu.

— A Comandante Xarah Blacwood é a responsável por esta instalação, cavalheiros. — Ele olhou para Luke, depois para Lando, demorando-se enquanto seus olhos avaliavam os visitantes de cima a baixo. — Se vocês fizerem um pedido através dos canais oficiais, tenho certeza de que podemos...

A Comandante Blacwood ergueu a mão e sacudiu a cabeça.

— Desculpem — ela disse, com um suspiro. — Este é meu adjunto, o Tenente Jashei Zigler. Ele é eficiente, mas também se preocupa demais com... as regras.

Lando juntou-se a Luke diante da mesa.

— Comandante Blacwood, só precisamos conversar com uma de suas oficiais, depois seguiremos nosso caminho. A Sargento de Voo Dina Dipurl. Segunda no comando do Esquadrão Halo, mas com base aqui em Adelphi.

A Comandante Blacwood apenas deu de ombros.

— Desculpem, eu realmente queria poder ajudar vocês, mas não posso.

Luke sorriu suavemente.

— Nós entendemos a sensibilidade da missão do Esquadrão Halo, comandante. Mas nosso assunto é tão urgente quanto importante.

Blacwood não respondeu de imediato. Lando notou a hesitação, a expressão em seus olhos, e teve a sensação de... algo.

— A Sargento de Voo Dipurl não está disponível.

Luke e Lando trocaram olhares, então Luke se voltou para Blacwood outra vez.

— Comandante, peço que reconsidere. Se você encontrasse uma forma de nós entrarmos em contato com a Sargento Dipurl, ficaríamos imensamente gratos.

A Comandante Blacwood inclinou a cabeça para Luke.

— O que exatamente você está fazendo aqui, Mestre Skywalker? Não me entenda mal. Estou lisonjeada por Adelphi receber sua presença, mas ainda não sei por que você quer conversar com uma oficial de voo.

A expressão de Luke estava tensa. Lando perguntou-se até que ponto ele revelaria, até onde deveriam abrir o jogo com a comandante. Não era exatamente um segredo, mas Lando achava melhor manter aquela informação restrita a quem realmente precisasse saber, pelo menos por enquanto. Eventualmente, a notícia de sua visita a Adelphi se espalharia, e, se Luke começasse a falar sobre o que ele e Lando haviam descoberto, então...

Então... o quê? O que eles estavam fazendo ali, além de buscar mais informações? As coisas estavam acontecendo, e Lando sabia que precisavam se apressar. Ele refletiu novamente sobre o golpe de sorte que o colocara no Corda Bamba e como não podia simplesmente desperdiçar aquela oportunidade.

O lugar certo na hora certa.

— São os Sith — contou ele, inclinando-se sobre a mesa da comandante. — Eles voltaram, e algo grande está se aproximando. Estamos tentando nos antecipar.

A Comandante Blacwood olhou para Lando por um momento antes de voltar seus olhos para Luke.

— Os Sith?

Luke não disse nada. Não precisava.

— Os Sith estão extintos — declarou Zigler, com firmeza. Ele se virou para sua comandante. — Desculpe a interrupção, senhora, mas esse tipo de conversa é perigosa. — Ele olhou para Luke e esboçou um leve sorriso. — Embora eu aprecie a visita do Mestre Skywalker a Adelphi, acho que espalhar rumores sobre isso não ajuda em nada.

Lando franziu as sobrancelhas.

— Se os Sith estão mortos, então o que importa? Por que isso assustaria a sua equipe?

— *Cavalheiros* — disse Blacwood, levantando-se. — Estamos lidando com várias missões de alto valor que são secretas por natureza. Incluindo o Esquadrão Halo. Mestre Skywalker, sei que a sua irmã é uma senadora, mas existem canais para esse tipo de coisa e...

— Canais? — Lando interrompeu. — Ei, este homem não é apenas irmão de Leia. Ele venceu a guerra para você. — Ele se apoiou sobre a mesa. — Nós dois vencemos. Então, que tal um pouco de cooperação?

Luke sacudiu a cabeça e amigavelmente colocou a mão sobre o ombro de Lando.

— Lando — disse ele em voz baixa.

Lando endireitou-se e deu um passo para trás, levantando ambas as mãos em um gesto de desculpa.

— Certo, certo, desculpe. Mas você precisa entender, isso é importante.

A Comandante Blacwood olhou para os dois, então sacudiu a cabeça.

— Desculpem, não posso ajudá-los. — Então, lançou um olhar para seu adjunto.

Zigler bateu os calcanhares de uma forma que, para Lando, lembrava desagradavelmente a antiga ordem do Império.

— Cavalheiros, esta audiência terminou — disse o tenente. — Vocês são bem-vindos para fazer uso total das instalações da estação, mas a comandante estará em reunião até o restante deste ciclo.

Lando abriu a boca para dizer algo — algo possivelmente muito incisivo —, mas Luke o impediu. Ele fez uma longa reverência para a Comandante Blacwood antes de se virar para a porta. Ao passar por Lando, pousou a mão sobre o ombro do amigo e o conduziu para fora com firmeza. R2-D2 seguiu atrás deles em silêncio.

A porta se fechou, e os dois pararam no corredor branco e muito iluminado.

Lando fez um gesto para a porta fechada.

— O que foi aquilo? A Nova República não quer nos ajudar porque não preenchemos os papéis adequados?

Luke olhou para os dois lados do corredor, certificando-se de que ninguém estava por perto. Oficiais e técnicos passavam em um fluxo constante, mas ninguém parecia prestar a menor atenção neles. Ele indicou uma direção para Lando.

— Então, é hora de uma rota não oficial. Você conseguiu falar com o seu contato?

Lando confirmou.

— Enviei uma transmissão assim que entrei no sistema. — Ele levou o comunicador de pulso até os lábios e apertou um botão. — Shriv?

O comunicador clicou.

— Não conseguiram nada com o pessoal de cima, não é?

Lando sorriu.

— Negativo. Onde você está?

— Hangar sete — veio a voz de Shriv. — E acho que tenho mais uma coisa para você.

Lando e Luke trocaram um olhar esperançoso.

— Mas — Shriv acrescentou —, não sei se você vai gostar.

— Já estamos descendo — declarou Lando, soltando o botão.

Luke assentiu.

— Vamos — ele disse, avançando pelo corredor, com seu amigo e o droide logo atrás.

Demorou um pouco até que encontrassem Shriv no hangar sete. O Duros estava se escondendo atrás de uma pilha de caixas de equipamentos, que ofereciam ampla cobertura para uma estação de trabalho oculta nos fundos do hangar. Lando e Shriv apertaram as mãos, e Lando apresentou Luke.

— Então, o que está acontecendo? — Lando perguntou. — Todo mundo parece estar com os nervos à flor da pele.

Shriv olhou ao redor, certificando-se de que estavam fora de vista, e então deu de ombros.

— Você sabe como é — ele disse. — Sempre tem alguma coisa acontecendo. Não leve para o lado pessoal. Mas, ouça, você vai querer ver isso.

Ele retirou uma pequena barra de dados do bolso de sua túnica e a inseriu no leitor da estação de trabalho. A tela pequena na parede se iluminou, exibindo um campo estelar. As estrelas giravam ao redor do longo nariz de uma nave, vista da asa de estibordo de um caça.

— É um X-wing — Luke falou, aproximando-se para espiar a tela. Ele olhou para Shriv. — Você conseguiu a gravação da câmera daquela patrulha?

Shriv confirmou.

— Precisei de alguns favores, mas consegui. — Ele voltou-se para Lando. — Depois que encontrei aquele relatório que você queria, continuei pesquisando para conseguir acessar a parte censurada. Sabe os oficiais que fizeram aquele relatório, a Sargento de Voo Dipurl e o Tenente Asheron?

— O que tem eles? — Lando perguntou. Então, olhou para Luke.

Luke permaneceu em silêncio, observando a tela que exibia a gravação do voo do X-wing. O campo de estrelas giratório agora estava repleto de lampejos de luzes verdes e vermelhas, além de rastros de disparos cruzando à frente do caça.

Eles estavam assistindo a um confronto.

— Parece que encontraram mais daqueles piratas que atacaram a família — explicou Shriv, mostrando a tela —, só que dessa vez eles estavam em menor número.

Lando forçou-se a assistir, embora soubesse o que Shriv estava insinuando. A gravação na pequena tela se tornou uma mancha de movimento quando o X-wing — Lando não sabia qual dos dois oficiais estava na cabine — manobrou em torno do inimigo. Finalmente, o caça conseguiu se posicionar atrás de um agressor e travar o alvo. Lando teve uma visão clara da nave pirata: era pequena, angular, com um casco hemisférico central repleto de armamentos e múltiplas asas e superfícies de voo projetando-se do casco. Ele não reconheceu o design.

Um lampejo brilhou, e a tela escureceu.

Luke e Lando viraram-se para Shriv, que suspirou.

— Mortos em ação, os dois. — Ele cruzou os braços e olhou para baixo. — Sinto muito — disse, em voz baixa. — Eram boas pessoas e morreram tentando lutar pelos mais fracos, entende?

Lando sentiu o ar escapar dos pulmões. Sim, ele entendia. Entendia como era arriscar a própria vida para proteger os outros, voar rumo a uma batalha quando as chances de sobrevivência diminuíam rapidamente. Mas aquilo era em tempos de guerra, uma luta para salvar a galáxia da crueldade e da tirania.

A guerra havia terminado. O Império estava morto. A Nova República trabalhara arduamente para estabelecer uma nova ordem de paz, prosperidade, amizade e cooperação entre milhares de sistemas, unindo pessoas por toda a galáxia, tanto quanto podiam alcançar.

Lando sabia que estava sendo ingênuo, é claro. O fim da guerra não significava que a galáxia estivesse segura — ele conhecia essa verdade melhor do que ninguém. Sempre havia perigo e maldade. Isso ainda fazia parte da vida de um piloto da Nova República. Cada patrulha continuava sendo um risco, e as chances de sobrevivência nunca eram de cem por cento.

Ele olhou para Luke, que estava imóvel, encarando o monitor agora desligado.

R2-D2 emitiu um bipe em um tom grave, questionando. Luke voltou o olhar para o droide, e um pequeno sorriso surgiu em seu rosto. Em seguida, olhou para Lando.

— Precisamos encontrar aquela família e ajudá-los. — Ele apontou para a tela. — Aquele era um grupo de caçadores muito maior do que o Esquadrão Halo encontrou na primeira vez.

Lando concordou e se virou para Shriv.

— Você conseguiu encontrar as coordenadas censuradas?

Shriv indicou o console da estação de trabalho.

— Tenho a gravação inteira do voo, os registros, o relatório oficial e o adendo de Dipurl. Vai ser mais rápido se o seu droide escanear tudo.

Sem esperar instruções, R2-D2 aproximou-se da estação. Estendendo seu conector, ele se ligou ao computador. Os anéis do engate giraram enquanto o droide começava a vasculhar as informações que Shriv havia conseguido baixar.

Os três homens aguardaram pacientemente enquanto R2-D2 analisava os dados. Lando observou Luke, mas ele permanecia em silêncio, com uma expressão inescrutável. Naquele momento, Lando compreendeu exatamente o que estava pedindo ao velho amigo. Luke era um Mestre Jedi; tinha seu próprio templo para administrar, uma nova geração de Jedi para treinar — incluindo seu sobrinho, Ben. E agora, mais essa busca pela galáxia em busca de uma família.

Assim como anos antes, quando correram pela galáxia para encontrar Kadara.

E não a encontraram. Será que agora seria diferente? Será que era isso que Luke estava pensando naquele momento?

Lando quis dizer algo, mas, de repente, sentiu-se… nervoso? Quase riu da ideia, mas, sim, estava nervoso. Era ridículo — Luke era seu amigo, um grande amigo. Ainda assim, Lando não conseguia evitar a sensação de que o tempo longe um do outro havia abalado sua camaradagem mais do que ele imaginara.

R2-D2 emitiu um bipe. Lando interrompeu imediatamente sua linha de pensamento e se ajoelhou ao lado do droide, pousando a mão sobre o domo de R2-D2.

— O que você conseguiu, amigão?

Shriv olhou para a tela. Colunas de texto passavam rápido demais para serem lidas enquanto R2-D2 reunia os arquivos. Então, o texto parou, o último bloco de caracteres piscando.

— Tem dias que eu realmente precisava de um droide assim — Shriv comentou. — Acho que ele conseguiu.

Quando Luke se aproximou para ler a tela, Lando se levantou e se juntou a ele. Luke percorreu o texto com o dedo.

— Essas são as coordenadas. Dipurl as enviou para... Nightside? — Luke virou-se para Lando, que já assentia consigo mesmo, o canto da boca ameaçando formar um de seus sorrisos característicos.

— Eles estão em Nightside. Certo, certo. Dina Dipurl, muito esperta.

Luke parecia confuso.

— Nightside? Isso é um sistema, uma nave ou...?

— Colônia de mineração — esclareceu Shriv, cruzando os braços e sacudindo a cabeça. — Não sei se eu chamaria isso de boa notícia, Lando.

Isso fez Lando sorrir ainda mais.

— Shriv, isso é uma ótima notícia — ele disse, batendo no braço do amigo. Então, virou-se para Luke. — Nightside é uma operação de mineração nos anéis do sistema Therezar.

— "Operação" é um eufemismo — retrucou Shriv. — Está mais para um *cartel.*

Mas Lando negou com a cabeça.

— O quê? Não. Ora, Shriv. Nightside não é tão ruim assim. Eu conheço o administrador: o capitão-regente, como eles dizem. Seu nome é Zargo Anaximander. Ele ajudou bastante a Aliança Rebelde no passado, fez coisas muito boas para a causa. E me deve um ou outro favor. — Ele bateu na tela com o dedo. — E, veja, era bom o bastante para Dipurl. Ela também conhecia alguém lá, foi por isso que enviou a família. Certo, Shriv?

O oficial Duros deu de ombros.

— Certamente é uma instalação bem-estabelecida. Seja lá quem essas pessoas forem, elas poderiam comprar peças, talvez até uma nave nova. Se o contato de Dipurl for confiável.

— Bom, o *meu* é — assegurou Lando. Ele se ajoelhou de novo diante de R2-D2. — Você baixou o relatório inteiro?

R2-D2 emitiu um assobio afirmativo. Lando assentiu, levantando-se, e sentiu-se… diferente. Energizado, quase impaciente, pronto para agir.

Lando estendeu a mão para Shriv, e os dois se cumprimentaram com uma combinação de aperto de mão, abraço e tapinhas nas costas.

— Obrigado por tudo, Shriv. Vejo você em breve, espero.

— Ei, agora *você* me deve uma, ok? E dê o fora daqui, antes que alguém realmente se meta em encrenca. — Shriv virou-se para Luke e estendeu a mão. — Foi um prazer, Mestre Skywalker.

Luke apertou a mão do Duros calorosamente.

— Espero que você não tenha problemas por nos ajudar assim.

Shriv riu um pouco.

— Esta conversa nunca aconteceu. — Ele piscou seus grandes olhos fingindo surpresa. — Quem são vocês mesmo?

CAPÍTULO 17

NIGHTSIDE, SISTEMA THEREZAR
PRESENTE

O velho cargueiro maltratado saiu da velocidade da luz em uma aproximação padrão no sistema Therezar. Assim que o espaço normal voltou a tomar forma, Dathan não conseguiu evitar algumas exclamações diante da visão pela janela frontal. No mesmo instante, ele levou a mão à boca e olhou por sobre o ombro para Rey. A jovem estava profundamente adormecida, com a cabeça apoiada em um cobertor no canto do assento do navegador, seus fones de ouvido bem posicionados.

— O que foi? — perguntou Miramir, ainda concentrada nos inúmeros controles à sua frente, a maioria piscando em um vermelho irritante. Dathan não precisava do talento de sua esposa para tecnologia para saber que eles tiveram sorte de *chegar* a Therezar. Seguindo a sugestão de Dipurl, fizeram a jornada em uma série de saltos curtos — o caminho mais longo, sem dúvida, mas cada ponto foi calculado cuidadosamente para levá-los ao espaço morto entre sistemas estelares. Cada salto foi curto o bastante para que o motivador avariado do hiperpropulsor suportasse sem exigir longos períodos de descanso. A viagem foi frustrantemente lenta, mas, no fim, Dathan sabia que a cautela tinha valido a pena. Não fazia sentido saltar diretamente para Therezar se o motor sobrecarregado fosse explodir na aproximação final.

Quando Dathan não respondeu, Miramir ergueu os olhos para ele. Dathan apontou, e ela seguiu seu gesto até a janela.

Therezar era um gigante gasoso colossal, preenchendo metade da vista pela janela, apesar da enorme distância que ainda separava a nave do planeta. Sua superfície era um turbilhão de cores, como poças de leite derramado — vermelho, azul, amarelo e branco — espalhando-se em longas faixas ao redor do globo ou girando em vastas tempestades em forma de olho. Observar a cobertura de nuvens se movendo e mudando com tanta rapidez deixou Dathan nervoso, ao refletir sobre as forças aterradoras das tempestades que assolavam o planeta gigantesco. As nuvens se iluminavam com lampejos descomunais, tempestades de relâmpagos gerando descargas elétricas que se estendiam por milhares de quilômetros.

Therezar era um mundo de pesadelo, um gigante gasoso destruindo a si mesmo.

Miramir empurrou o manche de controle com cuidado. Quando a nave começou a se mover, o sistema de anéis do planeta tornou-se visível: um enorme disco que, de onde estavam, parecia completamente sólido, sombreado pelo corpo do planeta à medida que se aproximavam do hemisfério escuro.

Nightside, seu verdadeiro destino, estava visível no horizonte mais à esquerda do planeta, logo onde o sol de Therezar iluminava a outra metade dos anéis. A princípio, parecia um grande cuboide orbitando na horizontal e atravessando o plano do anel de Therezar, com partes iguais da estrutura projetando-se acima e abaixo. Conforme se aproximavam, perceberam que, na verdade, eram duas estruturas separadas: um cubo no topo e uma estação idêntica abaixo dos anéis. No centro, havia algo que parecia uma gigantesca mandíbula, tão grande quanto as duas estruturas sólidas acima e abaixo combinadas.

Nightside permanecia completamente estacionária, mantida em uma órbita fixa enquanto os anéis do planeta passavam *através* de sua seção intermediária. Do outro lado da estação, havia um brilho intenso — Dathan presumiu que fosse o reflexo do sol na parte iluminada dos anéis. Porém, quando Miramir posicionou a nave em uma órbita estacionária e ela completou a volta, Dathan praguejou novamente — desta vez, um pouco mais baixo. Ele olhou para Miramir, que encarava a vista à frente, os lábios levemente entreabertos enquanto absorvia a cena com evidente curiosidade.

— Nunca vi nada assim antes — ela disse, então seus olhos buscaram os olhos do marido e ela sorriu. — Isso é incrível.

Dathan piscou de novo e, então, compartilhou o sorriso dela. Ele não conseguiu evitar. Miramir encontrava alegria em tudo, e ele sabia que sua mente estava repleta de pensamentos enquanto tentava entender o que estava vendo e, mais especificamente, como aquilo *funcionava*.

Dathan voltou a olhar para a vista e só conseguiu balançar a cabeça em admiração.

Nightside estava devorando a faixa do sistema de anéis de Therezar, onde mantinha sua órbita estacionária. A lenta rotação do planeta conduzia o material para dentro do enorme buraco na seção de mineração, onde era pulverizado e reduzido a seus elementos componentes. O pouco que restava era expelido do outro lado como um feixe superaquecido de partículas ionizadas.

Miramir estava certa. Era *mesmo* incrível, não apenas pelo tamanho da operação. A boca de Nightside estava recebendo material do anel que tinha o tamanho de asteroides, com massa suficiente para ter a própria gravidade.

Foi apenas ao entrarem na órbita de atracagem que o restante da estrutura se revelou. Nightside não era apenas um simples par de caixas unidas pela mina — era todo um sistema em si.

Ao redor da estrutura principal, havia uma rede de construções menores — cubos brancos idênticos à superestrutura central, com plataformas alongadas repletas de vastas máquinas automáticas, tanto acima quanto abaixo. Cada lado era iluminado contra a escuridão da noite de Therezar, com a silhueta do gigante gasoso destacada pelos clarões incessantes de suas tempestades. Entre as ilhas do complexo de Nightside, outras luzes se moviam como impulsos elétricos de um vasto sistema nervoso, conectando todo o sistema.

Dathan inclinou-se para frente, tentando obter uma visão melhor. Ao notar seu movimento, Miramir ativou um controle, reduzindo as luzes da cabine para que pudessem enxergar os detalhes com mais clareza.

Os rastros de luz revelaram-se como carros de transporte, movendo-se ao longo de cabos que conectavam todas as subestações de Nightside em uma vasta tela de aranha.

— Certo — Miramir disse —, eu *realmente* nunca tinha visto nada assim.

Dathan concordou, depois olhou para o comunicador à sua frente.

— Bom, tenho certeza de que teremos uma visita guiada quando entrarmos. — Ele fez uma pausa, considerando. — *Se é que* vamos entrar.

Miramir levantou-se e foi até onde Rey estava dormindo. Ela se ajoelhou ao lado da filha e gentilmente acariciou seu cabelo enquanto a menina dormia.

— Dina nos deu seu código de aterrissagem *e* o número de seu contato.

Dathan inclinou-se sobre o console, a cabeça baixa, os olhos fechados.

— O que foi? — Miramir perguntou suavemente. — Você não acha que vai funcionar?

Dathan suspirou alto, depois se recostou no assento do copiloto e girou a cadeira.

— Espero que sim — ele disse. — Mas não podemos contar com a esperança para sempre.

Miramir voltou a observar Rey dormindo. O rosto da criança estava completamente sereno. Dathan não se lembrava da última vez em que *ele* dormira tão tranquilamente.

Em Hyperkarn, talvez. Mas isso fora há muitos anos.

— Você não confia neles — Miramir concluiu, sem olhar para Dathan.

— Você sabe que não — Dathan confirmou. — Não podemos nos dar ao luxo de confiar. As únicas pessoas em quem eu confio estão bem aqui, junto comigo.

Miramir virou-se para o marido.

— Eles nos deram uma chance, aqui. — Ela acenou com a cabeça para a janela dianteira. — A Nova República pode não se importar, mas Dina Dipurl se importou. Acho que podemos dar uma chance a ela.

— Não temos escolha, não é mesmo?

A conversa foi interrompida quando o comunicador emitiu um bipe, seguido de uma voz feminina, séria e direta, que ecoou alto na cabine.

— Aqui é o controle aéreo de Nightside. Você está entrando em uma zona de exclusão privada. Transmita seu código de autorização agora ou será escoltado até território neutro para ser interrogado.

— Mamãe? — Rey piscou e olhou para Miramir. — Já chegamos em casa?

Miramir sorriu para a filha e começou a acariciar seus cabelos novamente. Rey sentou-se na cadeira, tirou os fones de ouvido e envolveu os braços ao redor de Miramir, aninhando-se no pescoço da mãe.

Miramir apertou Rey em um abraço forte. Ela mergulhou o nariz nos cabelos da filha e respirou fundo.

Enquanto observava, Dathan sentiu um aperto no peito, uma falta de ar, e o desconforto das lágrimas se acumulando em seus olhos.

Casa. Apenas uma simples palavra. Uma simples palavra que significava tanto.

— Logo — sussurrou Miramir no ouvido de Rey. — Logo, minha querida, logo.

O console voltou a tocar.

— Aqui é o controle de voo de Nightside. Transmita o seu...

Dathan interrompeu a controladora acionando um botão.

— Entendido, Nightside. Transmitindo autorização de pouso agora.

Ele soltou o botão e parou, olhando para os controles. Ergueu a mão e pegou o chip de dados que Dina Dipurl havia entregado a eles — um pequeno quadrado prateado com um conector na lateral.

Ele prendeu a respiração. Dathan sabia que estava sendo irracional, motivado pelo medo, pela fadiga e por uma crescente sensação de terror. Mas não era medo por si mesmo. Ele temia por sua família. Por Miramir. Por Rey. Elas estavam ali por causa dele e não mereciam aquela vida.

Ele precisava consertar as coisas. Precisava mantê-las seguras.

Então, pela primeira vez em um longo tempo, ele decidiu confiar em alguém.

Sem pensar mais, ele girou o chip de dados nos dedos e o inseriu no console de comunicação. A luz do leitor acendeu em verde, indicando que a chave foi aceita, e começou a piscar enquanto os dados eram transferidos para o controle de voo de Nightside.

Dathan então se recostou, olhando para a vasta colônia de mineração à sua frente, e torceu para ter feito a escolha certa.

O código funcionara. A promessa de Dina Dipurl foi cumprida, e Miramir pilotou a nave com precisão até a doca 817-4174, na seção superior do complexo de mineração de Nightside.

Eles não sabiam o que esperar após a aterrissagem. Dathan, depois da conversa tensa com o controle de voo e de sua experiência com o Esquadrão Halo, estava preparado para enfrentar uma avalanche de burocracia. No entanto, ao descerem pela rampa da nave — Miramir seguindo logo atrás, de mãos dadas com Rey —, ele se surpreendeu ao perceber que, embora sua chegada tivesse sido notada, foi completamente ignorada.

A doca 817-4174 era vasta e cinzenta, abarrotada com uma dúzia de naves, variando de pequenos saltadores com lugar para um ocupante a grandes cargueiros. O espaço fervilhava de atividade, com pessoas e droides se movimentando por todos os lados. Assim que Dathan, Miramir e Rey chegaram ao fim da rampa, a nave ao lado — uma barcaça comercial de tamanho médio — decolou com um zumbido, girando em seu eixo antes de seguir em direção à saída.

Dathan espiou à sua volta, ajeitando no ombro a sacola que continha todos os seus pertences — créditos, o cobertor, as últimas rações. Miramir apanhou Rey — ela estava ficando grande demais para ser carregada, mas Dathan sabia que isso não impediria sua esposa de tentar — e, equilibrando a filha sobre o quadril, olhou ao redor do hangar.

— Certo — ela disse. — E agora?

— Nós encontramos nosso contato.

Miramir assentiu.

— Zargo Anaximander. Certo. — Ela voltou a olhar ao redor, enquanto Dathan desviava o olhar para a direção oposta. Notou uma porta de saída próxima e apontou para ela. — Primeiro, vamos achar um canal de comunicação para tentar contatar alguém.

Ele os guiou pela curta distância entre a nave e a porta do hangar. Ao passarem pela porta, o corredor revelou-se feito de durasteel cinza e cerâmica, assim como o próprio hangar. Era funcional e industrial, trazendo à mente de Dathan seus primeiros passos pela galáxia, após conseguir escapar de Exegol e terminar em um estaleiro em Koke Frost. Mas, assim como encontrara seu caminho naquela época, sabia que o encontraria agora — por si mesmo e por sua família.

O corredor estava tão movimentado quanto o hangar, e Miramir segurou Rey com firmeza enquanto o trio avançava pelo meio da multidão.

— Ali — Dathan indicou, parando apenas para apontar, então acelerou para alcançar a estação de comunicação pública, apenas a alguns metros adiante.

O trio amontoou-se ao redor da estação. Miramir e Dathan olharam um para o outro, então Dathan deu de ombros e apertou o botão de informações.

— Controle Central de Nightside — veio uma voz fina.

— Ah, olá — Dathan disse. — Estou procurando por Zargo Anaximander.

Não houve resposta. Dathan e Miramir olharam novamente um para o outro, então Dathan apertou o botão outra vez.

— Alô?

— Isso é algum tipo de piada?

— Ah... desculpe, como assim?

— Insira seus documentos no leitor, por favor.

Dathan estremeceu.

— Não temos documentos. Acabamos de aterrissar na doca 817-4174 e nos disseram para procurar por Zargo Anaximander.

— Quem disse?

— Ah, Dipurl. Dina Dipurl. Nova República, sargento de voo.

Houve uma pausa. Dathan soltou o botão e olhou para Miramir. Ela apenas sacudiu a cabeça de um lado para o outro, com Rey em seu ombro.

Foi então que ele viu. Sobre o ombro de Miramir, no corredor movimentado, duas figuras com uniformes idênticos — túnicas cinzas com braços amarelos, as mesmas cores repetidas nos capacetes, cujos rostos estavam ocultos por grandes visores espelhados. Dathan inicialmente achou que fossem humanos, mas logo percebeu que suas cinturas eram apenas uma estreita coluna de metal, permitindo que a parte superior do corpo girasse suavemente ao redor do eixo. Eram droides de segurança, Dathan percebeu. Enquanto observava, os droides, movendo-se em uníssono, estenderam a mão direita para baixo, paralela à perna. Quando fizeram isso, um painel em suas pernas se abriu, revelando um pequeno blaster.

Agora armados, os droides de segurança começaram a marchar pelo corredor em direção à família.

Miramir foi apertar o botão novamente, mas Dathan segurou seu punho.

— Precisamos dar o fora daqui.

Miramir olhou para ele, então olhou para trás e viu os guardas se aproximando. Ela puxou o corpo de Rey ainda mais para perto.

— Mas Zargo Anaximander vai nos ajudar — Miramir sussurrou.

Dathan colocou o braço ao redor das duas e gentilmente as guiou na sua frente.

— Talvez o contato de Dina não fosse tão sólido quanto ela pensava. — Ele conduziu Miramir pelo corredor, para longe dos guardas e da porta do hangar. Se pudessem se misturar à multidão — Nightside não era apenas uma fábrica no espaço, era uma colônia de mineração, uma *cidade* inteira —, então talvez pudessem encontrar outro caminho de volta para a nave. Tudo que precisavam fazer era se esconder, esperar até a barra estar limpar e sair dali… talvez até em outra nave. O hangar estava cheio delas. Miramir conseguia pilotar qualquer coisa.

Mas uma coisa era certa: ele queria ficar o mais longe possível de Zargo Anaximander. A reação da operadora de comunicação e a aparição dos dois droides guardas diziam tudo o que ele precisava saber. Seja lá o que a Sargento de Voo Dina Dipurl soubesse — ou *achasse* que soubesse — sobre o administrador de Nightside, Dathan não se arriscaria mais.

Não confie. Em ninguém.

Miramir os conduziu por uma passagem e pelo corredor à esquerda, parando para baixar Rey até o chão, depois segurando sua mão com firmeza. Ela olhou para trás e viu Dathan a seguindo, então se virou…

E se deparou com outro droide guarda que surgiu à sua frente. Ela soltou um grito de surpresa e deu um passo para trás, protegendo a cabeça de Rey com uma das mãos.

Dathan estava ao seu lado em um instante. Atrás dele, os dois primeiros droides os alcançaram.

Dathan rapidamente se aproximou de Miramir. Ele a envolveu com um braço e, com a outra mão, puxou Rey para perto, protegendo mãe e filha com seu próprio corpo.

O droide guarda à frente deles virou seu visor opaco para o trio. Dathan viu seu reflexo distorcido na superfície curva.

Então, o droide girou sobre sua coluna central.

— Vocês devem me seguir e obedecer a todas as instruções — disse ele, com uma voz artificial masculina e sem emoção, não exatamente monocórdica, mas não muito distante disso.

Após isso, o droide começou a se mover. Dathan percebeu que o droide tinha pernas com múltiplas juntas e pés simétricos, permitindo-lhe mudar de direção sem precisar girar a metade inferior do corpo.

Houve um leve empurrão em suas costas. Dathan olhou para trás, mas novamente apenas viu seu próprio reflexo.

— Mova-se agora — ordenou o droide, sua voz idêntica ao primeiro.

Dathan olhou para Miramir; então, com um braço ao redor da esposa, o outro sobre o ombro de Rey, deixou que os droides os escoltassem pelo corredor.

CAPÍTULO 18

NIGHTSIDE, SISTEMA THEREZAR

PRESENTE

Eles foram levados para uma sala de espera que era simplesmente uma câmara de metal quadrada, uma caixa vazia sem nada dentro. Quando a porta se fechou atrás deles, Dathan não conseguia nem distinguir o contorno da porta na parede.

E… eles esperaram.

E esperaram.

Enquanto Dathan avaliava a situação e as chances de escapar, Miramir cuidava de Rey. Assim que ficou claro que ninguém viria para tirá-los dali, ela pegou a mochila que Dathan carregava e tirou o cobertor colorido. Estendeu-o no chão, e agora ela e Rey estavam sentadas sobre o cobertor, compartilhando uma barra de ração de alta densidade enquanto Dathan recomeçava seu exame da parede onde a porta deveria estar.

Após alguns momentos, ele parou e se virou, sacudindo a cabeça. Miramir olhou para ele, ainda mastigando a comida. Dathan forçou um sorriso, então se juntou à sua família, agachando-se ao lado de Rey. Imediatamente, a garota ofereceu a seu pai a última parte de sua ração.

— Ei, muito obrigado, Rey! — Dathan aceitou e partiu o pedaço em dois, entregando o restante para ela. — Aqui, uma sobremesa.

Os três ficaram sentados, comendo em silêncio. Dathan, terminando de mastigar, recostou-se, sentindo o tecido do cobertor sob as mãos. Era pesado, mas macio, uma colcha de retalhos em tons de laranja, marrom e vermelho. Foi um presente de despedida de Baba, a avó de Miramir, costurado com suas próprias mãos, noite adentro até a manhã, a bondosa velha senhora encaixando os pontos entre seu trabalho de reparo nos droides de uma vila próxima em Hyperkarn. Dathan lembrava-se de ver o cobertor crescer com o passar dos dias e semanas. Ele se recordava da expressão nos olhos da velha senhora quando o deu de presente ao casal, dobrado e amarrado com uma fita azul que Miramir agora usava para prender seus longos cabelos loiros.

E agora, no meio daquela sala vazia, o cobertor era uma explosão familiar de cores, uma lembrança de outros tempos. Uma lembrança da família — não da sua, mas da de Miramir, a única que ela já tivera, aquela que ela deixou para trás, aquela com quem nunca mais falou.

A única família que ele já teve. Um vislumbre, apenas por um instante, do que a vida poderia ser, livre de medo, dor e da desesperadora inevitabilidade de um destino que não era seu para decidir.

Mas, apesar disso, deixar Hyperkarn foi, na verdade, uma decisão fácil. Miramir sabia quem Dathan era e aceitou o fato de que precisavam partir, e que provavelmente nunca mais poderiam voltar. Pois ela sabia que não estava apenas em jogo a segurança dela, de Dathan e de Rey, mas também a segurança de Baba e dos habitantes da vila que ela conhecia desde a infância — pessoas que foram tanto sua família quanto a de seu próprio sangue.

Agora, Dathan torcia para que Hyperkarn estivesse como sempre esteve, que Baba estivesse segura e bem, consertando droides e costurando um novo cobertor, aquele que havia prometido deixar pronto para o retorno de sua neta.

Dathan torcia para que esse dia chegasse, e talvez realmente fosse possível voltar, quando não estivessem se escondendo, quando não estivessem fugindo, quando não estivessem sendo caçados.

Um dia, quando estivessem seguros.

Foi então que a porta se abriu, o súbito zumbido do mecanismo oculto produzindo uma abertura na parede lisa. Quando Dathan se endireitou, Miramir se levantou, posicionando-se firmemente entre Rey e a porta.

Uma mãe, pronta para defender sua família contra qualquer coisa.

Um droide guarda entrou, seguido por outro. O par posicionou-se de cada lado da porta, e então uma nova figura entrou — desta vez, um ser vivo.

Era um homem grande, quase tão corpulento quanto os droides, uma montanha de músculos vestindo um longo casaco preto que parecia couro, mas tinha um brilho oleoso que se movia, a superfície coberta com pequenas escamas. A manga esquerda do casaco era dourada, combinando com o dourado metálico na perna direita da calça do homem. Debaixo do casaco, o homem usava uma camisa branca perfeitamente ajustada, com um colarinho largo, revelando uma generosa porção de seu peito, sua pele magenta mostrando que ele era um Zeltron. A mesma pele estava coberta por uma intrincada tatuagem prateada e vermelha que subia pelo pescoço até o rosto, e que, Dathan agora percebia, se movia — as formas serpentinas rastejando lentamente umas contra as outras. Seu cabelo, assim como a camisa, era branco, cortado em um ângulo geométrico agudo. Seus olhos estavam escondidos atrás de uma espessa barra de material espelhado, igual aos domos reflexivos dos droides guardas.

Então, o homem sorriu e fez uma longa, quase teatral reverência, com o braço dourado cruzado sobre a barriga. Quando se endireitou, sorriu, e Dathan viu várias pedras preciosas incrustadas em seus dentes — vermelhas, verdes, azuis — cercadas por finas molduras douradas e prateadas.

— Amigos, desculpem por tê-los feito esperar. E também por deixá-los presos aqui desse jeito. — Ele olhou para os dois droides e fez um leve aceno com a cabeça. — Às vezes, minha equipe pode ser um pouco eficiente demais. Acho que está na hora de atualizar o protocolo mestre. — Ele voltou a olhar para a família e se curvou novamente. — Meu nome é Zargo Anaximander. Sou o capitão-regente de Nightside, e estava ansioso para conhecê-los. — Ele abriu caminho e fez um gesto para a porta. — Por favor, permitam-me mostrar seus aposentos, que são muito mais confortáveis do que isso.

Dathan sentiu a mão de Miramir na sua. Eles trocaram um olhar, e então Dathan percebeu Rey puxando a perna de sua calça. Soltando a mão de Miramir, ele se abaixou para a filha.

— Vamos, Rey — sussurrou ele. — Vamos para um lugar muito melhor do que aqui.

Enquanto Miramir se abaixava para dobrar o cobertor, Rey abraçou seu pai e sussurrou em seu ouvido.

— Eu não gostei dele.

Anaximander explodiu em risada, abaixando-se e apoiando as mãos sobre os joelhos.

— Ora, que garotinha bonita. Eu gosto de crianças. Tenho muitas, é claro. Mas vamos lá, acomodem-se. Sigam-me.

Miramir e Dathan trocaram outro olhar, e então ela começou a dobrar o cobertor. Um dos droides pegou sua mochila e virou seu rosto impassível para olhar dentro da abertura.

— Obrigada — disse Miramir, quase arrancando a mochila das mãos do droide. O braço do droide foi junto com o movimento, permitindo que ela agarrasse a mochila perto do peito, mas o droide não a soltou. Dathan se aproximou para pegar a mochila de volta, mas Anaximander fez um aceno com sua grande mão e o droide a liberou.

— Desculpem por isso — falou o capitão-regente, com um sorriso. — Como eu disse, eles são um pouco... eficientes demais. Vamos por aqui.

Miramir guardou o cobertor dobrado na mochila e colocou a alça sobre o ombro, trocando um olhar rápido com Dathan enquanto fazia isso. Ele ergueu uma sobrancelha em resposta, tomou sua mão e, com a outra, pegou a mão de Rey.

Juntos, os três seguiram o capitão-regente pela porta.

Os aposentos de Zargo Anaximander não poderiam ser mais diferentes do restante de Nightside. Atrás de uma grande porta reforçada, que parecia levar a outra seção industrial da cidade, havia um corredor iluminado, brilhante e inteiramente — chão, paredes e teto — espelhado em ouro.

O capitão-regente os conduziu por esse corredor. Miramir olhou para Dathan com uma expressão que poderia ser de surpresa ou desagrado — ele não sabia ao certo. Rey, por outro lado, riu e apontou para as paredes.

Dathan seguiu sua família pelo corredor, tentando entender o que *realmente* estava acontecendo, não permitindo a si mesmo acreditar que... talvez tudo fosse ficar bem. Que Zargo Anaximander, o espalhafatoso capitão-regente de Nightside, de fato honraria sua palavra. Que aquela recepção difícil fosse apenas um mal-entendido e que ele compensaria os problemas. Talvez a Sargento de Voo Dina Dipurl tivesse mesmo salvado suas vidas.

O corredor terminou em outra porta, feita do que parecia ser um material negro e granulado. Madeira, talvez? A porta se abriu quando Anaximander se aproximou, e ele entrou. Dathan, Miramir e Rey o seguiram.

A sala era vasta, mas com um teto baixo que a tornava aconchegante. Eram acomodações residenciais, sem dúvida — luxuosas e opulentas, como as de alguém com tantos créditos que o dinheiro já não fazia mais sentido.

A sala era branca, mas o dourado brilhante do corredor de entrada continuava pelo teto, que ondulava suavemente, como a atividade tranquila de um lago. O movimento era leve e, de fato, relaxante. Dathan imaginou que o objetivo fosse exatamente esse.

A sala tinha feitio elíptico, com as duas paredes brancas se curvando até um ponto no canto mais distante. No centro, móveis estavam espalhados — sofás multicoloridos, mesas baixas e gabinetes repletos de bebidas, dispositivos de entretenimento, datapads —, cada pequeno grupo formando seu próprio espaço dentro da decoração de ambiente aberto. As duas paredes curvas eram forradas com estantes e gabinetes, exibindo seus conteúdos — fileiras intermináveis de cartões de dados, e, entre elas, esculturas e estatuetas de diferentes formatos, estilos e culturas — elegantemente iluminados por luzes ocultas.

Dathan notou que não havia outra porta visível.

— Meus amigos, meus amigos — disse Anaximander, curvando-se novamente, desta vez não tão baixo quanto antes. Ele abriu os braços e então caminhou até o centro da sala. — Bem-vindos ao meu humilde lar. — Ele parou e riu, sua diversão tão intensa que ele chegou a se dobrar. Fez um gesto para seus convidados. — Desculpem, quem estou tentando enganar? Trabalhei muito para chegar onde estou, e se tenho que viver no meio da maior fábrica processadora de gelo do Núcleo, então podem apostar que vou fazer isso com estilo.

Miramir sorriu para ele.

— Obrigada por sua hospitalidade — agradeceu ela, ainda olhando ao redor. — Parece muito… — Ela deu de ombros, mas foi Rey quem completou sua descrição.

— É muito incrível — a menina falou.

Ao ouvir aquilo, Anaximander estalou os dedos das duas mãos.

— Muito incrível! Sabe, acho que gostei disso. Então, obrigado, obrigado muito mesmo. Muito incrível. Ora, sim, acho que é mesmo muito incrível. Toda a operação é. — Anaximander deu uma volta, olhando ao redor da sala, como se o apartamento fosse apenas um canto qualquer da fábrica.

Então, ele parou e se virou novamente para eles, ainda sorrindo, mas com uma expressão mais séria. Ele claramente queria que perguntassem sobre sua operação.

Dathan tinha outra pergunta em mente.

— Nos disseram que você poderia nos ajudar.

Anaximander manteve a expressão congelada enquanto olhava para Dathan, então juntou as mãos diante de si, tocando com os dedos sobre o próprio peito.

— Você é um homem de negócios. Certo, eu gosto disso, gosto disso. Você quer ir direto ao ponto. Tudo bem. Eu também sou um homem de negócios. — Ele separou as mãos e, sem tirar os olhos de Dathan, apontou para o lado, estalando os dedos daquela mão. — Mas antes, refrescos.

Dathan e Miramir viraram-se para olhar. Dois droides apareceram do nada, em silêncio: unidades de protocolo, uma com revestimento bronze refletivo, a outra azul-prateada, igualmente brilhante. O droide de bronze trazia uma bandeja com taças altas e finas e uma garrafa igualmente fina com um líquido azul-claro, enquanto o droide prateado segurava uma bandeja de frutas, com uma pilha de pequenas tigelas.

Dathan aproximou-se de Anaximander, ignorando o convite. Ele ainda não confiava naquele estranho homem — e precisava saber exatamente com quem estava lidando.

— Precisamos sair daqui — explicou ele. — Desculpe, mas precisamos mesmo. Precisamos de uma nave. Precisamos de novas identidades. Nos disseram que você poderia nos ajudar.

Dathan queria ver os olhos de Anaximander, mas seu visor era um espelho impenetrável. Não parecia um anexo cibernético, mas era difícil dizer. Anaximander claramente tinha créditos de sobra para mandar fazer uma peça especial, se precisasse de um auxílio visual. Mas o sorriso ainda estava fixado no rosto do homem, agora sem qualquer traço de calor ou amizade.

A sala ficou silenciosa, e até mesmo Rey ficou imóvel como os droides. Foi Anaximander quem se moveu primeiro, lentamente erguendo um braço e pegando uma taça da bebida azul na bandeja do droide. Ele levantou a taça, examinando a forma como a luz refletia nos ângulos do cristal. Então, levou a bebida até os lábios e a tomou de uma vez. Devolveu a taça à bandeja, pegou um pequeno guardanapo e secou os lábios.

— Ok, homem de negócios — disse ele. — O que você tem?

Dathan piscou, confuso, olhou para Miramir, depois voltou a olhar para Anaximander.

— O que eu tenho?

— Isso — Anaximander insistiu, estalando os dedos. O droide de bronze entregou outra taça com a bebida azul. — O que você tem? — Ele bebeu a segunda taça, novamente com um único gole. Depois, ele ofegou. — Eu sou um homem de negócios. Você é um homem de negócios, certo? Então, vamos fazer negócios. Você quer algo que eu posso fornecer. Então, o que *você* tem que *eu* quero?

Dathan gaguejou. Miramir deu um passo à frente, uma de suas mãos deslizando para a mão do marido.

— Não temos nada — ela disse. — Nossa nave é uma sucata. O núcleo do hiperpropulsor quase queimou só para chegarmos aqui. Não podemos nem decolar mais. Temos alguns créditos. — Ela parou, suspirou e olhou ao redor dos aposentos de Anaximander. — Mas créditos claramente são a última coisa que você precisa. — Ela parou de novo, sacudindo a cabeça.

Dathan virou-se para olhá-la enquanto falava. Ela apertou sua mão, e ele correspondeu ao gesto.

— Então, vocês... *não* têm nada que eu queira — concluiu Anaximander.

Dathan desviou os olhos de sua esposa e fixou o olhar em Anaximander.

— Nos disseram que você poderia nos ajudar — disse Dathan, quase em um sussurro. — Uma amiga sua nos enviou até aqui. Ela disse que você ajudaria.

— Ah, sim — respondeu Anaximander, sorrindo. — Dina Dipurl. Uma grande mulher. Trabalhei com o pai dela, em outros tempos. — Seu sorriso desapareceu. — Mas as coisas são diferentes agora. A galáxia seguiu em frente. Não devo nada a ela. Não devo nada a ninguém. Então, se vocês querem algo de mim, vamos ter que negociar um preço. — Ele se afastou, pegou uma tigela da bandeja do outro droide com uma das mãos e um punhado de frutas com a outra, antes de caminhar até uma estante de livros no meio de uma parede. Ao se aproximar, a estante lentamente se abriu, revelando outro corredor iluminado, desta vez, com um forte tom de vermelho plastoide. — Vou deixá-los pensando um pouco, ok? — disse Anaximander, sem se virar. — Talvez possamos chegar a algum acordo. Até lá, sintam-se em casa, por favor. — E, com isso, ele desapareceu pela porta, que se fechou logo em seguida.

Dathan e Miramir ficaram olhando para a estante, e Dathan suspirou, esfregando o rosto. Ele queria gritar, mas sabia que precisava manter a calma.

Eles sairiam dessa.

De algum jeito.

Baixando as mãos, ele se virou nos calcanhares, mas parou. Os dois droides ainda estavam ali. Ele olhou para sua filha e acariciou seus cabelos.

— Ei, você está com fome, Rey? As frutas parecem boas.

Ele se aproximou do droide azul-prateado, pegou uma tigela e começou a juntar pedaços de frutas que pareciam algo que Rey talvez estivesse disposta a experimentar.

Rey olhou para Miramir, que sorriu para ela e gentilmente a passou para seu pai.

— Vá em frente. — Rey relutou, fazendo uma careta, mas assim que Dathan lhe apresentou a tigela de comida, ela parecia mais contente. Aceitou a comida e foi até um dos sofás, sentando-se de pernas cruzadas enquanto começava a comer.

Enquanto isso, Miramir se aproximou da porta por onde Anaximander havia desaparecido. Passou os dedos pelas bordas e tentou puxar os cartões de dados, mas, a menos que quisesse esvaziar a prateleira inteira, Dathan duvidava que fosse conseguir algo. Claramente, ela chegou à mesma conclusão. Virou-se e deu a Dathan, que agora estava sentado com Rey e sua própria tigela de frutas, um pequeno aceno negativo com a cabeça.

Dathan também acenou com a cabeça na direção da porta original por onde haviam entrado. Miramir concordou e foi até lá, cuidadosamente evitando passar pelos droides de protocolo. Eles se moveram um pouco, suas engrenagens zumbindo enquanto observavam Miramir por um momento, antes de voltar a atenção para Dathan e Rey. Dathan se virou, observando a esposa examinar o painel de controle ao lado da porta fechada.

— Você consegue abrir? — ele perguntou.

Miramir virou-se e olhou novamente para os droides. Dathan seguiu o olhar dela, mas as máquinas ainda observavam ele, não ela.

— Sim — ela respondeu, então olhou para os droides. Agora, ambos olhavam para ela.

Dathan seguiu o olhar dela. Claro, os droides estavam vigiando os dois. Não só isso, mas provavelmente estavam gravando tudo o que acontecia na sala. Anaximander devia estar assistindo tudo agora.

Dathan fez um gesto com a mão, chamando Miramir de volta para perto dele. Ela atravessou a sala e se acomodou no sofá macio atrás dele. Inclinado para trás, ele se deixou envolver quando ela se aproximou, passando os braços ao redor de seus ombros.

Eles não precisaram dizer nada. Não era necessário: ambos sabiam exatamente qual era a situação.

Dathan estava certo. Eles não podiam confiar em ninguém.

Porque agora eram prisioneiros do homem que deveria ajudá-los.

CAPÍTULO 19

NIGHTSIDE, SISTEMA THEREZAR

PRESENTE

Zargo Anaximander olhou pela janela do vagão em movimento, seguindo seu cabo-guia. Uma tempestade de fogo vermelha iluminava o lado escuro de Therezar, a cem mil quilômetros abaixo deles. Levariam mais dez minutos até alcançarem a Estação Sete, uma das plataformas mais afastadas de Nightside, lar de um centro de comunicação auxiliar de alta potência. Anaximander podia ser o capitão-regente, mas não era tolo — sabia que não era intocável. Nightside era uma verdadeira cidade-estado, com uma população facilmente maior do que vários assentamentos planetários que Anaximander nem se dava ao trabalho de nomear. Ele estava no comando, mas sempre havia olhos sobre ele, e não queria arriscar nem a menor chance de seus canais de comunicação serem interceptados.

Ele se virou para sua companhia na cabine do vagão — três droides, da mesma classe de unidades de protocolo que o serviam em seu apartamento. O trem a cabo, no entanto, era muito menos luxuoso do que o transporte que normalmente usava. Aquele vagão era um modelo industrial padrão, todo feito de metal sujo, com cada fresta repleta de poeira preta. Anaximander fazia questão de não tocar em nenhuma superfície.

Os três droides e o capitão-regente estavam de pé ao redor de uma mesa quadrada no centro do vagão. A mesa emitiu uma luz branca suave, que iluminava de cima para baixo, criando ângulos estranhos sobre os droides e Anaximander. Acima dela, flutuava uma imagem holográfica fantasmagórica, exibindo uma grande mochila de tecido. Ao redor dela, flutuavam seus itens: um cobertor, uma caixa de rações e outros objetos que Dathan e Miramir haviam conseguido pegar antes de fugir de Jakku.

— Encontraram algo? — perguntou Anaximander.

O droide à sua frente falou com uma voz agradável, quase melódica, uma boa aproximação de um criado de alta classe de algum Mundo do Núcleo rico.

— Parece que estavam dizendo a verdade. Eles têm poucos créditos e nenhuma identificação.

Anaximander cruzou os braços.

— Algum código em cadeia Imperial?

O segundo droide respondeu.

— Nenhum código disponível.

Anaximander sacudiu a cabeça.

— Precisamos ter certeza de que são eles.

O terceiro droide girou a cabeça para olhar para seu mestre.

— Temos uma correspondência de noventa por cento com a recompensa divulgada por Ochi de Bestoon.

— Eu gostaria que as chances fossem maiores.

— A varredura biológica detectou características incomuns.

— Por exemplo?

O primeiro droide tocou um controle na lateral da mesa, e a holoprojeção mudou para imagens dos membros da família, cada um aparecendo isolado à medida que o droide os analisava.

— Indivíduo um, humana, vinte e sete anos-padrão de idade. A análise do DNA mostra algumas anomalias nos telômeros que a identificam como nativa de Ko-Longava ou Hyperkarn.

Anaximander deu de ombros.

— Irrelevante.

— Indivíduo dois — o droide continuou, e a imagem mudou para a de Rey. — Humana, seis anos-padrão de idade. A análise do DNA revela que é cria biológica dos indivíduos um e três. — A imagem mudou novamente, agora para Dathan. — Indivíduo três, humano, trinta e três anos-padrão de idade. A análise do DNA revela vários marcadores característicos de replicação artificial e engenharia.

Anaximander estudou a imagem tridimensional do rosto de Dathan.

— Ele é um clone?

— O indivíduo três não possui assinaturas genéticas de crescimento acelerado. Ele tem trinta e três anos-padrão de idade, mas a análise mostra que ele é um strandcast híbrido.

Anaximander sacudiu a cabeça.

— Explique.

— O strandcast não é um clone direto replicado do doador, mas é criado a partir de um modelo planejado.

Anaximander esfregou o queixo.

— Interessante. Pode ser a razão de eles serem tão importantes. O indivíduo três pode ser algum experimento que se perdeu. Alguma marca do criador? Alguma estampa Kaminoana? Proteínas-logo de Khomm?

O droide inclinou a cabeça.

— Nenhuma marca do fabricante foi detectada.

Então, um baque metálico alto e ressoante ecoou. Anaximander olhou para o indicador de viagem na parte superior da cabine, uma simples fileira de luzes que mostravam a posição do vagão ao longo do cabo.

A Estação Sete estava chegando.

Ele voltou para a mesa e acionou os controles. A holoprojeção mudou, agora mostrando os três indivíduos, com varreduras tridimensionais completas girando lentamente no ar.

Ele não sabia quem eram. Não importava. O que importava era a razão de estarem sendo caçados — não havia informações na recompensa privada oferecida por Ochi, apenas que deveriam ser levados vivos a qualquer custo. O fato de que o pai era um construto genético era interessante. Talvez seu criador o quisesse de volta.

Anaximander se perguntou se isso poderia lhe dar um pouco mais de poder de barganha.

A família estava dizendo a verdade quando afirmara que não tinha nada, que sua nave era uma sucata. Eles chegaram contando apenas com a fé, seguindo nada além da palavra de uma desconhecida.

Realmente estavam desesperados.

Anaximander desligou a holoprojeção e olhou para os três droides.

— Ninguém pode saber onde estou. Essas informações, a análise dos dados dos indivíduos, a varredura biológica, devem permanecer secretas.

Os três droides de protocolo olharam uns para os outros e, então, voltaram-se para seu mestre, assentindo em sincronia. Anaximander fez um gesto de confirmação.

— Obrigado por seus serviços — ele disse.

Ao ouvir isso, os três droides instantaneamente levaram as mãos até a cintura, onde seus blasters foram ejetados de compartimentos ocultos nas pernas. Em um movimento perfeitamente orquestrado, os droides apontaram as armas para as cabeças uns dos outros e puxaram o gatilho.

Os três tiros simultâneos foram dolorosamente altos no confinamento da cabine, mas Anaximander não se mexeu. Ele observou as três máquinas sem cabeça desabarem pela cintura, seus braços empunhando as armas caindo sobre a mesa. Com as faíscas de seus pescoços decepados refletindo no visor de Anaximander, um novo baque metálico soou quando o vagão alcançou seu destino final e parou com um solavanco. Anaximander foi levado pelo movimento e usou a inércia para sair pela porta.

A estação era bem iluminada, um espaço cavernoso com um teto abobadado, atravessado por enormes vigas de durasteel. A arquitetura imponente da estação se erguia sobre o vagão do trem e seu único passageiro na plataforma.

Anaximander escolheu uma direção e começou a andar.

Anaximander levou mais dez minutos para alcançar a subestação de comunicações, uma sala de controle suspensa em uma rede de gruas sob a própria antena principal, um vasto prato voltado para longe das nuvens tempestuosas de Therezar. A estrutura havia sido projetada como um transmissor auxiliar para o centro de comunicações principal de Nightside, longe o suficiente do centro de mineração para evitar o risco de acidentes que pudessem cortar os sistemas que cobriam toda a cidade. Ao acessar diretamente a sala de controle do transmissor principal, o capitão-regente seria capaz de enviar sua mensagem e apagar os registros antes que fossem sincronizados com o computador central de Nightside.

Ele não queria correr riscos. Anaximander chegou onde estava não apenas por seu talento nos negócios, mas porque gostava de gerenciar cada detalhe. Se fosse fechar aquele acordo, seria sob seus próprios termos, e ele faria isso pessoalmente.

Zargo Anaximander era o senhor do próprio destino.

A sala de controle era mal iluminada, uma caixa simples com um console central no meio, uma flor de cinco pétalas, cada uma coberta com alavancas, botões, leitores e interruptores. Acima, o teto era uma concha geométrica de painéis de transparaço inclinados, oferecendo uma vista da parte inferior da antena principal, suavemente iluminada pelos relâmpagos das tempestades de Therezar.

Diante do console, Anaximander tirou uma longa corrente do pescoço, com um medalhão circular na ponta e um circuito impresso ao redor da borda. Ele inseriu o medalhão em um leitor no console, e no mesmo instante a tela principal mudou, o sistema reconhecendo automaticamente a autorização de Anaximander.

Ele operou os controles por alguns momentos, então ergueu os olhos para a antena que começava a se realinhar. Em poucos segundos, uma fileira de luzes no console passou de vermelho para verde, e um holograma azul apareceu no ar diante do capitão-regente.

Anaximander fez uma de suas conhecidas reverências para a figura projetada, depois ergueu os olhos, escondendo sua repulsa ao ver o rosto careca e cheio de cicatrizes na imagem, com os olhos eletrônicos negros e a abertura sem lábios da boca.

— Ochi de Bestoon — disse Anaximander. — Creio que meus droides já fizeram as apresentações preliminares.

Ochi não deu sinais de que estava escutando.

— Você os encontrou?

Anaximander fez uma pausa antes de sorrir, exibindo dentes adornados com joias que cintilavam à meia-luz da sala de controle.

— Sim.

— Você já confirmou a identidade deles?

Na verdade, eu esperava que você fizesse isso por mim, Anaximander pensou.

— Estou transmitindo a varredura biológica agora — informou ele, retirando um chip de dados do casaco e inserindo-o no leitor. Na holoprojeção, a imagem de Ochi olhou para baixo enquanto lia os dados transmitidos.

— Ótimo — disse Ochi. — São eles. — Ele ergueu os olhos. — Você tem o controle de seu paradeiro?

Anaximander cruzou os braços e, depois, estendeu uma das mãos para balançar um dedo na frente do holograma de Ochi.

— O que você quer fazer com eles?

Ochi não respondeu. Seu rosto não tinha expressão — ou melhor, era *incapaz* de expressão, Anaximander pensou. Mas havia algo em Ochi. Uma raiva. Fervendo sob a superfície. Ochi de Bestoon era conhecido em certos círculos, e as histórias que Anaximander se lembrava diziam que o sujeito era imprevisível e fácil de irritar. Era bom que Anaximander tivesse cuidado.

Sem resposta, o capitão-regente tentou outra tática.

— Onde você está? Posso segurá-los até você chegar.

— Não vou pessoalmente — Ochi retrucou. — Estou no sistema Forome.

Anaximander estranhou.

— Isso é bem longe.

— Vou enviar meus colaboradores para a coleta. Sua chegada é iminente. — Ochi se moveu, como se prestes a encerrar a transmissão. No mesmo instante, Anaximander pressionou um botão, forçando o canal de comunicação a continuar aberto. No holograma, Ochi ergueu os olhos, seu rosto congelado parecendo ainda mais irritado.

— E meu pagamento? — perguntou Anaximander. — Meus droides são excelentes negociadores, você não acha?

Ochi fez uma pausa, então respondeu.

— O pagamento será o acordado. Apronte os prisioneiros para a transferência.

Anaximander olhou para Ochi por um momento, seu dedo ainda pressionando o botão. Ele deixou o silêncio se estender, apreciando como Ochi parecia cada vez mais irritado com o canal ainda aberto.

Então, Anaximander soltou o botão, e a holoprojeção desapareceu. Era *assim* que se demonstrava controle. Zargo Anaximander estava no comando daquela transação e fez questão de deixar Ochi de Bestoon ciente disso.

E ele nem estava vindo pessoalmente, mandando seus... colaboradores em seu lugar? Anaximander sacudiu a cabeça. Aquele Ochi era um completo amador — confiante demais, achando que seu poder era medido pelo número de lacaios que tinha à disposição. Anaximander sabia muito bem que, se você queria algo bem-feito, tinha que fazer pessoalmente.

Então, considerou suas opções. A recompensa pela família era grande, mas ele queria uma oferta melhor — embora não tivesse necessidade de mais créditos, ele se dedicava a juntar cada vez mais, apenas pelo prazer de olhar para números repletos de dígitos e o conhecimento de que, quanto mais ele tivesse, menos outros teriam.

Pensando sobre a recompensa, ele a comparou com os três visitantes trancados em seu apartamento.

Uma família. Não eram ninguém. Andarilhos. Não tinham nada.

Porém... Ochi de Bestoon estava disposto a pagar *aquela* quantia por eles?

O homem — Dathan — tinha que ser ele. E talvez a criança, a cria biológica de um construto genético e uma humana normal.

Era interessante, do ponto de vista científico. Anaximander não era um cientista, mas até ele achava esses conceitos fascinantes.

A família certamente valia mais do que o valor oferecido. Muito mais.

Anaximander desativou a estação de transmissão, apagando todos os bancos de memória da sala de controle antes de retirar seu medalhão de capitão-regente. Ninguém saberia que ele estivera ali, ninguém seria capaz de rastrear a comunicação de Ochi.

No caminho de volta para a estação do trem, Anaximander tirou um comunicador do casaco e o levou até os lábios.

— D-85 — disse ele. — Leve nossos convidados para o *Goldstone.* Nossos parceiros estão a caminho. A renegociação e transferência acontecerão no meu hangar particular. Cuide disso.

Anaximander desligou o comunicador sem esperar resposta, entrou na cabine do vagão e acionou os controles em direção ao polo central.

No apartamento particular de Anaximander, o droide de protocolo bronze abaixou o comunicador e deu um passo à frente. Dathan, Miramir e Rey estavam sentados juntos no sofá. Quando o droide se aproximou, Miramir se levantou para encontrá-lo.

As engrenagens do droide zumbiram enquanto ele observava os humanos, então deu meia-volta e fez um gesto em direção à parede que ocultava a porta secreta, que se abriu silenciosamente.

— Por favor, sigam-me — disse o droide.

Dathan levantou-se e se juntou à esposa.

— Para onde estamos indo?

— E onde está Zargo? — Miramir perguntou.

O droide virou-se e gesticulou com os braços enquanto falava, cada movimento de seus membros aparentemente acompanhando cada sílaba de sua fala.

— O capitão-regente pede a honra da sua presença em seu iate particular.

Dathan estranhou.

— O seu… o quê?

D-85 fez uma leve reverência.

— Preparações foram feitas para o seu trânsito seguro até um local seguro, junto com novas identidades e um transporte — o droide informou, endireitando-se e apontando novamente para a porta aberta.

Dathan e Miramir não se moveram. D-85 parou e olhou de um para o outro, as engrenagens do pescoço zumbindo, quase como se o droide estivesse irritado pela falta de obediência.

— Isso é o que vocês queriam. Tudo foi preparado — garantiu o droide. — Por aqui, por favor.

Miramir foi pegar o cobertor que ainda estava estendido no chão, mas foi bloqueada pelo droide prateado. Ela o ignorou e tentou dar a volta, mas o droide foi rápido. Ele agarrou o braço dela e a empurrou na direção da porta.

— Ei!

O droide a soltou, e D-85 se uniu a ele. Com os dois droides distraídos, Dathan passou por ambos, pegou seus pertences e rapidamente guardou tudo na mochila antes de voltar para o lado da esposa. Ele pegou a mão dela e a apertou de forma tranquilizadora.

— É melhor fazer o que eles querem — disse ele, em um sussurro.

Com um olhar relutante para Dathan, Miramir assentiu levemente. Em seguida, agarrou a mão de Rey com força e seguiu Dathan e o droide bronze pela porta.

CAPÍTULO 20

NIGHTSIDE, SISTEMA THEREZAR

PRESENTE

Luke e Lando caminhavam pelas intermináveis passarelas de Nightside há horas. O código de acesso que Zargo Anaximander havia dado a Lando, tantos anos antes, ainda funcionava, permitindo que a *Lady Luck* atracasse em um hangar VIP. Uma equipe de droides cercava a nave para realizar uma checagem completa dos sistemas. Luke observava o trabalho enquanto Lando usava o terminal de chegadas do hangar para tentar contatar seu amigo.

Isso havia sido há horas. Depois de ouvir que o capitão-regente não estava disponível, Lando se cansou de esperar e decidiu conduzir Luke e R2-D2 pelo complexo, determinado a visitar os aposentos particulares de Anaximander.

Os quais… ainda estavam sendo procurados. Depois de consultar inúmeros mapas do complexo, finalmente conseguiram sair das plataformas e hangares, e agora se encontravam na zona comercial, um vasto espaço de múltiplos andares, repleto de lojas, restaurantes e áreas de lazer de alta classe, conectados por escadas rolantes e passarelas móveis. Quando fizeram uma pausa, R2-D2 soltou um bipe grave e trêmulo, o som inconfundível de um droide frustrado pela falta de progresso, e então rolou até um terminal de computação público em um canto do átrio.

Lando, com as mãos nos quadris, deu uma volta olhando tudo ao redor, então se virou para Luke. Soltou um assobio.

— Nightside está com tudo.

Luke franziu as sobrancelhas.

— Achei que fosse uma colônia de mineração.

— E é mesmo — Lando respondeu —, mas o velho Zargo melhorou as coisas desde a última vez que estive aqui. — Ele olhou ao redor mais uma vez. — Ele sempre foi um homem de negócios, mas, quando o conheci, este lugar não passava de uma simples central de processamento operada por droides. Eu sabia que ele também fornecia para a Aliança Rebelde, mas na época eu tentava... hum...

Luke ergueu uma sobrancelha e um canto da boca.

— *Não se envolver?* — perguntou, com um sorriso mais largo.

Lando ergueu a mão em um pedido de desculpas forçado.

— Ei, nós sabemos como aquilo terminou, certo? — disse ele, seu sorriso crescendo. Ele abaixou as mãos e olhou mais uma vez ao redor. — Zargo sempre foi alguém a quem você podia recorrer se precisasse de algo. Parece que ele transformou este lugar em uma verdadeira cidade, atendendo a um mercado de alta classe. — Ele deu de ombros. — A mina de gelo sempre foi lucrativa, então ele se deu bem mesmo. — Ele fungou, contorcendo o bigode. — Eu estava chegando lá com a Cidade das Nuvens, mas acho que o mercado de água é infinitamente maior do que o de gás tibanna.

— Bom — Luke disse —, Zargo parecia confiável o suficiente para a Sargento de Voo Dipurl enviar a família até aqui. Imagino que ela também o conhecia da época da Rebelião. — Ele olhou ao redor. O lugar estava cheio de pessoas de diferentes espécies, mas todas com uma coisa em comum: eram ricas. E com toda aquela riqueza à vista — e as transações acontecendo nas lojas, não era surpresa que o lugar fosse altamente protegido. Droides cinza e amarelo, de um tipo que Luke nunca tinha visto, patrulhavam as multidões e vigiavam pontos estratégicos ao redor do átrio e outros andares.

— O seu amigo gosta mesmo de droides — Luke comentou. Até a equipe do hangar era feita de droides.

Lando assentiu.

— Sim, é um hobby dele. E são todos customizados. Quer dizer, ele não é um engenheiro, mas pode pagar pelos melhores. São todos criados e fabricados aqui.

R2-D2 emitiu outro bipe, seu domo girando. Luke olhou e viu que o pequeno astromecânico já tinha conectado sua haste no terminal sem precisar de nenhuma ordem.

— Ei, ei — Lando disse, correndo até ele. — Precisamos ter cuidado com onde nos conectamos. — Ele olhou para Luke. — Esse seu droide parece que tem mente própria.

Luke não conseguiu conter um sorriso.

— Espero que tenha mesmo. — Ele se aproximou, checando por sobre o ombro, e parou ao lado de R2-D2, com a perna tocando o droide. Em seguida, ajustou sua túnica preta para esconder o terminal da vista dos transeuntes.

— O que você encontrou, R2?

R2-D2 emitiu alguns bipes, seu domo girando junto com o anel ao redor da porta de dados enquanto acessava o computador central de Nightside. A tela do terminal ganhou vida, e Luke a observou com atenção.

— O que foi? — Lando perguntou, olhando para a tela. Ele sacudiu a cabeça. — Não entendo o que estou vendo.

Luke tocou na tela.

— R2 encontrou a nave da família. Hangar 817, plataforma 4174.

Lando apertou os lábios.

— Se me lembro bem daqueles mapas que vimos, isso fica vários andares para baixo, na direção da zona da fábrica, onde está o porto industrial.

R2 emitiu mais bipes, e a tela do terminal se alterou. Lando olhou, estranhando, e então olhou para Luke.

— Estou lendo isso direito? Aquela plataforma está em isolamento?

Luke confirmou, passando a mão pela barba enquanto refletia.

— Pode ser um procedimento padrão — murmurou, quase para si mesmo. Então, disse: — R2?

A porta de dados girou, e a tela mudou novamente, com o texto passando rápido demais para Luke ou Lando conseguirem ler. R2-D2 assobiou consigo mesmo, emitiu um bipe duplo, e o texto parou. Luke e Lando olharam atentos.

— Então, não é padrão — disse Lando. — Apenas duas naves na instalação estão em plataformas isoladas. — Ele franziu o cenho. — A outra é o iate pessoal de Zargo, o *Goldstone*.

Luke continuou lendo.

— Isso parece ser o registro de tráfego para os dois hangares. Nada aqui que explique o motivo para as duas naves estarem em isolamento. — Ele fez uma pausa. — R2, você consegue nos conectar com as câmeras de segurança dos hangares?

Lando aproximou-se e sussurrou para seu velho amigo.

— Ei, Luke, espere um pouco. Por mais que eu confie no R2, alguém vai perceber que estamos fuçando no registro central. — Olhou por cima do ombro, de volta para o átrio. — Tem muita segurança aqui. Se algum alerta disparar, as coisas podem complicar.

— Você não tinha dito que Anaximander era seu amigo?

— Ah, claro — respondeu Lando. — Mas, olha, isso foi há muito tempo. O tempo passa, as coisas mudam. As pessoas também. — Ele se inclinou ainda mais e fez um gesto com as mãos, como se tentasse acalmar o sempre calmo Mestre Jedi. — Só estou dizendo que precisamos ter cuidado. Zargo está por aqui em algum lugar, mas até o encontrarmos, seria melhor não chamar atenção. Não queremos ficar presos tentando nos explicar para os seguranças enquanto a família corre risco.

Luke assentiu. Lando tinha razão. Eles precisavam usar bem o tempo disponível, sem se distrair ou se atrasar desnecessariamente.

Mas, por enquanto, estavam no caminho certo. Não conseguiram a audiência que esperavam com Zargo, mas confirmaram que a família ainda estava ali.

R2-D2 assobiou suavemente e a tela exibiu o vídeo de segurança dos níveis inferiores do hangar. O droide alternou entre as câmeras até por fim encontrar a plataforma 4174, hangar 817.

— É mesmo a nave deles — disse Lando, olhando mais de perto. Ele apontou para a tela. — Os estabilizadores estão completamente danificados. É impressionante que tenham chegado tão longe. Acha que devemos descer e checar?

Luke sacudiu a cabeça. Havia algo errado — ele podia sentir.

Ele fechou os olhos, invocando a Força.

Ali.

Ele abriu os olhos e olhou para Lando.

— Aquela nave está vazia.

Lando piscou de surpresa.

— O quê? Como você… — Ele parou. — Ah.

— R2 — Luke disse, a voz apressada —, acesse a outra plataforma isolada. Onde está o *Goldstone*.

R2-D2 não respondeu, mas seu domo se mexeu e a tela mudou para mostrar outra parte de Nightside. Aquele hangar era muito diferente dos níveis inferiores, com a mesma decoração imaculada em tons de branco e amarelo e o design curvado e liso do hangar VIP onde a *Lady Luck* havia atracado.

Lando assobiou discretamente.

— Isso é o que eu chamo de nave.

O iate pessoal do capitão-regente tinha um design arrojado, com um formato largo e escultural, uma homenagem deliberada ao estilo clássico das naves do passado. O casco tinha a forma de uma asa-delta, feito de metal curvado dourado, com os cones dos dois motores atmosféricos quase invisíveis debaixo de cada lado da fuselagem, daquele ângulo de visão. As únicas janelas da nave, simples, mas elegantes, ficavam na dianteira, na cabine, proporcionando à tripulação uma visão de cento e oitenta graus.

Havia pessoas dentro da nave. Uma estava sentada na posição de piloto, enquanto a outra caminhava de um lado a outro, atrás.

— Eles estão se preparando para decolar? — Lando perguntou.

Luke não tinha certeza. Havia algo sobre aquelas pessoas.

— R2, você consegue olhar mais de perto?

A imagem mudou no mesmo instante, mostrando uma versão aproximada da mesma cena. Agora, as figuras estavam claramente visíveis — sentada nos controles, uma jovem mulher de cabelos loiros, com o capuz de um manto azul puxado para trás sobre os ombros. Atrás dela, caminhando, estava um jovem rapaz vestido com uma túnica e calças marrons e beges.

— São eles — Lando sussurrou.

Havia uma terceira pessoa na cabine. Eles não podiam ver com clareza, mas era pequena, oculta pelo ângulo dos assentos do piloto e copiloto. O homem segurava sua mão.

Era uma criança. *A* criança.

— O que estão fazendo? — Lando perguntou, os olhos fixos na tela.

Luke apenas sacudiu a cabeça, mas podia ouvir a respiração de seu amigo acelerando. A pergunta de Lando era muito boa. *Por que* estavam na cabine do iate de Zargo? A mulher não se movia, apenas olhava para os controles. Eles estavam conversando, Luke podia ver isso, mas não havia áudio disponível.

Lando se manteve firme.

— Talvez Zargo vá tirá-los daqui em sua nave.

Enquanto os dois observavam, a mulher se inclinou para frente, momentaneamente saindo de vista da câmera de segurança. Houve um lampejo de luz saindo das janelas do *Goldstone*, e então ela se recostou no assento do piloto, segurando um punhado de cabos arrancados em sua mão.

— Espere — Lando falou. — Eles estão tentando *roubar* a nave?

Luke e Lando se olharam. Luke não disse nada, mas Lando franziu o cenho, alisando o bigode enquanto pensava.

— Não estou gostando nada disso, Luke. Acho que eles não estão dentro daquela nave voluntariamente.

— Concordo — Luke disse. — Seu amigo os está mantendo escondidos ou...

Lando interrompeu.

— Mantendo-os prisioneiros. — Ele suspirou. — Então, talvez Zargo Anaximander não seja o "amigo" que eu me lembrava.

— Precisamos descer até lá — Luke anunciou. — R2, mostre um mapa e a rota mais direta até aquele hangar. Nós...

Um bipe soou do computador e R2-D2 emitiu um alarme estridente.

Lando olhou para o droide.

— O que foi?

Houve uma litania de tons complexos vindo de R2-D2. Lando estremeceu, frustrado.

— Ativamos algum alarme?

Luke olhava de novo para a tela.

— Não — ele assegurou. — Lando, veja isso.

Lando aproximou-se da tela, que agora exibia um mapa completo do sistema Therezar, com o complexo de Nightside no centro. As plataformas ao redor estavam destacadas e claramente identificadas.

Assim como as naves se aproximando. Treze delas, vindo de diferentes vetores, todas convergindo em direção a Nightside.

— Visitantes?

— Tem um alerta de segurança — informou Luke, lendo os dados na tela. — Seja lá quem forem, não são esperados. R2, você consegue identificá-los?

R2-D2 emitiu um lamento que dispensava tradução. Lando olhou para Luke.

— Não estou gostando nada disso.

Foi então que um alarme geral disparou, o alerta interno de segurança registrado por R2-D2 transformando-se em uma situação que afetava toda a cidade. O som do alarme era alto, alternando entre dois tons, interrompidos por um anúncio automático. De repente, todos no átrio congelaram, olhando ao redor, tentando localizar a voz invisível que dava as instruções.

— *Atenção, atenção. Nightside agora está em Alerta Nível Beta. Repetindo, Nightside agora está em Alerta Nível beta. Por favor, sigam para o abrigo de emergência mais próximo. Atenção, atenção. Nightside agora está em Alerta Nível Beta.*

Para surpresa de Luke, a multidão reagiu ao alerta com uma calma surpreendente. Todos começaram a se mover rapidamente, mas ninguém correu, ninguém parecia em pânico. Os droides de segurança, que patrulhavam o local, começaram a conduzir as pessoas para fora do átrio. Sendo um complexo industrial movimentado — e perigoso —, Nightside provavelmente realizava exercícios regulares para esse tipo de alerta.

— Não podemos ficar presos nisso tudo — Lando declarou.

Luke observava os droides de segurança. Ele esperou o melhor momento, então disse:

— É agora ou nunca. — Ele tocou no topo do domo de R2-D2. — Vá na frente.

R2-D2 virou-se e saiu apressado por um corredor lateral, seguido de perto por Luke e Lando. As pessoas se moviam apressadas em todas as direções; no meio da confusão, o trio se misturava facilmente.

O grupo seguiu seu caminho pela multidão, com o alarme ainda tocando incessantemente. Após uma curta caminhada, o ambiente se tornou bem menos limpo e esteticamente agradável; a zona comercial do complexo deu lugar a seções mais funcionais. Com R2-D2 liderando o caminho, passaram por grandes extensões de janelas de transparaço, que ofereciam vistas do espaço e do imenso gigante gasoso onde Nightside mantinha sua órbita geoestacionária.

Foi então que Luke parou, de repente. Lando, um pouco adiante, deteve-se e voltou até seu amigo.

— Luke, vamos logo. — Lando estranhou. — O que foi?

Luke permaneceu parado, imóvel. O alerta ainda soava e as pessoas continuavam a se mover, mas agora o fluxo constante de corpos precisava desviar de Luke.

Lando olhou ao redor. Até aquele momento, eles haviam se misturado bem à multidão, mas apenas quando estavam acompanhando o movimento. Mais adiante no corredor, R2-D2 emitiu um assobio, então parou e se virou na direção dos outros. Ele assobiou novamente, seu pedido ficando claro.

— Ei, vamos lá, precisamos nos mover... — Lando olhou para o rosto de Luke, as palavras morrendo em sua garganta.

Luke fechou os olhos, respirando profundamente e com calma.

Concentrou-se, isolando-se dos arredores, do barulho e do movimento, afastando o som do alerta e o murmúrio das centenas de pessoas buscando abrigo. Tudo isso desapareceu de seus sentidos, substituído por...

Um som... uma nota musical — não, um acorde... não, uma...

Dissonância. Não era um som real, Luke sabia disso, mas ele podia sentir sua ressonância. Era uma presença, uma intrusão, não no universo físico, mas naquele outro lugar que o cercava.

Uma perturbação na Força.

E estava perto.

Luke abriu os olhos e se afastou para o lado da passarela, o fluxo de corpos passando e raspando contra ele. Parou ao lado das enormes janelas e olhou para o espaço.

As naves se aproximando agora estavam visíveis. Pequenas e prateadas, cada uma com um formato diferente, angular e pontudo, como um enxame de insetos irritados.

Luke sentiu Lando ao seu lado, com uma mão repousando em seu ombro. A mão se retirou quando Lando passou por ele para olhar melhor. Ele apontou.

— São eles — disse Lando. Ele se virou para Luke. — O mesmo tipo de nave que perseguiu a família, as mesmas que atacaram o Esquadrão Halo. — Lando sacudiu a cabeça. — Devem ter rastreado a transmissão de Dipurl e seguido a família até aqui.

Luke olhou fixamente para a vastidão do espaço. O lado escuro de Therezar estava abaixo deles, um vazio negro iluminado pelas tempestades elétricas na turbulenta atmosfera do gigante gasoso. O sistema de anéis não era visível daquele ângulo, apenas o infinito campo de estrelas e as estranhas e ameaçadoras naves que agora cercavam a estação. Duas delas passaram logo à frente da janela do corredor, pegando Lando de surpresa, que recuou. Ele puxou o braço de Luke novamente.

— Certo, não temos mais tempo. Precisamos alcançar aquele hangar.

Luke não se moveu. Ele ainda olhava para fora, não para as naves, nem para o planeta ou as estrelas. Havia algo mais. Algo... perto.

— O lado sombrio — Luke constatou. — Está aqui. Eu posso sentir.

Lando parou de puxar o braço de Luke e se aproximou.

— Os Sith estão aqui? — Ele arregalou os olhos enquanto olhava para a janela. — Você está me dizendo que aquelas naves são dos Sith? Todas elas? — Ele olhou de volta para a vista. — Não podem ser. São muitas.

Luke inclinou a cabeça e fechou os olhos enquanto se concentrava. Ele não precisava da Força para sentir o medo na voz de Lando. Mas... seu amigo estava certo. Ele abriu os olhos e sacudiu a cabeça.

— Eles não são Sith.

Lando relaxou os ombros e soltou um suspiro.

— Certo. Um problema de cada vez. Vamos tirar a família daqui antes que seja tarde.

Luke virou-se para olhar para Lando. Por sobre seu ombro, viu R2-D2 esperando no corredor, o pequeno droide equilibrando-se em seus dois pés principais, balançando de lado, visivelmente irritado com o atraso de seus companheiros humanos.

Luke assentiu na direção do astromecânico.

— Vá com R2. Tire a família daqui.

— Espere — Lando disse —, você vai junto.

Luke negou com a cabeça.

— Tem algo se aproximando. Algo ruim. Preciso impedir isso. — O canto de sua boca se curvou em um pequeno sorriso e ele bateu no braço de Lando. — Nos encontramos na *Lady Luck*. Vá!

Com aquilo, Luke virou-se e seguiu na direção oposta.

Lando observou por um momento, então, sem desperdiçar mais nenhum precioso segundo, virou-se e foi até R2-D2.

— Vamos lá, amigão, está na hora de fazermos um resgate.

CAPÍTULO 21

NIGHTSIDE, SISTEMA THEREZAR

PRESENTE

Lando e R2-D2 corriam no meio da multidão. À medida que avançavam, havia cada vez menos pessoas no caminho, já que todos se afastavam das áreas públicas de Nightside, indo em direção aos hangares VIP e à plataforma particular do capitão-regente.

Eles dobraram uma esquina, e Lando ouviu o assobio estridente de R2 antes de colidir nas costas do droide. O caminho à frente estava bloqueado por uma grande multidão. Quando Lando olhou ao redor, procurando uma rota alternativa, o ar foi cortado por um tiro de blaster. A multidão entrou em pânico, correndo, com gritos e braços levantados ao ar. R2-D2 permaneceu onde estava, Lando atrás dele, enquanto a multidão se movia ao redor deles, empurrando-os de volta por onde haviam entrado.

Mais um tiro foi disparado, e a multidão parou abruptamente, a rota de fuga agora claramente bloqueada.

Lando olhou ao redor, tentando entender o que estava acontecendo. Eles estavam em uma grande área aberta, parecida com uma praça pública, com paredes e teto de transparaço que davam a ilusão de um espaço ao ar livre.

A multidão moveu-se novamente, e Lando e R2-D2 agora estavam na frente. Do outro lado do espaço, em uma plataforma elevada que oferecia um excelente ponto de vista, um grupo de droides cobria a sala com seus blasters.

Mas não eram os droides de Zargo Anaximander. Aqueles eram altos e angulares, quase esqueléticos, com braços e pernas finos e articulados presos a torsos esguios. As cabeças eram grandes, quase bulbosas, insetoides, com olhos enormes e crânios cheios de antenas.

Invasores das treze naves que haviam chegado à estação. Lando percebeu que não havia dois droides iguais. Aquilo não era um exército produzido em massa.

O droide na frente deu um passo à frente e disparou seu blaster para o teto novamente, fazendo a multidão gritar e se proteger.

R2-D2 emitiu um bipe, seu domo girando de um lado para o outro. Lando olhou para o astromecânico e seguiu o movimento do domo. R2-D2 estava procurando uma saída. Eles não podiam se dar ao luxo de serem interrompidos, mas passar pelos invasores naquele momento seria impossível.

— Seus sortudos — o líder dos droides disse, a voz andrógina amplificada no meio do barulho do alarme e das pessoas. — Vocês estão na presença da Trituração Droide Pirata de Bestoon! Este dia viverá para sempre na sua história! — O droide baixou seu blaster e olhou ao redor. — Se sobrar alguém para ler.

Os droides atrás dele riram disso. Lando perguntou-se de onde vinha aquela programação. Era excêntrica, para dizer o mínimo. Mas, se eram realmente piratas, o criador fizera um bom trabalho.

O líder rolou sua cabeça insetoide — um movimento quase humano, como se alongasse os músculos — e levantou o blaster novamente, mirando a primeira fileira de pessoas...

Mirando Lando.

Ele manteve a calma. Lando sabia que era rápido no gatilho. Houve um tempo em que praticava diante do grande espelho de seus aposentos a bordo da *Lady Luck*, muitas vezes com uma visita debaixo das cobertas, observando seu amante enquanto praticava os movimentos.

Lando afastou essa lembrança inesperada. Com as mãos ao lado do corpo, seus dedos estavam a poucos centímetros do blaster na cintura. Mas ele sabia que não adiantaria. Por mais rápido que fosse, sabia que o líder da Trituração Droide seria mais rápido — ele foi *feito* para ser. Além disso, não seria uma disputa justa. Tentar qualquer coisa seria suicídio.

O líder pirata suspirou — ao menos foi isso que Lando imaginou — e levantou o blaster um pouco, mirando com mais precisão.

Lando estava pronto. Talvez conseguisse derrubar o líder. Talvez fosse a última coisa que faria.

Mas ao menos morreria tentando.

O som de um disparo de blaster cortou o ar. R2-D2 soltou um longo lamento estridente…

… e o líder da Trituração Droide desabou, sua cabeça agora um amontoado de destroços fumegantes, espalhados sobre sua gangue.

Lando afastou a mão da arma intocada, seus olhos já procurando a origem do tiro fatal. A massa de pessoas atrás dele começou a se mover, primeiro de um lado, depois do outro, até que se transformou em um pandemônio. Lando seguiu com o grupo que corria para se salvar, afastando-se instintivamente dos droides de segurança de Nightside — a fonte do tiro certeiro — que haviam entrado pelos fundos.

Nos fundos da sala, Lando se afastou da multidão, com R2-D2 parando abruptamente, quase batendo contra a parede. Havia uma rota de saída ao lado deles. Lando abaixou-se na esquina e arriscou um olhar para trás. O tiroteio não duraria muito — a Trituração Droide consistia em bons guerreiros, capazes de enfrentar o comportamento metódico e previsível dos droides de Nightside, mas os piratas eram em menor número e estavam desorganizados.

R2-D2 emitiu uma série de bipes rápidos, sua comunicação em Binário tão veloz que deixou Lando confuso. Ele não entendia exatamente o que o droide estava dizendo, mas captou o essencial: aquela era a chance de escaparem.

Lando bateu levemente no domo de R2-D2 com os dedos.

— Hora de ir, companheiro, vamos…

R2-D2 não esperou. Ele se virou e seguiu pela passagem, soltando bipes enquanto caminhava.

Agora com o blaster em punho, Lando o seguiu apressado.

Lando e R2-D2 alcançaram o hangar ilesos, apesar de sua rota tortuosa, evitando mais confrontos entre a Trituração Droide e a segurança de Nightside.

Lando não gostava de fugir do combate. Nightside era lar de muitas pessoas e elas estavam sob ataque. Sentia uma obrigação de ajudar, quase uma pontada de culpa por não fazer nada enquanto seguia R2-D2 pelo complexo, mas, enquanto se movia, ele racionalizava sua decisão. Zargo havia construído um império para si mesmo, com boa infraestrutura — incluindo seus droides de segurança. O que faltava em tática, eles compensavam em quantidade. A Trituração Droide Pirata de Bestoon — claramente enviada por *Ochi* de Bestoon, Lando pensou enquanto corria — estava causando destruição, mas a instalação estava sendo bem defendida, com os invasores sendo repelidos.

O que deixava Lando focado na tarefa em questão.

Tirar a família dali.

Eles chegaram à plataforma particular do capitão-regente através de uma porta de manutenção, R2-D2 facilmente abrindo a tranca trilógica no painel de entrada. A plataforma era grande, tão grande quanto o hangar VIP onde a *Lady Luck* estava, mas aquela instalação servia apenas a uma nave — o iate *Goldstone*, uma vasta e brilhante asa-delta que se erguia diante deles em seis pares de trens de pouso.

Lando percebeu o problema imediatamente e correu para debaixo da nave, com R2-D2 logo atrás. Ele parou no trem de pouso mais próximo — o que ficava sob o nariz da nave — e se ajoelhou para examiná-lo.

Estava preso com uma tranca fortificada de infração, cujos controles piscavam com duas luzes vermelhas. Lando olhou ao redor e viu que todos os seis pares de trens de pouso estavam bloqueados da mesma forma. As informações de R2-D2 estavam corretas — o iate do capitão-regente estava em isolamento e não sairia de lá.

Lando se levantou — e, de algum lugar próximo, ouviram-se os sons de um combate de blasters. Ele girou, tentando calcular a direção e a distância; era impossível. Mas ele sabia uma coisa: os droides piratas estavam próximos, e isso não lhe dava tempo algum. Sua ideia de levar a família de volta para a *Lady Luck* parecia cada vez mais arriscada. Ele não poderia atravessar tudo aquilo — não com uma criança.

Lando levantou-se e esfregou o rosto, então ergueu os olhos para a brilhante parte inferior do *Goldstone*, uma ideia se formando. Pensou no cargueiro praticamente destruído no hangar inferior. Foi quase um milagre eles terem conseguido chegar a Nightside com aquilo. O *Goldstone* estava tão no outro extremo da escala de naves que Lando quase soltou uma risada ao pensar no ridículo de tudo aquilo.

Com o tiroteio se aproximando, Lando virou-se para seu companheiro.

— R2, comece a trabalhar nessas trancas. Tive uma ideia.

R2-D2 emitiu um bipe afirmativo e rolou até o primeiro trem de pouso, estendendo sua haste conectora até a entrada da tranca.

Lando olhou ao redor. A plataforma particular estava tão bem cuidada que parecia imaculada, com cada peça de equipamento de serviço e sistema de suporte de naves cuidadosamente posicionada nas paredes, pronta para atender todas as necessidades do orgulho de Zargo Anaximander.

Lando avistou o carrinho — um simples console de voo, permitindo ao usuário se conectar diretamente com a nave e falar com a tripulação. Uma peça padrão, mas perfeita se você não quisesse ser ouvido no comunicador geral.

Lando correu até ele, puxando o carrinho até o nariz do *Goldstone*. O carrinho era articulado, com uma pequena plataforma na parte de trás para o controlador de atracagem se sentar. Lando saltou para a parte de trás, ativou a plataforma e começou a se erguer, aproximando-se do casco da nave. Ele puxou um cabo do console e, encontrando a entrada escondida sob a pele da nave, a conectou, depois pegou os fones de ouvido e os colocou.

— Ei, olá, alguém pode me ouvir aí dentro?

Um clique soou nos fones, mas não houve resposta. Lando estranhou, checando as configurações no console, e então saltou de susto quando ouviu um estrondo e viu uma chuva de faíscas saindo debaixo dele.

— R2? — Ele se abaixou, olhando através do carrinho. R2-D2 ainda estava à frente do primeiro trem de pouso, agora atacando a tranca com seu braço cortador. O domo do droide se virou para Lando, e ele emitiu bipes alegres.

— Quem está aí?

Lando agarrou os fones e se levantou, olhando para a curva do *Goldstone* acima dele. A voz era masculina — o pai.

— Meu nome é Lando Calrissian. Sou um amigo. Vou tirar vocês daqui.

— O que está acontecendo?

Lando levantou as duas mãos, um gesto invisível para os ocupantes da nave, mas útil para si mesmo.

— É uma longa história. Ouçam, vocês conseguem pilotar essa nave?

Uma pausa.

— O quê?

— *Vocês conseguem pilotar essa nave?*

Veio um barulho nos fones, o som distante de duas pessoas conversando, até que a voz feminina apareceu.

— Sim, eu posso pilotar. Já decifrei o código de acesso. Mas a nave está fisicamente presa e…

— Não se preocupe com isso — Lando assegurou. — Melhor se preparar para decolar. — Ele olhou para a plataforma e viu que R2-D2 havia conseguido cortar a primeira tranca e agora estava rapidamente indo para o próximo trem de pouso.

Mais tiros foram ouvidos. Estavam se aproximando.

— O que está acontecendo? — perguntou a mulher. — Estamos ouvindo tiros. — Ao fundo, Lando podia ouvir o pai falando e…

E então, outra voz. Chamando pelo pai.

E o pai — ao longe, mas audível — dizendo para a filha que tudo ficaria bem.

Outro estrondo e uma chuva de faíscas, e R2-D2 assobiou satisfeito para si mesmo.

Duas trancas abertas, faltavam quatro.

Lando fechou os olhos com força, respirou fundo e sacudiu a cabeça, tentando limpar os pensamentos, tentando controlar as emoções.

Não demorou muito. Ele podia estar mais velho, podia ter perdido um pouco de sua velha malícia, mas ainda era Lando Calrissian. Um condecorado herói de guerra. Um general.

Um pai.

Um homem com um plano.

— Certo — ele disse. — Estamos quase lá. Assim que seu indicador se tornar verde, acelere e suma daqui.

— Para onde vamos? Viemos aqui em busca de ajuda, não temos nada. Não sabemos para onde ir.

Lando percebeu o pânico na voz da mulher.

— Ei, não se preocupe. Estamos aqui para tirar vocês dessa, então só peço que confiem em mim.

Mais sons de movimento, então a voz do homem voltou.

— Confiar em você? Nem sabemos quem você é! Você está com Zargo? Ele nos trancou aqui!

Lando franziu as sobrancelhas. Zargo Anaximander era mais um conhecido de negócios do que um amigo, mas era alguém em quem podia confiar — pelo menos era o que Lando pensava. E o que a finada Dina Dipurl pensava. Lando não sabia qual era a conexão dela com o capitão-regente, mas era forte o suficiente para a sargento de voo enviar a família até ali.

Mas seja o que fosse que tivesse acontecido entre Zargo e a família, Lando sabia que não era o momento para fazer perguntas. Se Anaximander os havia entregado — Lando realmente torcia para que não fosse o caso, mas não podia ignorar o frio crescente em seu estômago —, então seria muito difícil para a família confiar em outro estranho tão rapidamente, alguém que era apenas uma voz em um comunicador.

— Ou você está com a Nova República? — o homem perguntou. — Aquelas naves lá fora, são da Nova República?

Lando sacudiu a cabeça.

— Não, não são. Ouça, aquelas naves são encrenca. — Lando fez uma pausa e então suspirou, frustrado. Ele não era bom nesse tipo de coisa. Respirou fundo. Hora de começar do começo. Se a família fosse acreditar em algo que ele dissesse, teria que ser direto desde o início. — As naves que estão chegando parecem iguais àquelas que atacaram vocês no Espaço Selvagem…

A voz do homem o interrompeu quase imediatamente.

— Como você sabe disso?

— Ei — Lando disse, calmamente. — Sei que vocês foram enviados até aqui por uma sargento de voo da Nova República, Dina Dipurl do Esquadrão Halo. Sei que ela estava tentando ajudar vocês e sinto muito pelo que aconteceu. Mas estou aqui para ajudar e sei que é demais pedir para vocês confiarem em mim, mas eu fui um general da Aliança e estou com um Cavaleiro Jedi, e juntos vamos tirar vocês daqui, entenderam?

Lando soltou o botão do comunicador. Houve um breve silêncio, interrompido pelo baque quando R2-D2 terminou de cortar a última tranca. O astromecânico emitiu um assobio alto, e Lando se virou, levantando a mão em um gesto que indicava que havia entendido. R2-D2 emitiu mais alguns bipes, mas Lando apenas franziu as sobrancelhas para o droide, completamente incapaz de decifrar o que ele estava tentando comunicar sem um tradutor. Ignorando o astromecânico por enquanto, Lando voltou para o console e apertou o botão de chamada.

— Sei que vocês estão com medo — ele falou, agarrando o microfone com a mão. — Acreditem em mim, eu sei. Vocês não sabem o que vai acontecer e foram jogados de uma situação ruim para outra. Eu entendo. Sei como é isso. Mas realmente não temos mais tempo. Nós já tiramos as trancas do trem de pouso. Se você puder pilotar essa nave, ou se a sua parceira conseguir, então decolem. Sigam para os anéis de Therezar, aguentem lá por um momento e nós vamos pegar vocês. Entenderam? Vocês conseguem. Só precisam de um pouco de fé.

Lando soltou o botão e esperou atentamente pela resposta. Ele contava os segundos, cada um parecendo mais longo que o anterior.

Então, o comunicador ganhou vida, e desta vez era a mulher que falava.

— Preparando a decolagem. É melhor sair daí.

Lando sorriu e, incapaz de se conter, fechou o punho e deu um soco no ar.

— Isso aí! — Ele olhou para o console. — Eu tenho a identidade do seu transponder. Sintonize o seu receptor em… sete-sete-zero. Vamos aparecer no seu vetor e contatar o canal para vocês saberem que somos nós.

— Confirmado — a mulher disse.

— Ok, vejo vocês em breve. — Lando arrancou os fones de ouvido, animado com o sucesso, a adrenalina de uma vitória percorrendo seu corpo, como se tivesse acabado de vencer uma partida de sabacc. Sem se preocupar em baixar a plataforma do carrinho, ele pulou e caiu agachado. Levantando-se, correu para a segurança do anel exterior do hangar enquanto os motores de íons do *Goldstone* ganhavam vida, com R2-D2 já à sua frente. Lando sentiu o calor dos motores quando se abaixou atrás de uma proteção de decolagem perto da parede, com os dedos pressionados contra os ouvidos. Quando o som diminuiu, ele olhou por cima da proteção e viu os motores acesos do *Goldstone* desaparecendo no espaço através do brilho da entrada principal do hangar.

R2-D2 assobiou. Lando olhou para o droide e assentiu.

— É hora de encontrar Luke e sair daqui. — Ele tirou do cinto o pequeno cilindro branco que era seu comunicador pessoal. Então, apertou o botão. — Luke, onde você está? A família decolou e nós precisamos ir. — Ele soltou o botão, mas ouviu apenas estática em resposta.

R2-D2 emitiu um bipe e murmurou. Lando assentiu novamente, guardando o comunicador de volta no cinto.

— Parece que os droides piratas estão bloqueando as transmissões — ele disse. — Você consegue rastrear onde Luke está?

R2-D2 emitiu um bipe afirmativo e se virou, mais uma vez liderando o caminho.

E, mais uma vez, Lando o seguiu.

CAPÍTULO 22

NIGHTSIDE, SISTEMA THEREZAR

PRESENTE

Luke andava com propósito, a mente com apenas um foco.

A escuridão.

A *sombra.*

Ele podia sentir a perturbação na Força, agora transformada em uma direção clara e precisa, um ímã, atraindo-o na direção de um lugar escuro e terrível que Luke não sabia se queria mesmo visitar.

Mas precisava.

Isso fazia parte de ser um Jedi, um compromisso com a ordem e o progresso, e com a preservação da vida.

Ele se movia através da multidão de pessoas. Parte dele registrava o mundo ao seu redor, observando a maneira como todos se moviam com um propósito — calmos, sim, mas claramente ansiosos, prontos para qualquer coisa enquanto se dirigiam aos abrigos de emergência, guiados pelos droides de segurança. Luke não sabia muito sobre Nightside, mas, considerando o tamanho da instalação — e o luxo que já havia visto, uma evidência da liderança do capitão-regente e da imensa riqueza gerada pela colônia mineradora —, não ficaria surpreso se a cidade-estado fosse *muito* bem defendida.

O que significava que ele poderia deixar a defesa da colônia para aqueles encarregados de sua proteção e se concentrar em sua tarefa singular.

Seguindo seus sentimentos, Luke logo chegou a uma plataforma que parecia flutuar no espaço, acima dos anéis de Therezar. O teto era um arco lindamente projetado de transparaço, formando uma abóbada quase invisível. De ambos os lados da plataforma, uma linha visível marcava o fim do transparaço e o início de um escudo magnético, através do qual um cabo se estendia, atravessando toda a extensão da plataforma e continuando para o outro lado, além do escudo.

Era uma estação do trem a cabo. Havia um vagão no fim da plataforma — quadrado e industrial, uma única unidade trancada, provavelmente devido à emergência. Movendo-se até a beira da plataforma, Luke olhou ao longo do cabo, seguindo-o enquanto subia até a rede de plataformas de suporte que cercavam o núcleo central de Nightside.

As naves inimigas continuavam a se aproximar — esferas com pontas e propulsores a íons, caças de um ou dois lugares, alguns customizados, outros parecendo montados com peças de ferro-velho. Esses pareciam ser os mais comuns agora, passando em voos de reconhecimento. Era estranho que as forças de Nightside não tivessem saído para defender a colônia, mas isso sugeria a Luke que... talvez os recém-chegados *fossem* esperados? Será que isso estava relacionado com a estranha ausência do capitão-regente, com até seus droides mais próximos incapazes de localizá-lo?

Não importava. Luke afastou esses pensamentos de sua mente. A cidade poderia se cuidar sozinha. Lando e R2-D2 já estariam do outro lado do hangar, ajudando a família. Isso deixava Luke livre para seguir sua própria missão.

Naquele momento, a nave apareceu. Estava mais distante do que os invasores, mas àquela distância parecia se aproximar com uma velocidade quase casual.

Luke observou, notando cada detalhe.

Ah, sim, ele estava no lugar certo.

A nave era Imperial, um caça TIE de algum tipo, mas em vez de duas asas em forma de prato, aquele caça tinha três, suas estruturas distribuídas igualmente ao redor do casco central — mais uma variação do design básico dos caças TIE que o Império havia experimentado em sua busca interminável pela perfeição.

O olhar de Luke estava fixo na nave. Ele quase podia imaginar o som de seus propulsores a íons gêmeos, o grito estridente que anunciava a tempestade que se aproximava.

Na guerra, a psicologia podia ser tão poderosa quanto um blaster.

O caça TIE chegou perto da plataforma, tão próximo que Luke achou que fosse atravessar o campo magnético e aterrissar. No último minuto, o caça fez uma curva fechada para cima, seguindo a linha do cabo até o agrupamento das plataformas. Em segundos, desapareceu.

Luke não precisou ver a nave para saber onde estava. Ele permaneceu na plataforma, uma ilha de calma enquanto os invasores continuavam o ataque ao redor.

Ele sentiu a presença do caça TIE. Expandiu sua mente ainda mais, buscando o piloto e a maldade dentro dele.

Ali. Escuridão, uma noite poderosa e interminável, e...

Diferente. Parecia diferente.

Luke abriu os olhos. Não hesitou. Correu para o outro lado da plataforma, até o vagão do trem. A porta estava trancada, e os controles não respondiam; com um brilho verde, seu sabre de luz cortou o mecanismo, e ele abriu as portas.

O vagão era uma caixa sem características, com os controles montados diretamente na parede frontal. Ali, Luke se deu o tempo que precisava, mas o problema não era complicado. O vagão estava bloqueado — então ele o desbloqueou manualmente, sem precisar de código ou liberação. Uma rápida olhada nos outros controles revelou que eram igualmente simples — não era um transporte de alta tecnologia, mas um cargueiro básico e funcional.

Luke pressionou o botão e empurrou a alavanca para a posição ADIANTE. Olhando pela janela, observou o vagão começar a se mover para fora da estação, o campo magnético cintilando à medida que atravessava a barreira intangível e ganhava o vácuo do espaço.

À frente, havia uma série de plataformas, uma sequência que, de onde Luke estava, parecia se afastar cada vez mais de Nightside, em direção à esfera escura de Therezar. Algumas plataformas mais à frente, Luke viu o caça TIE pairar por um momento, depois descer atrás de uma plataforma, sumindo novamente.

Cerrando os dentes, Luke empurrou a alavanca com mais força, tão vigorosamente que quase escapou do painel. Ele olhou à frente, limpou a mente e se preparou para o que sabia que estava por vir.

A plataforma da estação era como todas as outras pelas quais Luke havia passado, seis ao todo. Funcional e completamente deserta. Ao sair do vagão, ele olhou para trás. O enxame de naves invasoras parecia pequeno contra a enorme massa cuboide do núcleo central de Nightside. Havia menos delas agora.

Os invasores deviam ter pousado.

Luke olhou ao redor, tentando se orientar. A plataforma em que estava agora na verdade consistia em uma pilha de plataformas, empilhadas em uma série conectada por rampas que formavam uma espécie de zigurate de altura baixa, tudo aparentemente aberto ao espaço, embora Luke percebesse, pelo canto dos olhos, o brilho de campos magnéticos enquanto subia cada nível em direção ao topo. As plataformas eram claramente locais de embarque de carga para grandes naves, julgando pelos contêineres empilhados em cada uma, prontos para o próximo embarque.

E no topo da pilha, na última plataforma, estava o caça TIE, pilotado por um Sith. E Luke sabia que *era* um Sith — ele podia sentir agora, a nave como um farol ardente na Força, embora na realidade não passasse de uma silhueta iluminada pelas nuvens de Therezar.

Luke desacelerou sua aproximação, mantendo as mãos soltas ao lado do corpo, a borda de sua capa puxada para trás, o cabo prateado do sabre de luz cintilando sob as luzes da plataforma enquanto passava por elas. Ele manteve o foco à frente, mas estava ciente de cada movimento, cada partícula ao seu redor enquanto se aproximava do caça. Agora, ele podia ver que o casco do caça TIE havia sido customizado, com a superfície coberta de letras vermelhas — a escrita espelhada dos Sith, aplicada por uma mão brusca. Ele parou na plataforma abaixo e olhou pela janela da nave.

O caça estava silencioso, desligado.

Por um momento, Luke estava sozinho.

Então, ele sentiu. Um movimento, tanto no mundo real quanto no fluxo da Força. Como um rochedo rolando gentilmente até parar.

Luke se virou.

Ela surgiu da escuridão profunda projetada por uma pilha de caixotes, mas, mesmo sob a luz da plataforma, era uma sombra. Estava vestida com uma túnica negra não muito diferente da vestimenta de Luke. Mas, no caso dela, embora já tivesse sido imaculada no passado, a longa capa que fluía de seus ombros estava esfarrapada, as bordas puídas e rasgadas. A túnica se enrolava ao redor do torso, soltando-se na cintura, a bainha esvoaçando ao redor de botas negras quando ela lentamente deu um passo à frente. Mas as botas estavam gastas, envelhecidas.

A túnica estava deteriorada, velha.

Assim como a máscara.

A mulher parou e Luke encarou seu rosto. Era de metal, um bronze polido, com dois grandes olhos negros de vidro e uma fileira de pesados rebites formando algo próximo de uma carranca. E era realmente uma máscara, não um capacete. O longo cabelo negro-azulado da mulher esvoaçava por trás.

E era a *máscara* a fonte da perturbação. Luke agora podia sentir, um ponto focal, o núcleo vazio de uma tempestade na Força que continuava crescendo e crescendo.

A assinatura do lado sombrio era inconfundível. Luke a sentiu em seu pai, Darth Vader. Vader era um fogo, um sol-dragão revolto que se encolhia no núcleo de uma estrela prestes a explodir. O Imperador, Palpatine, era o exato oposto — ele era *gelo*, o terrível frio das profundezas de um oceano sem fundo, uma planície abissal, onde não havia luz, não havia esperança; um frio tão absoluto, tão definitivo que toda a vida definhava em sua presença.

Mas aquela Sith era diferente, e por um momento, Luke hesitou. Ele podia sentir a escuridão irradiando da mulher — da máscara — e então... parecia vir de *outro lugar*, de um lugar muito distante. A mulher à sua frente... ela não era Sith, embora usasse a máscara ritual de um. O poder que ela empunhava não era seu — ela apenas o canalizava.

E, por um momento, Luke teve a estranha sensação de que ela estava, de algum modo, *bloqueando* a verdadeira fonte — um *eclipse* na Força, um buraco negro que lançava uma longa sombra através do espaço e do tempo. Mas quando ele relaxou sua mente e controlou suas emoções, seu medo — não por si próprio, mas por seus amigos, por Lando e R2-D2, pela família, pelas pessoas de Nightside —, e procurou pela fonte, o poder daquela escuridão o atingiu com um súbito ataque de vertigem.

Luke se concentrou, equilibrando-se novamente, e, frente a frente os dois antigos inimigos — Jedi e Sith —, ninguém se moveu. Luke imaginou que ela o estudava da mesma forma que ele a estudava, talvez em uma silenciosa conversa com o verdadeiro Sith que projetava sua sombra através da vida dela.

A mão de Luke encontrou o cabo do sabre de luz. Sem tirar os olhos da Sith, ele o desprendeu e o segurou ao lado do corpo. Luke não o ativou, mas estava pronto.

A Sith não se moveu.

Luke ergueu o queixo e a encarou.

— Quem é você?

Veio um repentino som agudo e longo, seguido do familiar zumbido de um sabre de luz sendo acionado. A Sith estava segurando sua arma o tempo todo, e a lâmina escarlate agora estava viva e raivosa, afastada de seu corpo. Mas, em vez de uma lâmina reta, ela se curvava como uma cimitarra.

Luke baixou os olhos até a arma. Ele havia passado anos catalogando relíquias, artefatos e antiguidades, tanto da Ordem Jedi quanto dos Sith. Luke e Lor San Tekka haviam cruzado a galáxia em busca de qualquer coisa que pudesse ter sobrevivido ao Grande Purgo Jedi que aconteceu com a ascensão do Império — para Lor, aquilo era uma missão sagrada; para Luke, uma busca de conhecimento e compreensão do passado, para que o futuro fosse moldado.

Agora, diante da mulher que não era Sith, mas que vestia a máscara de um, Luke reconheceu sua arma. Vinha direto dos mitos, uma relíquia que Luke nunca soubera se era real, a história da arma e do Lorde Sith que a havia criado sendo mais uma lenda de tempos sombrios do que um verdadeiro registro histórico.

Mas ali estava. Único, inconfundível.

O sabre de luz de Darth Noctyss.

Luke ajustou sua postura, os olhos fixos na máscara da oponente. A mulher não se moveu. Luke apertou o ativador de seu sabre de luz, e a lâmina ganhou vida, verde brilhante e viva, o som quente do zumbido se unindo ao som da arma Sith.

Luke e Lor San Tekka haviam tentado, anos antes, encontrar as relíquias de Noctyss, seguindo uma pista que os levou a um grupo chamado Acólitos do Além, que estava montando seu próprio arsenal de artefatos Sith em uma vã tentativa de colher o poder dessas relíquias. Mas Luke e Lor descobriram que os Acólitos eram uma seita desorganizada e fragmentada, obcecada mais com a ideia do lado sombrio do que com o verdadeiro controle desse poder. Eles poderiam até ter sido um grupo terrorista, liderado por fanáticos, mas isso já era passado.

Não foi uma expedição inútil. Luke e Lor San Tekka haviam recuperado vários itens, incluindo sabres de luz Sith — embora a arma de Darth Noctyss não estivesse entre eles —, e Luke até conseguiu ajudar um dos Acólitos a se libertar do domínio daqueles cultistas.

Isso foi no passado. Agora, Luke se deparava com a prova de que Noctyss não era apenas uma lenda.

Luke espelhou a postura da mulher. Ele estava pronto para se defender, mas também estava profundamente curioso — e preocupado — com sua oponente.

Os Sith estavam mortos. Todos sabiam disso.

Exceto que, em algum lugar nas Regiões Desconhecidas, seu planeta oculto ainda girava. E ali, naquele momento, Luke se deparava com a evidência de que o poder dos Sith estava longe de se extinguir.

A máscara. O sabre de luz.

Luke precisava saber de onde tinham vindo e, mais importante, precisava saber quem os controlava.

Finalmente, a mulher se moveu, dando um passo lateral. Luke igualou o movimento, os dois agora circulando um centro invisível na plataforma, mantendo a distância. Ela permanecia em silêncio, mas os olhos negros de vidro da máscara estavam fixos nos de Luke, refletindo o verde de seu sabre de luz e o vermelho da lâmina dela.

— Onde você conseguiu esse sabre de luz? — Luke perguntou. Noctyss, de acordo com a lenda, era uma mulher, mas estaria morta há muito tempo. Seja lá quem fosse sua oponente, não era ela.

Com isso, a mulher parou. Luke também parou, ligeiramente erguendo o sabre de luz, o zumbido da lâmina próximo de seu ouvido.

— Esta lâmina é minha — declarou a mulher. Sua voz era grave, modulada sem dúvida pela máscara. Mas havia algo mais ali. Um som ou... não, uma *sensação*. Era como se a voz ressoasse tanto nos ouvidos de Luke quanto na própria Força.

Será que isso era mesmo possível?

— Quem é você? — Luke exigiu saber. Dessa vez, ele deu um passo decisivo à frente, o que fez a mulher erguer sua lâmina.

— Eu sou muitas coisas — ela disse. — Sou uma caçadora. Serva. Mestra. Uma colecionadora. — Ao dizer isso, ela ergueu o sabre de luz e apontou a lâmina curvada na direção de Luke. — E estou aqui para coletar aquilo que é nosso por direito.

Nosso? A voz parecia ter *outra* camada, outra presença, misturada com a voz da mulher. E não era apenas a máscara modulando o som.

Era outra presença totalmente diferente. O calor da lâmina vermelha ofuscava os olhos de Luke, e quando piscou, ele achou que tivesse visto…

Sim. Ele *podia* ver. Na imagem queimada em suas retinas, outra pessoa estava ali. Alguém estava atrás da mulher, tão perto que a figura poderia sussurrar em seu ouvido, a mulher apenas repetindo o que a forma dizia. Luke piscou e a figura cresceu, como uma sombra negra saindo de dentro…

Da máscara?

Mas quando Luke piscou novamente, eles estavam sozinhos na plataforma. Apenas Luke e a mulher. Eles continuaram a circular um ao outro, e agora ela estava de costas para o caça TIE, com o globo escuro de Therezar iluminado por relâmpagos atrás dela.

Então, veio um clarão mais forte, seguido de faixas multicoloridas que Luke imediatamente reconheceu como disparos de nave contra nave.

Ele olhou para cima. O enxame de invasores estava sendo atacado por outras naves, ágeis e de design uniforme, com as listras amarelas características de Nightside.

Os invasores estavam levando uma surra. Nightside estava, apesar do atraso, finalmente se defendendo.

— Os cristais. Devolva-os para mim.

Luke olhou de novo para sua oponente.

Foi então que sentiu o movimento dentro de sua túnica. Os fragmentos do cristal kyber sangrado ainda estavam cuidadosamente enrolados e protegidos dentro de seu bolso secreto.

O pacote se moveu, apenas um pouco, um movimento sutil, como se um invisível e descuidado trombadinha estivesse tentando roubá-lo.

— Aquilo que você encontrou em Yoturba pertence a mim. Pertence a nós. — A mulher ergueu a mão livre e Luke percebeu que ela não usava luvas; as mangas de sua túnica se enrolavam nos polegares. As mãos, nuas sob a luz da plataforma, tinham um tom azul.

Será que ela era Pantorana? Wrooniana? Luke tentou vasculhar sua mente, lembrando-se dos Acólitos do Além que encontrou. Nenhum deles parecia se encaixar com sua oponente, mas ele e Lor San Tekka haviam encontrado apenas uma fração daquele grupo.

Ainda assim, fosse quem fosse, ela sabia sobre a descoberta em Yoturba ou estava sentindo a presença dos fragmentos usando a Força.

— Os cristais pertencem a nós. *Entregue os cristais!* — A voz ecoou de maneira estranha novamente, duas vozes em uma, masculina e feminina, uma próxima, como se sussurrasse no ouvido de Luke, a outra distante, gritando sua raiva através de um abismo interminável.

O pacote dentro da túnica de Luke se moveu novamente.

— Qual é a origem dos cristais? — Luke perguntou. — Quem pilotava a nave que se acidentou? Você sabe?

A mulher não respondeu. Ela deu um passo na direção de Luke, mas ele respondeu com um passo para trás, erguendo seu sabre de luz, a lâmina zumbindo pelo ar. Sua oponente também levantou sua lâmina curvada, pronta para a luta.

E então, no canto do olho de Luke, a escuridão surgiu sobre o ombro da mulher, uma escuridão que emanava não dela, mas de sua máscara. Ao mesmo tempo, ele sentiu o movimento na Força.

Luke estava certo. Havia três presenças na plataforma.

Ele. A mulher.

E um Sith… ou, pelo menos, a sombra de um Sith, projetada sobre a mulher. Quanto livre arbítrio ela ainda possuía? Luke conhecia muito bem o poder que uma relíquia como aquela máscara Sith poderia ter sobre quem ousasse usá-la.

Ele assumiu uma postura defensiva, as duas mãos firmemente no cabo do sabre de luz, as pernas separadas, os pés plantados.

— Eu posso ajudar você — ele disse. — Junte-se a mim, e eu posso libertá-la do poder que está dominando você.

A mulher e a máscara — observavam Luke.

— Não quero machucá-la — Luke continuou —, mas vou me defender.

A mulher ergueu seu sabre de luz. O brilho vermelho iluminou a máscara e os olhos negros de vidro.

Luke se preparou. Ele sabia o que precisava fazer, mesmo não querendo fazê-lo.

Um lampejo branco apareceu sobre a cabeça da mulher. Luke olhou para cima e viu duas naves de segurança de Nightside perseguindo um dos invasores, o trio se aproximando da plataforma. As naves dispararam, os tiros alinhados com precisão, e a nave invasora foi transformada em gases e metal retorcido — destroços que foram lançados em direção à plataforma onde Luke e sua oponente se encaravam.

Luke saltou para fora do caminho, usando a Força para se lançar para trás e empurrar sua oponente para a frente, salvando-a da chuva de destroços. Ele grunhiu quando atingiu o chão de costas, a vários metros dali, e, ao olhar para cima, teve apenas um momento para proteger os olhos quando a nave destruída atingiu a plataforma e explodiu. Luke virou-se rapidamente, encolhendo-se quando a onda de calor e pressão passou sobre ele.

Foi por pouco. Muito pouco. A plataforma superior era pequena, e embora Luke tivesse conseguido se lançar sobre a rampa para a plataforma de baixo, ele não sabia onde sua oponente havia ido. Ele se virou, cobrindo o rosto contra o incêndio da plataforma acima. Ele não conseguia enxergar nada além das chamas brancas e azuis e a espessa fumaça. Então, levantou-se e puxou a manga de sua túnica, tentando proteger seus pulmões dos gases quentes e tóxicos.

A fumaça subiu em uma enorme onda e Luke foi empurrado para trás, mas dessa vez ele conseguiu manter o equilíbrio. Sua túnica se abriu enquanto ele olhava para o caça TIE, que emergia da fumaça e das chamas, seus propulsores soprando contra a plataforma. A nave pairou por um momento, fez uma curva e se lançou para o espaço, o escudo da plataforma ondulando quando a nave o atravessou. O caça acelerou na direção de Nightside, atraindo dois caças de defesa que começaram a persegui-lo, seus canhões gêmeos disparando plasma azul na tentativa de destruí-lo.

Mas o caça TIE era rápido demais, e em questão de segundos desapareceu na sombra de Therezar.

A plataforma tremeu e um ronco grave ecoou de algum lugar abaixo. Seguiram-se dois baques mais altos, que Luke sentiu através das solas de suas botas. A plataforma tremeu novamente e se inclinou para um lado quando um repulsor lateral falhou, fazendo a estrutura inteira pender em um único ponto. As unidades antigravitacionais restantes vacilaram com o súbito aumento de carga.

Luke mal teve tempo de processar o que estava acontecendo antes de se ver caindo por aquilo que agora era uma rampa de metal íngreme. Contêineres de carga passaram voando, desabando diretamente para o espaço vazio, o escudo da plataforma ondulando como a superfície de um lago enquanto os destroços atravessavam o campo magnético.

Cerrando os dentes, Luke se concentrou, usando tanto a Força quanto sua mão direita para interromper sua queda e se lançar sobre o que agora era praticamente uma plataforma perpendicular. Ele se segurou no corrimão que percorria ao longo da borda, agarrando-o com sua mão cibernética e usando o impulso para subir sobre ele, equilibrando-se na precária estrutura com os calcanhares.

Luke abriu os braços para se equilibrar, mas não foi suficiente. Mais baques surdos de algum lugar próximo sinalizavam a iminente falha dos repulsores restantes.

Ele olhou para cima em tempo de ver a rede que segurava uma pilha de caixas de equipamentos rasgando, uma dúzia de caixotes caindo quase em câmera lenta na sua direção.

Luke não teve tempo para pensar, apenas para agir. Ele estendeu sua mão humana na direção das caixas caindo, dobrando sua trajetória inevitável segundo sua vontade. Por um único segundo, ele sentiu todo o peso, a massa, o impulso, e então desviou essa sensação, lançando-a de volta sobre os equipamentos que caíam.

As caixas foram lançadas para longe, espalhando-se como se não fossem nada e desabando ao redor de Luke em segurança.

Mas isso não iria salvá-lo. Houve um último estrondo vindo da plataforma do alto e, olhando para cima, Luke viu uma enorme bola de fogo, uma explosão laranja contorcendo-se com fumaça espessa, emergindo dos destroços de um gerador antigravitacional.

A plataforma tremeu mais uma vez e começou a cair.

Luke agachou-se sobre o corrimão, mantendo o equilíbrio por apenas mais um segundo, muito ciente de que estava ficando sem opções.

Foi então que viu. O vagão do trem. O cabo que corria daquela plataforma até a seguinte — a última na corrente — estava entortado, mas ainda intacto. E, mais adiante, o simples vagão de carga ainda estava preso, embora agora estivesse inclinado no cabo. Luke não sabia se ainda estava operacional, mas era sua única chance.

A superestrutura da plataforma gemeu debaixo dele quando começou a desabar sob seu próprio peso. Luke saltou, mas seu apoio no corrimão não estava tão firme quanto ele precisava.

Ainda assim, ele conseguiu — por pouco. Ele se agarrou no cabo do trem com a mão cibernética, a superfície cortando diretamente através do couro da luva. Quando Luke ajustou a pegada, a luva se cortou de novo e caiu, expondo o mecanismo abaixo. Luke jogou as pernas para cima, agarrando o cabo com os calcanhares. Ele olhou para cima, para baixo, preparando-se, julgando a distância até o vagão.

Parecia bem, bem longe.

Enquanto tentava se segurar melhor, o comunicador em seu cinto ganhou vida. Ele o agarrou com a mão livre, apertando o botão e o levando até a boca.

— Lando!

A primeira coisa que Luke ouviu foi o assobio estridente de R2-D2. Depois, a voz de Lando, alta e clara.

— Segure firme, Luke — ele disse. — Achei você. Vou passar por baixo.

Com um rugido, a *Lady Luck* apareceu debaixo de Luke, a traseira derrapando, como se a nave realmente estivesse surfando as ondas de um mar turbulento. Quando a parte traseira se posicionou debaixo de Luke, ele viu a íris de uma escotilha de manutenção se abrir.

Havia uns vinte metros entre ele e a *Lady Luck*.

Era suficiente.

Luke soltou as pernas e ficou pendurado por um momento com sua mão mecânica. O cabo balançou, a nave de Lando se moveu, o pequeno círculo da escotilha indo de um lado a outro enquanto Lando tentava manter o alinhamento.

Luke se soltou. Ele caiu diretamente sobre a escotilha, usando a Força para amortecer a queda e não quebrar as pernas.

Quando a *Lady Luck* se virou e acelerou para a segurança, o cabo balançou de novo e, em seguida, se rompeu, enviando uma série de explosões elétricas ao longo de sua extensão até alcançarem o vagão do trem.

O vagão explodiu, os destroços chovendo sobre as nuvens de Therezar.

CAPÍTULO 23

O *GOLDSTONE*, SISTEMA THEREZAR

PRESENTE

O interior do iate de Zargo Anaximander era tão luxuoso quanto seus aposentos em Nightside. De fato, era difícil acreditar que estavam dentro de uma nave estelar e não em um retiro exclusivo de alta classe. Até a cabine de pilotagem era decorada com tapeçarias finas cujos desenhos pareciam se mover conforme o olhar. A mobília — não as peças funcionais de uma nave comum, mas itens feitos à mão, provavelmente obras de arte únicas ou raras antiguidades — em cada canto da cabine parecia ter um preço astronômico.

Mas nada disso importava para Dathan naquele momento. Ele estava na cabine, braços cruzados, perdido em pensamentos, enquanto Miramir conduzia a nave pelo mar de gelo flutuante que formava o sistema de anéis de Therezar. Rey estava sentada no assento do copiloto, hipnotizada pela vista da grande janela frontal.

Jedi. O homem — Lando Calrissian — dissera que estava com um Jedi.

E Dathan… não sabia o que fazer. Não agora.

Um Jedi? Os inimigos dos Sith, os defensores da luz, o oposto direto das forças das trevas. Dathan sempre achou que todos os Jedi estavam mortos, a luz deles extinta pelo Império de seu pai. Mas, enquanto pensava nisso, ele se deu conta de que, para a galáxia, a situação era bem diferente — os Sith haviam sido os extintos, a maldade deles banida da galáxia, que agora respirava aliviada enquanto começava a se reconstruir e renovar após décadas de um reinado de escuridão.

Então, se eles tivessem um Jedi ao lado deles...

Talvez, talvez depois de todo esse tempo — todos esses anos, maldição, toda uma vida — Dathan tivesse finalmente encontrado alguém em quem pudesse confiar, alguém além daqueles que mantinha tão perto do peito.

Ele soltou um suspiro. Ao ouvir, Miramir olhou para trás. À frente, o campo de gelo estava se espaçando, com os pedaços restantes nas bordas do sistema de anéis agora parecendo rochedos distantes, azuis e brancos, contra o vasto campo de estrelas.

— Aqui está bom — Miramir disse, ajustando os controles. — Estamos longe o suficiente de Nightside para desaparecer no meio dos anéis. Podemos esperar.

Dathan assentiu, seus olhos fixos na janela. Mas ele não estava realmente ouvindo. Sua mente ainda estava a mil, tomada pela indecisão. Ainda assim, uma coisa era clara para ele, uma verdade simples e inescapável, tão sólida quanto uma constante matemática.

Eles não poderiam fugir para sempre.

Eles haviam escapado de Jakku. Fugido do ataque no Espaço Selvagem. Caíram na encrenca em Nightside, mas conseguiram sair, ajudados por um estranho misterioso e um droide astromecânico. Isso, Dathan sabia, foi pura sorte. Se não fosse por Lando Calrissian, eles jamais teriam escapado.

E sorte, Dathan sabia muito bem, não era algo previsível ou confiável. Mas como dizia o velho ditado dos espaçoportos menos ortodoxos da galáxia: você precisa ter sorte o tempo todo; seu oponente só precisa ter sorte *uma* vez.

— Dathan?

Ele se assustou, retirado dos cantos escuros de sua própria mente pela voz de Miramir. Rey virou-se no assento do copiloto, observando seus pais, silenciosa e com os olhos arregalados.

Dathan respirou fundo.

— Desculpe — ele disse, depois assentiu. — Está ótimo.

Miramir franziu as sobrancelhas e foi até seu marido. Os dois se encontraram no meio da cabine de pilotagem e se abraçaram por um momento.

— Você acha que vai dar certo? — Miramir perguntou, com o rosto pousado no ombro de Dathan. — Você acha que eles vão nos ajudar?

Ao ouvir as palavras de Miramir, Dathan sentiu seu corpo se tensionar. Miramir deve ter percebido, pois foi nesse momento que ela desfez o abraço e olhou em seus olhos.

— Eu... não sei — Dathan confessou. Antes mesmo de terminar, ele praguejou contra seu próprio cinismo, sua desconfiança de tudo e de todos. Mas, por outro lado, foi essa desconfiança que os mantivera vivos até então. Será que agora seria o momento de questionar um hábito que perdurava por toda sua vida?

— Mas, um Jedi — Miramir disse, seu rosto iluminando-se ao mencionar aquela palavra. — Isso é bom, não é? O inimigo do meu inimigo é meu amigo, certo?

— A Nova República não quis nos ajudar.

— A Nova República não — Miramir concordou —, mas Dina Dipurl *ajudou.*

— E veja no que deu.

Miramir deu um passo para trás, sua expressão murchando.

— Graças a ela, nós temos uma nave nova e podemos ter encontrado pessoas que realmente nos ajudem.

Dathan sacudiu a cabeça.

— O que aconteceu em Nightside poderia facilmente ter um desfecho diferente. Tivemos muita sorte de escaparmos de lá.

— Certo, certo, tivemos sorte. Foi o que aconteceu. Não vou questionar isso agora, foi assim que viemos parar aqui. — Miramir abriu as mãos. — Mas também parece que finalmente teremos alguns amigos.

Dathan abriu a boca para responder, mas a fechou. Ele preferiu apenas assentir. Porque... ela estava certa. Não era momento para desespero, mas também não era hora de celebração. Entre o pessimismo de Dathan e o otimismo de Miramir, havia um meio-termo que ele sabia que precisariam encontrar para sair daquela situação.

Dathan aproximou-se de sua esposa e apertou seu ombro. Ela cobriu sua mão com a dela, e ele a puxou para beijar sua testa.

— As estrelas estão se movendo.

Dathan e Miramir se viraram, vendo Rey apontando para a janela frontal. Com os icebergs de Therezar flutuando preguiçosamente no espaço, duas faixas de luz se tornaram visíveis entre eles.

Miramir olhou para o console.

— Temos companhia. Duas naves, aproximando-se rapidamente.

— São eles?

Miramir apertou os lábios e se sentou na posição do piloto.

— Não tenho ideia. Eles têm a identidade do nosso transponder, então saberão onde estamos.

Dathan moveu-se para ficar de frente a outro console.

— Sete-sete-zero, certo? Disseram que usariam essa frequência. — Ele olhou para os controles, mas sacudiu a cabeça. O iate *Goldstone* era uma nave avançada, com sistemas muito mais complexos do que os do cargueiro que haviam usado.

— O outro painel, do lado esquerdo — Miramir disse, acenando para ele.

Dathan assentiu e moveu a mão sobre o painel. Agora ele reconhecia os controles de comunicação. Apertou um botão e um alerta agudo disparou imediatamente. Ele retirou a mão rapidamente e olhou para sua esposa.

— Isso fui eu ou eles?

Miramir inclinou-se sobre os controles quando o alerta disparou de novo.

— Hum… não. Arma travada. Nós somos o alvo.

Dathan rapidamente voltou para os controles principais. Pegou Rey e a acomodou em seu colo, posicionando-a cuidadosamente. À frente, as duas naves se aproximavam cada vez mais, seus rastros de íons cintilando enquanto atravessavam o sistema de anéis.

— Não são eles — Dathan declarou. — Precisamos nos mover rápido.

— Espere, espere — Miramir disse. Ela estava estudando as informações nas telas, seu rosto uma máscara de preocupação.

— Você sabe como saltar com essa nave? — Dathan perguntou.

— É claro. — Miramir acionou um interruptor. — Mas estamos com pouco combustível. Não podemos chegar muito longe.

— Só precisamos sair deste sistema.

Miramir ergueu os olhos.

— Mas e quanto aos outros? Nós dissemos que esperaríamos por eles.

Dathan bateu os dentes enquanto pensava. O tempo estava se esgotando.

Ele olhou para o console de comunicação.

— Envie uma transmissão no canal sete-sete-zero. Vamos precisar encontrá-los em outro lugar.

Mas Miramir sacudiu a cabeça.

— Se transmitirmos coordenadas, significa que aquelas outras naves saberão para onde vamos.

— Só se estiverem na mesma frequência. Sete-sete-zero é um canal auxiliar. Lando escolheu por causa disso. Ele estará ouvindo, mas eles... — Dathan apontou para a janela — não estarão.

As outras naves estavam próximas. O alerta de armas travadas sobre eles disparou de novo.

Dathan virou-se para a esposa.

— É hora de ir.

Miramir o encarou por um momento, então concordou e começou a acionar os controles.

CAPÍTULO 24

NIGHTSIDE, SISTEMA THEREZAR

PRESENTE

Sem exagero, fora tudo um desastre.

Zargo Anaximander caminhava pela passagem que conectava a estação do trem a cabo ao centro de comunicação auxiliar, feliz por ver que a estrutura havia escapado ilesa durante a invasão. Ele estava acompanhado por dois droides de segurança, cujos pés blindados batiam com força no chão enquanto empunhavam blasters pesados. Enquanto Anaximander cerrava os dentes de frustração, as listras de sua tatuagem serpenteavam ao redor uma da outra, com as partículas sob sua pele refletindo seu mau humor.

Ele esperava uma renegociação cuidadosamente controlada com os "colaboradores" de Ochi, seguida de uma entrega discreta. Foi por isso que movera a família para seu iate em primeiro lugar — a plataforma particular, o acesso seguro, sem vigilância. Toda aquela área estava sob total controle de Anaximander, assim como os negócios que ele pretendia fechar.

A última coisa que ele poderia prever era uma invasão em larga escala em Nightside. Ele nem havia voltado para seus aposentos quando as primeiras naves atacaram. Anaximander atrasou a resposta defensiva de Nightside enquanto tentava entender o que estava acontecendo — uma distração? Uma cobertura? Ou... um ataque genuíno? Logo entendeu a situação e enviou suas forças de defesa, os droides, para eliminar os agressores e destruir suas naves no espaço, dirigindo-se em seguida para o centro de comunicação auxiliar.

As portas da sala de controle se abriram quando ele se aproximou. Anaximander rangia os dentes, tentando controlar sua raiva e recompor seus pensamentos antes de contatar Ochi.

Sorte dele por não estar aqui agora, pensou Anaximander, ou ele o mataria com as próprias mãos, e dane-se a recompensa. Alguém mais poderia pagar pela família, se o construto genético fosse tão interessante quanto suspeitava.

Anaximander digitou a frequência e aguardou a resposta, mas a luz no console permaneceu vermelha. Estranho. Será que Ochi realmente viria? Talvez, depois de transformar uma troca de negócios em um combate, ele esperasse que seus lacaios já tivessem garantido a família. Trituração Droide? Que diabos de *nome* é esse? Se o objetivo era intimidar Anaximander, não tinha funcionado. E não havia sobrado nenhum daqueles piratas mecânicos para criar mais problemas.

Anaximander sorriu de canto, pensando consigo mesmo.

Ochi de Bestoon, ah, eu tenho uma surpresa para você.

Ele apertou o botão novamente, com mais força, mas não houve resposta. Anaximander bufou, frustrado, sabendo que teria que esperar. Então, dois tiros de blaster ecoaram na sala de controle. Ele girou e viu sua escolta droide — agora com buracos fumegantes no peito — cair de joelhos, antes de desabar de costas no chão.

Anaximander ergueu os olhos. Na porta, uma figura vestida de preto, acompanhada por dois guarda-costas com armaduras de plastoide, seus longos focinhos idênticos. Cada um empunhava um fuzil blaster de alto calibre, apontando na direção de Anaximander.

Ele sacudiu a cabeça e avançou até eles, ignorando a ameaça dos blasters. Parou diante de Ochi de Bestoon e o encarou de cima para baixo. Zargo fez uma careta ao ver sua aparência — o rosto cheio de cicatrizes e a cabeça careca, os olhos negros eletrônicos —, sem esconder a repulsa.

— Ah, você cometeu um erro muito grande, pode acreditar em mim — ameaçou Anaximander. Com o canto do olho, ele viu os dois lacaios de Ochi ajustando a postura, prontos para defender seu mestre. Eles eram grandes, poderosos e bem armados, mas pareciam lentos.

Ótimo.

Ochi olhou para o capitão-regente que se erguia diante dele.

— É você quem cometeu um erro, amigo — Ochi disse. — É assim que normalmente conduz seus negócios? Lançando uma frota de caças? Que belo comitê de boas-vindas para um novo parceiro de negócios.

Anaximander esticou o pescoço, sentindo as tatuagens se moverem sobre o maxilar.

— Nós tínhamos um arranjo, Ochi. Um acordo. Eu preparei o pacote para entrega, tudo certinho. E você enviou um exército. O que eu deveria ter feito? Abrir as portas e deixá-los tomar conta de tudo? — Ele estalou a língua. — De jeito nenhum. Nightside é o meu domínio. *Eu* digo o que acontece aqui. A sua Trituração Droide Pirata não existe mais. Está dizimada. — Ele abriu as mãos. — Você queimou a largada e pagou o preço.

— E você, amigo — Ochi falou, inclinando a cabeça para o lado, observando Anaximander como um entomologista examina um inseto sob uma lupa —, deixou o "pacote" escapar. Na sua própria nave.

Anaximander congelou. Ele olhou para os outros dois. Uma careta surgiu em seu rosto quando o guarda-costas à esquerda sorriu, exibindo dentes metálicos afiados. Voltou a olhar para Ochi.

— Do que você está falando?

Ochi riu, silenciosamente.

— Desculpe, você não disse que este era o seu domínio? Não me diga que o capitão-regente não ficou sabendo quando seu precioso iate foi roubado por uma família de andarilhos. — O tom de Ochi mudou. — Nós vimos a nave partindo quando chegamos, mas já era tarde demais — disse ele, ríspido. — Eles estão em algum lugar nos anéis do planeta.

Anaximander encarou Ochi por um momento, sua mente correndo, tentando encontrar uma solução. Não tinha razão para duvidar dele. Talvez aqueles "andarilhos" fossem mais astutos do que ele imaginava.

Então, ele riu. Anaximander cruzou os braços e começou a andar em círculos, sempre sob o olhar atento dos dois lacaios de Ochi. Ele podia sentir Ochi observando-o.

Agora sim. Ele estava no controle novamente.

Uma ideia surgiu em sua mente.

Anaximander parou, de costas para Ochi. Olhou para o console de comunicações, seus olhos pairando sobre a luz azul piscando no painel de rastreamento. Ele digitou nos controles e, sem se virar, disse:

— Você trouxe o dinheiro?

— Você é corajoso, amigo — Ochi rosnou. — Viemos de muito longe para nada.

Anaximander virou-se e observou Ochi se aproximando lentamente.

— Eu não estou aqui para *pagar* você — Ochi declarou, sua voz quase um suspiro. — Estou aqui para *matar* você.

Anaximander abriu um sorriso presunçoso. Ochi parou. Atrás dele, os dois lacaios ajustaram seus blasters, mas Anaximander viu que ambos trocavam olhares rápidos entre si.

Anaximander levou a mão atrás de si e apertou um botão. Um bipe soou quando um pequeno cartão de dados foi ejetado do console. Ele o pegou, segurando-o entre os dedos para que Ochi visse.

— Eu sei exatamente onde eles estão. Ainda posso entregar o pacote. E você vai devolver meu iate intacto quando for apanhá-los, por favor.

Ochi olhou para o cartão de dados.

— Um simples rastreador — Anaximander disse, dando de ombros casualmente. — Veja bem, eu gosto de saber onde estão todos os meus bens, o tempo todo.

Ochi olhou para o rastreador, mas não disse nada.

Anaximander olhou para os dois guarda-costas, que ainda estavam em silêncio estoico, embora seus blasters estivessem um pouco mais baixos agora. Anaximander aproximou-se de Ochi, engolindo sua repulsa por estar tão perto daquele rosto marcado.

O canto da boca de Anaximander se curvou em um sorriso, e suas tatuagens se desenrolaram e recuaram em resposta à mudança de humor.

Ah, sim, pensou Anaximander. *Eu estou no comando aqui, Ochi de Bestoon.*

— Eu proponho um novo negócio — falou ele, em voz baixa. — Tenho o pacote exatamente onde você quer que ele esteja. E você ainda pode ficar com eles. Mas acho que o preço acabou de aumentar.

Ochi levantou a cabeça, alternando o olhar entre o cartão de dados e o capitão-regente.

Anaximander bateu com os nós dos dedos na túnica de Ochi, fazendo um som estranho e oco contra o couro preto.

— Estou fazendo um favor para você aqui, Ochi. — Ele olhou para os dois lacaios. — Seus garotos entraram com muita força. Eu tive que me defender. Você teria feito o mesmo. Mas não há nada que o dinheiro não possa consertar. Você pode comprar um exército novo, não é mesmo? Porque o que vou receber pelo pacote é uma gota no Mar de Cantonica, comparado com o seu pagamento, não é verdade? — Anaximander fungou. — Além disso — continuou —, você não vai precisar de um exército, não mais. Eu fiz um favor para você, de verdade.

Ochi inclinou a cabeça. Anaximander viu-se olhando para dois pequenos reflexos de si mesmo nos olhos de Ochi.

— Você fez, amigo — Ochi disse. — Mais do que imagina.

O sorriso de Anaximander se alargou e ele assentiu.

— Então, temos um acordo?

— Temos um acordo — Ochi respondeu.

De repente, houve um movimento. O corpo de Ochi estremeceu e Anaximander sentiu algo quente em seu torso. Um momento depois, ele tossiu, a pulsação martelando em sua cabeça, sincronizada com a dor latejante em seu estômago, e com os jatos de sangue que saíam de sua boca e do ferimento abdominal que Ochi havia feito com uma lâmina que Anaximander nem tinha notado que ele carregava.

Anaximander tossiu novamente, o sorriso ainda fixo em seu rosto, mas seu corpo já começava a ceder. Ele deu um passo desequilibrado para trás, puxando a lâmina de si mesmo. Olhou para baixo e viu a estranha adaga bulbosa, notando a inscrição nela. Seu sangue, espesso e vermelho, parecia se mover ao redor das runas, como se não estivesse apenas saindo de seu corpo, mas sendo sugado pela lâmina — a inscrição agora brilhando, alimentada pelo líquido vermelho que fluía ao redor das marcas esculpidas.

Maldição. Essa adaga está bebendo meu sangue?

Foi o último pensamento que cruzou a mente de Anaximander antes que ele caísse no chão. Enquanto lutava por ar, o guarda-costas de Ochi, com dentes metálicos, se aproximou e se agachou, pegando o cartão de dados da mão de Anaximander.

O capitão-regente de Nightside deu um último suspiro, e então, em silêncio, tudo se apagou.

Ochi saiu apressado na direção da *Legado de Bestoon*, atracada em uma plataforma de acesso auxiliar perto da estação de comunicação. Na base da rampa da *Legado* estavam dois membros da gangue que Bosvarga e Cerensco haviam encontrado na Estação Ponto Boxer — Krastan, um Gran mal-encarado vestindo um traje de voo apertado, e Stiper, um Balosar com uma enorme juba que escondia seus antenopalpos. Quando Ochi e os dois irmãos se aproximaram, Bosvarga deu a Krastan um leve aceno de cabeça, e Krastan pareceu hesitar, trocando um olhar com Stiper. Cerensco não notou, mas Bosvarga diminuiu a velocidade, sua mão segurando o blaster com mais firmeza. Algo não estava certo, mas então Krastan e Stiper rapidamente se viraram e seguiram Cerensco e seu chefe para dentro da nave. Bosvarga esperou um momento, então deu de ombros e subiu a rampa.

Ochi, segurando com firmeza a adaga Sith, estava alheio a tudo. A antiga arma estava limpa e seca, tendo absorvido o sangue de Anaximander até a última gota.

A lâmina vibrava na mente de Ochi. Assim que esfaqueou o capitão-regente, ele soubera que o primeiro corte fora fatal, que a morte era inevitável. De algum jeito, a lâmina também sabia.

Sabia… e se deleitava com o assassinato.

E esse sentimento foi repassado para Ochi. Ele parou, saboreando o momento em que a consciência de Anaximander sumiu da existência, sentindo o calor sanguíneo da lâmina que tomou sua força vital, sua essência, absorvendo-a. Não se tornando mais forte — a lâmina já era poderosa o bastante —, mas alimentando-se daquela vida por puro prazer.

Ochi gostava daquela sensação. Quando saiu da rampa e entrou na nave propriamente dita, sentiu a cabeça leve — não embriagado, exatamente, mas vibrando, despreocupado, alerta, tudo ao seu redor com uma enorme nitidez.

Uma bebida cairia muito bem agora. Muito bem mesmo.

— Mestre! M-m-m-mestre!

Ochi olhou para baixo, para D-O, o droide de recuperação de dados, que rolava em círculos, aparentemente mantendo distância, mas tentando alertar seu mestre.

Ochi se virou. Nos fundos da cabine principal da *Legado*, um pequeno speeder estava estacionado, pronto para ser baixado até o chão e retirado da nave pelas portas de carga.

Sentado no speeder estava um droide desajeitado, quase esquelético. Ele se levantou, desdobrando seus membros longos e finos até se erguer em dois metros, com a cabeça insetoide que se equilibrava sobre o corpo esguio e cilíndrico parecendo ridiculamente desproporcional.

— Aquilo foi uma destruição total, Ochi — disse o droide, erguendo seus dois longos braços. Em cada mão, ele segurava um blaster, e quando mirou em Ochi, ele os girou no gatilho, uma exibição… bem, de alguma coisa. Ochi ficou olhando, sem se impressionar com o malabarismo do droide ou com toda a operação. A vibração em sua cabeça sumiu e ele se sentiu um pouco enjoado, um pouco vazio.

E ele não gostava *dessa* sensação.

Ochi deu um passo na direção do intruso em sua nave.

— Quando contratei a Trituração Droide Pirata de Bestoon — Ochi disse silenciosamente — eu esperava resultados. — Ele ergueu a adaga Sith e a apontou para o droide. — Você disse que a Trituração Droide estava diferente agora. Esqueça o passado, você disse. A Trituração Droide não era mais como nos velhos tempos. Vocês eram profissionais. Renomados, até. Mas parece que cometi o mesmo erro de tantos anos atrás.

O capitão da Trituração Droide bateu com o pé no chão.

— Igualmente — retrucou o droide. — *Eu* deveria não ter caído nessa de novo. Eu deveria ter matado você assim que pisou na Cidade Sete Z-Nove. Droides nunca aprendem mesmo. — Os enormes olhos do droide brilharam quando ele olhou ao redor do interior da *Legado de Bestoon*. — Você tem muita coisa aqui, Ochi. Deve valer uma boa grana. Não vai compensar a tripulação que eu perdi hoje, mas talvez eu possa encontrar outra maneira para satisfazer aquele particular desejo de vingança, não é mesmo? — Ele se virou, olhou para o speeder e bateu no emblema montado na dianteira, de frente para a porta de carga. — Belo ornamento. É um amuleto de feitiçaria, não é mesmo? Faz muitos anos que não vejo um desses. — O droide inclinou a cabeça para o lado e voltou a olhar para Ochi. — Então, onde está aquele capacete que você costumava usar, nos bons e velhos tempos? — O droide apontou para sua própria cabeça com um blaster. — Branco e vermelho. Acho que eu podia pregar aquilo na frente do meu próprio speeder. Sabe como é, para dar um recado.

Ochi não respondeu. Ninguém se moveu. O tempo parecia estagnar.

— Ou talvez eu simplesmente arranque sua cabeça.

O droide girou e levantou os dois blasters. Ele disparou.

Os tiros gêmeos não atingiram seu alvo. Com uma velocidade quase impossível — talvez impulsionada pela própria energia da arma Sith —, Ochi levantou a adaga para se proteger, desviando os tiros com a lâmina. Um dos tiros refletidos atingiu o ombro do capitão droide, fazendo seu braço cair; o outro disparo atingiu o chão da *Legado de Bestoon*.

O capitão droide disparou novamente com a arma que restava.

Mais uma vez, Ochi desviou os tiros com a adaga. Ele não sabia exatamente como conseguia fazer aquilo, como poderia ser *rápido* o suficiente para interceptar os tiros ou ter *sorte* o bastante para que a lâmina estivesse sempre no lugar certo, no ângulo certo, para protegê-lo.

Para não falar *defendê-lo*. Três tiros disparados em rápida sucessão foram devolvidos ao droide com a mesma velocidade, a lâmina direcionando-os para acertar partes vulneráveis do exoesqueleto. O capitão droide caiu em uma chuva de faíscas e fogo ao lado do speeder, contorcendo-se no chão. Bosvarga e Krastan avançaram, disparando três tiros de seus rifles pesados na cabeça do droide, enquanto Cerensco e Stiper se espalhavam, erguendo suas armas para fornecer cobertura, caso mais droides aparecessem.

Ochi segurou a adaga Sith à sua frente. O cabo estava quente novamente — não tão quente quanto quando a lâmina havia bebido o sangue de Zargo Anaximander, mas ainda assim reconfortante, como se a adaga estivesse satisfeita.

Ele se aproximou do droide destruído e cutucou os destroços com a ponta da bota.

— Nunca confie em um droide — murmurou. — Não vou mais cometer esse erro.

— De novo.

Ochi girou e olhou para Krastan.

— O que você disse?

Uma das hastes oculares de Krastan permaneceu fixa sobre os restos do capitão droide, enquanto as outras duas se moveram em direção a Ochi.

— Ele disse "de novo".

Esse foi Stiper. O Balosar soltou uma risada irritantemente aguda quando se moveu para o lado de Krastan.

— Você mesmo disse. Parece que eles não foram muito confiáveis na primeira vez também. — Ele cutucou o Gran com a lateral de seu blaster e riu outra vez.

Ochi assentiu, lentamente. Ele ergueu a mão e bateu no braço de Stiper com gentileza.

— Sabe — ele disse —, você está certo. Nunca confie em um droide. Na verdade…

Ele saltou adiante, enterrando a adaga Sith no estômago do homem.

— Você não pode confiar em ninguém. Ninguém mesmo. — Ochi sussurrou no ouvido de Stiper, sua boca sem lábios raspando contra o cabelo do lacaio. — Você deixou aquela coisa entrar na minha nave, não é mesmo? Erro meu. Eu deveria saber que não posso contratar nenhum Balosar. A sua espécie é fácil demais de subornar.

Ochi pressionou a adaga ainda mais fundo no estômago de Stiper, até que o cabo tocou sua pele. O calor se espalhou pela sua mão quando o sangue do Balosar se derramou, e ele se inclinou para frente, descansando a lateral do rosto sobre o ombro de sua vítima enquanto ela se debatia. Os dois ficaram ali por um momento, o assassino e sua presa em um abraço mortal. Krastan recuou em silêncio, observando, enquanto os gêmeos também se afastaram para uma distância segura. Bosvarga ergueu a mão, como se pedisse desculpas por algo.

Ochi teve um espasmo, como se fosse despertado de um transe. Krastan saltou para trás, as costas batendo contra um pilar de suporte da nave.

Com a adaga ainda cravada em Stiper, a mente de Ochi foi tomada por um zumbido branco, tão intenso e denso que parecia quase físico, como se uma manta acolhedora o envolvesse, abraçando-o, protegendo-o.

Ele retirou a adaga e deu um passo para o lado. O corpo sem vida de Stiper caiu no chão com um baque surdo. Ochi permaneceu ali, segurando a lâmina, balançando-a suavemente de um lado para o outro. Não olhou para o corpo nem para a adaga. Ele ficou parado, apenas ouvindo o som branco em sua mente, sentindo o calor persistente da lâmina em sua mão.

Sim. *Sim.* Ali estava. Era bom. *Era bom.*

A adaga está satisfeita.

Então, Ochi acordou do devaneio.

Olhou para Bosvarga e Cerensco, depois voltou a atenção para Krastan. O Gran não se moveu.

— É isso que acontece quando você me trai — Ochi disse. — Estamos entendidos?

Krastan confirmou rapidamente.

Ochi virou-se para os gêmeos.

— Você pegou o cartão de dados com as informações do rastreamento?

Bosvarga tirou o cartão de dados do bolso.

— Então, vamos atrás deles — Ochi disse, virando-se e deixando Krastan relaxar contra o pilar, visivelmente aliviado. Ele apontou para a rampa de saída. — Vá encontrar Pysarian e Anduluuvil e entregue isso a eles. — Ochi fez um gesto de desprezo na direção de Krastan, como se ele fosse uma ferramenta a ser usada, não uma pessoa. — Anda logo.

Sem mais palavras, os três lacaios sobreviventes de Ochi saíram apressadamente da nave.

Ochi olhou para a desordem dentro da *Legado de Bestoon* — os destroços fumegantes de um droide, o corpo de Stiper, cuja perna ainda estava dando os últimos espasmos neurológicos antes de morrer completamente. D-O rolou em torno de Ochi com cuidado, parando ao lado dos restos do droide pirata. Ele inclinou sua cabeça cilíndrica como se estivesse examinando as vísceras do droide mais sofisticado.

Ochi sibilou entre os dentes. A transação com Zargo Anaximander tinha sido um desastre. A Trituração Droide havia falhado, desobedecendo às suas ordens para buscar sua própria glória, sem entender que não eram páreo para a defesa droide de Anaximander.

Mas Anaximander *agiu* de forma astuta, embora não exatamente como Ochi planejava. O roubo do iate pela família foi uma sorte. Se tivessem caído nas mãos da Trituração Droide, Ochi não sabia se eles teriam sobrevivido, considerando à forma como os piratas ignoraram completamente sua missão.

Mas, com o rastreador, ele poderia seguir a família para qualquer lugar. Eles não ficariam nos anéis do sistema, mas isso não importava. Bosvarga e Cerensco eram inteligentes e certamente contariam a Pysarian e Anduluuvil sobre os acontecimentos dentro da *Legado*. Na verdade, Ochi contava com isso.

Mas, ao olhar para o corpo de Stiper mais uma vez, Ochi suspirou. Sua tripulação estava ficando cada vez menor. Pagar por ajuda — como fizera com a Trituração Droide — estava fora de questão. O que ele realmente precisava era de um grupo sob seu controle *direto*, uma gangue que obedecesse sem questionar, seguindo suas ordens implicitamente.

Ochi entrou na cabine e acionou os escudos dianteiros. A cobertura retrátil se abriu, revelando a plataforma de aterrissagem nos fundos da plataforma auxiliar de comunicação de Nightside. Ele olhou para o edifício feito de transparaço e para a enorme antena acima. Os droides de Anaximander eventualmente encontrariam o corpo, e não havia razão para ficar mais tempo ali.

Ochi sentou-se diante dos controles, movendo suavemente a *Legado* para fora da plataforma e em direção aos anéis de Therezar. Em questão de minutos, uma leve tempestade de neve começou a piorar, até que ele ficou cercado por icebergs do tamanho de sua própria nave. Desligou os motores e deixou a nave seguir à deriva.

A cobertura perfeita, pelo menos por enquanto.

Virou-se para o console de comunicação e...

Hesitou.

Eles disseram que ele podia chamá-los. Ele tinha os códigos do transponder, a frequência secreta, desviada através de mil retransmissores do hiperespaço, tornando qualquer transmissão impossível de ser rastreada.

Mas...

Ele engoliu em seco, sua boca seca com a ideia de falar com eles novamente. Eles representavam tudo o que ele queria. Eles eram a Eternidade Sith, estavam *em* Exegol, afinal. O lugar exato que ele vinha procurando há *anos* desde aquela primeira visita. O local onde tudo ficaria mais claro, onde ele se tornaria...

Inteiro de novo. Curado.

Renascido.

Engoliu em seco novamente, quase engasgando quando sua garganta se fechou. *Realmente* precisava de uma bebida, mas afastou esse pensamento e digitou os códigos. Quando os indicadores do comunicador se acenderam, ele relaxou no assento e esperou.

Minutos se passaram. Lá fora, os anéis congelados de Therezar passavam pela janela. Ochi virou o assento do piloto e observou. O frio começava a se intensificar. A vibração em sua cabeça, aquele familiar zumbido da adaga, havia desaparecido de novo. Ele fechou os escudos e afundou no assento, mergulhando na escuridão da cabine.

O comunicador deu um estalo e a cabine foi iluminada pelo brilho azul de uma holotransmissão. Ochi virou-se e viu o rosto envolto em bandagens de um cultista da Eternidade Sith. Se era um dos mesmos que aparecera em sua lua, ele não sabia.

— Ochi de Bestoon — disse o cultista, sua voz um sussurro seco e sibilante. — Já teve sucesso em sua missão sagrada?

Ochi negou com a cabeça — quanto drama, pensou ele.

— Estou perto — assegurou, sua voz seca e rouca. — Preciso de ajuda.

— Você não é digno da busca abençoada que foi confiada a você por nosso Lorde Sombrio, Ochi de Bestoon? Você não pode fracassar com ele.

Ochi suspirou. Aquele esquisitão cheio de bandagens estava começando a irritá-lo. Perguntou-se se eles realmente falavam daquele jeito ou se era só com ele.

— Não vou fracassar — respondeu. — Eu sei o que estou fazendo. Não é esse tipo de ajuda que estou pedindo. — Ele se aproximou. — O que preciso são *corpos*. Um grupo. Uma gangue. Sei lá... soldados. Chame-os do que quiser. Mas preciso que sejam biológicos. Nada de droides. Preciso de pessoas em quem eu possa confiar para obedecer às minhas ordens. — Fez uma pausa e inclinou a cabeça. — Quantos de vocês estão em Exegol, afinal de contas? Provavelmente centenas. Milhares. Você pode compartilhar um pouco da sua força de trabalho.

O holograma vacilou, pulsando com o sinal sendo retransmitido de estação para estação, o áudio chiando com ondas de estática semelhantes ao ruído branco na cabeça de Ochi, que mais uma vez começou a aumentar.

Por um momento, ele pensou que fosse o som de Exegol, e quase podia sentir o cheiro da poeira seca do lugar onde estivera tantos anos antes.

E então, sumiu. Com um estalo, o holograma se estabilizou e a voz da Eternidade Sith voltou a falar.

— Vá até Núcleo Basta. Lá você encontrará um agente. Steadfast. Ele irá auxiliá-lo.

— Que tipo de agente? — Ochi perguntou. — Que tipo de auxílio? Ele tem homens para mim?

O holograma vacilou e desapareceu, mergulhando a *Legado de Bestoon* em uma súbita penumbra.

Ochi levou o braço para trás, puxou uma alavanca e reabriu o escudo retrátil. Foi banhado pelo brilho frio do sistema de anéis de Therezar.

Núcleo Basta? Não ficava longe. Ele teria tempo para coletar a ajuda desse tal "Steadfast", depois se encontrar com Bosvarga, Cerensco e os outros. Com sorte, eles já teriam capturado a garota e estariam esperando por ele, que nem precisaria de Steadfast.

Mas era bom estar preparado. Ter uma contingência. Chame isso de... seguro de vida.

Porque aquela família era... complicada. Eles haviam escapado de Nightside com a própria nave do capitão-regente, e Ochi não achava que fosse fácil invadir o protocolo de segurança do iate particular de Anaximander.

Ochi os havia subestimado.

Não cometeria esse erro novamente.

CAPÍTULO 25

A *LADY LUCK*, SISTEMA THEREZAR

PRESENTE

Lando apertou um botão e deu um soco no painel à sua frente.

— Não adianta — disse ele, mostrando o painel. — Tem interferência demais. Os destroços do ataque estão atrapalhando os sensores, e o gelo nos anéis está escondendo o restante. Não consigo detectar o vetor do *Goldstone*, e minhas transmissões refletem direto de volta. — Ele sacudiu a cabeça. — E eles ainda não enviaram nenhum sinal. Que belo lugar para se perder.

Luke andava de um lado a outro na cabine da *Lady Luck*, atrás de Lando. Assim como o restante da nave, a cabine de pilotagem era espaçosa e opulenta; os controles, até mesmo os assentos dos pilotos, eram projetados para serem tão elegantes quanto funcionais. Até o chão era coberto por uma fina camada de tecido sintético, bordada com um padrão repetitivo. O carpete abafava o som das botas de Luke.

Lando estava certo. Os anéis de gelo de Therezar eram um bom lugar para se esconder, e o conselho para a família levar a nave do capitão-regente até lá e esperar foi bem pensado.

Acontece que os anéis eram um lugar bom *demais* para se esconder. Lando não havia contado com a interferência do sistema, e eles não podiam gastar horas — ou mesmo dias — viajando no meio dos icebergs, tentando localizar o iate de luxo ou usar os detectores de massa de curto alcance. Luke só podia torcer para que a família não entrasse em pânico com a demora deles e permanecesse à espera enquanto procuravam. Eles pareciam muito capazes, segundo o relato de Lando no hangar particular. Eles — ou a mãe, pelo menos — tinham conseguido invadir o sistema de segurança do iate *Goldstone* e sequestrar a nave, afinal de contas. E sabiam, agora, que tinham um Jedi ao seu lado. Luke não sabia qual era o estado de espírito da família, mas esperava que, se conheciam os Sith, também conhecessem a Ordem dele. Isso, no mínimo, deveria contar para alguma coisa.

Mas o que ele *sabia* era que estavam assustados, e tinha consciência, por experiência própria, do poder que o medo podia exercer, mesmo sobre as mentes mais racionais.

Enquanto andava sobre o carpete macio da *Lady Luck*, Luke não conseguiu evitar ser atraído de volta para suas próprias lembranças. Ser caçado por um Sith, ter o foco do lado sombrio sobre você, era algo terrível. Mas, enquanto ele estava despreparado para a descoberta de seu próprio lugar na galáxia, aquela família ao menos parecia saber o que enfrentava — eles tinham um amuleto de feitiçaria e, mais importante, sabiam exatamente o que era e o que simbolizava.

Não era uma família comum e, talvez, não fossem tão indefesos quanto ele temia.

Ao pensar nisso, Luke se sentiu um pouco melhor.

R2-D2 emitiu um bipe. Lando virou-se no assento para encarar o droide, que estava conectado a uma estação de trabalho no lado esquerdo da cabine. R2-D2 virou seu domo para os outros, com a grande luz indicadora na frente piscando em tons de vermelho e azul.

— Continue procurando, R2 — disse Lando. — Faça a varredura de todas as frequências e tente detectar o código do transponder. Procure por qualquer sinal.

R2-D2 assobiou afirmativamente e voltou para sua tarefa. Luke, enquanto isso, finalmente se sentou no assento do copiloto e observou Lando mexer nos sensores.

Luke estava preocupado com ele. Apesar da aparência externa, do carisma e da confiança, Lando havia passado seis anos em um inferno pessoal, com sua vida despedaçada após o sequestro de sua filha. E isso o mudara. Como não mudaria? Claro, Lando ainda era o mesmo espírito livre. Ainda se vestia e se apresentava imaculadamente, e, quando lançava aquele sorriso, Luke podia enxergar seu velho amigo.

Mas também havia outra coisa agora, abaixo da superfície. Mais uma vez, Luke não precisava da Força para sentir aquilo: a perda, a dor, a tristeza. O fato de Lando estar aguentando tão bem era um testamento de sua força e resiliência. Lando Calrissian era um homem que se fez sozinho, um grande empresário. Ele não deixaria que nada o abalasse. Não no passado.

E certamente não agora.

— Lando, nós vamos encontrá-los — garantiu Luke. — Confie em mim.

— Sim — respondeu Lando, sua voz quase um murmúrio. — Sim, eles ficarão bem. Vamos encontrá-los. Vamos chegar até eles. — Lando olhava para a vista na janela enquanto falava, talvez tentando convencer a si próprio de que Luke estava certo, de que a família estava lá fora, esperando por um resgate que sabiam que viria.

Luke pousou a mão sobre o ombro do amigo. Lando relaxou um pouco, e, ao olhar de lado para Luke, fez um leve aceno com a cabeça, junto com um pequeno sorriso.

— Nós vamos encontrá-los — repetiu Lando, dessa vez com mais convicção.

Quando Lando se virou e pediu uma atualização para R2-D2, Luke se recostou e pensou sobre seu encontro na plataforma de cargas. Repassou os eventos em sua mente de novo e novo e, quase subconscientemente, levou a mão dentro da túnica, sentindo o embrulho com os fragmentos do cristal kyber.

Lando ajeitou-se no assento, observando quando Luke retirou o pacote do bolso.

— O que aconteceu? — ele perguntou. — Aquele caça TIE que saiu de lá. Parecia um Defender.

Luke franziu as sobrancelhas enquanto pensava.

— Era bem rápido para uma velha nave do Império. Nunca vi um caça igual antes.

— O Defender era um design experimental — Lando explicou — com capacidade hiperpropulsora. Mas nunca entrou em serviço com o Império. — Ele fez uma pausa. — Então, o que estava fazendo ali? E quem estava pilotando? O Sith, aquele perseguindo a família e o localizador?

Luke olhou para Lando em silêncio, organizando os pensamentos. Mas os olhos de Lando se arregalaram e ele se inclinou na direção do amigo.

— Você sabe quem era? Não me diga que já encontrou antes?

— Não, não encontrei antes e não sei quem era. Mas reconheci a arma dela.

— A... arma dela? Ela tinha um sabre de luz ou algo assim?

Luke confirmou.

— Sim, mas não era um sabre de luz qualquer. Era uma relíquia... que eu não sabia se era real ou apenas uma lenda.

Lando estranhou.

— Eu *realmente* não estou gostando nada disso.

Luke deu de ombros.

— A galáxia está cheia de relíquias e artefatos, do lado sombrio e do lado da luz.

— Certo, então se essa Sith possui esse sabre de luz especial, isso dá a você uma *ideia* de quem ela seja, não é mesmo?

— Talvez, mas não acho que era uma Sith.

— O quê? — Lando moveu as mãos ao redor. — Você disse que podia sentir o lado sombrio, que os Sith estavam aqui!

— Sim — Luke confirmou. — Eu senti o lado sombrio e um Sith esteve aqui, mas não era ela.

Lando baixou as mãos.

— Certo, agora não estou entendendo mais nada.

Luke virou-se para o amigo.

— Ela estava canalizando o poder dos Sith, mas ela própria não era uma Sith. O sabre de luz que usava pertenceu a uma Lorde Sith chamada Noctyss. Ao menos de acordo com a história. Lor San Tekka e eu uma vez tentamos encontrar a arma, seguindo uma pista que dizia que um grupo chamado Acólitos do Além a havia encontrado.

Luke contou a Lando sobre a missão realizada com Lor San Tekka e o que descobriram sobre os Acólitos do Além. Lando ouviu com atenção, as sobrancelhas juntas enquanto digeria tudo.

— Então, eram apenas jovens? — ele perguntou.

— Jovens e párias — Luke respondeu. — Pessoas que perderam amigos e família e talvez estivessem procurando por respostas que não podiam encontrar em nenhum outro lugar.

— Mas não *eram* Sith?

— Não, mas eram obcecados por aqueles que eram. Nenhum deles realmente entendia qualquer coisa sobre a Força, mas isso não significa que não eram perigosos. Eles assassinaram muitas pessoas para conseguirem aquilo que queriam.

— Relíquias e artefatos. Como esse sabre de luz.

Luke confirmou.

— Ela também usava uma máscara. O poder que eu senti parecia vir daquilo.

— Ei — Lando disse, estalando os dedos. — Isso parece com algo que eu vi há muito tempo. Era uma máscara, que supostamente pertenceu a um Lorde Sith chamado Momin. Se alguém a vestisse, a máscara tomava conta da pessoa, como se Momin estivesse de volta. Talvez seja algo assim?

— Relíquias do lado sombrio podem ser muito poderosas — Luke afirmou —, mas seria preciso um Sith particularmente adepto para conseguir escapar da própria morte dentro de uma.

— Parece que havia muitos deles no passado, Luke. E pelo jeito, até demais, se essa realmente for outra máscara igual à de Momin. — Lando recostou-se e alisou seu bigode. — Então, é ela que Ochi de Bestoon está procurando? Não pode ser uma coincidência ela ter aparecido com os invasores.

— Não tenho certeza — Luke disse. Ele colocou o embrulho sobre o painel. — Ela não estava procurando pela família. Estava procurando por isso. — Luke puxou o tecido e abriu o pacote com os cristais. Inclinando-se, Lando olhou para os fragmentos profundamente vermelhos.

— Ela quer os cristais que você encontrou em Yoturba?

— Ela sabia de onde eles vieram. Disse que pertenciam a ela… a *eles*.

O rosto de Lando se contorceu em uma careta.

— A máscara a está possuindo, igual Momin?

— Guiando, talvez, não possuindo. Ela ainda estava lá, e ciente do outro poder. Ela estava fazendo sua vontade.

— Mas voluntariamente?

Luke embrulhou os cristais de novo e guardou o pacote no bolso.

— Não sei. Os cristais estão seguros comigo, mas agora precisamos encontrar a família e levá-los para um lugar seguro.

— Estou com você, amigo.

R2-D2 murmurou em seu canto antes de soltar um longo assobio estridente.

Luke virou-se rapidamente na cadeira.

— Achou alguma coisa, R2?

Mais murmúrios, e o painel na frente de Lando ganhou vida. Ele se aproximou, lendo as informações. Luke olhou sobre o ombro.

— Muito bem, lá estão eles, lá estão eles — disse Lando, lançando um olhar para R2-D2. — Bom trabalho, parceiro. — Ele destravou os controles manuais, ativou o propulsor primário da *Lady Luck* e começou a manobrar a nave para dentro dos anéis, seguindo o vetor exibido na tela. Pedaços de gelo azul e verde cruzavam a frente da janela principal enquanto Lando acelerava, suas mãos dançando pelos controles, navegando pela traiçoeira região com puro instinto. Luke o observava, impressionado. Lando ainda era um piloto excepcional.

Pouco depois, Luke avistou um lampejo de luz amarela ao longe.

— Ali! — ele disse, apontando.

— Já vi — afirmou Lando.

A *Lady Luck* se aproximou, desviando habilmente de um enorme iceberg que parecia tão imponente quanto a própria estação de Nightside. Segundos se passaram enquanto a parede de gelo gigantesca parecia estar a poucos metros do nariz da nave, mas Lando, com sua habilidade de piloto, manobrou a *Lady Luck* com precisão por baixo do iceberg.

Eles emergiram em um espaço aberto. À frente, o iate *Goldstone* fazia uma curva fechada, seus motores brilhando intensamente enquanto acelerava.

— Espere — disse Lando, franzindo o cenho. — O que eles estão fazendo?

— Aproxime-se mais — pediu Luke, gesticulando na direção dos controles. — Podemos chamá-los na frequência que você deu a eles.

— Precisamos estar *muito* próximos para isso — respondeu Lando. — Aguenta firme.

Mas, à medida que a *Lady Luck* se aproximava, o *Goldstone* continuava se distanciando. Alguns segundos depois, o nariz do iate se alinhou com um espaço claro no sistema de anéis. Seus motores brilharam intensamente, e a nave desapareceu, deixando para trás apenas um rastro de energia reluzente ao saltar para a velocidade da luz.

Lando ergueu-se no assento do piloto.

— Mas o quê...?

Um segundo depois, mais dois rastros de luz surgiram, paralelos ao deixado pelo *Goldstone*.

Mais duas naves, em clara perseguição.

— R2! — Luke quase gritou. — Trave o rastreamento naquelas duas naves. Precisamos segui-los. Lando?

Seu amigo assentiu, os dedos voando sobre o console.

— Eu sei, eu sei, eu sei! — Ele olhou para as informações na tela. — É tarde demais. Não consigo detectar a trajetória.

— Lando, não podemos perdê-los agora.

R2-D2 soltou um assobio estridente, seguido por uma longa e complicada série de tons e bipes.

— Espere um pouco! — Lando olhou para a frase traduzida. — R2 está dizendo que a nave enviou uma transmissão usando a frequência que passei a eles. — Ele acionou um interruptor, depois bateu no console em frustração. — Apenas coordenadas parciais. Interferência demais, mesmo à curta distância.

Luke inclinou-se para ler a mensagem.

— Já é um começo.

— Um começo? — Lando virou-se para Luke, os olhos arregalados. Ele mostrou o painel. — Sabe quantos sistemas essas coordenadas parciais indicam?

R2-D2 exclamou de novo, alto. Lando e Luke se viraram instintivamente para o droide que balançava de um lado a outro, tentando repassar uma informação importante.

Lando voltou a olhar para a tela — o rosto agora abrindo um sorriso.

— Que belo astromecânico você tem, Luke. R2 está dizendo que conseguiu uma leitura completa do *Goldstone* quando estava atracado. — Lando estalou a língua. — É claro, era isso que ele estava tentando me dizer. — Ele apertou um botão e apontou para a nova tela. — O combustível da nave é limitado, o que significa que podemos eliminar muitas dessas coordenadas.

R2-D2 emitiu mais um bipe e Lando apertou outro botão.

— Certo — ele disse. — Bom trabalho, R2. O sistema Torrenoteer se encaixa bem.

— Então vamos — declarou Luke.

— Coordenadas estabelecidas — informou Lando, as mãos movendo-se sobre os controles. — Saltando para a velocidade da luz em três... dois... um.

Luke recostou-se no assento do copiloto enquanto Lando segurava a alavanca cromada no centro do console e a empurrava para frente com firmeza. Os anéis de Therezar desapareceram em um brilho cintilante, e a vista pela janela frontal se transformou na familiar espiral azul do hiperespaço quando eles dispararam em perseguição.

Luke só podia torcer para que fossem rápidos o bastante.

CAPÍTULO 26

O SEPULCRO, COORDENADAS DESCONHECIDAS

PRESENTE

Ela abriu os olhos. Estava deitada no chão. À sua frente, um pouco mais adiante, estava a máscara.

Ela piscou e levantou a mão, tocando o próprio rosto. O sangue em seu lábio superior ainda estava fresco. Não devia ter ficado desacordada por muito tempo. O interior sombrio da máscara era um vácuo, um espaço vazio no tempo. De lá, ela ouvia o eco de milhares de almas penadas.

Tentou se erguer, mas estremeceu quando a carne viva de sua mão pressionou contra algo rígido e afiado. Ajustou-se com cuidado, levantou-se e percebeu que estivera deitada ao lado de um grande fragmento de cristal kyber vermelho.

Não se lembrava da jornada de volta no caça TIE, nem de ter retornado ao sepulcro.

O que se *lembrava*, entretanto, era de seu encontro na estação espacial.

O Jedi!

Ele estava com os cristais — os outros pedaços, a outra metade do cristal que agora estava com ela.

Sentou-se, ponderando aquele fato enquanto sua mente clareava. Se um Jedi estava com os cristais, haveria alguma esperança de reavê-los?

Ela não era uma Sith. E mesmo com *ele* sendo, há tanto, tanto tempo, será que poderiam ser páreo para um inimigo tão poderoso?

Sentiu um aperto no peito, a respiração ficando cada vez mais rápida e superficial. O medo a dominava, e esse medo rapidamente se transformava em pânico. Porque... era isso, não era? O fim. O fracasso. Lutar contra um Jedi era suicídio.

Eles nunca chegariam a Exegol.

Como se sentisse seus pensamentos, suas emoções, o sepulcro foi rasgado por um grito longo, terrível, primal — o som da morte e da agonia de séculos passados. Era ensurdecedor, abafando todo o restante. Sua cabeça girava, e pontos negros começaram a dançar diante de sua visão.

Ela estava com medo. Lembrava-se do próprio nome e de quem *ele* era. E estava com medo.

O som era o rugido da raiva dele.

Então, o grito foi diminuindo até desaparecer, e ela ouviu outro som — um bipe constante e insistente. Reconhecendo o que era, ajoelhou-se diante do pedestal de bronze. Na frente havia uma pequena lente de um holoprojetor. Com a cabeça baixa, aceitou a transmissão, e o dispositivo de comunicação ganhou vida quando o contato foi estabelecido.

Ela ergueu os olhos para o enorme rosto envolto em bandagens de um cultista da Eternidade Sith, que se agigantava em tons fantasmagóricos de azul. Então, desviou o olhar para o chão.

— Você não respondeu ao chamado — veio a voz rouca e seca.

Ela ajustou sua posição, ignorando a dor nas pernas e o enjoo no estômago. Inclinou a cabeça, os olhos fechados com força, tentando se concentrar, tentando se lembrar.

— Eu... eu não entendo — disse, finalmente. Ela *havia* respondido ao chamado... estava falando agora com a Eternidade Sith, não estava?

— Você é nossa agente. — A voz do cultista era apenas um sussurro por trás das bandagens apertadas. — Se deseja receber a recompensa prometida por nós, irá nos obedecer em tudo, mente e corpo.

Ela não respondeu. Mal conseguia acompanhar a conversa, muito menos decifrar os enigmas que os cultistas tanto adoravam.

— Ochi de Bestoon pediu ajuda. Você deveria ter respondido a ele.

Ochi. Ela quase havia esquecido. A missão dele para a Eternidade Sith não tinha nada a ver com a dela. Ela era apenas a intermediária.

— Sinto muito — falou ela.

— Você não estava lá — afirmou o cultista. Não era uma pergunta.

Ela levantou os olhos. O holograma era nítido, mas as bordas tremiam com interferências que corriam para cima e para baixo, a imagem pulsando levemente.

— Eu sou sua serva — disse ela, rangendo os dentes. — Mas ainda tenho livre-arbítrio. Cuidarei dos meus assuntos como bem entender. — Ela fixou o olhar no holograma. O cultista permanecia imóvel, indecifrável.

Momentos se passaram. O holograma tremia e oscilava.

Então, o cultista falou.

— Tenha certeza de qual mestre você serve.

Com isso, o holograma desapareceu. Ela permaneceu ajoelhada por alguns instantes antes de se deitar gentilmente onde estava, encolhendo-se na posição fetal. Sentindo o estado de sua ocupante, a luz branca da câmara de meditação começou a diminuir, até que a câmara, e o sepulcro ao redor, ficaram iluminados apenas pelos controles nas paredes e pela luz azul-esverdeada da forja droide, queimando em fogo baixo.

Então, ela ouviu. Risos ao longe; uma voz masculina, ecoando pelo sepulcro ou talvez apenas em sua mente.

Ele estava perto. Ela podia sentir. Estava de costas para a máscara caída no chão, mas podia *senti-la* — uma pressão quente e fria que parecia perfurar seu crânio.

MINHA SERVA.

MINHA CRIANÇA.

NÃO OUÇA AS PALAVRAS DAQUELES QUE NEGAM AQUILO QUE MERECEMOS.

Ela abriu os olhos. Estavam molhados.

— O que você quer?

TEMOS TRABALHO A FAZER.

VOCÊ E EU.

MUITO TRABALHO.

Ela se levantou. Sabia que não podia resistir. Não havia motivo para tentar lutar contra aquilo. Enquanto o medo crescia dentro de si, sentiu novamente a familiar euforia — a certeza de que vestiria a máscara, de que se entregaria à presença que a habitava por eras incontáveis.

Era assim que funcionava. Ela sabia. Era um vício. Uma droga. Algo que ela odiava e amava ao mesmo tempo.

Antes mesmo de perceber o que fazia, já estava ajoelhada no chão. Apanhou a máscara, colocou-a, e imediatamente sua mente foi invadida pelos gritos de dor dos mortos. Em algum lugar muito distante, ouviu uma risada profunda e terrível.

— O que devo fazer? — perguntou, sem saber se havia pronunciado as palavras em voz alta ou apenas pensado.

Os cristais.

Precisamos reforjar as partes do todo.

Apenas então poderemos alcançar Exegol.

Ela sacudiu a cabeça. A pesada máscara de bronze, feita de metal meteórico, parecia leve como o ar, como se não estivesse usando nada.

— Os cristais estão com o Jedi. Eu…

Ela parou. O som do lamento dos mortos aumentou, como se ela fosse o centro de um furacão, então morreu de novo, e *ele* falou.

Não tenha medo.

— O Jedi é poderoso demais. Os cristais estão perdidos.

Exegol será nosso.

Os cristais mostrarão o caminho.

— Eu não entendo, meu Mestre.

Outra vez, os ventos uivantes, os gritos, mas…

Ela ergueu a cabeça. Podia sentir que *ele* não estava irritado. Longe disso. *Ele* estava satisfeito.

Muito satisfeito.

A discordância na Força sumiu.

Mas existe um caminho.

Assim como as geometrias sombrias mostrarão o caminho para Exegol, também mostrarão o caminho para si mesmas.

— Mestre?

O estrondo de um trovão, distante, um eco de uma tempestade de outra era.

Você não precisa entender, minha criança.

Você precisa apenas se entregar a mim, e assim será feito.

Ela relaxou. Era mais fácil assim.

Por que lutar contra o inevitável?

Sua cabeça pendeu para baixo, então se ergueu de repente, os olhos negros de vidro refletindo a luz com determinação. Rapidamente, ela apanhou o cristal kyber e o levou até a forja droide. Depositou o cristal sobre a eletro-bigorna, uma larga placa de rocha zersium carbonizada posicionada em frente à fornalha cônica, cujas chamas azul-esverdeadas lambiam preguiçosamente as aberturas na proteção parcialmente fechada. Do chão, ao lado da fornalha, ela apanhou um enorme martelo prateado. Erguendo-o acima da cabeça, golpeou com toda a força.

Sob o primeiro impacto, o cristal se fraturou, e os gritos de dor em sua mente mudaram, assumindo um novo timbre, como se o cristal adicionasse seu próprio lamento à grande cacofonia.

Com o segundo golpe, o cristal se despedaçou, quebrando ao longo das linhas de sua estrutura, produzindo uma coleção de longos fragmentos — todos grandes demais para um sabre de luz.

Largando o martelo, ela seguiu até os controles da forja. Uma grande alavanca pesada repousava no chão. Usando ambas as mãos, empurrou-a. Imediatamente, o cone da fornalha se dividiu, a proteção serrilhada se abrindo como pétalas de uma flor hai-ka. Isso liberou uma enorme chama, cujas cores azul e verde se transformaram em branco com o aumento da temperatura. A intensa luz embranqueceu o interior da câmara.

Ela observou as chamas por um momento, depois se virou e voltou para a sala principal. Parou diante da câmara de meditação, olhando para as fileiras de droides curvados à sua frente.

Então, caminhou até o primeiro droide e, com um chute da bota, o empurrou até que tombasse. O droide caiu de lado, atingindo o chão de metal com um grande baque.

Movendo-se ao redor da cabeça do droide caído, enganchou as mãos sob seus braços e começou a puxá-lo. Lentamente, a pesada máquina deslizou pelo chão enquanto ela andava para trás, arrastando-a em direção à forja.

Ao chegar à eletro-bigorna, posicionou o droide sobre um contorno retangular no chão e operou o pedal ao lado da alavanca principal da fornalha. A seção do piso onde o droide estava ergueu-se e inclinou, formando uma mesa de operações, ideal para o trabalho de um engenheiro de droides.

Ela pegou uma chave-magnética de serviço pesado e começou a desmontar a carapaça metálica que cobria o torso do droide. Com esforço, arrancou o painel blindado e o jogou no chão, onde caiu com um baque pesado.

Então, começou o trabalho. Ela não sabia muito sobre droides, apenas que se sentia compelida a coletá-los. Não se lembrava de tê-los trazido para o sepulcro, mas não questionou. Agora, soltava as rédeas de si mesma e deixava que *ele* guiasse suas mãos enquanto fazia ajustes no torso do droide.

Com os ajustes concluídos, pegou um dos fragmentos de cristal kyber usando uma pinça da fornalha e o mergulhou nas chamas, segurando-o ali até a ponta da pinça começar a brilhar em vermelho. Em seguida, retirou o cristal e o colocou no novo compartimento que havia construído dentro do peito aberto do droide.

Minutos ou horas se passaram — ela não sabia dizer. Por fim, sua consciência voltou, e ela olhou para seu trabalho.

O fragmento do cristal kyber, agora revestido de metal e conectado a um berço de complexos componentes eletrônicos, estava firmemente instalado dentro do droide.

Ela pegou a cobertura do droide que estava no chão e a fixou de volta no lugar. Em seguida, apanhou uma longa sonda e a inseriu na lateral do pescoço do droide. Ao pressionar um botão na sonda, os olhos do droide se acenderam — primeiro brilhando em branco, depois escurecendo até alcançar um profundo vermelho-sangue.

Enquanto o droide descia da mesa e marchava de volta para o interior da sepultura, ela voltou seu olhar para os fragmentos do cristal alinhados sobre a mesa de trabalho.

Um droide buscador ativado, cada elétron em seu sistema vibrando com a ressonância do cristal kyber em seu interior, cada ciclo de seus sistemas de controle respondendo ao chamado das outras partes do cristal, ecoando pela galáxia.

Um droide buscador ativado.

Faltavam outros dez.

CAPÍTULO 27

A *LADY LUCK*, SISTEMA TORRENOTEER
PRESENTE

— Chegamos?

— Chegamos.

A *Lady Luck* saiu do hiperespaço a uma boa distância de um planeta amarelo-pálido com três luas. Olhando para as informações na tela, Luke viu que o navicomputador havia corretamente identificado a localização como o sistema Torrenoteer e…

— *Tem certeza?*

Entregando o controle ao piloto automático, Lando se recostou, lançando um olhar para Luke, que estava debruçado sobre os dados. Luke apontou para a pequena tela.

— Seu banco de dados precisa ser atualizado — comentou. — Não há nada além de um nome catalogado e uma antiga varredura ambiental.

Lando voltou sua atenção para os sensores de longo alcance.

— Parece um bom lugar para não chamar atenção — disse, sem desviar os olhos da tela.

R2-D2 emitiu bipes alegres ao lado da estação de trabalho, girando seu domo entre Lando e Luke enquanto assobiava.

— Ora veja só, aí está — falou Lando. — R2 concorda comigo. — Ele olhou para o planeta que crescia rapidamente na janela frontal. — É possível que eles tenham inserido coordenadas curtas e recalculado depois — continuou, apontando para o planeta. — Aquela moça com quem falei sabia o que estava fazendo. — Ele se virou para Luke. — Mas eles também estavam prontos para receber nossa ajuda. Estarão nos esperando, se puderem.

— Eu gostaria de ter tanta certeza quanto você, Lando.

— Ei — retrucou Lando —, eu disse a eles que era um general e você, um Jedi. — Ele sorriu. — Acho que isso chamou a atenção deles.

Luke franziu as sobrancelhas.

— E Therezar?

Lando deu de ombros.

— Eles se assustaram. Vimos aquelas outras naves se aproximando. Não posso culpá-los por fugirem, Luke.

— Espero que tenha razão — disse Luke, antes de se virar para seu droide. — R2, veja se consegue localizar alguma atividade na superfície. Se eles desceram até o planeta, deve haver ao menos um rastro de íons ou outro sinal.

R2-D2 assobiou afirmativamente e virou seu domo de volta para a estação de trabalho, sua haste de dados girando enquanto acessava os sensores da *Lady Luck*. Alguns segundos depois, um bipe soou e os dados começaram a fluir na tela principal do piloto.

Lando inclinou-se para ler as informações.

— Bom, tem algo lá embaixo. — Ele desativou o piloto automático e retomou o controle manual da nave. — Vamos dar uma olhada.

Luke recostou-se enquanto Lando manobrava a nave.

Torrenoteer Menor — curiosamente, sem sinal de uma "maior", por razões que o banco de dados da *Lady Luck* não conseguia explicar — lembrava Luke de Tatooine, mas a comparação, na verdade, era favorável. Embora o planeta onde ele crescera fosse quase inteiramente formado por desertos de areia amarela e montanhas marrons, havia uma certa beleza que ele aprendeu a apreciar com o tempo.

Torrenoteer Menor também era um mundo desértico. Enquanto Lando fazia um sobrevoo das dunas e montanhas, ele assobiava baixo, aparentemente consigo mesmo, ao ver as maravilhas geológicas surgindo uma após a outra.

As areias do planeta formavam vastas e ondulantes dunas, mas nem de longe eram monótonas. Elas se agrupavam em suaves tons de vermelho e laranja, amarelo, azul e verde, refletindo uma grande variedade de composições minerais. À medida que Lando seguia o sensor em direção ao que eles esperavam ser o local de pouso do *Goldstone*, o deserto começou a se transformar em terrenos mais rochosos. Afloramentos e colinas deram lugar a cânions e bases de montanhas. Ali, as faixas de cores eram mais intensas, com formações rochosas literalmente listradas de camadas geológicas variadas.

Era lindo. Também era completamente inabitado — a velha informação no banco de dados da nave de Lando parecia estar correta. Atmosfera respirável, temperatura confortável... e nenhum sinal de vida em lugar algum no planeta.

Exceto pelo local onde eles agora se aproximavam. Com mais um cânion passando abaixo deles, Lando manobrou a *Lady Luck* e pousou atrás de outra colina, formada por várias camadas em tons de laranja e púrpura, como um doce exótico feito em alguma confeitaria de alta classe em Coruscant.

— É melhor não chegarmos perto demais — avisou Lando, desligando os motores principais da nave. — Se o *Goldstone* está aqui, então aquelas outras duas naves também podem estar.

Luke assentiu.

— Boa ideia. A que distância estamos?

Lando conferiu os instrumentos.

— Vinte cliques.

— É longe para ir andando. — Luke lançou um olhar para o terreno desértico. — Você não podia nos deixar mais perto?

— Estou apenas sendo cuidadoso, Luke. — Então, Lando se levantou, um largo sorriso surgindo em seu rosto. — Mas nunca diga que Lando Calrissian é uma pessoa despreparada. — Ele começou a caminhar em direção à porta da cabine, mas parou e se virou, o sorriso desaparecendo enquanto fazia um gesto para Luke. — Hum, isso foi uma deixa para você me seguir.

Erguendo uma sobrancelha e esboçando um sorriso, Luke o seguiu.

A *Lady Luck* era uma nave grande, e Luke não teve — ou, para ser perfeitamente honesto, não sentiu — a inclinação de pedir uma visita guiada. Ele seguiu Lando pela área de convivência principal e depois por uma série de passagens elegantes, cujo design barroco exibia um luxo de alta classe. Lando o conduziu por duas escadas de acesso — até mesmo essas eram ricamente esculpidas, com corrimões e degraus adornados por desenhos e entalhes. Era quase um excesso visual.

— Aqui estamos, aqui estamos — disse Lando, parando. Ele se virou para Luke com um sorriso de volta ao rosto. — O que foi que eu disse?

Eles estavam em um hangar em miniatura. À frente, uma rampa de carga levava a um grande objeto coberto por um tecido azul brilhante, semelhante às capas de seda que Lando adorava usar.

Lando agarrou a borda do tecido e puxou. Debaixo da cobertura surgiram duas speeder bikes. Lando riu e, jogando o tecido de lado, caminhou até uma delas, passando a mão pela lateral.

— Isto, meu amigo, é uma Stacker Polaris Stormwolf, modelo cinquenta e sete — disse Lando, sem conseguir conter a empolgação. Ele apontou para a outra máquina, que parecia semelhante, mas tinha diferenças sutis. — E essa é a Stormwolf vinte e sete, customizada. — Ele assobiou. — Você não tem ideia de quanto tempo levou para eu conseguir uma dessas. São itens de coleção, pode acreditar.

Lando foi até a frente das máquinas, pousando uma mão em cada um dos para-choques.

Sendo justo, Luke reconhecia que *realmente* pareciam speeders de alta classe e desempenho. Eram máquinas sofisticadas e discretas, com hastes de direção e superfícies de controle feitas de chapas angulares com acabamento fosco, agradáveis aos olhos. Ele compreendia o prazer de possuir aquelas máquinas e podia ver o cuidado e o trabalho que haviam sido dedicados a elas.

Luke ergueu os olhos e percebeu que Lando ainda estava falando, descrevendo detalhes sobre *capacidade de carga*, *proporção entre torque e antigravidade*, e...

— Lando.

Lando ergueu os olhos.

Luke apontou para um dos speeders — se era o cinquenta e sete ou o vinte e sete, ele não sabia.

— Vou ficar com esse aqui — disse, então andou até a parede e apertou o grande botão de controle da rampa. Um tom de alerta soou, e as portas traseiras, junto com a rampa, começaram a se abrir atrás de Lando.

Lando sacudiu a cabeça e subiu no assento do outro veículo.

— Mestre Luke Skywalker, às vezes você é um homem difícil de fazer amizade — disse ele, com o sorriso ainda intacto. Ele apontou para a máquina de Luke. — E só para constar — acrescentou —, *esse* é o vinte e sete.

Com uma risada, Luke subiu no speeder, e juntos saíram para as areias de Torrenoteer Menor.

— Bom, com certeza esse não é o iate de Zargo.

Lando passou os quadrinóculos para Luke e se abaixou atrás do cume de uma colina. Atrás deles, descendo a encosta, os dois speeders estavam parados, esfriando sob o pôr do sol de Torrenoteer. No céu acima, duas das três luas do planeta brilhavam, grandes e verdes.

Do outro lado do cume, havia uma clareira em forma de cratera cercada em três lados pela colina onde Luke e Lando estavam escondidos, e no quarto lado por uma série de penhascos com enormes ravinas estreitas se espalhando. A clareira tinha cerca de dois quilômetros de extensão, de acordo com os quadrinóculos, e, até onde Luke podia perceber, sua aproximação não havia sido detectada pelos ocupantes da nave aterrissada lá embaixo.

A nave, certamente, *não era* o iate *Goldstone*. Era um veículo quadrado, com dois grandes motores montados externamente em cada lado do casco retangular, cuja traseira consistia em uma rampa do chão ao teto. A rampa estava estendida, e dois humanoides estavam sobre ela, de costas para a colina. Observando pelos quadrinóculos, Luke identificou um deles como um Gran, e Lando confirmou que o outro era um dos gêmeos, Bosvarga ou Cerensco, da Estação Ponto Boxer. Os dois discutiam algo, com o Gran apontando para a face do penhasco e as ravinas.

— Essa é uma das naves — afirmou Luke, devolvendo os quadrinóculos a Lando. Ele se virou para olhar os speeders na base da colina e as terras adiante. A *Lady Luck* estava fora de vista, e eles não notaram nenhum outro sinal de atividade. — Devem ter se separado, com a outra aterrissando mais adiante. Se é que está aqui.

— O que significa — Lando respondeu, espiando novamente pelos quadrinóculos — que eles também perderam o *Goldstone*.

— Talvez — disse Luke. — Eles estavam perto o suficiente para ver a nave descendo. Deve estar por aqui. — Ele rolou de costas. — Eles escolheram essa ravina pela mesma razão que aterrissamos lá atrás.

Lando concordou.

— Para evitar detectação... espere.

Ele ergueu os quadrinóculos novamente, percebendo movimento próximo à nave. Luke aproximou-se da beira do cume e olhou para baixo. Quando fez isso, ouviu um leve zumbido vindo do local de pouso.

Dois indivíduos emergiram da traseira da nave, cada um montado em uma speeder bike — modelos muito mais utilitários, para não dizer *baratos*, do que os Stormwolfs de Lando. Cada um deles rebocava outro speeder vazio. Usavam trajes utilitários justos, com as cabeças envolvidas em bandanas negras e os rostos protegidos por pesados óculos, prontos para enfrentar o deserto. Weequay, talvez, mas Luke não tinha certeza.

Após mais alguns momentos de conversa entre o grupo, Bosvarga e seu companheiro Gran montaram os speeders livres. O grupo se separou em dois pares, com Bosvarga e seu amigo subindo a suave inclinação da clareira, passando pelo topo da colina quase na direção oposta à de Luke e Lando, enquanto um enorme arco multicolorido de areia era lançado contra o céu esverdeado. A outra dupla tomou um caminho mais direto em direção ao penhasco, virando suas máquinas em sincronia ao escolher uma das ravinas e desaparecer de vista.

Satisfeito com a barra limpa, Luke deu uma batida nas costas de Lando e se levantou, suas botas afundando levemente na areia enquanto se dirigia de volta aos speeders.

— Siga a primeira dupla ao longo da colina — instruiu Luke. — Eu vou atrás dos outros dois. — Chegando ao seu veículo, Luke jogou uma perna sobre o assento e montou. — Mantenha distância, mas não os perca de vista.

Ele torceu o guidão, e o motor do speeder ganhou vida com um ronco profundo e agradável.

— Boa sorte — disse, levantando uma das mãos em saudação enquanto acelerava com a outra, disparando atrás de sua presa.

CAPÍTULO 28

TORRENOTEER MENOR

PRESENTE

Lando parou o speeder sob a sombra de uma saliência na colina e saltou rapidamente para fora da máquina, deixando-a ligada silenciosamente. Embora fosse bem diferente de como ele imaginava usar os speeders, ele se sentiu grato por ter investido nos compensadores de aceleração e nas hastes de fibra-noir do motor. Essas modificações caras em um speeder já de alto nível o tornavam ainda mais silencioso e discreto.

Se havia algo que Lando não suportava era ostentação.

Ele seguiu o primeiro par de speeders a uma distância segura, utilizando a curva suave no topo da colina, que se erguia entre as vastas dunas de Torrenoteer Menor, para se manter oculto enquanto os outros dois veículos aceleravam à frente. Seus pilotos estavam desleixados, sem tentar esconder seus rastros, deixando uma grande cauda de areia se projetando no ar atrás dos estabilizadores dos speeders.

Após algum tempo, os dois diminuíram a velocidade, fizeram uma curva e subiram pela colina até desaparecerem da vista. Lando freou seu próprio speeder, desligou o motor e flutuou suavemente nos repulsores, ouvindo atentamente. O zumbido dos outros veículos foi diminuindo até ser interrompido por um engasgo abrupto.

Eles haviam parado, e bem perto. Lando estacionou o speeder, pegou os quadrinóculos da bolsa de equipamentos na lateral e rastejou até o topo da colina.

Ele não precisou dos quadrinóculos. Do outro lado da colina, em uma planície rachada que poderia ter sido o leito de um lago no passado, estava o iate *Goldstone*, sua asa-delta refletindo a luz verde das luas do planeta. As duas speeder bikes que ele havia seguido estavam paradas nas proximidades, com os pilotos agora se aproximando do iate a pé, empunhando seus fuzis blaster.

Lando levou os quadrinóculos até os olhos e observou de perto, ampliando a imagem, não nos dois caçadores de recompensas, mas no próprio *Goldstone*. Ele procurava não apenas por danos mas também por armamentos. No entanto, não encontrou nada. A nave parecia recém-saída da fábrica, o metal dourado do casco quase tão polido quanto um espelho. Se havia armas, estavam bem escondidas.

Os dois caçadores de recompensas haviam alcançado a nave e agora a observavam, como se procurassem uma forma de entrar. Da posição de Lando, ele não conseguia ver dentro da cabine do *Goldstone*.

O que a família estava fazendo? Por que aterrissaram ali? E por que não tomaram nenhuma precaução?

Mais importante ainda: por que não dispararam para o espaço, deixando os caçadores comendo poeira?

Lando se ajeitou, deitado sobre a barriga, e retirou o comunicador do cinto. Não havia sinal de Luke ou dos outros caçadores. Lando — e suas presas — haviam tido sorte.

Foi então que ele ouviu o distinto clique de uma pistola blaster sendo destravada e sentiu algo pequeno e afiado cutucando dolorosamente a parte de trás de sua cabeça.

— Não se mexa — disse a voz masculina atrás dele, baixa e modulada até se tornar um grunhido sintético pelo vocalizador do capacete do caçador de recompensas.

— Não se preocupe — Lando respondeu, suspirando. — Eu não estava planejando fazer isso.

Então, sentiu uma mão pesada em seu colarinho, sendo erguido até se levantar, antes de ser empurrado ladeira abaixo na direção do iate *Goldstone*.

CAPÍTULO 29

TORRENOTEER MENOR

PRESENTE

O sistema das ravinas onde Luke se encontrava era fascinante, um belo exemplo da estranha geologia do planeta, com suas camadas multicoloridas passando rapidamente enquanto ele acelerava o speeder. Ele tinha que admitir, era um prazer pilotar aquela máquina, e à medida que serpenteava pelas estreitas fendas da crosta planetária, permitia-se um breve momento para apreciar a sensação.

Até então, a perseguição havia sido infrutífera. As ravinas, ao mesmo tempo frustrantes e belas, logo se mostraram uma vasta rede de desfiladeiros e vales, uma teia que cruzava toda aquela região desértica.

Sua presa ainda não havia sido localizada. O Stormwolf vinte e sete, uma máquina poderosa, estava bem equipada com amortecedores que abafavam o ronco grave de seu propulsor principal. Mas, nas ravinas, até mesmo o suave rugido do motor ecoava, muito mais alto do que Luke gostaria. Seu único consolo era saber que o barulho dos outros dois speeders era muito maior, e esse som abafaria o rastro da sua perseguição.

Luke reduziu a velocidade, permitindo que o speeder continuasse por inércia enquanto usava o rastreador para se localizar. A ravina estava sendo tomada por sombras à medida que o sol se punha, e ele sabia que seria inútil continuar a busca quando a noite se instalasse.

Foi então que ele ouviu… um rugido. O som de uma speeder bike acelerando, diminuindo e aumentando em intensidade. Luke parou seu speeder e olhou ao redor, tentando discernir a direção do som.

O som veio novamente, e…

Ali.

Luke acelerou, virando noventa graus, disparando por outro desfiladeiro. Em um segundo, um dos speeders que ele perseguia apareceu, saindo de uma ravina e se posicionando à sua frente, quase no ponto de colisão.

Luke sabia exatamente o que aconteceria a seguir, e amaldiçoou sua ingenuidade. Claro que os caçadores de recompensas sabiam que estavam sendo seguidos. Atrair Luke mais para dentro das ravinas era uma armadilha perfeita.

Ele olhou para trás, ouvindo o som gutural do segundo speeder, deslizando de lado e se alinhando atrás dele. O rosto do piloto, quase invisível sob os grandes óculos de proteção, estava encoberto, e a bandagem longa balançava atrás enquanto acelerava em sua direção.

Mas Luke já tinha um plano. Trocando de marcha, pisou no pedal com o pé direito e puxou o guidão. O speeder empinou, o nariz da máquina quase ficando horizontal, antes de Luke soltar o acelerador e apertar o freio. Em um piscar de olhos, o speeder que o perseguia passou debaixo de Luke, que trocou de marcha novamente e desceu para o chão, agora atrás do outro caçador.

Essa, sim, era uma posição melhor.

À sua frente, os dois pilotos gritavam entre si, ambos arriscando olhar para trás enquanto tentavam manobrar pelos desfiladeiros, cada vez mais estreitos. Uma névoa fina começou a se formar a partir do speeder à frente, e, ao olhar para baixo, Luke percebeu que o chão da ravina agora era uma lagoa rasa, que se alargava e se aprofundava à medida que seguiam em frente.

Dois tiros blaster ecoaram pelas paredes rochosas. Luke abaixou-se instintivamente, mas os tiros passaram longe, o piloto com dificuldades para acertar e ao mesmo tempo evitar que seu speeder batesse nas paredes do desfiladeiro. O piloto então checou o caminho à frente, virou-se e disparou novamente, agora com mais precisão. Luke desviou, por pouco, evitando o tiro e se encontrando ao longo da base da parede da ravina, fazendo com que sua própria pluma de água e terra se projetasse para o ar.

O caçador de recompensas na frente era claramente o mais habilidoso. Luke viu o piloto se posicionando de pé nos pedais, forçando a aceleração ao máximo. O motor do speeder zumbiu sob a pressão, mas o piloto, com calma e confiança, mirou cuidadosamente e apertou o gatilho.

O sabre de luz de Luke apareceu em um lampejo verde, desviando os dois tiros que vinham na sua direção. O topo da ravina à esquerda de Luke explodiu, espalhando rochas e destroços pelo canal.

Pelo menos isso pareceu abalar o caçador de recompensas à frente de Luke. O piloto se virou e se inclinou sobre o guidão, tentando colocar distância entre ele e o Jedi que agora sabia estar atrás dele. No entanto, seu speeder não era páreo para a potência da máquina de Lando. O caçador ergueu o blaster e atirou aleatoriamente para trás, sem nem se virar. Para surpresa de Luke, os tiros foram quase tão perigosos quanto os disparos mais cuidadosos que ele próprio faria. Enquanto o caçador continuava a apertar o gatilho, Luke rebateu com precisão, desviando cada tiro. Então, concentrando seu foco, ele usou o sabre de luz para redirecionar os dois disparos seguintes, enviando-os diretamente de volta para o ponto de origem.

O grito do piloto quando foi derrubado de seu speeder ecoou pela ravina, enquanto Luke, ainda empunhando o sabre de luz, girava o guidão com a outra mão, evitando por pouco o impacto com uma formação rochosa. Quando conseguiu sair da zona de perigo, um forte estrondo atrás dele ressoou através das paredes da ravina, amplificado pelo eco, quando o speeder colidiu com uma rocha e explodiu.

Um já foi. Faltava mais um. Luke desativou o sabre de luz e o guardou no cinto, ciente de que derrubar os pilotos *não* o levaria diretamente até o *Goldstone*. Ele só podia torcer para que Lando tivesse mais sorte.

À frente, o primeiro speeder começava a se afastar. O piloto, desistindo de atirar em seu perseguidor, agora focava apenas em escapar.

Mas não teve chance. A máquina de Luke era muito mais rápida e manobrável que a do caçador. Bastava ele apertar o acelerador e reduzir a distância. Seu plano agora era desativar o speeder, poupando o piloto para um interrogatório posterior.

Luke concentrou-se, esticando os dedos de sua mão orgânica enquanto controlava o speeder com a mão cibernética. Ele usou a Força — apenas um pouco — e puxou o speeder — apenas um pouco —, esperando que isso levasse a perseguição a uma conclusão segura, e, com sorte, benéfica.

E então…

Luke arregalou os olhos. O speeder à frente desapareceu, sua presença na Força sumindo completamente. Ele piscou de perplexidade, sentindo que o som do motor de sua presa havia mudado dramaticamente. Luke ergueu-se no assento e acelerou, tentando entender o que tinha acontecido.

Mas então o motor de seu próprio speeder rugiu e, de repente, o chão desapareceu debaixo dele. Luke apertou os freios, mas ele estava indo rápido demais, o que o fez sair voando da ravina. Ele só teve tempo de olhar para trás e perceber que havia saltado para fora do sistema de ravinas, pelo menos a cem metros da superfície. Olhando para baixo, viu o lago se aproximando rapidamente, com os repulsores tentando compensar a súbita mudança de direção. O lago era grande e quase perfeitamente circular, com a água colorida em brilhos intensos de vermelho, amarelo, azul e verde, criando círculos concêntricos que cintilavam sob o sol baixo do planeta.

Adiante, cortando o lago com uma cauda de água erguendo-se atrás, o outro speeder corria em direção à orla oposta, máquina e piloto intactos após a queda.

Luke não podia fazer nada além de segurar firme e se preparar para o impacto, mas se sentia grato por Lando não ter economizado naquele speeder. Os compensadores antigravitacionais estavam trabalhando em dobro, e o painel do speeder mostrava várias luzes de alerta, enquanto os estabilizadores tentavam minimizar o impacto na água. O contato com o lago foi um solavanco considerável, mas Luke estava pronto para isso. Ele só podia imaginar quão pior fora para o outro piloto.

Luke não teve tempo para refletir. Assim que aterrissou, disparos vermelhos de blaster começaram a chover em sua direção, vindos do speeder à frente. Ele desviou com facilidade, mas as superfícies de controle de sua máquina lutaram para se adaptar ao líquido abaixo, fazendo o speeder deslizar com uma velocidade surpreendente enquanto ele manobrava. Luke recuperou o controle a tempo de evitar que o veículo fosse lançado para o lago, então acelerou o motor e seguiu novamente na perseguição. Sua aproximação agora era mais lateral, e, livre da névoa da sua presa, Luke fixou os olhos em seu alvo.

O plano não havia mudado. Ele precisava se aproximar.

Precisava terminar com isso.

Luke tirou o sabre de luz da cintura, girando o cabo na mão enquanto mantinha o controle sobre o speeder, que sacudia bastante devido às ondas da água abaixo.

Mais uma vez, disparos de blaster. O outro piloto — um profissional, calmo e paciente, Luke pensou — tinha avistado seu inimigo e agora aproveitava a distância que havia entre eles enquanto Luke se aproximava diagonalmente. O piloto estava completamente de pé sobre os pedais, disparando tiros contínuos na direção de Luke.

O caçador de recompensas era habilidoso, mas também previsível. Cada rajada consistia em três tiros, seguidos por mais três. Após alguns desses, Luke já tinha identificado o padrão e estava pronto, com o sabre de luz. Ele diminuiu a distância e ativou a lâmina.

Os três tiros seguintes atingiram diretamente a lâmina, e Luke, utilizando seu treinamento e a intuição proporcionada pela Força, desviou os disparos de volta para o exato ponto de origem.

Houve uma pausa, seguida por uma explosão quando o speeder do outro piloto foi destruído e ele foi lançado para o ar, enquanto a máquina girava e se desintegrava. Luke acelerou até o local, com o sabre de luz desativado e guardado na cintura, observando os destroços fumegantes caindo sobre o lago. Não havia sinal do piloto.

Luke aproximou-se e, ao analisar os destroços, avistou o piloto. Ele estava preso no meio da estrutura quebrada das hastes dianteiras do speeder, que haviam se soltado na explosão. Suas pernas estavam presas nas ferragens.

O piloto se debatia na água, o peso das ferragens começando a arrastá-lo para o fundo, enquanto Luke desacelerava ao seu lado e pulava na água. Ele nadou até os destroços, tentando agarrá-los.

Não conseguiu. Era impossível mover os destroços enquanto ainda tentava se manter na superfície. O que restava do speeder estava afundando rapidamente.

Luke soltou as ferragens e nadou para ganhar espaço. Bateu os pés para se manter vertical e, então, usou a Força, começando a levantar tanto os destroços quanto o piloto. Mas, assim que ambos começaram a se mover na água, o piloto gritou de dor. Luke imediatamente percebeu que ele estava preso, e qualquer movimento dos destroços poderia piorar a situação.

Luke voltou aos destroços, tentando alcançar o piloto. Seu rosto, protegido pelos óculos, mal ficava acima da água. Luke mergulhou, sua túnica Jedi flutuando ao redor de seu corpo enquanto envolvia um braço nas costas do piloto, tentando estabilizá-lo. Fechando os olhos nas águas ricas em minerais, Luke tentou ver o que poderia fazer. Com a mão livre, apanhou seu sabre de luz e o ativou debaixo da água.

Houve uma grande explosão e erupção de vapor enquanto Luke arrastava a lâmina pela água, cortando os destroços para libertar a perna do piloto. Ele ergueu o sabre de luz fora da água e, ainda apoiando o piloto, tentou cortar mais pedaços das hastes retorcidas ao redor das pernas presas.

Foi quando o piloto começou a se debater. Ele havia perdido seu blaster no impacto, mas talvez, ao ver a arma de Luke ativada, tenha pensado que estava prestes a ser morto. O piloto se debateu com mais força, suas pernas ainda presas, fazendo com que a cabeça de Luke fosse empurrada para debaixo d'água.

Luke desativou o sabre de luz — era muito perigoso usá-lo tão perto do piloto que se debatia. Ele relaxou, permitindo-se ser levado para baixo, para mostrar que não estava resistindo. Mas foi tarde demais — o piloto acertou um soco certeiro no rosto de Luke, que recuou, sentindo o gosto do sangue.

Os movimentos do piloto diminuíram e depois pararam. Luke nadou até ele, o agarrando novamente ao redor do torso e batendo os pés para levá-los até a superfície. Quando Luke respirou o ar frio da noite, tentou examinar o piloto, confuso com a mudança repentina de comportamento. Mas ao mover o corpo, algo escuro começou a descolorir a água ao seu redor. Em poucos segundos, Luke se viu nadando em um círculo vermelho profundo enquanto o piloto sangrava de um ferimento que Luke não conseguia ver. Luke agarrou melhor o piloto sob o braço e bateu os pés novamente, tentando libertá-lo. Mas era inútil. O piloto estava completamente inerte, e quando Luke observou seu corpo, viu que um pedaço afiado da barra de direção havia penetrado nas costas do Weequay, um ferimento mortal. Sua última luta contra Luke foi um ato de desespero, gastando suas últimas energias antes de sucumbir ao ferimento.

Luke suspirou, frustrado, e sacudiu a cabeça antes de soltar suavemente o corpo do piloto para as águas. Ele afundou rapidamente, puxado pela dianteira danificada de seu speeder.

Luke olhou ao redor, então nadou até a seção central do speeder, que, separada do pesado mecanismo frontal, ainda flutuava, inclinada de lado. Usando seu peso, ele conseguiu virar a máquina para cima e se sentou no assento. Ali, descansou, apoiando os cotovelos enquanto recuperava o fôlego, sentindo o peso de sua túnica molhada.

Foi quando uma série de bipes disparou.

Luke abriu os olhos e olhou para o simples console do speeder. Uma luz verde piscava, acompanhada de um alerta — uma mensagem estava chegando, conforme indicava a pequena tela quadrada montada no radiador.

Ele apertou o botão para receber e uma linha de texto apareceu na tela.

ACHEI UM BELO DE UM PRÊMIO.

Na linha seguinte, havia uma referência de localização. Luke memorizou as coordenadas e, com cuidado, desceu do speeder e nadou até o seu próprio, flutuando próximo dali. Subindo no assento, ele digitou as coordenadas em seu rastreador. A tela do speeder traçou o curso instantaneamente: dez quilômetros ao leste.

Afastando os cabelos molhados da testa, Luke agarrou o guidão e fez uma pausa para respirar.

Até aquele momento, a missão em Torrenoteer havia resultado em duas mortes desnecessárias — ele olhou para os destroços do speeder do caçador de recompensas atrás de si e cerrou os dentes.

Tinha que haver outra maneira. Todas as suas habilidades — todo seu poder —, ainda assim, levando a isso. E, além disso, Lando estava lá fora, enfrentando os outros caçadores de recompensas, sozinho.

Luke virou-se novamente para frente. Fechou os olhos, focando dentro de si, buscando sua calma, tentando silenciar a dúvida que assombrava sua mente.

Ele era um Jedi. Seu compromisso com os caminhos da Ordem era profundo. Sim, ele tinha poder, mas sabia que sua conexão com a Força não deveria ser cobiçada. Ele tinha a responsabilidade de usá-la com sabedoria e moderação, cada ato afastando-o um pouco mais da escuridão que, apesar de tudo, ainda permanecia em seu coração — como talvez residisse em todos os seres sencientes.

Cada ação, um passo mais perto da luz.

A morte de um inimigo não era motivo para celebração. Lembrando-se disso, Luke respirou fundo e abriu os olhos. Pensou em Lando, seu velho amigo. Pensou na família que ainda não conhecia. Ambos estavam lá fora. Ambos precisavam de sua ajuda, agora.

Com uma clareza renovada e foco na missão, Luke destravou o pedal e acelerou sobre as águas do lago.

CAPÍTULO 30

TORRENOTEER MENOR

PRESENTE

Luke estava quase seco quando chegou às coordenadas exibidas na tela de seu Stormwolf vinte e sete. Mantendo um olho no rastreador, ele saiu do lago e seguiu ao longo da orla. Quando avistou a linha do topo da colina que ele e Lando haviam seguido antes, usou a cobertura para esconder sua aproximação, tomando uma rota mais longa até o ponto de referência enviado pelos caçadores de recompensas. Estacionando sob a sombra da colina, Luke rastejou para olhar sobre o topo.

O que viu *não* era o que esperava.

Havia dois caçadores de recompensas na planície salina abaixo, com seus speeders estacionados de frente um para o outro. Um era o Gran em seu traje de voo justo; o outro era mais uma figura com óculos de proteção, mas não parecia ser um dos gêmeos do Ponto Boxer. Na frente deles, havia um andador compacto de duas pernas. Seu corpo era mais ou menos um cone invertido, com a parte inferior plana, o chassi se estendendo até o topo, onde um domo transparente protegia o único piloto na frente da estrutura quadrada. As pernas esguias da máquina eram montadas altas nas laterais do torso, logo atrás de dois longos braços articulados que terminavam em garras manipuladoras. Um canhão blaster curto se projetava abaixo do domo do piloto, e a máquina tinha cerca de três metros de altura.

Aquele andador de uma pessoa só parecia estranho e pesado no topo, mas Luke sabia como podiam ser formidáveis nas mãos certas — era um

CAP-2, uma relíquia do Império, embora uma arma pouco usada em tempos de guerra. Os caçadores provavelmente a haviam tirado de algum ferro-velho. A galáxia estava cheia de sucata desse tipo.

Não havia sinal do *Goldstone*, mas mais adiante, atrás do CAP-2, havia uma área queimada, onde o solo rachado se tornara marrom, com o centro envidraçado — queimadura de íons, o típico sinal de uma decolagem apressada.

A família? Será que haviam escapado?

Luke franziu a testa, confuso com a mensagem que havia interceptado. Algo sobre um "prêmio"? Porque, se a família havia escapado...

Então, o CAP-2 se sacudiu de um lado para o outro quando girou sobre suas pernas finas, e Luke viu o tal prêmio: Lando Calrissian, com a cabeça caída em sono inconsciente, preso no compartimento de prisioneiros do andador, localizado na traseira do chassi superior.

Luke sentiu seu coração acelerar, embora tentasse manter a calma. Lando estava vivo — se estivesse morto, seu corpo estaria no chão, não preso no transporte de prisioneiros. Eles estavam prestes a levá-lo para a outra nave. Luke não reconhecia o controlador do CAP-2 através da curva do domo, e o outro ser — Bosvarga ou Cerensco — não estava ali. Isso significava que a segunda nave dos caçadores de recompensas deveria estar por perto.

Luke não perdeu mais tempo. Ele saltou sobre o topo da colina e desceu rapidamente, sua túnica ainda molhada esvoaçando atrás dele. Os caçadores o avistaram — Luke viu um deles apontando, depois o outro se virou em sua direção, com o CAP-2 também se virando, o canhão blaster já se movendo para mirar.

Assim que as botas de Luke tocaram a planície salina, o sabre de luz já estava em sua mão, brilhando com seu verde vibrante. Com a lâmina erguida em ângulo sobre seu corpo, Luke correu em máxima velocidade, enquanto os caçadores disparavam uma saraivada de tiros. O chão da planície de sal voava em pequenas explosões ao redor dos pés de Luke, e o paredão da colina atrás dele ecoava quando atingido pelos tiros, transformando a rocha colorida em fragmentos.

Luke diminuiu a distância, movendo o sabre de luz com precisão e controle, desviando qualquer tiro que estivesse prestes a atingi-lo. O CAP-2 ainda não havia disparado; ele percebeu que os outros caçadores estavam à frente do canhão, e o andador agora lentamente se movia de lado para poder mirar.

E então, Luke já estava diante deles. Sabendo que não havia outra escolha, cortou um dos caçadores instantaneamente com dois movimentos rápidos, depois se virou para encarar o outro. O caçador — o Gran — ergueu seu blaster e disparou à queima-roupa. Luke segurou o sabre de luz com firmeza, mas tudo o que conseguiu fazer foi desviar o tiro diretamente para o chão entre eles. A superfície quebradiça do chão se espatifou como vidro, lançando uma nuvem de poeira e fragmentos no ar.

O Gran soltou um grito e cambaleou para trás, surpreso pela poeira em seu rosto. Enquanto se recuperava, com dois de seus três olhos piscando furiosamente, ele ergueu o blaster novamente e disparou outra saraivada. Dessa vez, Luke rebateu os tiros diretamente contra o atirador, e o caçador desabou no chão.

O chão tremia enquanto Luke girava, ficando de frente para o CAP-2 que se aproximava, com seu canhão agora apontado diretamente sobre ele. Houve um zumbido rápido enquanto a arma era carregada, então Luke pulou para a esquerda, o lugar onde estivera transformado em uma poça de vidro derretido.

Luke rolou e se levantou, depois saltou para a direita, o piloto do CAP-2 mirando o canhão em sua nova posição e disparando.

— Luke! Luke! Você está bem? — gritou Lando.

Quando o andador se movia, Luke podia ver seu amigo se debatendo no compartimento de prisioneiros, o movimento da máquina jogando-o de um lado a outro.

O canhão zumbiu novamente e Luke saltou no ar, tentando ganhar altura suficiente para evitar o próximo disparo devastador, girando para trás.

— Lando, você consegue sair de dentro dessa coisa? — Luke gritou, com o sabre de luz em uma postura defensiva, o ar entre ele e o CAP-2 agora opaco com a nuvem de poeira. Quando Luke olhou através da poeira, usando a Força para intensificar seus sentidos, a nuvem foi iluminada com um brilho amarelo quando os faróis dianteiros do andador se acenderam, e a máquina continuou avançando, um passo pesado por vez.

— Estou tentando, estou tentando! Mantenha ele ocupado!

O canhão carregou e disparou, mas Luke não precisou se mover para evitar, o piloto do andador claramente agora operando às cegas com toda a poeira. A máquina avançou, erguendo o pé para outro passo, mas baixou-o imediatamente. Sob o domo transparente, Luke viu o piloto se virando no assento para olhar para trás.

Mais uma chuva de faíscas apareceu na traseira do CAP-2, seguida de um grito surpreso de Lando quando o compartimento se abriu e ele caiu pesadamente no chão, a pequena ferramenta com a qual havia feito o curto-circuito ainda em sua mão. Enquanto tentava se arrastar para a segurança, o CAP-2 deu meia-volta, estendendo um braço para retomar seu prisioneiro.

Essa foi a distração que Luke precisava. Ele correu, golpeando com o sabre de luz para arrancar o cano do canhão. Depois se afastou, golpeando o sabre com um arco paralelo ao chão. A lâmina cortou a perna esquerda do andador sem resistência.

O CAP-2 começou a tombar imediatamente, soltando um gemido mecânico enquanto os sistemas tentavam compensar a perda de equilíbrio. O andador pendeu sobre a perna restante, ameaçando cair sobre Lando. Vendo isso, Luke abaixou o sabre de luz, estendeu a outra mão e usou a Força para empurrar o andador na direção oposta.

Assim que o andador atingiu o chão, o domo da cabine foi ejetado com um baque. O piloto ativou a saída de emergência e começou a subir as costas da máquina, blaster em mãos. Ele só conseguiu disparar uma vez, um tiro que Luke habilmente desviou de volta. O piloto gritou e caiu sobre o casco do andador abatido.

Com o sabre desativado, Luke girou e correu para Lando, que agora estava sentado no chão, esfregando a nuca enquanto estremecia. Ajoelhou-se na frente de seu amigo.

— Você está bem?

Lando franziu as sobrancelhas.

— Vou viver. — Ele levantou a ferramenta usada para se libertar. — Abridor de garrafas de vapor destilado Azurano. Ganhei de presente de uma adorável sommelier em Bothsoliman. — Guardou a ferramenta no bolso de utilidades, então olhou para Luke, suas roupas ainda molhadas e agora completamente desarrumadas. — Eles também têm bons alfaiates em Bothsoliman. Posso recomendar um. Que diabos aconteceu com você?

— Uma longa história — Luke disse. Ainda ajoelhado, ele apanhou um punhado de sal derretido debaixo deles. — Parece que alguém fez uma decolagem apressada.

Assentindo, Lando se levantou. Ele se virou e olhou para o profundo verde do céu do planeta, já pontilhado por estrelas cintilantes. A terceira lua de Torrenoteer, com um tom violeta, começava a surgir no horizonte.

— Foi o *Goldstone* — Lando falou. — Eles conseguiram escapar. Os caçadores de recompensas que eu segui me levaram diretamente para a nave, mas o iate decolou antes que eles pudessem entrar. Foi quando me capturaram. — Lando suspirou, as mãos nos quadris. — Havia mais caçadores do que eu pensava.

Luke se levantou.

— Venha — ele disse. — Vamos ver o que podemos encontrar.

CAPÍTULO 31

O IATE *GOLDSTONE*, COORDENADAS DESCONHECIDAS

PRESENTE

— Tudo pronto — Miramir disse, entrando na área de convivência principal do *Goldstone*.

Dathan virou-se quando ela entrou na cabine, outra demonstração luxuosa da riqueza e preferências de Zargo Anaximander. O ambiente mais parecia um apartamento de alta classe em Coruscant do que o interior de uma espaçonave. Ele ergueu uma sobrancelha.

Miramir levantou o objeto em sua mão — um pequeno componente em forma de cruz, que parecia feito de vidro coberto por prata.

— O transponder de hiperonda. — Ela sorriu e jogou o objeto para Dathan. Ele o apanhou desajeitadamente e o virou em suas mãos, antes de olhar para Miramir com uma expressão de dúvida. Ela se aproximou e pegou o componente de volta.

— Foi preciso um trabalho de detetive para encontrá-lo — ela explicou, observando o pequeno objeto. — Mas agora não conseguirão nos seguir novamente.

Dathan assentiu, finalmente entendendo. Eles queriam esperar em Torrenoteer, mas as duas naves em seu encalço os haviam encontrado rapidamente — rápido demais para ter sido apenas sorte. O *Goldstone* estava transmitindo sua localização o tempo todo.

Agora, após um salto rápido pelo espaço para sair do sistema de Torrenoteer e com o transponder desativado, seria impossível rastreá-los.

— Certo — Dathan disse. — Isso é bom. A Rey está bem?

— Está dormindo na cabine — Miramir respondeu. — Ela está se saindo bem. Parece apenas cansada, não com medo.

Dathan não conseguiu segurar um sorriso. Ele puxou Miramir para perto, envolveu os braços ao redor de seu torso e a abraçou. Ele passou a mão em seus longos cabelos dourados. Dathan inalou o perfume e, por um momento, sentiu que tudo poderia acabar bem, desde que permanecessem todos juntos.

Dathan. Miramir. Rey.

Ele fechou os olhos, sentindo o peso de Miramir quando ela se recostou nele, suas mãos se tocando.

— Sinto muito — ele sussurrou.

Ela sacudiu a cabeça.

— Você precisa parar de se desculpar — falou Miramir, desfazendo o abraço e olhando nos olhos de seu marido. — Você *sabe* disso.

Dathan abriu a boca para se desculpar novamente, mas parou e apenas concordou. Estava cansado, frustrado, irritado. E então, o peso da culpa voltou.

Tudo aquilo era culpa sua, pela pessoa que era, de onde vinha — e a quem *pertencia.*

— Não é o nosso legado que nos define, Dathan — Miramir disse suavemente. — Ou nossa composição genética. Já falamos sobre isso, e sei que vamos falar novamente, quantas vezes for necessário, até o fim. — Ela sorriu e segurou o rosto de Dathan com as mãos. — Você é *você.* Você é Dathan. Você é definido pelas suas escolhas. Pelas suas ações. E, neste momento, Rey e eu precisamos de você, que está fazendo um ótimo trabalho nos protegendo. — Ela o beijou suavemente nos lábios. — Estamos juntos nisso, Dathan.

Dathan assentiu e eles se separaram. Miramir deu um passo para trás e inclinou a cabeça, olhando para o marido.

— Eu sei o que você está pensando.

Dathan suspirou e se moveu para um dos sofás posicionados diante de uma mesa, que, pelos controles na lateral, parecia ser um sistema de entretenimento de alta classe. Ao se sentar, o sofá se ajustou automaticamente para acomodar seu corpo à perfeição.

Ele não tinha certeza se gostava daquela sensação.

— Se os Sith não puderem nos encontrar — Miramir disse —, significa que os Jedi também não poderão. — Ela atravessou a sala até um gabinete montado na parede, cheio de esculturas abstratas de vidro líquido que se contorciam lentamente. Deu de ombros, de costas para Dathan. — E isso nos dá algo, não é mesmo? Agora talvez tenhamos um lugar para *onde* fugir. — Ela fez uma pausa. — Se eles conseguirem nos achar.

— Talvez possamos ajudá-los a nos encontrar — Dathan sugeriu, uma ideia começando a tomar forma em sua mente.

Miramir franziu as sobrancelhas.

— Você quer que eu reconecte o transponder de hiperondas?

Dathan se levantou.

— Não, não. Mas... estamos com pouco combustível, certo?

Miramir confirmou.

— Então, vamos precisar parar em algum lugar.

— Para reabastecer? — Miramir olhou ao redor. — Acho que podemos negociar algum combustível. Essas coisas devem valer uma fortuna. Quem sabe até trocamos a nave por outra?

Ao ouvir isso, Dathan estremeceu.

— Lando Calrissian e seu amigo pensam que estamos com o *Goldstone*. E, além disso, duvido que possamos comprar uma nave melhor, mesmo negociando. — Dathan olhou ao redor. — E isso pode ser mais difícil do que você imagina. Essas naves são raras. As pessoas saberão de onde elas vêm. A maioria delas provavelmente tem alguma identificação. Compradores legítimos não vão querer tocá-las. Teríamos que encontrar um mercado paralelo.

Os ombros de Miramir murcharam.

— O que levaria um bom tempo.

— Tempo que não temos — Dathan lembrou. — Mas a questão não é essa. Tenho uma ideia melhor.

— Estou ouvindo.

Dathan sorriu e olhou ao redor.

Miramir o observou.

— O que você está procurando?

Dathan caminhou até o gabinete na lateral da sala. Ele olhou para as esculturas abstratas que se moviam.

— Naves como esta transportam pessoas importantes. E esse tipo de pessoa não costuma carregar créditos consigo.

Miramir ergueu uma sobrancelha.

— Isso é uma suposição ou você sabe por experiência própria?

Dathan fez um gesto de dispensa para ela.

— Ei, eu aprendi muitas coisas quando trabalhava como limpador solar. Visitei muitos lugares, vi muitas naves. Conversei com muitas pessoas.

— Certo — Miramir disse. — Então, o que exatamente você está procurando?

Dathan agachou-se diante do gabinete. Era feito de um material marrom-escuro, com a superfície listrada com uma filigrana dourada. Ele passou as mãos na frente, procurando o mecanismo de abertura.

— Ah! — exclamou. Houve um clique e uma luz vermelha se acendeu no topo da porta.

Miramir juntou-se a ele, ajoelhando-se ao seu lado para ver melhor. Dathan esfregou o topo da porta com os dedos, então empurrou. Um pequeno painel quadrado se abriu, revelando o que parecia ser uma placa de circuito.

Dathan recostou-se e apontou para o painel.

— Você acha que consegue invadir esse sistema?

Miramir olhou para o circuito.

— Claro. — Ela olhou para Dathan. — O que você acha que tem aí dentro?

Dathan esfregou a barba rala do queixo, então apontou novamente para o gabinete.

— Um medalhão de patente.

— Medalhão? Isso é algum tipo de moeda?

— Não — Dathan falou —, é um cartão de dados, como uma identificação. Ele identifica o portador, sua posição e qualquer outra informação relevante. Zargo é rico e poderoso. Ele usaria um medalhão de patente para quase tudo. Incluindo reabastecer seu iate pessoal.

Ele se virou e sorriu para Miramir.

— Isso aqui é um cofre — ele explicou, apontando novamente para o gabinete. — Aposto que tem um medalhão aí dentro.

Miramir franziu as sobrancelhas.

— Tem certeza? Isso parece algo que ele guardaria consigo.

— Ah, sim. Mas ele teria mais de um. — Dathan se levantou. — Vamos abrir isso e depois explico o que quero fazer.

CAPÍTULO 32

A *LADY LUCK*, TORRENOTEER

PRESENTE

Lando parou e esfregou o rosto, demorando-se e com força, antes de, com um suspiro dramático, voltar a andar de um lado para o outro na cabine da *Lady Luck*.

— O que estamos fazendo, Luke? — ele perguntou, sem parar de andar. — Diga-me o que estamos fazendo, porque eu realmente não sei. — Ele suspirou novamente e sacudiu a cabeça.

Luke o observou, sem saber como responder, porque, para ser honesto, ele também não tinha ideia do que fazer a seguir — pelo menos, não ainda.

A busca nas duas naves dos mercenários foi inútil. A segunda nave, aquela que levava o CAP-2, estava aterrissada não muito longe de onde Luke havia deixado seu speeder. A nave em si não era particularmente interessante, e não havia pistas que permitissem identificar os mercenários ou a organização à qual pertenciam.

Enquanto faziam as buscas, Luke podia sentir a frustração de Lando aumentando a cada minuto. Talvez ele esperasse que fosse mais fácil — talvez a gangue fosse do Sol Negro, parte do sindicato de Crymorah, ou mercenários de Shalankie. Talvez até algo menor, um grupo trabalhando em territórios antes controlados pelo clã dos Hutt, tentando fazer seu nome com um grande trabalho contratado por Ochi de Bestoon.

Mas a nave estava limpa. E isso, por si só, preocupava Luke. Não havia dúvida de que o grupo era formado por profissionais, mas a forma como haviam escondido seus rastros era mais sofisticada do que capangas comuns fariam. Além disso, o ser da Estação Ponto Boxer não estava entre os corpos dos caçadores de recompensas — e a superfície queimada perto da segunda nave indicava que uma terceira nave havia aterrissado, mas já havia partido, o piloto certamente indo dar seu relatório ao chefe.

Lando havia checado o comunicador e tentado acessar o navicomputador, procurando por um plano de voo ou qualquer pista que indicasse o ponto de origem, mas acabou ativando o mecanismo de autodestruição que inutilizou completamente os sistemas da nave — incluindo um cartão de dados ejetado de seu leitor, que Luke tinha acabado de ver. Ele o arrancou, mas já havia derretido; limpando o que restava, Luke percebeu parte do desenho cinza e amarelo de Nightside. Era algum tipo de rastreador, usado pelos caçadores para localizar o *Goldstone.*

Agora estava completamente arruinado.

No caminho de volta para a *Lady Luck*, Luke havia contatado R2-D2, pedindo ao astromecânico que seguisse até a primeira nave dos caçadores e tentasse invadir os sistemas, mas alguns minutos depois o droide relatou que os sistemas da outra nave também estavam queimados — a mesma autodestruição havia sido ativada, provavelmente devido à ativação da segunda nave.

Agora estavam de volta à nave de Lando. A noite havia caído em Torrenoteer Menor, e, pela janela frontal da nave, o trio de luas do planeta brilhava no céu estrelado.

O iate *Goldstone* havia desaparecido, e, com o rastreador destruído, parecia que haviam voltado à estaca zero.

Lando parou de andar novamente.

— Ei, não estou ouvindo nenhuma grande ideia aqui. Precisamos pensar sobre o que vamos fazer.

Luke levantou-se e gentilmente colocou a mão sobre o braço de Lando. Ele podia sentir seu velho amigo tremendo sob seu toque, seu corpo inteiro vibrando.

— Eu sei o que isso significa para você — Luke disse em voz baixa, mas ele podia sentir os músculos de Lando tensionando, enquanto sua expressão ficava sombria.

— Significa para mim? — Lando quase riu. — E quanto a você, Luke? O que significa para você?

Os dois ficaram se encarando, o peito de Lando subindo e descendo rapidamente. Luke podia sentir a raiva de seu amigo irradiando como um vento quente.

Raiva, medo, e a constante dor da perda.

Mas como responder à pergunta de Lando? O que significava para Luke aquela família, sozinha contra os Sith, perseguida por toda a galáxia? Eles não podiam seguir assim para sempre. Sua jornada terminaria, de uma forma ou de outra.

Cabia a eles ajudá-los — aos dois, Lando Calrissian e Luke Skywalker, o empresário e o garoto da fazenda, o general e o Jedi; heróis da Rebelião, irmãos de armas.

Luke olhou nos olhos de Lando. Viu a luz dentro deles, o fogo, a paixão. Dentro dos olhos de Lando havia raiva e medo, mas não havia desespero.

Havia esperança. Apesar de tudo, havia esperança.

O momento se arrastou, os segundos passaram sem que nenhum dos dois dissesse nada. Lando ainda esperava a resposta que Luke não sabia como dar.

Então, Luke assentiu e puxou seu velho amigo para um abraço. Assim que fizeram contato, ele sentiu os braços de Lando o envolverem com força.

— Sinto muito, Lando — disse Luke. — Sinto muito por tudo. E é claro que significa o mesmo para mim do que para você. A família precisa de nós. Talvez sejamos a única esperança deles.

Luke afastou-se do abraço, e Lando exalou, longo e quente. Ele secou os olhos marejados e riu baixinho.

— O que é isso, um Jedi com sentimentos? Achei que isso não fosse possível. — Ele rolou o pescoço. — Às vezes, eu não sei se ainda existem batalhas que podemos vencer, sabe?

Luke sorriu.

— Essas pessoas são importantes, e nós vamos encontrá-las.

Lando assentiu e voltou para o assento do piloto. Quase caiu no banco, mas logo se apoiou nos cotovelos enquanto passava as mãos pelos cabelos.

— Eles estavam tão perto, Luke. *Tão perto!* Duas vezes, e nós os perdemos em ambas. — Ele se recostou e olhou para Luke. — Mas não eram apenas caçadores de recompensas. Eles estão trabalhando para Ochi de Bestoon, e Ochi de Bestoon está trabalhando para essa... — Lando fez um gesto, tentando encontrar as palavras. — ... essa Sith que não é uma Sith.

Então, se a encontrarmos, encontraremos Ochi. Cortamos o problema pela raiz, e talvez isso dê algum respiro para a família.

Luke apertou os lábios. Lando tinha um bom ponto. As conexões entre os Sith, Ochi e a família eram cruciais. Era hora de descobrir exatamente o que estavam enfrentando.

— Eu tenho uma ideia — ele disse. — Conheço alguém que pode nos ajudar a encontrar a família e a identificar essa Sith.

Lando abriu as mãos.

— Luke, estou ouvindo.

Luke aproximou-se de R2-D2 e se abaixou ao lado do droide.

— R2, aqueles dados que você conseguiu sobre o *Goldstone*... você tem uma leitura completa da assinatura do propulsor?

O droide assobiou.

Lando se levantou e se juntou a eles, olhando para R2-D2.

— Assinatura do propulsor? Isso ajuda?

Luke olhou para Lando e confirmou.

— Quando Lor San Tekka e eu encontramos os Acólitos do Além, eu salvei uma delas e a direcionei para longe de um futuro de escuridão.

— Certo — Lando disse. — Eu lembro que você falou sobre isso.

— Ela sabe mais sobre os Acólitos do que eu — Luke continuou — porque ela *foi* um deles. Ela pode saber quem está com a máscara e o sabre de luz.

Lando bateu as mãos juntas.

— Sim, estou gostando disso. Mas e quanto ao *Goldstone*? Você acha que ela pode nos ajudar a encontrá-lo também?

— Acho — Luke afirmou. — Ela era uma das melhores caçadoras de relíquias. Conseguia interceptar carregamentos nos leilões do mercado paralelo, e liderava ataques a outras naves, preparando emboscadas assim que saíam do hiperespaço.

Lando assentiu.

— Como se soubesse exatamente onde estavam? Ela possui algum método para rastrear naves, usando a assinatura do propulsor?

— Acho que sim.

— Isso é uma tecnologia e tanto. Você sabe onde está essa amiga?

Luke estremeceu.

— Não sei se eu a chamaria de amiga. Depois que a salvei, ela renunciou a seus velhos hábitos e passou a viver sozinha, pagando por seus erros passados.

— Isso está começando a parecer meio complicado, Luke.

Luke se levantou, uma mão pousando sobre o domo de R2-D2.

— R2 tem todos os dados de que precisamos. Essa é nossa melhor chance de encontrar a família *e* descobrir quem está por trás de Ochi de Bestoon.

Lando ergueu as mãos e voltou para o assento do piloto.

— Ei, falando assim, eu estou dentro. Para onde vamos?

— O Agrupamento Aubreeyano.

Lando piscou, atônito.

— O Agrupamento Aubreeyano? Isso é bem longe para ir apenas com uma ideia.

Luke assentiu, puxando gentilmente sua barba.

— Você está certo. Primeira parada: Adelphi.

— O quê? Adelphi? De novo?

— De novo — Luke disse, sorrindo. — Se vamos fazer isso, precisamos de uma nave mais rápida.

CAPÍTULO 33

NÚCLEO BASTA

PRESENTE

Ochi fez a *Legado de Bestoon* realizar uma órbita fechada, ignorando o alerta do navicomputador de que, sob seu controle manual, as coordenadas estavam se afastando das ideais.

Ele não permitiria que um computador lhe dissesse como pilotar sua própria nave.

Focando seu olho eletrônico no brilho amarelo e azul da superfície do planeta que se aproximava a grande velocidade, passou a língua sobre os dentes. Sua boca estava seca, a garganta quase fechada.

Ele queria uma bebida. *Precisava* de uma bebida, especialmente em um trabalho como aquele. Atravessar a galáxia para receber uma ajuda que *eles* deveriam ter dado desde o início. Será que Ochi de Bestoon precisava pensar em tudo? Claramente, sim, e isso só piorava seu humor.

— Altitude, mestre! Altitude!

D-O, sua única companhia naquela viagem, também não ajudava a melhorar seu humor. Agora, o droide de recuperação de dados achava que sabia mais sobre voo espacial? Tudo o que a máquina fazia era repetir o alerta do navicomputador. Uma máquina estúpida que nem conseguia pensar por si mesma.

Soltando uma das mãos do manche de controle, Ochi socou cegamente ao lado de seu assento, acertando apenas uma das antenas de D-O. Ele olhou para trás quando ouviu o som do droide rolando rapidamente para longe, vendo-o desaparecer atrás de um pilar de suporte e se virar para se esconder.

— Vai precisar fazer melhor do que isso, droide — Ochi disse. Ele viu a ponta verde do nariz de D-O de um lado do pilar e a cobertura prateada de suas antenas gêmeas do outro. A antena sacudia com o droide tremendo de... o quê? Medo?

A boca fina de Ochi se esticou naquilo que parecia um sorriso.

Ótimo.

O navicomputador disparou outro alerta, ainda mais alto, e Ochi voltou a se virar para frente, desviando a *Legado* do topo de uma colina. Com o alerta silenciado, ele olhou para a superfície brilhante. À frente, uma cadeia de montanhas se erguia, e de onde estava, Ochi podia ver a entrada de uma grande caverna. No planalto à frente, servindo de plataforma de aterrissagem, estavam dois grandes transportes e vários veículos menores dispostos em círculo. No centro, pequenas figuras trabalhavam, carregando caixotes da caverna e empilhando-os em frente aos transportes.

Ochi avaliou a área e iniciou uma longa curva para encontrar um lugar seguro para pousar.

Só esperava que esse tal de "Steadfast" fosse confiável.

Enric Pryde estava odiando cada *milissegundo* daquela missão, e fazia questão de que todos soubessem disso.

Para começar, ele nem deveria estar ali. Ele era um alto-coronel. Um *alto-coronel*? Uma patente que refletia sua capacidade, dedicação e força de vontade para garantir a sobrevivência dos resquícios de um Império que ele sabia — ele *sabia* — que se ergueria de novo.

Talvez tivesse sido apenas capitão na Batalha de Jakku, mas como um dos últimos sobreviventes de seu grupo de combate, ele sabia que precisava impor sua autoridade. Seus homens precisavam de liderança, estabilidade. Precisavam ser, bem... *impressionados*, sinceramente, pelo seu novo comandante. A promoção a alto-coronel parecia lógica, e Pryde não sabia de mais ninguém que ainda tivesse autorização para conceder promoções, exceto... bem...

Exceto ele mesmo.

O problema era que, como alto-coronel, ele não esperava estar *em campo*. Claro, tudo o que fazia levava o Império mais perto de seu glorioso renascimento; cada missão, por menor que fosse, fazia parte de uma máquina maior, cujas engrenagens giravam de maneira misteriosa, mas sempre, *sempre*, na direção de um destino que ele sabia que estava chegando.

Mas... sério? Isso? *Ele* tinha que estar ali, pessoalmente, em uma missão como aquela?

Ele estremeceu com o frio e ajustou o colarinho de seu casaco forrado de pele.

Uma missão como aquela, em um planeta como o Núcleo Basta, com ordens misteriosas vindas de cima, da obscura estrutura de comando finalmente se formando nos esconderijos Imperiais das Regiões Desconhecidas. Era verdade que ele estava satisfeito com esse progresso. Estrutura — ordem — era o que a galáxia precisava agora mais do que nunca.

Mas agora lhe ocorria que talvez ele devesse ter mirado mais alto. Talvez alto-coronel não fosse alto o suficiente.

Bom. Um dia. Ele era paciente, ou ao menos dizia isso a si mesmo. Mas, em dias como aquele, de pé em uma rocha congelada, incumbido da Autoridade do Setor Corporativo, supervisionando uma missão tão sem sentido quanto simplista...

Bom.

Sério?

Ele olhou para o homem a poucos metros dele, o viceprex da ASC (*Que tipo de patente era aquela? Soldadinhos achando que fazem parte do Império...*), Coromun, que supostamente seria seu segundo em comando, mas que, na prática, estava liderando a expedição.

Mas Pryde não se importava. Quanto menos tivesse que fazer naquela missão idiota, melhor.

Verificando que Coromun estava olhando para o outro lado, Pryde levou a mão para dentro do casaco e retirou um frasco prateado. Virando-se ligeiramente para disfarçar, ele rapidamente abriu o frasco e tomou um longo gole.

Ah, Abrax. Um último resquício de civilização, um eco dos confortos que ele havia nobremente sacrificado para aquela missão. Ele saboreou o aroma picante do conhaque aquamarinho, o queimar intenso descendo pela garganta.

Ele se perguntou o que aconteceria se Coromun o visse com o frasco. Pryde desdenhou. Ele era um ASC. Provavelmente daria alguma tarefa de punição e enviaria um relatório aos superiores de Pryde com uma transmissão criptografada urgente.

Tomando um segundo gole, ele olhou para cima quando uma pequena nave sobrevoou o acampamento, voando um pouco baixo demais e, honestamente, um pouco rápido demais. Virando-se para observar enquanto a nave fazia a curva para aterrissar, Pryde franziu as sobrancelhas. Não era uma nave da ASC, e qualquer piloto da ASC que violasse as regulamentações de voo daquele jeito logo se encontraria acorrentado a uma mina de especiarias.

Ele ouviu passos atrás de si. Rapidamente guardou o frasco e se virou para ver Coromun conversando com um oficial da ASC. Ele franziu o nariz para o uniforme marrom sem graça e a forma como o capacete vermelho dos troopers não combinava com a armadura de campo. A Autoridade do Setor Corporativo gostava de se achar uma força militar, mas os soldados mal inspiravam respeito...

Agora, um stormtrooper Imperial, isso sim.

— Steadfast.

Pryde suspirou, pelo menos internamente. Ah, sim. "Steadfast." Que prazer em ter que lidar com esse codinome, embora entendesse a necessidade da cooperação secreta com os remanescentes do Império.

— Sim, viceprex? — disse ele, já sabendo o que viria. Aquela nave não era da ASC, mas *era* esperada.

— O seu agente acaba de aterrissar. Vou trazê-lo aqui.

Pryde bufou, sem tentar esconder.

— Quem disse que ele é *meu* agente? Não faço ideia de quem seja.

A expressão de Coromun endureceu. Pryde achou engraçado.

— As ordens são claras — disse Coromun. — Vamos oferecer toda e qualquer assistência ao seu agente. A ordem vem do mais alto nível.

Pryde ergueu uma sobrancelha. Moff. Ele deveria ter escolhido Moff. Estavam todos mortos. Ninguém notaria.

O viceprex virou-se para Pryde e entrou na tenda de comando. Pryde observou suas costas e, em seguida, tirou o frasco novamente — agora abertamente — e tomou outro gole.

Núcleo Basta. Um planeta lindo, praticamente coberto de pradarias, com vegetação rasteira azul banhada por três sóis que pareciam irradiar o mínimo de calor necessário para sustentar a vida. Ele cerrou os olhos, observando a cadeia de montanhas e a abertura da caverna que havia sido ampliada pelos sabotadores da ASC, pouco antes, ao explodirem a entrada da fortaleza do sindicato. O tiroteio foi até interessante, os troopers da ASC abrindo caminho entre os insurgentes com eficiência. Tudo acabou em minutos. Talvez a ASC não fosse tão inepta quanto ele pensava.

Mas tudo isso em troca de que, exatamente? Um carregamento de armas. Um *grande* carregamento, claro, mas isso justificava a mobilização dos troopers e seus transportes, além de desviar a nau capitânia da ASC em órbita? A Autoridade do Setor Corporativo não era um governo, era uma empresa. Existia para o lucro.

O que significava, naquele momento, o financiamento secreto dos remanescentes do Império. Mas Pryde sabia que o negócio poderia mudar com um único crédito.

O que eles precisavam era uma equipe incendiária de stormtroopers. Apenas três deles teriam resolvido os insurgentes rapidamente. Não havia necessidade de todo aquele *espetáculo.*

Sim, mas que grande desperdício.

Pryde tomou outro gole. Quando guardou o frasco, a tenda de comando se abriu e um trooper o chamou.

Lá dentro, Pryde encontrou-se novamente diante da mesa de combate de Coromun, que exibia um mapa holográfico da cadeia de montanhas e do sistema de cavernas que seus soldados haviam penetrado, além de marcadores que indicavam a posição dos recursos da ASC nas proximidades. Ao lado dos transportes amarelos no mapa, a recém-chegada espaçonave brilhava em vermelho.

O piloto da nave estava presente, ao lado de Coromun. Vestido em couro preto, com uma capa que chegava à cintura, ele ergueu a cabeça careca e cheia de cicatrizes, olhando para Pryde com seus dois olhos eletrônicos negros. As luzes na lateral de sua prótese cibernética piscavam.

Pryde o encarou, sem disfarçar sua repulsa com a aparência.

— Steadfast — disse Coromun. — Este é Ochi de Bestoon.

Pryde ergueu uma sobrancelha.

— É mesmo? Que curioso.

Coromun limpou a garganta.

— Temos ordens para cooperar totalmente com Ochi.

— Que seja — disse Pryde, fungando. — Então, o que você quer, Ochi de… *Bestoon*? — Ele franziu as sobrancelhas. — O que exatamente é um "Bestoon"? Um planeta? Um clã? Uma espécie?

Ochi não respondeu, apenas continuou encarando Pryde com seus olhos eletrônicos vazios. Pryde olhou para Coromun.

— Desculpe, precisamos de um droide para traduzir ou...?

Ochi deu a volta na mesa. Ele era alguns centímetros mais baixo que Pryde, que ergueu a cabeça e fez questão de olhar para ele de cima. Na cintura de Ochi, uma adaga com lâmina dupla balançava. Seus dedos acariciavam o metal da lâmina enquanto ele se aproximava do alto-coronel.

Pryde ajustou o colarinho de pele de seu casaco mais uma vez. Ah, o que ele não daria por um bastão da morte agora.

— Preciso de homens — falou Ochi. — O máximo que você tiver, com suas naves e armas.

A boca de Pryde se contorceu em um sorriso. Ora, isso seria divertido.

— Ah, só isso? — Ele olhou para Coromun e sorriu. — Certamente você terá o que precisa — declarou, gostando de ver como o viceprex começava a tremer. — Meu colega aqui está encarregado da logística. Diga a ele quantos você quer e ele fará os arranjos necessários.

Ochi inclinou a cabeça, como se tentasse escutar algo, então se virou para Coromun.

— Todos eles.

Coromun tossiu.

— Todos eles? Impossível. É uma companhia inteira. Três pelotões.

— E transporte — acrescentou Ochi.

— Inaceitável — respondeu o viceprex.

Pryde tirou o frasco de seu casaco, sem se preocupar em escondê-lo agora — a vida, pensou, era curta demais — e observou, divertindo-se, o viceprex visivelmente tentando se controlar.

— Combinado, Ochi de Bestoon — disse Pryde. Ele tomou um gole e, depois, ergueu o frasco para Coromun. — Você se esqueceu que eu sou seu comandante, Coromun, pelo menos neste momento. — Ele se virou para Ochi e ergueu o frasco de novo. — A Bestoon! — falou, com um tom de voz que não era exatamente engraçado, mas estava próximo. — Seja lá o que isso seja — acrescentou. Tomando um gole, ofereceu o frasco a Ochi. — Não sei o que bebem no seu planeta — observou —, se, de fato, for um planeta, mas aposto que não é Abrax. À sua saúde, senhor, e à saúde dessa nova aliança.

Ochi o encarava — ou seria o frasco? Aqueles olhos negros eram tão sem vida que era impossível dizer — então, ele pegou o frasco e, em vez de tomar um mero gole, virou tudo para dentro de sua boca sem lábios.

Pryde o observou... e pensou na quantidade de créditos que o Abrax valia desaparecendo goela abaixo de Ochi, e então...

Explodiu em uma risada. E continuou rindo, riu tanto que se dobrou no meio, seu casaco parecia repentinamente quente demais, o interior da tenda de Coromun abafado demais. Movendo a mão em um gesto de desculpas, Pryde abriu a cortina da tenda e saiu.

O ar frio do Núcleo Basta o atingiu como um tapa na cara e sua risada diminuiu para um risinho, ainda difícil de controlar. Ajustando o colarinho, ele olhou para os troopers da ASC trabalhando na entrada da caverna, transferindo as armas dos insurgentes em grandes caixotes, prontos para serem carregados em um esquife que os levaria até um transporte, e de lá para a nau capitânia em órbita acima deles. Mal sabiam que todos — homens, armas, transportes — estavam prestes a ficar sob o comando daquele estranho homem vestido de couro preto.

Pryde passou a mão no cabelo penteado para trás. Tocou no local onde o frasco estava no casaco e imediatamente ficou irritado consigo mesmo por tê-lo oferecido a Ochi. Perguntou-se se algum dos troopers teria bastões da morte que poderia confiscar em nome da ASC e tributos não pagos (além da taxa de penalidade). Ele havia parado com isso anos atrás — não era digno de um oficial do Império ser visto usando tais estimulantes —, mas agora... talvez fosse hora de Pryde começar a fazer suas próprias regras.

A cortina da tenda se abriu atrás dele e um trooper da ASC saiu, desviando de Pryde e indo na direção dos seus homens. A caminho de entregar as boas notícias, Pryde pensou. Ele observou quando o trooper chamou a atenção de um dos capacetes vermelhos. Os dois discutiram brevemente antes que o trooper se virasse e seguisse não de volta à tenda de comando, mas para a área de aterrissagem — para a nave de dois motores que pertencia a Ochi.

— De Bestoon — murmurou Pryde para si mesmo, permitindo um sorriso no canto da boca. Esse sorriso sumiu quando viu o trooper olhando por baixo da nave, escolhendo um lugar para instalar um...

Rastreador. Pryde observou, de boca aberta, enquanto o trooper se abaixava sob a nave e, depois, corria de volta para a tenda de comando.

Quando passou por Pryde, o alto-coronel se virou e o viu desaparecer atrás da cortina.

— Viceprex Coromun — murmurou Pryde, com um sorriso surgindo em suas feições aquilinas —, seu velho malandro. — Fazia sentido: Coromun precisaria obedecer a ordens como Pryde, mas a ASC certamente ficaria de olho em seu investimento involuntário.

Fechando o casaco com mais força, levantando o colarinho para se proteger do frio de Núcleo Basta, Pryde seguiu em direção aos soldados, determinado a encontrar um bastão da morte ou dois.

Talvez ele começasse a gostar daquela missão secreta, afinal de contas.

CAPÍTULO 34

A FLORESTA DO CREPÚSCULO DE HYPERKARN, ORLA EXTERIOR

PASSADO

— Eu realmente não sei como você consegue — ele disse com uma risada, mas logo parou e cerrou os olhos. — Na verdade, eu sei. Sei exatamente.

A mulher tirou os olhos de seu trabalho, parando momentaneamente para empurrar uma mecha de seus longos cabelos loiros atrás da orelha com uma mão cheia de graxa antes de voltar sua atenção para o interior exposto do conduíte da célula de combustível primária do agridroide.

— É mágica — disse o homem. Ele cruzou os braços e se posicionou na lateral do droide, olhando para a cabeça da máquina, a bons trinta metros acima.

Ainda bem que o problema podia ser resolvido ao nível do solo, pensou ele.

A mulher riu, e sua risada ecoou dentro do compartimento do conduíte. O homem se virou e sorriu, observando-a, seu coração batendo mais forte ao ouvir o som de sua felicidade.

Ela estava feliz.

E ele também.

Fazia quase uma temporada inteira que estava em Hyperkarn, tendo finalmente se cansado do interior apertado do limpador de sóis. Ele abandonara aquela tripulação em Volta, depois conseguiu uma carona para a

Orla Exterior com um grupo de Twi'leks. Foi com esse grupo que soubera da necessidade de tripulação para agridroides em Hyperkarn — ele nunca tinha ouvido falar do planeta, mas a maneira como o capitão Twi'lek falava sobre o lugar inspirava confiança.

E ele não se decepcionou. Não tinha a experiência, qualificação ou qualquer outra coisa que o fizesse apto para o trabalho, além de um desejo de aprender, um desejo de trabalhar duro e... uma língua convincente e um sorriso charmoso que, na verdade, funcionavam muito bem quando necessários. Ele usou a lábia para ingressar na tripulação e acabou na posição de engenheiro da colheita daquele ano, responsável por um enorme e monolítico agridroide.

E ele gostou de Hyperkarn. Gostou *muito*. O planeta era tranquilo, coberto por florestas azuis com densa vegetação que bloqueava o sol, projetando um caloroso crepúsculo nos bosques. Ele esteve na cidade apenas uma vez e não tinha intenção de voltar, satisfeito em apenas olhar os brilhantes edifícios no horizonte distante, feliz em trabalhar nos campos, perto da floresta onde a mulher por quem se apaixonou vivia com sua avó, sua Baba.

Não, não uma garota. Uma mulher. Ela tinha vinte anos, segundo ela mesma. Ele tinha vinte e seis, embora houvesse momentos em que se sentisse muito mais velho, o peso de seu segredo pressionando sua mente e coração, e momentos em que se sentia mais jovem, quando desbravava a galáxia pela primeira vez. Vendo as paisagens, sendo discreto ao trabalhar duro e agora, encontrando...

Amor?

Sim. Amor. Aquilo era amor.

E era maravilhoso. Agora ele sabia, isso era o que fazia a vida valer a pena.

Ela nunca saiu de Hyperkarn. Sua Baba consertava eletrônicos para a vila próxima da floresta. Sua neta a ajudava durante o dia e, à noite, construía seu próprio droide.

Pelo menos foi o que ela contou desde o primeiro dia em que se conheceram. Ele nunca tinha estado na casa delas na floresta. Ainda não tivera coragem de pedir para conhecer Baba.

— Pronto — disse ela, emergindo novamente do compartimento do conduíte. Ela recuou e fechou a tampa com um chute de sua bota, depois empurrou a alavanca da parada de emergência com ambas as mãos.

Um agradável assobio disparou em algum lugar lá no alto e o agridroide começou a se mover.

Os dois ficaram admirando o trabalho dela. O droide se virou e se dirigiu de volta para a plantação, pronto para se juntar a cem outras máquinas colossais que cruzavam os campos, reunindo a colheita.

Ele realmente não podia acreditar em sua sorte. Afinal, ele não era um engenheiro de droides. Sim, ele havia adquirido várias habilidades úteis nos trabalhos que tivera antes de chegar em Hyperkarn, e operar agridroides significava apenas ler os manuais e conversar com os outros engenheiros.

Mas fazer reparos? De jeito nenhum. Muito além de seus conhecimentos. E se não fosse pelo amor de sua vida, ele nem estaria ali ainda. Seu droide era temperamental, quebrava muito mais do que os outros da frota, embora todos fossem velhos e funcionando muito além de suas especificações originais, pelo menos segundo os outros engenheiros.

Ela já havia consertado o droide sete vezes. Foi assim que se conheceram, ele desesperado, mergulhado em misteriosa maquinaria quebrada, e ela voltando de uma entrega na vila, tendo decidido — por acaso — caminhar pela beira dos campos, para observar os agridroides cumprindo suas tarefas.

Agora, os dois estavam lado a lado, ambos olhando para o droide, ambos tentando não olhar um para o outro.

Finalmente, ele falou.

— Então, você gostaria...

— Eu trouxe um pouco de...

Eles se entreolharam, as bocas abertas. Então, riram.

— Desculpe...

— Desculpe...

Ele levantou as mãos.

— Espere. Um de cada vez. Eu queria perguntar se...

Suas palavras desapareceram, seus olhos arregalados ao perceber que seu cuidadosamente planejado e extremamente casual convite para compartilharem sua pouca ração agora estava sob os holofotes, os olhos da mulher observando atentamente.

— O que você queria perguntar? — O sorriso dela era tão largo que era contagioso. Ela estava achando graça um pouco demais em seu desconforto.

Ele suspirou e se virou para olhar para o droide.

— A colheita vai acabar logo — ele disse em voz baixa. — Queria saber se você gostaria de almoçar comigo.

— Eu educadamente rejeito.

— Eu… o quê? — Ele se virou para olhá-la.

— Porque — acrescentou ela, o sorriso aumentando ainda mais — eu queria convidar você para comer comigo e com Baba. — Ela fez uma pausa. — Quer dizer, se você puder sair um pouco? — Ela apontou para o droide. — Não tem muita coisa mais para dar errado com ela. Ela pode ficar umas horas sem sua chefe.

— Hum… *ela*?

— Claro — afirmou a mulher, sorrindo. — G4-G4-G5-XNXX7-G4 é *ela*.

O homem abriu a boca por um momento, depois apenas assentiu.

— Erro meu.

— Então — continuou a mulher. — Você vem, Dathan? — Com isso, ela ofereceu a mão.

Dathan primeiro olhou, depois tomou sua mão.

— Não há nada que eu gostaria de fazer mais do que isso, Miramir.

Eles se viraram juntos e se dirigiram para a floresta, ambos tentando reunir coragem para olhar um para o outro, ambos tentando acreditar que realmente estavam de mãos dadas, o sorriso no rosto de Miramir tão grande quanto o de Dathan.

Dathan acordou com um sobressalto. Piscou diante da fraca luz azul que brilhava sobre seus olhos, achando que estava de volta em Hyperkarn… então, estremeceu com o estalo em seu pescoço e a horrível rigidez de um pulso preso debaixo dele, ao perceber que havia adormecido na frente do console principal do iate *Goldstone*.

Não importava quão luxuoso fosse o iate, o assento do piloto nunca era uma boa cama.

Dathan se moveu, fechando os punhos para melhorar a circulação. Endireitou-se e olhou para o assento do copiloto. Rey ainda dormia profundamente, quase toda enterrada sob seu cobertor.

Levantando-se devagar, Dathan silenciosamente saiu da cabine. No deque principal de convivência do *Goldstone*, ele encontrou Miramir ainda trabalhando na tranca do gabinete.

— Nada ainda? — ele perguntou, com as mãos nos quadris.

— Na verdade — Miramir falou, mexendo uma sonda fina no circuito exposto da tranca —, estou quase…

Eles ouviram um bipe, e as portas do gabinete se entreabriram.

Miramir olhou para Dathan com um sorriso.

— Acho que você vai achar esse o meu trabalho mais primoroso. — Ela se levantou e espreguiçou os membros enquanto Dathan se aproximava e abria completamente as portas.

— Aí está — Dathan disse. Ele enfiou a mão e retirou a única coisa dentro do gabinete: uma pequena caixa trancada feita de plastoide branco reluzente. Colocou-a sobre o gabinete, e os dois observaram.

— Você quer que eu abra isso agora? — Miramir perguntou.

— Não precisa. — Dathan passou a mão sobre o topo da caixa, então fechou o punho e bateu na tampa com os nós dos dedos. Outro bipe eletrônico soou, parecido com o da tranca principal do gabinete, e a tampa da caixa se abriu um pouco. Dathan a levantou para abri-la totalmente.

— Você estava certo sobre ele ter mais de um — Miramir comentou.

O interior da caixa era forrado com espuma protetora, na qual havia uma fileira de pequenos discos. Miramir tirou um e o segurou pelas bordas. Era como uma grande moeda, o centro um disco prateado opaco com um código inscrito, e a borda externa dourada coberta com linhas pretas.

Dathan tirou outro medalhão da caixa.

— Posso pegar emprestada a sonda?

— É claro. — Miramir entregou a ferramenta.

Segurando o medalhão com firmeza entre um dedo e o polegar, Dathan pressionou a sonda na borda. Mexendo um pouco com a ferramenta, ele viu o medalhão se separar em duas metades, revelando um disco de circuito no interior.

Miramir olhou para o circuito.

— Como você disse, o medalhão é um cartão de dados. — Ela olhou de volta para seu marido. — Então, qual é o seu plano? — perguntou.

Dathan fez uma pausa. Deixou a sonda e as duas metades do medalhão sobre o topo do gabinete. Olhou para os itens, mas não respondeu.

— Dathan? — Ele sentiu a mão dela sobre seu braço. — O que foi?

Dathan finalmente conseguiu encontrar sua voz.

— Vamos precisar fazer algo — falou ele.

— Você está certo — Miramir disse. — Parar e reabastecer, como você falou…

— Não foi isso que eu quis dizer — Dathan explicou. — Vamos precisar fazer algo sobre a Rey.

Miramir congelou.

— O quê? Sobre a Rey?

— Ela precisa ficar segura, Miramir.

Miramir arregalou os olhos.

— Eu sei. O que você acha que estamos fazendo?

— Não, não foi isso que eu quis dizer. Estou dizendo que não é justo para ela. Ela é só uma menina. Ela merece mais de seus pais.

— Nós a estamos protegendo, Dathan — Miramir disse. Ela cruzou os braços, mas, talvez pensando melhor, deixou-os cair ao lado do corpo. — É claro que ela merece mais. Mas que escolha nós temos?

Dathan fechou o rosto.

— Podemos escondê-la.

— *Escondê-la?* Você quer simplesmente deixá-la em algum lugar?

— Não, de jeito nenhum — Dathan retrucou. — Eu quis dizer *escondê-la*. Em algum lugar seguro. Um lugar onde ela não será encontrada. E depois, quando encontrarmos Lando e o Jedi, podemos voltar para ela.

Miramir sacudiu a cabeça.

— O Jedi é uma coisa — ela falou —, mas achei que você não confiava em ninguém. — Ela parou e ergueu o dedo apontando para seu marido. — Não podemos voltar para Hyperkarn. Nós prometemos.

— Eu sei — Dathan reconheceu, então seus ombros murcharam. — Eu sei. É que… só quero deixá-la segura. Ela não pode cair nas mãos dele.

Miramir concordou, então limpou uma lágrima teimosa. Ao observá-la, Dathan sentiu a mesma sensação atrás de seus próprios olhos. Limpou a garganta e apanhou as metades do medalhão.

— Vamos usar isso para reabastecer — disse ele —, depois vamos ganhar um pouco de tempo até termos certeza de que Rey estará segura.

Miramir sacudiu a cabeça.

— E como vamos fazer isso?

— Vamos roubar a nave de Ochi.

CAPÍTULO 35

A *STAR HERALD*, HIPERESPAÇO
PRESENTE

Luke relaxou um pouco em seu assento. Eles estavam quase lá. Ao seu lado, Lando cochilava, os braços cruzados sobre sua camisa vermelha brilhante, a cabeça caída sobre o peito.

A viagem fora tranquila, e o tempo estava excelente — porque a *Star Herald* era uma nave realmente rápida... e sua dona, Lina Graf, devia um favor a Luke.

Graf havia alcançado a patente de comandante durante seus dias na Aliança Rebelde e agora era uma oficial sênior na Inteligência da Nova República, baseada em Adelphi. Ela também era amiga de Luke e Lor San Tekka — de fato, foi através de Lor que ela e Luke se conheceram, os três usando a nave de reconhecimento experimental de longo alcance, a *Star Herald*, em uma expedição para procurar relíquias Jedi que os fez atravessar o Núcleo Galáctico. Lina orgulhava-se muito de demonstrar a capacidade da *Star Herald* naquela viagem, até dizendo que ficaria feliz em disponibilizá-la para Luke se algum dia precisasse de algo com bom alcance e velocidade.

Em rota para a estação de Adelphi, Luke cobrou o favor, e, uma hora depois de aterrissarem, ele, Lando e R2-D2 já estavam pilotando a *Star Herald* de volta ao hiperespaço, enquanto a *Lady Luck* estava atracada ao lado do X-wing de Luke, por enquanto, em um hangar da Nova República.

Agora, após uma curta viagem, Luke tirou a *Star Herald* do hiperespaço a uma boa distância de seu destino, o planeta que se agigantava como uma pálida esfera no campo estrelado diante dele. Luke não tinha certeza do que esperar — ele nunca havia visitado o sistema Polaar pessoalmente, apenas sabia que era onde seu contato havia estabelecido seu local de exílio, e ele era a única pessoa para quem ela confiaria sua localização.

Luke olhou para Lando. Ele ficou quieto durante a viagem até Adelphi na *Lady Luck*, e enquanto Luke organizava o uso da *Star Herald* com Lina Graf, Lando se ocupava assegurando que os técnicos da Nova República soubessem como ele queria que a *Lady Luck* fosse tratada enquanto estivesse fora. Assim que decolaram da estação na nave emprestada, Lando adormeceu no assento ao lado de Luke.

Luke observou o peito de Lando subindo e descendo lentamente. Lando passara por muita coisa. Mais do que Luke podia imaginar. E agora, isso — caindo em uma missão com mais perguntas do que respostas, e eles nem tiveram tempo de se reconectar.

Depois que aquilo acabasse, Luke prometeu a si mesmo que compensaria seu velho amigo. Eles tinham muito o que contar um ao outro, e Luke torcia para que tivessem a chance de fazer isso em um momento mais tranquilo.

Quase como se pudesse ouvir seus pensamentos, R2-D2 emitiu um tom questionador, tirando Luke de seu devaneio. Ele sorriu suavemente para o astromecânico, depois voltou sua atenção para os controles de voo.

Estavam prestes a aterrissar.

Luke só podia torcer para que a longa jornada valesse a pena.

Luke manobrou a *Star Herald* para aterrissar a uma distância considerada educada da morada de seu contato, tomando cuidado para fazer uma curva suave na aproximação final, em vez de sobrevoar diretamente acima. Polaar estava isolada de qualquer comunicação externa devido a uma interferência impenetrável — se era um fenômeno natural ou um campo artificial, Luke não sabia, mas o fato é que ele não conseguira fazer contato antes da chegada. Ao olhar para baixo, a morada parecia uma série de velas curvadas brancas, suas formas elegantes quase invisíveis contra o chão igualmente branco. Luke controlava a nave com cautela, não querendo assustar a única residente do planeta.

Lando, agora acordado, estava com o rosto franzido, olhando para os sensores.

— Nada disso faz sentido — ele disse, apontando para o painel. — Uma hora as leituras de energia estão claras, depois desaparecem. Em seguida, aparece algo que mais parece uma coroa solar. Há sinais de vida, depois não tem mais nada. Recebi leituras de energia suficientes para uma cidade inteira, mas quando olho lá fora não vejo nada, apenas... o que é aquilo? Algum tipo de grama? Parece congelada... mas a leitura ambiental está normal. Não estou entendendo.

Luke desligou o propulsor auxiliar e a *Star Herald* tocou o solo branco com suavidade, o longo nariz da nave de reconhecimento apontando na direção da morada.

— Foi exatamente por isso que ela, Komat, escolheu este planeta — Luke explicou. — Foi por isso que precisamos vir pessoalmente. Ela veio até aqui para ficar sozinha.

— E sozinha ela está — Lando estremeceu. — Você acha que chegar assim de repente é uma boa ideia? Tem certeza de que ela não vai atirar em nós assim que descermos da nave? Isso parece uma aposta arriscada.

— Ora, Lando — Luke disse com um sorriso, enquanto se levantava e se dirigia para a rampa de saída. — Achei que você gostava de apostas.

— Só quando eu sei que vou *ganhar*, Luke.

Luke ergueu a mão.

— Deixe que eu falo. — Com isso, ele desapareceu pela porta da cabine.

Lando olhou para R2-D2. O indicador principal do droide piscou azul e vermelho, e o domo girou, como se esperasse a resposta de Lando.

Lando apenas sacudiu a cabeça e levantou a mão.

— Ei, não olhe para mim, meu pequeno amigo. Essa é uma aposta do Luke, não minha.

Ele se levantou e seguiu seu amigo.

Luke estava no fim da rampa de saída da *Star Herald*, no meio da grama que quase chegava na altura dos joelhos. A vegetação esbranquiçada não estava congelada, apenas carecia de pigmentação. A morada de Komat, um conjunto de edificações baixas, ficava não muito distante, sob a sombra de enormes velas brancas fixadas com cabos fortes, no centro do grande gramado aberto. Colinas baixas se erguiam logo atrás. Luke podia ver caminhos gastos na grama, linhas que saíam de baixo das velas e cruzavam os campos em várias direções. Um caminho, particularmente largo, era marcado por rastros de veículos que seguiam até as colinas e depois desapareciam sobre elas. Outro, talvez coincidentemente, levava da *Star Herald* até a própria morada.

— O ar parece meio esquisito, você não acha?

Luke virou-se enquanto Lando descia da rampa. Ele olhava ao redor, franzindo o nariz.

— Não é um cheiro, mas... não sei. — Ele fez um gesto no ar, como se estivesse tentando capturar o aroma de uma garrafa de Toniray vintage particularmente fina. — É estranho.

Luke concordou. Certamente era um lugar estranho. Ele e Lando já haviam estado em muitos mundos através da galáxia, mas Polaar era...

Bem, inquietante. Essa era a única palavra que Luke conseguia usar para descrever. A grama branca sob um céu pálido. Não havia vento, nenhum som de vida selvagem. Era um mundo parado e silencioso. E Lando estava certo, havia algo peculiar sobre o ar. Fazia o interior do nariz de Luke doer, apenas um pouco, e seu peito começava a apertar. Os sistemas da *Star Herald* diziam que a composição atmosférica estava perfeitamente aceitável... mas, agora, Luke se perguntava se o próprio sistema tinha sido afetado pelo estranho campo de interferência do planeta.

— Será que tem mesmo alguém aqui? — Lando deu uma volta ao redor de Luke, olhando para os campos antes de voltar sua atenção para a morada. — Parece deserto para mim. — Ele se virou para Luke. — Há quantos anos você não a vê?

Luke apertou os lábios.

— Alguns.

Lando franziu as sobrancelhas e abriu a boca para falar quando o som de um bipe alto o assustou. Ele girou, a mão instintivamente procurando o blaster que Luke agora desejava ter pedido para Lando deixar dentro da nave.

Vindo na direção deles pelo caminho à frente estava um droide rato Imperial. Porém, em vez da cobertura preta normal, o droide era vermelho, o que se destacava fortemente contra a grama branca. À medida que se aproximava, o bipe aumentou de intensidade. O pequeno droide parou bem em frente a Lando, quase tocando o dedão de sua bota. O alarme estridente continuava.

Lando olhou para baixo.

— Vou ser honesto — ele disse. — Nunca vi um comitê de boas-vindas feito por um droide rato.

Foi então que um som rápido e metálico cortou o ar. Luke sentiu o movimento e virou-se no último segundo, erguendo sua mão cibernética. Os dedos de metal pegaram a lâmina a poucos centímetros de seu rosto.

Atrás dele estava um droide, feito de um metal escuro, quase púrpura. Humanoide, seu corpo principal não era muito diferente de um droide de protocolo, com juntas articuladas e um torso flexível no meio de placas rígidas de metal. A cabeça era uma versão angular das feições humanas, mas em vez de dois olhos, a unidade óptica do droide era uma única linha azul brilhante. Ele estava armado com uma espada longa e estreita, que se curvava levemente saindo de seu cabo. O droide provavelmente os esperava, escondido na grama alta.

Ninguém — Luke, Lando, nem o droide — se moveu. O alarme continuava, vindo do droide rato, que agora rolava de um lado para o outro como se estivesse tentando chamar a atenção de alguém. Mas a atenção de Luke e Lando estava fixada no droide humanoide, que havia se aproximado silenciosamente.

— Hum, Luke? — Lando perguntou, as mãos pairando sobre seu coldre. Ele não se movia, mas seus olhos alternavam entre Luke e o droide.

— Está tudo bem, Lando — Luke assegurou, sem tirar os olhos do visor azul do droide. — Pelo menos, eu acho que sim. — Ele empurrou a espada do droide, que se moveu sem resistência. Luke a forçou para baixo e o droide permitiu o movimento.

— Bem-vindos a Polaar, viajantes.

Quando o droide baixou a arma e retornou a lâmina para uma bainha magnética pendurada em sua cintura, Luke e Lando se viraram para uma nova voz. Atrás deles, andando por um caminho da morada principal, havia outra figura.

Ela usava um longo poncho em camadas de verde e cinza-escuro, com o colarinho decorado com retalhos de tecidos coloridos, aparentemente retirados de um item luxuoso. As pernas estavam envoltas em bandagens de tons beges sobre botas pesadas, com joelheiras espessas. Ao redor da cabeça e ombros, ela usava um capuz solto, mas seu rosto estava completamente oculto por uma máscara cromada, sem feições, a superfície espelhada sem nenhum rebite, respirador ou unidade óptica.

Mas a máscara não era desprovida de decoração. À medida que a mulher se aproximava, Luke podia ver marcas azuis desenhadas na máscara, como se fossem palavras em um idioma que ele reconhecia, mas não conseguia traduzir.

— Mestre Luke Skywalker, o último dos Jedi — disse a mulher quando parou diante deles. Sua voz era clara, um leve eco metálico vindo da máscara, e seu sotaque indicava que ela era de algum lugar dos Mundos do Núcleo. — Alguém que eu nunca pensei que veria de novo, enquanto estivéssemos vivos.

Luke curvou-se levemente em reverência.

— Komat — ele disse. Ele se levantou e fez um gesto para Lando. — Permita-me apresentar meu amigo, Lando Calrissian.

Lando fez o mesmo gesto, curvando-se levemente. Quando se endireitou, o droide com a espada passou por ele, sua cabeça fixada no visor azul sobre Lando. O droide se juntou à sua mestra, com uma das mãos perto da arma.

A máscara de Komat virou ligeiramente em direção ao droide.

— Pode retomar seu trabalho, KB-68.

O droide respondeu, sua voz leve e feminina.

— Tem certeza?

Komat confirmou.

— Certo — respondeu a droide. — Estarei disponível caso precise de mim. — KB-68 virou-se e voltou para a morada.

O droide rato continuou emitindo seu alarme e agora batia contra a bota de Lando. Ele ergueu o pé, surpreso.

— Ei — disse ele, olhando para sua anfitriã. — Ah, que coisinha fofa. Nunca vi um vermelho antes.

— A cor vermelha facilita a localização nos campos de grama — Komat explicou. — Sensores são extremamente limitados neste ambiente.

— Komat — Luke falou, acenando respeitosamente para a máscara espelhada da mulher. — Perdoe nossa perturbação de sua reclusão, mas viemos pedir sua ajuda.

— Claro que vieram, Mestre Skywalker — Komat respondeu. — Você não estaria aqui por outro motivo. — Ela se virou e começou a andar de volta para a morada. — Tenho trabalho a fazer, mas podem me acompanhar. Podemos conversar quando eu terminar. — Ela parou e se virou. — M-1, aqui.

O droide rato vermelho rolou para trás, fez uma curva em três pontos e voltou até Komat, parando ao lado de sua bota, com o alarme ainda ativado.

— Qual é a do droide rato? — Lando perguntou. — Algum tipo de alerta de intruso?

— Não — Komat respondeu. — Ele emite um sinal de perigo. Vocês estão em Polaar sem proteção.

Lando olhou para Luke, os olhos arregalados.

— Sem proteção?

Luke deu de ombros ligeiramente, indicando que ele também não entendia.

Komat caminhou de volta na direção deles.

— Ambos estão nos primeiros estágios de envenenamento por radiação distrônica. Se não vierem comigo, estarão mortos em uma hora.

Com isso, ela se virou e continuou a caminhar em direção à morada, seu droide rato seguindo seus passos.

Lando olhou para Luke mais uma vez, então acenou para ele.

— Ei, você ouviu a mulher, vamos, vamos!

Sem esperar por Luke, Lando apressou-se em direção a Komat.

Luke, por sua vez, não perdeu tempo e começou a segui-lo.

CAPÍTULO 36

A MORADA DE KOMAT, POLAAR

PRESENTE

Komat conduziu Luke e Lando através de uma porta escondida atrás das enormes velas brancas, posicionada na parede externa de uma edificação coberta por um gesso áspero. Isso fez Luke lembrar de sua antiga casa em Tatooine.

Do outro lado da porta, havia uma grande sala — uma estação de trabalho cheia de equipamentos e mesas. Ao longo de uma ampla parede, uma fileira de seis cilindros prateados se estendia até o teto. Cada cilindro terminava em uma ponta fina, alinhada com cones metálicos cor de bronze que se erguiam do chão, com um espaço de cerca de dez centímetros entre os dois. Dentro desse espaço, um feixe de energia azul estalava, uma descarga constante que zumbia como uma célula de energia dedlanite em curto-circuito. Do outro lado da sala estava um veículo terrestre: uma pequena caminhonete com oito grandes rodas e uma cabine de controle básica, com dois assentos. A traseira da caminhonete era uma caçamba aberta, sobre a qual havia uma estrutura de metal.

Luke não sabia o que Komat fazia em Polaar, mas certamente ela não havia ficado inativa durante seus anos de exílio.

— Então, estamos seguros aqui dentro? — Lando perguntou, olhando ao redor. — Não gostei de ouvir sobre essa tal radiação distrônica. Você tem uma cápsula de descontaminação ou algo assim?

— Agora que estão fora do campo de energia, vocês vão se recuperar — Komat garantiu. — Mas precisarão de proteção se quiserem me acompanhar na grade de captura.

Lando ergueu as mãos.

— Acho que vamos ficar por aqui — recusou ele, olhando para a sala. — É um bom lugar. Bem aconchegante.

A máscara espelhada de Komat se virou para Lando e ele recuou, só um pouco.

— Vocês vieram aqui discutir algo de muita importância — ela disse. Virando-se para Luke, continuou: — Não teriam feito essa jornada se não fosse verdade. Estou preparada para ouvir suas palavras, mas também lhes ofereço uma escolha. Meu trabalho não espera por ninguém. Ou me acompanham ou retornam para sua nave e deixam meu planeta.

Luke olhou para Lando e, depois, para Komat.

— Obrigado — ele falou, curvando-se em mais uma reverência. — Aceitamos suas condições.

Sem dizer outra palavra, Komat moveu-se para a parede oposta aos cilindros de metal e abriu um armário. Dentro, havia outro conjunto de máscaras espelhadas, limpas, sem inscrições. Abaixo das máscaras, havia mais ponchos multicoloridos, mas diferentes do que Komat usava — esses eram mais funcionais, sem desenhos decorativos, apenas em cinza metálico brilhante.

— Essa proteção será suficiente para a duração de sua exposição — assegurou Komat, enquanto se dirigia para a caminhonete. Ela destravou a caçamba e, movendo-se para outra parte da estação de trabalho, começou a rolar grandes pratos circulares, cada um com cerca de um metro de diâmetro, até a caminhonete, onde os carregou na caçamba.

Enquanto fazia isso, Luke pegou uma máscara espelhada e um poncho do armário, passando-os para Lando antes de pegar um conjunto de proteção para si mesmo.

Lando segurou a máscara à sua frente e olhou para seu reflexo na superfície curvada. Ele se aproximou de Luke, que vestia o poncho sobre sua túnica.

— Tem certeza disso, Luke? — Lando sussurrou. — Estamos gastando muito tempo aqui se esse plano não funcionar.

— Podemos conversar com ela. O que Komat tem a oferecer vai nos dar exatamente o tempo que precisamos.

Lando suspirou e vestiu a máscara. Ele se virou para Luke.

— Como estou? — Sua voz soou metálica. — Tenho certeza de que essa é a moda da estação em Contancia.

Luke riu e vestiu sua máscara. Nesse momento, Komat deu partida na caminhonete.

— Vamos — Luke disse. — Tenho a sensação de que ela não vai nos esperar.

O veículo sacudia a cada desnível do terreno e Lando sentia cada solavanco. Não conseguia entender por que Komat usava um veículo de rodas. Um speeder seria muito mais confortável, certo?

Talvez ela gostasse do desconforto. Parte de ser um eremita parece ser a necessidade de sentir-se miserável, não é?

Lando achava que, em Polaar, sentir-se miserável era fácil.

Komat e Luke não disseram nada durante a viagem. Luke se sentava ao lado dela, com Komat dirigindo pelo meio da grama branca alta que raspava contra as laterais da caminhonete. Lando se sentava no banco lateral, atrás, mas não sabia se estava mais desconfortável que os dois à frente, já que se sentavam diretamente no metal rígido dos assentos. Ao lado do pé de Lando, na caçamba, estava M-1, o droide rato vermelho conectado a uma unidade de carregamento.

Andaram por talvez vinte minutos, ziguezagueando entre colinas que pareciam mais íngremes do que realmente eram. O céu à frente parecia ter um leve tom de azul, embora Lando não soubesse se aquilo era apenas o filtro da máscara de proteção.

Radiação distrônica? Lando nunca tinha ouvido falar disso. Não gostava da ideia de andar no meio disso, mas Luke parecia confortável em confiar em Komat. Lando, por sua vez, ainda não decidira se confiava nela. Sua postura era formal e não exatamente amigável, mas ao menos ela não tinha atirado neles.

… e o droide também não os cortara em pedacinhos com sua *espada*

Que tipo de pessoa mora sozinha em um planeta tóxico com um droide rato Imperial e outro droide que carrega uma espada*?*

A caminhonete parou, e Lando bateu a cabeça na caçamba, quebrando sua linha de pensamento. Olhou ao redor e percebeu que haviam parado logo abaixo do topo da colina.

O som do motor diminuiu quando Komat desceu do assento, Luke logo atrás. Quando Lando desceu da caçamba, notou que o droide rato havia se desconectado e já estava seguindo Komat, ela e Luke parados no topo da colina.

Lando começou a seguir os dois, mas parou repentinamente, metade do corpo ainda dentro da caminhonete, quando uma grande criatura apareceu subindo pela colina, aproximando-se de Komat.

Era um felino de porte imenso, que chegava quase aos ombros de Komat. Seu pelo tinha um tom profundo de púrpura, clareando até um violeta suave ao redor da barriga e escurecendo, quase a ponto de se tornar preto, na espessa juba. A criatura possuía uma longa cauda com um tufo na ponta e, ao se aproximar de Komat, lambeu o próprio focinho com uma língua bifurcada. Komat acariciou sua juba, e o felino pareceu apreciar o gesto, primeiro olhando para ela e, em seguida, virando-se para observar Lando. O felino tinha quatro olhos, e Lando não sabia se devia se surpreender com aquilo.

Luke observava Komat e o felino gigante com as mãos educadamente juntas diante de si. Ele se virou e fez um gesto para Lando com a máscara para se juntar a eles.

Lando respirou fundo e subiu a colina, mantendo-se do lado oposto da ameaçadora criatura de estimação de Komat. Quando finalmente tirou os olhos do animal, virou-se para olhar a paisagem.

E praguejou por trás da máscara.

Os outros dois rostos espelhados se viraram um pouco para ele, e Lando imaginou o sorriso no canto da boca de Luke.

Lando voltou a olhar a paisagem. Abriu a boca para dizer algo, mas não sabia exatamente *o que* queria dizer.

Eles estavam no topo de uma colina íngreme que descia até uma vasta planície. O chão ali estava sem vegetação, revelando uma superfície cinza e compacta. Sobre essa superfície havia um enorme conjunto de pratos circulares, cada um sobre um pedestal, todos apontando diretamente para o céu. Os pratos pareciam iguais aos que Komat havia carregado na caminhonete, mas suas superfícies eram de um tom azul-escuro.

Lando franziu as sobrancelhas atrás da máscara. Parecia um simples sistema solar, a tecnologia básica para captar energia. Mas havia algo mais que sugeria que ele provavelmente estava olhando para um tipo completamente diferente de tecnologia.

No horizonte, erguia-se um edifício. Crescendo do chão, era uma série de formas suaves e elípticas, com camadas que pareciam familiares para Lando. O edifício ficava a uma boa distância, mas parecia enorme…

E então, Lando entendeu o que era. Virou a cabeça, esticando o pescoço para olhar de lado aquilo que originalmente pensara ser um edifício.

Ele se endireitou e olhou para os outros.

— Aquilo é uma nave estelar. Um cruzador de combate Mon Calamari. — Ele voltou a olhar para o horizonte. — Espera, aquela nave caiu aqui?

Komat virou sua máscara em sua direção, depois voltou o olhar para o horizonte. Ela continuou acariciando a cabeça do felino, que agora se sentava ao seu lado.

— Durante uma das últimas batalhas da Guerra Civil Galáctica — ela contou —, houve um combate próximo daqui, e aquela nave foi forçada a fugir. Mas seu hiperpropulsor estava danificado e ela saiu do hiperespaço perto demais deste mundo. Creio que a tripulação tentou outro salto, mas o regulador coaxial sobrecarregou e derreteu o núcleo de fusão da nave. Quando caiu, os escudos da nave trabalharam dobrado com o pico de energia do núcleo. Eles mantiveram a integridade da superestrutura, mas a reação em cadeia do núcleo de fusão continuou.

Lando piscou de perplexidade, sua mente acelerando enquanto tentava entender o que Komat estava dizendo.

— Então... em vez de explodir, a nave ficou presa no planeta, com o núcleo de fusão ainda derretendo?

Komat confirmou.

— Emitindo radiação distrônica. O planeta inteiro foi envenenado. Nada consegue viver aqui. A contaminação também afeta todos os sensores, e o campo de energia embaralha qualquer transmissão.

— O lugar perfeito para se esconder — Luke concluiu.

Komat virou sua máscara para ele.

— Se você acha que estou me escondendo, isso é problema seu.

Lando apontou para o conjunto de pratos.

— Então, o que é tudo isso? Parece algum tipo de experimento científico.

— O conjunto que você vê é uma rede de captura de partículas — explicou Komat. — O núcleo do reator da nave está emitindo muitos elementos raros e exóticos, e continuará assim por mil anos elevado à oitava potência.

Lando assobiou.

— Bastante tempo.

— O conjunto captura as emissões em estase — Komat continuou — para que KB-68 e eu possamos colher as partículas. Muitas delas possuem funções úteis em catalisadores de hiperpropulsores e outros sistemas de propulsão avançados.

— Como é? — Lando virou-se para Komat. — Você está dizendo que isso aqui é uma *fazenda* de radiação? E depois, você vende isso?

Komat inclinou sua máscara, confirmando.

— Existe um mercado em uma lua do sistema Pirsen, a sete parsecs de distância. Uma vez a cada trimestre, KB-68 leva nossa colheita para negociar em troca de suprimentos.

Com isso, o droide rato começou a emitir seu alarme de novo. Lando olhou para o droide, depois ergueu levemente os braços para olhar por baixo do poncho que estava usando.

— Estamos seguros aqui, certo?

— Não existe lugar seguro neste planeta.

Lando sacudiu a cabeça e olhou para Luke.

— Já mencionei que tenho um mau pressentimento sobre isso tudo? Porque estou começando a sentir isso pra valer.

— Vamos ficar bem por enquanto — Luke disse.

Lando olhou para o animal ao lado de Komat.

— Droides com espadas... e gatos gigantes?

— Sekhmet é um targon, Lando Calrissian — esclareceu Komat. — Eu acho sua presença meditativa, e sua espécie é imune aos efeitos da radiação distrônica.

Lando olhou para o animal.

— Meditativa, certo.

Luke virou-se para Komat.

— Como eu disse antes, estamos aqui para pedir a sua ajuda.

Quando Komat começou a voltar para a caminhonete, Sekhmet se levantou e desceu a colina, em direção ao conjunto de pratos. Komat, por sua vez, começou a abrir as alças que prendiam os pratos de captura de partículas no lugar.

— Vocês podem ajudar com a colheita — ela disse —, depois podemos discutir sua situação.

Luke e Lando olharam um para o outro; então, Lando fez um gesto dramático na direção da caminhonete.

— Você primeiro, último dos Jedi.

CAPÍTULO 37

A MORADA DE KOMAT, POLAAR

PRESENTE

Eles trabalharam por algumas horas, instalando pratos novos no conjunto e carregando os antigos na caminhonete. Lando pensou que Komat normalmente usaria seu outro droide, KB-68, para ajudá-la, já que certamente não era trabalho para uma única pessoa. Enquanto trabalhavam, Sekhmet observava o perímetro — a uma boa distância, pensou Lando.

Com o trabalho concluído, eles deixaram o targon no conjunto de pratos e retornaram à estação de trabalho. Lá, os pratos usados foram descarregados e, sob as instruções de Komat, Luke e Lando ajudaram a instalá-los na fileira dos cilindros destiladores de partículas. Komat operou os controles e o ciclo seguinte da colheita começou.

Ela então os instruiu a deixarem suas vestimentas de proteção sobre a mesa de trabalho. Ainda usando sua própria máscara e poncho, Komat os conduziu por uma passagem que levava à área de convivência.

Na porta, Lando parou e olhou para cima.

— Uau, ok — ele disse, sacudindo a cabeça. Ao seu lado, Luke sorriu para sua reação, mas então ergueu as sobrancelhas, indicando também estar impressionado.

A área principal da morada de Komat era uma longa sala com um enorme teto abobadado. As paredes tinham a mesma textura de gesso branco, mas paravam a dois metros do chão. De lá, as paredes eram formadas por placas de um material marrom-escuro — madeira natural, Lando percebeu — que se estendiam acima e se curvavam até se encontrarem no ápice.

Mas isso não era tudo.

A sala estava repleta de plantas — centenas de variedades, aparentemente sem duas iguais, criando uma cacofonia selvagem de verdes e amarelos, filamentos longos e flores exóticas coloridas.

As plantas cresciam nas laterais de enormes formas retangulares — talvez com três metros de largura, metade disso de altura. Havia uma dúzia dessas estruturas flutuando no ar sob o enorme teto abobadado, em diferentes níveis e ângulos.

Era magnífico, uma coleção digna dos melhores institutos de botânica dos planetas do Núcleo. Encontrar tanta beleza — tanta vida — em um mundo tão morto e envenenado causou um sentimento incrível em Lando.

Ele se sentiu preenchido com alegria e esperança.

Komat os conduziu para o centro da sala, onde uma mesa baixa estava posicionada, cercada por almofadas coloridas.

Lando olhou para Luke, que sorria para ele, e fez um gesto para que fosse primeiro. Lando, com seu sorriso firme no rosto, seguiu sua anfitriã.

Komat acomodou-se em uma das almofadas. Lando olhou ao redor, imaginando como seus músculos cansados e suas juntas doloridas reagiriam se ele se sentasse de pernas cruzadas naquilo que essencialmente era o chão, mas não parecia haver alternativa. Ele então notou que a droide KB-68 de Komat estava de pé em uma pequena plataforma flutuante, grande o suficiente para uma pessoa ou droide, podando uma planta em uma das estruturas flutuantes. A droide parou, aparentemente notando que estava sendo observada, e voltou seu olhar azulado sobre ele. Lando congelou e, lentamente — e dolorosamente — foi se abaixando sobre a almofada ao lado de Luke. Ele olhou de novo para KB-68, que continuava a observá-lo, parada e silenciosa.

Lando limpou a garganta e se virou para a anfitriã.

— Ah… é um belo lugar.

Komat assentiu lentamente para Lando, depois se virou na direção da droide flutuante.

— Por favor, prepare os refrescos, KB-68.

Lando arriscou olhar de novo para a droide. KB-68 assentiu com um gesto da cabeça, ainda sem parar de olhar para Lando enquanto sua plataforma descia até o chão… e ela continuou fixando seu olhar eletrônico mesmo quando desceu da plataforma e se dirigiu para a lateral da sala, onde uma estação de preparação de comida estava posicionada em frente a uma grande janela de transparaço, dando uma visão clara do gramado branco e da colina.

Komat então puxou seu capuz branco para trás e retirou a máscara espelhada, revelando uma pele marrom-escura e cabelos presos em um coque em tons de púrpura. Ela tinha uma espessa linha azul — tatuagem ou pintura de guerra, Lando não sabia — atravessando as duas maçãs do rosto e o nariz, logo abaixo de seus olhos cerrados. Lando viu que as íris dos olhos eram brancas, cercadas por um azul profundo.

KB-68 retornou, carregando uma bandeja de madeira ornada com canecas de cerâmica verde e uma jarra do mesmo estilo. A droide cruzou as pernas como tesouras e se sentou graciosamente em uma das cabeceiras da mesa. Ela deixou a bandeja sobre a mesa e distribuiu as canecas antes de servir um líquido marrom fumegante de dentro da jarra para cada um.

Komat inclinou a cabeça, indicando para seus convidados que bebessem. Luke tomou um pequeno gole de sua caneca. Lando olhou para o conteúdo e então o rico aroma o atingiu. A bebida era pesada e, ao girar a caneca, grudava agradavelmente nas laterais da cerâmica.

Ele sorriu.

— Ora, veja só, aí está algo que há muito tempo eu não bebia. — Ele tomou um pequeno gole, suspirou de prazer e, depois, ergueu a caneca em uma saudação para Komat. — E se esse não é o melhor chocolate quente fora do Arco de Eden, eu não sei qual é.

Com isso, Komat sorriu e tomou um gole de sua própria caneca. Luke ainda não havia dito nada, então o trio ficou em silêncio por alguns momentos, tomando suas bebidas.

E Lando se sentiu…

Na verdade, ele se sentiu *relaxado*, mas assim que percebeu isso, ele se sentiu, mais uma vez, culpado. Ele estava cansado do trabalho e ficou feliz com a bebida, mas… o que eles estavam fazendo ali, bebendo chocolate quente, admirando uma coleção de plantas de alguém que vivia com uma droide que empunhava uma espada em um planeta que era, em teoria, completamente inabitável?

E o tempo ia passando. E, em algum lugar lá fora, uma família estava em perigo.

Lando baixou sua caneca. Ele tinha acabado de perceber que, durante o tempo que passaram na colheita de partículas, nem sequer haviam começado a tocar no assunto da ajuda de Komat.

Aquela estadia estava ficando cada vez mais frustrante. E enquanto observava Komat e Luke bebendo, os dois quietos, aparentando inteiramente confortáveis com o silêncio, Lando se perguntou que tipo de história aqueles dois tinham, fora os breves detalhes que Luke já tinha contado.

— Certo, certo — ele disse, erguendo a mão em um pedido de desculpas, depois baixando e sacudindo a cabeça enquanto se perguntava por que diabos deveria se desculpar. — Olha, isso aqui está muito bom e eu agradeço a hospitalidade, mas Luke e eu estamos em uma missão um pouco urgente. — Ele se virou para Luke. — Desculpe se estou estragando algo, Luke, mas quanto mais esperamos, mais difícil será para encontrarmos a família. Se é que já não foram encontrados.

Luke assentiu, suas sobrancelhas juntas em pensamento enquanto tomava seu chocolate. Então, segurando a caneca com as duas mãos, ele se virou para Komat.

— Lando está certo — ele falou. — Você possui habilidades que eu nunca encontrei antes, não em todas as minhas viagens na galáxia, não antes e não desde então. Eu esperava poder convencê-la a nos ajudar. Não estou pedindo que nos acompanhe ou que rompa seu voto de solidão. Mas espero que isso não seja uma imposição muito grande para que você não considere ouvir aquilo que temos a dizer. Temos duas perguntas, diferentes, mas relacionadas.

Komat observou Luke, seu próprio drinque em suas duas mãos. Ela permaneceu quieta, parecendo escutar.

Mas não respondeu. Lando sentiu algo, como se estivesse em uma mesa de negociações, e Luke, com todo seu poder e experiência, parecia *não* estar no comando da situação.

Komat ainda não falou. Luke levou a mão dentro de sua túnica e retirou um cartão de dados da *Star Herald*. Ele o segurou para Komat; ela olhou para o cartão, mas não moveu as mãos de sua caneca.

— Tenho todos os dados aqui. Leituras completas do propulsor e assinatura do exaustor da nave que precisamos encontrar. — Ele fez uma pausa, então deixou o cartão sobre a mesa entre eles e olhou ao redor da sala. — Espero que você ainda tenha o equipamento.

— Eu não tenho — Komat declarou.

Os ombros de Luke murcharam, seus olhos se abaixaram.

— Espere, o quê? — Lando disse. Todo aquele tempo em Polaar e Komat *não* podia ajudar?

— E mesmo se eu tivesse — Komat continuou, ignorando a explosão de Lando. — A contaminação aqui é muito grande. Como eu disse, o campo de energia emanando da nave acidentada age como um total bloqueio eletromagnético, embaralhando todos os sensores e canais de comunicação, tanto os de entrada quanto os de saída.

— Ótimo — Lando resmungou, levantando-se. Ele andou em um círculo e então olhou para Luke. Ele começou a passar a mão sobre o bigode repetidas vezes. — Ótimo, simplesmente ótimo. Eu nem sei o que ela deveria fazer por nós e agora ela diz que nem poderia ajudar.

— Lando, espere — Luke chamou. Ele se virou para Komat. — Se você tivesse o equipamento, você conseguiria? — Ele segurou o cartão de dados para ela outra vez.

Komat olhou para o cartão.

— Você tem uma leitura completa da nave estelar que procura?

Luke confirmou.

— Leitura completa.

— Incluindo a taxa de ionização e a frequência dos ciclos do motivador do hiperpropulsor?

— Tudo isso.

Komat apanhou o cartão, então se levantou e olhou para Lando.

— Então, eu posso localizar a nave.

Lando pressionou os dedos sobre a testa.

— Que equipamento? Desculpe, mas Luke nem disse o que você consegue fazer. Como pode encontrar uma nave usando a assinatura do propulsor? A galáxia é um lugar grande.

A boca de Komat ameaçou abrir um sorriso de novo.

— Quando eu era membro dos Acólitos do Além, nós encontramos um conjunto de pesquisas do Império, algo contrabandeado para fora da armazenagem de dados em Scarif.

Lando baixou as mãos.

— E como isso pode nos ajudar?

— O Império tinha vários projetos de pesquisa conceituais — Komat continuou. — Levei muito tempo para quebrar a criptografia, e os dados estavam incompletos, mas enquanto meus irmãos e irmãs continuavam buscando os símbolos de poder que tanto desejavam, eu percebi que tinha em mãos algo muito mais valioso do que simples relíquias. A análise das pesquisas Imperiais revelou a capacidade de rastrear qualquer nave estelar na galáxia, desde que os dados corretos estivessem disponíveis.

Os olhos de Lando se arregalaram. Era muita informação para processar. Ele esfregou o rosto, repassando os detalhes em sua mente. Então, olhou para Komat, depois para Luke.

— Então, podemos encontrar o *Goldstone*?

Komat não disse nada, mas inclinou a cabeça em confirmação.

— Então, o que precisamos? — Lando perguntou, cuidadosamente se abaixando de volta na almofada. — Que tipo de equipamento estamos falando aqui?

Komat voltou-se para Luke.

— Sua nave estelar parece ter uma antena de longo alcance muito mais sofisticada do que a minha, Mestre Skywalker. Com sua permissão, vou pilotar a nave para além do campo de energia, onde poderei iniciar o algoritmo de rastreamento usando os sensores primários. Se o seu droide astromecânico me acompanhar, juntos seremos capazes de rodar o algoritmo de filtro para fornecer os dados que você busca.

— Obrigado, Komat — Luke disse, entregando o cartão de dados para ela.

— Essa é a primeira razão para você me procurar, Mestre Skywalker. Agora, você tem outra pergunta?

Luke ajustou sua posição sobre a almofada.

— Eu tenho. Pouco tempo atrás, encontrei um ser… uma mulher. Ela usava uma antiga máscara, e acredito que empunhava o sabre de luz de Darth Noctyss.

Komat não respondeu de imediato. Lando percebeu seus olhos piscando brevemente, e seus lábios se entreabrindo em aparente surpresa. Lando sentiu que Komat sabia exatamente de quem Luke estava falando.

— Achamos que ela talvez fosse Pantorana — Lando comentou.

Komat voltou sua atenção para Lando, e por um momento ele teve a distinta sensação de estar se intrometendo em uma conversa que não lhe dizia respeito. Com o canto do olho, viu Luke olhar rapidamente para ele e dar um leve aceno de cabeça como incentivo.

— Não consegui ver seu rosto — Luke continuou quando Komat voltou sua atenção para ele. — Mas vi suas mãos.

Komat ainda não se manifestou. Lando percebeu quando ela engoliu em seco. Então, de repente, ela se levantou. Lando levantou-se também, mas Luke fez um gesto para que ele ficasse sentado enquanto ele próprio se erguia.

— Komat? — ele perguntou.

Ela pareceu se recompor e se virou para Luke.

— O indivíduo de quem você fala é Kiza de Corellia. Foi ela quem liderou os Acólitos do Além.

Lando assentiu.

— Então, você sabe quem ela é?

Komat confirmou com um leve movimento de cabeça.

— Você pode nos dizer *onde* ela está? — Luke perguntou.

— Não posso, Mestre Skywalker.

Agora, Lando franziu as sobrancelhas.

— Por que não?

— Porque, Lando Calrissian — ela disse —, Kiza está morta.

CAPÍTULO 38

O IATE *GOLDSTONE*, ESTAÇÃO DE ABASTECIMENTO IMPERIAL TAW PROVODE

PRESENTE

Miramir encarava seu reflexo na janela frontal do *Goldstone*, mas seu olhar estava distante, seus pensamentos longe da estação de abastecimento onde a nave agora estava atracada. Em vez disso, ela se encontrava em outro lugar, um ponto distante da galáxia.

Um lugar onde tentaram construir um lar. Onde tentaram permanecer seguros, sem chamar atenção.

Jakku.

Foi o lugar onde ela viveu por mais tempo, fora de seu lar em Hyperkarn — quase cinco anos no total. Ela e Dathan levaram consigo sua filha Rey, que nascera em Hyperkarn e foi escondida na floresta do crepúsculo, com a ajuda de sua Baba. Mas era perigoso demais ficar. Eles sabiam disso no momento que Rey nasceu.

Rey.

Ela era incrível, mágica. Ela era o amor e a luz.

E também corria perigo. Não um perigo *iminente*, mas, quanto mais tempo passavam lá, maior o risco. Era fácil esconder um bebê. Difícil esconder uma criança. E embora Hyperkarn fosse um mundo pastoral, também estava perto das principais rotas espaciais. Quanto mais tempo passavam, mais sentiam que um alvo estava sendo desenhado sobre eles — e sobre o lar de Miramir e a única família que ela tinha, sua avó.

Ela não lembrava exatamente como escolheram Jakku, mas era um planeta distante e pouco habitado. Rústico e pouco desenvolvido. A vida ali seria difícil. Ambos sabiam disso.

Mas seria *possível*. A sobrevivência era o que importava. E, além disso, com as habilidades de Miramir, havia um certo potencial, embora Dathan e Miramir não ousassem admitir.

Jakku era o paraíso dos sucateiros. Uma grande batalha havia ocorrido anos antes, nos céus acima do planeta, e o deserto abaixo estava repleto de naves e destroços. Em alguns lugares, as pilhas se estendiam de horizonte a horizonte.

Miramir havia construído o primeiro droide da família com aquelas sucatas, enquanto Dathan erguia a propriedade onde viveriam, criando uma fazenda de umidade no deserto. Ali poderiam ter sua própria vida, livres da máfia da sucata que governava os habitantes do planeta.

Um dos chefes da máfia foi investigar os recém-chegados que apareceram nas planícies ao redor do Posto Avançado Niima. Dathan achava que estavam longe o suficiente do assentamento, mas o chefe dos sucateiros, Unkar Plutt, pensara diferente. Mas logo descobriram que Plutt era pragmático — se pagassem, ele poderia tolerar a presença da família. Miramir vasculhava as sucatas, vendendo peças para Plutt e comprando outras para seus droides e os equipamentos da fazenda de umidade. Eventualmente, Dathan — que havia feito um acordo, ao menos respeitoso, com Unkar Plutt — começaria a vender água no Posto Avançado Niima.

A vida era simples, e embora Miramir hesitasse em chamá-la de *boa*, era, no fim das contas, uma vida.

Eles estavam seguros.

Até tudo mudar.

Os caçadores apareceram no meio do dia, sem disfarces ou discrição. Pelo menos, Miramir ficou grata por isso. Se tivessem aparecido à noite, a história teria terminado ali, com alguns anos de paz comprados por nada.

Foram os droides de Miramir que deram o alerta, avisando Dathan sobre a aproximação dos caçadores. Eles estavam preparados para isso — mesmo que Dathan e Miramir nunca tivessem conversado sobre isso abertamente, haviam se preparado com créditos e pertences suficientes apenas para sobreviver. Miramir já havia invadido os sistemas de um cargueiro no ferro-velho do Posto Avançado Niima. Suas visitas periódicas ao local permitiram que ela realizasse os reparos básicos, suficientes para que a nave se movesse, caso precisassem. Miramir suspeitava que Unkar Plutt soubesse o que ela estava fazendo, apesar de seus esforços para esconder seu trabalho. O fato de nunca fazer perguntas — e, mais importante, de ele sempre ter as peças certas disponíveis a um preço razoável — era algo pelo qual ela seria eternamente grata.

Os droides de Miramir deram o alerta. Suas simples unidades agrícolas enfrentaram os caçadores em um desajeitado combate corpo a corpo, impossível de vencer. Mas foi o suficiente. Eles ganharam tempo. Ganharam uma *janela*. Miramir, Dathan e Rey embarcaram no cargueiro e decolaram, deixando para trás suas vidas e a fazenda.

E a esperança?

Miramir não tinha certeza. Eles escaparam e ainda estavam vivos. Isso já era algo.

Mas, ela lembrou a si mesma, isso foi há poucos *dias*. Se quisessem sobreviver — *realmente* sobreviver, encontrar um novo lugar, forjar uma vida, provavelmente com novas identidades, algo além da mera *existência* —, precisavam… fazer algo.

Dathan estava certo. Não podiam fugir para sempre. Ainda assim, uma parte dela se perguntava se depender da bondade de um estranho, esse tal de Lando Calrissian, era uma boa ideia. Eles não sabiam quem ele era. Ele disse que estava junto com um Jedi. Será que era verdade?

Ela piscou, saindo do devaneio, e se levantou, espreguiçando-se. Um momento depois, ouviu risadas altas e felizes, que encheram seu coração de leveza.

E então, pensou novamente no plano de Dathan, de encontrar um lugar seguro, onde Rey pudesse ficar enquanto…

Enquanto *consertavam as coisas*.

Ela olhou para o console principal. Haviam aterrissado na estação de abastecimento em Taw Provode sete horas atrás, mas ainda não tinham reabastecido. O lugar era totalmente automatizado, em um planeta distante de tudo. Ninguém sabia que estavam ali, e eles poderiam, ao menos por um tempo, descansar.

Do bolso, ela tirou o medalhão do capitão-regente, as duas metades agora de volta ao lugar. Segurando o medalhão, ela seguiu o som da risada de sua filha até a cabine.

Ela encontrou Rey e Dathan sentados no chão da cabine principal, de frente um para o outro. Entre eles, havia uma das esculturas do gabinete, agora desmontada em uma dúzia de peças que flutuavam no ar, o campo que controlava a escultura aparentemente capaz de lidar com a estrutura desmontada. Talvez esse fosse o ponto.

Agora, a estrutura estava sendo remontada no formato de um...

— Não, é um happabore! — Rey bateu as mãos e apontou para sua criação, uma coleção de partes da escultura que pareciam... na verdade, não se pareciam em nada com um happabore, e as partes já começavam a se distanciar. Dathan fez uma expressão de surpresa fingida e sacudiu a cabeça.

— Agora está quatro a seis para mim — ele disse.

— Só seis porque você está trapaceando, papai.

— Ah, é mesmo, Rey?

Rey assentiu entusiasticamente.

— Então, quanto você acha que eu deveria ter?

Rey ficou pensativa.

— Talvez dois.

— Dois? Devia ser uns *duzentos*.

— Não devia ser nenhum cento!

Miramir riu. Quando ouviu sua voz, Rey olhou para trás e correu para abraçá-la.

— Mamãe!

— Oi, Rey, oi! — Miramir disse, olhando para sua filha enquanto Rey a apertava. — Como você está se sentindo?

— Eu dormi bem — Rey falou. — As cadeiras aqui são macias.

— São mesmo! — Miramir exclamou.

Rey riu, desfez o abraço e voltou para o jogo. Miramir deu um passo para o lado e assentiu para Dathan.

— Parece divertido.

Dathan sorriu.

— Para uma nave de alta classe, faltam opções de entretenimento para uma criança de seis anos.

Miramir retribuiu o sorriso para seu marido. Então, vendo que Rey estava ocupada com seu brinquedo improvisado, ela fez um gesto para Dathan se levantar e a seguir até o outro lado da cabine.

— Está tudo bem? — Dathan perguntou, parando ao lado dela e colocando a mão sobre seus quadris. Olhou para o medalhão que ainda estava em sua mão. — Você já começou a reabastecer?

Miramir olhou para o medalhão, depois sacudiu a cabeça.

— Quero falar algo antes.

— Ok.

— Acho que você está certo.

O sorriso de Dathan voltou ao seu rosto.

— Parece uma boa ideia. Pode continuar.

Miramir não conseguiu evitar um sorriso também, mas sacudiu a cabeça e cruzou os braços, desviando o olhar de seu marido — uma linguagem corporal que não passou despercebida.

— O que foi?

— Eu concordo com você. Acho que devemos esconder Rey. Se soubermos que ela está fora de perigo, poderemos enfrentar isso de frente. Tentar encontrar Lando e seu amigo. — Ela fez uma pausa, respirando fundo. — Quer dizer, não sabemos quem eles são ou se realmente estão tentando nos ajudar, mas o fato é que, se soubermos que Rey está segura em algum lugar, isso nos dará um pouco de espaço para agir.

Dathan assentiu.

— Então, estamos de acordo. — Ele esfregou o pescoço. — Agora, só precisamos encontrar um lugar seguro para ela.

Miramir olhou para ele.

— Eu conheço um lugar. E conheço alguém em quem podemos confiar.

Dathan piscou de surpresa e abaixou a mão.

— O quê? Onde? Quem?

Miramir fez uma pausa antes de responder.

— Unkar Plutt — disse ela. — Podemos confiar em Unkar Plutt.

Dathan abriu a boca, mas não disse nada. Ficou olhando para Miramir, quase paralisado.

Um momento se passou, depois outro. Miramir suspirou.

— Dathan, fale comigo.

Ele fechou a boca, depois fechou os olhos.

— Você quer levar Rey de volta para Jakku, para... Unkar Plutt. — Ele abriu os olhos. — Conte-me o que está pensando.

Aliviada com o tom esperançoso da voz de Dathan — e torcendo para não ser apenas sua imaginação —, Miramir explicou seu plano.

— Unkar Plutt é um homem de negócios. Nós sabemos disso. Desde que ele ganhe alguma coisa, ele vai nos ajudar.

Dathan abriu a boca para falar de novo, mas Miramir o interrompeu rapidamente.

— *E* — ela acrescentou —, será apenas temporário. Isso será parte do acordo. Ele pode esconder Rey no Posto Avançado Niima até estarmos prontos para buscá-la. E sim, Jakku é... Jakku. Acredite em mim, sei exatamente o que isso significa. Mas também sei exatamente quem Unkar Plutt é. E, agora, ele é a única pessoa na galáxia fora desta nave em quem podemos confiar. Não porque ele seja um amigo. Não porque está de um lado ou de outro. Mas porque ele é quem é. Nós sabemos disso e acho que podemos trabalhar com isso.

Dathan começou a esfregar seu rosto novamente e começou a andar em círculos, os olhos baixos. A primeira mão se juntou à segunda, esfregando a barba rala do queixo.

— E — Miramir continuou — os Sith não voltarão para Jakku. É um beco sem saída.

Dathan não parou de andar.

— Você não sabe disso. Não pode ter certeza.

Miramir suspirou.

— É claro que não. Não podemos ter certeza de nada. — Ela lutou para manter a voz baixa, para que Rey não a ouvisse. Olhou para trás, observando a filha que ainda brincava com a escultura flutuante, de costas para seus pais.

Miramir sentiu um nó na garganta, e então seu coração se aqueceu.

Sua garota, Rey. Seu amor. Ela precisava de proteção. E, sim, precisava de algo melhor do que aquilo — e melhor do que Unkar Plutt, melhor do que Jakku.

Mas era apenas temporário. Era *apenas temporário*.

Eles voltariam.

Então, Dathan parou de andar. Com os olhos fechados, ele assentiu.

— Sim.

Miramir segurou um soluço. Estava decidido. *Decidido*. Eles haviam tomado a decisão — a decisão de partir o coração, de gelar a alma —, mas a decisão foi tomada.

Por Rey.

— Vamos precisar pagar a ele — Dathan disse, voltando para se juntar a Miramir. — Você mesma disse. Unkar vai querer algo em troca.

— Então, nós pagamos.

Dathan fez um gesto ao redor da nave.

— Mas já falamos sobre isso. Tudo aqui tem identificação. Plutt vai checar tudo que levarmos para ele.

— Não se preocupe — Miramir assegurou. — Eu sei o que podemos usar.

Dathan franziu as sobrancelhas, seus olhos se arregalando. Ele olhou para Miramir por um momento, depois assentiu.

— Agora — Miramir disse, segurando o medalhão. — É hora da sua parte do plano.

— Então, você concorda? Vamos roubar a nave de Ochi?

Miramir confirmou.

— Se vamos levar Rey para Jakku — Miramir falou —, ela *precisa* estar segura. Isso significa que não podemos ser seguidos, não podemos ser rastreados. Não podemos correr risco algum. Ninguém pode saber onde ela está.

— Concordo — Dathan disse. — Se pudermos levar a nave de Ochi e deixá-lo preso aqui, ganharemos um bom tempo. — Ele tirou o medalhão dela. — Tudo que precisamos está bem aqui.

Miramir piscou.

— Então, como vamos fazer isso?

— Siga-me — Dathan falou. Ele a conduziu de volta para a cabine de voo. Lá fora, o deserto industrial cinzento da estação de abastecimento de Taw Provode estava iluminado por enormes torres de holofotes. Ele olhou para o console principal e passou o dedo ao longo dos controles até encontrar o que estava procurando: uma pequena abertura ao lado do painel de comunicação. Apanhando o medalhão do capitão-regente, ele o inseriu no leitor. Imediatamente, o painel se acendeu e, lá fora, uma série de luzes de indicação iluminaram o que parecia um conjunto de bombas de abastecimento automáticas. Dathan observou o indicador de energia do *Goldstone* começar a subir.

Miramir sacudiu a cabeça.

— Como isso vai atrair Ochi até aqui?

— Não vai — Dathan respondeu. — Ainda. — Ele se virou para sua esposa e se aproximou, beijando sua testa. — Para isso, vou precisar da sua ajuda de novo.

CAPÍTULO 39

A MORADA DE KOMAT, POLAAR

PRESENTE

— Morta? Como assim, morta? — Lando olhava de Komat para Luke. — Luke a viu. Ela estava lá, em Nightside. Pilotou um TIE Defender. — Ele fez um movimento com a mão, imitando o voo ágil do caça.

— De fato, Lando Calrissian, parece que meu pressuposto estava incorreto. — Komat se curvou, o que Lando interpretou como um pedido de desculpas. Ela se virou para Luke. — Você precisa me contar mais sobre esse encontro, Mestre Skywalker. — Lando cruzou os braços e se aproximou da janela, observando os campos brancos e envenenados de Polaar. A noite começava a cair.

Luke então relatou tudo a Komat: não só sobre o encontro com Kiza em Nightside, mas também sobre os cristais e o holocron encontrados em Yoturba, além das visões de Exegol que ele vinha tendo nas últimas semanas. Komat escutava em silêncio, mantendo seu olhar gélido fixo no rosto de Luke.

Quando ele terminou, Komat desviou o olhar, encarando a mesa diante dela, perdida em pensamentos.

Lando afastou-se da janela e se juntou aos outros, deitando-se de lado em vez de se sentar de pernas cruzadas.

— Então, quem é essa tal de Kiza? — perguntou em voz baixa. — Por que você achou que estava morta?

Komat ergueu os olhos.

— Kiza foi uma Acólita do Além. Ela nasceu em Corellia, filha de exilados de Pantoran. Passou por grandes dificuldades durante sua vida.

— O que a tornou um alvo fácil para os Acólitos — Luke completou.

— De fato — concordou Komat. — Ela alegava ter experimentado visões da Força antes de os Acólitos a receberem, mas não sei se isso é verdade. Mas ela realmente se tornou a devota mais ardente do culto, e sua sede de poder através do lado sombrio parecia insaciável. Logo, todos os Acólitos se tornaram fascinados por ela.

— Incluindo você — Lando observou.

— *Lando* — Luke sussurrou, mas Komat apenas confirmou com um gesto de cabeça.

— Lando Calrissian fala a verdade — ela disse. — Não tento esconder meu passado. Fui uma Acólita do Além. Eu considerava Kiza como uma irmã.

Luke ergueu o queixo.

— Conte-me sobre a máscara.

Komat o olhou.

— Esse era um artefato muito poderoso, uma relíquia que já pertenceu a um antigo Lorde dos Sith, Exim Panshard. Ele era vice-rei de um planeta há muito esquecido, e as lendas falam sobre seu reinado tirânico. Os Acólitos do Além buscaram muitas relíquias assim, acreditando que poderiam ganhar grande poder através de seu uso.

Lando passou o dedo sobre seu bigode.

— Então, Kiza encontrou a máscara e a vestiu, mas acontece que esse tal de Exim Panshard, o quê? Ainda está dentro da máscara? Igual a Momin. — Lando apontou para Luke. — Você disse que sentiu a presença de um Sith, e que não era Kiza, mas ela estava usando.

— Kiza não encontrou a máscara, Lando Calrissian.

Luke virou-se para ela.

— É mesmo?

— Foi dada a ela em Devaron. Eu estava com ela quando os Acólitos receberam a visita de Yupe Tashu. Era ele quem trazia a máscara.

Lando congelou.

— Yupe Tashu? — O nome era familiar, mas ele não sabia de onde.

— Um dos conselheiros do Imperador — Luke disse, franzindo as sobrancelhas. — Quando foi isso?

— Quinze anos atrás. Yupe Tashu foi revelado como o verdadeiro mestre dos Acólitos do Além, pretendendo usá-los para restaurar o poder sombrio na galáxia. Foi ele quem recrutou muitos de seus devotos, incluindo Kiza. É possível que tenha sido ele quem implantou visões da Força dentro da mente dela, talvez usando outra relíquia desconhecida dos Sith. Ele carregava muitos artefatos antigos, incluindo armas e cristais kyber. Mas, mais importante de tudo, era a máscara do Vice-rei Exim Panshard. Kiza receberia o legado dessa poderosa relíquia.

— Ela a vestiu — Lando concluiu — e Exim Panshard voltou a viver.

Komat assentiu lentamente.

— Creio que esse seja o caso, Lando Calrissian. Yupe Tashu planejou isso. Ele desejava o poder sombrio do Vice-rei Exim Panshard, mas sabia que não poderia dominar esse poder ele próprio. Precisava de um hospedeiro, alguém que pudesse controlar sem perder sua própria vontade para o Lorde dos Sith.

— Claro — Luke disse, puxando a barba em pensamento. — Com Palpatine morto e o Império fragmentado, Yupe Tashu viu sua oportunidade. Pensou que controlaria Kiza como uma arma, usando-a para restabelecer sua própria ordem na galáxia.

— Certo — Lando falou —, mas Komat, você disse que pensava que Kiza estava morta. Isso tudo foi muito tempo atrás. O que aconteceu com ela e a máscara?

Komat fez uma pausa antes de responder.

— Kiza se perdeu na máscara. Permaneci sempre ao seu lado, mas ela já não reconhecia nossa ligação de irmandade. Passava muito tempo com Yupe Tashu e longe dos outros Acólitos. Acreditávamos que eles estavam procurando mais artefatos poderosos. Yupe Tashu queria transformar Kiza em uma força irresistível.

— Artefatos como o sabre de luz de Darth Noctyss — Luke disse.

— Esse sabre de luz — Komat falou —, assim como a máscara, foi mencionado apenas em lendas. Mas, se a máscara existiu, então é possível que tal lâmina ancestral também tenha existido. — Ela se voltou para Lando. — Kiza e Yupe Tashu retornaram, mas Kiza teve dificuldade em reconhecer pessoas que antes conhecia bem. Foi então que entendi os planos de Yupe Tashu e percebi que Kiza logo se perderia para sempre para a máscara de Exim Panshard. Quando Yupe Tashu não estava presente, tentei tirar a máscara dela, e começamos um grande combate. Durante esse combate, Yupe Tashu retornou e foi morto por Kiza. Ela fugiu com a máscara e nunca mais foi vista. Ela estava gravemente ferida e eu não acreditava que sobreviveria sem ajuda.

— Mas você não parou de procurar por ela, não é mesmo? — Luke perguntou.

Komat virou-se para ele.

— Eu acreditava que, se sobrevivesse, ela representaria uma ameaça à galáxia. Eu mesma procurei pela arma de Noctyss, para impedir que Kiza a localizasse. Falhei nessa missão — ela se virou para Lando —, mas foi nesse momento que encontrei o Mestre Skywalker, que me guiou para o caminho da salvação.

— Então, Kiza ainda está viva — Lando resumiu — e ela tem a máscara e o sabre de luz. E agora? Ela está trabalhando com Ochi de Bestoon? Enviou-o atrás da família, para roubar o localizador?

— Se é que eles têm mesmo um localizador — Luke comentou.

— Um localizador seria a relíquia Sith mais poderosa de todas — Komat afirmou. — De acordo com as lendas, apenas dois foram criados.

— E ambos apontam para Exegol — Lando disse.

Komat assentiu.

— O mundo oculto dos Sith. Seria imperativo que Kiza e a máscara de Exim Panshard não descobrissem a localização desse lugar.

Os três ficaram em silêncio por um momento. KB-68 apareceu, trazendo mais chocolate quente. Komat e Luke beberam lentamente, mas Lando deixou sua caneca intocada.

Era muita informação para processar. Lando sentia que havia entrado em algo grande e sombrio, algo que teria preferido evitar, seu encontro fortuito na Estação Ponto Boxer agora se revelando como a porta para uma história aterradora.

E, no centro de tudo, uma jovem família, com uma criança pequena. Fugindo para sobreviver, perseguida por um mal que até Lando tinha dificuldade para compreender.

— Você parece cansado, Lando.

Lando abriu os olhos — ele nem sabia que os tinha fechado — e viu Luke olhando para ele, com um sorriso amistoso no rosto.

— Acho que você precisa descansar um pouco.

— Ah, sim, acho que você está certo. — Lando sentou-se e esfregou o rosto, depois se levantou, mas KB-68 estava ao seu lado. Ela ofereceu a mão.

— KB-68 preparou aposentos para vocês — Komat disse.

Lando olhou para cima. O olhar azul-elétrico de KB-68 o penetrava. Ele olhou para Luke, mas seu velho amigo apenas assentiu.

— Vá descansar um pouco. Komat e eu vamos conversar sobre tudo.

Lando não sabia se deveria protestar, mas a verdade era que ele estava completamente exausto. Fisicamente. Mentalmente. Emocionalmente. Ele aceitou a mão da droide e se levantou.

— Siga-me — disse KB-68, sua voz eletrônica com um leve tom de irritação. Lando não conseguiu conter um sorriso quando começou a seguir a droide para fora da sala.

KB-68 conduziu Lando por outra passagem de gesso branco. No fim, havia uma sala quase circular, vazia, exceto por uma plataforma de madeira baixa, feita do mesmo material da mesa na sala anterior. Sobre a plataforma, repousava uma almofada com intrincado bordado vermelho e dourado — grande o suficiente para servir de cama.

Lando virou-se para agradecer, mas KB-68 já havia desaparecido. Dando de ombros e suspirando, ele se sentou na cama por um momento, depois se deitou, apoiando as mãos atrás da cabeça enquanto olhava para o teto.

Um segundo depois, ele adormeceu profundamente.

CAPÍTULO 40

EM ALGUM LUGAR

PASSADO

— Não, não, não, não!

Ela desapareceu virando a esquina, deixando apenas sua risada ecoando no ar e um rastro de sorvete derretido no chão. Um momento depois, veio o som de algo leve e plástico, e Lando sentiu um frio no estômago.

— Não, não, não, *não*!

Ele dobrou a esquina, equilibrando seu próprio sorvete, agora se arrependendo de ter pedido as duas bolas extras para ele e Kadara. Mas o que começara como um simples jogo de esconde-esconde se transformara em uma perseguição épica — que estava prestes a se tornar uma tragédia.

Porque Kadara estava dentro do closet das capas de Lando. Uma garotinha de dois anos, cheia de açúcar, segurando uma casquinha de sorvete tão grande quanto sua mão.

As coisas estavam prestes a… virar uma bagunça.

Lando correu para dentro, segurando o sorvete no alto, a tempo de ver duas capas caindo dos cabides e atingindo o chão. Mais adiante no closet, mais capas — uma floresta de cores sedosas e bordados finos — se moviam enquanto Kadara passava entre elas, numa tentativa desesperada de vencer o jogo.

Lando apenas sacudiu a cabeça — ali, de pé, com seu sorvete derretendo, o melado escorrendo e agora cobrindo seus dedos.

Bom, eles tiveram um bom dia e Kadara merecia um mimo — e ele também, Lando pensou — e, claro, por que não, sorvete era algo divertido, e às vezes você precisa de um pouco de diversão, e a sorveteria ficava no saguão do apartamento e...

Mais risos, abafados por acessórios de moda que valiam milhares de créditos, uma boa parte agora coberta de sorvete derretido. Lando apenas sacudiu a cabeça de novo e lambeu seu sorvete duplo de chocolate especial.

... e ela gostava de esconde-esconde, porque adorava o closet de Lando. Era escuro, cheio de mistério, repleto de cores e todo tipo de tecido macio. Cheirava como sua colônia e, além disso, esconde-esconde significava brincar de se vestir. Se havia algo que Kadara gostava mais do que esconde-esconde, era se enrolar em uma das capas de seu pai e perambular pelo apartamento.

Ora, ela até gostava de dormir com suas capas — uma vez escolhida, sua roupa geralmente ficava com a garota a noite toda, impossível de ser retirada de suas pequenas mãos até ela estar dormindo profundamente.

Kadara riu de novo e então chamou pelo pai para encontrá-la. Mais capas se moveram, outra caiu do cabide, então veio o som de algo molhado e...

— Oh-oh — veio a voz abafada da garota.

E então, Lando...

Ele sorriu, então aquele sorriso se transformou em risada. Lambeu seu sorvete, estremecendo momentaneamente quando o gelado atingiu seus dentes.

— Pronta ou não, aqui vou eu! — ele disse. Massageou a testa com a mão livre, sacudiu a cabeça para afastar o desconforto, com o sorvete firme na mão, e entrou no closet, desaparecendo na floresta de capas. Mais algumas caíram no chão, e Kadara riu de novo, e Lando riu também.

Mais um som de algo molhado.

— Oh-oh — veio a voz abafada de Lando.

E então, Kadara Calrissian riu alto, e seu pai riu com ela.

CAPÍTULO 41

A MORADA DE KOMAT, POLAAR

PRESENTE

Lando acordou com um sobressalto, ofegante, seus músculos doloridos. Ele havia caído em um sono profundo, com uma perna debaixo da outra, as mãos ainda juntas apoiando a cabeça. Com esforço, ele moveu cada membro, estremecendo com o formigamento que tomou conta de seu corpo. Tentou se levantar, mas quase caiu da cama. Olhou ao redor e viu as paredes de gesso branco banhadas por um leve brilho azul vindo da passagem lá fora.

Massageando o pescoço, Lando se levantou. Não sabia quanto tempo havia passado dormindo — um leve resquício de um sonho ainda persistia em sua mente, mas desapareceu assim que ele tentou se lembrar —, mas estava com muita sede. Tocou a parede até encontrar a porta e seguiu pela passagem na direção da sala principal da morada de Komat, guiado pelo brilho azul.

O brilho estava mais forte na sala principal, e Lando logo percebeu que a fonte vinha *de fora*, partindo da grande janela que dava vista para os vastos campos brancos.

Estava chovendo — não, estava *nevando*. O ar estava preenchido com a queda de pequenas partículas, como finas cinzas. Tudo estava silencioso, o único som na sala sendo o zumbido dos vaporizadores de umidade na estação de preparação de comida.

Lando piscou, seus olhos se ajustando ao sinistro brilho azul. Vinha de trás do topo da colina, uma única coluna de luz azul cintilante irradiando para o céu, iluminando a neve ao redor. A coluna parecia vir de um ponto muito distante — o cruzador Mon Calamari, Lando percebeu.

Então, ele viu algo mais. Uma figura destacava-se no meio da grama alta, de frente para a luz, com os braços esticados para o céu e a cabeça inclinada para trás, deixando a neve cair em seu rosto.

Era KB-68.

— Não se preocupe — disse uma voz atrás dele —, aparentemente ela gosta de noites assim.

Lando virou-se e viu Luke ainda sentado diante da mesa, olhando pela janela. De pernas cruzadas, os calcanhares tocando um ao outro em uma pose que Lando sabia que nunca seria capaz de igualar. As mãos de Luke descansavam, com as palmas para cima, sobre os joelhos.

— Há quanto tempo você está aqui? — Lando perguntou.

— Algumas horas — Luke respondeu, sorrindo. — Achei que você precisava descansar.

Lando assentiu, esfregando as têmporas, e se dirigiu para a mesa.

— Você nem acreditaria — disse ele. Sentou-se lentamente na cabeceira da mesa e percebeu que Luke observava cada movimento, seu velho amigo não disfarçando a graça que achava das juntas doloridas de Lando.

— Ei, ei — Lando falou, acenando para Luke quando finalmente se ajeitou na almofada com um baque. — Sou mais velho do que você, garoto da fazenda.

Luke riu.

— Sim, senhor general.

Estremecendo, Lando ajeitou-se como pôde e abriu um sorriso.

— Komat já voltou?

— Ainda não.

— E você sabe quanto tempo ela vai demorar? Seja lá o que estiver fazendo.

— Não faço ideia.

Lando sacudiu a cabeça.

— Então, até ela voltar com nossa nave, estamos presos em um planeta envenenado com um… — Ele fez um gesto para a janela, onde KB-68 ainda estava no meio do gramado. — … com um droide que gosta de neve.

O sorriso de Luke aumentou.

— Isso não é neve — esclareceu ele —, é lucanol-550. É uma emissão do reator derretido que se condensa na atmosfera à noite, depois cai de volta no chão.

— Ah, ótimo, isso faz eu me sentir muito melhor — Lando disse. — Se andar lá fora durante o dia, você é lentamente cozido pela radiação distrônica. Se pisar lá fora durante a noite, você é fritado por lucanol. — Ele suspirou. — Estou muito feliz por estarmos aqui, Luke, muito feliz mesmo. — Mas disse isso com uma risada na voz. — Então, qual é o truque mágico dela, esse rastreio? Ela contou como funciona?

— Sim — Luke respondeu. — Isso se chama interceptação de sinal de hiperonda.

— Ah, claro, eu deveria saber.

Luke franziu as sobrancelhas.

— Você quer saber ou não?

Lando ergueu a mão em um pedido de desculpas.

— Desculpe. É que eu achava que o rastreio no hiperespaço era impossível.

— E é mesmo — Luke confirmou. — O Império estava trabalhando nisso antes da Batalha de Yavin, mas a pesquisa acabou em um beco sem saída. O que Komat conseguiu descobrir com as informações que os Acólitos encontraram é derivado do mesmo projeto, mas uma coisa diferente.

— Estou ouvindo.

— A interceptação de sinal de hiperonda — Luke explicou — envolve mapear a assinatura de energia das naves que entram e saem do hiperespaço. — Enquanto falava, ele gesticulava, imitando o movimento das naves quando saltavam para a velocidade da luz e no momento que reentravam no espaço real. — O Império tinha uma rede inteira de sinalizadores Imperiais espalhados pela galáxia. A maioria ainda está operacional, mesmo não sendo usada para navegação. Mas parte de sua função é um monitoramento de rotina, incluindo medição da radiação cósmica de fundo.

Lando franziu as sobrancelhas.

— E isso pode dizer onde uma nave está?

— Pode — Luke respondeu —, se você tiver os dados corretos. Se souber exatamente o que está procurando, incluindo a taxa de ionização e o ciclo de frequência do motivador do hiperpropulsor da nave, então pode teoricamente filtrar os dados de hiperonda coletados pelos sinalizadores e comparar com a assinatura da nave.

Lando apertou seus olhos com o polegar e o indicador.

— Então, deixe-me ver se entendi — ele disse. — Com os dados certos, e um jeito para invadir o que restou da rede do Império, você consegue identificar onde uma nave em particular sai do hiperespaço?

— Exatamente.

Lando abriu os olhos.

— É um truque e tanto. Como o Império nunca encontrou um jeito de usar isso?

Com aquilo, Luke franziu as sobrancelhas.

— O que Komat conseguiu descobrir é que eles nunca conseguiram acertar o algoritmo necessário para fazer tudo funcionar. O projeto ainda era de interesse, Scarif abrigava o Centro de Pesquisa Militar Imperial, mas foi colocado de lado.

— Então, esse algoritmo do filtro, foi isso que Komat conseguiu desvendar, e então tudo simplesmente funciona? — Lando assobiou. — Isso parece algo que a Nova República estaria muito interessada em saber.

Mas Luke sacudiu a cabeça.

— Mesmo se Komat estivesse disposta a compartilhar seu conhecimento, a interceptação do sinal de hiperonda depende da rede de sinalizadores. Aqueles satélites não foram construídos para durar e, de acordo com Komat, muitos já estão falhando. Logo, não sobrará muito da velha rede para ser usada.

— É uma pena — Lando disse. Ele se levantou cuidadosamente e caminhou até a estação de comida. Olhou para um dos vaporizadores de umidade, tentando entender como extrair um copo de água.

— Mesmo sem o sinal de hiperonda... *ou o que quer que seja*... valeu a pena vir até aqui e ficar sabendo de Kiza — Lando reconheceu. — E o R2 tem dados suficientes da nave dela, o TIE Defender? Você mesmo disse que eles nunca entraram em serviço Imperial, ao menos não oficialmente. Não devem existir muitos ainda voando. Komat poderia usar essa coisa da hiperonda para encontrar sua localização. A-há! — Ele pressionou a lateral do vaporizador, revelando um compartimento interno com uma torneira. Então, começou a procurar uma das canecas de Komat. — Se conseguirmos achar Kiza e o *Goldstone*, pode valer a pena nos separarmos. Um de nós poderia voltar para Adelphi e chamar reforços, e poderíamos ir atrás das duas naves.

— Você acha que a Comandante Blacwood seria mais receptiva dessa vez?

— Ela será quando ouvir que descobrimos quem está por trás do ataque contra o Esquadrão Halo.

Luke concordou. Enquanto Lando se servia de água destilada, ele olhou para a janela. No horizonte, atrás da coluna de luz azul, o céu começava a clarear e as cinzas de lucanol mortal haviam cessado. De KB-68, não havia sinal.

— Está quase amanhecendo — ele disse, e então a paz na morada de Komat foi quebrada pelo rugido de um motor de nave estelar. Lando juntou-se a Luke na janela e os dois observaram a *Star Herald* descendo da órbita baixa em uma trajetória acentuada, seus retropropulsores disparando quando Komat fez uma curva e aterrissou diretamente na frente da janela. Lando fez uma careta no momento que o trem de pouso se abriu um pouco antes da aterrissagem, a nave sofrendo um solavanco ao tocar a superfície do planeta. Ele olhou para Luke. — Ela veio bem rápido.

— Tem algo errado — Luke falou.

Lá fora, a figura encapuzada de Komat desembarcou da nave e correu para o edifício, desaparecendo de vista. Um momento depois, o som abafado das escotilhas de ar se abrindo e fechando ecoou pela sala.

Komat entrou no recinto principal, vestindo sua roupa de proteção padrão, o largo capuz esvoaçando atrás dela. Lando notou que o texto inscrito na frente da máscara espelhada era diferente do dia anterior.

Luke deu a volta pela estação de comida e parou na frente de Komat.

— O que aconteceu? Você localizou a nave?

Komat assentiu.

— Sim, Mestre Skywalker, tive sucesso. Mas naves não identificadas apareceram. Se eu não estivesse pilotando a *Star Herald* em órbita baixa, elas teriam aterrissado sem nosso conhecimento.

— Uma emboscada? — Lando perguntou, virando-se em direção à janela. Ele procurou no céu…

E então, ele viu. Duas naves, de um tipo que ele não reconhecia, exceto pelo fato de serem modelos antigos — naves que geralmente você encontrava encostadas em espaçoportos e hangares, os últimos veteranos de décadas passadas, de antes do Império.

Mas aquelas naves haviam sido reparadas, remodeladas — apesar de antigas, estavam perfeitamente operacionais. Komat e Luke se juntaram a

Lando, e os três observaram enquanto as duas naves faziam uma curva sobre a colina, suas cabines de nariz achatado agora apontando para a morada. Um momento depois, portas laterais se abriram em cada nave, como asas de metal se desdobrando. Figuras apareceram — Lando contou cinco em uma das naves, seis na outra — e desceram com cabos estendidos até o chão.

Lando olhou para seus dois companheiros. Komat, sem dizer uma palavra, abaixou-se e correu em direção a outra saída.

Lando olhou para baixo e viu a mão de Luke já segurando o cabo de seu sabre de luz. Ele fez um breve aceno com a cabeça para Lando, que respondeu com o mesmo gesto. Juntos, começaram a correr, seguindo Komat.

Polaar estava sob ataque.

CAPÍTULO 42

A MORADA DE KOMAT, POLAAR

PRESENTE

De Komat, não havia sinal. Luke conduziu Lando de volta pela passagem principal, entrando na estação de trabalho. O espaço era pouco iluminado, apenas pela energia dos destiladores de partículas, mas suficiente para que ambos corressem até o armário e apanhassem uma máscara e um poncho. Enquanto se vestiam, tiros de blaster já ecoavam lá fora.

Luke e Lando não disseram nada. Não precisavam. Sabiam exatamente o que fazer, embora não tivessem ideia do que estava acontecendo.

Lando teve um vislumbre do rosto de Luke antes de colocar a máscara espelhada. A expressão sombria de seu amigo não lhe agradou, mas ele podia imaginar o que Luke sentia — porque ele sentia o mesmo.

Eles haviam perturbado a paz de Komat, pedido ajuda em algo que não era problema dela, e agora o inimigo estava à sua porta. Não importava se a *Star Herald* fora rastreada ou se a viagem de Komat para a órbita havia sido detectada.

Aquilo era culpa deles.

Prontos, correram para fora. O blaster de Lando já estava em sua mão; o sabre de luz de Luke, fora da cintura, com o polegar no ativador.

Do lado de fora, seguiram o som do combate, passando pela estação de trabalho e atravessando a porta principal. Acompanharam a curva da construção de gesso branco sob as grandes velas, até chegarem à base da colina.

A *Star Herald* erguia-se à frente deles, sua longa estrutura refletindo a luz do amanhecer.

Mas a luta acontecia na base da colina. Duas naves inimigas haviam pousado no topo, e uma tropa de onze invasores descia, disparando incessantemente. Da posição onde estavam, a visão de Komat era obstruída pela *Star Herald*, mas os lampejos dos tiros brancos indicavam que ela estava por perto, enfrentando os invasores em desvantagem numérica.

— Você vai pela esquerda — disse Lando, gesticulando com seu blaster. — Eu pela direita. Use a *Star Herald* como cobertura. Eles estão em campo aberto, podemos pegá-los um a um.

Luke assentiu, e os dois correram em direções opostas, ambos buscando a cobertura do trem de pouso da *Star Herald*. Abaixando-se atrás do trem de pouso, sob o nariz da nave, Lando espiou por cima da estrutura, levantou o blaster... e hesitou.

Os invasores eram droides — uma mistura de modelos, mas todos de combate, relíquias como os dois transportes que os trouxeram. Isso explicava por que não buscavam cobertura: seus chassis blindados os protegiam de qualquer coisa que não fosse um disparo certeiro. Enquanto Lando observava, dois tiros de energia branca atingiram de raspão o ombro de uma das máquinas maiores. O droide pausou apenas o suficiente para ajustar a mira com a arma montada em seu braço antes de disparar mais uma rajada.

Aquilo seria complicado. Os droides avançavam em formação — não corriam, mas sua aproximação constante logo os colocaria sobre a *Star Herald*.

Lando se abaixou, observando o cano de sua pistola. Ele era bom de mira, mas seu blaster fora projetado para combates de curta distância, não para disparos precisos contra máquinas blindadas. Ainda assim... se ele conseguisse encontrar um ponto fraco...

Uma chuva de faíscas explodiu no rosto de Lando quando um tiro atingiu o trem de pouso onde ele se escondia. Ele gritou de surpresa e sentiu o impacto lançá-lo para trás, caindo no chão. Com a visão ainda turva, percebeu que fora salvo por KB-68, cujo visor azul brilhava enquanto a droide o encarava.

— Me dê cobertura — disse a droide, antes de sacar sua longa espada da bainha magnética e correr em direção aos invasores.

Lando levantou-se rapidamente e começou a disparar ao redor de KB-68, arregalando os olhos quando a droide chegou até o primeiro inimigo e o atingiu com precisão letal.

O droide de combate tentou reagir, levantando seus braços blindados para bloquear o ataque e retaliando com socos poderosos que poderiam abrir um buraco na lateral da *Star Herald*.

Mas KB-68 estava...

Lando baixou o blaster, hipnotizado pelo que via. Aquilo que testemunhava era simplesmente *lindo*.

KB-68 era rápida, ágil, empunhando sua espada de metal com uma precisão que mais parecia uma dança. Seus movimentos eram fluidos, abaixando-se e desviando dos ataques lentos do droide de combate, enquanto sua lâmina encontrava brechas e desmontava as defesas do inimigo.

Então, Luke estava com ela. A lâmina verde de seu sabre de luz brilhou enquanto ele abatia o droide com um golpe certeiro. Sem hesitar, KB-68 e Luke se dividiram, cada um avançando contra novos inimigos. Seus movimentos eram quase espelhados.

E igualmente eficientes. Luke derrotou seu droide. KB-68 também, embora seu ataque tenha demorado apenas alguns segundos a mais, limitada por sua arma menos poderosa.

Komat surgiu de sua cobertura sob a *Star Herald*. A visão a trouxe Lando de volta ao momento, e ele disparou novamente, seus tiros juntando-se aos de Komat. Juntos, distraíram os droides remanescentes enquanto Luke e KB-68 avançavam pela colina, cada um de um lado, reduzindo os invasores a destroços fumegantes.

Lando correu até Komat e ajoelhou-se ao seu lado, os dois disparando sem pausa. Um dos tiros de Lando foi certeiro, arrancando a cabeça de um droide. Mesmo decapitado, o inimigo continuou marchando, seu blaster disparando cegamente em sua direção. Antes que pudesse causar mais danos, KB-68 surgiu novamente. Com movimentos precisos, ela decepou o braço que empunhava o blaster e, com um golpe firme de ambas as mãos, cortou o torso do droide ao meio.

Em apenas trinta segundos, restava apenas um droide no topo da colina — maior e mais robusto, talvez um comandante. Lando percebeu que ele havia parado de atirar e agora se virava, aparentemente tentando escapar para um dos transportes. Mas, enquanto Lando o observava, o droide levantou sua arma e disparou contra uma das naves. A pequena nave sacudiu sob a saraivada de tiros, inclinando-se para frente quando o trem de pouso dianteiro cedeu. Um segundo depois, a frente da nave explodiu em chamas.

O droide girou, pronto para destruir a segunda nave, talvez para impedir que fosse tomada pelos inimigos que ele e seu esquadrão haviam sido enviados para eliminar. Mas, quando mirou, outra forma surgiu no topo da colina. Suas pernas dianteiras estavam esticadas, prontas para o ataque, e a longa cauda ondulava de forma ameaçadora.

Sekhmet. O targon era maior que o droide de combate e o derrubou com seu peso. Quando os dois atingiram o chão, Sekhmet ergueu a cabeça e rugiu antes de morder o pescoço do droide. Um lampejo de faíscas brilhou, e o inimigo parou de se mover.

Komat levantou-se e estendeu a mão para Lando, que aceitou o gesto com gratidão. No topo da colina, Luke desativou o sabre de luz e começou a descer em direção a eles. KB-68 permaneceu onde estava, vasculhando a área ao redor com sua espada ainda em mãos.

— Nunca vi um droide assim — comentou Lando quando Luke se juntou a ele e Komat. — Foi incrível.

— KB-68 é uma droide Duelista de Elite — explicou Komat. — Eu a encontrei em Mircapala, montando guarda sobre o corpo de seu mestre. Ele a havia programado para protegê-lo contra um agressor que nunca apareceu. Ela ficou lá por anos. Prometi a ela um novo lar.

— Gosto dela — disse Lando, guardando o blaster no coldre.

Komat virou sua máscara espelhada para Luke.

— Você sabe de onde vieram esses droides, Mestre Skywalker?

Luke balançou a cabeça, depois olhou para a carnificina na base da colina.

— Não faço ideia… espere.

Ele estendeu a mão humana. Sob o olhar de Lando, Luke inclinou a cabeça. Lando podia imaginar o rosto do amigo debaixo da máscara espelhada — os olhos fechados, a expressão de intensa concentração.

Lando sabia exatamente o que Luke estava fazendo.

— Foram enviados pelos Sith, certo? — perguntou Lando.

Luke virou a máscara para Lando. Mas antes que pudesse responder, o droide rato de Komat apareceu do nada, passando entre as pernas de Lando e correndo na direção do droide derrotado mais próximo. M-1 rolou para frente e para trás ao redor da cabeça do droide, depois se aproximou ainda mais. Eles ouviram um zumbido, semelhante a uma serra elétrica em miniatura, e então Lando percebeu que *era* exatamente isso. O pequeno droide separou a cabeça do corpo do inimigo com precisão. Em seguida, começou a puxá-la de ré na direção dos humanos. Por um momento, o droide parou, as rodas girando em falso quando algo pareceu preso. Então, com um salto, M-1 arrancou o último vestígio de conexão, puxando seu prêmio até eles.

M-1 segurava a cabeça do droide — e, presa a ela, vinha uma longa coluna de cabos e filamentos de metal, que o pequeno droide rato havia arrancado junto com a coluna vertebral da máquina derrotada. No meio da confusão de cabos, algo vermelho brilhou sob a luz da manhã.

Lando apontou.

— Aquilo é o que eu estou pensando?

Luke abaixou-se ao lado do droide rato e usou sua mão cibernética para separar os cabos. Depois, agachou-se sobre os calcanhares.

Era um cristal kyber vermelho, um fragmento irregular, idêntico aos que Luke carregava consigo.

Lando balançou a cabeça, perplexo, tentando entender por que um droide carregaria um cristal kyber. Komat aproximou-se de outro droide caído, virou a máquina com o pé, pegou seu blaster e disparou sete tiros à queima-roupa no peito metálico. Quando a fumaça clareou, ela arrancou a placa peitoral e começou a mexer dentro do chassi. Momentos depois, levantou a mão, segurando outro fragmento de cristal kyber.

— O quê? — Lando exclamou, atordoado. — Todos têm cristais kyber? Mas por quê?

Luke se levantou, girando o fragmento em sua mão, examinando-o com atenção. Lando notou as bordas irregulares, como se aquele pedaço tivesse sido parte de algo maior.

— Foi assim que eles nos encontraram… que encontraram a *mim* — constatou Luke.

— Está dizendo que usaram os *cristais*?

Luke confirmou com um leve aceno.

— Acho que sim. Eles fazem parte do mesmo cristal original. — Ele ergueu o fragmento mais uma vez, deixando-o refletir a luz. Lando percebeu, com desconforto, como o vermelho-sangue parecia escurecer em vez de clarear sob os raios do sol nascente. — É como… — Luke hesitou, perdido nas palavras. Então, abaixou o cristal. — É como se estivessem *conectados* de alguma forma — disse ele.

Komat aproximou-se, segurando também seu cristal.

— Este planeta é protegido por um campo de energia. Nenhum sensor consegue penetrar.

— Nenhum sensor — murmurou Lando. Ele olhou para Luke. — Você está falando da Força, não é? Esses cristais estão conectados pela Força. Os droides foram atraídos para cá... por causa dos cristais que você carrega. Foi assim que nos encontraram.

Luke assentiu.

Lando inclinou a cabeça, admirado.

— É preciso admitir, eles foram inteligentes.

— E perigosos — completou Komat. — Se os Sith se erguerem novamente, a galáxia inteira será lançada à sombra deles mais uma vez.

Luke e Komat trocaram olhares. Lando os observou por um momento antes de se virar para KB-68, que permanecia no topo da colina, a protetora incansável e alerta.

Apenas um droide, certo?

Lando balançou a cabeça. Ele sabia que essa ideia de "apenas" um droide era ilusória. Sentindo as emoções fervilhando dentro de si, virou-se para Luke.

— Precisamos sair daqui e encontrar a família. Eles precisam de proteção.

Luke o encarou, mas não respondeu. Lando sabia o porquê — havia um conflito na mente de Luke. A missão era ajudar a família, mas também impedir os Sith.

— Vá — disse Komat, e Lando percebeu que ela se dirigia a Luke. Ela indicou os transportes no topo da colina com um leve gesto da máscara espelhada. — Seu astromecânico pode acessar o navicomputador do transporte droide restante e descobrir a origem deles. Eu levarei Lando Calrissian em minha nave para ajudar a família que vocês procuram. Eu sei onde eles estão.

A máscara espelhada de Luke encarou a de Komat. Lando observou os dois por um momento; ele não precisava ver seus rostos para imaginar o que estavam pensando.

— Você deveria ir com ele — sugeriu Lando, virando-se para Komat. — Não é apenas um Sith morto nessas coordenadas. É Kiza, também.

Komat inclinou ligeiramente a máscara na direção dele.

— Como já expliquei, Lando Calrissian, os Acólitos do Além não são mais problema meu. Kiza se perdeu há muitos anos. Não há nada que eu possa fazer agora. Mestre Skywalker é um Cavaleiro Jedi. Essa é a batalha dele. A família, porém, precisa de nossa ajuda. — Ela se virou e começou a caminhar de volta ao edifício. — Vou preparar a *Warglaive*.

Lando voltou-se para Luke.

— Certo, pelo visto ela está no comando.

Luke estendeu a mão, e Lando a apertou.

— Boa viagem, Lando.

— Mandaremos uma transmissão quando os encontrarmos e combinaremos um ponto de encontro. Até logo, Luke.

Eles se separaram. Luke seguiu para a *Star Herald*, chamando por R2-D2 antes de se virar e subir a colina em direção ao transporte restante.

Lando o observou por um momento, até ouvir um som eletrônico atrás de si. Ele se virou e viu R2-D2 descendo a rampa da *Star Herald*, girando o domo na direção dele.

— Ei, cuide bem dele, R2 — disse Lando. — Ele é o único Jedi que ainda temos, ok?

R2-D2 assobiou afirmativamente e seguiu atrás de seu mestre.

CAPÍTULO 43

ESTAÇÃO DE ABASTECIMENTO IMPERIAL DE TAW PROVODE

PRESENTE

— Isso vai funcionar. Relaxa. Vamos ficar bem.

Dathan olhou para sua esposa, mas a tentativa dela de acalmar sua mente não surtiu efeito. Ele continuou andando de um lado para o outro na cabine do iate *Goldstone*, os braços cruzados com força.

E agora ele tinha dúvidas. E medos. E incertezas. Perguntava-se se ainda era possível mudar de ideia, alterar os planos. Parte de sua mente gritava que ele estava cometendo um erro, que estava levando sua família — a família que ele deveria proteger — para um perigo ainda maior.

O fato era que aquilo era verdade. Dizer que o que estavam prestes a fazer era arriscado seria um grande eufemismo.

Mas, se conseguissem, prendendo seu perseguidor por tempo suficiente para escaparem na nave, teriam uma chance de ganhar a vantagem naquela situação desesperadora.

Agora, porém, tudo parecia incerto demais.

Rey estava sentada no grande sofá no fundo da cabine de voo, observando o pai. A inquietude — o medo — em seu rosto crescia cada vez mais.

— Dathan — Miramir advertiu, suavemente. — Você está assustando a Rey.

Dathan parou imediatamente e se virou para a filha.

— Ei, ei, ei — ele disse, sentando-se ao lado dela no sofá e puxando-a para um abraço. — Desculpa se te assustei. Estamos apenas tentando decidir algo, ok? — Ele beijou o topo da cabeça dela, sentindo o coração acelerar, não pela primeira vez, e certamente não pela última, sabia ele, por sua filha.

— Então... — Dathan falou, levantando os olhos para Miramir, forçando um tom otimista em sua voz, tanto para si quanto para a esposa e a filha. — Isso vai dar certo. Vamos conseguir.

E, ao dizer as palavras, ele começou a acreditar nelas. Principalmente quando encontrou os olhos verde-cinzentos de Miramir, viu o sorriso em seu rosto — um otimismo genuíno que, de alguma forma, ele sabia que também existia dentro dele.

Você e eu, ele pensou. *Estamos juntos nisso, e nada pode nos impedir. A única saída é enfrentar o desafio.*

Miramir assentiu, apenas uma vez, um *sim* muito definitivo.

— Certo, certo — Dathan disse, também assentindo. — Podemos checar o progresso? Quer dizer...

Miramir sorriu enquanto ele tropeçava nas palavras.

— Você quer saber — ela perguntou — se eu tenho certeza do que estava fazendo? — Ela se virou e se sentou diante do console, tocando o medalhão de Zargo ainda inserido na entrada. — Você estava certo. Quer dizer, eu *sabia* que estava. O medalhão deu acesso aos sistemas de reabastecimento, enviando uma transmissão para o computador de controle da bomba de combustível. Esse computador verifica a autoridade e os créditos do portador do medalhão.

— Um computador que ficou muito honrado em receber um cliente tão ilustre quanto Zargo Anaximander — brincou Dathan. — Mas vai transmitir essa informação em banda larga, certo?

Miramir confirmou com a cabeça.

— Com a minha modificação, sim. Eu alterei o chip de dados e acrescentei uma subrotina que força o computador de controle a verificar tudo duas vezes. Isso prolonga a transmissão. Além disso, introduzi um erro em loop. A frequência da transmissão vai variar por toda a banda antes de o sistema corrigi-la. Qualquer caçador de recompensas decente procurando o *Goldstone* vai conseguir detectar.

— O que significa que estamos atraindo os caçadores até nós — Dathan disse.

O console emitiu um som. Rey ergueu os olhos enquanto Miramir se virava para checar o alerta.

— Funcionou — ela falou. — Outras naves estão vindo. Três. — Ela olhou de volta para eles.

Dathan assentiu.

— Certo, está na hora de preparar a fase dois.

CAPÍTULO 44

ESTAÇÃO DE ABASTECIMENTO IMPERIAL DE TAW PROVODE

PRESENTE

Lando abaixou-se atrás da grade e observou a área de preparação. Contou vinte troopers — um pelotão inteiro — vestindo armaduras marrons que ele não via há muito tempo. Entre eles, alguns oficiais destacados com seus capacetes vermelhos característicos. Apertando o blaster com mais força, ele lançou um olhar para sua companheira, mas o rosto dela permanecia oculto atrás do grande visor verde de seu capacete.

Lando não conhecia muito bem o sistema de Taw Provode, mas, assim que saíram do hiperespaço, a razão disso ficou evidente.

Não havia nada ali.

Quer dizer, havia *muita* coisa — poeira, rochas e gases ionizados orbitando uma pequena estrela branca. Duas dessas rochas formavam um sistema próprio: uma era o único planeta do sistema; a outra, sua lua solitária.

A verdade é que sistemas como aquele eram os mais comuns na galáxia — meras notas de rodapé nas cartas estelares, nada mais do que números de catálogo ligando os pontos A, B e C. Taw Provode só tinha um nome porque, por mais inóspito que fosse o planeta, alguém havia encontrado uma utilidade para ele.

Lando já *tinha* visto esse tipo de coisa antes. Taw Provode abrigava uma antiga estação de abastecimento imperial: alguns quilômetros quadrados no equador do planeta transformados em um ambiente artificial de concreto negro e metal cinza, com enormes tanques esféricos organizados em grupos. Passarelas e pontes conectavam as áreas de preparação entre os tanques e as plataformas de pouso, todas alinhadas com bombas de combustível e maquinário pesado. Era uma instalação industrial em uma escala que só o Império teria interesse em construir, completamente automatizada e ainda em funcionamento. Simples droides de serviço mantinham tudo operante, monitorando sistemas, fazendo reparos e reabastecendo estoques para qualquer um com as credenciais e créditos necessários.

O planeta era sombrio, com seu sol distante e uma lua que parecia quase tão brilhante quanto no céu noturno. A estação, iluminada por vastos holofotes em torres altas, projetava sombras profundas entre os tanques e o maquinário — sombras escuras como o próprio espaço.

Lando notou que essas sombras poderiam ser um bom ponto para um ataque. Quem chegasse primeiro e conseguisse uma posição vantajosa poderia abater qualquer um que passasse por ali.

O problema era que eles não foram os primeiros.

Lando fez um sinal para Komat, e os dois se moveram pela ponte, entrando na segurança da sombra escura projetada pelo tanque que subiam.

— Autoridade do Setor Corporativo — murmurou Lando, estremecendo quando até mesmo sua voz baixa ecoou na selva de metal ao redor. — Ouvi dizer que estavam se reerguendo, mas nunca vi tantos juntos. Parece que os rumores eram verdade: eles formaram algum tipo de exército. — Ele parou. — Mas não parecem Espos. Pelo menos não os comuns.

— O que é um Espos, Lando Calrissian?

— A polícia de segurança da ASC — respondeu ele, mantendo a voz baixa. — Mas esses agentes foram reforçados.

Komat assentiu. Ela havia trocado o capuz e a máscara espelhada por um capacete incomum — uma máscara de metal angular sob um grande visor verde-escuro que se alargava em duas seções triangulares de cada lado, enquanto uma parte separada se erguia acima da linha dos olhos. Também havia trocado sua vestimenta utilitária por um traje de combate ajustado, reforçado com mais do mesmo material envidraçado.

— Se eles transformaram os Espos em um exército — disse ela, a voz um grunhido eletrônico por trás da máscara —, isso seria ilógico. Isso parece uma operação avançada. Eles chegaram muito antes de nós, mas pode não ter nada a ver com a família que você procura.

Lando franziu as sobrancelhas.

— Tem certeza de que o seu sistema de rastreamento está funcionando? Estamos *mesmo* no lugar certo?

— Sobre isso — respondeu Komat — não há dúvida.

— Certo. Então, isso significa que eles estão aqui, em algum lugar. Talvez essa família seja um problema maior do que pensávamos, se até a ASC está atrás deles. — Lando ergueu a cabeça, arriscando uma rápida olhada na área de preparação. As duas fileiras de troopers da ASC permaneciam imóveis, enquanto os capacetes vermelhos discutiam algo.

— Eles estão esperando por alguma coisa — disse Lando. — Isso pode nos dar algum tempo. — Segurando o blaster, ele se levantou com cuidado. — Vamos dar uma olhada.

Escolher cuidadosamente o caminho pelas pontes e passarelas interligadas acima dos tanques de combustível deu a Lando e Komat uma vantagem distinta sobre os Espos. Lá em cima, eles podiam cobrir uma área muito maior, movendo-se diretamente sobre os sistemas de abastecimento, em vez de contorná-los, e, a uma altura que variava entre vinte e trinta metros, tinham a posição perfeita para observar o que acontecia ao nível do chão sem serem detectados.

— Ali — indicou Komat, virando uma esquina em uma das pontes e abaixando-se logo em seguida. Ela ergueu sua arma, um pesado fuzil blaster de longo alcance, capaz de abrir um buraco na lateral blindada de um AT-ST, e alinhou a mira telescópica com a abertura em seu capacete. Movimentando o fuzil levemente, ficou claro que ela estava analisando a área com sua visão aumentada.

Lando não precisava de uma mira telescópica para enxergar o que estava diante deles, abaixo. Era uma plataforma de aterrissagem, idêntica à que haviam usado. Sobre ela repousava a forma poligonal de uma pequena nave estelar com dois propulsores e uma rampa estendida. Sob o olhar atento de Lando, um dos capacetes vermelhos desceu pela rampa, seguido por uma figura muito familiar: um caçador de recompensas vestido de preto.

— Isso responde à dúvida — disse Lando, enquanto Komat baixava sua mira. — Esse é Ochi de Bestoon. Parece que está trabalhando para a ASC. — Ele franziu o cenho. Algo parecia errado, mas ele não tinha certeza se aquilo importava. — Venha — continuou ele. — Vamos continuar procurando.

Eles atravessaram as pontes por quase uma hora — subindo e descendo escadas e passarelas, tentando evitar chamar atenção nas sombras e, quando isso não era possível, usando os caminhos diretamente acima dos tanques de combustível, onde seria improvável serem vistos do chão, apesar de estarem literalmente sob os holofotes.

O layout da estação logo se tornou evidente: conjuntos de tanques cercados por maquinário, intercalados com áreas de preparação e plataformas de pouso, tudo repetido em um padrão regular. Nenhuma das plataformas que viram parecia capaz de acomodar algo maior do que um cargueiro de tamanho médio, embora Lando imaginasse que as instalações maiores estariam localizadas mais adiante, na periferia da estação.

— Lando Calrissian — veio a voz de Komat da escuridão atrás dele. Lando parou imediatamente e olhou para trás. Na meia-sombra, o visor verde de Komat refletiu a luz enquanto ela apontava com a mão blindada.

Seguindo a direção indicada, Lando aproximou-se da borda da plataforma e olhou cuidadosamente para baixo. Ao nível do chão, vários Espos avançavam, empunhando blasters.

— Mais — disse Komat.

Lando ergueu os olhos enquanto ela falava. Da posição elevada em que estavam, podiam ver através dos espaços entre vários outros conjuntos de tanques de combustível. Formas se moviam naqueles corredores — mais troopers da ASC, todos avançando lentamente em uma direção diferente.

— Parece que estão fazendo uma busca — concluiu Lando. — Logo eles terão vasculhado o lugar inteiro. *Precisamos* encontrá-los primeiro.

O vocalizador de Komat emitiu um clique.

— Deve haver outra plataforma do outro lado desses tanques — ela disse, antes de se virar e liderar o caminho, sem esperar por uma resposta. Lando seguiu, mantendo-se perto dela.

Ela estava certa — e eles chegaram antes dos troopers. Komat ergueu o blaster novamente e começou a vasculhar a plataforma com a mira.

O luxuoso iate de Zargo Anaximander estava iluminado pelos holofotes, seu casco dourado brilhando como um farol no mundo cinzento de Taw Provode. Lando ficou surpreso que a nave não fosse visível até mesmo da órbita, tamanha sua chamativa aparência.

— Algum sinal de vida?

Komat ajustou a mira.

— Nada do lado de fora. As janelas da cabine estão com os escudos abaixados. Não consigo ver o interior.

Lando cruzou a passarela para o outro lado e olhou para baixo. Os Espos estavam próximos, avançando rapidamente. A qualquer momento, virariam a esquina e ficariam de frente com seu alvo.

Ele se abaixou e voltou para Komat.

— Vamos — disse ele. — Precisamos descer e tirá-los de lá.

Desta vez, ele liderou o caminho, com Komat logo atrás.

CAPÍTULO 45

ESTAÇÃO DE ABASTECIMENTO IMPERIAL DE TAW PROVODE

PRESENTE

Andar ao nível do chão era uma experiência totalmente diferente, deixando Lando e Komat em clara desvantagem. Mas eles não tinham escolha — a única maneira de alcançar o *Goldstone* era atravessando o espaço aberto. E, para a frustração de Lando, o único caminho para descer dos tanques de combustível os levou a uma boa distância da plataforma de aterrissagem.

Agora estavam em uma corrida contra o tempo: eles contra a ASC. Lando estava determinado a alcançar o *Goldstone* primeiro, mas sabia que precisava ser cuidadoso. Eram apenas os dois contra sabe-se lá quantos Espos.

Ele não gostava das suas chances.

Por enquanto, Lando era grato pela liderança de Komat. Claramente treinada em operações secretas, ela tomou a dianteira, mantendo-os nas sombras ao redor do maquinário que alinhava as ruas abertas da estação. Movia-se com uma facilidade silenciosa, seu pesado fuzil erguido até o capacete, sempre atenta ao caminho à frente.

Lando, por outro lado, não estava apenas seguindo. Ele mantinha a retaguarda, andando de costas, cobrindo Komat. O progresso era lento, mas necessário — em cada junção, eles se separavam, cobrindo cantos opostos, verificando o entorno do maquinário e garantindo que o caminho estava livre antes de avançar.

Logo estabeleceram um padrão de movimento. Mesmo com o coração martelando no peito e o sangue bombeando em seus ouvidos, Lando se sentiu...

Na verdade, ele se sentiu *bem*.

Ali estava ele, fazendo algo, ocupando mente e corpo. A clareza com a qual sua mente operava era como um sopro de ar fresco, reciclado e purificado, da Cidade das Nuvens.

Ah, ele precisava disso. Precisava muito.

Komat parou de repente, e Lando sentiu a distância entre eles aumentar. Ela estendeu uma mão para tocá-lo ao passar, enquanto se movia em silêncio. Sob a sombra de um tanque de combustível, Lando se agachou, girando nos calcanhares, o blaster pronto para disparar.

Eles haviam alcançado o fim da plataforma de aterrissagem. Adiante, havia um espaço aberto, com o *Goldstone* cintilando sob os holofotes. Parecia menos uma nave estelar e mais uma peça de arte de uma galeria de alta classe.

Zargo teria adorado ver sua nave assim, pensou Lando com um sorriso triste.

Aquele sorriso desapareceu rapidamente quando ele percebeu o custo de seu progresso lento.

Eles chegaram tarde demais. A nave estava cercada por Espos, com a rampa já estendida. Dois capacetes vermelhos estavam de guarda na base da rampa, enquanto um trooper descia para relatar algo aos superiores. Um movimento de braço indicava que talvez a presa estivesse em outro lugar.

Komat fez um gesto para que Lando recuasse, e os dois voltaram para as sombras.

— Eles não estão lá — disse Komat. — Parece que a nave está vazia.

Lando balançou a cabeça.

— Ok, ok... isso é bom, certo? Eles não estão lá. Eles saíram. Isso é um ponto para o nosso time.

Komat virou o capacete na direção de Lando, mas ele apenas deu de ombros.

— Ei, só estou analisando as opções. Mas, se eles não estão *lá*... — Ele apontou para o *Goldstone*. — ... então significa que estão *aqui*, em algum lugar. Certo?

— Esta instalação está ocupada pela ASC. — Ela olhou para cima. — Precisamos voltar para o terreno elevado e encontrar a família antes deles.

Komat se abaixou, e os dois correram agachados, permanecendo nas sombras até alcançarem a escada por onde haviam descido. Enquanto subiam, Lando sentiu um frio crescendo no estômago.

Estava demorando demais — mas, ao mesmo tempo, eles precisavam parar, reavaliar a situação e decidir o próximo passo.

No meio da escada, Lando parou, hesitando diante de sua própria indecisão. Ele olhou para baixo e...

Ali. Dois capacetes vermelhos da ASC se afastavam rapidamente da plataforma do *Goldstone*, tomando um caminho entre a estação que os distanciava do restante da companhia. Um dos oficiais carregava uma mochila, cujo topo...

Estava se movendo?

Lando bateu suavemente, três vezes, com o blaster para chamar a atenção de Komat. Ela já estava vários degraus acima, mas parou e olhou para trás.

Lando estendeu a mão para Komat.

— Passe a mira para mim.

Sem hesitar, Komat deslizou a mira telescópica de seu fuzil e a baixou para Lando, que a pegou e a levou até o olho. Ele ajustou a posição e então...

Ali.

Ele estava certo. Olhando pela abertura da mochila, estava o rosto de uma garota que não devia ter mais do que cinco ou seis anos. Enquanto os oficiais caminhavam, o que liderava olhou ao redor, gesticulando para que o outro se apressasse.

Os pais, levando a filha para um lugar seguro.

Mas Lando sabia que não havia lugar seguro ali.

Ele abaixou a mira.

— São eles — contou Lando. Ele ergueu os olhos para ver Komat observando os dois oficiais. — Vamos — disse ele, procurando a melhor rota. — Podemos chegar na frente deles. — Ele apontou com a mão livre, e Komat seguiu a direção com o olhar. Sem dizer nada, começou a subir.

Enquanto Lando a seguia, ele se permitiu um pequeno sorriso. Os pais eram bons naquilo. Eles pareciam estar sempre um passo à frente. E havia uma chance, pensou Lando, apenas uma chance, de que houvesse um final feliz, afinal de contas.

CAPÍTULO 46

ESTAÇÃO DE ABASTECIMENTO IMPERIAL DE TAW PROVODE

PRESENTE

Dathan flexionou o ombro, cada movimento enviando uma forte pontada de dor descendo pelo braço. Ele esperava que tivesse que lutar e havia se preparado mentalmente para isso. O que não esperava era que a armadura marrom dos troopers fosse tão resistente. Seu plano era cair da escotilha de manutenção do *Goldstone* diretamente sobre a cabeça de um trooper, atacando com os pés, mas no último segundo o soldado se moveu, e foi o ombro de Dathan que atingiu as costas do inimigo. O impacto rompeu a linha rígida da armadura, e os dois rolaram pelo chão.

Mas funcionou — o trooper foi surpreendido e, antes que pudesse emitir qualquer alarme, Dathan já havia arrancado seu capacete e o nocauteado com um soco firme.

Essa foi a primeira parte. A segunda parte ocorreu um pouco mais de acordo com o plano. Vestindo o capacete do trooper, Dathan foi até a beira da plataforma e, escolhendo o momento certo, rapidamente chamou outro trooper antes de se esconder atrás de um dos trens de pouso da nave. Sem suspeitar de nada — felizmente —, o segundo trooper caiu na armadilha de Dathan, sendo abatido por um golpe pesado na nuca. Dathan quase mordeu a própria língua quando o ataque enviou uma onda de dor aguda pelo ombro, mas conseguiu conter o grito.

Ele suspeitava que seus punhos começariam a doer ainda mais quando seu sistema nervoso parasse de focar no ombro. Mas o plano tinha funcionado. Ele não sabia se foi sorte ou se os troopers eram simplesmente *ruins* em seus trabalhos. De qualquer forma, não discutiria com o destino. Usando a sombra projetada pelo casco do *Goldstone*, Dathan removeu as armaduras dos dois troopers inconscientes. Ele ergueu os olhos para a nave, onde Miramir, seguindo o plano, estaria agora emperrando a rampa de entrada do *Goldstone* antes de iniciar sua tarefa mais especializada.

Conseguiram. Na verdade, não poderia ter corrido melhor. Agora, ambos vestindo as armaduras dos troopers, com Rey escondida na mochila nas costas de Miramir, Dathan os conduzia em direção à plataforma de aterrissagem que, de acordo com os sistemas do *Goldstone*, abrigava a nave do caçador de recompensas.

Era arriscado. Tudo aquilo. Dathan não tinha dúvidas sobre isso. Por outro lado, tudo que faziam agora era um risco. Não havia garantia de sucesso — apenas a certeza de que um único erro acabaria com tudo.

Ele afastou os pensamentos sombrios enquanto atravessavam uma grande rua, a plataforma de aterrissagem logo à frente. Sim, eles estavam naquela situação por culpa dele. Mas faria de tudo para tirar sua família dali.

Chegavam cada vez mais perto. Outros troopers, alguns usando capacetes vermelhos — os oficiais, Dathan supunha —, andavam de um lado para o outro, sem lhes prestar atenção.

Uma pequena vitória. Talvez a primeira de muitas. Mas Dathan sabia que o pior erro seria se tornar confiante demais. Uma pequena vitória poderia facilmente se transformar em um grande fracasso.

Quase lá, ele pensou.

Quase. Lá.

CAPÍTULO 47

ESTAÇÃO DE ABASTECIMENTO IMPERIAL DE TAW PROVODE

PRESENTE

Seguindo a família do alto, Lando logo percebeu para onde estavam indo.

A nave de Ochi.

O que significava... o que, exatamente? Que iriam enfrentar seu perseguidor de frente, em um último ato de desespero?

Não, isso não fazia sentido. Mas o que *fazia* sentido foi outro pensamento que veio à mente de Lando, e ele quase quis sair correndo para incentivá-los.

Porque, se estavam se dirigindo para a nave de Ochi, disfarçados com capacetes vermelhos, então só havia uma outra coisa que poderiam estar fazendo.

Eles iriam *roubar* a nave.

E Lando faria de tudo para ajudá-los.

Correndo sobre os tanques, Lando perdeu a vista da família lá embaixo, mas imaginou que já estariam adiante o bastante. Ele sinalizou para Komat, apontando para uma escada de acesso, e juntos eles desceram as pontes e passagens até voltarem ao nível do chão. Emergiram em um beco estreito entre dois conjuntos de tanques de combustível, onde as sombras eram profundas o suficiente para torná-los completamente invisíveis.

Lando foi na frente, guardando o blaster no coldre para ganhar velocidade. Se Komat estava ou não logo atrás, não importava. Ele estava a apenas alguns metros de alcançar a família e levá-los para a segurança.

No fim do beco, ele emergiu na luz da rua principal. A plataforma de aterrissagem onde a nave de Ochi estava ficava do outro lado do próximo conjunto de tanques, e o caminho da família seguia para o norte. Eles apareceriam a qualquer... momento... *agora!*

Foi então que um estridente tiro de blaster reverberou pela estação. Lando abaixou-se quando o disparo atingiu a escada ao lado de sua cabeça, destruindo o metal que caiu no chão com um estrondo alto.

Piscando diante do súbito lampejo de luz, Lando caiu no chão; uma fração de segundo depois, tudo o que ele podia ouvir eram os disparos de Komat retribuindo fogo com seu fuzil. Cada tiro — laser? Cápsulas? — explodia do outro lado da rua em rápida sucessão. Lando ergueu os olhos e viu três Espos sendo lançados pelos ares, atingidos pelos disparos de alta velocidade e alto impacto de Komat. Antes que pudesse reagir, ela o agarrou pelo colarinho e o puxou para ficar de pé.

— Calculei meu ataque para atrair os outros Espos até nós — disse ela. — A família parece capaz. Eles usarão a confusão como cobertura. — Komat então olhou para o outro lado. — Os Espos estão se aproximando.

Lando apoiou-se sobre um joelho, sacando o blaster e virando-se de costas para a linha de tiro de Komat, pronto para proteger a retaguarda mais uma vez. Ele não sabia exatamente qual era a qualidade dos troopers da ASC, mas o fato de que os três seguintes correram diretamente para a linha de fogo de Komat, em vez de tentar flanqueá-lo, dizia tudo o que ele precisava saber. Lando ficou grato — não pela primeira vez em sua vida — por não estar enfrentando os antigos stormtroopers do Império.

— Precisamos alcançar a nave e dar apoio a eles — Lando gritou, sem se preocupar em revelar sua posição.

Komat se levantou, inclinando a cabeça. Lando sabia que o capacete dela incrementava sua audição, mas até mesmo ele podia ouvir o som de passos se aproximando rapidamente.

O restante dos troopers estava a caminho.

— Komat, vamos! — Lando começou a se mover, mas Komat o puxou de volta.

— Ajudar a família vai revelar a posição deles, Lando Calrissian, e a nossa também — explicou Komat. — É melhor atrair os Espos para longe, para que a família consiga escapar.

Lando encarou Komat, seu rosto tenso enquanto processava sua lógica e…

Tentava encontrar um argumento contra. Mas ela estava certa. Eles *podiam* ajudá-los a escapar. Mas não diretamente.

Era melhor assim. Eles estariam seguros longe daquele planeta.

Isso não impedia Lando de querer correr atrás deles, ajudá-los a embarcar e pilotar pessoalmente a nave de Ochi para longe de Taw Provode.

Mas ele não podia fazer isso. Sabia que não podia. Ele não era seu protetor. Inferno, eles nem sabiam *quem* ele era.

Mas ele ainda podia ajudar. Os dois podiam.

Lando assentiu, erguendo o blaster.

— Certo. Então, vamos.

Os dois avançaram para a rua, assumindo imediatamente uma posição de costas um para o outro. Komat liderava o caminho, segurando o longo fuzil paralelo ao chão, o visor de seu capacete fixado na mira telescópica, pronta para abrir caminho à frente. Lando, com seu confiável blaster firme na mão, mantinha a retaguarda protegida.

Eles prosseguiram em ritmo acelerado, cruzando junções, saindo das sombras para a luz e voltando às sombras, os dois se separando brevemente, cobrindo a frente, a retaguarda e os lados antes de se reunirem e continuarem em frente. Lando ficou grato que os capacetes vermelhos da ASC ainda não tivessem pensado em enviar os troopers para posições elevadas sobre os tanques.

No entanto, o progresso logo parou quando os Espos começaram a surgir. O primeiro grupo de seis dobrou uma esquina e quase tropeçou ao ver Komat e Lando vindo em sua direção. Antes que tivessem qualquer chance de abrir fogo, Komat despejou uma rápida saraivada com seu fuzil, enquanto Lando se virava rapidamente para acrescentar disparos bem direcionados. O ataque conseguiu dispersar o grupo de troopers, cada um fugindo para passagens diferentes e buscando a cobertura dos tanques e bombas.

Isso era ruim. Com o inimigo se separando, Lando e Komat corriam um risco muito real de ficarem cercados rapidamente.

— Precisamos atraí-los para longe da nave de Ochi — disse Lando, acertando um trooper e se abaixando para evitar disparos que passavam acima de sua cabeça. — Precisamos levar esses caras mais para dentro da área de abastecimento.

Komat assentiu. Lando disparou alguns tiros errados de propósito, forçando os Espos a hesitar, enquanto Komat levantava o fuzil e corria de volta para as sombras. Quando Lando a seguiu, percebeu que era outro atalho — um espaço estreito e escuro entre dois tanques. Ao alcançar a entrada, quase ficou cego pelo brilho de energia branca quando Komat abateu um trooper que tentava surpreendê-los por trás.

A rua mergulhou no silêncio, os Espos remanescentes aparentemente sem entender para onde sua presa havia fugido. Olhando ao redor, Lando viu que eles voltaram para a rota principal que levava até a nave de Ochi — a plataforma de aterrissagem, brilhando sob os holofotes, estava a apenas cem metros de distância. A rampa da nave permanecia estendida, mas não havia sinal de Ochi ou dos agentes da ASC.

Então, Lando avistou a família — apenas um borrão na sombra de uma bomba de combustível, mas ele reconheceu a forma da mochila que um deles carregava.

Era isso.

— Faça a cobertura — Lando pediu, saindo das sombras e correndo na direção da família. Ele estava completamente exposto, correndo em linha reta, um alvo fácil. Mas chegaria lá.

Ele não sabia *como* sabia, mas... ele sabia.

Atrás dele, o pesado som dos tiros do fuzil de Komat ecoava, misturado ao agudo zumbido dos blasters da ASC.

Na frente, uma parte do grupo se destacou e se moveu sob a luz, olhando na direção de Lando. Ele não sabia quem era — a mãe ou o pai — e isso não importava.

Tudo que importava era que eles embarcassem na nave.

— Vai! Vai! — Lando gritou, gesticulando com os dois braços em um claro gesto que dizia *saiam logo daqui*. Respondendo, a pessoa acenou, não para Lando, mas para o parceiro, que emergiu das sombras. Juntos, os dois se viraram e correram para a plataforma de aterrissagem.

Foi então que dois Espos surgiram de uma rota paralela. Pararam, surpresos ao ver dois oficiais correndo, antes de perceber que não eram da ASC e erguerem suas armas.

Lando gritou algo — ele nem sabia o quê — e abriu fogo em uma tentativa desesperada de ganhar tempo para a família.

Seus disparos acertaram o alvo. Os dois Espos caíram, atingidos diretamente no peitoral da armadura. Lando parou apenas o suficiente para confirmar que não estavam se levantando e, então, correu para a plataforma, o blaster já erguido, pronto para derrubar qualquer oposição que pudesse impedir que a família embarcasse.

Ele não precisava ter se preocupado. Avançou apenas alguns metros antes de os propulsores gêmeos da nave de Ochi começarem a rugir. O veículo se virou sobre a plataforma, o exaustor apontando diretamente para Lando. Ele se abaixou, cobrindo a cabeça com as mãos, mas o calor dos motores foi intenso, como se uma mão gigante o erguesse do chão. O ar ao redor primeiro veio quente, depois muito quente.

Ele caiu no chão com o ombro e rolou para o lado, deixando o impulso e o ar dos motores o arrastarem pelo chão. O impacto no ombro enviou arcos de dor por todo o seu corpo, mas Lando cerrou os dentes e se esforçou para proteger a cabeça de atingir o concreto.

Quando o rugido dos motores diminuiu, Lando se esticou, terminando deitado de barriga para baixo no chão. Imediatamente, ele se ergueu com as mãos, ignorando o protesto de seu sistema nervoso, e olhou ao redor.

A nave de Ochi era agora apenas um ponto de luz se afastando rapidamente, quase impossível de acompanhar, mesmo quando ele protegeu os olhos contra o brilho dos holofotes. Ao seu redor, Lando contou os corpos — doze, no total, entre troopers da ASC e um capacete vermelho.

De Komat, não havia sinal.

CAPÍTULO 48

A *STAR HERALD*, REGIÕES DESCONHECIDAS

PRESENTE

A *Star Herald* saltava pela galáxia, seus poderosos motores de protótipo colapsando os vazios infinitos do espaço e contorcendo a nave pelas vias do hiperespaço sem esforço aparente.

Luke havia chegado ao seu destino misterioso.

Ele não sabia o que esperar. As coordenadas extraídas do navicomputador do transporte dos droides eram apenas isso: números, referências-padrão a partir do centro galáctico. Apesar de o banco de dados da *Star Herald* ser mais atualizado do que o da *Lady Luck*, Luke encontrou pouca informação sobre o local para onde estava indo, mesmo consultando as cartas da inteligência da Nova República.

Aquele realmente era território das Regiões Desconhecidas. E, assim que a *Star Herald* voltou ao espaço real, Luke entendeu por que aquele quadrante específico tinha tão pouca informação.

Toda a janela frontal foi preenchida pela visão de uma vasta nebulosa vermelha — diferente de qualquer outra que Luke já havia encontrado. Longe de ser uma nuvem estática de gases ionizados, aquela nebulosa se contorcia e revirava, suas camadas irregulares de nuvens pulsando e piscando com uma energia vermelha inquietante. Quando Luke manobrou a nave para mais perto, algo mais chamou sua atenção — algo vasto e desconhecido, movendo-se dentro da nebulosa. Uma forma de vida colossal e monstruosa, revelada apenas como breves vislumbres, impossível de ser vista por completo.

Luke decidiu não investigar. Os sensores da nave pareciam enlouquecidos, enquanto o navicomputador protestava contra a escala da interferência emitida pela nuvem.

Felizmente, aquele pesadelo vermelho não era seu destino. Checando as coordenadas novamente, Luke pilotou a *Star Herald* em direção a um grande asteroide que flutuava na borda da nebulosa. Daquela distância, o asteroide parecia apenas uma silhueta escura e irregular contra o brilho ameaçador da nuvem impenetrável.

Conforme se aproximavam, sobrevoando a superfície do asteroide, R2-D2 emitiu um lamento, e Luke sentiu que entendia exatamente como o pequeno droide se sentia.

O asteroide era apenas isso: uma rocha. Mas uma rocha com massa suficiente para gerar gravidade-padrão — gravidade que, como logo ficou evidente, havia causado a queda de inúmeras naves em sua superfície.

Era um cemitério. O terreno irregular estava repleto de cascos destruídos de milhares de naves estelares, grandes e pequenas: caças de um só piloto, corvetas, cruzadores militares e civis. Apesar de o asteroide não ter um sol próprio, os destroços eram iluminados pela sinistra luz vermelha da nebulosa.

R2-D2 emitiu outro bipe baixo. Luke olhou para o painel e riu.

— Sim, R2 — ele disse. — Eu também tenho um mau pressentimento sobre isso.

Adiante, o terreno do asteroide se elevava em uma cadeia de montanhas cujos picos estavam curiosamente livres de destroços. Quando a *Star Herald* se aproximou, R2-D2 assobiou com entusiasmo. Com uma das mãos nos controles, Luke usou a outra para verificar os sensores. Apesar da forte interferência, as leituras começavam a capturar sinais locais que perfuravam a névoa de ruído.

— Estou vendo — falou Luke. — Uma assinatura de energia. Acho que estamos perto.

Eles sobrevoaram o pico da montanha, e Luke ficou boquiaberto com o que viu.

Os destroços continuavam do outro lado do asteroide, mas, no centro, erguia-se uma colossal estrutura curva: o casco partido de uma enorme nave esférica. Era o núcleo de uma nave Separatista, uma relíquia de uma guerra travada antes de Luke nascer. A estrutura, como a casca de um ovo gigantesco, dominava o cemitério ao seu redor. Poderia não ser uma nave funcional, mas lembrava uma vasta escultura abandonada por alguma civilização esquecida.

Luke manobrou a *Star Herald* em um arco ao redor da estrutura. R2-D2 emitiu outro bipe quando a leitura de energia se intensificou. Um novo indicador brilhou no painel. Luke olhou para os instrumentos, depois para a estrutura através da janela.

— É aqui — ele disse.

Uma rachadura no casco da nave esférica revelava um brilho cintilante, emanando de uma saída de ventilação. Algo ainda estava ativo lá dentro.

Kiza. Aquele era o lugar.

— Certo, R2 — falou Luke. — Aqui vamos nós.

Luke escolheu um ponto com menos destroços de naves e rotacionou a *Star Herald* para a aterrissagem. Checando os sensores mais uma vez, confirmou que o asteroide possuía uma fina atmosfera. Tudo o que precisaria era de um respirador básico.

Com a nave pousada, Luke destravou o cinto de segurança e se levantou. R2-D2 assobiou uma série de tons, e Luke pousou a mão gentilmente sobre o domo do droide.

— Isso pode ser perigoso — explicou ele. — Fique aqui e deixe a nave pronta para decolar assim que eu der o sinal.

Com isso, Luke se dirigiu à saída. R2-D2 assobiou para suas costas, e Luke riu.

— Obrigado — respondeu ele. — Vou precisar.

CAPÍTULO 49

O SEPULCRO, MUNDO DE KIZA, REGIÕES DESCONHECIDAS

PRESENTE

Não foi difícil entrar na nave esférica. Uma vez no interior, o ambiente parecia um pouco mais hospitaleiro — o ar estava parado, mas respirável, e o calor era consideravelmente maior do que na superfície do asteroide. Estava, no entanto, completamente escuro.

Luke guardou o respirador no bolso — um aparelho simples, nada mais do que um cilindro prateado com um bocal — e tirou o sabre de luz da cintura. Ele o segurou acima da cabeça e ativou a lâmina. O feixe brilhante de energia verde iluminou o caminho à sua frente.

Seguir para... onde, exatamente? Embora a nave estivesse destruída, ainda era uma estrutura gigantesca. Luke sabia que poderia vagar por horas — talvez dias — sem jamais encontrar a fonte da assinatura de energia. Seria fácil se perder ali.

Ele considerou chamar R2-D2 para acompanhá-lo. O pequeno droide poderia rastrear a assinatura de energia sem dificuldades. Mas descartou a ideia. Ele havia sido sincero ao alertar sobre o perigo, e, por mais que o astromecânico fosse eficiente, Luke não queria colocá-lo em risco deliberadamente.

Fechando os olhos por um momento, Luke estendeu a mão, buscando orientação na Força.

A resposta veio facilmente. Aquela presença — ou melhor, aquela *ausência* — na Força era inconfundível.

Ela estava ali, com a máscara. E ele sabia exatamente para onde ir.

Abrindo os olhos, Luke avançou. O som de suas botas ecoava contra o chão de metal enquanto ele seguia em direção ao coração da nave.

Depois de um tempo, Luke parou e baixou o sabre de luz. A câmara adiante, embora não exatamente bem iluminada, tinha uma claridade que contrastava com a escuridão do restante da nave. Ele avançou com cuidado, guiado por seus instintos e pela perturbação na Força que vibrava tão clara quanto o som de um sino em sua mente. Aquilo significava que havia chegado ao lugar certo, mas Luke ainda não fazia ideia do que o aguardava na sala à frente.

Ao passar pela entrada, ele se encontrou em uma enorme câmara abobadada. Talvez tivesse sido o hangar principal da nave, embora fosse difícil dizer. Olhando para cima, Luke percebeu que vários pisos haviam desabado, ampliando o espaço além do design original, com a curva do teto desaparecendo na escuridão. A estrutura gemia levemente, e Luke se perguntou quão estáveis aquelas ruínas realmente eram.

Equipamentos e consoles se alinhavam nas paredes, suas luzes multicoloridas piscando suavemente na penumbra. A luz que ele havia visto antes vinha de um brilho branco emanando de um grande objeto no lado oposto da câmara: um poliedro multifacetado, dividido horizontalmente ao meio, com a parte superior suspensa no ar. A abertura central, de onde a luz brilhava, tinha bordas que seguiam as linhas facetadas do objeto, fazendo-o parecer uma mandíbula cheia de dentes pronta para prender os desavisados. Uma câmara de meditação, talvez. Certamente não era algo que pertencia a uma nave Separatista. Provavelmente, outra relíquia recuperada por Kiza.

Diante da câmara de meditação, iluminados pela luz branca, estavam fileiras de droides desativados. Todos ajoelhados, de frente para a luz. Luke pisou cautelosamente ao redor deles, mantendo o sabre de luz pronto. Mais perto, ele notou marcas no chão onde alguns droides haviam sido removidos.

Onze espaços vazios.

Onze droides energizados por cristais kyber, enviados a Polaar para recuperar os fragmentos que Luke encontrara em Yoturba e agora mantinha bem escondidos dentro de R2-D2.

Ele abaixou o sabre de luz para iluminar o chão. Cada posição vazia tinha marcas de arrasto que convergiam em um único caminho ao redor da câmara.

Luke seguiu o rastro, alerta, ciente de que, apesar de suas descobertas — e da clara presença na Força —, Kiza e sua máscara não pareciam estar ali.

Na parte de trás da câmara de meditação, uma grande porta levava a outra sala, ainda grande, mas menor do que o recinto principal. Luke entrou, observando a pesada porta de proteção acima de sua cabeça. No centro, erguia-se uma estrutura cilíndrica. Ao lado, uma grande placa carbonizada de ferro negro e uma mesa de trabalho cheia de ferramentas chamuscadas. A estrutura cilíndrica tinha uma cobertura formada por painéis, como pétalas de uma flor, que estavam entreabertos, permitindo que línguas de fogo azul-esverdeado escapassem.

Luke precisou de um momento para reconhecer a câmara pelo que era: uma forja droide, de um design antigo e há muito descontinuado. Erguendo os olhos, ele viu a abertura quadrada de ventilação no teto, levando à porta externa da nave, a fonte da assinatura de energia que avistara ao sobrevoar com a *Star Herald*.

Ele girou em um círculo, iluminando os cantos com o sabre de luz. Satisfeito com o vazio da forja, voltou para o átrio principal.

Ali.

Circulando a câmara de meditação, Luke olhou através do brilho branco para seu interior. Quando seus olhos se ajustaram, viu que o espaço havia sido transformado em um ninho. Tecidos e cobertores estavam espalhados ao redor de livros — antigos e raros, encadernados em couro, velum, folhaquartz e outros materiais arcaicos, semelhantes à pequena biblioteca que Luke reunira em seu próprio templo. As paredes da câmara estavam cobertas de escritos rabiscados.

De um lado, um pequeno pedestal sustentava a máscara do Vice-rei Exim Panshard, feita do mesmo bronze polido da relíquia antiga.

Assim que esse pensamento surgiu, Luke ouviu. Sussurros. Murmúrios indecifráveis, tão próximos quanto uma voz ao pé de seu ouvido.

Ele resistiu à vontade de se virar, sabendo que, embora as vozes fossem reais, não havia ninguém ali com ele.

A única presença ali era a do Vice-rei Exim Panshard, o espírito do Lorde Sith, ainda assombrando a máscara sobre o pedestal.

Respirando fundo, Luke aproximou-se da câmara, mantendo os olhos fixos na máscara. Ele poderia acabar com tudo naquele instante. Bastaria um golpe de seu sabre de luz para destruir a relíquia e banir Exim Panshard para sempre.

Foi então que sua mente foi invadida por um grito. Era um lamento de agonia, antigo e imensuravelmente terrível. Luke caiu de joelhos, o sabre de luz desativado escorregando de sua mão enquanto pressionava os lados da cabeça, tentando bloquear a dor.

Cerrando os dentes, ele ergueu os olhos para a máscara.

E ele viu...

... uma floresta à noite. A névoa subindo, o céu claro e, no horizonte, o brilhante rastro de luz de uma estrela cadente, riscando um caminho de tons vermelhos e brancos pelo céu. Luke sente o orbak se agitar debaixo dele, o animal se erguendo em medo. Ele sente sua própria mão se fechar sobre o chicote e cruelmente atinge sua montaria, impelindo-a adiante pela noite, na direção do palácio onde a estrela caía...

E ele viu...

... um grande saguão, cheio de pessoas, um enorme banquete, um fogo ardente, artistas dançando, fazendo malabarismos e lançando facas para entreter seu soberano — o vice-rei, sentado em seu trono cravejado de joias. Seu coração é tão negro quanto sua coroa de ferro, e suas ordens gritadas causam uma onda de pânico que se espalha pelo saguão, deixando a nobreza e seus convidados congelados de medo. Seu senhor e mestre estava insatisfeito com seus esforços. O vice-rei se levanta, desce do trono, enquanto seus bobos da corte se curvam, implorando por suas vidas. Ele sorri, mas é um sorriso cruel. Então, apanha o bastão de ferro negro pendurado em sua cintura. Alguém grita quando a lâmina vermelha aparece, longa e curvada — uma cimitarra forjada com a luz morta de um sol vermelho e com o ódio do Vice-rei Exim Panshard. Ele degola o bobo da corte, então ri, e ri, e ri, e sua corte ri junto com ele...

E ele viu...

... o martelo de um ferreiro batendo, batendo, batendo. O metal atingido está branco de tão quente, mas ainda não é suficiente. Ele apanha a folha de

metal meteórico e a segura contra a fornalha de plasma. Fecha os olhos, implorando por mais tempo, implorando por sua vida. Ao seu lado, com sua coroa de ferro, o Vice-rei Exim Panshard sorri e ergue sua arma. O ferreiro se encolhe e fecha os olhos, mas, quando a lâmina vermelha surge em sua existência terrível, o vice-rei não a mergulha no corpo do ferreiro, mas na fornalha de plasma. Faíscas são lançadas, cuspindo labaredas por toda a forja, o calor quase insuportável. Mas, quando o ferreiro puxa o metal de volta para a bigorna, a folha agora está maleável, suave como seda. Seu rosto vermelho pinga suor com o calor do fogo enquanto ele começa a trabalhar. Ainda moldado de forma grosseira, o metal brilha com a intensidade de um sol. O ferreiro segura o material cintilante para o vice-rei e pergunta mais uma vez o que seu mestre deseja que ele forje. O vice-rei toma a oferenda com a mão enluvada. A manopla pega fogo e desaba quando a própria carne de sua mão começa a arder e a soltar fumaça. Ele olha para o ferreiro e diz: será uma máscara. O ferreiro tenta se mover, mas descobre que não consegue. Ele está preso por um poder misterioso — a pura força da vontade do vice-rei. Seu corpo se ergue do chão quando o vice-rei solta o metal, os dois objetos agora controlados por ele enquanto completa seu design. O ferreiro grita quando o ardente material estelar flutua lentamente, inexoravelmente, em direção ao seu rosto — gritos que cessam quando o metal agarra sua pele, moldando a si mesmo na forma retorcida de agonia de um homem moribundo...

E ele viu...

... o grande saguão, outro banquete, mas os únicos sons são o barulho dos convidados comendo e o rugido do grande fogo na lareira. O Vice-rei Exim Panshard está sentado em seu trono, seu rosto oculto atrás de uma máscara de bronze polido que caiu das estrelas. Não há nariz. Uma linha de rebites marca a boca. Os dois olhos são vazios negros envidraçados. Ele se senta em silêncio. Ele não come. Ele não bebe. Sua corte não ousa olhar para ele. Finalmente, ele exige que olhem para seu novo rosto — o rosto de seu mestre. Os cortesãos se entreolham, aterrorizados. O Vice-rei Exim Panshard se levanta de seu trono, sua cimitarra vermelha queimando com uma nova raiva que eles julgavam impossível. O som da lâmina curvada é o som do fim do mundo. Os membros da corte gritam quando ele os corta um a um. E quando todos estão mortos, ele continua cortando, até não sobrar nada. Apenas sangue, subindo até os

calcanhares, e o eco dos gritos dos mortos dentro de sua fria máscara feita de material meteórico…

E ele viu…

… a cidade diante do grande castelo, onde o lorde, que outrora ofereceu proteção contra a escuridão, agora oferece apenas a morte. A cidade queima, os cidadãos em farrapos, agrupados e conduzidos em longas fileiras por soldados vestindo máscaras negras — imitações baratas do olhar de meia-noite de seu mestre, o Vice-rei Exim Panshard. Sob o portão do grande castelo, o vice-rei aguarda. Sua cimitarra vermelha de luz está erguida enquanto seus súditos são levados para enormes máquinas de morte — máquinas de esteiras rolantes e lâminas giratórias, criadas com um único propósito: matar em números vastos e terríveis. Enquanto o vice-rei observa, ele não escuta nada além dos gritos em sua cabeça e do sangue fervendo em seus ouvidos. Ele sente o poder crescendo. Quanto mais mortes, mais forte ele se torna. Os gritos dos mortos se juntam aos que já ecoam dentro da máscara, sua essência, sua força vital, agora somada à dele. Logo ele será capaz de fazer o impossível. Logo ele será capaz de transcender a própria morte. O reino do Vice-rei Exim Panshard será longo, será terrível — e isso é bom. E ele ri, e ri, e ri…

CAPÍTULO 50

O SEPULCRO, O MUNDO DE KIZA, REGIÕES DESCONHECIDAS

PRESENTE

Luke ofegou e, gritando de raiva diante do horror da visão, estendeu a mão para seu sabre de luz. O cabo voou para sua mão; ele o ativou e golpeou em uma fúria primal, cortando, não a máscara, mas o pedestal onde ela estava.

A metade superior do pedestal deslizou e caiu no chão com um baque pesado, enquanto a máscara girou até um canto, ficando de costas para Luke. Recuperando o fôlego, ele percebeu, pelo canto do olho, a escuridão atrás da máscara rolando como fumaça. Rapidamente, desviou o olhar, reconhecendo quão poderoso realmente era o espírito do antigo Sith.

Relíquias, tanto dos Jedi quanto dos Sith, possuíam poder. Poder verdadeiro. Para alguns, esse poder era literal, mas também simbólico — sabres de luz, por exemplo, eram tesouros especialmente cobiçados pelos Acólitos do Além e por outros grupos. Algumas relíquias tinham menos valor como armas e mais como sinais ou amuletos, reforçando e disseminando novas crenças. Outras guardavam conhecimentos perdidos — histórias de épocas e lugares distantes, promessas de segredos, códigos e caminhos para o poder, a glória e o controle, caso pudessem ser decifrados.

Mas algumas relíquias continham algo mais. Algo verdadeiramente terrível: a influência vestigial daqueles que as criaram, usaram ou vestiram. Aqueles que eram poderosos na Força podiam deixar uma impressão.

Alguns podiam deixar algo além disso.

Como o Vice-rei Exim Panshard.

— Ele está vivo — disse uma voz cansada, feminina, com o sotaque de uma lua do sistema Pantora.

Ainda de joelhos, Luke virou a cabeça em direção à fonte.

Kiza.

Ela estava no recinto principal, no espaço antes ocupado por um dos onze droides. Ainda vestia sua túnica negra esfarrapada, agora sem a capa, revelando os braços azulados, marcados nos ombros por tatuagens douradas — símbolos de sua família. Luke observou seu rosto, emoldurado por longos cabelos escuros que pareciam negros na penumbra da câmara. Seus olhos dourados combinavam com as tatuagens.

Nenhum dos dois se moveu.

— Ele ainda está aqui, conosco agora — Kiza disse. — Ele prometeu muitas coisas a mim. Prometeu poder e glória. Prometeu a galáxia.

Luke estreitou os olhos. Algo na voz dela, monocórdico e repetitivo, sugeria que ela recitava essas palavras para si mesma inúmeras vezes, tentando acreditar nelas.

Mas Luke sabia a verdade. Ele se levantou lentamente, saindo da câmara de meditação, sacudindo a cabeça.

— Isso não é o que você quer, Kiza. Ouça seus sentimentos. O tempo de Exim Panshard já passou há muito, muito tempo.

Kiza rosnou, a expressão quase animalesca.

— Você está errado. Ele está aqui. Ele está comigo. Ele sempre estará comigo. É através de mim que seu destino será realizado. Ele se erguerá novamente. Juntos, seremos algo mais poderoso do que os Jedi podem imaginar.

— Não é possível — retrucou Luke. — Os mortos não podem se juntar aos vivos. Esse poder que você sente é apenas um eco, uma sombra de um tempo que já acabou. E essa sombra está *usando* você. Você sabe disso. Está sendo manipulada. Você é uma ferramenta, obedecendo nada além do eco de uma maldade que há muito já foi derrotada. Uma sombra cujo poder *você* controla, se assim escolher.

A expressão de Kiza suavizou. Sob a luz da câmara, seus olhos pareciam molhados, os músculos de seu queixo tremendo. Luke não podia imaginar o que se passava em sua mente.

— Eu sirvo ao meu mestre — ela falou. — Eu... preciso servi-lo.

Luke sacudiu a cabeça.

— Não, você não precisa.

— Ele me mostrou muitas coisas.

— O único mestre que você tem é você mesma, Kiza.

— Ele me mostrou maravilhas.

— Ouça seus sentimentos.

Kiza esboçou um meio-sorriso e ergueu os braços.

— Nós encontramos tudo isto. — Ela apontou para os droides remanescentes. — Nós construímos um exército juntos. Ele me mostrou o caminho e eu fui suas mãos...

Luke cerrou os dentes. Ele sentiu algo pressionando sua mente, a presença crescendo cada vez mais forte.

Ele não tinha muito tempo.

— Eu posso ajudá-la — ele disse, estendendo a mão, a palma para cima, pronto para receber a mão de Kiza. Luke deu um único passo para frente. — Posso libertá-la.

Kiza virou-se para Luke. Seu olhar passou de sua mão para seu rosto, a expressão tremendo enquanto seus olhos permaneciam distantes e desfocados.

— Eu... estou tão cansada — ela declarou suavemente. — Todos esses anos, trabalhei tão duro. Ele me prometeu... prometeu...

— Mentiras malignas. É isso que ele faz.

— Eu ficarei livre. Logo. Estamos tão perto. Tão, tão perto. E quando terminarmos, eu ficarei livre.

Luke sacudiu a cabeça.

— Eu posso ajudá-la agora mesmo, Kiza. Posso ver o que a máscara fez com você, como ela se *alimenta* de sua raiva e dor. Quanto mais você sofre, mais forte ela se torna. Ela vai matar você e encontrar outra vítima. É um parasita, passado através das eras, prometendo apenas mentiras e entregando apenas sofrimento.

Kiza balançou. Luke baixou a mão, observando-a. Será que estava mesmo ouvindo o que ele dizia?

— Ele me prometeu levar até lá. Ele me prometeu que eu seria curada. Renascida. Um glorioso renascimento.

— Onde, Kiza?

Com isso, seus olhos fixaram nos dele, de repente afiados.

— Exegol. O lugar do renascimento. Tanto para ele quanto para mim.

— Não há nada para você em Exegol.

— Ele me prometeu. As geometrias do poder mostram o caminho. As partes conectadas com o todo. Juntos, podemos buscar... e nos tornar um.

Ela estendeu a mão, os dedos agarrando o ar, procurando por algo...

— Onde eles estão? — Ela voltou a olhar para o rosto de Luke, o seu próprio contorcido pela dor. — Onde estão os cristais?

— Estão em um lugar seguro. Posso levá-la até eles. — Luke ofereceu a mão novamente. — Venha comigo. Eu posso ajudá-la. Por favor.

Kiza olhou para sua mão. Luke deu outro passo à frente, suas mãos quase se tocando.

— Eu posso tirá-la deste lugar e afastá-la da máscara. Posso ajudar a libertar sua mente, para sempre.

Kiza olhou para seu rosto.

— Exim Panshard está morto — Luke continuou. — Ele não tem poder sobre você, não se você não quiser.

Ela olhou novamente para sua mão e então...

Ela a tomou. Sua pele estava fria sob o toque de Luke. Ele fechou gentilmente a mão sobre a dela, seus olhos encontrando os dela enquanto oferecia um leve sorriso. Ele abriu a boca para falar...

E então, ela o puxou com força, desequilibrando Luke enquanto girava de lado, para fora de seu alcance, mas ainda segurando sua mão firmemente. Quando se virou, Kiza puxou seu sabre de luz da cintura e o ativou. O vermelho ardente da lâmina curvada Sith lançou um brilho sobre a câmara, semelhante à luz da nebulosa lá fora. Rosnando de raiva, Kiza puxou Luke para mais perto e avançou com o golpe mortal.

Mas Luke foi mais rápido. Ele soltou sua mão com um movimento rápido, recuperando o equilíbrio ao mesmo tempo em que Kiza perdia o dela. Em um instante, ele apanhou seu próprio sabre de luz, ativando a lâmina bem quando Kiza, recuperada, avançou com um golpe forte, as duas mãos segurando a lâmina direcionada para sua cabeça. Ela atacou de cima; Luke ergueu sua arma, bloqueando o ataque com um impacto que sacudiu seu corpo inteiro. Ele então ergueu o pé e a empurrou pelo estômago. Kiza cambaleou para trás com um grito, tropeçando e caindo, seu sabre de luz desenhando faíscas pelo chão da nave enquanto ela se recompunha.

Luke recuou, assumindo uma posição defensiva, mas desta vez estava preparado para agir.

— Por favor — ele disse, com firmeza. — Estou dizendo a verdade. Não quero machucá-la. Não quero matá-la. — Ele ajustou o sabre em sua mão. — Mas farei o que for necessário.

A pressão em sua mente aumentou. Ele observou enquanto Kiza se endireitava, a curva de seu sabre de luz tocando o chão e produzindo pequenos baques percussivos a cada passo. Ela agora estava ao lado da câmara de meditação.

Ela estendeu a mão livre em direção à câmara.

— Não! — Luke gritou, mas já era tarde demais.

A máscara do Vice-rei Exim Panshard voou pelo ar, emergindo da câmara de meditação. Luke lançou sua mão à frente, tentando agarrar o objeto com a Força, detendo a máscara no ar. Ele faria qualquer coisa para impedir Kiza.

Mas enquanto tentava impor sua vontade, os gritos dos mortos ecoaram ao seu redor, reais e terríveis, preenchendo a câmara como o som de ondas em um oceano sepulcral. A máscara diminuiu a velocidade, mas não parou — na Força, era pesada demais, grande demais, *indefinida* demais, uma sombra de um poder sombrio, projetada ao longe. Mesmo com todo seu poder, Luke só conseguiu retardá-la. Sob seu olhar, a máscara flutuou suavemente até ficar diante do rosto de Kiza. Ela deu um passo à frente, para *dentro* da máscara, e Luke soube que a batalha pela alma de Kiza estava perdida.

Mas ele não desistiria.

Luke Skywalker *nunca* desistia.

Ele se concentrou, focando a mente, ouvindo agora o turbilhão de barulhos ao seu redor. Eram as vozes dos mortos, as milhares de vidas que Exim Panshard havia encerrado, absorvendo a força vital para ganhar poder — o suficiente para sobreviver em sua última relíquia, a máscara ritualística de bronze meteórico.

Luke devia isso a eles. Não era vingança, mas...

Justiça.

Kiza saltou adiante, voando alto no espaço arruinado do sepulcro. No topo de seu arco, ela girou o sabre de luz vermelho, mirando a curva da lâmina sobre Luke. Então, ela caiu em sua direção, a túnica esvoaçando atrás de seu corpo, com a intenção de acertar um único golpe mortal.

Mas, ao aterrissar, Luke desviou o sabre de luz e, instantaneamente, virou uma cambalhota no ar, pousando de pé atrás de Kiza. Ele ergueu seu próprio sabre e bloqueou com precisão o ataque que ela desferiu com um movimento sólido. O contra-ataque dela foi forte, mas a defesa de Luke foi ainda mais ágil. Eles então trocaram golpes, cada um perfeitamente posicionado, cada um perfeitamente defendido.

Luke não sabia quem estava enfrentando. Kiza não era uma Sith, mas o poder ancestral de Exim Panshard fluía através dela, guiando seus movimentos enquanto lutava com feroz determinação, sem nunca parar em sua busca por uma abertura na defesa de Luke.

Luke, por sua vez, mantinha seus ataques controlados, esperando o momento certo, mas pronto para liberar todo o seu poder se fosse necessário.

Mas ele realmente torcia para que não chegasse a isso. Kiza era, literalmente, uma mulher possuída. Sim, ela havia trilhado um caminho sombrio, mesmo antes de receber a máscara. Fora uma criminosa desde cedo. Uma ladra. Uma *assassina*. Que precisasse pagar por suas ações nunca esteve em questão.

Mas ela não era uma Sith, e Luke sabia, enfrentando-a agora, que não estava no controle de suas ações.

Luke tinha certeza de que poderia salvá-la e direcioná-la para a luz, assim como fizera com Komat. O preço que Kiza precisaria pagar seria maior do que o de sua irmã dos Acólitos, mas ainda era melhor do que uma vida inteira — uma *curta* vida — de dor e sofrimento sob o feitiço do poder sombrio que emanava daquela relíquia maligna.

Luke deu um passo para trás, depois outro, desviando os ataques de Kiza. Ele retribuía com seus próprios golpes, mas apenas para desestabilizá-la, interrompendo os movimentos do sabre de luz e cortando suas linhas de ataque.

Mas ela parecia muito ciente do que ele estava fazendo. Ela aumentou o ritmo, seus movimentos mais longos e mais fortes do que os golpes anteriores. Sua lâmina zumbia pelo ar, à esquerda e à direita, cortando na direção de Luke.

Luke defendeu cada golpe, sentindo a força crescente à medida que Kiza intensificava o ataque. Durante o duelo, os dois se moveram por toda a vasta câmara, e agora, recuando enquanto reconsiderava sua estratégia, Luke se encontrava no meio das fileiras de droides mortos.

Isso não a impediu. Kiza atacou novamente, sua lâmina desviada pelo sabre de Luke, cortando através dos droides, cujas formas divididas agora caíam ao chão, os cortes brilhando em vermelho quente. Os ataques de Kiza ficavam mais selvagens, sua lâmina agora atingindo o chão, cortando até os corpos dos droides caídos enquanto empurrava Luke cada vez mais para trás.

Ele precisava acabar com aquilo, mas também sabia que precisava esperar — sua oportunidade estava chegando.

Kiza estava se cansando, o mal elemental que era a vontade remanescente de Exim Panshard levando o corpo possuído ao limite. Ela não poderia continuar por muito mais tempo.

Luke girou ao defender outro golpe, deslizando sua lâmina ao longo da de Kiza, gerando lampejos de energia. Ele avançou, depois se virou nos calcanhares, forçando Kiza a virar junto com ele.

Agora, ele começou a contra-atacar, minando a força restante dela com uma sequência de golpes controlados e poderosos.

Estava funcionando. A lâmina de Kiza era desviada para a esquerda e para a direita, atingindo o chão e destruindo mais droides. Era uma tentativa desesperada, mas agora ela estava totalmente na defensiva.

O Mestre Jedi controlava o duelo.

Eles se moveram juntos até a parte de trás da câmara de meditação, e Kiza ainda não se entregava. Ela gritava de fúria, sua voz amplificada pela máscara do vice-rei, e avançou contra Luke com uma saraivada de ataques — altos e baixos, cada movimento de sua lâmina causando pequenas explosões de energia ao colidir com o sabre de Luke. Abrindo espaço entre os dois, Kiza virou-se e correu para dentro da forja droide.

Luke a seguiu, cauteloso. A forja era menor, um espaço apertado para continuar a luta.

Era isso que ela queria? Terminar ali? Estaria buscando abrigo ou tempo para recuperar forças?

Ou será que a máscara tinha outra estratégia?

A fornalha rugia alto atrás de Kiza. Luke avançou até a entrada, sua lâmina pronta, os olhos fixos em sua oponente. O peito de Kiza subia e descia enquanto ela recuperava o fôlego do outro lado da fornalha. Então, com o sabre erguido, ela começou a espreitar de um lado para o outro. Luke espelhou seus movimentos, mantendo o calor da fornalha entre os dois.

— Você pode parar com isso — ele gritou, sobre o rugido da fornalha. — Diz que a máscara lhe deu poder. Então, use esse poder para acabar com sua dor. — Ele apontou para o centro da forja com seu sabre de luz. — Você pode destruí-la. Pode destruir o que a está controlando. Pode acabar com tudo isso. — Ele fez uma pausa, baixando levemente a lâmina e estendendo a mão livre. — *Nós* podemos acabar com isso.

Kiza o observava, inclinando a cabeça, seus cabelos caindo ao redor do vazio metálico da máscara. Seus ombros subiam e desciam pesadamente. O sabre de luz vermelho agora pendia de sua mão, a ponta curvada zumbindo perto do chão.

— Eu não posso parar — ela disse, suavemente. Sua voz ainda reverberava pela máscara, mas a ressonância havia mudado. Não era Exim Panshard falando. Era Kiza, a garota de Pantora que havia roubado um sabre de luz há tantos anos, que foi usada por Yupe Tashu para seus fins sinistros, que havia matado seu primeiro amor Remi e depois o próprio Yupe Tashu quando sucumbiu ao poder da relíquia que ela não podia controlar e à maldição de um futuro que ela nunca quis. — Ele é poderoso demais. Não há saída para mim.

— Há, sim. Comigo.

Ela sacudiu a cabeça.

— Não. Já fiz minha escolha. Sigo a vontade do meu Mestre. Só terei liberdade quando nossa missão estiver completa.

E com isso, ela ergueu o sabre de luz de Darth Noctyss e, gritando de raiva, lançou-se sobre a fornalha, as chamas se agitando quando ela voou através delas e aterrissou diante de Luke, tão perto que ele se encontrou cara a cara com a máscara, separado de Kiza apenas por sua lâmina verde, que pressionava com toda a força contra a vermelha dela. Ele olhou para os olhos negros de vidro da máscara, mas não enxergou nada além do brilho verde em um e de uma luz vermelha no outro.

Com um grito, Luke empurrou com força. Kiza colidiu contra a lateral da fornalha, sua lâmina cortando a parede até o chão. Ao tentar se reerguer, ela puxou o sabre, cortando mais profundamente na base da fornalha antes de cambalear para fora. Luke a seguiu, mas parou quando Kiza se virou e fez um gesto com as duas mãos, o sabre ainda ativado.

Um som metálico ecoou acima de Luke. Ele ergueu os olhos e se abaixou quando a porta de proteção da fornalha desceu rapidamente, prendendo-o lá dentro.

Atrás dele, a fornalha rugia, suas chamas se espalhando por um momento antes de explodir em uma enorme tocha de fogo, estilhaçando as pétalas de sua tampa enquanto a energia liberada se erguia até o teto da câmara. Sob o olhar de Luke, de costas para a porta de proteção, as incisões feitas pelo sabre de luz na base da fornalha brilhavam em tons de azul e amarelo. Então, a estrutura oscilou, depois se partiu, derramando metal derretido em uma onda que avançava em sua direção com surpreendente velocidade.

Desativando o sabre, Luke usou a Força para saltar, agarrando a beira da saída de ventilação. Ele cerrou os dentes quando o metal quente queimou os dedos de sua mão humana e confiou na mão cibernética para se segurar. Olhando para baixo, Luke viu o conteúdo fervente da fornalha rompida, uma mistura letal de elementos derretidos que borbulhava e respingava, derramando-se continuamente dos destroços da forja e subindo do que ele imaginava ser um vasto reservatório oculto no nível inferior.

Luke não precisava da Força para prever o que aconteceria. O metal derretido explodiu em um gêiser, erguendo-se alto no ar. Luke lançou-se em direção à porta de proteção e, no instante em que o gêiser atingiu a saída de ventilação onde ele se segurava, soltou-se, ativando o sabre de luz e lançando-o contra o mecanismo da porta. A lâmina girou como uma roda de energia verde, cortando a estrutura que mantinha a porta no lugar. Quando suas botas tocaram o topo da porta, Luke usou a Força para se impulsionar novamente, desferindo um chute poderoso. A porta cedeu, e o sabre retornou à sua mão enquanto ele aterrissava com uma cambalhota precisa, levantando-se rapidamente no chão atrás da câmara de meditação. Ele bateu na lateral chamuscada de sua túnica, que havia tocado o rio de material derretido que continuava a fluir da fornalha e se espalhava pelo recinto principal.

Erguendo os olhos, Luke viu Kiza no topo da câmara de meditação, equilibrada com a precisão de um mestre da Força, o sabre de luz curvado firme em sua mão.

O rio de metal derretido forçou Luke a desviar quando o fluxo passou por ele, acumulando-se ao redor da base da câmara de meditação. A velha estrutura de cerâmica começou a rachar com uma série de estalos, os azulejos geométricos que formavam seu casco se desintegrando à medida que o metal derretido envolvia o perímetro e encontrava uma entrada.

O efeito foi imediato. O interior da câmara se incendiou, as chamas amarelas consumindo rapidamente tudo o que tocavam. O calor crescia, enquanto o conteúdo da câmara ardia em um espetáculo caótico de destruição.

Luke pensou nos livros e relíquias dentro da câmara, objetos tão raros, preciosos e importantes, agora prestes a serem perdidos para sempre. Ele ergueu os olhos para Kiza, mas ela havia desaparecido enquanto as chamas continuavam a crescer.

Luke desativou seu sabre de luz e avançou, os dois braços protegendo o rosto como um escudo. Quando estava quase atravessando a entrada da câmara de meditação e prestes a atingir diretamente a parede de fogo, ele abriu os braços, jogando-os para os lados.

A parede de fogo oscilou e, por um breve momento, se abriu. Uma enorme lufada de ar, impulsionada pelo uso da Força de Luke, sugou temporariamente a energia das chamas. Ele sabia que tinha apenas instantes — sua ação logo alimentaria ainda mais o fogo — e continuou atravessando a câmara de meditação, sem parar para coletar nada, lançando os braços novamente, usando a Força para arrastar os tomos chamuscados para fora. Os antigos papéis se espalharam enquanto algumas capas se partiam sob o estresse, preenchendo a câmara com um turbilhão de páginas esvoaçantes — algumas pegando fogo, outras, feitas de folhaquartz e materiais resistentes, permanecendo intactas. A tempestade de material subiu em espiral antes de começar a cair sobre os droides desativados.

Luke rolou no chão ao sair da câmara e permaneceu curvado enquanto o fogo retomava força. Ele foi banhado pelo calor, que se intensificou repentinamente com um estrondo elétrico. Luke avançou, a cabeça ainda abaixada, e arriscou olhar para trás.

O fogo era agora um inferno. Toda a câmara de meditação ardia, o próprio material que a formava queimando com uma luz branca ofuscante. Em questão de momentos, seria reduzida a cinzas. Luke olhou ao redor dos destroços e viu que, ao menos, havia conseguido salvar alguns dos tomos e livros que Kiza coletara durante os anos.

Agora ele só precisava salvar a própria Kiza.

Protegendo o rosto com um braço, ele começou a avançar. Sua pele exposta já estava quente, e ele sabia que não poderia chegar muito mais perto. Kiza estivera de pé no topo da câmara. Certamente fora pega na explosão.

E então, ela apareceu. Luke sentiu o movimento antes mesmo de vê-la, o ar se deslocando ao seu redor. Quando olhou para cima, viu Kiza caindo em sua direção, surgindo de algum ponto elevado do recinto. O sabre de luz Sith estava à frente, pronto para mais uma tentativa mortal.

Luke mergulhou para a esquerda, e Kiza aterrissou exatamente onde ele estivera segundos antes. O impacto da queda enterrou o sabre de luz no chão até o cabo. Luke ativou seu próprio sabre, erguendo a lâmina no instante exato em que Kiza puxava a arma do chão e, sem hesitar, avançava novamente.

Ele desviou o primeiro ataque, depois o segundo, permitindo ser empurrado para trás. Mas estava claro que Kiza, mais uma vez, não era a única no controle. A raiva de Exim Panshard pulsava através dela, o espírito Sith levando sua marionete a ultrapassar todos os limites. Ela não pararia. Continuaria até ser abatida.

Até o espírito de Panshard *destruí-la* completamente.

Enquanto se defendia, Luke estudava sua oponente. Embora Kiza não fosse uma Sith treinada na arte do combate com sabres de luz, logo ficou evidente que Exim Panshard também não era. Ele lutava com uma combinação de fúria descontrolada, raiva crua e habilidades adquiridas por experiência e métodos arcaicos de combate corpo a corpo. Seus ataques eram imprevisíveis, mas careciam da precisão e eficiência necessárias contra o domínio de um verdadeiro Jedi.

Kiza começou a vacilar, e Luke aproveitou a oportunidade para iniciar seu ataque, avançando com precisão controlada, empurrando-a cuidadosamente para trás. Ele a guiava entre os droides desativados, sua lâmina bloqueando os golpes de Kiza enquanto o sabre dela cortava de lado a lado, dividindo mais droides até restarem apenas alguns.

Então, ela tropeçou. O corpo de Kiza caiu de costas, sua cabeça batendo com força na carapaça de um droide caído. O impacto fez a máscara do Vice-rei Exim Panshard cair de seu rosto, revelando-o. O sangue manchava sua boca e seu queixo, refletindo o brilho do incêndio que consumia a câmara de meditação. O sabre de luz dela ricocheteou no chão, soltando faíscas antes de desativar, deixando um rasgo fumegante no metal.

Ela piscou, parecendo atordoada, e olhou para Luke, seu peito subindo e descendo. Luke aproximou-se lentamente, desativando o próprio sabre. Ele estendeu sua mão humana.

— Junte-se a mim.

Kiza permaneceu imóvel, seus olhos dourados alternando entre a mão estendida de Luke e o rosto dele.

Ainda ignorando a mão, ela se levantou por conta própria. Luke deu um passo para trás, oferecendo espaço. Ele estava ciente do calor sufocante no sepulcro e do som constante do metal rangendo, indicando que as ruínas começavam a ceder sob o estresse crescente.

Se ela fosse mudar de caminho, teria que ser em seus próprios termos. Luke sabia disso. Ele tinha vencido a batalha ao fazê-la ouvir, mas agora precisava agir com cuidado, mostrar que sua confiança não era uma armadilha.

Kiza se ergueu, o longo cabelo azulado emoldurando seu rosto sujo de cinzas e suor. Sob a luz das chamas, as tatuagens douradas em sua pele pareciam brilhar intensamente.

— Junte-se a mim — Luke repetiu, com calma.

Kiza ergueu os olhos para ele e, após um momento, disse uma única palavra:

— *Não.*

Aconteceu tão rápido. Ela estendeu a mão, não para Luke, mas para o lado. Em um instante, a máscara do Vice-rei Exim Panshard voou do chão para sua mão, e desta vez ela a vestiu por vontade própria. Com a máscara no lugar, os olhos negros refletiram o brilho vermelho do sabre de luz ativado, e ela mais uma vez se lançou contra Luke.

Luke abriu caminho, desviando do ataque, seu coração acelerado acompanhando o turbilhão de pensamentos. Mas ele sabia que ela havia tomado sua decisão. Estava perdida para a máscara, para a eterna noite de Exim Panshard, e sabia disso. Nada que ele pudesse dizer faria diferença.

Um som de rangido ecoou acima; Luke olhou rapidamente, analisando a curvatura do teto do casco da nave. A estrutura enfraquecida era iluminada pelo fogo da câmara de meditação, cujas chamas brancas agora alcançavam vários metros, lambendo o metal já fragilizado.

Então, aconteceu. Parte do casco superior se rompeu, a superestrutura desabando, um enorme painel se dobrando a princípio antes de despencar. Kiza olhou para cima, o painel caindo diretamente sobre ela.

Luke estendeu o braço, usando a Força para empurrá-la para longe. Mas era tarde demais. O painel colidiu com um estrondo ensurdecedor, o impacto tão forte que fez o chão entortar e derrubar Luke.

Luke desativou o sabre de luz e correu para os destroços. O painel era imenso, um fragmento triangular tão grande quanto a *Star Herald*. Ele havia conseguido empurrar Kiza para fora do pior impacto, mas não o suficiente. Kiza estava caída no chão, o braço que segurava o sabre de luz preso sob o painel — certamente esmagado. A máscara havia desaparecido, seus olhos estavam fechados e sangue cobria sua boca e queixo.

Luke ajoelhou-se ao lado dela, procurando desesperadamente por um sinal de vida. Ele buscou uma pulsação, mas não encontrou nada. Vasculhando rapidamente seu corpo, afastou a túnica esfarrapada e encontrou a causa da morte — um fragmento de metal afiado havia atravessado seu peito, perfurando o coração.

Luke afundou no chão ao seu lado, abaixando a cabeça. Depois de um momento, levantou o olhar para o rosto de Kiza.

— Tinha que existir outro caminho — ele murmurou, sua voz baixa e carregada de pesar.

Explosões ecoavam pelo recinto. O rio de metal derretido, que havia continuado a fluir durante o combate, agora se espalhava por todo o chão do sepulcro, atingindo os droides desativados e os fazendo explodir em pedaços. Ao redor, os itens que Luke havia resgatado da câmara de meditação eram consumidos pelo fluxo, pegando fogo, mesmo os feitos de folhaquartz, que endureciam antes de se despedaçarem como vidro fino no calor intenso.

Luke levantou-se e olhou ao redor.

A máscara havia desaparecido. Ele tentou encontrá-la, primeiro com os olhos, depois usando a Força, mas não sentiu absolutamente nada.

Mais explosões. O sepulcro tremia e sacudia. Acima, no alto, os rangidos tornaram-se mais altos, seguidos pelo estridente estalo de metal se partindo sob seu próprio peso.

Luke saltou para o lado quando outra porção menor do casco superior despencou. Não demoraria muito para que toda a estrutura viesse abaixo.

Ele pegou um punhado de papéis fumegantes, seu coração gelando ao perceber que seu fracasso em salvar Kiza seria agravado pela perda dos textos antigos que havia tentado resgatar. Com pressa, juntou mais alguns papéis e correu enquanto o teto finalmente desabava atrás de si.

CAPÍTULO 51

O SEPULCRO, O MUNDO DE KIZA, REGIÕES DESCONHECIDAS

Com os destroços se assentando, o silêncio envolveu o asteroide que Kiza chamara de lar por tantos anos. O casco destroçado da nave Separatista estava agora exposto, revelando o sepulcro e as brasas incandescentes, os últimos vestígios da câmara de meditação, sob o brilho ameaçador da Zona da Colmeia Vermelha. No ar frio e rarefeito do asteroide, as chamas que restavam diminuíram lentamente, até desaparecerem por completo. Fumaça preta e sufocante subia, cobrindo o espaço com uma névoa densa e irrespirável.

E então...

Um movimento lento e rítmico. Os poucos droides que haviam sobrevivido ao combate de sabres de luz ganharam vida repentinamente, seus membros se estendendo e os corpos se desdobrando, como insetos despertando de uma longa hibernação. Através da fumaça tingida de vermelho, seus olhos acenderam — sólidos, intensos, faróis escarlates brilhando na névoa negra.

A energia que agora os ativava, que os animava, conferia-lhes nova programação, novas ordens que os droides sequer conseguiam começar a processar. Cada parte de seu antigo sistema fora sobrecarregada por um código tão ancestral quanto enigmático.

Um código de símbolos, de poder. Uma última projeção de uma sombra lançada do passado para o presente.

Uma maré de poder fluindo mais uma vez.

Nove droides. Nove servos dos Sith, possuídos e controlados pela vontade de seu mestre.

Eles iniciaram uma marcha, movendo-se em uníssono, suas mentes eletrônicas interligadas por esse novo poder. Os droides deslocaram os destroços, empurrando-os de lado enquanto vasculhavam a área destruída.

A máscara foi encontrada facilmente. Estava no chão, presa sob um painel caído, os olhos de vidro negro encarando a tempestade vermelha acima.

Um dos droides a apanhou e seguiu outros dois que se dirigiam ao corpo preso sob o painel.

O metal foi levantado com facilidade, e o corpo foi arrastado para fora. Um dos braços estava severamente danificado, mas o antigo sabre de luz que segurava permanecia intacto. Outro droide recolheu a arma enquanto o terceiro ergueu Kiza com cuidado em seus braços. Os três se juntaram aos demais. Agora eram nove, formando uma fila: na frente, o droide com a máscara de Exim Panshard; atrás, o que carregava Kiza.

Juntos, a fila marchou de volta para a forja droide, uma procissão funerária atravessando o sepulcro destruído. A câmara da forja permanecia praticamente intacta, com o rio de metal derretido brilhando como um caminho incandescente até a fornalha arruinada.

Quando o droide líder chegou ao meio do metal derretido, ele ergueu a máscara no alto. Seus sistemas começaram a falhar, as pernas derretendo sob o torso. Antes de desabar, o droide se virou e passou a máscara para o próximo na fila, então caiu no metal fundido. O segundo droide, agora segurando a máscara, assumiu a liderança, avançando sobre o corpo de seu predecessor até também pisar no rio brilhante. Depois de alguns metros, começou a falhar. Como o primeiro, passou a máscara para trás antes de cair, sacrificando-se para formar uma ponte.

Três droides restavam quando alcançaram a fornalha. Na pequena câmara, o calor era intenso, e a túnica esfarrapada que envolvia o corpo inerte de Kiza começou a queimar lentamente. O droide da frente virou a mesa de trabalho ao lado da eletro-bigorna, o pesado ferrometal resistindo ao calor do metal derretido, formando uma superfície estável para os outros atravessarem. Os droides carregando Kiza e o sabre de luz subiram sobre a mesa, enquanto o líder desceu do outro lado, entrando na própria fornalha. Ele ergueu a máscara do Vice-rei Exim Panshard no ar pela última vez antes de afundar lentamente nas chamas, desaparecendo por completo.

A superfície borbulhante do metal derretido sob a chama azul-esverdeada cuspiu faíscas e, por um instante, a coloração começou a escurecer.

O droide segurando o sabre de luz se virou para seu irmão que carregava Kiza. Em um movimento deliberado, ele avançou, os pés de metal tilintando sobre o chão improvisado. Com um gesto súbito, fechou o punho e socou o peito do outro droide, abrindo um buraco para expor o coração de cristal kyber. Então, fez o mesmo em si próprio, abrindo um buraco na própria carapaça, expondo o cristal. Ele o arrancou com uma chuva de faíscas, então se virou e soltou os cristais na fornalha.

O líquido derretido ondulou, cuspindo, e a cor da fornalha mudou mais uma vez.

Agora estava vermelho — o vermelho-vivo de um sabre de luz Sith, o brilho sangrento de um cristal kyber corrompido.

O droide que carregava o corpo de Kiza permaneceu imóvel, enquanto seu companheiro colocava o cabo do sabre de luz sobre a eletro-bigorna. Com um conjunto de ferramentas delicadas que emergiram de sua mão direita, ele começou a trabalhar. Faíscas azuis iluminaram os dois droides enquanto ele desconectava seu próprio braço esquerdo no cotovelo. Ao lado, o droide com Kiza cuidadosamente a baixou sobre a eletro-bigorna.

O primeiro droide, agora com apenas um braço, voltou sua atenção para Kiza. Erguendo sua mão multifuncional, as ferramentas giraram e zuniram enquanto ele trabalhava. Sua tarefa foi concluída em minutos — precisa, meticulosa, guiada pela canção sussurrada em seus circuitos. Quando terminou, o corpo de Kiza tinha um novo braço, substituindo o que fora esmagado — inteiramente mecânico, mas totalmente funcional.

Os dois droides permaneceram diante da fornalha. Então, sob uma ordem silenciosa, o droide com um braço restante mergulhou sua mão na fornalha e retirou a máscara.

A máscara havia mudado. Continuava a máscara do Vice-rei Exim Panshard — os olhos de vidro, o rosto esculpido na arte perdida de uma civilização antiga.

Mas já não era feita de bronze polido. Era vermelha, translúcida e cristalina, coberta por milhares de minúsculos fragmentos reluzentes, como escamas de um réptil, cintilando sob a luz das chamas.

O droide abaixou a máscara sobre o rosto de Kiza.

E então, no calor da forja, ambos os droides desabaram. Suas tarefas estavam concluídas. Não eram mais necessários.

Houve um momento de absoluto silêncio.

Então, a mão mecânica que outrora pertencera a um droide se fechou ao redor do cabo do sabre de luz ancestral de Darth Noctyss. E uma forma sombria emergiu da câmara.

CAPÍTULO 52

A *STAR HERALD*, O MUNDO DE KIZA, O PERÍMETRO DO ESPAÇO VERMELHO

PRESENTE

Luke entrou na cabine da *Star Herald*, tossindo enquanto se recuperava da caminhada lenta e difícil pela atmosfera rarefeita e carregada de fumaça do asteroide. Ele havia perdido o respirador em algum momento durante sua luta com Kiza, e retornar para buscá-lo estava fora de questão.

Ele desabou no assento do piloto. R2-D2, ainda conectado em sua estação de trabalho, assobiou e emitiu bipes. Luke virou-se para olhar a tela. A *Star Herald* estava pronta para decolar, o motivador do hiperpropulsor preparado, o navicomputador pronto para receber coordenadas.

— Bom trabalho, R2.

Outro assobio, outro bipe.

Ele ajustou-se diante dos controles, os olhos fixos na curva imponente da antiga nave Separatista. Surpreendentemente, de onde estava, não havia sinal visível de que algo tão catastrófico havia ocorrido — o casco parecia intacto. Por um momento, Luke ponderou. Talvez devesse voltar. Havia equipamentos de proteção no armário da *Star Herald*. Ele poderia equipar-se e vasculhar as ruínas, buscar a máscara ou ao menos confirmar que ela havia sido destruída junto com as relíquias de Kiza.

Foi então que o comunicador emitiu um alerta. Luke sabia quem era antes mesmo de pressionar o botão.

— Lando, eu encontrei...

— Isso é ótimo, Luke — a voz de Lando ecoou pequena e apressada pelo alto-falante. — Fantástico. Você pode me contar tudo depois. Mas realmente precisamos da sua ajuda aqui. Temos companhia. Muita companhia. Estou enviando as coordenadas agora.

Luke assentiu, ajustando sua prioridade.

— Entendido. Estamos a caminho. — Ele preparou a decolagem, olhando brevemente para trás. — R2, calcule a rota. Vamos ver se esta nave é tão rápida quanto dizem.

R2-D2 respondeu com um assobio determinado, e momentos depois, a *Star Herald* decolou do asteroide, mergulhando no espaço escuro antes de se lançar na velocidade da luz.

Isso é ótimo, Luke. Fantástico.

Isso é ótimo, Luke. Fantástico.

Isso é ótimo, Luke. Fantástico.

A voz de Lando ecoava, repetitiva, dentro de outra cabine. Uma nave diferente, estacionada em uma plataforma de aterrissagem no lado oposto da vasta nave Separatista. Com a mensagem se repetindo em loops incessantes, uma mão azul ajustava os controles, girando um seletor. Um rosto coberto por uma máscara vermelha reluzente observava as rotas exibidas na tela. Linhas convergiam, as coordenadas sendo interceptadas.

Ali.

Enquanto a mão de dedos azuis ajustava o rastreador, uma mão mecânica, preta, oleosa e fuliginosa, os mecanismos clicando, agarrou o manche de controle e o TIE Defender se ergueu, o rugido de seus motores iônicos gêmeos se fundindo com os gritos dos mortos que ecoavam dentro da máscara e dentro da própria cabine.

E então, uma nova voz ecoou, uma nova alma acrescentada à coleção. Era o lamento de uma mulher, gritando de angústia, gritando de raiva.

Gritando de arrependimento e dor.

O Vice-rei Exim Panshard calculou a rota e fez o salto.

CAPÍTULO 53

ESTAÇÃO DE ABASTECIMENTO IMPERIAL DE TAW PROVODE

PRESENTE

Komat ajustou a mira do fuzil e o ângulo do longo cano da arma ao apoiá-lo sobre a grade. Estava posicionada perto do topo da passagem mais alta que circundava o maior tanque de combustível daquele conjunto. Um ponto ideal para observar o terreno e monitorar o inimigo, com a vantagem de permanecer completamente invisível.

Ela sentia falta desse tipo de trabalho.

Seus olhos seguiam a área de preparação, onde os Espos estavam se reagrupando em torno da plataforma de aterrissagem que abrigava o iate *Goldstone*. O ataque anterior havia reduzido consideravelmente seus números — e, com isso, sua confiança. Em vez de organizar uma busca ofensiva típica dos velhos tempos do Império, a ASC parecia hesitante, preocupando-se em avaliar os danos e discutir seus próximos passos.

Eles estavam em maior número, mas faltava-lhes treinamento e experiência. Komat não sabia exatamente como a ASC estava envolvida com a família que Luke Skywalker e Lando Calrissian procuravam, mas uma coisa era certa: as únicas pessoas que acreditavam na capacidade da ASC como um exército de verdade eram os próprios membros da ASC.

Na área de preparação, as coisas começavam a ficar interessantes. Ochi de Bestoon agora estava entre os capacetes vermelhos, mas havia algo na maneira como ele falava com os oficiais da ASC, na forma como parecia estar comandando, que deixava um fato muito claro.

Ochi não trabalhava para a ASC — era a ASC que estava trabalhando para *Ochi*.

Ela observava de longe, sem conseguir ouvir. Precisava de uma posição melhor, algo mais próximo. As sombras densas ao redor ofereciam oportunidades perfeitas. Eles jamais saberiam que ela estava lá.

Então, veio um brilhante lampejo de luz azul. Komat abaixou-se instintivamente atrás da grade, a lente de sua máscara se ajustando para compensar o brilho. Um segundo depois, uma bola de fogo vermelha e amarela emergiu do *Goldstone* enquanto toda a nave explodia. A explosão lançou uma nuvem de fumaça no ar e destruiu uma das enormes torres de holofotes sobre a plataforma de aterrissagem. A lâmpada e sua estrutura desabaram exatamente onde os troopers da ASC estavam reunidos. Alguns não tiveram sorte. Quando a fumaça começou a clarear, o visor de Komat ajustou a luminosidade, permitindo que ela contasse os corpos daqueles que estavam perto demais da explosão.

Recuando da grade, Komat ergueu a mão e digitou no computador de pulso. Dentro da máscara, uma pequena imagem apareceu em sua linha de visão, o computador reproduzindo uma gravação da explosão em câmera lenta.

Ali. Ela pausou, retrocedeu e repassou a gravação, mais devagar.

O lampejo azul inicial veio de dentro do compartimento do motor da nave, da saída de ventilação discretamente escondida sob a asa-delta do *Goldstone*. A explosão que se seguiu foi de uma das células de combustível da nave. Mas a fagulha inicial? Foi uma detonação preparada.

Lando estava certo. As pessoas daquela família, quem quer que fossem, eram inteligentes e muito capazes.

Ao redor da plataforma de aterrissagem, os Espos sobreviventes tentavam se proteger dos destroços incandescentes. Ochi permanecia parado, imóvel diante do brilho, seus olhos cibernéticos aparentemente oferecendo a mesma proteção que o visor do capacete de Komat. Quando ela desviou o olhar, seu visor ajustou-se novamente, permitindo que visse um movimento atrás dos troopers.

Era Lando. Ele avançava lentamente em direção à plataforma de aterrissagem, blaster em punho, o outro braço erguido para proteger o rosto contra a luz intensa.

Tolo. Ele estava prestes a se expor aos Espos, que ainda se recuperavam da confusão e corriam desordenadamente pelo local. O incêndio causado pelo *Goldstone* havia eliminado a cobertura das sombras que Lando poderia usar. Mais cedo ou mais tarde, eles o encontrariam.

Komat se abaixou. Era impossível alertá-lo com um grito sem também chamar a atenção dos Espos e, pior, revelar sua posição. Se fizesse isso, a ASC perceberia a vantagem estratégica das passarelas sobre os tanques de combustível.

Mas ela tinha um plano melhor. Deitando-se de bruços, ergueu o fuzil, apoiando a coronha firmemente no ombro. Ajustando a energia da arma, mirou com precisão através da mira telescópica.

Ela apertou o gatilho, lentamente. O fuzil deu um tranco, a coronha atingindo seu ombro com força, mas o disparo em si foi quase silencioso. Se algum dos Espos ergueu os olhos e viu o rastro branco do disparo acima, não havia nada que pudesse fazer para impedi-lo.

O tiro atingiu o centro do tanque de combustível esférico do outro lado da plataforma de aterrissagem. Por um segundo, nada aconteceu.

Então, o chão tremeu, derrubando metade dos troopers da ASC ainda de pé. Komat levantou-se e olhou por cima da grade para Lando, e viu que agora ele se agachava atrás de uma das muitas bombas de combustível.

E então, o tanque de combustível explodiu.

O som que produziu foi grave, quase molhado… uma grande onda de gases pesados pegando fogo. A explosão em si parecia *cair* antes de liberar um vagalhão de chamas que se espalhou pela plataforma de aterrissagem, enviando os Espos em uma fuga desesperada.

Então, houve uma explosão secundária, e dessa vez foi um estrondo como nenhum outro, a onda de pressão suficiente para derrubar Komat para trás na passarela. Os tanques de combustível, aparentemente projetados com compartimentos internos para separar elementos voláteis e prevenir catástrofes, haviam finalmente cedido.

Até que Komat os perfurara.

Fumaça ergueu-se em uma gigantesca nuvem em forma de cogumelo, iluminada pelas torres de holofotes que ainda permaneciam de pé. A luz refletia dentro da nuvem, enquanto a explosão parecia se estender por *segundos*.

Komat se levantou, avaliando rapidamente o impacto. Como distração, era difícil imaginar algo mais eficaz.

Checando a posição de Lando, ela se virou e correu pela passarela, com o fuzil pendurado nas costas, deslizando pelas escadas e usando a parte interna das botas para frear. Quando chegou ao chão, lançou um olhar rápido para a plataforma de aterrissagem, onde os agentes da ASC permaneciam em estado de confusão. Rapidamente, ela atravessou o espaço atrás deles para alcançar Lando.

Lando a viu e abaixou o blaster. Na segurança das sombras, ele assentiu em direção à plataforma de aterrissagem.

— Você fez isso?

— Apenas o tanque — Komat respondeu. — A outra nave parece que foi preparada para detonar pela família. Eles são mais engenhosos do que eu pensava.

Lando bateu no ombro de Komat.

— Certo — ele disse, seu sorriso brilhando no escuro. — Vamos sair daqui enquanto podemos. A ASC vai ficar ocupada por enquanto. Isso vai dar a eles um tempo extra. Você acha que pode encontrá-los de novo na outra nave?

Komat levantou o fuzil, indicando a mira.

— Talvez. Eu consegui uma leitura da assinatura do propulsor. Mas vou precisar do astromecânico de Luke Skywalker.

— Eu já chamei Luke, ele está a caminho. Então, enquanto isso...

— Parados! Não se mexam!

Lando arregalou os olhos e virou o rosto quando uma luz intensa foi lançada sobre ele. Ele estremeceu, as mãos já levantadas.

Komat virou-se lentamente, sua máscara ajustando-se automaticamente ao brilho ofuscante do poderoso holofote montado no peito de um trooper da ASC. Atrás dele, mais quatro Espos apareceram, todos com as armas apontadas diretamente para Komat e Lando.

Pelo jeito, Komat pensou, a distração não havia produzido exatamente o resultado esperado.

CAPÍTULO 54

ESTAÇÃO DE ABASTECIMENTO IMPERIAL DE TAW PROVODE

PRESENTE

Lando e Komat foram escoltados para a área de preparação, onde os agentes restantes da ASC haviam se reagrupado.

Os Espos pareciam aturdidos. Lando podia ver isso claramente, quase sentir. Sim, a ASC havia tecnicamente ganhado aquele round, mas não sem custo. Eles haviam enfrentado apenas duas pessoas — ele e Komat — e uma família com uma criança pequena.

Sua avaliação inicial estava certa: a ASC tinha soldados, mas carecia de disciplina e experiência real de combate. Eles eram melhores que a antiga polícia de segurança, mas longe de serem um exército eficaz. Também faltava algo crucial: a lavagem cerebral que os stormtroopers recebiam da doutrina Imperial.

A ASC estava apavorada.

E isso não era bom. Ser cercado por soldados nervosos, liderados por oficiais de capacete vermelho que pareciam agir mais por instinto do que por tática, tornava tudo mais perigoso. Muitos blasters. Muitos dedos trêmulos nos gatilhos.

Lando e Komat foram empurrados para a frente da companhia, os Espos de armadura marrom observando com uma mistura de interesse nervoso e uma ponta de autoridade fragilizada.

Mas, pelo menos, Lando pensou, a família havia escapado. Se aquilo fosse o fim, ele ao menos podia se consolar com o fato de que haviam dado à família a melhor chance possível.

— Interessante — disse uma voz. Lando olhou na direção dela e viu Ochi de Bestoon se aproximando. Sua armadura de couro preto brilhava sob a luz laranja das chamas que ainda ardiam ao redor dos destroços na plataforma de aterrissagem. A mesma luz reluzia na adaga em sua cintura, uma lâmina de dois gomos, marcada com inscrições densas e geométricas.

Lando lançou um olhar rápido para Komat, mas ela não reagiu, fixando o visor de vidro verde de seu capacete diretamente à frente, as chamas dançando em reflexos vivos.

Lando limpou a garganta.

— O que é interessante? — ele perguntou. Isso provocou um empurrão do Espo atrás dele; Lando tropeçou levemente, movendo-se diretamente para o caminho de Ochi. Um dos capacetes vermelhos ao lado de Ochi ergueu o blaster, mas o caçador de recompensas fez um gesto para que ele baixasse a arma. Ele se aproximou ainda mais, os olhos negros e eletrônicos de seu rosto cintilando.

— Você é — Ochi disse, olhando primeiro para Lando, depois para Komat — muito, muito interessante. — Ele tirou a adaga da cintura e a apontou para o torso de Komat. — Onde está a garota?

Lando ficou tenso, uma onda de adrenalina percorrendo seu corpo ao ouvir aquelas palavras, deixando-o ao mesmo tempo alerta e enojado.

— Em um lugar que você nunca vai encontrar — Lando retrucou, alto e confiante, transmitindo o máximo de calma que conseguia, certificando-se de que todos ao redor ouvissem. — Você a perdeu de vez, Ochi de Bestoon. Não importa quantos reforços você consiga com o Setor Corporativo, não será suficiente.

Ochi inclinou a cabeça para Lando; então, afastando a adaga do torso de Komat, gesticulou com a arma.

Imediatamente, Lando sentiu mãos pesadas o empurrando pelas costas, depois uma bota atingindo a parte de trás de seu joelho. Ele caiu no chão de concreto com força, ofegando ao sentir Ochi agarrar um punhado de seu cabelo e puxar sua cabeça para trás sem piedade.

— Eu perguntei onde está a garota — Ochi insistiu em um tom baixo. Ele encostou a adaga no pescoço de Lando.

Lando arregalou os olhos, sua respiração se acelerando de repente, enquanto o toque gelado da adaga contra sua pele espalhava uma onda de frio por todo o corpo. E então...

Ele ofegou novamente, como se o ar tivesse sumido. Não, a adaga não estava fria, estava quente, abrasadora, como se fosse um pedaço de metal superaquecido. O menor movimento não apenas cortaria sua garganta, mas poderia arrancar sua cabeça por completo.

Ochi inclinou o rosto para mais perto de Lando. Sem ousar mover nada além dos olhos, Lando encarava a face marcada por cicatrizes do caçador de Jedi, sua mente girando em busca de uma saída.

— Você sabe onde ela está — Ochi sussurrou. — Você a ajudou a escapar. Antes eu desconfiava que eles tinham recebido ajuda, agora eu sei quem foi que deu essa ajuda. — Ochi virou a cabeça, a pele de seu pescoço se esticando de forma grotesca na visão de Lando, enquanto o caçador olhava para Komat, que permanecia impassível sob a mira dos dois canos de blasters da ASC. — Não sei quem você é — Ochi continuou, voltando para Lando —, e não quero saber. Mas qualquer um que ousar interferir com Ochi de Bestoon vai se arrepender de ter nascido. — Ele pressionou a adaga, perfurando a pele do pescoço de Lando, e inclinou-se mais, até que sua boca roçasse a orelha dele.

— Onde está a garota? — Ochi repetiu, mais feroz agora.

Lando lutou para controlar o pânico crescente — não porque estava sob a ameaça de uma adaga. Inferno, ele já tinha estado nessa exata posição, oh... bom, mais vezes do que gostaria de lembrar, para ser honesto. E, claro, Ochi era extremamente desagradável, mas não mais do que muitos outros que ele já havia enfrentado ao longo dos anos.

Não, aquilo era diferente, profundamente diferente. Lando deixou o pensamento seguir, permitindo que sua mente divagasse, distraindo-se do fato de que a lâmina tocava sua pele, o sangue quente escorrendo pelo pescoço. Era uma estranha sensação — não, não apenas uma sensação. Um *conhecimento*. Sim, era isso que era. Um conhecimento desconfortável de que a adaga estava faminta. Que havia provado sangue... e tinha gostado.

Gostado... e queria mais.

Lando forçou os olhos a fechar, respirando fundo. Aquilo era uma relíquia, tinha que ser. Algum tipo de relíquia Sith. A ideia quase o fez rir, mas sem humor. Ali estava ele, em uma estação automatizada de abastecimento para naves estelares capazes de cruzar a galáxia — em uma galáxia cheia de invenções e maravilhas tecnológicas —, mas em certos cantos escuros desse mesmo universo, havia coisas. Objetos. Nada além de coisas físicas, mas que de alguma forma eram imbuídas de um poder sombrio. Um poder que era quase como... mágica.

— Está rindo de quê?

Lando abriu os olhos e percebeu que estava rindo. Ochi ainda pressionava a adaga contra seu pescoço, mas recuou um pouco, como se repentinamente estivesse nervoso por ficar tão perto de seu prisioneiro.

— Ah, nada — Lando disse, então riu de novo. — Gostei da sua adaga. Onde você a conseguiu? Eu estava pensando em comprar uma para mim.

Com aquilo, Ochi rosnou, um som tão primal, tão animalesco que a risada de Lando morreu imediatamente. O caçador levantou-se e ergueu a adaga, que brilhou sob a luz das chamas.

Por um microssegundo, Lando perguntou-se quem estava no comando — Ochi ou a adaga — e então ele golpeou, descendo a lâmina, o fogo dançando em seus olhos e ao longo da adaga.

E então, Lando se perguntou qual seria seu último pensamento. Algo profundo, significativo? Alguma observação sobre seu caráter, alguma súbita percepção de seu lugar na galáxia? Das coisas que havia aprendido — ou que deveria ter aprendido?

Ou seria apenas um momento de puro terror, um reconhecimento de que estava sozinho, prestes a morrer, e não havia nada que pudesse fazer?

Ou, talvez, uma última lembrança de amor.

Da mãe de sua filha. Da própria filha.

De Kadara Calrissian, a garotinha que ele não conseguiu salvar.

Veio um som, uma lufada de ar — *boomp!* — e, de repente, Ochi não estava mais lá. Lando piscou de surpresa; viu apenas a luz do fogo e algo mais, algo verde e brilhante, movendo-se rápido, acompanhado por um zumbido grave. Ele caiu de lado, instintivamente saindo do caminho, e uma única palavra escapou de seus lábios.

— Luke?

Tiros de blaster. Lando ajeitou-se no concreto e olhou para um mundo virado de lado enquanto Luke Skywalker cortava os Espos com seu sabre de luz, desviando tiros aleatórios com golpes precisos. Em questão de momentos, não havia sobrado nenhum de pé, e Lando observou quando Luke se virou, o sabre apontando para longe de seu corpo.

Lando sentiu movimento por perto e se virou no chão quando Komat se abaixou ao seu lado, ajudando-o a se levantar. Lando deixou-se levar, depois girou, a mão procurando seu blaster no coldre vazio quando viu Ochi de Bestoon enfrentando Luke, os dois separados por vários metros, Luke com o sabre de luz ativado, Ochi com a adaga.

— Luke, cuidado! — Lando gritou. — Essa adaga... não é comum. É uma relíquia Sith.

Luke assentiu levemente, sem tirar os olhos de Ochi.

Ochi, por sua vez, começou a rir.

— Claro — ele disse —, eu devia saber que tinham um Jedi como protetor. — Ele deu um passo, Luke espelhou o movimento. Ambos circulavam, calculando.

Lando olhou ao redor e viu o brilho prateado de seu blaster no chão, entre os corpos dos troopers da ASC. Ele o apanhou, depois viu o fuzil de Komat. Ele tirou a longa arma de baixo de um corpo e a jogou para ela.

— Sabe, eu costumava ser um caçador de Jedi — falou Ochi, para Luke. — Nos dias das Guerras Clônicas, e depois. Eu era uma ferramenta precisa do Imperador.

— Isso foi há muito tempo — Luke respondeu.

Lando ergueu o blaster, mirando em Ochi. Ao lado, Komat segurava o fuzil como um cajado, imóvel.

— Ei, acorda — Lando cutucou. — Uma ajudinha aqui?

— Essa luta não é nossa, Lando Calrissian.

— Que ótima hora pra pensar nisso — murmurou ele.

Ochi continuou, rindo:

— Certas coisas você nunca esquece. Será muito bom adicionar mais um ponto no meu cinto.

Ochi avançou com a adaga no exato momento em que Lando se preparava para disparar. Ele praguejou, baixando a arma quando viu Luke erguer o sabre de luz para se defender.

Mas Luke não precisava de ajuda — nem de Lando, nem de Komat. Um Jedi com um sabre de luz contra, o que, exatamente?

Ochi não tinha a menor chance.

A lâmina de Luke encontrou a adaga de Ochi, que cortou paralelo à lâmina verde brilhante, desviando o golpe. Se Luke ficou surpreso pela adaga resistir ao sabre de luz, não demonstrou. Seu rosto permaneceu sereno, enquanto habilmente dava um passo para o lado e erguia o sabre outra vez.

Ochi era rápido, Lando teve que admitir. Ele girou para o lado, permitindo que outro golpe lateral fosse absorvido pela adaga, aproveitando a força do ataque de Luke para afastar a arma.

Foi então que Ochi sacou um blaster com a mão livre. Ele saltou para trás, erguendo a arma, pronto para disparar.

Mas não em Luke.

Quando o sabre de luz golpeou outra vez, Ochi se defendeu, desviando o ataque com a adaga antes de disparar dois tiros em um dos tanques de combustível esféricos ao lado. Os dois tiros foram desviados pela pesada blindagem do tanque.

Ao lado de Lando, Komat entrou em ação assim que percebeu o que Ochi tentava fazer. Ela se agachou, o fuzil já pronto para disparar.

Ochi foi mais rápido. O terceiro tiro acertou o tanque, que explodiu em uma chuva de destroços e uma onda de fogo que começou a engolir tudo em seu caminho.

Lando correu, a mão agarrando Komat pelo braço e a puxando de pé. Arriscando olhar para trás, Lando viu o sabre de luz de Luke subindo e descendo enquanto corria atrás deles, o inferno revolto se aproximando rapidamente atrás. De Ochi, não havia sinal.

Então, os fragmentos metálicos do tanque destruído começaram a chover ao redor deles, e Lando, com a cabeça abaixada, correu para a segurança do conjunto de tanques seguinte, Komat e Luke logo atrás.

CAPÍTULO 55

ESTAÇÃO DE ABASTECIMENTO IMPERIAL DE TAW PROVODE

PRESENTE

Lando sentia o calor do incêndio alimentado pelo combustível em sua pele exposta, mas no espaço escuro entre dois tanques intactos, ele e seus amigos estavam seguros. Ele observou o fogo diminuir, deixando para trás os restos fumegantes dos troopers da ASC. Procurou entre os corpos, mas não parecia que Ochi estava entre eles.

— Vocês alcançaram a família? — Luke perguntou, limpando as vestes.

Lando confirmou.

— Eles fugiram usando a nave de Ochi — respondeu, atualizando Luke sobre os acontecimentos na estação de abastecimento. Luke ouviu atentamente, assentindo enquanto recebia as informações, e depois contou sobre sua própria experiência no asteroide de Kiza.

— Então, ela está morta — Lando disse. — E a máscara também se foi.

Luke franziu as sobrancelhas, e Komat inclinou o capacete.

Lando olhou de um para o outro.

— Ela *morreu*, certo?

A expressão de Luke era sombria.

— Não posso ter certeza — disse ele. — Não até eu voltar lá.

— Espera, como é que é? — Lando perguntou. — Você quer *voltar* lá?

— Tenho que voltar — Luke insistiu. — Mas não agora. Preciso investigar aquele asteroide sistematicamente. Kiza passou anos coletando relíquias, objetos perigosos. Alguns podem ter sobrevivido, e não posso deixar que caiam nas mãos erradas.

— Eu entendo — Lando falou —, mas precisamos lidar com Ochi agora. Ele não pode estar longe, e sem sua nave ou o *Goldstone*, ele está preso aqui.

— Eu não teria tanta certeza disso, Lando Calrissian — Komat interrompeu. — Havia muitos soldados da Autoridade do Setor Corporativo aqui. Ochi de Bestoon não veio para Taw Provode sozinho.

Naquele exato momento, o som de motores distantes começou a aumentar, até que uma nave se ergueu preguiçosamente de uma plataforma de aterrissagem próxima. Lando conduziu os outros para fora do beco, e juntos observaram o transporte da ASC subindo lentamente em direção ao espaço.

Komat imediatamente se ajoelhou, erguendo seu longo fuzil. Ela apertou o gatilho, disparando uma sucessão de tiros brancos que cortaram o céu escuro, mas a pequena nave já estava fora de alcance.

— Precisamos ir atrás dele — Lando declarou. — Se ele pode usar os recursos da ASC, vai perseguir a família de novo.

— Lando Calrissian diz a verdade — Komat concordou. — Creio que nossas ações aqui forneceram uma janela de oportunidade para a sua família, mas não ficará aberta por muito tempo, Mestre Skywalker.

— Concordo — Luke respondeu. — Mas temos uma vantagem sobre Ochi.

Lando passou os dedos sobre o bigode, pensativo.

— A *Star Herald*?

— Uma das naves mais rápidas da galáxia — Luke confirmou, tirando o comunicador do cinto e pressionando um botão. — R2, a *Star Herald* está pronta para decolar?

Os tons de R2 sinalizaram positivamente — um som que Lando reconheceu —, mas o pequeno droide continuou emitindo bipes, transmitindo muito mais informações.

Lando olhou para os outros.

— Nosso amigo está tentando nos dizer alguma coisa.

Komat deu um passo para trás, observando o céu através de sua máscara.

— Uma nave se aproxima.

Lando e Luke se separaram, os três se espalhando pela área de preparação enquanto tentavam localizar a ameaça.

— Onde? — Lando perguntou. — Não estou vendo nada.

Então, ele ouviu. Estridente, áspero, o som inconfundível de um caça Imperial TIE.

Luke girou, com o sabre de luz já em sua mão.

— Fiquem atrás de mim! — ele gritou, ativando a lâmina brilhante. Posicionou-se com firmeza, as pernas separadas e o cabo do sabre seguro com ambas as mãos, enquanto Lando e Komat se aproximavam.

O TIE Defender emergiu atrás de um tanque de combustível distante, criando a ilusão de que se erguia do solo. Em questão de momentos, as seis asas angulares ficaram claramente visíveis, assim como os detalhes da cabine esférica no centro.

— Certo, então Kiza não morreu — Lando comentou.

Luke não desviou os olhos para responder.

— Eu disse que não tinha certeza.

— Você estava certo em duvidar, Mestre Skywalker — Komat disse. — Precisamos retornar imediatamente para a *Star Herald*.

Lando começou a se mover, mas percebeu que o caça TIE mergulhava diretamente sobre eles, perdendo altitude, com a cabine apontada para o alvo.

Os canhões do caça dispararam, lançando uma sequência de tiros verdes. Luke girou rapidamente, estendendo um braço para indicar que seus companheiros seguissem seus movimentos, antes de se posicionar diretamente no caminho de um dos feixes. Com as duas mãos segurando firmemente o sabre de luz, ele bloqueou o fogo pesado.

O impacto foi forte o suficiente para arrastá-lo alguns passos para trás, mas Luke se manteve firme, os dentes cerrados, protegendo a si mesmo e a seus amigos.

O caça passou acima deles, tão perto que quase parecia tangível, antes de fazer uma curva e ganhar altura no céu escuro. Luke virou-se junto com a nave, sua túnica esvoaçando com o turbilhão de ar deixado para trás.

— Ela vai dar a volta — Lando falou.

— Está na hora de sairmos daqui — Luke afirmou. Ele desativou o sabre de luz e olhou para Komat. — Lidere o caminho.

O trio correu pelo chão de concreto enquanto o caça TIE se reposicionava para um novo ataque.

Komat os guiou para um espaço vazio entre os tanques, onde desapareceram na escuridão. Lando sentiu um arrepio na nuca ao ouvir o som agudo do caça, mas ele logo passou acima deles, ganhando altitude outra vez, com seus alvos perdidos de vista.

Eles avançaram pelas sombras, abaixando-se sob canos e saltando sobre cabos, mangueiras e equipamentos. Komat movia-se com agilidade, e Lando apenas seguia o ritmo, confiando no senso de direção superior dela.

Eles emergiram em mais uma via principal. A princípio, Lando não a reconheceu — todas pareciam iguais, a estação de abastecimento criada para a eficiência da automação. Então, percebeu que estava olhando para a nave em que ele e Komat haviam chegado, a *Warglaive* — o caça customizado com sua sofisticada curva crescente, a cabine projetada como uma lança no centro do arco — e, agora, ao lado dela, a *Star Herald*. Entre as duas naves estavam duas silhuetas inconfundíveis: a forma compacta de R2-D2 e, ao seu lado, a imponente figura humanoide de KB-68. A droide de Elite Duelista já empunhava sua espada, guardando a *Warglaive*, exatamente como Komat havia instruído ao chegar.

KB-68 correu para eles, cumprimentando Komat com um firme aperto de braços.

— Sugiro que partamos rapidamente — disse a droide. — O TIE retornará em breve, e somos um alvo fácil aqui.

Lando olhou para as naves, depois para o céu, onde o som distante do caça TIE crescia novamente. KB-68 tinha razão; não havia muito tempo. O TIE logo estaria sobre eles; Ochi já estava longe, e a família também. Ele só podia torcer para que Komat os encontrasse de novo.

Mas foi Luke quem tomou a decisão primeiro. Ele assentiu para Lando e acenou com o queixo na direção da *Star Herald*.

— Você e Komat devem seguir a família. A *Star Herald* é rápida o suficiente para alcançá-los antes de Ochi. — Luke virou-se para Komat. — Eu preciso terminar isso.

Komat fez uma breve reverência.

— Pode levar a minha *Warglaive*. Mas KB-68 e eu iremos com você, Mestre Skywalker.

Lando ergueu as mãos, alarmado.

— Ei, ei, ei! Komat, eu preciso de você para... sabe, fazer sua coisa, prever a posição da nave.

— O astromecânico do Mestre Skywalker tem a programação correta — explicou Komat. Ela retirou o cartão de dados do fuzil e o inseriu em R2-D2. — Aqui estão todos os dados que coletei sobre a nave de Ochi. R2-D2 pode lidar com isso na *Star Herald*. — Ela se levantou e olhou para cima.

O caça TIE agora estava perto e se aproximando cada vez mais.

— Venha, Mestre Skywalker — Komat disse. Ela se virou para a droide Duelista. — KB-68, comigo.

Com isso, Komat virou-se e caminhou em direção à sua nave, KB-68 guardando a espada na bainha enquanto a seguia.

— R2? — Luke chamou. Ao seu comando, o droide se aproximou, emitindo bipes enquanto abria um painel lateral em seu chassi. No espaço apertado, onde uma expansão de armazenamento poderia ser conectada, havia um pequeno embrulho: os fragmentos do cristal kyber de Yoturba.

Lando observou o amigo.

— Tem certeza de que quer levar isso junto, Luke? Parece melhor manter isso o mais longe possível de Kiza.

— Preciso terminar isso — Luke respondeu, guardando o pacote dentro de sua túnica. — De um jeito ou de outro.

Lando suspirou.

— Certo. Acho que você sabe o que está fazendo. Boa sorte, Luke. Você sabe o combinado.

Luke confirmou.

— Enviarei uma transmissão. Boa caçada. — Ele se virou e correu em direção à *Warglaive*.

— Vou preparar um conhaque Declaviano para você! — Lando gritou. — Dessa vez, pode até experimentar! Luke não parou, mas ergueu a mão no ar em resposta.

Lando olhou novamente para o céu antes de se dirigir à *Star Herald*.

— Vamos, R2. Está na hora de fazer um pouco de mágica.

CAPÍTULO 56

A *STAR HERALD*, SISTEMA TAW PROVODE
PRESENTE

— Certo — Lando disse, tomando o assento nos controles da *Star Herald*. Ele nunca havia pilotado aquela nave — Luke parecia mais do que satisfeito em assumir os controles antes, já que a nave, teoricamente, estava sob *seus* cuidados. No entanto, apesar de ser um protótipo único, os controles de voo seguiam um padrão. Lando precisou de apenas alguns minutos para se familiarizar com o layout básico, enquanto R2-D2 se conectava à entrada de dados no console. O droide imediatamente começou a emitir assobios e murmúrios. Lando olhou para a tradução na tela, mas sua atenção foi desviada ao ver a *Warglaive* de Komat decolar. A nave inclinou-se e se lançou atrás do TIE Defender, os motores queimando intensamente.

Lando tirou a *Star Herald* do chão, ajustando a nave sobre os vastos tanques de combustível de Taw Provode, antes de seguir para a órbita baixa, na mesma direção em que viu Ochi pilotando o transporte da ASC.

Não que isso fosse fazer diferença. Ochi já devia estar longe.

Lando olhou para trás, na direção de R2-D2. A haste de conexão do droide girava, enquanto ele assobiava com intensidade, o indicador primário alternando entre vermelho e azul. Lá fora, a *Star Herald* se afastava do brilho dos holofotes da estação, entrando no espaço aberto.

E... lá estava o transporte da ASC de Ochi, logo à frente. A nave parecia parada, o piloto talvez tentando decidir o que fazer em seguida.

Talvez isso seja mais fácil do que pensei, Lando considerou. Ele olhou para baixo, tentando localizar o sistema de armas da *Star Herald*. Foi então que percebeu: a nave não tinha armamento instalado.

— Ora, mas que ótimo — ele murmurou consigo mesmo.

Então, Lando ergueu os olhos a tempo de ver o transporte da ASC desaparecer no hiperespaço, deixando apenas um rastro azul contra as estrelas.

Ele bateu no console, frustrado. Ainda assim, sabia que Ochi não era seu alvo imediato. A prioridade era encontrar a família.

E encontrá-los antes de Ochi.

— R2! — ele chamou. — Como estamos indo, amigão? Já podemos saltar para o hiperespaço?

O droide respondeu com uma longa sequência de bipes. Estranhando, Lando virou-se para a tela de tradução no painel.

— Você precisa fazer *o quê*? — Lando girou no assento do piloto. — Reconfigurar todos os sensores e antenas?

R2-D2 assobiou novamente, sua haste de conexão ainda girando sem parar.

— Quanto tempo isso vai levar?

O tom grave que veio como resposta não agradou Lando. Ele verificou a tela novamente, depois voltou a erguer os olhos, incrédulo.

— Você só pode estar brincando.

R2-D2 emitiu mais bipes. Lando soltou um longo suspiro, afundando no assento. Com as duas mãos, segurou a parte de trás da cabeça e fechou os olhos, tentando conter a frustração.

Agora, tudo dependia de R2-D2 acertar os cálculos. Lando só podia torcer para que Komat estivesse certa sobre o astromecânico realmente saber o que estava fazendo.

CAPÍTULO 57

A *WARGLAIVE*, SISTEMA TAW PROVODE

PRESENTE

Komat escapou da gravidade de Taw Provode em uma espiral precisa, enquanto o TIE Defender seguia um loop errático para longe deles. Luke não sabia se Kiza tentava fugir ou atraí-los, mas não importava. A *Warglaive* era mais rápida, e Komat mantinha o curso, diminuindo gradualmente a distância entre as duas naves.

— Estamos dentro do alcance dos canhões — KB-68 informou, sentada ao lado de sua mestra na cabine. — É só dar a ordem e posso vaporizar a nave.

Sentado atrás, Luke inclinou-se para frente, apoiando uma mão em cada assento diante de si.

— Não atire ainda, KB — ele falou. — Tenho um plano. — Ele apontou para a frente, indicando algo na tela. No alto da vista da cabine, a lua de Taw Provode brilhava intensamente, bloqueando parte da luz das estrelas ao redor. — Ali — ele disse, antes de olhar para Komat. Sem precisar de mais instruções, Komat assentiu e abaixou os controles, inclinando a nave em uma curva acentuada.

Luke recostou-se, observando enquanto Komat manobrava habilmente a nave. Ela parecia deslizar lateralmente pelo espaço, alinhando perfeitamente a trajetória com o voo errático do caça TIE e a presença iminente da lua.

A habilidade de Komat como piloto era impressionante até mesmo para Luke. Movendo o manche com precisão calculada, ela não replicava os movimentos do caça inimigo, mas os compensava. Em instantes, o TIE Defender tornou-se apenas uma silhueta delineada contra o círculo iluminado da lua, cada detalhe visível em perfeita clareza.

A mão direita de Komat se moveu para uma alavanca maior, que ela empurrou adiante enquanto se inclinava sobre o console com o movimento. Luke sentiu a nave inclinar bruscamente, e, de repente, a lua parecia muito mais próxima do que antes.

Assim como o TIE Defender, agora posicionado diretamente à frente, na mira da nave inimiga.

— Aceitável, Mestre Skywalker? — ela perguntou.

— Perfeito — ele respondeu.

Komat inclinou a cabeça em direção à sua copilota.

— KB-68, desative aquele veículo. Encontraremos o piloto na superfície da lua.

— Finalmente — KB-68 respondeu. — Já estava achando que nunca me deixariam atirar em nada.

Houve um zumbido quando KB-68 ajustou o computador de mira ao seu lado e apertou o gatilho no pequeno manche em seu console. Dois feixes de energia brilhante dispararam dos canhões laterais da *Warglaive*, encontrando um dos três apoios dos painéis do TIE. Uma chuva de faíscas e uma labareda de fogo se seguiram, e o caça começou a girar quando a asa atingida entortou e, por fim, se desprendeu. A nave oscilou, depois estabilizou-se brevemente, quando o piloto retomou o controle.

— Vá com calma agora — Luke disse.

O TIE Defender afastou-se enquanto Komat diminuía a velocidade, mantendo uma distância segura. A lua crescia em sua visão, sua superfície brilhando intensamente e sem nenhuma característica visível.

— Acho que erramos os cálculos, Mestre Skywalker — Komat observou com sua calma característica. — A trajetória de reentrada da nave está muito rápida.

— E o chão parece bem duro — KB-68 acrescentou, inclinando-se para os sensores. — Estou detectando densidades fora da escala aqui. — Ela olhou para Komat. — Suba o nariz ou encontraremos o Criador hoje.

Komat concordou, reduzindo ainda mais a velocidade. À frente, o TIE Defender entrou em nova espiral, agora a poucos quilômetros da superfície da lua.

KB-68 estava certa — o chão parecia mesmo muito duro. A superfície era plana, quase polida, de um branco profundo.

— É tarde demais — Komat falou, desacelerando ainda mais. — O TIE não vai sobreviver ao impacto.

— Vai, sim — Luke afirmou. Ele se inclinou para frente, estendendo a mão. O TIE Defender estava distante, a lacuna aumentando a cada segundo, e não havia nada entre a *Warglaive* e o caça, apenas o vácuo do espaço.

Mas Luke precisava tentar.

Ele fechou os olhos, expandindo sua mente e estendendo a mão.

Ali. Ele o encontrou. O TIE Defender era, como tudo na galáxia, uma presença na Força — mas era uma presença escorregadia. A combinação de massa e velocidade tornava a nave difícil de focar, muito menos de tocar.

Luke se concentrou, cerrando os dentes enquanto forçava o movimento do caça a se render à sua vontade.

— Está desacelerando — KB-68 comentou. — Só espero que o Império tenha construído essa coisa para aguentar.

Luke ofegou, o esforço de manter o controle sobre a nave agora grande demais. Ele abriu os olhos no exato momento em que o caça saiu de seu alcance. Voando baixo sobre a superfície da lua, o TIE Defender repentinamente mergulhou, sumindo de vista. Um lampejo de luz brilhou ao longe.

— Komat — Luke começou, mas ela já estava manobrando a *Warglaive* em direção ao local, preparando-se para aterrissar. Quando tocaram o solo, a visão diante deles confirmou o que procuravam: os destroços negros do caça fumegavam sobre a superfície branca, plana e imaculada da lua.

A nave soltava fumaça… mas ainda estava intacta.

Ou quase.

— Vamos — Luke disse, levantando-se e se dirigindo rapidamente à rampa de saída.

Eles atravessaram a pé uma superfície perfeitamente nivelada e traiçoeira. Luke olhava ao redor com desconfiança a cada passo sobre o chão que parecia vidro, enquanto o ar morto e parado ao seu redor lhe dizia que ali havia existido vida no passado — uma vida que fugira há muito tempo, e com razão.

Os passos soavam ocos contra o chão. A superfície da lua solitária de Taw Provode era formada por finas folhas de diamante, e, olhando para baixo, Luke podia ver movimento nas profundezas. A crosta sobre a qual caminhavam era firme, mas fina, sustentada por pedaços maiores de cristal flutuando em um oceano subterrâneo. Ele se surpreendeu por ter conseguido desacelerar o TIE o suficiente para evitar que a crosta se rompesse, mesmo reconhecendo sua própria habilidade. O céu era completamente negro, exceto pela curva de Taw Provode que preenchia metade da visão. As luzes das bombas de combustível brilhavam tão próximas que Luke quase podia estender a mão para tocá-las.

Com o sabre de luz em punho, ele avançava. À sua esquerda, Komat usava o fuzil como um cajado; à sua direita, KB-68 segurava a longa espada em posição vertical, com a precisão de uma Duelista de Elite.

O caça TIE, soltando fumaça, repousava a cem metros de distância. Caminhando em direção ao trio, vinha sua pilota: Kiza. Vestida de preto, com a capa esfarrapada ondulando ao redor das botas, ela avançava com passos firmes naquela atmosfera silenciosa e ancestral.

Ela estava viva. Luke não sabia como, mas Kiza havia sobrevivido ao confronto entre os dois. Naquele instante, ele compreendeu que havia cometido um erro — deveria ter encontrado uma forma de voltar, de salvá-la, de tirá-la do caminho sombrio que consumia sua alma.

Era possível. Mais do que possível. O caminho para o lado sombrio era uma escolha, mas não irreversível.

Ele pensou em seu pai, em seu desejo final de ver o rosto do filho com os próprios olhos. Pensou em Anakin Skywalker, na visão que tivera dele e em suas palavras de conselho:

Por mais sombria que seja a noite, você nunca estará sozinho.

Luke olhou de um lado para o outro. Ele não estava sozinho. Komat e KB-68 estavam ao seu lado. E, longe dali, Lando Calrissian continuava a missão enquanto ele corrigia seu erro.

Deixe a Força guiá-lo. Deixe-a fluir através de você assim como flui através de mim. Use esse poder, e os seus instintos, pois são a mesma coisa.

Com as palavras de Anakin ecoando em sua mente, Luke percebeu a verdadeira natureza de seu inimigo.

Não era Kiza. Ele sentiu o eclipse na Força, as linhas invisíveis de poder se dobrando ao redor dela. A máscara do Vice-rei Exim Panshard distorcia a Força como a gravidade de uma estrela gigante.

Luke parou, e os outros o imitaram.

A máscara havia mudado. Ainda tinha o mesmo formato, o mesmo rosto de tormento e morte, mas não era mais de bronze polido. Agora era de um vermelho cristalino, brilhando como o chão sob seus pés, imbuída do poder dos cristais kyber.

Kiza estava morta. Uma tristeza pesada tomou conta de Luke ao compreender a verdade.

O Vice-rei Exim Panshard vivia. O antigo Lorde Sith, confinado à máscara, agora tomava completamente o controle de Kiza, em uma desesperada tentativa de ressuscitar a si mesmo em uma galáxia que já não lhe pertencia.

— Temos companhia — disse KB-68, baixando o volume de seu vocabulador. Pelo canto do olho, Luke notou Komat se virando para a droide e, em seguida, olhando para baixo.

Ele também olhou. Por apenas alguns segundos, tirou os olhos de Kiza e viu.

Algo se movia sob seus pés, nas profundezas oceânicas da crosta de diamante da lua. Era longo, escuro, serpenteava lentamente. Então, outra forma idêntica apareceu, deslizando ao lado da primeira. Duas silhuetas sinuosas, nadando como serpentes nas profundezas.

A lua não estava sem vida. Sentindo a invasão em seu domínio, os habitantes monstruosos começavam a se agitar.

O Vice-rei Exim Panshard falou. Sua voz era metal e fogo, o som de uma fornalha droide moldando palavras impossíveis, carregadas por uma inteligência sombria, antiga e maligna.

— Mostre o caminho para Exegol. Mostre para mim!

Luke deu um passo à frente, o sabre de luz posicionado ao seu lado, sempre de prontidão.

— Isso não vai funcionar — ele disse. — Você não pode se sustentar assim. Está queimando todo o poder que ainda lhe resta. Logo você morrerá, assim como devia ter feito séculos atrás.

Panshard deu um passo adiante, a máscara se inclinando, as faces do cristal kyber cintilando.

— Você, Jedi. — Ele ergueu o cilindro de seu sabre de luz, apontando para Luke. Luke percebeu que o braço, do cotovelo para baixo, agora era mecânico, transplantado de um dos droides de Kiza. — Você mostrará o caminho para Exegol, ou morrerá.

Luke permaneceu imóvel, não cedendo terreno. Sua voz era firme quando respondeu:

— O caminho para Exegol está perdido — ele disse. — E é assim que permanecerá. — Ele deu um passo adiante, sua presença inabalável. — O seu poder está falhando. Eu posso sentir. Desista. Entregue-se à Força, e encontrará a paz que busca.

Exim Panshard riu.

— Não é paz que eu busco, Jedi. Eu busco a guerra. Eu busco poder. Eu busco me empanturrar com a sua alma e as almas de toda a galáxia. Através do poder delas, eu alcançarei Exegol, e através de Exegol eu renascerei. Agora, mostre o caminho.

De repente, Panshard estendeu sua mão livre em um movimento rápido. Luke abaixou-se instintivamente, o polegar no ativador do sabre de luz, enquanto sentia o tecido de sua túnica se rasgar. Ele cambaleou para trás, Komat amparando sua queda enquanto KB-68 se posicionava ao lado.

Os fragmentos do cristal kyber foram arrancados da túnica de Luke e agora flutuavam no ar entre eles. Panshard girou a mão de carne e osso, e o tecido que os envolvia caiu, revelando os fragmentos vermelhos girando lentamente sobre o chão de diamante.

— Eu controlo as arquiteturas da Força — Panshard declarou — e, através de sua temida simetria, serei guiado para o mundo sombrio dos Sith. Lá, eu renascerei.

Ele ativou seu sabre de luz. A lâmina vermelha surgiu, curvando-se como uma cimitarra irradiando ódio. Os fragmentos do cristal começaram a girar mais rápido, refletindo e intensificando o brilho da lâmina.

— E os Sith renascerão comigo, todos os que viveram e morreram entre o meu tempo e agora. Tudo que preciso fazer é ouvir a ressonância desses cristais, que cantam seu caminho de volta para casa.

Panshard fechou o punho, e os cristais dispararam em sua direção. Luke ativou seu sabre de luz e ergueu a mão, segurando os fragmentos com a Força. Eles vibraram no ar, emitindo um zumbido crescente, enquanto o poder dentro deles aumentava.

Luke agora entendia o plano de Panshard. Os cristais kyber estavam conectados à fonte em Exegol. Juntos, poderiam criar uma ressonância poderosa o suficiente para guiar seu portador até o planeta perdido dos Sith.

Foi assim que o piloto perdido esperava encontrar o planeta dos Sith séculos atrás: utilizando os fragmentos do cristal em uma viagem desesperada para Exegol. Com apenas o mínimo de dados navegacionais em seu holocron, ele confiava principalmente na ressonância na Força dos cristais para guiá-lo através do Espaço Vermelho. Porém, ele havia fracassado. Caiu em Yoturba porque os fragmentos do cristal não possuíam massa crítica suficiente para interagir completamente, através da Força, com a fonte em Exegol. Da mesma forma, foi assim que os droides os localizaram em Polaar. Os cristais, integrados aos seus sistemas, ressoaram com aqueles que Luke carregava, atraindo os caçadores droides.

Onde o piloto falhara, Panshard poderia ter sucesso. Se conseguisse reunir todos os cristais, teria poder suficiente para encontrar Exegol.

Luke não permitiria que isso acontecesse.

Ele concentrou sua força e aumentou o controle sobre os cristais. Eles giraram e flutuaram em sua direção, mas Luke começou a deslizar pelo chão de diamante, cuja superfície quase não oferecia fricção. Ele olhou para baixo e viu as serpentes ainda se movendo sob seus pés.

— Já chega. Já chega!

Komat passou por Luke, jogando seu fuzil para KB-68, que, em troca, lançou sua espada para a mestra. Komat apanhou a arma pelo cabo com precisão e a girou no ar em um único movimento fluido, quase como uma dança. A lâmina se ativou, emitindo um zumbido cortante. Luke sentiu o gosto de ozônio em sua língua enquanto Komat girava com um longo sabre de luz, a lâmina branca brilhando intensamente.

Era o sabre que Luke havia purificado para ela anos antes, quando a ajudou a escapar dos Acólitos do Além. O branco da lâmina simbolizava a purificação do mal que havia sido retirado de sua mente e alma.

Komat preparou-se para usar o sabre, correndo por Luke e golpeando os cristais que flutuavam no ar. Quando a lâmina os atingiu, os cristais se despedaçaram, explodindo em uma chuva de pequenos e afiados fragmentos. Com seu domínio da Força abruptamente interrompido, Luke girou para trás, puxando o capuz sobre a cabeça e se abaixando para se proteger da chuva de estilhaços.

O grito de Exim Panshard foi como o rugido de um furacão, raiva e dor misturando-se em uma onda inumana de som. Então, ele saltou para frente, golpeando com sua lâmina vermelha.

Luke se virou, a lâmina verde já ativada e pronta. Panshard atacou com uma força alimentada por puro ódio e desespero, empurrando a lâmina de Luke para trás. Mas, girando sem hesitação, ele bloqueou um ataque de Komat.

Lampejos em tons de verde, vermelho e branco refletiam sobre o chão de diamante enquanto o trio lutava. Komat permitiu que Luke liderasse o ataque, oferecendo apoio sempre que necessário e buscando aberturas na defesa de Panshard enquanto Luke realizava uma sequência de movimentos controlados com sua lâmina, defendendo-se habilmente e testando as habilidades de seu oponente ressuscitado.

Em poucos momentos, o ar foi preenchido por uma fina poeira enquanto os ataques de Luke e Komat começavam a desgastar Panshard. Seu sabre de luz vermelho cortava o chão, soltando fragmentos da crosta rígida da lua e arrancando pedaços maiores à medida que avançava, seus ataques rápidos e selvagens.

Luke percebeu o padrão nos movimentos de Panshard. Ele só podia torcer para que Komat também notasse, pois precisaria dela para executar seu plano.

Ele se preparou, contando os segundos.

Então, Panshard rugiu mais uma vez por trás da máscara e lançou um soco com a mão livre, direcionando o movimento contra Komat. Os dois oponentes estavam além do alcance um do outro, mas o punho de Panshard não precisava tocar o alvo.

Não fisicamente.

Komat se curvou, mas foi erguida no ar pela Força. Quando caiu, seu sabre de luz branco cortou fundo na superfície da lua. Ela rolou, endireitou-se, segurando a barriga com o braço livre, e retomou a posição ao lado de Luke, ofegante.

Panshard recuou, erguendo as duas mãos, seu sabre curvado brilhando intensamente no céu escuro. O chão tremeu, e Luke se forçou a manter o equilíbrio. Rachaduras começaram a se espalhar pela superfície, estalando como disparos de blaster, cada fratura originada no corte feito pelo sabre de Komat. Então, Panshard baixou os braços, e o chão explodiu. Toneladas de cristal de carbono se ergueram e pairaram no ar, obedecendo à vontade do Lorde Sith morto.

Luke olhou para cima e se preparou para desviar os destroços usando a Força. A massa de cristais era enorme, e seu impacto não apenas o esmagaria, mas devastaria toda a área ao redor, impossibilitando escapar apenas com um salto.

Então, o chão explodiu novamente. Luke caiu, rolando para o lado; ele viu KB-68 desabando ao longe, a droide desarmada mantendo-se afastada do confronto. Mais à frente, Exim Panshard cambaleava para trás, sua concentração perdida. A enorme massa de cristais, antes suspensa no ar, desabava ao seu redor, sem controle.

Luke rolou mais uma vez e viu Komat desaparecendo atrás de uma gigantesca forma escura que emergia do chão, disparando em direção ao céu noturno.

Era uma serpente de cinquenta metros, seu corpo verde-escuro brilhando com umidade, liso e reluzente sob a luz ambiente. Os poderosos músculos impulsionavam a criatura para cima com força descomunal.

Uma segunda serpente apareceu logo depois, as duas criaturas contorcendo-se juntas no ar, entrelaçando-se por um momento antes de se separar ao atingir o ápice de sua ascensão e mergulhar de volta. Suas cabeças eram apenas mandíbulas enormes, cheias de fileiras e mais fileiras de dentes triangulares, reluzentes como aço.

As serpentes focaram Komat, que estava mais próxima da grande abertura no solo. Luke rapidamente se levantou, vendo-a cambalear para trás, sua mão e calcanhares escorregando no cristal molhado pelo oceano subterrâneo que agora se derramava pela superfície.

Luke correu para Komat, usando a Força para afastar as serpentes enquanto avançava. A onda de pressão as derrubou para o lado, permitindo que Luke alcançasse Komat. Ele a ajudou a se levantar e rapidamente a arrastou até o buraco na crosta da lua, empurrando-a para dentro do oceano subterrâneo antes de mergulhar logo atrás. Debaixo da água, os dois se encontraram e observaram as caudas das serpentes gêmeas passando rapidamente acima deles, enquanto as criaturas voltavam sua atenção para outro alvo. Komat assentiu para Luke, e juntos nadaram até a superfície, emergindo na borda do buraco, onde o cristal brilhante era tão afiado quanto uma lâmina.

Do outro lado, Luke viu as serpentes deslizando, entrelaçando-se enquanto avançavam em alta velocidade na direção de Exim Panshard sobre o chão escorregadio. Panshard desferiu golpes com seu sabre de luz, mas a lâmina ricocheteava nas escamas, não fazendo nada além de irritar ainda mais as criaturas.

O ódio de Panshard ecoou pela lua quando uma das serpentes enrolou seu longo corpo ao redor dele, enquanto a outra se erguia, mandíbula aberta e afiada, pronta para atacar. Panshard ergueu o sabre de luz mais uma vez, golpeando diretamente contra a bocarra da criatura. Ela urrou de dor, sua fileira superior de dentes sendo arrancada, os fragmentos triangulares caindo no chão molhado e brilhante. A serpente recuou, soltando um rugido, e então se virou, movendo-se rapidamente em direção à segurança do novo lago formado na superfície da lua.

Luke viu a criatura se aproximando — aparentemente ignorando as duas pessoas em seu caminho — e subiu para a superfície, virando-se para agarrar o braço de Komat e puxá-la para cima. Suas botas escorregaram na superfície, e ele quase caiu, mas foi apanhado por dois braços metálicos.

KB-68 puxou Luke para trás, seus calcanhares de metal fincando no chão para criar tração. Momentos depois, ela perdeu o equilíbrio e caiu para trás, trazendo Luke e Komat junto, bem quando a serpente ferida mergulhou na água e desapareceu.

— Me ajudem!

Luke e Komat levantaram-se ao mesmo tempo. Do outro lado do lago, Panshard ainda estava sob o domínio da serpente. Sob o olhar de Luke, ele se debatia com o sabre de luz, mas a lâmina apenas ricocheteava na cabeça blindada da criatura. O sabre se desativou, o cabo voando para longe com a força do impacto.

Mas a voz gritou de novo — baixa, feminina, abafada pela máscara pesada.

— Kiza! — Komat gritou. Ela correu atrás de sua antiga amiga, usando a superfície lisa da lua para deslizar rapidamente, uma onda de água espirrando atrás de suas botas. No caminho, ela apanhou o sabre de luz de Kiza, ativando a lâmina. Continuando a deslizar, usou a arma contra o chão para parar seu movimento. Levantando-se, correu em direção a Kiza.

No meio do caminho, ela congelou, parando de maneira abrupta — e impossível. Luke correu para ela, percebendo que a voz de Kiza fora uma armadilha. O Vice-rei Exim Panshard usava a Força para prender Komat no lugar, ao mesmo tempo em que despedaçava a serpente que o envolvia. Agora livre, de pé sobre o chão de diamante, Panshard estendeu o braço em direção a Komat, arrancando o sabre de luz de sua mão. A lâmina vermelha disparou pelo ar…

… e parou na mão de Luke, seus dedos cibernéticos envolvendo o metal negro com uma série de cliques.

Panshard virou-se quando Luke ergueu a lâmina vermelha e a sua própria verde. A voz do Lorde Sith morto gritou atrás da máscara. Ele ergueu os braços, pronto para usar a Força contra o Mestre Jedi.

Lento demais. Luke usou o mesmo poder para arrancar a máscara do rosto de Kiza. Quando a máscara voou em sua direção, ele sentiu Panshard também usando a Força, tentando virar o interior da máscara para transformá-lo no novo hospedeiro.

Os reflexos de Luke foram rápidos como um relâmpago. Uma fração de segundo antes de a máscara tocar seu rosto, ele ergueu os dois sabres de luz e golpeou para baixo, cruzando as lâminas verde e vermelha diante de si.

A máscara, cortada em quatro pedaços, caiu ao chão, espalhando-se ao redor até que Luke usou a Força para fazê-los parar.

O corpo de Kiza desabou, como uma marionete cujos cordões foram repentinamente cortados.

Luke desativou os dois sabres de luz e deu um passo cuidadoso para frente, sua túnica encharcada agora pesada e fria. Kiza estava caída de bruços no chão, os braços abertos, o membro mecânico substituto tendo espasmos, os três dedos de metal batendo na superfície de diamante até sua fonte de energia se esgotar.

Ele se abaixou e estava prestes a virar o corpo quando a serpente ferida emergiu do lago mais uma vez, sua mandíbula danificada escancarada. Luke jogou-se para trás, saindo do caminho, enquanto a criatura abocanhava o corpo inerte de Kiza e o levava de volta para as águas revoltas.

Luke ergueu-se sobre os cotovelos, depois se sentou, tentando recuperar o fôlego. Próximo dali, KB-68 ajudava Komat a se levantar, e as duas começaram a caminhar em sua direção.

A lua silenciou, com exceção das suaves ondas do novo lago.

Era o fim. A mente de Luke já começava a clarear — não que estivesse enevoada antes, mas ele percebia agora que a perturbação na Força, a presença maligna do espírito do Vice-rei Exim Panshard, estivera com ele por várias semanas. Era a fonte de suas visões de Exegol, a origem de seus pesadelos, de suas incertezas.

A fonte de seus medos.

Próximo dali, os pedaços da máscara do vice-rei soltavam fumaça no chão, deixando para trás um resíduo negro e espesso sobre a superfície de diamante.

Luke os observou por um longo tempo. Mas agora eram apenas metal queimado e cristal fragmentado, o poder que antes possuíam extinto — e para sempre, ele esperava.

CAPÍTULO 58

A *EMCHEN*, A NAU CAPITÂNIA DA ASC, RECONHECIMENTO DO ESPAÇO PROFUNDO

PRESENTE

Se havia uma coisa na qual a Autoridade do Setor Corporativo era especialista, pensou o Alto-coronel Enric Pryde enquanto dava mais uma volta pela espaçosa ponte, era *arrogância*.

E isso, na verdade, era quase um elogio. A ASC tinha grandes ambições, e membros que trabalhavam duro para alcançá-las. Isso era algo que Pryde podia respeitar.

Considere, por exemplo, a nau capitânia que haviam essencialmente *cedido* para que ele comandasse durante sua temporária… tarefa. Era uma das duas naves de comando da frota — a *Emchen*, irmã da *Kaywhite* — e era… grande. Muito grande. Talvez não um Destróier Estelar, mas algo próximo: uma nave executiva de médio porte, talvez uma pequena fragata. Mais fácil de comandar, sem dúvida, e consideravelmente mais ágil, mais responsiva. Ainda assim, a ASC a tratava como se fosse uma superarma capaz de destruir planetas.

Era levemente ridículo. Não era surpresa que a ASC precisasse de pessoas como Pryde para mostrar a eles como impérios eram forjados. No entanto, havia algo admirável nisso tudo. A ASC acreditava que estava substituindo a grandeza do Império. Que estivessem errados era irrelevante. O fato de que eles — e oficiais como o Viceprex Coromun — *realmente* acreditassem nessa ideia era um feito impressionante de dissonância cognitiva.

Pryde completou outra volta pela ponte, cujo design imitava descaradamente a velha arquitetura Imperial, com um pedestal de comando elevado, áreas técnicas rebaixadas e uma tripulação de uniformes marrons ocupada realizando — até onde Pryde podia ver — praticamente nada.

Até aí, nada de novo.

Ele atravessou lentamente a ponte, apreciando o eco de suas botas e o modo como podia olhar de cima para baixo — literal e figurativamente — para a tripulação. Ao chegar às enormes janelas frontais, Pryde olhou, não para a vastidão do espaço à frente, mas para o próprio reflexo no transparaço.

Ele estremeceu. Parecia pálido. Doente, até. Algo que pegara naquela maldita rocha, Núcleo Basta. Ou talvez daquele tal de Ochi de *sei lá onde*.

Estrangeiros. Nunca se sabia por onde tinham passado.

Pryde estremeceu de novo.

Não havia se aquecido desde que deixaram o planeta. Talvez devesse mandar alguém buscar seu casaco. Ele franziu a testa e endireitou as costas, olhou do alto de seu nariz para *si mesmo* no reflexo da janela. Isso mostraria fraqueza? Será que *importava*?

Ele observou, pelo reflexo, os membros da tripulação mais próximos, e teve a impressão de que todos desviaram o olhar rapidamente, como se o estivessem espionando pelas costas.

Suspirou mais uma vez. Sentia frio. Estava com sede. Um gole de Abrax o esquentaria, com certeza. Resmungou consigo mesmo ao lembrar onde havia deixado seu frasco daquele líquido precioso — e quanto tempo ainda levaria para chegar a algum planeta onde pudesse comprar mais. Tudo, é claro, seria debitado como custos corporativos.

Não, o que ele precisava era de uma massagem. Isso o aqueceria, pelo menos até sair daquela nave. Lembrou-se, com um sorriso, do preparado usado pelos Ewoks de Endor: uma mistura de banha fervida de seus inimigos e um forte óleo quase mineralizado, extraído de uma espécie de árvore gigante daquela lua. Aquilo, *sim*, era um bom óleo de massagem. Fora extremamente útil nas frias noites em Endor, enquanto aguardava a inevitável chegada dos rebeldes. Pryde recordava o cheiro pungente da mistura e a leve sensação de torpor que ela produzia.

Os Ewoks, afinal, tinham sua utilidade. Até sua pele servia para se aquecer. O casaco que Pryde encomendara com as peles de uma família inteira daquelas pequenas criaturas era uma de suas melhores peças de vestuário. Digno de um oficial de patente como alto-coronel.

A nostálgica lembrança de Pryde foi abruptamente interrompida pela aproximação, refletida na janela, do Viceprex Coromun, um fiel devoto da ASC ao longo de toda a sua vida, marchando com firmeza do outro lado da ponte. Ele parou atrás de Pryde, sem dizer uma palavra. Os olhares dos dois se cruzaram no reflexo; Pryde franziu as sobrancelhas, visivelmente incomodado pela falta de uma saudação adequada de seu adjunto.

— E então? — ele perguntou.

— O seu *agente* — respondeu Coromun, com um leve espasmo de desconforto ao mencionar o episódio em Núcleo Basta — exige que você fale com ele imediatamente.

Pryde soltou uma risada seca.

— Aquela *coisa* pode exigir o quanto quiser. Nosso assunto se encerrou naquele planeta maldito. Se eu vir Ochi de *Bestoon* novamente — ele falou o nome como se fosse absurdo —, não me responsabilizo por minhas ações. — Ele fez uma pausa, o sorriso se ampliando. — Ou, quem sabe, eu delegue essa tarefa a você, viceprex.

Coromun abriu um sorriso malicioso. Pryde podia ver o conflito em seu adjunto, que tentava — e fracassava — controlar suas emoções.

Sim, era assim que se liderava. Era assim que se demonstrava autoridade. Dê a pessoas menores como Coromun apenas uma migalha daquilo que desejam de vez em quando, e logo estarão comendo na sua mão.

Um alerta disparou na ponte. Pryde e Coromun viraram-se ao mesmo tempo, direcionando o olhar para a estação de comunicações.

— Há uma transmissão chegando, senhores — disse o tripulante. — Canal de prioridade um.

Pryde e Coromun se entreolharam; Pryde sacudiu a cabeça, desconfiado, mas Coromun assentiu, apesar de tudo.

Canal de prioridade um? Ora, *por favor*.

No centro da ponte, a forma holográfica da cabeça e ombros de Ochi de Bestoon se materializou. Sua imagem cintilante se inclinou para frente e — para a irritação de Pryde — tomou um gole do precioso Abrax de seu frasco.

— Preciso de mais homens — a voz de Ochi ecoou pela ponte, com um leve arrasto por trás das palavras.

Pryde se endireitou, passando a mão pelos cabelos penteados para trás, quase constrangido.

— *Isso*, meu querido amigo — disse ele calmamente —, é inteiramente problema seu. Nosso combinado chegou ao fim. — Ao seu lado, ele sentiu o viceprex balançando nos calcanhares, claramente apreciando o tom autoritário de Pryde. — Mais diretamente — continuou o alto-coronel —, se você chegar a um parsec do Setor Corporativo, eu ficarei sabendo. E será a *sua* vez de ser caçado pela galáxia.

Com isso, Pryde fez um gesto de dispensa, e o holograma de Ochi desapareceu. Ele estendeu o braço na direção da estação de comunicações e estalou os dedos.

— Rastreie a nave dele.

— Imediatamente, senhor — veio a resposta do tripulante. Assim que o oficial falou, outro alerta disparou, dessa vez vindo de uma seção diferente da ponte.

— Alerta de proximidade — chamou a oficial em sua estação. — Fluxo do hiperespaço, muito perto.

— O quê? — Pryde e Coromun giraram para olhar pela janela. Bem a tempo de ver uma nave emergir do hiperespaço. Pryde recuou instintivamente quando o nariz da nave recém-chegada parou a poucos metros da janela da ponte.

O Viceprex Coromun apontou para a estação de comunicações.

— Chame aquela nave!

— Sim, senhor!

Um sinal disparou repetidas vezes enquanto a *Emchen* tentava contatar a nave. Recompondo-se, Pryde voltou-se para a janela. A nave era um transporte da ASC, grande o bastante para carregar um contingente completo de troopers e todo o material necessário. As janelas frontais do transporte eram amplas e inclinadas, formando um ângulo fechado que permitia a Pryde olhar diretamente para a cabine de voo.

— *Ochi* — ele sussurrou.

Ochi de Bestoon bebia do frasco de Steadfast na outra nave. Houve um bipe quando o contato foi estabelecido.

— O que você está fazendo? — a voz de Coromun ecoou pela ponte. — Você poderia ter matado a todos nós.

A risada de Ochi foi curta e cheia de ameaça.

— Mas não matei — ele disse. — Vocês me subestimam. Acho que subestimam muitas coisas. Achei que era hora de conduzirmos essas negociações em pessoa.

— Não existem negociações. — Era Steadfast quem falava agora. — Eu darei dois minutos para você traçar um vetor de saída ou explodirei sua nave para fora do sistema. Agora quem é que foi *subestimado*?

Ochi riu de novo. Ele avançou em sua nave emprestada até ficar o mais próximo possível da janela. Na nau capitânia, separado por poucos centímetros de transparaço e um metro de vácuo espacial, Steadfast também avançou. Juntos, ele e Ochi ficaram quase tão perto quanto se estivessem cara a cara.

— Preciso de um esquadrão inteiro de naves, além de uma falange de troopers — exigiu Ochi, tomando mais um gole do frasco. — Você pode ficar com essa nau capitânia, mas vou precisar de algo mais rápido do que esta lata-velha.

Ele observou Coromun se agitar visivelmente, mas Steadfast ergueu a mão, acalmando-o.

— Um esquadrão inteiro, Ochi de Bestoon? Achei que fosse o melhor caçador da galáxia. Não me diga que os perdeu? Um pai, uma mãe e uma criança? Eu diria que dificilmente essa é a recompensa mais complicada da galáxia.

Ochi bateu com o frasco sobre o console de controle.

— Um pequeno contratempo. Eles levaram a *Legado de Bestoon* e desativaram o transponder. Preciso de naves para fazer uma busca. Muitas naves. — Ele apontou um dedo para Steadfast. — E *você* vai fornecer essas naves.

Steadfast riu.

— Você fracassou em uma tarefa simples e veio rastejando de volta para pedir ajuda.

— Eu sou Ochi de Bestoon! Eu não fracasso!

— Você é patético. Eu sentiria pena de você se conseguisse olhar para a sua aparência.

Ochi baixou a mão.

— Você vai se arrepender dessas palavras um dia, Steadfast.

O outro homem sorriu com presunção.

Ochi não gostou daquela expressão. Ele queria arrancá-la do rosto de Steadfast. E dar à adaga da Eternidade Sith uma amostra do sangue daquele tolo arrogante. Ele já podia sentir a adaga cantando em sua mente.

Steadfast ergueu o queixo.

— Eu posso dizer exatamente onde eles estão.

Ochi congelou, então inclinou a cabeça, como um gato-tooka ouvindo um som curioso.

— O quê?

— É realmente bem simples — Steadfast falou. — Mas eu sabia que você não pensaria nisso. Eu mandei instalar um rastreador na sua nave. — Ele se virou para a estação técnica. Sob o olhar de Ochi, Steadfast estalou os dedos e um dos oficiais subiu os degraus até a plataforma da ponte, entregando-lhe um datapad.

Steadfast olhou para o datapad e se aproximou o máximo possível da janela. O transporte da ASC que Ochi comandava estava uma fração abaixo da ponte da *Emchen*, a diferença exagerando a disparidade de altura entre os dois homens.

— Eles estão em Jakku — Steadfast disse, franzindo as sobrancelhas. — Quer dizer, se não consegue lidar com um trabalho simples desses, talvez devesse chamar uma das gangues com quem trabalhava. Ou, espere, eles também expulsaram você? Bom, tenho certeza de que você tem velhos amigos de bebedeira que estariam mais do que dispostos a ajudá-lo.

— Jakku? — Ochi murmurou. — Tem certeza disso?

Na outra nave, Steadfast entregou o datapad para Coromun e juntou as mãos atrás das costas.

— É claro — ele assegurou.

Ochi reconheceu a linguagem corporal imediatamente — a soberba e o complexo de superioridade típicos dos velhos oficiais do Império. Talvez aquele Steadfast fosse um sobrevivente da antiga ordem. De repente, sua atitude começou a fazer sentido. Não devia ser fácil para ele ver tudo o que havia construído sendo destruído, agora forçado a trabalhar com gente de segunda linha como a ASC.

Ochi já estava começando a se sentir melhor.

O canal de comunicação se fechou com um clique. Pryde observou quando, no transporte da ASC, Ochi quase desabou no assento do piloto. Em poucos momentos, a nave começou a se afastar da *Emchen*, traçando uma curva para calcular um vetor seguro para o salto.

Ao lado do alto-coronel, o Viceprex Coromun entrou em ação imediatamente. Ele correu até a estação de armamentos, gritando instruções para a tripulação. Um momento depois, virou-se para Pryde.

— Ele está ao alcance. Devo disparar?

Pryde observou a nave de Ochi se distanciar. Ele apertou os lábios.

— Não — disse. — Já cansei de Ochi de Bestoon. Seria um desperdício de energia. Deixe que cave a própria cova. — Sem olhar novamente para o transporte, Pryde afastou-se da janela e marchou de volta para a plataforma da ponte.

Ochi de Bestoon? Que patético.

Um dia, não haveria mais lugar para gente como Ochi de Bestoon.

Um dia, pensou Pryde, haveria uma nova ordem na galáxia.

Um dia, eu estarei no comando.

CAPÍTULO 59

POSTO AVANÇADO NIIMA, JAKKU
PRESENTE

Dathan se sentava sob a sombra de um toldo, observando o deserto. O Posto Avançado Niima fervilhava de vida, uma colmeia de comerciantes, clientes e sucateiros discutindo, negociando, comprando e vendendo, ora discordando, ora formando alianças. Era um lugar familiar para Dathan — um lugar onde, embora nunca se sentisse completamente à vontade, ao menos se sentia seguro.

Dathan piscou, surpreso, diante desse pensamento. Seguro? Sério? Ele questionou sua própria mente, mas... sim, seguro. A ideia havia surgido de forma natural, sem esforço.

Seguro. Eles tinham vivido com segurança ali.

Até... tudo desmoronar. Mas isso não foi culpa do Posto Avançado Niima — foi outra coisa. A escuridão que ele mesmo havia trazido. Quando essa variável fosse eliminada, então...

Ele sorriu levemente. Decidiu não pensar demais em seus sentimentos naquele momento, sabendo que talvez estivesse apenas tentando racionalizar a decisão que haviam tomado *juntos*, tornando-a mais fácil de aceitar.

Seguro.

Isso não significava que Jakku não era perigosa. Claro que era. Mas o planeta, e o Posto Avançado Niima em particular, não era completamente *sem lei*, e nem todos os seus habitantes eram vilões. Havia boas pessoas ali — apenas demorava para descobri-las.

Pessoas como Unkar Plutt.

Como um Crolute foi parar no deserto de Jakku, Dathan nunca soube. Talvez isso explicasse o mau humor constante de Plutt, pois Dathan nunca o vira não estar irritado com algo. Plutt não era do tipo que fazia amigos — tampouco parecia *querer*. Amizades, afinal, exigiam reciprocidade, e ele não era alguém disposto a dar algo sem esperar nada em troca.

Para Plutt, amizades eram ruins para os negócios. Ele vivia por outro credo, dedicado ao poder e ao lucro, que, para ele, eram duas faces da mesma moeda. Poder levava ao lucro, e lucro trazia poder. Plutt não escolhia lados, nem fazia julgamentos. Se você fosse útil, poderiam fechar negócio. Caso contrário, era como se você nem existisse.

Era por isso que eles estavam ali. Unkar Plutt era, sem dúvida, a pessoa mais desagradável, irritante e insensível que Dathan já conhecera.

Ele também era a única pessoa em quem podiam confiar agora.

Dathan desviou o olhar para o deserto que se estendia diante de si; o Posto Avançado Niima ficava logo atrás. No horizonte, ele podia ver naves caídas — incluindo o imenso casco de um Destróier Estelar, que havia se tornado parte da paisagem, as areias acumuladas ao redor incapazes de enterrá-lo completamente. Mas as areias cobriam o restante do campo de batalha. Muitas vezes, o trabalho de um sucateiro envolvia mais escavar do que desmontar naves. Naves como aquele Destróier eram alvos tentadores, mas Dathan conhecia muitas pessoas que haviam morrido tentando explorá-las.

Um speeder cruzou seu campo de visão, tirando-o de seus pensamentos. Miramir já estava com Plutt há horas. E...

Dathan franziu o cenho, esfregando a testa. Sim, ele se sentia culpado por deixar sua esposa cuidar das negociações. Ali estavam eles, prestes a tomar a decisão mais importante de suas vidas, e ele... não conseguia fazer isso. Uma parte dele zombava de sua covardia, repreendendo-o por fugir e se esconder, incapaz de enfrentar os perigos que estavam à frente, ou sequer tentar.

Pior ainda, temia estar sendo um péssimo pai — e nem sabia como ser um bom. Sua própria infância havia sido um pesadelo. Como ousara acreditar que poderia criar uma filha? Parecia criminoso impor uma vida tão difícil para a pequena Rey, culminando em um acordo mercenário com alguém como Unkar Plutt.

Dathan respirou fundo, tentando se acalmar. Talvez houvesse alguma verdade nesses pensamentos, e ele os aceitou, mesmo que doessem.

Sabia que a jornada à frente seria dura, e precisava estar preparado o máximo possível.

Dathan sabia, com toda sinceridade, que estavam fazendo a coisa certa, e que sua única preocupação *era* o bem-estar de sua filha. Até agora, haviam contado com a sorte, mas essa sorte podia se esgotar a qualquer momento. Rey não merecia viver sob esse constante risco. Se queriam encontrar segurança — se *ele* pretendia levá-los a um lugar seguro —, primeiro precisava ter certeza de que Rey estaria protegida. E, lembrou-se, isso era apenas temporário. Um arranjo, um acordo financeiro, nada mais, nada menos. Eles a deixariam em segurança. Consertariam as coisas. Escapariam de seus perseguidores. Entrariam em contato com o Jedi. Encontrariam a ajuda desesperadamente necessária.

Então, voltariam.

E era isso.

O som de botas sobre o chão empoeirado fez Dathan levantar-se e se virar. Miramir apareceu na entrada de trás da grande tenda que formava a extensão traseira da loja de Unkar Plutt, afastando uma cortina de tecido pesado. Ele encontrou o olhar da esposa enquanto ela descia para as areias de Jakku. Nenhuma palavra foi dita. Não precisavam. Miramir aproximou-se e envolveu Dathan em um abraço longo e apertado.

Por fim, eles se afastaram. Miramir limpou as lágrimas de seu rosto e, então, olhando nos olhos de Dathan, fez o mesmo com as lágrimas dele.

— Onde está Rey? — Dathan perguntou.

— Lá dentro — sussurrou Miramir, olhando para baixo. Dathan tomou suas mãos. Todo o corpo dela tremia. Engolindo um soluço, Miramir se afastou, virou-se e correu de volta para dentro.

Dathan seguiu até a porta e espiou o interior. Rey estava sozinha no centro do espaço. Miramir não parou — ela caiu de joelhos, puxando a filha para os braços. O capuz azul de sua túnica caiu para trás, revelando um rosto avermelhado, com lágrimas queimando seus olhos.

Aquela mulher linda, com lágrimas nos grandes olhos, abraçava sua filha igualmente linda.

— Meu amor — disse ela, olhando para o pequeno rosto de Rey e segurando-o entre as mãos. — Rey, seja corajosa.

Dathan entrou apressado. Ele se ajoelhou ao lado da esposa e da filha, encarando Rey.

— Você estará segura aqui — falou ele, a voz falhando de emoção. — Eu prometo.

Rey começou a chorar junto com sua mãe.

O coração de Dathan se despedaçou, os soluços de Miramir e Rey perfurando seu peito como lâminas afiadas.

Mas nada mais importava agora além de garantir que Rey estivesse segura. Ele envolveu Miramir e Rey em um abraço apertado, enterrando o rosto nos cabelos delas.

A voz de Miramir foi apenas um sussurro.

— Fique aqui. Eu vou voltar para você. *Nós* vamos voltar para você, Rey. Precisamos partir e fazer uma coisa. Eu vou voltar, minha querida. Prometo. E o papai também estará aqui. Vamos ficar juntos de novo. Você ficará segura aqui até lá. Sei que Unkar grita muito, mas ele não é mau. É só o jeito dele. Mas ele vai mantê-la segura. Eu prometo, eu prometo.

Dathan fechou os olhos com força. Ele queria que aquele momento durasse para sempre — ter sua família em seus braços, com Rey perto e Miramir ao seu lado, todos juntos, seguros.

Seguros e livres.

Passos pesados anunciaram o retorno de seu improvável protetor, Unkar Plutt, vindo de dentro da loja. Dathan abriu os olhos e se levantou. Miramir ergueu o olhar, apertando Rey contra seu peito.

Plutt ergueu sua grande mão. Ele segurava o amuleto. Unkar Plutt olhou para o objeto e o cheirou, alto.

— Análise completa — ele disse. — É feito de songsteel, como você afirmou. É claro que eu tive que checar. Não gostaria que nosso acordo começasse com uma inverdade, não é mesmo?

Dathan deu a volta para se colocar entre sua família e o Crolute. Ele assentiu na direção do amuleto e sua corrente.

— Deve ser mais do que suficiente.

Unkar Plutt grunhiu.

— Não existe isso de *mais* do que suficiente. Mas vai servir. Por enquanto.

Dathan suspirou e ergueu as duas mãos.

— É apenas temporário. Voltaremos antes do fim da estação.

Plutt enfiou o amuleto dentro do colarinho de sua túnica.

— É bom mesmo. — Ele apontou um dedo gordo para Rey. — Se demorar mais do que isso, o crédito dela vai para o vermelho e ela precisará começar a trabalhar para pagar a dívida.

— Não se preocupe — Dathan falou —, não se preocupe.

— Ah, mas eu me preocupo sim, Dathan — Unkar Plutt disse, dando um passo para frente. — Eu me preocupo bastante. — Ele fez uma pausa e fechou um olho para observar o humano. — Não sei em que tipo de encrenca vocês se meteram, mas não quero que traga isso até aqui. Já tive problemas demais na sua fazenda.

Ouvindo aquilo, Miramir se levantou.

— Não vamos trazer nenhum problema — ela assegurou, limpando o rosto com as mãos. — E ficamos gratos por fazer negócio com a gente, de verdade.

Unkar Plutt fez um som que foi parte bufada e parte arroto. Dathan conhecia bem aquele som — o chefe da sucata estava desconfortável com algo.

— Só espero que vocês saibam o que estão fazendo — Plutt disse.

Dathan assentiu.

— Nós sabemos o que estamos fazendo.

O som de resmungo de Unkar Plutt sacudiu a coleção de sucata na tenda. Miramir olhou ao redor. Dathan a observou enquanto ela seguia até uma mesa onde um cordão de contas havia caído do topo de uma urna de cerâmica.

— O que é isso? — Dathan perguntou quando Miramir, ainda segurando Rey pela mão, foi até a urna e apanhou o cordão.

— Eu lembro disso — ela falou, talvez mais para si mesma do que para os outros.

Unkar Plutt também a observava.

— Um cordão Aki-Aki — ele disse.

Miramir confirmou lentamente.

— De Pasaana, não é? — Segurando o cordão, ela se aproximou de Unkar Plutt. O Crolute, por sua vez, coçava a barriga.

— Um bom lugar para perder alguém, Pasaana — Plutt comentou. Então, olhou de lado para Dathan e *piscou* para ele. — Quer dizer, se você tiver alguém para perder.

Vendo a confusão no rosto de Dathan, Plutt continuou.

— Pasaana é um mundo desértico, mas é cheio de surpresas. E perigos. Areias movediças. Sarlaccs. Vales proibidos. — Plutt fez uma pausa e deu de ombros. — Os Aki-Aki podem ser um pouco literais demais, se você me perguntar.

Miramir assentiu, claramente pensando bastante. Ela ergueu o cordão e Plutt resmungou de novo, depois assentiu. Miramir guardou o cordão em seu manto.

— A sua nave está reabastecida — Plutt disse. — Quanto mais cedo vocês forem, mais cedo voltarão.

Miramir e Dathan congelaram, então lentamente olharam um para o outro.

— Mamãe? O que está acontecendo? Papai?

Miramir olhou para sua filha e apertou sua mão tão forte que Rey reclamou.

— Nós voltaremos, Rey. Eu te amo.

Dathan tomou a outra mão de Rey.

— Você ficará segura. Veremos você em breve. Eu te amo.

Então, Dathan e Miramir se entreolharam antes de soltarem sua filha. Unkar Plutt tomou a mão de Rey.

Quando Rey começou a chorar de novo, Dathan e Miramir se viraram e foram embora apressadamente.

Lá fora, eles correram para sua nave roubada.

— O que foi aquilo com o cordão? — Dathan perguntou. Ele não sabia, e não se importava de verdade naquele momento, mas a pergunta servia como uma distração contra a dor em seu coração que ameaçava desabar sobre ele como uma árvore, ali mesmo, naquele instante.

— É um seguro — Miramir respondeu, então acelerou, correndo à frente de seu marido.

A nave decolou com um rugido, os motores gêmeos queimando com fogo azul enquanto subiam pelo quente céu desértico. Na superfície, ao lado da tenda de Unkar Plutt, uma garotinha gritava, seu braço firmemente segurado pelo chefe da sucata.

— Voltem! Não! — Rey gritava. Ela puxava o braço contra a mão que a segurava, mas foi em vão. Seus olhos fixos na nave a viam ficando cada vez menor, e menor, e menor.

E, então, desapareceu.

CAPÍTULO 60

A *STAR HERALD*, SISTEMA TAW PROVODE

PRESENTE

Lando Calrissian desabou sobre o assento acolchoado que se curvava ao redor da mesa na cozinha da *Star Herald*, esfregando o rosto com as duas mãos.

As coisas não deram muito certo. Não mesmo.

R2-D2 trabalhava incansavelmente — *ainda* estava trabalhando duro. O pequeno astromecânico, diante da estação de trabalho, fazia sua haste de dados girar, o domo se movendo de um lado a outro enquanto emitia bipes e assobios. O droide recalculava algoritmos repetidamente, ajustava sensores, redirecionava energia para a antena principal — quase sobrecarregando os conduítes da nave —, tudo isso para...?

Nada. Absolutamente nada.

Qualquer que fosse o segredo de Komat, R2-D2 parecia não saber. Lando sabia que não podia descontar sua frustração no droide — no momento, ele era muito mais útil do que o próprio Lando, mesmo que as tentativas de replicar o rastreio de sinais de hiperondas tivessem levado a lugar algum.

E, a cada segundo que passava, a missão ficava mais difícil, as chances de encontrar a nave de Ochi diminuindo em uma sequência de probabilidades que Lando preferia não calcular.

Com um suspiro, ele baixou as mãos, inclinando-se sobre a mesa e encarando o nada, tentando pensar no próximo passo.

Ele era um general. Um líder. Antes disso, administrador de uma cidade. Antes ainda, negociante (e um muito bom), contrabandista (ainda melhor), cafajeste (às vezes), apostador (quase sempre).

E agora? Um pai perdido. Um herói do passado, envelhecendo cada vez mais.

Lando sacudiu a cabeça. Ele reconhecia esses pensamentos e sabia o quanto eram perigosos. Havia lutado muito contra eles nos últimos seis anos.

Mas... será que realmente tinha perdido a garra? Será que estava mesmo ficando velho demais?

Ou será que apenas precisava se lembrar de como recuperar aquele fogo, aquele espírito, dentro de si mesmo?

Lando ergueu o braço e olhou para o comunicador em seu pulso. Digitou uma sequência e estendeu o braço, a mão voltada para a mesa, quando o pequeno holoprojetor no dispositivo ganhou vida.

Ele suspirou, profundamente.

— As crônicas de Calrissian — disse a fantasmagórica imagem azul de sua versão mais jovem. — Capítulo setenta e três. Risco duplo, ou como gosto de chamá-lo, o terrível segredo do planeta Lahsbane, por razões que você, companheiro senciente, está prestes a descobrir. Se ousar!

Lando riu. Ele realmente tinha gravado até o capítulo setenta e três? Sentiu-se constrangido e, ao mesmo tempo, impressionado, à medida que a gravação continuava, com a audácia de sua versão mais jovem.

Será que aquela versão mais jovem ainda existia dentro dele? Aquele charme, aquela confiança arrogante? Até a postura do pequeno holograma que contava sua aventura — e, sendo honesto, Lando não se lembrava dos detalhes do planeta Lahsbane. Interrompeu a gravação rapidamente, talvez sem estar disposto a relembrar o quanto sua versão mais jovem havia transformado a aventura em lenda.

Que tempos aqueles, não? A vida toda diante dele, o futuro tão brilhante e tão aberto quanto a própria galáxia.

Lando recostou-se novamente, perdido por um momento em uma nostalgia melancólica. Olhando para baixo, notou um armário debaixo da mesa. A superfície da mesa era quadriculada, pronta para jogos que ajudavam a passar as longas horas no hiperespaço.

Por impulso, Lando abriu a porta do compartimento. Em seu interior, havia uma pilha de jogos — algo chamado *Reis de Naboo*, outro chamado *A Idade dos Dragões de Lavorgna* e, no meio das caixas, um velho pacote de cartas de sabacc.

Ele apanhou o pacote e se ajeitou na mesa, casualmente embaralhando as cartas. Estavam encardidas e grudentas, as bordas amareladas depois de anos de uso.

Em outras palavras, um deque perfeito.

Foi então que um alerta disparou na cabine. Lando ergueu os olhos rapidamente.

— R2?

O assobio do astromecânico foi alto e claro.

Juntando as cartas na mão, Lando levantou-se da mesa e correu até a cabine de voo. Lá dentro, R2-D2 havia se desconectado do console principal e agora seguia para a posição de voo. Ele se instalou ao lado do assento do piloto e acessou a entrada de dados ali.

Lando o observou, os olhos arregalados.

— Espere, você conseguiu algo?

O domo de R2-D2 girou e seu indicador piscou enquanto emitia um estridente, mas feliz, assobio.

Afirmativo.

— Sim. *Sim!* — Lando socou o ar enquanto se jogava no assento do piloto. Ele jogou o deque de sabacc sobre o console, depois olhou para as telas. — Certo, mostre o que você descobriu, meu camarada.

O coração de Lando acelerou, sua esperança crescendo...

E então, se despedaçando.

Lando virou-se para R2-D2.

— Vinte e três? Você encontrou *vinte e três* localizações para a nave de Ochi?

R2-D2 emitiu um bipe. Lando leu a resposta no painel do console e soltou um suspiro.

— Sim, eu sei que é difícil, mas achei que você tinha ajudado Komat da última vez. Você não aprendeu como fazer?

Outra resposta aborrecida. Lando franziu as sobrancelhas diante da resposta.

— Tenho certeza de que é difícil, mas...

Mais bipes rápidos e curtos.

— Concordo que Komat deveria estar aqui, mas...

Uma sequência final de tons eletrônicos, terminando com um assobio e um zumbido áspero.

Lando recostou-se e ergueu as duas mãos.

— Certo, certo, certo! — Então, deixou as mãos caírem sobre o colo. — Mas... vinte e três? — Ele sacudiu a cabeça. — Precisamos melhorar isso. É impossível procurar em todos esses vetores. Quer dizer, vinte e três? Isso é um puro sabacc, uma mão vencedora...

Lando deixou as palavras morrerem, seus olhos caindo sobre o deque de cartas sobre o console.

Ele pensou sobre sua versão mais jovem — sobre o charme e o carisma e a pura *arrogância* descarada, a maneira como Lando júnior achava que o universo lhe devia algo.

Bom. Talvez devesse mesmo.

— R2 — ele disse, apontando para o navicomputador. — Trace as rotas.

R2-D2 assobiou uma pergunta.

— Sim, *todas* elas.

O droide emitiu um bipe, e a haste de dados começou a girar de novo.

Lando apanhou o deque de sabacc e começou a embaralhar. Por um microssegundo, ele se sentiu tolo, mas afastou esse pensamento.

Não, não tolo. Desesperado, sim. Tolo, não.

Ele prendeu a respiração, então virou a primeira carta sobre o console.

— Você só pode estar brincando.

Era o Idiota — valor da carta: zero. Completamente inútil.

O que era mesmo aquilo sobre o universo estar me devendo?

Lando virou a carta seguinte. Dois.

Ok, certo.

E a seguinte.

Três.

Lando piscou, surpreso.

Zero-dois-três. *O arranjo do idiota.* A perfeita mão invencível no jogo.

Lando abriu a boca, depois fechou de repente. Ele disse lentamente:

— Certo, *só pode* ser brincadeira. — Ele se virou no assento. — R2, a vigésima terceira localização, trace a rota.

R2-D2 assobiou confirmando que completara a tarefa.

— O que conseguiu? — Lando perguntou, olhando para a tela do navicomputador. — Jakku? — Ele parou. Jakku. Ele sentiu uma coceira em algum lugar no fundo de sua mente. — Hum.

Jakku.

É claro. A família vinha de lá — ou, no mínimo, foi onde tomaram sua nave original, aquele velho cargueiro, de acordo com o relatório de Dina Dipurl.

O melhor lugar para se esconder, Lando sabia muito bem, por experiência própria, que era o último lugar onde o caçador procuraria. E, *às vezes*, isso significava voltar para o lugar onde você foi encontrado originalmente.

Lando sentiu seu sorriso crescer.

— Certo, então é Jakku. Hora de voar.

Com isso, Lando confirmou as coordenadas no sistema principal, agarrou com firmeza o ativador do hiperpropulsor e deslizou a alavanca para frente. Através das janelas inclinadas da *Star Herald*, as estrelas da galáxia primeiro incharam, depois se transformaram em rastros alongados, depois desapareceram em um vórtex de luz em espiral.

Eles estavam a caminho. Lando só podia torcer para que sua famosa sorte funcionasse mais uma vez.

CAPÍTULO 61

TRANSPORTE DA ASC, SISTEMA JAKKU

PRESENTE

— Chefe. Ei, chefe.

Ochi acordou de repente, batendo a parte de trás do crânio em algo muito duro. Ele estremeceu, depois empurrou o outro homem para longe enquanto tentava se lembrar de onde estava. Então, aos poucos, tudo voltou.

Estava no chão do transporte da ASC, encostado contra uma parede nos fundos do compartimento dos soldados, as pernas esticadas, o frasco prateado de Abrax no colo. Ele olhou para o frasco, seus olhos eletrônicos lutando para focar o metal brilhante.

Abrax, aparentemente, era coisa forte.

Ele precisava de mais. Ochi levou o frasco até os lábios e descobriu que estava vazio. Rosnou e deixou o braço cair, o frasco atingindo o chão com um som metálico.

— Você está bem, chefe?

Ochi ergueu a cabeça. Na sua frente estava Bosvarga, com Cerensco logo atrás. Os dois olhavam para ele, mas mantinham distância — assim como vinham fazendo por toda a jornada, desde que Ochi buscara os dois depois de seu último encontro com Steadfast.

Ele rosnou de novo.

— O que foi? — perguntou, a voz um pouco arrastada. Ele se inclinou adiante para se levantar; Bosvarga foi ajudá-lo, mas Ochi o dispensou.

— Não toque em mim! Nunca toque Ochi de Bestoon. Nunca. — Ele escorregou no chão, depois usou a parede como apoio para se erguer. De pé, sentiu-se um pouco melhor.

— Chegamos em Jakku — Cerensco falou, fazendo um gesto na direção da cabine do transporte. Através da porta, Ochi viu o globo amarelo do planeta se avolumando na frente das janelas frontais.

Ele assentiu.

— Já estava na hora — disse. Então, apoiou-se na parede e seguiu para a cabine, a cabeça clareando a cada passo. Quando se ajeitou no assento do piloto, com os capangas logo atrás, um alerta disparou. Ochi o ignorou, deixando Bosvarga ativar os sensores.

— Temos uma nave se aproximando — ele informou. Então, fez uma pausa e olhou de lado para o irmão.

— E daí? — Ochi perguntou quando desativou o piloto automático.

— É a *Legado de Bestoon.*

Ochi virou-se rapidamente. Atrás dele, Cerensco ria.

— Como shaaks indo para o matadouro.

Ochi tamborilou os dedos no console enquanto estudava os controles simples, mas pouco familiares, da nave da ASC. Ao seu lado, Bosvarga ocupava o assento do copiloto.

— É melhor se apressar — ele disse, apontando para frente. — Parece que estão prestes a saltar para a velocidade da luz.

— Tudo está sob controle — Ochi afirmou, então puxou o manche do transporte. A nave inclinou-se bruscamente, desequilibrando Cerensco.

— Eu posso pilotar, se você quiser — Bosvarga ofereceu, agarrando a beira do console quando Ochi virou a nave novamente. Adiante, eles estavam agora diretamente no caminho da *Legado de Bestoon.* — Perto demais, Ochi, perto demais!

— Cale a boca — Ochi vociferou. — Eu sei o que estou fazendo. — Com isso, ele esticou o braço e ativou um controle. Houve um baque abafado e, lá fora, dois cabos foram disparados da frente do transporte, suas pesadas pinças magnéticas grudando rapidamente na lateral da *Legado* quando o piloto da outra nave virou para tentar encontrar um vetor de escape.

— Peguei! — Ochi disse. — Cerensco, prepare o tubo de abordagem. Eu vou nos alinhar.

Cerensco levantou-se e saiu da cabine correndo. Bosvarga riu, observando Ochi manipulando os controles, usando os cabos magnéticos para prender a *Legado* no lugar e virá-la de modo que a rampa de entrada ficasse alinhada com o transporte. Um zumbido metálico soou e, na parte de baixo das janelas da cabine, um tubo telescópico podia ser visto se estendendo na direção da outra nave.

— Vamos — Ochi ordenou. — É hora de coletarmos.

Travando os controles, ele saltou para fora do assento. Atrás dele, Bosvarga se levantou e, sacando um blaster, seguiu o chefe.

É assim que termina.

Um simples fato que ela soube assim que a outra nave apareceu no espaço na frente deles e de sua nave roubada. Era um transporte da ASC — distante, reluzente sob o sol de Jakku, o brilho refletido impedindo a visão do piloto através da janela, mas Miramir sabia quem estava atrás dos controles.

Não podia ser mais ninguém.

Ela desativou o transponder da *Legado de Bestoon* assim que deixaram Taw Provode. Era impossível seguir a nave. Era impossível encontrá-los.

Mas Ochi de Bestoon conseguira.

Sentado ao seu lado, Dathan apenas olhava e sacudia a cabeça.

— É hora de ir, é hora de ir — ele disse, finalmente.

Miramir trabalhava no console, digitando novas coordenadas curtas, só mais um rápido salto, o suficiente para escaparem. Estudando os dados, fez um gesto para o marido.

— Deve haver mais um rastreador em algum lugar, só pode ser isso. — Ela ergueu os olhos. Miramir sentiu tontura, a onda de adrenalina ameaçando sobrecarregá-la. — Vá procurar. Revire a nave. Temos que encontrar.

Dathan se levantou, mas, quando se virou para sair da cabine, ouviram um baque metálico, e a nave sacudiu. Ele se virou de novo, e outro baque foi ouvido. Dessa vez, a sacudida foi forte o bastante para que ele caísse contra a traseira do assento do piloto.

— O que foi isso?

Miramir sacudiu a cabeça.

— Ganchos. — Ela olhou para a janela a tempo de ver o transporte da ASC desaparecendo debaixo deles. — Eles vão nos abordar.

É assim que termina.

Ela tentou emperrar a rampa de entrada, mas o controle no pilar de suporte explodiu sob seus dedos, o dono da *Legado de Bestoon* sobrepondo o comando do lado de fora. Dathan agarrou Miramir e a empurrou para trás, e então eles recuaram.

Ochi de Bestoon subiu apressado a rampa de sua nave. Em sua mão, ele segurava uma adaga estranha. Miramir sentiu seus olhos atraídos para a lâmina; quase podia sentir sua presença, como se estivesse viva, como se fosse a *adaga* controlando o caçador, e não o contrário.

Ela abraçou seu marido, envolvendo a cintura dele com um braço. Com o outro, segurava o cordão de contas que havia pegado na loja de Unkar Plutt.

Ochi parou no topo da rampa. Ele olhou para os dois sem dizer nada, seu peito subindo e descendo rapidamente. Miramir podia sentir a raiva, o ódio irradiando dele.

Então, ele se virou e marchou para dentro da cabine de voo. Dathan se moveu, colocando-se entre Miramir e o perigo. Logo depois, mais dois indivíduos subiram a rampa — gêmeos idênticos, com crânios largos e focinhos longos. Vestiam armaduras cinza idênticas e empunhavam blasters, ambos agora apontados diretamente para Miramir e Dathan.

Houve um barulho na cabine de voo, e Ochi reapareceu. Ele caminhou lentamente na direção de Dathan, levantando a adaga.

— Onde ela está?

Dathan afastou-se de Miramir, empurrando-a para trás e colocando-se como escudo entre ela e Ochi.

O caçador deu outro passo adiante.

— Eu disse, *onde ela está*?

Dathan permaneceu em silêncio, erguendo o queixo e encarando o olhar frio e morto de Ochi.

Foi Miramir quem respondeu. Ela se moveu para o lado, sobre o ombro de Dathan, uma ousadia crescente preenchendo seu peito.

Ela não demonstraria medo para Ochi. Não daria a ele essa satisfação.

— Ela não está em Jakku — disse Miramir. — Ela se foi.

Com um movimento rápido, Ochi diminuiu a distância entre eles e enterrou a adaga até o cabo no estômago de Dathan.

Dathan ofegou, seu corpo desfalecendo contra Ochi.

— Não! — Miramir gritou, recuando enquanto o corpo de Dathan tombava no chão.

É assim que termina.

Miramir pensou em Rey. Ela desejou que a filha tivesse uma boa vida, que um dia alguém a tirasse de Jakku, mesmo sabendo que não seria ela. Porque

é assim que termina, e termina agora, mas ao menos, Rey, você está segura, e talvez um dia você se lembrará de mim e se lembrará de seu pai, e sentirá nosso amor eterno por você, mas agora você está segura e precisa ter paciência, mas está segura, meu amor, você está segura, você está segura, você está

Ela não sentiu a adaga, mas sentiu a dor, e também algo mais.

Fome.

Sede.

Ela olhou diretamente nos olhos de Ochi de Bestoon enquanto sua luz se extinguia. Um sorriso surgiu em seus lábios, um último ato de rebeldia, um derradeiro gesto de desobediência. Ochi de Bestoon havia tirado a vida de Miramir, mas não havia vencido.

Ele nunca venceria.

A adaga bebeu o sangue derramado. Ochi segurou a mulher de pé, o rosto dela próximo ao seu, enquanto sua boca se contorcia em um sorriso cruel.

A raiva dentro dele explodiu como uma supernova, e em seus ouvidos cibernéticos só havia um rugido ensurdecedor de ruído branco, tão alto que ele quis arrancar o implante ali mesmo.

Ninguém faz de Ochi de Bestoon um tolo. Ninguém.

Ele empurrou a adaga mais fundo, empurrou de novo, e então, lentamente, quase com gentileza, deixou o corpo da mulher deslizar até o chão. Sua mão ainda segurava o cabo da adaga, a lâmina enterrada em sua vítima. Ela ficou caída no chão, os olhos abertos, o sorriso congelado nos lábios agora frios.

Ochi permaneceu ali por segundos que pareceram uma eternidade. Atrás dele, Bosvarga e Cerensco trocaram olhares nervosos.

— Você está bem, chefe? — Cerensco perguntou.

— Quer descer e procurar em Jakku?

— Chefe?

Finalmente, Ochi puxou a adaga de volta e se levantou, acidentalmente chutando a mão da mulher ao se mover. A mão se abriu, revelando o cordão de contas que ela segurava no momento de sua morte.

Ochi olhou para baixo, depois empurrou a mão para o lado com a bota e se virou, encarando a parede. A adaga ainda firme em sua mão.

Bosvarga e Cerensco trocaram olhares mais uma vez, até que Bosvarga quebrou o silêncio, olhando para os corpos no chão.

— Ei — ele disse, abaixando-se para pegar o cordão da mão da mulher. — Isso aqui é um cordão Aki-Aki.

Ochi se virou, sem dizer nada, apenas fixando o olhar em Bosvarga.

Bosvarga ergueu o cordão.

— De Pasaana.

Ochi continuou em silêncio.

— Pasaana — Bosvarga repetiu, gesticulando para Cerensco com o cordão. — Nós somos de Pasaana.

— Vocês sabem de onde isso veio? — Ochi perguntou finalmente.

Cerensco assentiu.

— Pasaana. É isso que estamos dizendo...

Ochi apanhou o cordão com a mão livre e o aproximou de seus olhos eletrônicos, examinando-o.

— É lá que ela está — ele sussurrou. — Eles esconderam a garota em Pasaana.

Os dois irmãos se entreolharam, mas permaneceram em silêncio. Ochi ficou imóvel, ouvindo o som crescente em sua mente — a canção da adaga Sith. Ela vibrava com satisfação, agora clara e alta, enquanto o ruído branco diminuía.

A adaga estava feliz. Tinha sido alimentada, e bem.

Mas queria mais.

A tarefa de Ochi estava quase completa. E então, a adaga revelaria tudo — mostraria a ele o caminho para Exegol, para onde ele levaria a garota e, finalmente, reivindicaria seu prêmio.

Ochi saiu de seu devaneio e guardou o cordão no bolso. Ele apontou para os corpos com a adaga.

— Livrem-se deles — ordenou Ochi, apontando para um caixote de armas vazio. — Joguem ali dentro. — Um novo, e interessante, pensamento invadiu sua mente. Ele se virou para os outros dois. — E encontrem o rastreador. Coloquem-no junto com eles e lancem a caixa no espaço.

— Pode deixar — respondeu Cerensco, guardando o blaster no coldre e se afastando em direção à rampa com pressa, talvez para se afastar da presença de Ochi.

Enquanto Ochi seguia para a cabine, Bosvarga arrastava os corpos para a caixa vazia. Assim que Cerensco voltou com o rastreador retirado da rampa de entrada, jogou o dispositivo dentro da caixa e selou a tampa. Pouco depois, enquanto a *Legado de Bestoon* se afastava do transporte da ASC, o caixote já flutuava no espaço.

Na cabine, Ochi pegou o frasco de Abrax e praguejou ao se lembrar que estava vazio. Irritado, lançou o frasco para fora da cabine, acertando a cabeça de D-O, que fugiu rapidamente.

— Quer ajuda, Ochi? — Bosvarga perguntou, inclinando-se atrás do assento e apontando para o navicomputador. — Pasaana fica no sistema Middian, no setor Ombakond...

— Não preciso da sua ajuda! — gritou Ochi. Bosvarga recuou, mas Ochi saltou do assento e avançou sobre ele.

— Você acha que não sei pilotar minha própria nave, Cerensco?

— Eu sou o Bosvarga, eu não...

— Não me corrija! Ninguém corrige Ochi de Bestoon, está me ouvindo? Está me ouvindo?

Bosvarga soltou um assobio baixo.

— Acho que a galáxia inteira pode te ouvir, Ochi.

Ochi deu um passo adiante, a estática nos olhos dele combinando com o zumbido crescente em sua cabeça. A adaga parecia mais quente e mais leve — e exigente.

Bosvarga olhou para baixo.

— O que você está fazendo? — ele perguntou, depois se abaixou, tentando sair do caminho, e percebeu que já estava encostando no nariz da nave, o console de controle pressionando suas costas.

— O que está acontecendo?

Ochi virou-se ao ouvir Cerensco entrando na cabine, a adaga apontada diretamente para ele, que ergueu as mãos e se juntou ao irmão.

Ochi congelou mais uma vez, agora balançando de um lado a outro, a cabeça girando, os implantes cibernéticos usando cada ciclo de processamento disponível para isolar a interferência, a fim de entender o que estava acontecendo, enquanto ao mesmo tempo rejeitava o conceito de que a adaga em sua mão era a responsável.

E que, de algum jeito, ela estava... viva.

Viva e faminta.

A mão de Bosvarga se contraiu sobre o blaster, pronta para sacar quando chegasse o momento certo.

Foi sua última ação. A última coisa que ouviu foi o grito de Ochi e o som da adaga descendo repetidas vezes, enquanto os dois irmãos tombavam juntos, o sangue manchando as janelas frontais. Ochi havia se rendido novamente à fome da adaga Sith.

CAPÍTULO 62

A *STAR HERALD*, SISTEMA JAKKU

PRESENTE

Jakku materializou-se à frente da *Star Herald* assim que a nave saiu do hiperespaço, o mundo alaranjado pairando no espaço, vasto e uniforme.

Lando lançou um olhar rápido ao planeta, mas seu foco estava nos instrumentos. Seus dedos voavam sobre botões, interruptores e seletores, ativando cada sensor disponível em busca de...

Ele suspirou. Algo. Qualquer coisa. Jakku era um planeta grande — e ele nem tinha certeza se era o planeta certo.

Antes que pudesse se perder naquela incômoda mistura de tolice e culpa novamente, R2-D2 assobiou, chamando sua atenção para uma nova leitura nos sensores. Imediatamente, Lando se endireitou, os olhos fixos nos dados que surgiam.

— Já vi — ele disse, ajustando os controles e refinando o sinal. — É um rastreador. — Sua testa se franziu.

R2-D2 emitiu uma sequência de bipes, e Lando assentiu.

— Eu sei, mas está perto. Acho que vale a pena dar uma olhada.

Ele acionou os controles e manobrou a nave em direção ao novo vetor, dividindo sua atenção entre as leituras do sensor e a janela adiante.

Ele tinha um mau...

Na verdade, Lando não sabia exatamente que tipo de pressentimento era aquele. Bom? Mau? Talvez os dois?

Mas, qualquer que fosse, ele com certeza sentia algo.

R2-D2 murmurou, e Lando apontou adiante.

— Ali está. — Ele abaixou a mão, inclinando-se para frente. — Parece uma das naves de transporte do Setor Corporativo. Um sorriso discreto surgiu em seu rosto, mas logo foi substituído por um franzir de sobrancelhas. Ele esfregava o dedo distraidamente sobre o bigode enquanto analisava a cena.

Uma nave da ASC ali significava que eles estavam no lugar certo — presumindo que fosse a nave que Ochi havia levado. Mas o transporte estava à deriva, os motores desligados, conforme indicavam os sensores da *Star Herald*.

Algo não estava certo. E o rastreador? Por que ele estaria acoplado a um transporte desativado?

R2-D2 assobiou novamente. Lando lançou um olhar rápido para o droide, distraído.

— O que foi? — Ele olhou para a tradução na tela, inclinando a cabeça. — *O quê?*

O sinal do rastreador não vinha da nave, mas de um pequeno objeto. Só agora visível, ele flutuava próximo ao transporte. Ao aproximar cuidadosamente a *Star Herald*, Lando viu que era um caixote de equipamentos, girando lentamente no espaço.

Um leve baque soou em algum lugar acima. Lando ergueu os olhos, tentando imaginar o que poderia ter atingido a nave sem ser detectado pelos sensores — algo com pouca massa? Pouca densidade? Então, uma forma surgiu, flutuando sobre o topo das janelas frontais da *Star Herald*, e começou a descer lentamente pelo longo nariz da nave.

Lando estremeceu. Era um cadáver, congelado no frio vácuo do espaço. Um dos capangas de Ochi, um dos gêmeos que ele havia encontrado na Estação Ponto Boxer.

Ele piscou, atônito, tentando processar o que via. Será que tinha sido a família? Será que eles confrontaram seus perseguidores… e venceram? Lando olhou de novo para os destroços ao redor. Não havia sinal da nave de Ochi, o transporte da ASC estava sem sinais de vida, e os capangas do caçador estavam mortos.

— R2, podemos trazer aquele caixote para dentro do compartimento de carga?

R2-D2 assobiou afirmativamente, seguido por uma longa sequência Binária. A tradução apareceu no console de Lando. Ele ergueu as mãos.

— Ótimo, mostre o que tenho que fazer.

O pequeno droide assentiu, desconectando-se do console antes de sair da cabine. Lando destravou o cinto de segurança, levantando-se lentamente. Ele olhou mais uma vez pela janela para os destroços flutuando no espaço.

— Vamos ver o que temos aqui — ele murmurou consigo mesmo, antes de seguir R2-D2.

CAPÍTULO 63

O VALE PROIBIDO, PASAANA

PRESENTE

Ochi aterrissou a *Legado de Bestoon* em um penhasco de frente para um vasto deserto que cortava duas cadeias de montanha. De acordo com o navicomputador, aquele era o chamado Vale Proibido no planeta Pasaana.

Ele sacudiu a cabeça e tomou um gole de seu frasco, cheio não com Abrax, mas com um líquido azul que ele retirara do sistema de resfriamento de seu motivador do hiperpropulsor. Era espesso e doce, causando sensações intensas quando cobria sua boca e língua. A queimação na garganta misturava-se com o gosto metálico do sangue.

— Mestre. Não vá. Não vá. Mestre. Não vá.

Ochi lançou-se do assento, dando um soco na direção de D-O, mas errando por vários metros.

— Não diga o que fazer para Ochi de Bestoon. Ninguém diz o que fazer para Ochi de Bestoon!

Ele se levantou e marchou para a cabine principal, tomando mais um gole do líquido antes de jogar o frasco em um canto.

Sua visão vacilou com faíscas pretas enquanto olhava ao redor, os implantes cibernéticos disparando um alerta sobre os elementos tóxicos que agora detectavam no sistema de Ochi.

Ele soltou uma risada molhada, quase réptil. Era mesmo uma bebida forte. Nada além do melhor para Ochi de Bestoon.

Ele começou a vasculhar a cabine, jogando equipamentos de lado até encontrar o que procurava — seu velho par de quadrinóculos, que estavam em sua estação de recarga. Ele os apanhou, derrubando o carregador no chão, depois seguiu para a rampa de saída.

Lá fora, o calor era intenso, e a claridade, ofuscante. O sistema óptico de Ochi teve dificuldades para se ajustar, a interface neuroeletrônica entre os implantes e seu cérebro biológico prejudicada pela bebedeira. Cambaleando um pouco, deslizou sobre as rochas até encontrar uma posição adequada para observar. Levou os quadrinóculos para seus olhos eletrônicos e vasculhou a terra adiante.

Era um deserto, como tantos que Ochi já havia visto. Montanhas altas, dunas de areia que se moviam, expondo rochas alaranjadas. Adiante, onde as duas cadeias de montanha convergiam no vale, a areia parecia mais escura — depósitos de minérios, talvez. Ele ajustou os quadrinóculos, tentando uma visão melhor.

E então, ele o viu — o homem, sobre os campos de areia mais escura. De pé, parado, observando a *Legado de Bestoon* — observando Ochi.

Ochi baixou os quadrinóculos, sua língua azulada passando sobre a abertura sem lábios de sua boca. Agora ele não enxergava nada, apenas o vale e a areia escura sem vida.

Era claro que estava imaginando coisas. Eram seus circuitos ópticos ou o implante da cabeça dando defeito. Criando uma visão do homem que ele havia matado, o pai da criança que ele buscava — uma falha, uma distração, uma lembrança falsa apresentada como alucinação visual, graças a seus neurônios incapacitados.

Ele ergueu os quadrinóculos de novo. Não havia nada ali além de areia escura e rochas e

uma mulher vestindo um manto azul

e Ochi cambaleou, perdendo o equilíbrio e caindo de joelhos na pedra dura e

uma mulher vestindo um manto azul, observando sua nave, observando Ochi

e ele se levantou, seu grito de raiva ecoando ao redor do vale quando ergueu os quadrinóculos e viu

uma mulher vestindo um manto azul e um homem ao seu lado e

Nada.

Ochi de Bestoon gritou de novo. Era um… truque. Algum tipo de ilusão, deliberada. Era uma provocação. Dizendo a ele que tinha fracassado, que nunca encontraria a garota, nunca chegaria até Exegol.

Ele caiu de joelhos de novo, os quadrinóculos na rocha ao seu lado. Ele olhou para o vale, para as areias escuras, enquanto sua mão chegava cada vez mais perto da adaga presa na cintura.

Quando a tocou, Ochi sentiu o frio, sentiu o calor, e sua cabeça clareou, repentinamente, como se alguém tivesse acendido uma luz. Pasaana brilhava muito sob seu sol escaldante, as montanhas que formavam o Vale Proibido projetando sombras profundas e largas.

Ochi levantou-se e subiu de volta no penhasco até a *Legado de Bestoon*. D-O apareceu, perguntando sobre a saúde de seu mestre, e Ochi se virou. Ele apanhou o pequeno droide e o jogou contra a parede com toda sua força antes de se dirigir para seu speeder, estacionado nos fundos da nave. Subindo no veículo, ele ativou os repulsores e acelerou o motor. Então, ele apanhou a adaga Sith e a segurou firmemente com uma das mãos enquanto baixava o speeder em seu repulsor, depois saiu através das portas traseiras de carga da *Legado*. Ele seguiu para o deserto, o speeder descendo com solavancos pelo penhasco quase vertical, ameaçando jogar o piloto para fora.

Mas Ochi se segurou bem com uma das mãos, e quando o speeder atingiu o chão, os repulsores lançaram uma nuvem de areia atrás dele enquanto se ajustavam ao terreno. Ele se ergueu no assento do piloto, o acelerador no máximo, o nariz do veículo apontado para o vale.

O veículo disparou adiante, a curta capa de Ochi esvoaçando em suas costas, a adaga firme na mão. Por cima do vento e da areia, ele podia ouvir a adaga. Ela cantava sobre a história de Exegol, sobre os Sith, sobre o próprio destino de Ochi.

A criança estava aqui. Ochi sabia. Ela tinha sido escondida. Seus pais foram estúpidos ao guardarem o cordão Aki-Aki, pensando que tinham conseguido deixar sua preciosa filha em segurança. Eles superestimaram vastamente sua própria inteligência. Esse não era um problema que afligia Ochi.

Ochi era diferente. Ele era um caçador. O melhor na galáxia. Ninguém era melhor do que Ochi de Bestoon.

O speeder sacudiu debaixo dele e, repentinamente, começou a diminuir a velocidade. Ochi, ainda equilibrado no assento dianteiro, pendeu para frente, agarrando o para-brisa do speeder para se manter de pé enquanto o veículo parava lentamente. Ele voltou a se sentar e checou os controles, apertando o acelerador.

Com seu pé operando o pedal, a traseira do speeder afundou. Olhando para trás, Ochi viu uma chuva de areia escura sendo lançada no ar pelo veículo. Ele apertou o acelerador novamente, mas isso apenas fez o speeder afundar ainda mais, a frente do veículo erguendo-se quase um metro no ar, enquanto os repulsores zumbiam horrivelmente, começando a superaquecer, incapazes de compensar a instabilidade do terreno.

Ochi levantou-se novamente, percebendo que o speeder estava atolado. Ele pulou para fora do veículo, a adaga ainda firme na mão.

Que assim fosse. Ele seguiria a pé. Estava perto demais da garota, ele podia sentir.

O que ele também podia sentir era a maneira como seus pés afundavam na areia escura. Ele olhou para baixo e puxou o pé para fora.

Mas isso apenas fez sua outra perna afundar ainda mais, até o joelho. Ochi empurrou para baixo com seu pé livre, tentando sair, mas a perna desapareceu ainda mais na areia. A força de sucção rapidamente se intensificava, prendendo-o com uma firmeza assustadora.

Ochi conseguiu se virar, os dois braços erguidos, e percebeu que já estava afundado até a cintura na areia escura. Ao seu lado, ouviu um rugido metálico, como se um carregamento de ferro-cerâmica estivesse sendo despejado de um enorme funil. O speeder inclinou-se para trás, com a dianteira apontando para o céu, antes de mergulhar nas areias até desaparecer por completo.

Ochi sentiu seu corpo sendo puxado cada vez mais para baixo. Agora estava enterrado até o peito. Ele empurrou contra a areia escura, que tinha uma textura lisa, quase como sementes. No entanto, seu braço também desapareceu e ele não conseguia puxá-lo de volta.

Por um breve momento, Ochi se perguntou se tinha cometido um erro. Por que eles teriam escondido a garota naquele lugar? Por que a mãe teria guardado o cordão? Ele tentou se lembrar de suas últimas palavras, mas a canção da adaga em sua mente era tão ensurdecedora que embaralhava qualquer pensamento lógico. Seus implantes cibernéticos lutavam inutilmente para organizar a confusão em sua cabeça.

Ele se lembrou do pai. E também da mãe. Miramir. Agora, com o mundo desmoronando ao seu redor, ele trouxe à tona a lembrança de seu rosto. Achava que ela tinha medo dele — Ochi de Bestoon, o maior caçador que a galáxia já conheceu.

Mas não. Ela não tinha medo. Naquele momento final, ela nem pensava nele. Quando Ochi enterrou a adaga em seu corpo, deixando-a saciar-se em seu sangue, Miramir pensava apenas em sua filha. A criança que Ochi deveria encontrar.

A criança que ainda estava lá fora. Em algum lugar.

Escondida.

Segura.

Ochi inclinou a cabeça para trás, seus olhos eletrônicos encarando o céu, enquanto sua cabeça afundava sob a superfície. A adaga Sith, erguida ao alto, refletiu o sol do deserto uma última vez antes de também desaparecer nas areias movediças, enquanto o Vale Proibido de Pasaana engolia mais um viajante incauto em suas profundezas sufocantes.

CAPÍTULO 64

NEFTALI, SISTEMA SOCORRO, ORLA EXTERIOR

PRESENTE

Neftali era um mundo frio, congelado, um planeta de tundras e geleiras, de blocos de gelo e oceanos cristalinos. Estéril, sua superfície era açoitada por um vento incessante, cortante como lâminas, que reduzia a temperatura a níveis ainda mais extremos.

Estéril, mas não sem vida. Muito abaixo da superfície, na extremidade de cavernas profundas como túneis, havia calor — e até luz. Musgos e samambaias fosforescentes iluminavam o mundo subterrâneo com um arco-íris de cores, revelando um segredo escondido sob o gelo.

Lando Calrissian já havia estado em Neftali antes. Nos velhos tempos, o planeta servia como ponto de encontro para cartéis do crime; as cavernas eram um lugar perfeito para esconder produtos ilícitos e conduzir negócios ilegais — Lando sabia disso porque fora um desses criminosos, há muito tempo, realizando acordos sob o brilho amarelo e vermelho e púrpura e azul das cavernas.

Mas esses eram tempos passados. Embora os cartéis ainda existissem — antigos e novos —, Neftali caíra em desuso. Os negócios eram diferentes agora. O isolamento do planeta e o sigilo de suas cavernas haviam se tornado inconveniências.

Ninguém mais viajava até Neftali.

Era por isso que Lando, Luke, Komat e R2-D2 estavam ali.

Eles se reuniam na caverna, cercados pela luz suave de musgos e samambaias brilhantes, que lançavam um brilho etéreo sobre duas pilhas de pedras de ardósia azuladas no centro da câmara.

A ideia de Neftali viera de Lando. Luke lembrava-se da transmissão urgente de seu velho amigo, pedindo que se apressasse. Ele descrevera o que havia encontrado no caixote flutuando na órbita de Jakku, sua voz carregada de dor e tristeza — uma dor que Luke não desejava a ninguém. Neftali era a escolha certa, e Luke sabia disso. Ninguém encontraria os corpos ali. Eles poderiam descansar em paz, livres das garras de Ochi de Bestoon.

Onde quer que ele estivesse.

Os três ficaram diante das pilhas de pedras, as cabeças baixas. A máscara espelhada de Komat refletia o brilho das plantas ao redor. Havia novas inscrições gravadas em sua superfície — uma prece, dessa vez não para si mesma, mas para um homem e uma mulher que eles nunca conheceram, mas que ainda assim tentaram salvar.

Depois de vários minutos de reflexão silenciosa, R2-D2 emitiu um tom baixo e hesitante. Luke olhou para seu fiel droide e abriu um sorriso suave. O indicador de R2-D2 piscou em azul enquanto ele inclinava seu domo para os montes de pedras, equilibrando-se nas duas pernas primárias.

Foi Lando quem quebrou o silêncio.

— Ela está por aí, em algum lugar — disse ele, quase num sussurro. Luke virou o olhar para ele. Lando observava as pedras, as lágrimas escorrendo por seu rosto e refletindo as luzes coloridas ao redor. Enquanto falava, seu corpo inteiro tremia, e sua voz parecia prestes a falhar.

— Ela está por aí, sozinha. Nós fracassamos. Eu fracassei. Eu tentei... e fracassei.

Ele levantou o olhar para Luke, o lábio inferior tremendo enquanto lutava para conter as emoções. Não disse mais nada.

E nem precisava. Luke sabia que ele falava da filha das pessoas que haviam acabado de enterrar, mas também sabia que as palavras de Lando refletiam a busca por sua própria filha.

Luke voltou o olhar para as pedras. Sim, eles haviam fracassado. Chegaram muito perto de salvar a família, mas a missão terminou em tragédia.

A criança estava perdida.

Ainda assim, Luke tinha esperança. Ele não sabia exatamente de onde vinha essa convicção, mas confiava nela. Conhecia bem a si mesmo e a intuição que a Força lhe concedia.

Ela estava viva. Ele podia sentir. Não apenas viva — Ochi não a havia encontrado.

Com Lando agora olhando para ele, em busca de apoio, de uma resposta ou de um fiapo de esperança, Luke sentiu a urgência de repetir o que já havia dito antes. Mas conteve as palavras, achando melhor não falar nada. Lando, no entanto, já balançava a cabeça.

— Não, Luke — disse Lando, virando-se para as pedras e esfregando o rosto. — Eu quero confiar em você, realmente quero, mas você não sabe. Você não pode saber que ela está segura. Que Ochi não a encontrou.

Então, Komat ergueu sua máscara espelhada para Luke.

— Lando Calrissian fala a verdade, Mestre Skywalker. Até encontrarmos Ochi de Bestoon, não podemos ter certeza de que ele não completou sua missão... ou que a garota não está em Exegol.

Luke franziu as sobrancelhas, depois assentiu.

— Então, vamos continuar procurando — ele disse. — Continuamos até encontrarmos Ochi.

Lando soltou um soluço engasgado e, enfim, desabou em lágrimas, incapaz de conter o peso do momento por mais tempo. Luke deu um passo à frente e abraçou o amigo, que enterrou o rosto no ombro de Luke.

— Precisamos descansar se quisermos continuar a busca, Mestre Skywalker — falou Komat, inclinando ligeiramente sua máscara para observar os dois homens. — Lando Calrissian perdeu muito e precisa de tempo para se recuperar. Sugiro a solidão de Polaar. Eu cuidarei dele.

Luke assentiu, mas Lando afastou-se, sacudindo a cabeça e esfregando o rosto outra vez.

— Não, não — disse Lando, sua voz firme, ainda que vacilante. Ele apontou para a entrada da caverna. — Precisamos sair daqui. Agora mesmo. Precisamos continuar procurando. — Sua mão caiu ao lado do corpo. — Ela está lá fora. A filha deles. E a minha. Estão em algum lugar, e precisamos resgatá-las.

Luke assentiu.

— E nós *vamos* continuar procurando. Mas Komat está certa. Você precisa de tempo para se recuperar. Vá com ela para Polaar. Eu tentarei descobrir mais pistas sobre o paradeiro de Ochi. O rastro esfriou, mas vamos encontrá-lo.

Lando fitou Luke, os olhos pesados de cansaço. Ele baixou a cabeça, limpando a garganta.

— Certo — cedeu ele, soltando um pequeno riso. — Desculpe.

— Não precisa se desculpar por nada, Lando Calrissian — respondeu Komat. — Vamos. Eu o levarei. — Ela se virou para Luke. — Estaremos esperando a sua transmissão, Mestre Skywalker.

Luke assentiu para Komat enquanto ela passava o braço pelo ombro de Lando, conduzindo-o para fora da caverna.

R2-D2 emitiu um som baixo e melancólico. Luke aproximou-se do astromecânico e se abaixou ao seu lado, pousando sua mão cibernética no domo do droide.

Juntos, eles ficaram contemplando as pilhas de pedras por mais alguns minutos. Então, Luke levantou-se e saiu, com R2-D2 seguindo logo atrás.

CAPÍTULO 65

O TEMPLO JEDI DO MESTRE LUKE SKYWALKER, OSSUS

PRESENTE

Luke estava sentado na grama, os olhos fechados, o calor do sol aquecendo suas costas enquanto seus ouvidos captavam distraidamente os sons dos jovens que praticavam com seus sabres de treinamento na praça central do templo.

— Mestre Skywalker?

Os olhos de Luke se abriram de repente, e ele fez um esforço deliberado para suavizar sua expressão — tarde demais, aparentemente.

— Você está bem? — Ben Solo perguntou, sentando-se de pernas cruzadas à sua frente, espelhando a pose de meditação de seu Mestre, sem pedir permissão.

O canto da boca de Luke se ergueu — levemente — em um sorriso. Seu Padawan sabia exatamente até onde podia ir com seu tio — Mestre Jedi ou não.

— Estou bem, estou bem. Na verdade, é bom ver você. Sei que não passamos muito tempo juntos desde que voltei ontem.

— Certo! — Ben disse, quase pulando de entusiasmo. Ele se inclinou adiante, os longos braços se mexendo. — Você precisa me contar o que aconteceu lá. Lor San Tekka disse que você estava em uma missão sagrada. — Ele fez uma pausa, sorrindo com esperteza. — Mas ele diz isso até quando você só vai lavar roupa. — Com isso, Ben lançou um olhar para as roupas pretas de Luke, ainda as mesmas desde seu retorno no X-wing na tarde anterior.

— Em breve, vamos conversar — Luke respondeu —, mas ainda tenho... assuntos para cuidar.

— Eu posso ajudar!

O sorriso de Luke retornou.

— Um Padawan oferecendo ajuda ao seu Mestre é um gesto honrável, mas desnecessário.

Ben recostou-se, as mãos segurando suas longas pernas.

— Agora você soa como o Lor San Tekka falando.

Luke riu, e Ben o acompanhou. Depois, os dois ficaram em silêncio, confortáveis na companhia um do outro. Luke sabia que precisava focar mais em seu Padawan, diminuindo a proximidade familiar e incutindo mais formalidade. Mas, naquele momento, ele apenas estava feliz por estar de volta, permitindo-se um instante de paz.

— Ainda tem algo errado, não é mesmo? — Ben finalmente disse, e Luke percebeu que tinha permitido que seus pensamentos se mostrassem em seu rosto novamente.

A verdade era que algo ainda estava errado. A perturbação na Força havia cessado, rapidamente desaparecendo com a queda do Vice-rei Exim Panshard e a destruição de sua máscara, a sombra maligna dos Sith lançada de volta ao vazio de onde veio.

Mas ainda havia negócios inacabados — e Luke, apesar de seus esforços, não conseguia ignorar isso.

Na verdade, ele não conseguia sentir nada.

Não era que a Força o havia abandonado. Isso era impossível. Mas o poder que Exim Panshard havia conseguido prender em sua máscara era diferente de tudo que Luke já havia encontrado antes. A sombra projetada na Força fora longa e sombria, e agora desaparecera, deixando a conexão de Luke com a Força clara, pura e também...

Vazia, como se a perturbação tivesse sido o badalar de um grande sino, e o silêncio que a seguia fosse quase ensurdecedor.

Luke sabia que isso passaria. Uma perturbação como aquela deixaria um rastro longo e profundo, que levaria tempo para se dissipar.

Ainda assim, isso o deixava inquieto. Ele se sentia ao mesmo tempo unido à Força e afastado dela, como se estivesse forçando todos os seus sentidos para ouvir algo, mas só encontrasse o eco de seus próprios pensamentos dentro de sua mente.

— Tio Luke?

Luke piscou, percebendo que mais uma vez havia deixado seu foco se desviar, sua concentração não mais no aqui e agora, como deveria ser.

— Padawan — ele disse, injetando na palavra um tom que esperava soar como um lembrete amigável. Funcionou. A expressão de Ben mudou por um momento antes de ele olhar para o chão.

— Desculpe, *Mestre* Skywalker.

Luke sorriu.

— Acho que sou eu quem deveria pedir desculpas — ele falou, timidamente. — Não estou sendo um bom professor hoje. E, além disso — acrescentou, levantando-se, com Ben seguindo o gesto —, você deveria voltar para os outros alunos. Faça mais uma sessão com os sabres de treinamento.

Ben assentiu, afastando o cabelo preto de cima dos olhos. Luke se perguntou se deveria ter insistido para que seu Padawan cortasse o cabelo no estilo tradicional, mas parecia tarde demais para esse tipo de decisão. Ben Solo estava se tornando um excelente aprendiz, independentemente de como escolhesse usar seu cabelo.

Ben começou a se retirar, mas parou e se virou de volta.

— Só... avise se eu puder ajudar, ok? Posso não ser um Cavaleiro Jedi, mas sou mais forte do que você imagina.

Com isso, ele se afastou, passando entre duas cabanas e se juntando ao grupo de alunos, que imediatamente se voltaram para ele, os rostos iluminados de alegria por seu retorno e pela chance de mais um treino com os sabres de treinamento.

Luke os observou por um momento antes de voltar para sua cabana. Lá dentro, ele preparou mais uma vez seu traje de voo e o capacete. Depois, sentou-se, ponderando o que fazer em seguida, até se levantar e cruzar o cômodo. Ajoelhou-se diante de um cofre e moveu a mão no ar, a tranca invisível só podendo ser acessada com o uso da Força.

A tampa do cofre se abriu. Em seu interior, os fragmentos da máscara de Exim Panshard estavam dispostos em uma fileira, a superfície cristalina vermelha opaca e enegrecida, com pedaços do cristal kyber começando a se desprender, revelando o metal carbonizado por baixo.

Luke os observou por um momento. Ainda não havia decidido o que fazer com os fragmentos da máscara, se deveriam ser estudados ou destruídos. Essa era uma decisão que exigia uma consulta a Lor San Tekka.

Fechando o cofre, Luke se levantou. Movendo-se para a pequena mesa ao lado de sua cama, apanhou seu comunicador.

Ele tinha trabalho a fazer — muito trabalho. Ochi de Bestoon ainda estava à solta. Assim como, talvez, o localizador que ele tanto procurava.

E a garota também. Luke precisava encontrá-la. Ele sentia que devia isso a ela.

Luke apertou o botão no comunicador.

— R2, prepare a decolagem.

O bipe afirmativo de R2-D2 ecoou pelo comunicador enquanto Luke o jogava sobre a cama e começava a vestir seu traje de voo.

CAPÍTULO 66

A MORADA DE KOMAT, POLAAR

PRESENTE

Lando Calrissian atravessou a área de estar na morada de Komat e se sentou cuidadosamente em uma almofada diante da mesa. Seus quadris ainda protestavam um pouco, mas, fora isso, ele se sentia...

Na verdade, ele se sentia muito bem. Luke e Komat estavam certos. Uma semana de descanso total fez uma diferença enorme.

O início não foi fácil. Ele passou a viagem inteira andando de um lado para o outro na cabine da nave de Komat enquanto KB-68 os levava de volta a Polaar. Lando teve pouco contato com Komat, mas, ao pensar agora, percebeu que não estava prestando atenção em nada além de seus próprios pensamentos. Tudo que fazia era repassar os eventos dos últimos dias repetidas vezes em sua mente — analisando suas ações, tentando entender onde havia errado, o que poderiam ter feito diferente, como a missão poderia ter tido outro desfecho.

Era inútil, claro, embora ele houvesse levado mais um dia inteiro para perceber isso. Em Polaar, desabou em um sono profundo assim que voltou ao silencioso e frio quarto no coração da morada de Komat. Quando acordou no primeiro dia, encontrou-se sozinho. A *Warglaive* ainda estava na plataforma, mas a caminhonete havia desaparecido — certamente Komat estava na fazenda de partículas com KB-68, talvez aproveitando o tempo com Sekhmet, enquanto deixava Lando descansar.

Isso o irritara, na verdade. Ele passou horas sentado, olhando pela janela, a mente enevoada por uma raiva inexplicável, incapaz de formar um único pensamento coerente. Em algum momento, voltara ao quarto e deve ter adormecido, porque a próxima coisa de que se lembrava era de ter acordado sob a luz azul dos destroços da nave dos Separatistas, com Komat sentada ao seu lado no chão. Quando Lando se apoiara sobre um cotovelo, Komat colocou uma caneca cheia de água no chão à sua frente, disse para ele beber e, sem mais palavras, levantou-se e foi embora.

Lando bebeu a água, então percebeu o quanto estava com sede, o quanto estava com fome. Ele foi até o vaporizador na estação de comida e bebeu várias outras canecas, depois se serviu da despensa bem abastecida de Komat.

No dia seguinte, ele saiu com Komat e KB-68, e os três passaram o dia inteiro trabalhando na fazenda de partículas, colhendo pratos. Quando Lando dormiu naquela noite, não foi um colapso total de exaustão física e mental, mas um sono profundo e satisfeito, o tipo que vem depois de um dia de trabalho.

Agora, enquanto bebia sua água, ele refletia sobre o quanto aquele tempo havia sido importante. Sim, ainda tinham muito trabalho pela frente. Ochi ainda estava por aí, em algum lugar. A criança também.

E sua filha.

Mas se havia algo que Komat o ensinara, era paciência — uma virtude que ele nunca considerou seu ponto forte. Quando o velho Lando Calrissian queria algo, ele conseguia — e rápido. Mais tarde, quando seus interesses se alinharam com a Aliança Rebelde, ele passou a buscar resultados igualmente imediatos.

Entretanto, esse traço não era exatamente uma virtude.

Mas ali, em Polaar, naquele lindo planeta mortal?

Bem, Lando havia aprendido muito. Aprendera que há coisas que não podem ser controladas, que alguns eventos simplesmente precisam seguir seu curso. E que se torturar pelos fracassos ao tentar impedir o inevitável era um desperdício de tempo e energia.

Não que as mortes do pai e da mãe da criança fossem inevitáveis — de forma alguma. *Aquilo* foi um fracasso, um erro que Lando sabia que carregaria para sempre. Ele se lembrava das vozes deles, lá em Nightside. Essas lembranças eram as primeiras coisas que ouvia ao acordar e as últimas antes de dormir. E, no fundo, ele sabia que continuariam a assombrá-lo por muito tempo.

Dias se passaram; Lando a princípio contava esses dias, depois parou. A vida com Komat era simples. Eles trabalhavam, dormiam. Komat nunca iniciava conversa, sempre esperava que Lando falasse primeiro. Talvez fosse parte de sua cultura, ou talvez fosse algo que fazia por Lando. Ela parecia entender seus humores, talvez até seus pensamentos e emoções, mais do que ele próprio.

Era mais uma manhã. Lando, vestido com uma das túnicas curtas de Komat, ergueu os olhos de sua silenciosa contemplação da janela quando sua anfitriã apareceu. Sua roupa, assim como a dele, não escondia muito dos músculos ágeis, mas Lando se sentia completamente relaxado em sua presença — ao mesmo tempo atraído e não atraído por ela. Era um equilíbrio agradável, pensou. Komat era uma poderosa guerreira e uma linda mulher. Não podia imaginar melhor companhia no momento.

Mas ele sabia que seu tempo ali estava terminando. Sentia-se… talvez a palavra certa fosse *curado*. O tempo passado naquele lugar, assim como na primeira visita com Luke, fora um investimento no futuro.

E agora era o momento de começar a olhar para esse futuro.

Lando baixou sua caneca e abriu a boca para falar, mas Komat falou primeiro.

— Sim.

Lando apertou os lábios.

— Hum, ok. Obrigado. Eu acho. — Ele fez uma pausa, tomou um gole e voltou a baixar a caneca. — Você disse sim para o que, exatamente?

— Você deseja levar minha nave para além do campo energético, Lando Calrissian. Gostaria de contatar o Mestre Skywalker e recomeçar sua busca por Ochi de Bestoon.

É claro que ela já sabia. Ela era Komat.

Lando abriu as mãos.

— É difícil dizer o quanto agradeço sua hospitalidade. Gostaria de poder ficar aqui para sempre, de verdade. — Ele olhou para a janela, observando a grama branca se movendo sob a brisa, e sacudiu a cabeça.

— Existe algo sobre este lugar. Não sei o que é, mas gosto. — Ele riu. — Não posso sair sem proteção, mas gosto.

— Este planeta é um deserto — Komat disse, seguindo o olhar de Lando. — O produto de uma guerra, um planeta que permanecerá como um terrível alerta para sempre. Mas também é um lugar de paz, onde o conhecimento de seu passado equilibra a mente, ajudando a entender o que você precisa fazer agora e o que pode deixar adormecido em sua memória. — Ela se voltou para ele. — O deserto ajuda você a esquecer.

Os dois ficaram em silêncio por um momento. Então, Lando limpou a garganta.

— Vou trazer sua nave de volta, é claro.

— Imagino que sim.

— Porque eu sei que você tem muitas... hum, partículas para vender, certo?

— Você está correto, Lando Calrissian.

Lando se virou.

— Posso pegar emprestado sua armadura? — Ele gesticulou para o próprio rosto. — Pode ser útil.

— A armadura de um Caçador de Ventania de Taloraan não é algo que se possa emprestar.

— Oh — Lando disse, erguendo as mãos. — Claro, entendi. Desculpe. Achei que a reconhecia, mas não tinha certeza. Você é de Taloraan? — Ele fez uma pausa e riu. — Todo esse tempo, e eu ainda não sei muito sobre você, Komat de Taloraan.

— Eu lhe darei minha armadura de presente.

— Oh — Lando repetiu, baixando as mãos com um sorriso. — Bom, não tenho como agradecer, é sério, e...

— Mas se você não devolver minha nave, haverá consequências, Lando Calrissian.

Lando piscou, surpreso.

— Hum, é claro — ele disse. Lando se levantou, tomando o restante de sua água. Ele apontou para a passagem que levava ao quarto. — Eu só vou... você sabe... me arrumar.

Komat assentiu.

— Tudo estará preparado para você.

Lando fez uma pequena reverência, depois seguiu para a porta.

Assim que a nave saiu do campo de interferência de Polaar, Lando travou os controles em uma órbita geoestacionária e começou a operar a estação de comunicação. Seu primeiro instinto foi chamar Luke, mas ele se sentia tão... fora de tudo. Depois de passar tanto tempo incomunicável com Komat, Lando ao menos sentia que precisava se reconectar, precisava se atualizar com os acontecimentos na galáxia, encontrar um novo ponto de partida para sua busca, talvez juntar aquilo que ouviu com aquilo que Luke poderia ter descoberto. Era uma abordagem ampla, sem alvo definido, o tipo de coisa que Lando fizera quando começou a buscar pela filha seis anos antes, mas sabia que precisava ir com calma na sua volta àquela missão.

Algumas horas depois, Lando digitou as anotações finais no datapad que havia encontrado na cabine da nave de Komat, depois acionou o botão do comunicador de novo.

— Tem certeza disso, Nikka?

— Parece encaixar, Lando — veio uma voz feminina. — Vou enviar uma holoimagem. Espere um pouco.

Lando recostou-se e aguardou. Ele vinha falando há horas, cruzando os canais, chamando qualquer pessoa de quem se lembrasse.

E ele encontrara algo. Ou melhor, Nikka encontrara. Ela foi uma comandante na Guarda Aérea de Bespin, na época em que Lando era o administrador barão da Cidade das Nuvens, e eles mantiveram contato — não muito próximo, era verdade — com o passar dos anos depois que ela saiu e começou seu próprio serviço de proteção contra piratas, juntando uma pequena frota de caças que os comerciantes podiam contratar para fazer a escolta em viagens perigosas.

Foi em uma dessas escoltas que uma pessoa em sua equipe viu algo estranho, e agora, quando o holograma chegou e uma imagem tridimensional apareceu no ar diante do rosto de Lando, ele soube que aquilo era exatamente o que estava procurando.

Ele se aproximou, observando a imagem com atenção.

— Essa é a nave? — Nikka perguntou.

— Certamente é a nave — Lando respondeu com um largo sorriso. — Nikka Xizen, eu nunca deveria ter deixado você partir.

Nikka riu.

— Bom, agora você me deve uma, ok?

— É só falar o preço, Nikka. É só falar o preço.

— Vou pensar no assunto. Se precisar de músculos, você sabe onde me encontrar.

Com isso, os dois encerraram a transmissão. Lando recostou-se e olhou para a imagem da nave de Ochi pousada sobre um penhasco rochoso. Ele passou a mão em seu bigode, depois juntou as mãos atrás da cabeça. Progresso, e tão cedo.

Ele se inclinou para frente, os dedos voando sobre os botões do comunicador. Agora era hora de chamar seu velho amigo.

— Lando, é bom ouvir você. Como está se sentindo?

O sorriso de Lando era largo quando respondeu.

— Estou bem, Luke, estou bem. Mas, ouça. Eu tenho uma pista. Acho que encontrei a nave de Ochi.

Houve uma pausa, então Luke disse:

— O quê? É mesmo?

— É — Lando confirmou. — Está em um planeta chamado... — Ele checou a legenda na transmissão holográfica. — ... chamado Pasaana. Fica no sistema Middian, de acordo com meu navicomputador.

Lando ouviu um leve bipe no comunicador quando, em algum lugar do outro lado da galáxia, R2-D2 checou as coordenadas e repassou a informação para Luke.

— Encontramos — Luke disse. — Vou traçar a rota agora mesmo.

— Vejo você lá.

Lando desligou o comunicador, depois saltou para fora do assento, voltando para a posição do piloto. Suas mãos se moveram rapidamente pelos painéis de controle que forravam o teto da cabine, ajustando os sistemas e preparando a nave de Komat para o próximo salto.

Destino: Pasaana.

CAPÍTULO 67

O VALE PROIBIDO, PASAANA

PRESENTE

— Que bagunça — disse Lando, sua voz reverberando levemente no interior metálico da *Legado de Bestoon*. Ele retirou o capacete de Caçador de Ventania e o colocou com cuidado sobre uma pilha de caixotes.

— É verdade — respondeu Luke, puxando o capuz para trás enquanto se juntava ao amigo para observar a cabine principal.

A nave estava suja e empoeirada. A rampa de entrada permanecia aberta, assim como uma ampla porta de carga na traseira, com sua rampa estendida abaixo dos motores gêmeos. Lando desceu até a parte inferior da cabine principal. Algo claramente havia sido desembarcado, mas ele não conseguia determinar quando. A nave estivera aberta por dias, permitindo que poeira e areia se acumulassem em seu interior. Na cabine de voo, as janelas frontais estavam cobertas por uma substância marrom e pegajosa que Lando preferiu não investigar de perto.

Mesmo sem a areia, o estado da nave era lamentável. A seção traseira estava abarrotada de caixotes de equipamentos, alguns vazios, outros revelando armas em seu interior. Nas paredes, mais armas estavam penduradas, como se Ochi tivesse começado a descarregar a carga, mas desistido ao ficar sem espaço.

Espalhados pelo chão, havia papéis envelhecidos, fragmentos de textos antigos já se desfazendo. Luke se abaixou, pegando algumas folhas. Após examinar rapidamente a que estava no topo, ele se aproximou de Lando.

— Veja isto.

A página continha muito texto que se aglomerava ao redor de um desenho feito à mão de um objeto poligonal, um tipo de pirâmide alta com uma espessa moldura ao redor do núcleo que parecia estar inscrita com um desenho simbólico de uma carta estelar.

— O que é isso? — Lando perguntou, tirando a areia da página que Luke segurava.

Luke bateu no desenho com o dedo.

— *Isso* é um localizador. É isso que Ochi estava procurando.

Lando olhou ao redor.

— Não encontrei nenhum localizador aqui. Mas também, Ochi não está. — Lando voltou o olhar para Luke. — Tem algo errado. Se Ochi tivesse encontrado a garota, ele já estaria em Exegol. Olhe ao redor. Faz tempo que essa nave não se move.

Luke concordou em silêncio. Cuidadosamente, enrolou as páginas e guardou-as no bolso interno de sua túnica. Em seguida, caminhou até a parte de trás da cabine, onde o piso estava rebaixado. Ele desceu no espaço atrás da porta de carga e se agachou. Havia uma camada de areia cobrindo o chão, mas algo mais chamou sua atenção. Baixando a mão, ele esfregou a superfície, revelando uma longa marca preta no chão.

— Ele saiu em um speeder.

— Com um repulsor traseiro falhando — Lando constatou, agachando-se na beira do repulsor de carga e apontando para a marca preta. — Marca de carbono de onde o projetor foi arrastado.

Luke assentiu e se levantou.

— Vamos dar uma olhada — ele disse. Então, puxou o capuz e saiu pela porta de carga.

Lando apanhou seu capacete e se juntou a seu amigo usando a rampa principal.

Luke ficou de pé no penhasco, examinando o terreno com um par de quadrinóculos. Lando ajustou seu capacete, baixando a cobertura de vidro verde na frente, que essencialmente cumpria a mesma função. Em sua visão, o vale adiante estava repleto de textos e dados da varredura exibidos pelo capacete de Komat.

Ele apontou.

— Areia movediça — disse. — Está por todo o vale.

Luke baixou os quadrinóculos.

— Vamos investigar. Podemos tomar cuidado se seguirmos a pé. — Cobriu a cabeça com o capuz novamente e escolheu um caminho que descia pela lateral íngreme da formação rochosa. Lando seguiu logo atrás.

Os dois andaram por mais de uma hora, com Lando agradecendo pela proteção que o capacete emprestado oferecia contra o brilho intenso e o calor do sol. Alguns passos à frente, Luke marchava, avançando. Lando não conseguia entender como ele não estava completamente suado, vestido de preto daquele jeito.

Eles estavam certos sobre os campos de areia movediça. De perto, eram fáceis de distinguir da superfície normal do deserto. O solo consistia em um tipo de areia diferente, que chamou a atenção de Lando. Na borda de um dos campos, ele se agachou, pegou um punhado e examinou mais de perto. Os grãos eram grandes e lisos, quase como sementes polidas. Ainda assim, sem a ajuda do computador embutido no capacete, ele sabia que identificar esses campos à distância seria um desafio. Eles pareciam normais até que você estivesse quase em cima deles — tarde demais para escapar, pensou Lando.

Adiante, onde o vale se estreitava, as areias escuras das armadilhas naturais pareciam cobrir todo o caminho.

— Luke — ele chamou, e o Jedi parou, virando-se para ele. Lando se aproximou.

— Não sei se podemos continuar — disse Lando, apontando para frente. — Essa área inteira é uma armadilha natural. — Ele sacudiu a cabeça e tirou o capacete, estremecendo contra o súbito calor do dia em seu rosto. — E até agora, não encontramos nenhum rastro de speeder, com ou sem repulsor quebrado. Nem sabemos se estamos indo na direção certa.

Luke assentiu, girando lentamente em um círculo enquanto observava o terreno ao redor.

— Concordo — ele falou. — Se vamos vasculhar o vale, precisamos fazer isso do jeito certo. — Então, ele parou e inclinou a cabeça, os olhos se estreitando como se ouvisse algo ao longe.

— O que foi? — Lando perguntou, mas Luke fez um gesto para que ele ficasse em silêncio.

Luke fechou os olhos completamente, depois se virou em uma direção específica. Ele estendeu a mão humana, a palma voltada para baixo, os dedos ligeiramente abertos.

Lando ficou olhando, esperando para perguntar a Luke o que estava fazendo, sabendo muito bem que provavelmente não entenderia a resposta. Mas era como se ele estivesse, o quê? Ouvindo a Força? Não *ouvindo* de verdade, não com seus ouvidos, mas com sua... mente?

Lando franziu as sobrancelhas e optou por deixar Luke fazer o que precisava.

Após um momento, Luke suspirou, baixando o braço antes de se virar para Lando e sacudir a cabeça.

— O que foi? Você sentiu alguma coisa?

— Pensei que sim — respondeu Luke —, mas então desapareceu. Tenho certeza de que não existe vida aqui. Pelo menos, nada significativo.

— Quer dizer, nada de Ochi de Bestoon?

Luke deu de ombros.

— Onde quer que esteja, ele não está aqui. — Ele hesitou, parecendo ponderar algo. — Havia algo mais também, mas...

Lando fez um gesto encorajador.

— Vamos lá, Luke, me dê algo para trabalhar aqui.

Luke fechou os olhos novamente, inclinando a cabeça, permanecendo em silêncio enquanto os segundos passavam. Por fim, ele suspirou e abriu os olhos.

— Alguma coisa? — Lando insistiu.

— Essa é a questão — respondeu Luke, com uma careta. — Nada. É como se... não sei explicar. Não há nada. A sensação que tenho é que... — Ele pausou, procurando as palavras. — É que não faremos nenhum progresso aqui.

Lando ergueu uma sobrancelha.

— Está tentando me dizer que a Força está avisando que estamos perdendo tempo?

O sorriso de Luke surgiu, discreto, no canto da boca.

— Você acreditaria se eu dissesse que sim?

Lando soltou uma risada curta, batendo no ombro de Luke com a mão antes de se virar e colocar o capacete de volta.

— Vamos voltar — disse Lando. — Talvez a nave ainda tenha alguma pista que deixamos passar.

A noite havia caído, e o ar estava agradavelmente fresco.

Lando estava sentado em uma pedra plana ao lado da formação rochosa, com a nave de Ochi logo atrás. Seus olhos estavam fixos na vasta planície do outro lado do vale, iluminada pela luz prateada da lua de Pasaana. Um leve halo violeta a cercava.

Tudo estava quieto e calmo, lembrando Lando de Polaar. Embora as paisagens fossem muito diferentes; em Pasaana ele podia ficar ao ar livre sem precisar de qualquer proteção além de algo contra o calor do sol.

Ainda assim, a sensação era a mesma. Ele refletiu sobre isso, se perguntando se era o planeta ou se era ele mesmo, mudado por seu tempo com Komat. Lando havia aprendido muito com ela — muito sobre si mesmo.

Foi isso que ela quis dizer com descanso — verdadeiro descanso. Não apenas sono ou relaxamento superficial, mas algo mais profundo, quase primal.

— O deserto faz você esquecer — ele murmurou consigo mesmo.

— O que foi?

Lando ergueu os olhos quando Luke se aproximou e se sentou ao seu lado na rocha.

— É só algo que Komat me ensinou — respondeu Lando, enquanto Luke ajustava sua posição ao lado dele. — Encontrou alguma coisa?

Luke balançou a cabeça. Desde que retornaram do vale, haviam passado horas desmontando o interior da nave de Ochi, mas sem sucesso. Não havia pistas sobre o paradeiro dele, apenas um droide customizado com a bateria esgotada, abandonado em um canto. Uma pequena máquina com uma cabeça cônica sobre uma única roda. Enquanto Luke vasculhava os arquivos do navicomputador na cabine, Lando tentou — sem sucesso — encontrar a estação de carregamento do droide.

— Você acha que talvez ele esteja nos vigiando? — Lando perguntou, apontando para a planície à sua frente. — Que talvez esteja por perto, esperando o momento certo?

Luke deu de ombros.

— Talvez. Mas acho que eu sentiria sua presença. — Ele fez uma pausa antes de continuar. — Não senti absolutamente nada lá fora.

— Bom, este *seria* um lugar fácil para se esconder — Lando argumentou. — Aqueles assentamentos que vimos no caminho até aqui eram grandes, mas esparsamente distribuídos. Ninguém saberia que você estava aqui. — Ele fez um gesto amplo com os braços, indicando a vastidão da paisagem ao redor. — Como o R2 disse que este lugar se chamava mesmo?

— O Vale Proibido — respondeu Luke.

Lando apertou os lábios.

— É um bom nome. — Ele voltou a olhar para a planície.

Ele pensou em Ochi; pensou na garota.

Pensou em Kadara.

Ele se virou para Luke.

— Eu vou ficar e procurar.

Luke olhou para o amigo por um momento, mas não respondeu.

— Olha — Lando disse —, você tem o seu templo para cuidar. O rastro esfriou, e você mesmo disse que não… sei lá, que você não consegue *sentir* nada aqui. Talvez Ochi esteja aqui. Talvez não esteja. Mas, se estiver, então ele voltará para aquilo. — Ele apontou para a nave sobre a formação rochosa.

— Você vai ficar vigiando a nave pessoalmente?

Lando deu de ombros.

— Claro. Mas não apenas vigiar. Se ele estiver aqui, eu vou encontrá-lo. Talvez ele tenha ido até um daqueles assentamentos, tentando recrutar alguém. Eu vou lá dar uma olhada.

Então, Lando parou de falar e olhou para o horizonte.

Luke o observou por um momento, depois perguntou:

— Tem algo mais, não é mesmo, Lando?

Ele confirmou, mas não respondeu. Em seguida, apontou um dedo para o céu.

— Eu não vasculhei este quadrante em busca da minha filha — ele explicou. — Pasaana vai servir como uma boa base. — Ele assentiu, para si mesmo dessa vez. — Sabe, acho que tenho um bom pressentimento sobre isso.

Luke concordou, depois pousou a mão sobre o ombro de Lando.

— Vou olhar de novo os arquivos do computador para ter certeza de que não deixei nada passar, e vou levar uma cópia para o R2 analisar.

— Ei, é uma boa ideia.

Quando Luke voltou à nave, Lando contemplou a planície. Então se deitou, olhou para as estrelas e fez uma nova promessa para si mesmo, e para sua filha.

Kadara Calrissian.

Ela estava por aí, em algum lugar. As duas estavam — sua filha, e a criança.

Ele ergueu a mão e digitou em seu comunicador de pulso.

— As Crônicas de Calrissian, capítulo… seguinte. — Ele riu. — E talvez seja melhor manter este capítulo em formato de áudio, acho que ninguém quer olhar para meu rosto lindo e robusto, porém certamente envelhecido.

"Quando a noite caiu em Pasaana, olhei para o Vale Proibido, as mortais areias movediças agora cobertas pelo véu da noite. Nossa presa era Ochi de Bestoon, um infame caçador de Jedi que tinha em sua posse uma pista sobre o paradeiro de um localizador.

"Você pode estar se perguntando: e o que é um localizador? Bom, vamos voltar ao início.

"Eu estava na Estação Ponto Boxer, no sistema Janx, jogando o melhor jogo de sabacc de toda minha vida no bar Corda Bamba da Sennifer, quando, de repente…"

AGRADECIMENTOS

Meu mais sincero agradecimento à incrível equipe da Del Rey/Penguin Random House. Além de seu trabalho editorial impecável e apoio incansável, vocês me deram a oportunidade extraordinária de contribuir para o maior mito da cultura popular com um livro como… este! Elizabeth Schaefer foi uma editora brilhante e perspicaz, e é absolutamente maravilhosa. Também sou grato a Tom Hoeler (igualmente incrível) por seus comentários e sugestões. Vocês são os melhores do mercado, e trabalhar com vocês é um verdadeiro privilégio. As bebidas cor-de-rosa são por minha conta!

À equipe da Lucasfilm/Disney — Jen Heddle, Pablo Hidalgo, Matt Martin, Mike Siglain — obrigado pelo olhar editorial apurado, pelos comentários e sugestões perspicazes, e pelas conversas detalhadas sobre os intrincados aspectos da saga *Star Wars*. Agradeço também a Kristin Baver pelas observações iniciais e conselhos valiosos, e a Rae Carson pelas fascinantes conversas sobre os bastidores de *A Ascensão Skywalker*. Meus agradecimentos também vão para Lauren Kretzschmar, Kasim Mohammed e Daisy Saunders da Penguin Random House UK.

Escrever é uma profissão peculiar — trabalhamos sozinhos, mas dependemos profundamente do apoio dos outros. Para o Team Trash Compactor! — Kiersten White e Mike Chen! —, 2022 será um ano para lembrarmos por muito, muito tempo. Obrigado pela amizade, mesmo à distância, e pelas discussões constantes e intermináveis sobre o que significa — e o quanto é divertido — ser um autor de *Star Wars*.

A adversária de Luke possuída por um Sith neste livro foi criada por Chuck Wendig. Meu agradecimento ao Chuck por anos de amizade e por sua bênção em usar essa criação tão incrível. *Star Wars* é uma galáxia estranha e maravilhosa, e fico grato por sua parceria em tudo isso. Também sou grato a Cavan Scott e George Mann pela amizade, apoio e conselhos valiosos. Ao Jock, artista superstar, meu muito obrigado pelas palavras gentis e por seu olhar apurado para o design.

Este livro levou muito tempo para ser escrito, e sempre que precisei de um ouvido amigo, minha equipe estava lá. Meus sinceros agradecimentos a Michaela Gray, Bria LaVorgna e Jen Williams por sempre estarem disponíveis quando precisei.

Para Mark Newbold e Eric Trautman, minha gratidão pelas informações, insights e por um profundo — e divertido — mergulho no universo de *Star Wars*. Também agradeço a Diane Douglas, Michael Haswell, Tina Mairi Kittelty, Greg Manchess, Joshua Ziegler e Juan Esteban Rodriguez pela espetacular capa. E obrigado a Kristen Hersh, Sarah Blackwood e aos membros das bandas Blushing e No Joy.

Star Wars tem um legado literário longo e glorioso. Contribuir para essa obra em constante crescimento é uma honra imensa. Preciso homenagear aqueles que vieram antes de mim. Em particular, agradeço a Michael A. Stackpole pelo apoio, incentivo e pelas incríveis aventuras de *Star Wars* que escreveu. Da mesma forma, sou grato a Matthew Stover por sua obra magnífica; o alerta sombrio que abre este livro foi retirado de sua excelente romantização de *A Vingança dos Sith*.

À minha agente e amiga de longa data, Stacia Decker — conseguimos! Obrigado por tudo, em todos os lugares, o tempo todo.

Por fim, agradeço aos meus pais pelo apoio e amor incondicionais, e à minha esposa, Sandra, que entende exatamente quão desafiador é esse trabalho e o quanto ele significa para mim. Eu te amo.

Que a Força esteja com vocês, sempre.